RECLAM-BIBLIOTHEK

Jane Austen (1775–1817). *Sense and Sensibility* bildet mit *Pride and Prejudice* und *Northanger Abbey* das Trio der frühen Romane Jane Austens, die von der gut Zwanzigjährigen geschrieben, aber vor der Veröffentlichung 15 bis 20 Jahre später umgearbeitet wurden. 1811 schließlich erschien *Sense and Sensibility* anonym – »by a lady« – und auf eigene Kosten der Autorin in London.

In den Schwestern Elinor und Marianne stehen sich *sense* (Einsicht, gesunder Menschenverstand, Beherrschung der Gefühle) und *sensibility* (nach damaligem Wortgebrauch: Empfindsamkeit, emotioneller Überschwang) gegenüber. Jane Austen entwickelte damit zum erstenmal eine Erzählform, die den Konflikt zwischen entgegengesetzten Positionen und Tendenzen ihrer Zeit vollständig artikuliert: den zwischen *Verstand und Gefühl.*

Mit ihrer moralischen Eindeutigkeit und aufklärerischen Klarheit blicken die Romane der Jane Austen zurück auf das 18. Jahrhundert, mit ihrer objektiven, dramatischen Erzählweise nehmen sie moderne Entwicklungen vorweg. Ihr Prinzip ist das der modellartigen Reduktion: »3 or 4 Families in a Country Village is the very thing to work on«, schreibt Jane Austen am 9. September 1814 an Anna Austen.

Nichts in ihren Romanen ist Selbstzweck, nichts bloße Beschreibungssucht. Sie sind in höchstem Maße geformt, ökonomisch und funktional gebaut. Eine bewundernswerte künstlerische Gestaltungskraft ist hier am Werk.

Jane Austen

Verstand und Gefühl

Roman

Aus dem Englischen übertragen von
Ursula und Christian Grawe

RECLAM VERLAG LEIPZIG

Nachwort und Anmerkungen von Christian Grawe

ISBN 3-379-01730-2

Englischer Originaltitel: Sense and Sensibility

Veröffentlicht im Reclam Verlag Leipzig, 2001

Reclam-Bibliothek Band 1730
1. Auflage, 2001
Reihengestaltung: Hans Peter Willberg
Umschlaggestaltung: KOCMOC.NET, Stefanie Marx
Gesetzt aus Meridien
Satz: Reclam Verlag Leipzig
Druck und Bindung: Ebner Ulm
Printed in Germany

Kapitel 1

Die Familie Dashwood war seit langem in Sussex ansässig. Ihr Besitz war ausgedehnt, und ihr Herrenhaus lag in Norland Park, im Zentrum ihrer Ländereien, wo sie viele Generationen lang auf so achtbare Weise gelebt hatten, daß sie bei den Bekannten in der Umgebung allgemein in hohem Ansehen standen. Der vorherige Eigentümer des Besitzes war ein Junggeselle, der ein sehr hohes Alter erreicht und in seiner Schwester viele Jahre lang eine ständige Gefährtin und Haushälterin gehabt hatte. Aber ihr Tod, der zehn Jahre vor seinem eigenen eintrat, brachte große Veränderungen in seinem Haus mit sich, denn um ihren Verlust zu ersetzen, lud er die Familie seines Neffen Mr. Henry Dashwood ein, des gesetzlichen Erben von Norland, dem er den Besitz ohnehin vermachen wollte, in seinem Haus zu leben. In der Gesellschaft seines Neffen und seiner Nichte und ihrer Kinder verbrachte der alte Herr seine Tage in großer Behaglichkeit. Alle wuchsen sie ihm mehr und mehr ans Herz. Die ständige Sorge von Mr. und Mrs. Henry Dashwood um sein Wohlergehen, die nicht bloßem Eigennutz, sondern echter Herzensgüte entsprang, gewährte ihm all die Bequemlichkeit, die er in seinem Alter brauchte, und die Ausgelassenheit der Kinder gab seinem Leben einen zusätzlichen Reiz.

Aus einer früheren Ehe hatte Mr. Henry Dashwood einen Sohn, von seiner jetzigen Gemahlin drei Töchter. Der Sohn, ein zuverlässiger, angesehener junger Mann, war durch das beträchtliche Vermögen seiner Mutter, das bei seiner Volljährigkeit zur Hälfte in seinen Besitz gekommen war, großzügig versorgt. Durch seine eigene Heirat, die kurz darauf stattfand, vergrößerte er sein Vermögen noch weiter. Die Nachfolge auf Norland war also für ihn nicht so unbedingt wichtig wie für seine Schwestern, denn ihr Vermögen würde ohne das, was ihnen durch den Anspruch ihres Vaters auf den Besitz zufallen würde, nur gering sein. Ihre Mutter hatte nichts, und ihr Vater nur siebentausend

Pfund zu seiner eigenen Verfügung, denn die restliche Hälfte des Vermögens seiner ersten Frau sollte ebenfalls an ihren Sohn übergehen, und er verfügte darüber nur zu seinen Lebzeiten.

Der alte Herr starb, sein Testament wurde eröffnet und gab wie fast alle Testamente ebenso Anlaß zu Enttäuschung wie zu Freude. Er war weder so ungerecht noch so undankbar, seinem Neffen den Besitz vorzuenthalten, aber er vermachte ihn ihm unter Bedingungen, die das Erbe zur Hälfte wieder entwerteten. Mr. Dashwood war daran mehr um seiner Frau und seiner Töchter willen als seinet- und seines Sohnes wegen gelegen gewesen, aber eben an diesen Sohn und dessen Sohn, ein Kind von vier Jahren, ging der Besitz über, und zwar so, daß der Vater keine Möglichkeit hatte, durch eine finanzielle Belastung des Grundbesitzes oder durch den Verkauf seines wertvollen Holzbestandes für *die* zu sorgen, die ihm am nächsten standen und die seine Fürsorge am dringlichsten brauchten. Alles sollte eines Tages diesem Kind zugute kommen, das bei den gelegentlichen Besuchen mit seinem Vater und seiner Mutter durch Reize, die bei zwei- oder dreijährigen Kindern durchaus nicht ungewöhnlich sind, wie eine kindliche Aussprache, den unbeirrbaren Wunsch, seinen Willen durchzusetzen, viele ausgelassene Streiche und eine Menge Krach, die Zuneigung seines Großonkels soweit gewonnen hatte, daß all die Fürsorge, die dieser jahrelang von seiner Nichte und ihren Töchtern empfangen hatte, sie nicht aufwogen. Er hatte allerdings nicht die Absicht, lieblos zu sein, und als Beweis seiner Zuneigung zu den drei Mädchen hinterließ er jeder eintausend Pfund.

Mr. Dashwoods Enttäuschung war zuerst empfindlich. Aber er war von Natur heiter und optimistisch und hatte allen Grund zu der Hoffnung, noch viele Jahre zu leben und durch sparsames Wirtschaften eine erhebliche Summe aus dem Ertrag eines Besitzes beiseite zu legen, der ohnehin schon ergiebig war und fast von heute auf morgen noch ertragreicher gemacht werden konnte. Aber der Reichtum, der so lange auf sich hatte warten lassen, sollte ihm nur ein Jahr lang zugute kommen. Länger überlebte er seinen Onkel nicht, und zehntausend Pfund, einschließlich der Summe an die Mädchen, war alles, was für seine Witwe und seine Töchter übrigblieb.

Sobald sein Gesundheitszustand erkannt war, wurde sein Sohn gerufen, und mit all der Überzeugungskraft und Eindringlichkeit, die er bei seiner Krankheit aufbringen konnte, legte ihm Mr. Dashwood die Sorge um seine Stiefmutter und seine Schwestern ans Herz.

Mr. John Dashwood ließ sich nicht so von Gefühlen leiten wie der Rest der Familie. Aber ein solcher Wunsch zu einer solchen Zeit verfehlte seine Wirkung auf ihn nicht, und er versprach, alles in seiner Macht Stehende zu tun, um ihnen das Leben zu erleichtern. Sein Vater fühlte sich durch diese Versicherung von einer Last befreit, und Mr. John Dashwood hatte nun Muße, darüber nachzudenken, wie weit er bei aller Vorsicht in seiner Hilfsbereitschaft gehen konnte.

Er hatte keinen schlechten Charakter, es sei denn, man hielte eine gewisse Gefühlskälte und einen gewissen Egoismus für einen Mangel an Charakter, aber er war im allgemeinen recht angesehen, denn er ließ es bei der Erfüllung seiner alltäglichen Pflichten an Anstand nicht fehlen. Hätte er eine liebenswürdigere Frau geheiratet, hätte er sich vielleicht zu einem noch angeseheneren, hätte er sich vielleicht sogar zu einem liebenswürdigen Menschen entwickelt, denn er war noch sehr jung, als er heiratete, und hing sehr an seiner Frau. Aber Mrs. John Dashwood war eine ausgesprochene Karikatur seiner selbst: nur noch engstirniger und egoistischer.

Als er seinem Vater sein Versprechen gab, dachte er daran, das Vermögen seiner Schwestern durch ein Geschenk von je eintausend Pfund zu vergrößern. Er glaubte damals selbst, es über sich bringen zu können. Die Aussicht auf viertausend Pfund pro Jahr zusätzlich zu seinem gegenwärtigen Einkommen, dazu die restliche Hälfte aus dem Vermögen seiner Mutter, erwärmte ihm das Herz und gab ihm das Gefühl, er könne sich Großzügigkeit leisten. Ja, er würde ihnen dreitausend Pfund geben, das wäre generös und nobel! Es wäre genug, um sie aller Sorgen zu entheben. Dreitausend Pfund! Er könnte eine so erhebliche Summe ohne große Einschränkungen entbehren. Er dachte den ganzen Tag und noch viele weitere Tage darüber nach und bereute nichts.

Kaum war das Begräbnis seines Vaters vorüber, als Mrs. John Dashwood, ohne ihre Schwiegermutter vorher von ihrer Absicht in Kenntnis zu setzen, mit ihrem Kind und ihrem Personal eintraf. Niemand konnte ihr das Recht zu kommen streitig machen; das Haus gehörte unmittelbar mit dem Tod seines Vaters ihrem Mann. Die Ungehörigkeit ihres Benehmens wurde außerordentlich stark empfunden und wäre für jede Frau in Mrs. Dashwoods Lage, die auch nur ein Fünkchen Zartgefühl gehabt hätte, äußerst unangenehm gewesen. Aber sie selbst besaß ein so ausgeprägtes Ehrgefühl, eine so romantische Großzügigkeit, daß eine derartige Beleidigung, gleichgültig, wer sie verursachte oder wem sie zugefügt wurde, sie mit unüberwindlicher Abscheu erfüllte. Mrs. John Dashwood war bei der Familie ihres Mannes nie sehr beliebt gewesen. Aber sie hatte bis zum gegenwärtigen Zeitpunkt keine Gelegenheit gehabt, ihnen zu zeigen, mit wie wenig Rücksicht auf das Wohlergehen anderer sie handeln konnte, wenn die Umstände es erforderten.

So empfindlich traf Mrs. Dashwood dieses unfreundliche Verhalten und so gründlich verachtete sie ihre Schwiegertochter dafür, daß sie bei ihrer Ankunft auf der Stelle ausgezogen wäre, wenn das Zureden ihrer ältesten Tochter sie nicht veranlaßt hätte, erst noch einmal über die Richtigkeit ihrer Abreise nachzudenken, und wenn ihre eigene zärtliche Liebe für alle drei Kinder sie anschließend nicht bewogen hätte, zu bleiben und um ihretwillen den Bruch mit ihrem Stiefsohn zu vermeiden.

Elinor, die älteste Tochter, deren Rat befolgt wurde, besaß einen so klaren Verstand und ein so nüchternes Urteilsvermögen, die sie trotz ihrer neunzehn Jahre zur Ratgeberin ihrer Mutter machten und es ihr häufig erlaubten, zum Vorteil aller, der Impulsivität von Mrs. Dashwood entgegenzuwirken, die sonst zu vorschnellem Handeln geführt hätte. Sie war ein hochherziger Mensch, liebevoll von Natur, mit starken Empfindungen, aber sie wußte sich zu beherrschen – eine Kunst, die ihre Mutter noch lernen mußte und die eine ihrer Schwestern entschlossen war, sich niemals beibringen zu lassen.

Mariannes Fähigkeiten standen denen Elinors keineswegs nach. Sie war gefühlvoll und gescheit, aber in allem überspannt. Ihr Schmerz und ihre Freude kannten kein Maß. Sie war großzügig, liebenswürdig, interessant, sie war alles – außer besonnen. Die Ähnlichkeit zwischen ihr und ihrer Mutter war auffallend groß.

Elinor betrachtete das Übermaß von Empfindsamkeit bei ihrer Schwester mit Sorge. Aber von Mrs. Dashwood wurde es geschätzt und ermutigt. Die beiden bestärkten sich nun gegenseitig in ihrem heftigen Schmerz. Der grenzenlose Jammer, der sie zuerst überwältigt hatte, wurde neu belebt, absichtlich erneuert, wurde immer wieder aufgerührt. Sie gaben sich ihrem Kummer völlig hin, suchten ihr Elend durch jedes Thema zu steigern, das sich dazu anbot, und waren entschlossen, auch in Zukunft für keinen Trost empfänglich zu sein. Auch Elinor litt sehr, aber sie konnte sich wehren, sie konnte sich überwinden. Sie konnte Beratungen mit ihrem Bruder führen, ihre Schwägerin bei ihrer Ankunft empfangen und mit der nötigen Aufmerksamkeit behandeln, ihre Mutter zu ähnlicher Selbstüberwindung aufrütteln und zu ähnlicher Nachsicht ermuntern.

Margaret, die dritte Schwester, war ein gutmütiges, zugängliches Mädchen. Aber da bereits eine Menge von Mariannes Schwärmerei auf sie abgefärbt hatte, ohne daß sie deren Einsicht besaß, waren mit dreizehn ihre Aussichten, es später im Leben mit ihren Schwestern aufnehmen zu können, gering.

Kapitel 2

Mrs. John Dashwood ließ sich nun als Hausherrin in Norland nieder, und ihre Schwiegermutter und Schwägerinnen wurden zu bloßen Besuchern herabgesetzt. Als solche wurden sie von ihr allerdings mit reservierter Höflichkeit und von ihrem Mann mit soviel Wohlwollen behandelt, wie er für Menschen außer sich selbst, seiner Frau und seinem Kind aufzubringen vermochte. Er drang sogar mit einer gewissen Ehrlichkeit in sie, Norland als ihr Zuhause zu betrachten, und da sich Mrs. Dashwood keine bessere Möglichkeit bot, als zu bleiben, bis sie ein Haus in der Nachbarschaft gefunden hatte, wurde seine Einladung angenommen.

Weiter an einem Ort zu leben, wo alles sie an früheres Glück erinnerte, war genau das, was sie in ihrer Gemütsverfassung brauchte. An heiteren Tagen strahlte niemand so viel Heiterkeit aus wie sie oder war in solchem Maße von jener unerschütterlichen Glückserwartung erfüllt, die schon das Glück selbst bedeutet. Aber im Schmerz ließ sie sich ebenso von ihrer Einbildungskraft hinreißen und war für Trost so unzugänglich, wie sie im Glück unbeirrbar war.

Mrs. John Dashwood billigte ganz und gar nicht, was ihr Mann für seine Schwestern zu tun beabsichtigte. Das Vermögen ihres lieben kleinen Jungen um dreitausend Pfund zu schmälern, würde ihn auf den trostlosesten Grad von Armut reduzieren! Sie drang in ihren Mann, sich die Sache noch einmal zu überlegen. Wie konnte er es vor sich selbst verantworten, sein Kind, und noch dazu sein einziges Kind, einer solchen riesigen Summe zu berauben? Und welchen Anspruch an seine Großzügigkeit auf eine so große Summe hatten denn die Miss Dashwood überhaupt, die doch nur seine Stiefschwestern waren, was sie als Verwandtschaftsbeziehung gar nicht gelten ließ? Alle Welt wußte doch, daß von Anhänglichkeit zwischen den Kindern eines Mannes aus verschiedenen Ehen keine Rede sein konnte, und warum wollte er sich und ihren armen kleinen Harry ruinieren und all sein Geld an seine Stiefschwestern verschenken?

»Es war meines Vaters letzter Wunsch an mich«, erwiderte ihr Mann, »daß ich seiner Witwe und seinen Töchtern beistehe.«

»Er wußte doch gar nicht, was er sagt. Zehn zu eins, er war zu der Zeit gar nicht mehr zurechnungsfähig. Wäre er bei Sinnen gewesen, dann wäre er gar nicht darauf gekommen, dir zuzumuten, das halbe Vermögen deines eigenen Kindes zu verschenken.«

»Er hat auf keiner bestimmten Summe bestanden, meine liebe Fanny, er hat mich nur ganz allgemein gebeten, ihnen beizustehen und ihnen das Leben angenehmer zu machen, als er es vermochte. Vielleicht hätte er die Angelegenheit lieber ganz und gar mir überlassen sollen. Er konnte sich ja denken, daß ich sie nicht zu kurz kommen lassen würde. Aber da er auf dem Versprechen bestand, konnte ich es ihm schlecht abschlagen – jedenfalls schien es mir damals so. Nun ist das Versprechen einmal gegeben und muß gehalten werden. Es muß etwas für sie getan werden, wenn sie Norland einmal verlassen und sich in einem neuen Haus einrichten sollten.«

»Also gut, dann soll eben etwas für sie getan werden, aber dieses Etwas braucht doch keine dreitausend Pfund zu sein. Bedenke doch«, fügte sie hinzu, »wenn man sich erst einmal von dem Geld getrennt hat, ist es ein für allemal verloren. Deine Schwestern werden heiraten, und dann bist du es für immer los. Wenn man es allerdings unserem armen kleinen Jungen wieder zukommen lassen könnte …«

»Allerdings«, sagte ihr Mann sehr nachdenklich, »dann sähe die Sache ganz anders aus. Vielleicht kommt einmal der Zeitpunkt, wo Harry es bedauert, daß wir uns von einer so großen Summe getrennt haben. Sollte er zum Beispiel eine zahlreiche Familie haben, dann wäre dieses Geld eine sehr willkommene Ergänzung.«

»Allerdings.«

»Vielleicht wäre es dann für alle Beteiligten besser, wenn man die Summe um die Hälfte verringerte. Fünfhundert Pfund wären ein beträchtlicher Zuwachs ihres Vermögens.«
»Oh, über alle Maßen! Welcher Bruder würde auch nur halb soviel für seine Schwestern tun, selbst wenn sie seine richtigen Schwestern wären! Und wie die Dinge liegen – nur Stiefschwestern! Aber du bist von Natur so großzügig.«
»Ich möchte auf keinen Fall kleinlich sein«, entgegnete er. »Man tut bei solchen Gelegenheiten lieber zuviel als zuwenig. Wenigstens kann niemand behaupten, ich hätte nicht genug für sie getan. Sogar sie selbst können kaum mehr erwarten.«
»Was *sie* erwarten, das weiß man nie«, sagte die Gemahlin, »aber über ihre Erwartungen brauchen wir uns nicht den Kopf zu zerbrechen. Die Frage ist, was du erübrigen kannst.«
»Natürlich, und ich glaube, ich kann fünfhundert Pfund für jede erübrigen. Wie die Dinge liegen, wird jede ohne meine Unterstützung beim Tod ihrer Mutter mehr als dreitausend Pfund haben – ein sehr anständiges Vermögen für eine junge Frau.«
»Allerdings, und wenn ich es recht bedenke, dann finde ich, daß sie deine Unterstützung gar nicht brauchen. Sie besitzen gemeinsam zehntausend Pfund. Wenn sie heiraten, machen sie bestimmt eine gute Partie, und wenn nicht, dann können sie alle zusammen sehr anständig von den Zinsen ihrer zehntausend Pfund leben.«
»Eigentlich hast du recht, und deshalb weiß ich nicht, ob es alles in allem nicht ratsamer wäre, etwas für die Mutter zu ihren Lebzeiten statt für die Mädchen zu tun – ich denke an so etwas wie eine Leibrente. Das käme meinen Schwestern genauso zugute wie ihr selbst. Mit einhundert Pfund pro Jahr hätten sie ein ausgesprochen anständiges Auskommen.«
Seine Frau zögerte jedoch ein wenig, diesem Plan ihre Zustimmung zu geben.

»Allerdings«, sagte sie, »ist das besser, als sich auf einmal von fünfzehnhundert Pfund zu trennen. Aber was, wenn Mrs. Dashwood noch fünfzehn Jahre lebt, dann sind wir ganz und gar die Dummen.«

»Fünfzehn Jahre! Meine liebe Fanny, ihr Leben kann doch höchstens halb so lange dauern.«

»Sicher, aber achte einmal darauf: Leute leben immer ewig, wenn es darum geht, ihnen eine Leibrente zu zahlen. Und sie ist sehr robust und gesund und noch keine vierzig. Eine Leibrente ist eine ernste Angelegenheit, sie will Jahr für Jahr gezahlt sein, und man wird sie nie wieder los. Du ahnst ja nicht, worauf du dich da einläßt. Ich habe eine Menge Ärger mit Leibrenten erlebt, denn für meine Mutter war die im Testament meines Vaters festgelegte Zahlung an drei alte, arbeitsunfähige Diener ein wahrer Klotz am Bein, und du kannst dir gar nicht vorstellen, wie lästig ihr das war. Zweimal im Jahr mußten die Leibrenten gezahlt werden, und dann wußte man nicht, wie man ihnen das Geld zukommen lassen sollte, und dann war angeblich einer gestorben, und hinterher stellte sich heraus, daß es gar nicht stimmte. Meine Mutter war die Sache gründlich leid. Bei diesen ständigen Forderungen, sagte sie, war sie nicht Herr über ihr eigenes Geld. Und es war um so rücksichtsloser von meinem Vater, als das Geld meiner Mutter sonst ausschließlich zur Verfügung gestanden hätte, ohne irgendwelche Einschränkungen. Ich habe seitdem einen solchen Horror vor Leibrenten, daß ich mich um nichts in der Welt auf eine solche Zahlung festnageln lassen würde.«

»Es ist zweifellos eine unangenehme Sache«, erwiderte Mr. Dashwood, »sein jährliches Einkommen auf diese Weise zu belasten. Wie deine Mutter ganz richtig sagt, ist man nicht Herr über sein eigenes Vermögen. Zur regelmäßigen Zahlung einer solchen Summe verpflichtet zu sein, an jedem Zahltag, ist nicht gerade wünschenswert. Es raubt einem die Unabhängigkeit.«

»Zweifellos, und man erntet noch nicht einmal Dank dafür. *Sie* haben ausgesorgt, du hast ja nur deine Pflicht getan, und von Dankbarkeit kann keine Rede sein. Wenn ich du wäre, würde ich mir bei allem, was ich täte, völlige Handlungsfreiheit bewahren. Ich würde mich nicht darauf festlegen, ihnen jährlich etwas zukommen zu lassen. Es mögen Jahre kommen, wo uns die Ausgabe von hundert, ja sogar fünfzig Pfund von unserem eigenen Geld sehr ungelegen kommt.«

»Ich glaube, du hast recht, mein Schatz. Es ist wohl besser, wenn von einer Leibrente gar nicht die Rede ist. Wenn ich ihnen von Zeit zu Zeit etwas gebe, kommt ihnen das mehr zugute als eine jährliche Rente, denn ihr Lebensstil würde nur aufwendiger werden, wenn sie sich auf ein größeres Einkommen verlassen könnten, und am Ende des Jahres wären sie keinen Pfennig reicher. Das ist auf jeden Fall die beste Lösung. Hin und wieder ein Geschenk von fünfzig Pfund wird sie, glaube ich, vor allen Geldsorgen bewahren und das Versprechen meinem Vater gegenüber voll und ganz erfüllen.«

»Allerdings. Ja, um die Wahrheit zu gestehen, ich bin innerlich davon überzeugt, daß dein Vater gar nicht daran gedacht hat, daß du ihnen überhaupt Geld gibst. Die Unterstützung, die er im Sinn hatte, bezog sich bestimmt nur auf das, was im Rahmen des Vernünftigen von dir erwartet werden kann. Zum Beispiel, sich nach einem kleinen Haus für sie umzusehen, ihnen beim Umzug zu helfen und Fisch und Wild und so weiter als Geschenk zu schicken, wann immer sie verfügbar sind. Ich lege meine Hand dafür ins Feuer, daß er weiter nichts im Sinn hatte, ja, es wäre sehr merkwürdig und unvernünftig, wenn es anders wäre. Bedenke doch nur, mein lieber Mr. Dashwood, wie überaus anständig deine Stiefmutter und ihre Töchter von den Zinsen der siebentausend Pfund leben können, abgesehen von den eintausend Pfund der einzelnen Mädchen, die ihnen je fünfzig Pfund pro Jahr einbringen und wovon sie ihrer Mutter natürlich den Unterhalt bezahlen. Alles in allem haben sie gemeinsam fünfhundert Pfund pro Jahr, und wozu um alles in der Welt brauchen vier Frauen mehr? Sie haben doch keine Ausgaben. Ihr Lebensunterhalt ist nicht der Rede wert. Sie haben keine Kutsche, keine Pferde und kaum Personal; sie haben keine gesellschaftlichen Verpflichtungen und können deshalb keinerlei Ausgaben haben. Denk doch nur, wie anständig sie leben können! Fünfhundert pro Jahr! Ich kann mir gar nicht vorstellen, wie sie auch nur die Hälfte davon ausgeben wollen. Und was den Zuschuß von dir angeht, so ist der Gedanke daran absurd. Viel eher könnten sie dir etwas abgeben.«

»Tatsächlich«, sagte Mr. Dashwood, »ich glaube, du hast völlig recht. Mein Vater hatte mit seinem Wunsch bestimmt nichts anderes im Sinn, als du sagst. Mir ist es jetzt völlig klar, und ich werde meine Verpflichtungen Punkt für Punkt erfüllen, indem ich ihnen mit hilfreichen und freundlichen Gesten, wie du sie beschrieben hast, unter die Arme greife. Wenn meine Mutter umzieht, will ich ihr, soweit ich kann, bereitwillig zur Seite stehen. Vielleicht ist dann auch das eine oder andere Möbelstück als Geschenk angebracht.«

»Natürlich«, entgegnete Mrs. John Dashwood. »Aber wie auch immer, eins darf man nicht vergessen. Als dein Vater und deine Mutter nach Norland zogen, wurden zwar die Möbel von Stanhill verkauft, aber das ganze Geschirr, Silber und die ganze Tisch- und Bettwäsche wurden behalten, und nun hat sie deine Mutter geerbt. Ihr Haus wird deshalb fast vollständig eingerichtet sein, sobald sie einzieht.«

»Das ist zweifellos ein wesentlicher Gesichtspunkt. Eine wahrhaft wertvolle Erbschaft! Und einiges von dem Silber wäre eine sehr erfreuliche Ergänzung unserer eigenen Sammlung hier gewesen.«

»Ja, und das Frühstücksgeschirr ist zweimal so hübsch wie das, was in dieses Haus gehört. Meiner Meinung nach bei weitem zu hübsch für die Häuser, die sie sich je werden leisten können. Aber wie auch immer, so ist es nun einmal. Dein Vater hat nur an *sie* gedacht. Und eins muß ich noch betonen: Du brauchst ihm weder besonders dankbar zu sein noch auf seine Wünsche Rücksicht zu nehmen, denn wir wissen genau, wenn er gekonnt hätte, hätte er fast alles, was er hatte, *ihnen* hinterlassen.«

Dieses Argument war unwiderlegbar. Es gab seinen Absichten die Entschlossenheit, die ihnen bisher noch gefehlt hatte, und er war schließlich überzeugt, daß es völlig unnötig, wenn nicht höchst ungehörig war, der Witwe und den Kindern seines Vaters mehr zu helfen als durch solche Gesten nachbarlichen Wohlwollens, wie seine eigene Frau sie angedeutet hatte.

Kapitel 3

Mrs. Dashwood blieb noch einige Monate in Norland, aber nicht weil sie sich gescheut hätte, auszuziehen, als der Anblick all der bekannten Winkel nicht länger die heftige Gemütsbewegung hervorrief wie vorher, denn als sie sich von ihrer Niedergeschlagenheit zu erholen begann und in der Lage war, sich mit etwas anderem zu beschäftigen, als ihr Leid durch melancholische Erinnerungen zu verschlimmern, war ihr durchaus daran gelegen, auszuziehen, und sie war unermüdlich in der Suche nach einer geeigneten Unterkunft in der Nähe von Norland, denn sich von dem geliebten Fleckchen zu entfernen, war ihr unmöglich. Aber sie hörte von nichts Geeignetem, das ihren Vorstellungen von Bequemlichkeit und Behagen angemessen schien und zugleich der Umsicht ihrer ältesten Tochter entsprach, nach deren nüchternem Urteil einige Häuser, die ihre Mutter gebilligt hätte, als zu groß für ihr Einkommen ausschieden.
Mrs. Dashwood war von ihrem Mann über das feierliche Versprechen seines Sohnes zu ihren Gunsten informiert worden, das der Trost seiner letzten irdischen Überlegungen gewesen war. Sie bezweifelte die Ehrlichkeit seiner Zusicherung genausowenig wie er selbst, und der Gedanke daran erfüllte sie um ihrer Töchter willen mit Genugtuung, obwohl sie selbst überzeugt war, daß sie mit einer viel kleineren Summe als siebentausend Pfund ihr

großzügiges Auskommen gehabt hätte. Es freute sie auch für ihren Stiefsohn und für seine eigene freigebige Gesinnung, und sie machte sich Vorwürfe, daß sie ihn bisher verkannt, indem sie ihm Großzügigkeit abgesprochen hatte. Seine Fürsorglichkeit gegenüber ihr selbst und seinen Schwestern überzeugte sie, daß ihm ihr Wohlergehen am Herzen lag, und lange Zeit verließ sie sich fest auf die Hochherzigkeit seiner Absichten.

Die Verachtung, die sie beinahe von Anfang an für ihre Schwiegertochter empfunden hatte, wurde durch die größere Vertrautheit mit ihrem Charakter, die ein halbjähriger Aufenthalt in ihrer Familie bot, nur noch verstärkt, und vielleicht wäre es den beiden Damen trotz aller Zurückhaltung, die Mrs. Dashwood sich aus Höflichkeit und mütterlicher Zuneigung auferlegte, unmöglich gewesen, so lange unter einem Dach zu wohnen, wäre nicht ein besonderer Umstand eingetreten, der ihr einen längeren Aufenthalt ihrer Töchter in Norland noch wünschenswerter erscheinen ließ.

Dieser Umstand war eine wachsende Neigung zwischen ihrer ältesten Tochter und Mrs. John Dashwoods Bruder, einem wohlerzogenen und angenehmen jungen Mann, dessen Bekanntschaft sie bald nach dem Einzug seiner Schwester in Norland machten und der seitdem den größten Teil seiner Zeit dort verbracht hatte.

Manche Mütter hätten die enge Beziehung vielleicht aus eigennützigen Überlegungen ermutigt, denn Edward Ferrars war der älteste Sohn eines Mannes, der sehr reich gestorben war, und manche hätten sie vielleicht aus Besonnenheit unterbunden, denn abgesehen von einer unbedeutenden Summe hing sein ganzes Vermögen von der Willkür seiner Mutter ab. Aber Mrs. Dashwood war von beiden Überlegungen gleichermaßen unbeeinflußt. Es genügte ihr, daß er liebenswürdig erschien, daß er ihre Tochter liebte und daß Elinor seine Zuneigung erwiderte. Es widersprach allen ihren Grundsätzen, daß unterschiedliche Vermögensverhältnisse zwei Menschen auseinanderhalten sollten, die sich durch ähnliche Anlagen

zueinander hingezogen fühlten; und daß jemand, der Elinor kannte, ihre Vorzüge nicht zu würdigen wüßte, ging über ihre Vorstellung.
Edward Ferrars empfahl sich ihrer guten Meinung durch keine besonderen Reize in seinem Äußeren oder seinen Umgangsformen. Er war nicht hübsch, und man mußte schon mit ihm vertraut sein, um sein Benehmen ansprechend zu finden. Er war zu schüchtern, etwas aus sich zu machen. Aber wenn er seine angeborene Schüchternheit überwunden hatte, verriet sein Benehmen ein offenes, liebevolles Herz. Er besaß natürliche Intelligenz, die durch seine solide Erziehung ausgebildet worden war, aber weder seine Fähigkeiten noch seine Anlagen entsprachen den Wünschen seiner Mutter oder Schwester, die den sehnlichen Wunsch hatten, ihn sich auszeichnen zu sehen als ... als was, wußten sie eigentlich auch nicht. Sie wollten, daß er auf irgendeine Weise eine gute Figur in der Welt machte. Seine Mutter hatte den Wunsch, ihn für Politik zu interessieren, ihn im Parlament zu sehen oder ihn mit einigen der großen Männer seiner Zeit in Verbindung zu bringen. Mrs. John Dashwood hatte den gleichen Wunsch, aber so lange, bis diese hochgesteckten Ziele erreicht waren, hätte es ihrem Ehrgeiz genügt, ihn in einer Kutsche fahren zu sehen. Aber Edward hatte keinen Sinn für große Männer oder Kutschen. Alle seine Wünsche richteten sich auf häusliche Behaglichkeit und die Ungestörtheit eines privaten Lebens. Zum Glück hatte er einen jüngeren Bruder, der vielversprechender war.
Edward hatte schon einige Wochen in ihrem Haus verbracht, bevor er Mrs. Dashwood überhaupt auffiel, denn sie war zu der Zeit so von ihrer Trauer in Anspruch genommen, daß sie ihre Umwelt kaum zur Kenntnis nahm. Sie sah nur, daß er still und unaufdringlich war, und das machte ihn ihr sympathisch. Er störte sie in ihrer unglücklichen Verfassung nicht durch Unterhaltungen zur falschen Zeit. Sie wurde zum erstenmal durch eine Bemerkung, die Elinor eines Tages zufällig über den Unterschied zwischen ihm und seiner Schwester machte,

veranlaßt, ihm Aufmerksamkeit und weitere Anerkennung zu schenken. Es war ein Gegensatz, der ihm Mrs. Dashwoods ungeteilte Sympathie gewann.
»Das genügt«, sagte sie. »Zu sagen, daß er anders ist als Fanny, genügt. Darin allein liegt schon genug Liebenswertes. Ich liebe ihn schon jetzt.«
»Ich glaube, du wirst ihn mögen«, sagte Elinor, »wenn du ihn besser kennst.«
»Ihn mögen!« erwiderte ihre Mutter mit einem Lächeln. »Ich kenne keine Sympathieregung, die nicht den Namen Liebe verdiente.«
»Du kannst ihn doch schätzen.«
»Ich habe nie verstanden, worin der Unterschied zwischen schätzen und lieben besteht.«
Mrs. Dashwood gab sich nun alle Mühe, ihn kennenzulernen. Sie hatte ein entgegenkommendes Wesen und lockte ihn bald aus seiner Reserve. Sie erkannte seine guten Seiten schnell. Vielleicht schärfte ihre Gewißheit, daß Elinor ihn mochte, ihren Blick, doch war sie wirklich von seinem Wert überzeugt, und selbst seine ruhige Art, die ihren festen Vorstellungen, wie ein junger Mann aufzutreten hatte, völlig widersprach, schien ihr nicht länger uninteressant, als sie wußte, daß er ein zärtliches Herz und ein liebevolles Wesen besaß.
Kaum nahm sie das kleinste Zeichen von Liebe in seinem Verhältnis zu Elinor wahr, da hielt sie eine ernsthafte Verbindung zwischen den beiden auch schon für sicher und freute sich auf die unmittelbar bevorstehende Hochzeit.
»In wenigen Monaten, meine liebe Marianne«, sagte sie, »wird Elinor in aller Wahrscheinlichkeit ein für allemal versorgt sein. Wir werden sie vermissen, aber *sie* wird glücklich sein.«
»Oh, Mama, was sollen wir ohne sie machen?«
»Mein Schatz, von Trennung kann gar keine Rede sein. Wir leben ein paar Meilen voneinander entfernt und sehen uns jeden Tag. Du wirst dabei einen Bruder gewinnen, einen wirklichen, liebevollen Bruder. Ich halte große Stücke auf Edwards Charakter. Aber du machst ein ernstes

Gesicht, Marianne, billigst du die Wahl deiner Schwester nicht?«

»Ich bin vielleicht«, sagte Marianne, »ein bißchen überrascht davon. Edward ist sehr liebenswürdig, und ich liebe ihn zärtlich. Und trotzdem ... er ist nicht der Typ von jungem Mann ... etwas fehlt ihm ... seiner Erscheinung fehlt das gewisse Etwas. Er hat nicht den Charme, den ich von einem Mann erwarten würde, der meine Schwester ernsthaft fesseln soll. Seinen Augen fehlt der Geist, das Feuer, die gleichzeitig Tugend und Intelligenz verraten, und darüber hinaus fürchte ich, Mama, hat er keinen wirklichen Geschmack. Musik scheint ihn kaum zu interessieren, und obwohl er Elinors Zeichnungen sehr bewundert, liegt darin nicht die Bewunderung eines Menschen, der ihren Wert zu schätzen weiß. Er ist häufig bei ihr, während sie zeichnet, und doch ist deutlich, daß er in Wirklichkeit von der Sache nichts versteht. Er bewundert als Liebhaber, nicht als Kenner. Für meinen Geschmack muß beides vereinigt sein. Ich könnte mit einem Mann nicht glücklich werden, dessen Geschmack nicht in allen Punkten mit meinem eigenen übereinstimmt. Er muß alle meine Gefühle teilen; die gleichen Bücher, die gleiche Musik muß uns beide bezaubern. O Mama, was für eine temperamentlose, was für eine langweilige Art Edward gestern beim Vorlesen hatte! Ich hatte richtiges Mitleid mit meiner Schwester. Aber sie trug es mit so viel Fassung. Es schien ihr kaum aufzufallen. Ich konnte nur mit Mühe stillsitzen. Diese wunderbaren Zeilen, an denen ich mich oft regelrecht berauscht habe, mit soviel unerschütterlicher Ruhe vorgetragen zu hören, mit solch entsetzlicher Gleichgültigkeit ...«

»Er wäre sicher einem schlichten, eleganten Prosastück gerechter geworden, aber du wolltest ihm unbedingt Cowper[1] geben.«

»Also, Mama, wenn ihn nicht einmal Cowper anregt! Aber über Geschmack soll man nicht streiten. Elinor empfindet nicht so wie ich, und deshalb kann sie darüber hinwegsehen und mit ihm glücklich sein. Aber wenn ich ihn lieb-

te, hätte es mir das Herz gebrochen, ihn mit so wenig Überschwang lesen zu hören. Mama, je mehr ich die Welt kennenlerne, desto überzeugter bin ich, daß ich nie einen Mann treffen werde, den ich wirklich lieben kann. Ich erwarte soviel! Er muß all die Tugenden Edwards haben, und sein Äußeres und seine Umgangsformen müssen seiner menschlichen Haltung die nötige Anmut verleihen.«
»Bedenke, mein Schatz, daß du noch nicht siebzehn bist. Es ist noch zu früh im Leben, um die Hoffnung auf solch Glück aufzugeben. Warum solltest du weniger vom Glück begünstigt sein als deine Mutter? Nur in einer Hinsicht, liebe Marianne, soll dein Schicksal sich von ihrem unterscheiden.«

Kapitel 4

»Wie schade, Elinor«, sagte Marianne, »daß Edward keinen Sinn fürs Zeichnen hat.«
»Keinen Sinn fürs Zeichnen«, entgegnete Elinor. »Wie kommst du darauf? Er zeichnet zwar nicht selbst, aber er betrachtet die Bilder anderer mit großem Vergnügen, und du kannst mir glauben, daß es ihm keinesfalls an natürlichem Geschmack dafür fehlt, obwohl er keine Gelegenheit hatte, ihn auszubilden. Hätte er sich je damit beschäftigt, dann hätte er, glaube ich, recht gut gezeichnet. Er mißtraut seinem eigenen Urteil in solchen Fragen so sehr, daß er sich immer scheut, seine Meinung über irgendein Bild abzugeben. Aber er besitzt eine natürliche Sicherheit und Schlichtheit des Geschmacks, die ihn im allgemeinen auf den richtigen Weg führt.«
Marianne wollte ihre Schwester nicht verletzen und sagte weiter nichts zu dem Thema. Aber die Art von Beifall, die Elinor zufolge die Bilder anderer in ihm hervorriefen, hatte nichts mit dem schwärmerischen Entzücken zu tun, das ihrer Meinung nach allein den Namen Geschmack ver-

diente. Doch obwohl sie innerlich über den Irrtum lächeln mußte, rechnete sie ihrer Schwester die blinde Zuneigung zu Edward, die für diesen Irrtum verantwortlich war, hoch an.
»Du findest hoffentlich nicht, Marianne«, fuhr Elinor fort, »daß es ihm grundsätzlich an Geschmack fehlt. Ja, eigentlich kann das doch nicht sein, denn dein Verhalten ihm gegenüber ist geradezu herzlich, und wenn das wirklich deine Meinung wäre, dann wärst du sicher nicht so entgegenkommend zu ihm.«
Marianne wußte kaum, was sie sagen sollte. Sie wollte die Gefühle ihrer Schwester auf keinen Fall verletzen, und doch war es ihr unmöglich zu sagen, was sie nicht glaubte. Schließlich antwortete sie:
»Nimm es mir nicht übel, Elinor, wenn mein Loblied auf ihn deiner Einsicht von seinem Wert nicht in jeder Hinsicht entspricht. Ich hatte nicht so viele Gelegenheiten, seine verborgenen Geistesgaben, seine Neigungen und Vorlieben so schätzen zu lernen wie du. Aber ich habe eine außerordentlich hohe Meinung von seiner Güte und seiner Einsicht. Ich halte ihn für ausgesprochen schätzenswert und liebenswürdig.«
»Mit einem solchen Lob«, sagte Elinor mit einem Lächeln, »wären bestimmt auch seine besten Freunde nicht unzufrieden. Ich sehe nicht, wie du dich verständnisvoller ausdrücken könntest.«
Marianne war von Herzen froh, ihre Schwester so leicht zufriedenstellen zu können.
»An seiner Einsicht und seiner Güte«, fuhr Elinor fort, »kann, glaube ich, niemand zweifeln, der oft genug Gelegenheit hatte, sich zwanglos mit ihm zu unterhalten. Seine hohe Intelligenz und seine Grundsätze bleiben höchstens hinter der Schüchternheit verborgen, die ihn viel zu oft schweigen läßt. Du kennst ihn gut genug, um seinem inneren Wert gerecht werden zu können. Aber seine verborgenen Geistesgaben, wie du sie nennst, sind dir aus bestimmten Gründen eher unbekannt geblieben als mir. Er und ich haben uns oft die Zeit miteinander vertrieben,

während du und unsere Mutter gemeinsam in Schwärmereien versunken waren. Ich habe viel Zeit mit ihm verbracht, habe seine Einstellung eingehend kennengelernt und mir seine Meinungen über Fragen der Literatur und des Geschmacks angehört. Und alles in allem wage ich zu behaupten, daß er gut informiert ist, außerordentlich großes Gefallen an Büchern findet, eine lebhafte Fantasie, eine feine und genaue Beobachtungsgabe und einen empfindsamen, reinen Geschmack hat. Seine Fähigkeiten gewinnen in jeder Hinsicht bei genauerem Hinsehen ebenso wie seine Umgangsformen und seine Erscheinung. Auf den ersten Blick fällt sein Auftreten gewiß nicht ins Auge, und man würde seine Erscheinung kaum gutaussehend nennen, bis man seinen Augenausdruck, der ungewöhnlich sprechend ist, und die allgemeine Liebenswürdigkeit seiner Züge wahrnimmt. Inzwischen kenne ich ihn so gut, daß ich ihn regelrecht gutaussehend finde, oder jedenfalls beinahe. Was meinst du, Marianne?«

»Ich finde ihn sicher sehr bald gutaussehend, Elinor, wenn ich es auch jetzt noch nicht tue. Wenn du mir sagst, ich soll ihn wie einen Schwager lieben, dann werde ich bald ebensowenig Mängel in seinen Zügen sehen wie jetzt in seinem Herzen.«

Elinor fuhr bei dieser Erklärung zusammen und bedauerte die Anteilnahme, zu der sie sich in ihren Äußerungen über ihn hatte hinreißen lassen. Sie war sich darüber im klaren, daß sie Edward außerordentlich schätzte. Sie hielt die Zuneigung für wechselseitig. Aber sie mußte erst selbst größere Gewißheit darüber haben, ehe sie Mariannes Überzeugung von dieser Zuneigung gern hörte. Sie wußte, daß das, was Marianne und ihre Mutter in einem Augenblick vermuteten, ihnen im nächsten schon zur Gewißheit wurde, daß Wünschen für sie Hoffen war und Hoffen Erwarten. Sie versuchte, ihrer Schwester den wirklichen Stand der Dinge zu erklären.

»Ich versuche gar nicht zu leugnen«, sagte sie, »daß ich sehr viel von ihm halte, daß ich ihn überaus schätze, daß ich ihn mag.«

Hier unterbrach Marianne sie ärgerlich:
»Ihn schätzen! Ihn mögen! Gefühllose Elinor! Oh, schlimmer als gefühllos! Schämt sich, anders zu erscheinen! Benutze diese Wörter noch einmal, und ich verlasse auf der Stelle das Zimmer!«
Elinor konnte nicht umhin zu lachen. »Verzeih mir«, sagte sie, »und sei überzeugt, daß ich dich nicht damit kränken wollte, daß ich so zurückhaltend von meinen eigenen Gefühlen spreche. Glaube mir, sie sind stärker, als ich zugegeben habe, kurz und gut, glaube mir, sie sind seinem Wert und dem Verdacht ... der Hoffnung auf seine Zuneigung zu mir angemessen, ohne daß ich dabei unbesonnen oder töricht bin. Aber mehr als das darfst du *nicht* glauben. Ich bin mir seiner Neigung zu mir keineswegs gewiß. Es gibt Augenblicke, wo ich mich frage, wie stark sie ist, und bevor ich seine Gefühle genau kenne, darfst du dich nicht wundern, wenn ich es vermeide, meiner eigenen Zuneigung dadurch Nahrung zu geben, daß ich sie für größer halte oder größer nenne, als sie wirklich ist. In meinem Herzen hege ich wenig ... so gut wie keinen Zweifel an seiner Schwäche für mich. Aber man muß mehr in Betracht ziehen als seine Zuneigung. Er ist denkbar weit davon entfernt, unabhängig zu sein. Wie seine Mutter wirklich ist, wissen wir nicht, aber Fannys gelegentliche Äußerungen über ihr Verhalten und ihre Ansichten haben uns keinen Anlaß geben, sie für liebenswürdig zu halten. Und ich müßte mich sehr irren, wenn Edward sich nicht selbst darüber im klaren ist, daß viele Hindernisse in seinem Weg lägen, wenn er eine Frau heiraten wollte, die weder ein großes Vermögen noch eine hohe gesellschaftliche Stellung besitzt.«
Marianne war erstaunt, wieweit ihre eigene und die Fantasie ihrer Mutter die Wahrheit hinter sich zurückgelassen hatten.
»Und du bist also nicht mit ihm verlobt!« sagte sie. »Aber das geschieht doch bestimmt bald. Zwei Vorteile ergeben sich allerdings aus der Verzögerung. *Ich* werde dich nicht so schnell verlieren, und Edward hat größere Aussichten,

seinen natürlichen Geschmack für deine Lieblingsbeschäftigung zu vervollkommnen, der für dein zukünftiges Glück so unentbehrlich sein muß. Oh, wie reizend wäre es, wenn er sich durch dein Genie dazu anregen ließe, selbst zeichnen zu lernen!«

Elinor hatte ihrer Schwester ihre ehrliche Meinung mitgeteilt. Sie konnte ihre Neigung zu Edward nicht in so rosigem Licht sehen, wie Marianne das getan hatte. Gelegentlich ging eine solche Mutlosigkeit von ihm aus, die, wenn auch nicht Gleichgültigkeit, so doch etwas kaum weniger Aussichtsloses verriet. Ein Zweifel an ihrer Zuneigung, gesetzt er hätte ihn, brauchte ihn nicht so stark zu beunruhigen. Er würde wohl kaum die Niedergeschlagenheit verursachen, die ihn so oft befiel. Vielleicht lag ein einleuchtender Grund in seiner abhängigen Lage, die es ihm verwehrte, seiner Neigung nachzugeben. Sie wußte, daß seine Mutter ihn weder so behandelte, daß er sich bei ihr zu Hause fühlte, noch ihm die Hoffnung auf ein eigenes Heim in Aussicht stellte, ohne daß er ihre Erwartungen auf eine großartige Karriere voll und ganz erfüllte. In dieser Gewißheit war es Elinor unmöglich, dabei kein Unbehagen zu empfinden. Sie war weit davon entfernt, sich darauf zu verlassen, daß seine Schwäche für sie zu dem Ergebnis führen würde, das ihre Mutter und Schwester immer noch für gewiß hielten. Nein, je länger sie zusammen waren, desto mehr fragte sie sich, welcher Art seine Gefühle für sie waren, und manchmal glaubte sie ein paar schmerzliche Minuten lang, daß es nicht mehr war als Freundschaft.

Aber wie weit sie auch tatsächlich gehen mochten, sie genügten, um seine Schwester, sobald sie darauf aufmerksam wurde, unruhig und gleichzeitig, was ihr noch ähnlicher sah, unhöflich werden zu lassen. Sie nahm die erste Gelegenheit wahr, ihre Schwiegermutter unverblümt darauf anzusprechen und so nachdrücklich auf die großartigen Aussichten ihres Bruders, auf Mrs. Ferrars' Entschlossenheit, beide Söhne glänzend zu verheiraten, und auf die Gefahr für jede junge Frau hinzuweisen, die ihn einzufangen versuchte, daß Mrs. Dashwood weder Ahnungslosigkeit vorschützen noch Gelassenheit vortäuschen konnte. Sie gab ihr eine Antwort, die ihre ganze Verachtung ausdrückte, und verließ unverzüglich das Zimmer mit dem Entschluß, ihre geliebte Elinor trotz der Unannehmlichkeiten oder Kosten eines so plötzlichen Umzugs nicht eine Woche länger solchen Unterstellungen auszusetzen.

In dieser Verfassung empfing sie einen Brief mit der Post, der einen zur rechten Zeit kommenden Vorschlag enthielt. Es handelte sich um das Angebot eines kleinen Hauses zu sehr günstigen Bedingungen, das einem ihrer Verwandten, einem Gentleman von Einfluß und Vermögen in Devonshire gehörte. Der Brief kam von diesem Gentleman selbst und verriet den Geist echter Hilfsbereitschaft. Er habe gehört, daß sie eine Wohnung suche, und obwohl es sich bei dem Haus, das er ihr anbiete, lediglich um eine Cottage[2] handle, könne sie versichert sein, daß alles in ihren Augen Notwendige dafür getan werde, wenn das Angebot ihr zusage. Er drang, nachdem er ihr Einzelheiten über Haus und Garten mitgeteilt hatte, ernsthaft in sie, doch mit ihren Töchtern nach Barton Park zu kommen, seinem eigenen Wohnsitz, wo sie selbst beurteilen könne, ob Barton Cottage – denn die Häuser lägen in derselben Gemeinde – durch bauliche Veränderungen wohnlich für sie gemacht werden könne. Er schien ehrlich bestrebt, ihnen entgegenzukommen, und der ganze Brief war in solch liebenswürdigem Stil geschrieben, daß er seine angenehme Wirkung auf seine Cousine nicht verfehlte, um so weniger zu einem Zeitpunkt, wo sie unter dem kalten und gefühllosen Benehmen ihrer nächsten Verwandten litt. Sie brauchte nicht lange nachzudenken oder sich zu erkundigen. Ihr Entschluß war schon beim Lesen gefaßt. Die Lage von Barton in einem Bezirk, so weit entfernt von Sussex wie Devonshire, die noch vor wenigen Stunden ein ausreichender Grund gewesen wäre, um jeden möglichen Vorzug in den Schatten zu stellen, gab nun den entscheidenden Ausschlag. Die Umgebung von Norland zu verlassen, war nun kein Unglück mehr, es war ein drin-

gendes Bedürfnis, es war eine Wohltat, verglichen mit der Misere, länger Gast ihrer Schwiegertochter zu sein; und den geliebten Ort für immer zu verlassen war weniger schmerzlich, als ihn zu bewohnen oder zu besuchen, solange dort eine solche Frau Herrin war. Sie teilte Sir John Middleton umgehend mit, wie sehr sie seine Freundlichkeit zu schätzen wisse und daß sie das Angebot annehme. Und dann beeilte sie sich, ihren Töchtern beide Briefe zu zeigen, damit sie ihrer Zustimmung sicher sein konnte, bevor ihre Antwort abging.
Elinor hatte es immer für klüger gehalten, sich in einiger Entfernung von Norland statt unmittelbar unter ihren augenblicklichen Bekannten niederzulassen. Dieser Grund bot also keinen Anlaß, dem Vorschlag ihrer Mutter, nach Devonshire zu ziehen, zu widersprechen. Auch war das Haus nach der Beschreibung von Sir John so anspruchslos und die Miete so ungewöhnlich niedrig, daß beides ihr nicht das Recht zu Einwänden lieferte; und obwohl der Plan wenig Anziehendes für sie besaß, obwohl der Wunsch, aus der Umgebung von Norland so weit fortzuziehen, ihr fernlag, machte sie deshalb keinen Versuch, ihrer Mutter auszureden, die zustimmende Antwort abzuschicken.

Kapitel 5

Kaum war ihre Antwort aus dem Haus, da gonnte sich Mrs. Dashwood das Vergnügen, ihrem Stiefsohn und seiner Frau zu verkünden, daß sie ein Haus gefunden habe und ihnen nicht länger zur Last fallen werde, als bis alles zu ihrem Einzug bereit sei. Sie hörten ihr mit Überraschung zu. Mrs. John Dashwood sagte nichts, aber ihr Mann äußerte höflich die Hoffnung, daß sie sich nicht weit von Norland niederlassen werde. Sie konnte mit Genugtuung erwidern, daß sie nach Devonshire[3] gehe. Edward wandte sich ihr bei dieser Nachricht hastig zu und wiederholte mit Überraschung und Bestürzung in der Stimme, die für sie keiner Erklärung bedurften:

»Devonshire! Wollen Sie wirklich dorthin ziehen? So weit von hier! Und in welche Gegend?«

Sie erklärte die Lage. Der Ort war ungefähr vier Meilen nördlich von Exeter.

»Es ist nur eine Cottage«, fuhr sie fort, »aber ich hoffe, viele meiner Freunde dort zu empfangen. Ein oder zwei Räume lassen sich leicht anbauen, und wenn meine Freunde nicht die Mühe der weiten Reise scheuen, um mich zu besuchen, dann soll es mich auch keine kosten, sie unterzubringen.«

Sie schloß mit einer sehr freundlichen Einladung an Mr. und Mrs. John Dashwood, sie in Barton zu besuchen, und dehnte sie mit betonter Liebenswürdigkeit auch auf Edward aus. Obwohl das jüngste Gespräch mit ihrer Schwiegertochter sie zu dem Entschluß bewegt hatte, nicht länger als unbedingt nötig in Norland zu bleiben, hatte es in dem Punkt, auf den es hauptsächlich abzielte, seine Wirkung völlig verfehlt. Edward und Elinor voneinander zu trennen, lag ihr so fern wie je. Und sie wollte Mrs. John Dashwood mit dieser betonten Einladung an ihren Bruder zeigen, wie gründlich sie ihre Mißbilligung der Verbindung ignorierte.

Mr. John Dashwood bestätigte seiner Mutter immer wieder, wie unendlich leid es ihm tue, daß sie ein Haus in einer Entfernung von Norland gemietet habe, die es ihm unmöglich mache, ihr beim Transport ihrer Möbel behilflich zu sein. Die Angelegenheit war ihm ernsthaft peinlich, denn genau die Unterstützung, auf die er sein Versprechen an seinen Vater reduziert hatte, wurde ihm durch den Verlauf der Dinge nun unmöglich gemacht. Der gesamte Hausstand wurde auf dem Wasserwege transportiert. Er bestand hauptsächlich aus Wäsche, Silber, Porzellan und Büchern und einem wertvollen Klavier, das Marianne gehörte. Mrs. John Dashwood sah den Kisten mit einem Seufzer nach: Sie konnte es nur als Zumutung empfinden, daß

Mrs. Dashwood, deren Einkommen im Vergleich zu ihrem eigenen nicht der Rede wert war, überhaupt wertvolle Haushaltsgegenstände besaß.

Mrs. Dashwood mietete das Haus für zwölf Monate. Es war vollständig eingerichtet, und sie konnte unmittelbar einziehen. Schwierigkeiten gab es bei dem Vertrag auf beiden Seiten nicht, und sie blieb nur in Norland, um einen Teil ihrer Habe zu verkaufen und über ihren zukünftigen Haushalt zu entscheiden, ehe sie nach Westen aufbrach; und da sie alles, woran sie Interesse hatte, mit ungewöhnlicher Schnelligkeit tat, war auch das bald erledigt. Die Pferde, die ihr Mann ihr hinterlassen hatte, waren bald nach seinem Tod verkauft worden, und da sich jetzt eine Gelegenheit bot, auch die Kutsche abzustoßen, willigte sie auf ernsthaftes Zureden ihrer ältesten Tochter ein, sich davon ebenfalls zu trennen. Wäre es nach ihren eigenen Wünschen gegangen, dann hätte sie die Kutsche für die Bequemlichkeit ihrer Kinder behalten, aber Elinors Umsicht setzte sich durch. *Ihrem* Rat war es auch zu verdanken, daß die Zahl der Dienstboten auf drei reduziert wurde, auf zwei Mädchen und einen Mann, die sie umgehend aus ihrem bisherigen Personal in Norland auswählte.

Der Diener und eins der Mädchen wurden auf der Stelle nach Devonshire vorausgeschickt, um das Haus für die Ankunft ihrer Herrin herzurichten, denn da Lady Middleton Mrs. Dashwood gänzlich unbekannt war, zog diese es vor, direkt in die Cottage einzuziehen, statt zunächst als Gast in Barton Park zu wohnen; und sie hatte solches Vertrauen in Sir Johns Beschreibung, daß sie keinerlei Neugier empfand, es sich anzusehen, bevor sie es als ihr Eigen betrat. Ihre Ungeduld, Norland zu verlassen, erlitt durch die unverhohlene Genugtuung ihrer Schwiegertochter über ihren Auszug keinerlei Einbuße – eine Genugtuung, die diese schlecht hinter der kühlen Aufforderung, die Abreise doch noch zu verschieben, zu verbergen wußte. Dies war der Zeitpunkt, der sich besonders zur Einlösung des väterlichen Versprechens durch ihren Stiefsohn anbot. Da er es bei der Übernahme des Besitzes verabsäumt hatte, erschien ihm ihr Auszug ja vielleicht als der geeignetste Moment. Aber Mrs. Dashwood mußte solche Hoffnungen bald völlig aufgeben, und der allgemeine Tenor seiner Ausführungen überzeugte sie, daß seine Unterstützung über ihren sechsmonatigen Unterhalt in Norland nicht hinausgehen würde. Er sprach so häufig von den steigenden Haushaltskosten und den ständigen Ansprüchen an seinen Geldbeutel, denen ein Mann in seiner Stellung unvorhersehbar ausgesetzt war, daß er eher den Eindruck erweckte, Geld zu brauchen, als daß er die Absicht hegte, Geld zu verschenken.

Schon wenige Wochen, nachdem Sir John Middletons erster Brief in Norland eingetroffen war, war alles so weit in ihrem zukünftigen Heim hergerichtet, daß Mrs. Dashwood und ihre Töchter die Reise antreten konnten.

Viele Tränen wurden bei ihrem letzten Lebewohl von einem so geliebten Ort vergossen.

»Liebes, liebes Norland«, sagte Marianne, als sie an ihrem letzten Abend dort allein vor dem Haus auf und ab ging, »wann werde ich dich nicht mehr vermissen! wann mich woanders zu Hause fühlen! Oh! Glückliches Haus, wenn du wüßtest, wie weh es mir tut, dich von hier aus zu betrachten, von wo ich dich vielleicht nie wiedersehen werde! Und ihr, ihr wohlbekannten Bäume! Aber ihr werdet euch nicht verändern. Kein Blatt wird welken, weil wir davongehen, und auch kein Ast aufhören, sich zu bewegen, obwohl wir ihn doch nicht länger betrachten können! Nein, ihr werdet euch nicht verändern, wißt nichts von der Freude oder dem Bedauern, das ihr verursacht, und macht euch nichts daraus, daß es nun andere sein werden, die in eurem Schatten wandeln! Aber wer soll sich in Zukunft an euch erfreuen?«

Kapitel 6

Die erste Etappe ihrer Reise wurde in so melancholischer Stimmung zurückgelegt, daß sie nur langweilig und unerfreulich sein konnte. Aber als sie sich dem Ende näherte, siegte ihr Interesse am Aussehen der Landschaft, in der sie leben sollten, über ihre Niedergeschlagenheit, und als sie in das Barton-Tal einfuhren, munterte sie dieser Anblick auf. Es war ein hübsches, fruchtbares Fleckchen Erde mit ausgedehnten Wäldern und üppigem Weideland. Als sie der gewundenen Straße mehr als eine Meile gefolgt waren, erreichten sie ihr eigenes Haus. Ein kleiner grüner Vorgarten war alles, was vorne zu dem Grundstück gehörte, und ein sauberes Gartentor ließ sie ein.

Vom Praktischen her war Barton Cottage wenn auch klein, so doch bequem und zweckmäßig, aber als typische englische Cottage ließ sie zu wünschen übrig, denn der Bau war regelmäßig, das Dach mit Ziegeln gedeckt, die Fensterläden waren nicht grün gestrichen und die Wände nicht mit Geißblatt bewachsen. Ein schmaler Korridor führte direkt durch das Haus in den Garten dahinter. Zu beiden Seiten des Eingangs lag je ein Wohnzimmer, ungefähr fünf Meter im Quadrat groß. Dahinter lagen die Wirtschaftsräume und das Treppenhaus. Vier Schlafzimmer und zwei Dachzimmer bildeten den Rest des Hauses. Es stand noch nicht sehr lange und war in gutem Zustand. Im Vergleich zu Norland war es allerdings ärmlich und klein! Aber die Tränen, die die Erinnerung bei ihrem Eintritt hervorrief, wurden schnell getrocknet. Die Freude des Personals über ihre Ankunft munterte sie auf, und jeder beschloß um des anderen willen, ein fröhliches Gesicht zu machen. Es war Anfang September, der Herbst war schön, und da sie den Vorteil hatten, den Ort zuerst bei gutem Wetter zu sehen, empfingen sie einen günstigen Eindruck, der zu ihrem dauerhaften Wohlbefinden entscheidend beitrug.

Die Lage des Hauses war gut. Unmittelbar dahinter und in nicht zu großer Entfernung an beiden Seiten erhoben sich stattliche Hügel, von denen einige Wiesenhänge, andere bebaut und bewaldet waren. Das Dorf Barton lag hauptsächlich auf einem dieser Hügel und bot von den Fenstern der Cottage einen freundlichen Anblick. Nach vorne hinaus war der Blick freier und umfaßte das ganze Tal und das dahinterliegende Land. Die Hügel, die das Haus umgaben, begrenzten das Tal nach dorthin. Unter anderem Namen und anderem Verlauf setzte es sich zwischen den beiden steilsten Hügeln fort.

Mit der Größe und Einrichtung des Hauses war Mrs. Dashwood alles in allem sehr zufrieden, denn obwohl ihr früherer Lebensstil ihr viele Ergänzungen als unumgänglich erscheinen ließ, hatte sie Freude am Vervollständigen und Verbessern; und ihr stand zu dem Zeitpunkt ausreichend Geld für das zur Verfügung, was den Zimmern an größerer Eleganz fehlte.

»Was das Haus angeht«, sagte sie, »so ist es zwar zu klein für unsere Familie, aber wir werden es uns fürs erste einigermaßen bequem machen, da es in diesem Jahr schon zu spät für Verbesserungen ist. Vielleicht können wir im Frühjahr, wenn ich viel Geld habe – und ich hoffe, das ist der Fall –, an einen Ausbau denken. Die Wohnzimmer sind beide zu klein für Gesellschaften von Freunden, die ich hier oft zu versammeln hoffe, und ich denke im stillen daran, die Wand zum Flur und zu dem einen Wohnzimmer zu durchbrechen und den Rest des anderen Zimmers zur Eingangshalle zu machen. Dann noch ein weiteres Wohnzimmer, das sich leicht anbauen läßt, und ein Schlafzimmer und ein Dachzimmer oben, und wir haben ein sehr gemütliches kleines Häuschen. Ich wollte, das Treppenhaus wäre attraktiver, aber man kann auch nicht alles erwarten, obwohl es vermutlich keine Schwierigkeiten machen dürfte, es zu verbreitern. Ich will abwarten, wieviel ich im Frühjahr beiseite gelegt habe, und dann planen wir unsere Verbesserungen entsprechend.«

Bis alle diese Veränderungen von einer Frau, die noch nie in ihrem Leben gespart hatte, aus den Ersparnissen eines Einkommens von fünfhundert Pfund pro Jahr vorgenommen werden konnten, waren sie klug genug, mit dem Haus, wie es war, zufrieden zu sein, und alle waren damit beschäftigt, sich einzurichten und zu versuchen, sich zu Hause zu fühlen, indem sie ihre Bücher und anderen Habseligkeiten um sich anordneten. Mariannes Klavier wurde ausgepackt und fand seinen Platz, und Elinors Zeichnungen wurden an den Wänden des Wohnzimmers aufgehängt.

Bei diesen Beschäftigungen wurden sie am nächsten Tag kurz nach dem Frühstück durch den Eintritt des Hausherrn unterbrochen, der bei ihnen vorsprach, um sie in Barton willkommen zu heißen und ihnen jede Annehmlichkeit aus seinem eigenen Haus und Garten anzubieten, an denen es ihnen noch fehlen mochte. Sir John Middleton war ein gutaussehender Mann von ungefähr vierzig. Er war früher einmal in Stanhill zu Besuch gewesen, aber es war zu lange her, als daß seine jungen Nichten sich an ihn erinnern konnten. Sein ganzes Gesicht strahlte Gutmütigkeit aus, und seine Umgangsformen waren ebenso freundlich wie der Ton seines Briefes. Ihre Ankunft schien ihm ehrliche Freude zu bereiten, und ihre Bequemlichkeit ihm Gegenstand ehrlicher Fürsorge zu sein. Er betonte immer wieder, wie sehr ihm an ihrem freundschaftlichen Umgang mit seiner Familie lag, und drang so herzlich in sie, doch täglich in Barton Park zu essen, bis sie vollständiger eingerichtet seien, daß sie ihm sein Drängen, obwohl es die Grenzen der Höflichkeit überschritt, nicht übelnehmen konnten. Seine Liebenswürdigkeit beschränkte sich nicht auf Worte, denn wenige Stunden nachdem er sie verlassen hatte, traf ein großer Korb voller Gemüse und Obst vom Herrenhaus ein, dem noch vor Ablauf des Tages Wild als Geschenk folgte. Darüber hinaus bestand er darauf, alle ihre Briefe für sie von und zur Post zu befördern, und ließ sich die Freude nicht nehmen, ihnen täglich seine Zeitung zu schicken.

Lady Middleton hatte ihnen durch ihren Mann eine sehr zuvorkommende Nachricht senden lassen und darin ihre Absicht zu erkennen gegeben, Mrs. Dashwood ihre Aufwartung zu machen, sobald sie sicher sei, mit ihrem Besuch nicht lästig zu fallen; und da diese Nachricht mit einer ebenso höflichen Einladung beantwortet wurde, machten sie am folgenden Tag die Bekanntschaft der gnädigen Frau.

Sie konnten es natürlich kaum erwarten, einen Menschen kennenzulernen, von dem ihr Wohlergehen in Barton so weitgehend abhängen mußte, und die Eleganz ihrer Erscheinung bestätigte ihre Hoffnungen. Lady Middleton war nicht älter als sechs- oder siebenundzwanzig. Ihre Züge waren hübsch, ihre Erscheinung groß und auffallend und ihr Auftreten anmutig. Ihre Umgangsformen hatten all die Eleganz, die ihrem Mann fehlte. Aber sie hätte noch gewonnen, hätte sie etwas von seiner Offenheit und Herzlichkeit besessen. Der Besuch dauerte lange genug, um ihre erste Begeisterung etwas zu dämpfen und zu zeigen, daß sie sich zwar vollkommen zu benehmen wußte, sonst aber reserviert und kalt war und über die gängigsten Fragen und Bemerkungen hinaus selbst nichts zu sagen hatte.

An Gesprächsstoff mangelte es allerdings nicht, denn Sir John redete gern und viel, und Lady Middleton war umsichtig genug gewesen, ihr ältestes Kind mitzubringen, einen prächtigen kleinen Jungen von ungefähr sechs Jahren, so daß es immer ein Thema gab, auf das die Damen im Notfall zurückkommen konnten, denn sie mußten sich nach seinem Namen und Alter erkundigen, seine Schönheit bewundern und ihm Fragen stellen, die seine Mutter für ihn beantwortete, während er an ihr hing und zum großen Erstaunen der gnädigen Frau den Kopf gesenkt hielt, die sich fragte, warum er in Gesellschaft so schüchtern war, wenn er doch zu Hause genug Krach machen konnte. Bei jedem offiziellen Besuch sollte ein Kind mit von der Partie sein, um für Gesprächsstoff zu sorgen. Im vorliegenden Fall brauchte man zehn Minuten, um zu entscheiden, ob der Junge seinem Vater oder seiner Mutter ähnlicher sehe und inwieweit er beiden gleiche, denn natürlich fand jeder etwas anderes, und jeder wunderte sich über die Meinung der anderen.

Bald bot sich eine Gelegenheit für die Dashwoods, auch die übrigen Kinder zu diskutieren, da Sir John nicht das Haus verlassen wollte, ohne ihnen das Versprechen abzunehmen, am nächsten Tag im Herrenhaus zu speisen.

Kapitel 7

Barton Park war ungefähr eine halbe Meile von ihrer Cottage entfernt. Die Damen waren auf ihrem Weg daran vorbeigekommen, aber vom Haus aus wurde der Blick darauf von einem dazwischenliegenden Hügel verdeckt. Das Haus war groß und stattlich, und der Lebensstil der Middletons zeichnete sich gleichzeitig durch Gastfreundschaft und Eleganz aus. Ersteres entsprach den Neigungen Sir Johns, letzteres denen der gnädigen Frau. Es gab kaum eine Zeit, wo sich nicht irgendwelche Freunde bei ihnen aufhielten, und sie hatten in jeder Hinsicht mehr gesellschaftlichen Umgang als alle anderen Familien in der Umgebung. Das war für das Glück beider nötig, denn trotz ihres so unterschiedlichen Temperaments und Auftretens ähnelten sie einander in dem völligen Mangel an Talent und Geschmack, was ihre Beschäftigungen außerhalb der Gesellschaft auf einen sehr engen Rahmen beschränkte. Sir John war Jäger, Lady Middleton Mutter. Er jagte und schoß, sie hielt ihre Kinder bei Laune, und dies waren die einzigen Quellen, aus denen sie schöpften. Lady Middleton hatte den Vorteil, daß sie ihre Kinder das ganze Jahr hindurch verwöhnen konnte, während Sir John seinen eigenen Neigungen nur die Hälfte des Jahres nachgehen konnte. Ständige Einladungen zu Hause und bei anderen machten allerdings alle Unzulänglichkeiten von Natur und Erziehung wett, gaben der guten Laune von Sir John Auftrieb und seiner Frau Gelegenheit, ihre gute Kinderstube zu demonstrieren.

Lady Middleton hielt sich etwas zugute auf die Vornehmheit ihrer Tafel und ihrer ganzen Haushaltsführung; und aus diesem Ehrgeiz zog sie die höchste Genugtuung bei all ihren Parties. Sir Johns Vergnügen an Gesellschaft war dagegen sehr viel greifbarer. Es machte ihm Spaß, mehr junge Leute um sich zu versammeln, als sein Haus fassen konnte, und es konnte ihm gar nicht laut genug zugehen. Er war ein Segen für den jugendlichen Teil der Nachbarschaft, denn im Sommer gab er unentwegt Gesellschaften, bei denen kaltes Fleisch und Huhn im Freien gegessen wurde, und im Winter waren seine Hausbälle zahlreich genug für jede junge Dame, die nicht an dem unersättlichen Appetit einer Fünfzehnjährigen litt.

Die Ankunft einer neuen Familie in der Umgebung war immer ein Anlaß zur Freude für ihn, und von den Bewohnern, die er für seine Cottage in Barton gewonnen hatte, war er in jeder Hinsicht entzückt. Die Miss Dashwood waren jung, hübsch und ungeziert. Das genügte, um ihnen sein Wohlwollen zu gewinnen, denn Ungeziertheit war alles, was ein junges Mädchen brauchte, damit er ihr Wesen so anziehend fand wie ihre Erscheinung. Bei der Freundlichkeit seines Naturells machte es ihn glücklich, Leuten zu helfen, deren jetzige Lage im Vergleich zu früher unglücklich erschien. Die Hilfsbereitschaft gegenüber seinen Nichten gewährte ihm deshalb die ehrliche Befriedigung eines guten Menschen; und indem er eine Familie von weiblichen Wesen in seiner Cottage unterbrachte, empfand er die ganze Befriedigung eines Jägers, denn obwohl ein Jäger nur die Geschlechtsgenossen achtet, die auch Jäger sind, liegt ihm nur selten daran, sie dadurch auf den Geschmack zu bringen, daß er ihnen Wohnrecht in seinem eigenen Revier gibt.

Mrs. Dashwood und ihre Töchter wurden an der Tür des Hauses von Sir John empfangen, der sie mit aufrichtiger Herzlichkeit in Barton Park willkommen hieß; und während er sie ins Wohnzimmer führte, äußerte er den jungen Damen gegenüber sein Bedauern, wozu der gleiche Umstand ihn bereits am Vortage veranlaßt hatte, daß er nicht in der Lage sei, ihnen irgendwelche schmukken jungen Männer vorzustellen. Sie würden, sagte er, außer ihm selbst nur noch *einen* Herrn treffen, einen guten Freund, der bei ihnen wohne, aber weder sehr jung noch sehr unterhaltend sei. Er hoffe, sie würden den kleinen Kreis entschuldigen, und könne ihnen versichern, daß es nicht noch einmal vorkommen solle. Er hatte im Laufe des Vormittags[4] in der Hoffnung, ihre Zahl vergrößern zu können, bei verschiedenen Familien vorgesprochen, aber der Mond schien[5], und alle Welt hatte schon eine Verabredung. Zum Glück war Lady Middletons Mutter vor noch nicht einer Stunde in Barton eingetroffen, und da sie eine sehr unterhaltsame, nette Frau war, hoffte er, die jungen Damen würden es nicht so langweilig finden wie befürchtet. Die jungen Damen waren ebenso wie ihre Mutter vollkommen damit zufrieden, zwei völlig fremden Gästen zu begegnen, und hatten keine weiteren Wünsche.

Mrs. Jennings, Lady Middletons Mutter, war eine gutmütige, fröhliche, dicke, ältere Dame, die unentwegt redete und anscheinend sehr glücklich und ziemlich gewöhnlich war. Sie steckte voller Witze und Gelächter und hatte vor Ablauf des Dinners viele scherzhafte Bemerkungen über Liebhaber und Ehemänner gemacht, hoffte, sie hätten ihre Herzen nicht in Sussex zurückgelassen, und behauptete, sie sehe die Mädchen erröten, ob das nun stimmte oder nicht. Marianne ärgerte sich darüber um ihrer Schwester willen, und um zu sehen, wie Elinor diese Angriffe ertrug, blickte sie sie mit einer Ernsthaftigkeit an, die Elinor viel peinlicher war als die banalen Neckereien von Mrs. Jennings.

Oberst Brandon, Sir Johns Freund, gab aufgrund seiner Umgangsformen ebensowenig Anlaß zu der Vermutung, sein Freund zu sein, wie Lady Middleton seine Frau oder Mrs. Jennings Lady Middletons Mutter. Er war schweigsam und gesetzt. Seine Erscheinung war allerdings keineswegs unattraktiv, obwohl er in Mariannes und Margarets Augen ein hoffnungsloser alter Junggeselle war, denn er befand sich jenseits der Fünfunddreißig. Doch obwohl sein

Gesicht nicht hübsch war, waren seine Züge sensibel, und sein Auftreten war ganz das eines Gentlemans.
Keiner in der Gesellschaft zeichnete sich durch irgend etwas aus, das ihn als Umgang für die Dashwoods besonders empfahl. Aber die kühle Belanglosigkeit Lady Middletons war so ausgesprochen abstoßend, daß verglichen damit die Gesetztheit Oberst Brandons und selbst der lärmende Frohsinn Sir Johns und seiner Schwiegermutter interessant waren. Lady Middleton schien sich erst nach dem Dinner beim Eintritt ihrer vier lauten Kinder zu amüsieren, die sich an sie hängten, an ihren Kleidern zerrten und jedem Gespräch, das sich nicht auf sie bezog, ein Ende machten.
Als man gegen Abend herausfand, daß Marianne etwas von Musik verstand, forderte man sie zum Spielen auf. Das Instrument wurde geöffnet, man war bereit, sich bezaubern zu lassen, und auf allgemeinen Wunsch ging Marianne, die sehr gut sang, den größeren Teil der Lieder durch, die Lady Middleton bei ihrer Heirat mit in die Ehe gebracht und die vermutlich seitdem an derselben Stelle auf dem Klavier gelegen hatten, denn die gnädige Frau hatte dieses Ereignis dadurch würdig begangen, daß sie die Musik aufgab, obwohl sie nach Aussage ihrer Mutter außerordentlich gut gespielt und nach ihrer eigenen sehr viel dafür übrig hatte.
Mariannes Darbietung fand großen Beifall. Sir John ließ sich am Ende jedes Liedes zu lauter Bewunderung hinreißen und zu nicht minder lauter Unterhaltung, während jedes Lied gesungen wurde. Lady Middleton wies ihn wiederholt zurecht, fragte sich, wie man bei solcher Musik auch nur einen Augenblick abgelenkt sein könne, und bat Marianne, ein ganz bestimmtes Lied zu singen, das diese gerade beendet hatte. Von allen hörte allein Oberst Brandon zu, ohne in Entzücken zu verfallen. Er machte ihr nur das Kompliment ungeteilter Aufmerksamkeit, und sie empfand deshalb bei dieser Gelegenheit Achtung für ihn, die die anderen sich durch ihren beschämenden Mangel an Kunstverstand zu Recht verscherzt hatten. Obwohl sei-

ne Freude an Musik weit entfernt von jener ekstatischen Begeisterung war, die allein mit ihrer eigenen harmonieren konnte, war sie verglichen mit der schrecklichen Unempfänglichkeit der anderen schätzenswert; und Marianne war so vernünftig einzusehen, daß ein Mann von fünfunddreißig möglicherweise alle Gefühlsintensität und die Fähigkeit zum tiefen seelischen Erleben längst eingebüßt hatte. Sie war durchaus bereit, alle die Zugeständnisse an das fortgeschrittene Alter des Oberst zu machen, die menschliches Mitgefühl erforderte.

Kapitel 8

Mrs. Jennings war eine Witwe mit einem stattlichen Vermögen. Sie hatte nur zwei Töchter, die sich beide zu ihren Lebzeiten ansehnlich verheiratet hatten, und sie hatte nichts mehr zu tun, als die ganze übrige Welt nun auch noch zu verheiraten. Um dieses Ziel zu erreichen, war sie, wo immer sie konnte, unermüdlich tätig und ließ keine Gelegenheit aus, unter allen jungen Leuten ihrer Bekanntschaft Ehen anzubahnen. Sie besaß ein bemerkenswertes Gespür, Neigungen zu entdecken, und konnte sich zugute halten, manche junge Dame durch Anspielungen auf ihre Macht über irgendeinen jungen Mann zu Erröten oder Eitelkeit veranlaßt zu haben. Diese Art Scharfsinn erlaubte es ihr kurz nach ihrer Ankunft in Barton, kategorisch zu erklären, daß Oberst Brandon über beide Ohren in Marianne Dashwood verliebt sei. Der Verdacht kam ihr bereits am allerersten Abend ihres Zusammenseins, als er ihrem Gesang so aufmerksam zuhörte; und als die Middletons den Besuch zu einem Dinner bei den Dashwoods erwiderten, wurde diese Tatsache durch sein erneutes aufmerksames Zuhören bestätigt. Es konnte gar nicht anders sein. Sie war voll und ganz davon überzeugt. Sie wären das ideale Paar, denn er war reich, und sie war hübsch. Es war Mrs.

Jennings ein Herzensanliegen, Oberst Brandon gut verheiratet zu sehen, seit sie ihn über ihre Verwandtschaft mit Sir John kennengelernt hatte; und einen geeigneten Ehemann für ein hübsches Mädchen zu finden war ihr immer ein Herzensanliegen.

Der unmittelbare Nutzen für sie selbst war keineswegs unerheblich, denn es gab ihr Anlaß zu unendlichen Nekkereien gegen beide. In Barton Park lachte sie über den Oberst und in der Cottage über Marianne. *Ihn* ließ der Spott, soweit er ihn selbst betraf, vermutlich völlig kalt, *ihr* hingegen war der Spaß zuerst völlig unverständlich, und als sie begriff, worum es ging, wußte sie nicht, ob sie eher über die Absurdität lachen oder die Impertinenz mißbilligen sollte, denn sie sah darin eine grausame Anspielung auf das fortgeschrittene Alter des Oberst und auf seine trostlose Lage als alter Junggeselle.

Mrs. Dashwood, der ein Mann, nur fünf Jahre jünger als sie selbst, nicht so steinalt vorkam wie der jugendlichen Fantasie ihrer Tochter, versuchte Mrs. Jennings von dem Anschein freizusprechen, sein Alter lächerlich machen zu wollen.

»Aber wenigstens, Mama, kannst du doch die Absurdität dieses Vorwurfs nicht abstreiten, auch wenn du sie nicht für absichtlich boshaft hältst. Oberst Brandon ist natürlich jünger als Mrs. Jennings, aber er ist alt genug, mein Vater zu sein, und wenn er jemals genug Leben in sich gehabt haben sollte, sich zu verlieben, dann muß sich jede Regung dieser Art längst verloren haben. Es ist einfach zu lächerlich! Wann ist ein Mann vor solchem Spott sicher, wenn nicht einmal Alter und Gebrechlichkeit ihn davor bewahren?«

»Gebrechlich!«, sagte Elinor, »nennst du Oberst Brandon gebrechlich? Ich kann ja verstehen, daß er dir älter vorkommt als unserer Mutter, aber du kannst doch nicht leugnen, daß er im Vollbesitz seiner körperlichen Kräfte ist.«

»Hast du ihn nicht über Rheumatismus klagen hören, und ist das nicht das üblichste Gebrechen bei Altersschwäche?«

»Mein liebes Kind«, warf ihre Mutter lachend ein, »in dem Fall mußt du ja in ständiger Furcht vor meinem körperlichen Verfall leben, und es muß dir wie ein Wunder erscheinen, daß mir ein Leben bis zum fortgeschrittenen Alter von vierzig beschieden war.«

»Mama, du tust mir unrecht. Ich weiß sehr wohl, Oberst Brandon ist nicht so alt, daß seine Freunde befürchten müssen, er werde gleich eines natürlichen Todes sterben. Er kann noch zwanzig Jahre leben, aber mit fünfunddreißig denkt man nicht mehr ans Heiraten.«

»Vielleicht«, sagte Elinor, »sollte man mit fünfunddreißig und mit siebzehn nicht zusammen ans Heiraten denken. Aber wenn es zufällig eine Frau geben sollte, die alleinstehend und siebenundzwanzig ist, dann sehe ich in Oberst Brandons fünfunddreißig Jahren keinen Hinderungsgrund dafür, sie zu heiraten.«

»Eine Frau von siebenundzwanzig«, sagte Marianne nach einer kurzen Pause, »hat keine Aussicht, je wieder Zuneigung zu empfinden oder zu erregen, aber wenn ihr Zuhause unerfreulich oder ihr Vermögen klein ist, dann kann ich mir vorstellen, daß sie die Pflichten einer Pflegerin in Kauf nimmt, nur um als Ehefrau versorgt und gesichert zu sein. In der Ehe mit einer solchen Frau läge deshalb nichts Ungehöriges. Es wäre eine Vernunftheirat, und die Welt wäre zufrieden. In meinen Augen wäre es überhaupt keine Ehe, aber das will nichts besagen. Mir erschiene es lediglich als Geschäftsvertrag, bei dem jeder auf Kosten des anderen profitieren möchte.«

»Ich weiß, es ist unmöglich«, erwiderte Elinor, »dich davon zu überzeugen, daß eine Frau von siebenundzwanzig für einen Mann von fünfunddreißig so etwas wie Liebe empfinden könnte, was ihn ihr als begehrenswerten Partner erscheinen ließe, aber ich muß dagegen protestieren, daß du Oberst Brandon und seine Frau dazu verdammst, auf ewig ans Krankenzimmer gefesselt zu sein, bloß weil er gestern (an einem sehr kalten, feuchten Tag) zufällig über einen leichten rheumatischen Schmerz in der Schulter geklagt hat.«

»Aber er hat von Wollwesten geredet«, sagte Marianne, »und für mich sind Wollwesten unweigerlich verbunden mit Schmerzen, Krämpfen, Rheumatismus und all den Beschwerden, an denen Alte und Gebrechliche leiden.«

»Hätte er bloß einen heftigen Fieberanfall gehabt, wäre deine Verachtung vermutlich nur halb so groß. Sei ehrlich, Marianne, empfindest du nicht bei den geröteten Wangen, dem hohläugigen Blick und dem beschleunigten Puls eines Fiebernden einen gewissen Nervenkitzel?«

Als Elinor kurz danach das Zimmer verließ, sagte Marianne: »Wo wir gerade von Krankheiten sprechen, Mama, ich mache mir Gedanken, die ich dir nicht vorenthalten möchte. Ich bin sicher, daß es Edward Ferrars nicht gut geht. Wir sind nun schon beinahe vierzehn Tage hier, und er ist immer noch nicht gekommen. Nur eine ernsthafte Erkrankung kann der Grund für diese außerordentliche Verzögerung sein. Was soll ihn sonst in Norland zurückhalten?«

»Hattest du denn Grund zu der Annahme, daß er so bald kommen wollte?« sagte Mrs. Dashwood. »*Ich* nicht; im Gegenteil, wenn ich mir überhaupt Sorgen darüber gemacht habe, dann höchstens, weil mir aufgefallen ist, daß er nicht gerade mit Begeisterung und Bereitwilligkeit auf meine Einladung reagierte, wenn ich von seinem Besuch in Barton sprach. Erwartet Elinor ihn schon jetzt?«

»Ich habe mit ihr darüber nie gesprochen, aber ich bin davon überzeugt.«

»Wenn du dich nur nicht irrst; denn als ich gestern mit ihr darüber sprach, ein neues Kamingitter für das Gästezimmer zu besorgen, meinte sie, es bestehe keine Eile, da es voraussichtlich so schnell nicht gebraucht werde.«

»Wie merkwürdig! Was das wohl heißen soll? Aber ihr ganzes Verhalten zueinander ist so unbegreiflich. Wie kalt, wie gefaßt war ihr Abschied voneinander! Wie schleppend ihre Unterhaltung am letzten Abend ihres Zusammenseins! Bei unserem Abschied hat Edward keinen Unterschied zwischen Elinor und mir gemacht; es waren die guten Wünsche eines liebevollen Bruders für beide. Zweimal habe ich sie absichtlich im Laufe des letzten Vormittags allein gelassen, und jedesmal ist er mir unbegreiflicherweise aus dem Zimmer gefolgt. Und Elinor hat beim Abschied von Norland und Edward nicht wie ich geweint. Selbst jetzt ist ihre Selbstbeherrschung unerschütterlich. Wann ist sie je niedergeschlagen oder melancholisch? Wann versucht sie je, sich von anderen abzusondern, oder erscheint in ihrer Gegenwart ruhelos und unzufrieden?«

Kapitel 9

Die Dashwoods hatten sich jetzt einigermaßen behaglich in Barton eingerichtet. Haus und Garten mit allem, was dazugehörte, waren ihnen nun vertraut, und sie gingen den täglichen Beschäftigungen, die Norland so reizvoll gemacht hatten, mit viel größerem Vergnügen nach, als es ihnen dort nach dem Tod ihres Vaters möglich gewesen war. Sir John Middleton, der sie während der ersten zwei Wochen jeden Tag besuchte und zu Hause nicht viel mit sich anzufangen wußte, konnte sein Erstaunen darüber, sie immer beschäftigt zu finden, nicht verbergen.

Ihre Besucher waren außer denen von Barton Park nicht zahlreich, denn trotz Sir Johns eindringlichem Zureden, doch mehr Umgang mit den Nachbarn zu pflegen, und wiederholten Versicherungen, daß seine Kutsche ihnen immer zur Verfügung stehe, siegte Mrs. Dashwoods Wunsch nach Unabhängigkeit über den nach Gesellschaft für ihre Kinder, und sie lehnte es konsequent ab, Familien zu besuchen, die sie nicht bequem zu Fuß erreichen konnte. Nur wenige fielen in diese Kategorie, und nicht alle waren verfügbar. Ungefähr anderthalb Meilen von ihrem Haus entfernt in Richtung auf das schmale, gewundene Tal von Allenham, das, wie erwähnt, sich an das von Barton anschloß, hatten die Mädchen auf einem ihrer ersten Spaziergänge ein altes, stattliches Herrenhaus entdeckt, das durch eine gewisse Ähnlichkeit mit Norland ihre Neugier erregte und das sie gern besser kennengelernt hätten. Aber sie erfuhren bei ihren Erkundigungen, daß die Besitzerin, eine alte Dame von noblem Charakter, unglücklicherweise zu gebrechlich war, um in Gesellschaft zu verkehren, und sich nie aus dem Haus rührte.

Die ganze Umgebung bot eine Fülle von schönen Spaziergängen. Die hohen Wiesenhänge, die sie von fast jedem Fenster ihrer Cottage einluden, die köstliche Luft auf ihren Höhen zu genießen, waren eine erfreuliche Abwechslung, wenn der Schmutz auf den Wegen ihnen die außerordentlichen Schönheiten des Tals verschloß; und auf einen dieser Hügel lenkten Marianne und Margaret an einem denkwürdigen Vormittag ihre Schritte, angelockt von den vereinzelten Sonnenstrahlen an einem sonst regnerischen Himmel und unfähig, die Gefangenschaft, zu der sie der Dauerregen der beiden vorhergehenden Tage verurteilt hatte, länger zu ertragen. Das Wetter war nicht vielversprechend genug, um die beiden anderen – trotz Mariannes Behauptung, daß der Tag beständig und schön und jede drohende Wolke von den Bergen verschwinden werde – von ihrem Bleistift und ihrem Buch wegzulocken. Und so brachen die beiden Mädchen gemeinsam auf.

Sie stiegen munter die Wiesenhänge hinauf und freuten sich bei jedem Fleckchen blauem Himmel über ihre eigene Ausdauer; und als ihnen die frische Brise eines kräftigen Südwestwinds ins Gesicht blies, bedauerten sie, daß unbegründete Bedenken ihre Mutter und Elinor um solche herrlichen Empfindungen gebracht hatten.

»Gibt es ein größeres Glücksgefühl auf der Welt«, sagte Marianne, »als dies? Margaret, wir wollen mindestens zwei Stunden hier spazierengehen.«

Margaret stimmte zu, und sie folgten dem Weg gegen den Wind und leisteten ihm noch ungefähr zwanzig Minuten unter fröhlichem Gelächter Widerstand, als sich plötzlich die Wolken über ihnen zusammenzogen und ihnen ein schwerer Regenschauer ins Gesicht schlug. Verärgert und überrascht, waren sie, wenn auch unwillig, gezwungen, umzukehren, denn der nächste Zufluchtsort war ihr eigenes Haus. Ein Trost allerdings blieb ihnen, der sich durch die Zwangslage entschuldigen ließ, nämlich der, in voller Geschwindigkeit die steile Seite des Hügels hinunterzulaufen, die direkt zu ihrem Gartentor führte.

Sie liefen los. Marianne war zuerst im Vorteil, aber ein falscher Schritt ließ sie plötzlich zu Boden stürzen, während Margaret, unfähig anzuhalten und ihr zu helfen, gegen ihren Willen weiterlaufen mußte und den Fuß des Hügels sicher erreichte. Ein Herr, der ein Gewehr trug und um den herum sich zwei Jagdhunde tummelten, kam gerade den Hügel herauf und befand sich nur wenige Schritte von Marianne entfernt, als der Unfall sich ereignete. Er legte sein Gewehr nieder und kam ihr zu Hilfe gelaufen. Sie hatte sich aufgerichtet, aber da sie sich bei dem Fall den Fuß verstaucht hatte, war sie kaum fähig, zu stehen. Der Herr bot ihr seine Hilfe an, und da er merkte, daß sie um der Schicklichkeit willen ablehnte, was die Umstände erforderten, hob er sie kurz entschlossen auf und trug sie den Hügel hinunter. Er schritt durch den Garten, dessen Tor Margaret offen gelassen hatte, trug sie direkt ins Haus, wo Margaret gerade angekommen war, und ließ sie nicht eher los, bis er sie auf einem Stuhl im Wohnzimmer abgesetzt hatte.

Elinor und ihre Mutter erhoben sich bei ihrem Eintritt völlig verblüfft, und während beider Augen mit unverhohlenem Staunen und heimlicher Bewunderung, die nicht zuletzt auf seiner Erscheinung beruhte, auf ihn gerichtet waren, entschuldigte er sich für sein Eindringen und schilderte die Ursache auf so ungezwungene und so höfliche Art, daß sein ungewöhnlich einnehmendes Äußeres durch seine Stimme und seinen Ausdruck nur noch an Reiz gewann. Selbst wenn er alt, häßlich und gewöhnlich gewesen wäre, hätte ihm die bloße Hilfsbereitschaft ihrem Kind gegenüber Mrs. Dashwoods Dankbarkeit und Freundlichkeit gesichert, aber unter dem Einfluß von Jugend, Schönheit und Eleganz gewann seine Handlung eine solche Bedeutung, daß sie ihre Wirkung auf sie nicht verfehlte.

Sie bedankte sich immer wieder und bat ihn mit all der ihr

eigenen Liebenswürdigkeit, Platz zu nehmen. Doch er lehnte das ab, da er schmutzig und naß sei. Daraufhin bat Mrs. Dashwood erfahren zu dürfen, wem sie verpflichtet sei. Sein Name, antwortete er, sei Willoughby, und sein momentaner Wohnsitz sei Allenham, von wo er ihnen mit ihrer Erlaubnis am nächsten Tag seine Aufwartung zu machen hoffe, um sich nach Miss Dashwood zu erkundigen. Die Erlaubnis wurde ihm bereitwillig erteilt, woraufhin er mitten in einem heftigen Regenschauer aufbrach, was ihn noch interessanter machte.

Seine männliche Schönheit und sein ungewöhnlich gewandtes Auftreten waren sofort Gegenstand allgemeiner Bewunderung, und die lachenden Anspielungen auf Marianne, die seine Galanterie hervorrief, wurden vor allem durch seine äußeren Vorzüge genährt. Marianne selbst hatte weniger von seiner Person gesehen als die anderen, denn die verlegene Röte, die ihr Gesicht überzog, als er sie aufhob, hatte es ihr auch nach ihrem Eintritt ins Haus verwehrt, ihn genauer zu betrachten. Aber sie hatte genug von ihm gesehen, um mit all dem Enthusiasmus, der ihrem Lob eigen war, in die Bewunderung der anderen einzustimmen. Seine Gestalt und sein Auftreten entsprachen genau dem Bild, das sie sich von dem Helden einer Lieblingsgeschichte machte; und daß er sie ohne alle Umstände ins Haus getragen hatte, verriet eine Geistesgegenwart, die sie an der Handlung besonders beeindruckte. Alles an ihm war interessant. Sein Name war vielversprechend, sein Wohnsitz lag in ihrem Lieblingsdorf, und sie entdeckte bald, daß von allen männlichen Kleidungsstücken ein Jagdanzug das bei weitem kleidsamste war. Ihre Fantasie war beschäftigt, ihre Vorstellungen waren angenehm, und der Schmerz des verstauchten Knöchels war nicht der Rede wert.

Sir John sprach bei ihnen vor, sobald die nächste Schönwetterperiode des Vormittags es ihm erlaubte, nach draußen zu gehen; und nachdem man ihm Mariannes Unfall berichtet hatte, wurde er ungeduldig gefragt, ob er einen Herrn namens Willoughby in Allenham kenne.

»Willoughby!«, rief Sir John, »was, ist er im Lande? Das ist allerdings eine erfreuliche Nachricht. Ich will gleich morgen hinüberreiten und ihn für Donnerstag zum Dinner einladen.«
»Sie kennen ihn also?« fragte Mrs. Dashwood.
»Ihn kennen! Und ob! Na, er kommt doch jedes Jahr hierher.«
»Und was ist das für ein junger Mann?«
»Einen besseren Burschen kann man sich gar nicht vorstellen. Ein ausgezeichneter Schütze, und einen waghalsigeren Reiter gibt es in ganz England nicht.«
»Und das ist alles, was Sie zu seinen Gunsten zu sagen haben«, rief Marianne empört. »Aber was muß man von ihm halten, wenn man ihn besser kennt. Wo liegen seine Interessen, seine Talente und seine Begabung?«
Sir John war einigermaßen hilflos. »Donnerwetter«, sagte er, »über solche Sachen weiß ich nicht viel von ihm. Aber er ist ein umgänglicher, gutgelaunter Bursche, und er hat die hübscheste kleine schwarze Jagdhündin, die ich kenne. Hatte er sie heute bei sich?«
Aber Marianne konnte ihn ebensowenig über die Farbe von Mr. Willoughbys Jagdhündin zufriedenstellen, wie er ihr die Nuancen seines Seelenlebens beschreiben konnte.
»Aber wer ist er denn?« fragte Elinor. »Woher kommt er? Hat er ein Haus in Allenham?«
Darüber konnte Sir John genauere Auskunft geben, und er erzählte ihnen, daß Mr. Willoughby keinen eigenen Grundbesitz in der Gegend habe, daß er dort nur wohne, wenn er die alte Dame in Allenham Court besuche, mit der er verwandt sei und deren Besitz er erben werde. Und er fügte hinzu: »Ja, ja, er ist ein guter Fang, das kann ich Ihnen sagen, Miss Dashwood[6]. Er selbst hat außerdem einen hübschen kleinen Besitz in Somersetshire[7], und wenn ich Sie wäre, würde ich ihn trotz dieser Purzelei den Berg hinunter nicht so ohne weiteres meiner jüngeren Schwester überlassen. Miss Marianne kann doch nicht alle Männer für sich in Anspruch nehmen. Brandon wird eifersüchtig, wenn sie sich nicht vorsieht.«

»Ich glaube nicht«, sagte Mrs. Dashwood mit gutmütigem Lächeln, »daß eine meiner Töchter versuchen wird, an Mr. Willoughby – wie Sie es nennen – einen guten Fang zu machen; da braucht er keine Angst zu haben. Das ist keine Beschäftigung, zu der sie erzogen worden sind. Männer sind vor uns völlig sicher, wie reich sie auch sein mögen. Ich freue mich allerdings, von Ihnen zu erfahren, daß er ein angesehener junger Mann ist und jemand, dessen Bekanntschaft man sich nicht zu schämen braucht.«

»Einen besseren Burschen, glaube ich, kann man sich nicht vorstellen«, wiederholte Sir John. »Ich erinnere mich, letzte Weihnachten bei einem Tänzchen in Barton Park hat er von acht bis vier Uhr morgens getanzt, ohne einmal auszusetzen.«

»Wirklich?«, rief Marianne mit leuchtenden Augen, »und mit Eleganz, mit Schwung?«

»Und um acht Uhr ritt er schon wieder zur Jagd.«

»So gefällt es mir. So muß ein junger Mann sein. Gleichgültig, was er tut, seine Begeisterung muß grenzenlos sein, und er darf keine Müdigkeit kennen.«

»Ja, ja, ich sehe es kommen«, sagte Sir John, »ich sehe es kommen. Sie werden ihn sich aufs Korn nehmen und gar nicht mehr an den armen Brandon denken.«

»Das ist eine Redensart, Sir John«, sagte Marianne bestimmt, »die mir besonders mißfällt. Ich verabscheue alle gewöhnlichen Redensarten, die geistreich sein sollen. Und ›jemanden aufs Korn nehmen‹ oder ›eine Eroberung machen‹ sind mir besonders widerwärtig. Sie verraten Gewöhnlichkeit und Beschränktheit, und wenn ihre Formulierung je als geistreich gegolten hat, so haben sie mit der Zeit alle Originalität verloren.«

Sir John verstand diesen Vorwurf nicht recht, aber er lachte so herzlich, als sei das der Fall, und erwiderte dann: »Ja, ja, Sie werden so oder so schon noch genug Eroberungen machen. Der arme Brandon! Er ist schon über beide Ohren verliebt, und es lohnt sich durchaus, ihn aufs Korn zu nehmen, das kann ich Ihnen sagen, trotz all dieser Purzelei und all der verstauchten Knöchel.«

Kapitel 10

Mariannes Lebensretter, wie Margaret ihn mehr gewählt als zutreffend titulierte, sprach früh am nächsten Vormittag in der Cottage vor, um sich persönlich nach ihrem Wohlergehen zu erkundigen. Er wurde von Mrs. Dashwood mit mehr als bloßer Höflichkeit, mit einer Verbindlichkeit empfangen, die Sir Johns Bericht von ihm und ihre eigene Dankbarkeit ihr nahelegten; und der ganze Ablauf des Besuchs vermittelte ihm den Eindruck von Vernunft, Kultiviertheit, gegenseitiger Zuneigung und häuslicher Behaglichkeit in der Familie, deren Bekanntschaft er dem Zufall verdankte. Um ihn von ihrem persönlichen Charme zu überzeugen, hätte es keiner zweiten Begegnung bedurft.

Miss Dashwood hatte einen zarten Teint, gleichmäßige Züge und eine bemerkenswert hübsche Figur. Marianne war noch hübscher. Ihre Erscheinung war, wenn auch nicht so wohlproportioniert wie die ihrer Schwester, eindrucksvoller, weil sie durch ihre Größe mehr ins Auge fiel; und ihr Gesicht hatte soviel Liebreiz, daß das gängige Kompliment, mit dem man sie als schönes Mädchen bezeichnete, der Wahrheit weniger ins Gesicht schlug als sonst üblich. Ihre Haut war sehr dunkel, aber von einer Klarheit, die ihren Teint ungewöhnlich leuchtend machte. Ihre Züge waren makellos, ihr Lächeln anmutig und gewinnend, und ihre Augen, die sehr dunkel waren, strahlten eine Lebhaftigkeit, ein Feuer, eine Begeisterung aus, deren Zauber sich niemand entziehen konnte. Willoughby blieb ihr Ausdruck zuerst verborgen, so verlegen wurde sie bei dem Gedanken an seine Hilfe. Aber als sie darüber hinweg war, als sie sich gefaßt hatte, als sie sah, daß sich in ihm die vollkommene Erziehung des Gentleman mit Offenheit und Lebhaftigkeit vereinte, und vor allem, als sie ihn erklären hörte, daß er ein leidenschaftlicher Liebhaber von Musik und Tanz sei, warf sie ihm einen so beifälligen Blick zu, daß er für den Rest seines Besuchs seine Worte fast ausschließlich an sie richtete.

Man brauchte nur eine ihrer Lieblingsbeschäftigungen zu erwähnen, um Marianne zum Sprechen zu bringen. Sie konnte nicht schweigen, wenn das Gespräch auf diese Themen kam, und kannte weder Schüchternheit noch Zurückhaltung bei ihrer Diskussion. Sie entdeckten rasch, daß sie ein gemeinsames Vergnügen an Tanz und Musik hatten und daß dies auf der völligen Übereinstimmung ihres Urteils über beides beruhte. Dies gab ihr Mut, seinen Ansichten weiter auf den Grund zu gehen, und sie begann, ihn über das Thema Bücher auszufragen. Sie zählte ihre Lieblingsautoren auf und sprach mit solch leidenschaftlicher Hingabe über sie, daß ein junger Mann von fünfundzwanzig schon ziemlich gefühllos hätte sein müssen, um nicht auf der Stelle von der überragenden Qualität dieser Werke überzeugt zu sein, wie gleichgültig sie ihm auch vorher gewesen sein mochten. Ihr Geschmack stimmte auf verblüffende Weise überein. Die gleichen Bücher, die gleichen Passagen wurden von beiden verehrt, und wenn es Unterschiede gab, wenn sich ein Einwand erhob, dann nur so lange, bis die Überzeugungskraft ihrer Argumente und das Strahlen ihrer Augen sich entfalteten. Er pflichtete all ihren Urteilen bei, ließ sich von ihrer ganzen Begeisterung anstecken, und lange bevor der Besuch endete, unterhielten sie sich mit der Vertraulichkeit alter Bekannter.

»Also, Marianne«, sagte Elinor, sobald er sie verlassen hatte, »für einen Vormittag, finde ich, hast du eine Menge erreicht. Du hast Mr. Willoughbys Meinung über fast jedes wichtige Thema eingeholt. Du weißt, was er von Cowper und Scott hält, du kannst sicher sein, daß er ihre Schönheiten, wie es sich gehört, zu schätzen weiß, und du hast jede Gewißheit erhalten, daß er Pope[8] nicht mehr bewundert, als sich schickt. Aber wie willst du eure Bekanntschaft auf die Dauer aufrechterhalten, wenn du jedes Gesprächsthema mit so außerordentlicher Geschwindigkeit abhandelst. Ihr werdet bald alle interessanten Themen erschöpft haben. Eine weitere Begegnung wird genügen, um seine Ansichten über das Pittoreske, über zweite Ehen zu erfahren, und dann wirst du nichts mehr zu fragen haben.«

»Elinor«, rief Marianne, »ist das fair? Ist das gerecht? Sind meine Einfälle so dürftig? Aber ich weiß, worauf du hinauswillst. Ich bin zu ungezwungen, zu glücklich, zu aufrichtig gewesen. Ich habe gegen jede gängige Vorstellung von Anstand verstoßen. Ich bin offen und ehrlich gewesen, wo ich zurückhaltend, geistlos, stumpfsinnig und verlogen hätte sein sollen. Hätte ich nur vom Wetter und von den Straßen gesprochen, hätte ich nur einmal alle zehn Minuten das Wort ergriffen, dann hätte ich mir diesen Vorwurf erspart.«

»Mein Schatz«, sagte ihre Mutter, »du mußt nicht böse auf Elinor sein. Sie hat nur Spaß gemacht. Ich würde sie selbst ausschimpfen, wenn ihr ernstlich daran läge, deine Freude an deiner Unterhaltung mit unserem neuen Freund zu beeinträchtigen.«

Marianne war im Nu besänftigt.

Willoughby seinerseits gab durch den offensichtlichen Wunsch, öfter mit ihnen umzugehen, sein Vergnügen an ihrer Bekanntschaft deutlich zu erkennen. Er besuchte sie jeden Tag. Zuerst entschuldigte er sich damit, daß er sich nach Marianne erkundigen wollte. Aber die willkommene Aufnahme, die er fand und die jeden Tag herzlicher wurde, machte eine Entschuldigung überflüssig, bevor Mariannes völlige Genesung sie unmöglich machte. Sie war ein paar Tage ans Haus gefesselt, aber noch nie war eine Fessel weniger lästig gewesen. Willoughby war ein junger Mann von beträchtlicher Intelligenz, schneller Auffassungsgabe, lebhaftem Temperament und offenen, gewinnenden Umgangsformen. Er war der ideale Mann, Mariannes Herz zu gewinnen, denn obendrein besaß er nicht nur ein anziehendes Äußeres, sondern auch eine Begeisterungsfähigkeit, die von ihrem Beispiel angeregt und mitgerissen wurde und ihm mehr als alles andere ihre Sympathie gewann.

Seine Gesellschaft wurde nach und nach ihr größtes Ver-

gnügen. Sie lasen, unterhielten sich, sie sangen gemeinsam. Sein musikalisches Talent war beträchtlich, und er las mit all der Empfindsamkeit und Lebhaftigkeit, die Edward leider gefehlt hatten.
In Mrs. Dashwoods Augen war er ebenso fehlerlos wie in Mariannes, und Elinor hatte nichts an ihm auszusetzen als eine Neigung, bei jeder Gelegenheit ohne Rücksicht auf Personen oder Umstände seinen innersten Gedanken Ausdruck zu geben, worin er ihrer Schwester sehr ähnelte und was diese besonders an ihm schätzte. Indem er sich vorschnell eine Meinung über andere bildete und sie zum besten gab, wobei er die allgemeine Höflichkeit dem Vergnügen ungeteilter Aufmerksamkeit opferte, wo sein Herz im Spiel war, und die Formen gesellschaftlichen Anstands zu leichtfertig vernachlässigte, bewies er einen Mangel an Umsicht, den Elinor trotz allem, was er und Marianne zur Rechtfertigung sagen mochten, nicht billigen konnte.
Marianne erkannte nun langsam, daß die Verzweiflung, die sie mit sechzehneinhalb überkommen hatte, niemals einem Mann zu begegnen, der ihrer Vorstellung von Vollkommenheit entsprechen könne, vorschnell und ungerechtfertigt gewesen war. Willoughby verkörperte alles, was sie sich in ihrer Fantasie in jener unglücklichen Stunde und in heiteren Augenblicken als liebenswert erträumte; und sein Verhalten verriet, daß er in dieser Hinsicht so ernsthafte Wünsche wie überzeugende Fähigkeiten hatte.
Auch ihre Mutter, in der der Gedanke an eine mögliche Heirat nicht durch die Aussicht auf sein Vermögen entstanden war, kam noch vor Ablauf einer Woche so weit, darauf zu hoffen und damit zu rechnen und sich heimlich zu beglückwünschen, zwei Schwiegersöhne wie Edward und Willoughby gewonnen zu haben.
Oberst Brandons Schwäche für Marianne, die von seinen Freunden so früh entdeckt worden war, fiel jetzt, wo sie keine Notiz mehr davon nahmen, zum erstenmal Elinor auf. Die Aufmerksamkeit und die Stichelei der anderen wurden nun auf seinen erfolgreicheren Rivalen übertra-

gen, und die Anzüglichkeiten, die der andere hatte über sich ergehen lassen müssen, bevor von einer Schwäche überhaupt die Rede sein konnte, hörten auf, als seine Gefühle den Spott erst eigentlich herausforderten, den zu große Sensibilität verdient.
Elinor sah sich gegen ihren Willen veranlaßt anzunehmen, daß die Gefühle, die Mrs. Jennings ihm zu ihrem eigenen Vergnügen zugeschrieben hatte, nun tatsächlich von ihrer Schwester geweckt wurden und daß eine weitgehende seelische Übereinstimmung zwischen den Partnern die Zuneigung Mr. Willoughbys zwar begünstigt, ein ähnlich auffälliger charakterlicher Gegensatz aber kein Hinderungsgrund für Oberst Brandons Verehrung war. Sie sah es mit Besorgnis, denn was hatte ein stiller Mann von fünfunddreißig zu erwarten, wenn er einem lebhaften Mann von fünfundzwanzig gegenüberstand; und da sie ihm nun einmal keinen Erfolg wünschen konnte, wünschte sie ihm von Herzen Gleichgültigkeit. Sie mochte ihn trotz seiner Gesetztheit und seiner Zurückhaltung, für sie war er ein interessanter Mann. Seine Umgangsformen waren zwar gemessen, aber verbindlich, und seine Zurückhaltung schien eher auf einer gewissen Niedergeschlagenheit zu beruhen als auf einem natürlichen Hang zum Trübsinn. Sir John hatte Anspielungen auf frühere Wunden und Enttäuschungen fallen lassen, die ihren Eindruck rechtfertigten, daß er unglücklich war, und sie betrachtete ihn mit Achtung und Mitgefühl.
Vielleicht bemitleidete und schätzte sie ihn um so mehr, als er von Willoughby und Marianne links liegengelassen wurde, die in ihrer Voreingenommenheit, daß er weder lebhaft noch jung sei, entschlossen waren, seine Verdienste zu unterschätzen.
»Brandon ist genau der Mann«, sagte Willoughby eines Tages, als sie gemeinsam über ihn sprachen, »von dem alle Gutes sagen und der niemanden interessiert; den zu sehen alle hocherfreut sind und mit dem sich niemand unterhält.«
»Genau das finde ich auch«, rief Marianne.

»Ihr braucht euch darauf nichts einzubilden«, sagte Elinor, »denn ihr seid beide ungerecht. Er genießt die Sympathie der ganzen Familie im Herrenhaus, und ich selbst bemühe mich immer, wenn ich ihn treffe, mich mit ihm zu unterhalten.«

»Daß Sie zu seinen Gönnern gehören«, entgegnete Willoughby, »spricht natürlich für ihn, aber die Sympathie der anderen ist nicht gerade ein Kompliment. Wer möchte die Schande auf sich nehmen, von solchen Frauen wie Lady Middleton und Mrs. Jennings geschätzt zu werden, wenn er sich der Gleichgültigkeit aller anderen erfreuen kann.«

»Aber vielleicht macht die Verachtung von Leuten wie Sie und Marianne die Sympathie von Lady Middleton und ihrer Mutter wieder wett. Wenn ihr Lob ein Todesurteil ist – vielleicht ist euer Todesurteil ein Lob, denn sie sind nicht unbedarfter, als ihr voreingenommen und ungerecht seid.«

»Um deinen Protegé in Schutz zu nehmen, kannst du ja sogar schnippisch sein.«

»Mein Protegé, wie du ihn nennst, ist ein vernünftiger Mann, und Vernunft wird auf mich nie ihre Wirkung verfehlen. Ja, Marianne, selbst bei einem Mann zwischen dreißig und vierzig. Er ist in der Welt herumgekommen, er war im Ausland, ist belesen und denkt viel nach. Er hat mir auf allen möglichen Gebieten eine Menge Informationen geben können, und er hat meine Fragen immer mit der Bereitwilligkeit eines wohlerzogenen und wohlmeinenden Menschen beantwortet.«

»Das heißt doch nur«, sagte Marianne verächtlich, »er hat dir erzählt, daß das Klima in Indien heiß ist und die Moskitos lästig.«

»Das hätte er mir zweifellos erzählt, wenn ich mich danach erkundigt hätte, aber zufällig hatte man mich über diese Tatsachen schon vorher aufgeklärt.«

»Womöglich«, sagte Willoughby, »haben sich seine Ausführungen gar auf die Existenz von Nabobs, Goldmohren und Palanquins[9] erstreckt.«

»Ich wage zu behaupten, daß seine Ausführungen sehr viel weiter reichten als Ihre Wahrheitsliebe. Aber was haben Sie gegen ihn?«

»Ich habe nichts gegen ihn. Ich betrachte ihn im Gegenteil als einen sehr ehrenwerten Mann, der jedermanns gute Meinung und niemandes Aufmerksamkeit genießt; der mehr Geld hat, als er ausgeben, mehr Zeit, als er ausfüllen kann, und jedes Jahr zwei neue Mäntel.«

»Hinzu kommt«, rief Marianne aus, »daß er weder Originalität noch Geschmack noch Geist hat; daß sein Verstand keine Schärfe, seine Gefühle kein Feuer und seine Stimme keine Ausdruckskraft hat.«

»Ihr verurteilt seine Schwächen so in Bausch und Bogen«, entgegnete Elinor, »und so sehr mit dem Maßstab eurer eigenen Fantasie, daß das Lob, das *ich* ihm erteilen kann, einigermaßen kalt und belanglos klingt. Ich kann nur sagen, daß er ein vernünftiger Mann ist, gut erzogen, gut informiert und von großem Zartgefühl, und daß er, wie ich glaube, ein liebenswürdiges Herz besitzt.«

»Miss Dashwood«, rief Willoughby, »nun sind Sie wirklich ungerecht zu mir. Sie versuchen, mich mit Vernunftgründen zu entwaffnen und mich gegen meinen Willen zu überzeugen. Aber damit kommen Sie nicht durch. Sie werden sehen, ich bin ebenso dickköpfig wie Sie schlau. Ich habe drei unwiderlegbare Gründe, etwas gegen Oberst Brandon zu haben: Er hat mir mit Regen gedroht, als ich schönes Wetter wollte; er hatte an der Federung meines Zweiräders etwas auszusetzen; und ich kann ihn nicht dazu überreden, meine braune Stute zu kaufen. Wenn Ihnen allerdings mit der Mitteilung gedient ist, daß ich seinen Charakter sonst in jeder Hinsicht für untadelig halte, so bin ich zu diesem Bekenntnis bereit. Und als Entschädigung für ein Zugeständnis, das mich einige Mühe kostet, können Sie mir das Privileg nicht vorenthalten, etwas gegen ihn zu haben wie eh und je.«

Kapitel 11

Mrs. Dashwood oder ihre Töchter hatten, als sie in Devonshire eintrafen, nicht ahnen können, daß in kürzester Zeit so viele Verpflichtungen ihre Zeit in Anspruch nehmen würden oder so viele Einladungen und derart ständige Besucher ihnen nur noch wenig Muße für ernsthafte Beschäftigungen lassen würden. Doch so war es. Als Marianne sich erholt hatte, wurde das häusliche und auswärtige Unterhaltungsprogramm, das Sir John bereits aufgestellt hatte, verwirklicht. Die Hausbälle im Herrenhaus begannen nun, und Wasserpartien wurden geplant und unternommen, sooft ein regnerischer Oktober es erlaubte. Bei allen Unternehmungen dieser Art war Willoughby dabei, und die Zwanglosigkeit und Vertraulichkeit, die natürlich bei diesen Partien herrschte, war ganz dazu angetan, seine Bekanntschaft mit den Dashwoods intimer zu machen, mehr Beweise von Mariannes vielen Vorzügen zu erhalten, ihr seine lebhafte Bewunderung auszudrücken und aus ihrem Verhalten ihm gegenüber das eindeutige Geständnis ihrer Zuneigung zu entnehmen.

Elinor wunderte sich nicht über ihre Beziehung. Ihr wäre es nur lieb gewesen, wenn sie sie weniger deutlich gezeigt hätten, und ein- oder zweimal wagte sie es sogar, Marianne etwas mehr Selbstbeherrschung ans Herz zu legen. Aber Marianne verabscheute alle Heimlichtuerei, wo Freimütigkeit keinen Anstoß erregte; und sich um die Unterdrückung von Gefühlen zu bemühen, die an sich keinen Tadel verdienten, schien ihr nicht bloß eine überflüssige Anstrengung, sondern eine schändliche Kapitulation des Verstandes vor gängigen und irrtümlichen Vorstellungen. Willoughby dachte dasselbe, und ihr Benehmen war eine ständige Demonstration ihrer Einstellung.

Wenn er anwesend war, hatte sie für niemanden sonst Augen. Alles, was er tat, war richtig. Alles, was er sagte, war klug. Wenn ihre Abende im Herrenhaus mit einem Kartenspiel endeten, betrog er sich und alle anderen, um ihr ein gutes Blatt zu geben. Wenn sie den Abend beim Tanz verbrachten, tanzten sie die Hälfte der Zeit miteinander, und wenn sie sich für ein paar Tänze trennen mußten, paßten sie auf, daß sie nebeneinander standen, und sprachen kaum ein Wort mit jemand anderem. Dieses Benehmen machte sie natürlich zur Zielscheibe des allgemeinen Gelächters, aber Spott konnte sie nicht treffen und schien sie kaum zu irritieren.

Mrs. Dashwood nahm an all ihren Gefühlen mit solcher Lebhaftigkeit teil, daß sie gar nicht darauf kam, dieses übertriebene Zur-Schau-Stellen von Empfindungen zu zügeln. Für sie war dies die ganz natürliche Folge einer regen Zuneigung in einem jungen und leidenschaftlichen Gemüt.

Für Marianne war es eine Zeit des Glücks. Ihr Herz hing an Willoughby, und der Zauber, den seine Gesellschaft ihrem jetzigen Zuhause verlieh, schien die zärtliche Bindung an Norland, die sie von Sussex mitgebracht hatte, leichter zu lösen, als sie vorher für möglich gehalten hatte.

Elinors Glück war nicht so ungetrübt. Weder war ihr Herz so unbeschwert, noch ihr Vergnügen an ihren Unternehmungen so ungeteilt. Sie hatte keinen Gefährten gefunden, der sie für das, was sie zurückgelassen hatte, entschädigte oder sie veranlaßte, mit geringerem Bedauern an Norland zu denken als vorher. Weder Lady Middleton noch Mrs. Jennings konnten ihr die Gespräche ersetzen, die sie vermißte, obwohl die letztere unermüdlich redete und sie von Anfang an so in ihr Herz geschlossen hatte, daß ihr ein Gutteil ihrer Ausführungen sicher war. Sie hatte Elinor ihre eigene Lebensgeschichte bereits drei- oder viermal erzählt, und hätte deren Interesse daran ihrem sonstigen Lernbedürfnis entsprochen, dann hätte sie vielleicht schon gleich zu Beginn ihrer Bekanntschaft alle Einzelheiten von Mr. Jennings' letzter Krankheit und das, was er zu seiner Frau wenige Minuten vor seinem Tod gesagt hatte, behalten. Lady Middleton war nur dadurch erträglicher als ihre Mutter, daß sie schweigsamer war. Elinor brauchte nicht lange, um zu merken, daß ihre Zurückhaltung lediglich auf Teilnahmslosigkeit beruhte und mit Vernunft nichts zu tun hatte. Sie behandelte ihren Mann oder ihre Mutter ebenso wie sie alle, und Vertraulichkeit war deshalb weder zu erwarten noch zu wünschen. Sie hatte heute nichts zu sagen, was sie gestern nicht schon gesagt hatte. Ihr Stumpfsinn blieb sich immer gleich, denn auch ihre Stimmung war immer dieselbe, und obwohl sie nichts gegen die Unternehmungen hatte, die ihr Mann veranstaltete, vorausgesetzt, alles verlief stilvoll und ihre beiden ältesten Kinder waren an ihrer Seite, schien sie sich dabei auch nicht mehr zu amüsieren, als wenn sie zu Hause gesessen hätte. Und so wenig trug ihre Gegenwart durch Teilnahme an den allgemeinen Gesprächen zum Vergnügen der andern bei, daß sie manchmal nur dann an ihre Anwesenheit erinnert wurden, wenn sie sich um ihre ungezogenen Kinder bemühte.

Unter all ihren neuen Bekannten fand Elinor nur in Oberst Brandon einen Menschen, der überhaupt geistigen Respekt beanspruchen, Interesse an Freundschaft erregen oder ihr ein unterhaltsamer Gefährte sein konnte. Willoughby kam nicht in Frage. Er hatte ihre ganze Bewunderung und Freundschaft, selbst ihre schwesterliche Freundschaft, aber er war verliebt. Seine Aufmerksamkeit galt ausschließlich Marianne, und ein weit weniger anziehender Mann wäre vermutlich viel unterhaltsamer gewesen. Oberst Brandon konnte sich zu seinem Unglück nicht so ermutigt fühlen, ausschließlich an Marianne zu denken, und fand in der Unterhaltung mit Elinor den größten Trost für die völlige Gleichgültigkeit ihrer Schwester.

Elinors Mitgefühl für ihn nahm zu, da sie Grund zu der Annahme hatte, daß er die Qualen enttäuschter Liebe bereits kannte. Dieser Verdacht kam ihr bei einigen Worten, die er eines Abends im Herrenhaus zufällig fallen ließ, als sie übereinkamen, sich zu setzen, während die anderen tanzten. Er verfolgte Marianne mit den Augen, und nach einem Schweigen von einigen Minuten sagte er mit einem schwachen Lächeln:

»Ihre Schwester, wenn ich recht verstehe, hält nichts von einer zweiten Liebe?«
»Nein«, erwiderte Elinor, »sie hat durch und durch romantische Vorstellungen.«
»Mir scheint eher, sie hält sie für unmöglich.«
»Ich glaube, ja; aber wie ihr das gelingt, ohne an ihren eigenen Vater zu denken, der selbst zweimal verheiratet war, verstehe ich nicht. In einigen Jahren allerdings werden gesunder Menschenverstand und Erfahrung ihre Ansichten auf vernünftige Weise zurechtgerückt haben, und dann lassen sie sich vielleicht auch von anderen, nicht nur von ihr selbst, eher charakterisieren und rechtfertigen als jetzt.«
»Das wird wohl der Fall sein«, antwortete er, »und trotzdem liegt etwas so Liebenswürdiges in den Vorurteilen eines jungen Menschen, daß man sie mit Bedauern vor der allgemeinen Meinung kapitulieren sieht.«
»Da kann ich Ihnen nicht zustimmen«, sagte Elinor. »Solche Gefühle, wie Marianne sie hat, bringen Nachteile mit sich, die auch der ganze Zauber von Begeisterung und Weltfremdheit nicht wieder gutmachen kann. Ihre Weltanschauung hat die unglückselige Neigung, Anstand und Sitte geringzuschätzen, und deshalb vertraue ich darauf, daß eine bessere Weltkenntnis den denkbar größten positiven Einfluß haben wird.«
Nach einer kurzen Pause nahm er das Gespräch wieder mit den Worten auf:
»Läßt Ihre Schwester in ihren Einwänden gegen zweite Ehen keine Unterschiede gelten? Oder sind sie unter allen Umständen verwerflich? Müssen alle, die bei ihrer ersten Wahl enttäuscht worden sind, ob durch die Unzuverlässigkeit ihres Partners oder die Widrigkeit der Umstände, danach ohne Bindung durchs Leben gehen?«
»Ich muß sagen, soweit bin ich mit ihren Grundsätzen denn doch nicht vertraut. Ich habe jedenfalls nie gehört, daß sie jemals eine zweite Verbindung als verzeihlich gebilligt hätte.«
»Das«, sagte er, »bleibt nicht so. Aber ein Wandel, ein völ-

liger Sinneswandel ... Nein, nein, wünschen Sie ihn nicht, denn wenn die romantische Subtilität eines jungen Menschen weichen muß – wie oft treten dann Ansichten an ihren Platz, die nur zu alltäglich und zu gefährlich sind! Ich spreche aus Erfahrung. Ich kannte einmal eine Dame, die Ihrer Schwester in Temperament und Gesinnung sehr ähnelte, die wie *sie* dachte und urteilte, die aber durch eine erzwungene Veränderung, durch eine Reihe von unglückseligen Umständen ...« Hier brach er plötzlich ab, hatte anscheinend den Eindruck, zuviel gesagt zu haben und gab durch seinen Gesichtsausdruck Anlaß zu Vermutungen, auf die Elinor sonst nicht verfallen wäre. Die Dame hätte vermutlich keinen Verdacht erregt, hätte er Miss Dashwood nicht den Eindruck gegeben, daß alles, was mit ihr zusammenhing, nicht über seine Lippen kommen durfte. So brauchte sie ihre Fantasie nur ein wenig anzustrengen, um seine innere Bewegung mit der zärtlichen Erinnerung an vergangene Liebe in Verbindung zu bringen. Elinor ließ die Sache auf sich beruhen. Aber Marianne hätte sich an ihrer Stelle nicht damit zufrieden gegeben. In ihrer Fantasie hätte die ganze Geschichte unverzüglich Gestalt angenommen, und alles hätte sich auf melancholische Weise zu einer unglücklichen Liebe verdichtet.

Kapitel 12

Als Elinor und Marianne am nächsten Vormittag spazierengingen, teilte diese ihrer Schwester eine Neuigkeit mit, die sie trotz ihrer Kenntnis von Mariannes ganzer Unklugheit und Gedankenlosigkeit doch durch den beispiellosen Beweis beider Eigenschaften überraschte. Marianne erzählte ihr mit dem größten Entzücken, daß Willoughby ihr ein Pferd geschenkt habe, eins, das er selbst auf seinem Gut in Somersetshire gezüchtet hatte und das zum Reiten für eine Frau dressiert war. Ohne Rücksicht darauf, daß ihre Mutter gar nicht die Absicht hatte, ein Pferd zu halten, daß sie ein zweites für den Diener kaufen mußte, falls sie ihren Entschluß diesem Geschenk zuliebe ändern sollte, und dieser Diener eingestellt werden mußte, damit das Pferd regelmäßig geritten wurde, und daß sie schließlich einen Stall für sie brauchten, hatte Marianne das Geschenk ohne Zögern angenommen und erzählte ihrer Schwester nun voller Begeisterung davon.

»Er hat vor, seinen Burschen sofort nach Somersetshire zu schicken, um es zu holen«, fügte sie hinzu, »und wenn es kommt, dann reiten wir jeden Tag aus. Du darfst es auch benutzen. Stell dir das Vergnügen vor, Elinor, über diese Hügel zu galoppieren.«

Höchst unwillig mußte sie aus solch seligen Träumen erwachen, die ganze nüchterne Wahrheit begreifen, die dahinter lag; und eine Zeitlang weigerte sie sich, sie zu akzeptieren. Was einen zusätzlichen Diener anging, so würde die Ausgabe nicht der Rede wert sein. Mama, da war sie sicher, würde bestimmt nichts dagegen haben. Für einen Diener war jedes Pferd gut genug, er konnte immer eins im Herrenhaus bekommen. Was den Stall betraf, so würde eine bloße Hütte genügen. Elinor wagte die Schicklichkeit zu bezweifeln, ein solches Geschenk von einem Mann anzunehmen, den sie so wenig oder doch zumindest erst seit so kurzer Zeit kannte. Das ging zu weit.

»Du irrst dich, Elinor«, sagte Marianne ernst, »wenn du glaubst, daß ich Willoughby nicht gut kenne. Ich kenne ihn zwar noch nicht lange, aber er ist mir viel vertrauter als sonst jemand auf der Welt außer dir und Mama. Nicht Zeit oder Gelegenheit entscheiden über den Grad von Vertrautheit, sondern die Persönlichkeit allein. Sieben Jahre würden nicht reichen, um manche Leute miteinander vertraut zu machen, und für andere sind sieben Tage mehr als genug. Es wäre eine größere Unschicklichkeit, wenn ich ein Pferd von meinem Bruder annehmen würde, als von Willoughby. John kenne ich gar nicht gut, obwohl wir jahrelang zusammengelebt haben. Aber über Willoughby steht mein Urteil fest.«

Elinor schien es am klügsten, das Thema nicht weiter zu verfolgen. Sie kannte das Temperament ihrer Schwester. Bei Widerspruch in einer so heiklen Angelegenheit würde sie nur um so mehr auf ihrer Ansicht bestehen. Aber ein Appell an ihre Liebe zu ihrer Mutter, eine Aufzählung all der Unannehmlichkeiten, die dieser nachsichtigen Mutter daraus erwachsen würden, wenn sie (und das würde sie vermutlich tun) dieser Vergrößerung ihres Haushalts zustimmte, brachte Marianne schnell zur Vernunft, und sie versprach, ihre Mutter nicht durch die Erwähnung des Geschenks zu solch unkluger Großzügigkeit zu überreden und Willoughby, wenn sie ihn das nächstemal sah, zu sagen, daß sie es ablehnen müsse.
Sie hielt Wort, und als Willoughby am selben Tag in der Cottage vorbeikam, hörte Elinor, wie Marianne ihm mit gesenkter Stimme ihre Enttäuschung darüber mitteilte, daß sie darauf verzichten müsse, das Geschenk anzunehmen. Gleichzeitig teilte sie ihm die Gründe für diese Sinnesänderung mit, und sie schlossen jedes weitere Zureden seinerseits aus. Sein Bedauern war allerdings offensichtlich, und nachdem er es in aller Ernsthaftigkeit ausgedrückt hatte, fügte er ebenfalls mit gesenkter Stimme hinzu: »Aber das Pferd, Marianne, gehört Ihnen, obwohl Sie es jetzt nicht benutzen können. Ich werde es nur solange behalten, bis Sie Anspruch darauf erheben können. Wenn Sie Barton verlassen, um endgültig Ihren eigenen Hausstand zu gründen, dann soll Queen Mab Sie empfangen.«
Miss Dashwood hörte all dies mit an, und aus seinen ganzen Worten, aus der Art, wie sie gesagt wurden und wie er ihre Schwester beim Vornamen nannte, entnahm sie sofort eine so eindeutige Vertraulichkeit, eine so unmißverständliche Bedeutung, die auf ein völliges Einverständnis zwischen ihnen hinwies. Von dem Augenblick an zweifelte sie nicht länger daran, daß die beiden miteinander verlobt waren, und diese Erkenntnis überraschte sie nur insofern, als zwei so mitteilsame Gemüter es darauf ankommen ließen, daß *sie* oder ihre übrigen Freunde es durch Zufall entdeckten.

Margaret berichtete ihr am nächsten Tag etwas, was die Angelegenheit in ein noch eindeutigeres Licht rückte. Willoughby hatte den Abend vorher bei ihnen verbracht, und Margaret, die eine Zeitlang nur mit ihm und Marianne im Wohnzimmer allein geblieben war, hatte Gelegenheit zu Beobachtungen gehabt, die sie mit höchst gewichtiger Miene ihrer ältesten Schwester mitteilte, als die beiden miteinander allein waren.

»Oh, Elinor«, rief sie, »ich muß dir ein großes Geheimnis über Marianne erzählen. Ich bin sicher, sie wird Mr. Willoughby sehr bald heiraten.«

»Das hast du«, entgegnete Elinor, »beinahe jeden Tag behauptet, seit sie sich zuerst auf dem Hügel begegnet sind. Und sie kannten sich noch keine Woche, glaube ich, da warst du schon sicher, daß Marianne sein Bild um den Hals trug. Aber es stellte sich als die Miniatur unseres Großonkels heraus.«

»Aber jetzt ist es ganz etwas anderes. Ich bin sicher, sie werden bald heiraten, denn er besitzt eine Locke von ihrem Haar.«

»Vorsicht, Margaret, womöglich ist es diesmal nur das Haar *seines* Großonkels.«

»Bestimmt, Elinor, es ist Mariannes. Ich bin so gut wie sicher, denn ich habe gesehen, wie er es abgeschnitten hat. Gestern abend nach dem Essen, als du und Mama das Zimmer verlassen hattet, haben sie zusammen geflüstert und geredet, so schnell sie konnten, und er schien sie um etwas zu bitten, und schließlich nahm er ihre Schere und schnitt eine lange Locke von ihrem Haar ab, denn es fiel ihr lose den Rücken hinunter, und er küßte sie und faltete sie in ein Stück weißes Papier und tat sie in seine Brieftasche.«

Solchen Einzelheiten aus solch verläßlicher Quelle konnte Elinor die Glaubwürdigkeit nicht versagen; und sie hatte auch gar nicht die Absicht, denn der Umstand entsprach genau dem, was sie selbst gehört und gesehen hatte.

Margaret entfaltete ihren Scharfsinn nicht immer so zur Zufriedenheit ihrer Schwestern. Als Mrs. Jennings eines Abends im Herrenhaus in sie drang, doch den Namen von

Elinors Schwarm zu verraten, worauf sie schon lange besonders neugierig gewesen war, antwortete Margaret mit einem Blick auf Elinor: »Das darf ich nicht verraten, Elinor, oder?«

Natürlich brachen alle in Gelächter aus, und Elinor versuchte mitzulachen. Aber es kostete sie Mühe. Sie war überzeugt, daß Margaret an jemanden Bestimmtes dachte, und sie konnte den Gedanken nicht ertragen, daß sein Name zum Gegenstand von Mrs. Jennings' ständigen Anzüglichkeiten wurde.

Marianne hatte ehrliches Mitgefühl mit ihr, aber sie verschlimmerte die Sache nur dadurch, daß sie sehr rot wurde und empört zu Margaret sagte:

»Vergiß nicht, wenn du irgendwelche Vermutungen anstellst, daß du kein Recht hast, sie laut zu sagen.«

»Ich habe nie irgendwelche Vermutungen angestellt«, erwiderte Margaret. »Du hast mir doch selbst davon erzählt.«

Dies trug zur Erheiterung der Gesellschaft nur noch weiter bei, und Margaret wurde bestürmt, mehr zu sagen.

»O bitte, Miss Margaret, erzählen Sie uns alles«, sagte Mrs. Jennings. »Wie heißt der junge Mann?«

»Ich darf es nicht verraten, Madam. Aber ich weiß genau, wie er heißt, und ich weiß auch, wo er ist.«

»Ja, ja, wir können uns denken, wo er ist, bestimmt in seinem eigenen Haus in Norland. Er ist ganz gewiß der Pfarrer der Gemeinde.«

»Nein, das ist er nicht. Er hat überhaupt keinen Beruf.«

»Margaret«, sagte Marianne mit Nachdruck, »du weißt, daß das alles aus der Luft gegriffen ist und daß es eine solche Person überhaupt nicht gibt.«

»Dann muß er vor kurzem gestorben sein, Marianne, denn ich bin sicher, daß es einen solchen Mann gegeben hat, und sein Name beginnt mit F.«

Überaus dankbar war Elinor Lady Middleton in diesem Augenblick für die Bemerkung, daß es sehr stark regne, obwohl sie den Verdacht hatte, daß die Unterbrechung weniger auf Rücksicht auf sie beruhte als auf der entschie-

denen Abneigung der gnädigen Frau gegen derartige undelikate Spötteleien, die ihren Mann und ihre Mutter entzückten. Das von ihr begonnene Gespräch wurde allerdings unverzüglich von Oberst Brandon aufgegriffen, der bei jeder Gelegenheit Rücksicht auf die Gefühle anderer nahm, und beide hatten über das Thema Regen eine Menge zu sagen. Willoughby öffnete das Klavier und bat Marianne, daran Platz zu nehmen, und so ließen die verschiedenen Versuche verschiedener Leute, das Thema fallenzulassen, es allmählich von der Bildfläche verschwinden. Aber Elinor konnte sich von dem Schrecken, in den es sie versetzt hatte, nicht so leicht erholen.
Am selben Abend wurde der Plan gefaßt, am folgenden Tag einen Ausflug zu einem besonders schönen Landsitz zwölf Meilen von Barton entfernt zu machen, der einem Schwager von Oberst Brandon gehörte, ohne dessen Anwesenheit er nicht besichtigt werden konnte, da der Besitzer, der nicht zu Hause war, strenge Anweisungen in dieser Hinsicht hinterlassen hatte. Der Park war angeblich ganz besonders hübsch, und man konnte dem Urteil Sir Johns, der ihn in den höchsten Tönen lobte, trauen, denn er hatte während der letzten zehn Jahre mindestens zweimal jeden Sommer Gäste zur Besichtigung dorthin geführt. Es befand sich dort ein malerischer See, und eine Segelpartie sollte zu den Hauptvergnügungen des Vormittags gehören. Man wollte einen kalten Imbiß mitnehmen, nur offene Wagen benutzen und alles ganz im Stil einer richtigen Vergnügungsfahrt durchführen.
Einigen wenigen in der Gesellschaft erschien das Unternehmen eher kühn angesichts der Jahreszeit und der Tatsache, daß es während der letzten zwei Wochen jeden Tag geregnet hatte, und Mrs. Dashwood, die bereits eine Erkältung hatte, wurde von Elinor überredet, zu Hause zu bleiben.

Kapitel 13

Der geplante Ausflug nach Whitwell sollte ganz anders verlaufen, als Elinor erwartet hatte. Sie war darauf eingestellt, völlig durchnäßt, ermüdet und erschöpft zurückzukehren, aber es sollte noch schlimmer kommen, denn sie fuhren überhaupt nicht los.

Gegen zehn Uhr war die ganze Gesellschaft im Herrenhaus versammelt, wo sie frühstücken wollten. Obwohl es die ganze Nacht geregnet hatte, sah der Vormittag eher vielversprechend aus, denn die Wolken zerstreuten sich, und in Abständen brach die Sonne durch. Sie waren alle voller Erwartung und guter Laune, freuten sich auf den unterhaltsamen Tag und waren entschlossen, sich dazu den größten Unannehmlichkeiten und Beschwerden auszusetzen.

Während sie beim Frühstück saßen, wurde die Post hereingebracht. Unter den Briefen war einer für Oberst Brandon – er nahm ihn entgegen, sah auf den Absender, wurde blaß und verließ unverzüglich das Zimmer.

»Was ist mit Brandon los?« fragte Sir John.

Niemand wußte eine Antwort.

»Ich hoffe, er hat keine schlechten Nachrichten bekommen«, sagte Lady Middleton. »Es muß etwas Ungewöhnliches sein, das Oberst Brandon dazu bringen kann, meinen Frühstückstisch so plötzlich zu verlassen.«

Nach ungefähr fünf Minuten kehrte er zurück.

»Hoffentlich keine schlechten Nachrichten, Oberst«, sagte Mrs. Jennings, sobald er das Zimmer betrat.

»Keineswegs, Madam, vielen Dank.«

»War der Brief aus Avignon? Ich will nicht hoffen, daß es Ihrer Schwester schlechter geht.«

»Nein, Madam, er kam aus London und ist nur ein Geschäftsbrief.«

»Aber wie konnte die Handschrift Sie dann so aus der Fassung bringen, wenn es nur ein Geschäftsbrief ist? Nein, nein, damit kommen Sie nicht durch, Oberst, also heraus mit der Sprache.«

»Meine liebe Mutter«, sagte Lady Middleton, »bedenke, was du sagst.«

»Vielleicht enthält er die Nachricht, daß Ihre Cousine Fanny geheiratet hat«, fuhr Mrs. Jennings fort und überhörte den Vorwurf ihrer Tochter.

»Nein, keineswegs.«

»Aha, dann weiß ich, von wem er ist, Oberst, und ich hoffe, es geht ihr gut.«

»Wen meinen Sie, Madam?« fragte er und errötete leicht.

»Oh, Sie wissen schon, wen ich meine!«

»Es tut mir ganz besonders leid, Madam«, sagte er und wandte sich an Lady Middleton, »daß ich diesen Brief heute erhalten muß, denn es handelt sich um eine geschäftliche Angelegenheit, die meine sofortige Anwesenheit in London erfordert.«

»In London!« rief Mrs. Jennings, »was können Sie um diese Jahreszeit in London verloren haben?«

»Ich bedaure selbst unendlich«, fuhr er fort, »daß ich gezwungen bin, eine so angenehme Gesellschaft zu verlassen, aber ich mache mir noch größere Vorwürfe, weil ich fürchte, daß meine Gegenwart erforderlich ist, um Ihnen Einlaß in Whitwell zu gewähren.«

Was für ein Schlag für sie alle!

»Aber wenn Sie der Haushälterin eine Nachricht schreiben, Mr. Brandon«, sagte Marianne lebhaft, »reicht das nicht?«

Er schüttelte den Kopf.

»Wir müssen fahren«, sagte Sir John, »wir können die Partie jetzt, wo sie unmittelbar bevorsteht, doch nicht aufschieben. Sie können eben nicht vor morgen nach London fahren, Brandon, das ist alles.«

»Ich wollte, es ließe sich so einfach regeln. Aber es steht nicht in meiner Macht, die Reise auch nur um einen Tag aufzuschieben.«

»Wenn Sie uns nur sagen würden, worum es sich handelt«, sagte Mrs. Jennings, »dann könnten wir entscheiden, ob es nicht Zeit hat.«

»Sie kämen keine sechs Stunden später«, sagte Willough-

by, »wenn Sie Ihre Reise bis zu unserer Rückkehr verschieben.«
»Ich kann es mir nicht leisten, auch nur *eine* Stunde zu verlieren.«
Elinor hörte daraufhin, wie Willoughby leise zu Marianne sagte: »Es gibt Leute, die können Vergnügungsfahrten einfach nicht ausstehen. Brandon ist einer von ihnen. Ich wette, er hatte Angst, sich zu erkälten, und hat sich diesen Trick ausgedacht, um nicht mitfahren zu müssen. Ich wette fünfzig Guineen, daß er den Brief selbst geschrieben hat.«
»Davon bin ich überzeugt«, erwiderte Marianne.
»Ich weiß von früher, daß es keinen Zweck hat, Sie umzustimmen, Brandon«, sagte Sir John, »wenn Sie einmal entschlossen sind. Ich hoffe trotzdem, daß Sie sich noch besinnen. Bedenken Sie, die beiden Miss Carey hier sind extra von Newton herübergekommen, und die drei Miss Dashwood sind von der Cottage zu Fuß heraufgegangen, und Mr. Willoughby ist zwei Stunden früher aufgestanden, nur um nach Whitwell zu fahren.«
Oberst Brandon beteuerte noch einmal sein Bedauern darüber, daß er der Gesellschaft eine Enttäuschung bereite, erklärte aber gleichzeitig, daß es unumgänglich sei.
»Na gut, und wann kommen Sie zurück?«
»Ich hoffe, wir sehen Sie in Barton«, fügte die gnädige Frau hinzu, »sobald Sie es sich erlauben können, London zu verlassen; und wir schieben den Ausflug nach Whitwell bis zu Ihrer Rückkehr auf.«
»Sie sind sehr liebenswürdig, aber es ist so ungewiß, wann es in meiner Macht stehen wird, zurückzukommen, daß ich nichts versprechen kann.«
»Oh, er muß und wird zurückkommen«, rief Sir John. »Wenn er bis zum Wochenende nicht hier ist, werde ich ihn holen.«
»Jawohl, Sir John, tun Sie das«, rief Mrs. Jennings, »und dann finden Sie vielleicht auch heraus, was er vorhat.«
»Ich stecke meine Nase nicht gern in anderer Leute

Angelegenheiten. Vermutlich ist es etwas, was ihm peinlich ist.«
Oberst Brandons Pferde wurden gemeldet.
»Sie wollen doch nicht nach London reiten, oder?« fragte Sir John.
»Nein, nur nach Honiton. Von dort nehme ich die Postkutsche.«
»Da Sie entschlossen sind zu fahren, wünsche ich Ihnen eine gute Reise. Aber Sie sollten sich besinnen.«
»Ich versichere Ihnen, es steht nicht in meiner Macht.«
Dann verabschiedete er sich von der ganzen Gesellschaft.
»Besteht keine Aussicht, daß ich Sie und Ihre Schwestern diesen Winter in London sehe, Miss Dashwood?«
»Nicht die geringste, fürchte ich.«
»Dann muß ich mich für längere Zeit von Ihnen verabschieden, als mir lieb ist.«
Marianne gegenüber verbeugte er sich nur und sagte nichts.
»Kommen Sie, Oberst«, sagte Mrs. Jennings, »sagen Sie uns, was Sie vorhaben, bevor Sie uns verlassen.«
Er wünschte ihr einen guten Morgen und verließ in Begleitung von Sir John das Zimmer.
Ein allgemeines Jammern und Klagen, das man bisher nur aus Höflichkeit unterdrückt hatte, brach nun an; und alle versicherten sich immer wieder, wie ärgerlich es war, so enttäuscht zu werden.
»Ich kann mir allerdings denken, worum es sich handelt«, sagte Mrs. Jennings frohlockend.
»Wirklich, Madam?« fragten alle wie aus einem Mund.
»Ja, es handelt sich bestimmt um Miss Williams.«
»Und wer ist Miss Williams?« fragte Marianne.
»Was! Sie wissen nicht, wer Miss Williams ist? Sie haben bestimmt schon einmal von ihr gehört. Sie ist eine Verwandte von Oberst Brandon, mein Kind, eine sehr nahe Verwandte. Wie nah, wollen wir aus Angst, die jungen Damen zu schockieren, lieber nicht sagen.« Dann senkte sie die Stimme ein wenig und sagte zu Elinor: »Sie ist seine uneheliche Tochter.«

»Wirklich?«

»O ja, und ihm wie aus dem Gesicht geschnitten. Ich bin überzeugt, der Oberst hinterläßt ihr sein ganzes Vermögen.«

Als Sir John zurückkam, stimmte er von ganzem Herzen in das allgemeine Bedauern über ein so unglückseliges Ereignis ein, schloß allerdings mit der Bemerkung, da sie nun schon einmal alle zusammenseien, müßten sie unbedingt etwas Schönes unternehmen; und nach kurzer Beratung kam man überein, daß wahre Freude zwar nur in einem Ausflug nach Whitwell liege, eine Fahrt über Land die allgemeine Zufriedenheit aber einigermaßen wiederherstellen könne. Daraufhin wurden die Wagen bestellt. Willoughby fuhr als erster vor, und Marianne sah beim Einsteigen so glücklich aus wie noch nie. Er fuhr sehr schnell durch den Park, und bald waren sie außer Sicht und wurden bis zu ihrer Rückkehr nicht mehr gesehen, die erst nach der Rückkehr der anderen stattfand. Sie schienen beide entzückt von ihrer Fahrt, sagten aber nur ganz allgemein, daß sie sich auf den Wegen gehalten hätten, während die anderen über die Hügel gefahren waren.

Man beschloß, daß am Abend ein Tanz stattfinden und jeder sich den ganzen Tag lang glänzend amüsieren sollte. Von den Careys kamen noch ein paar mehr zum Dinner, und sie hatten das Vergnügen, mit beinahe zwanzig Personen am Tisch zu sitzen, was Sir John mit großer Genugtuung registrierte. Willoughby nahm seinen üblichen Platz zwischen den beiden älteren Miss Dashwood ein. Mrs. Jennings saß rechts von Elinor, und sie saßen noch nicht lange, als sie sich hinter ihr und Willoughby hinüberlehnte und laut genug für beide zu Marianne sagte:

»Ich bin Ihnen trotz all Ihrer Schlauheit auf die Schliche gekommen. Ich weiß, wo Sie den Vormittag verbracht haben.«

Marianne errötete und erwiderte sehr hastig: »Wo denn?«

»Wußten Sie nicht«, sagte Willoughby, »daß wir in meinem Wagen unterwegs waren?«

»Doch, doch, Herr Schlauberger, das weiß ich selbst, und

ich war entschlossen, herauszufinden, *wohin* Sie gefahren sind. Ich hoffe, Ihnen gefällt das Haus, Miss Marianne. Ich weiß, es ist sehr groß, und wenn ich Sie besuche, haben Sie es hoffentlich neu möblieren lassen, denn das war bitter nötig, als ich vor sechs Jahren dort war.«

Marianne wandte sich in größter Verwirrung ab. Mrs. Jennings lachte herzlich, und Elinor erfuhr, daß sie tatsächlich in ihrer Entschlossenheit, herauszubekommen, wo die beiden gewesen waren, ihr eigenes Mädchen bei Mr. Willoughbys Burschen hatte nachfragen lassen und so erfahren hatte, daß sie nach Allenham gefahren waren und dort eine gute Weile damit verbracht hatten, im Garten spazierenzugehen und das ganze Haus zu besichtigen.

Elinor konnte es kaum glauben, denn es schien ihr unwahrscheinlich, daß Willoughby den Vorschlag machen oder Marianne zustimmen sollte, das Haus in Anwesenheit von Mrs. Smith zu betreten, die Marianne nicht einmal von ferne kannte.

Sobald sie das Eßzimmer verließen, erkundigte sich Elinor bei ihr und erfuhr zu ihrer großen Überraschung, daß alles, was Mrs. Jennings berichtet hatte, bis in jede Einzelheit stimmte. Marianne war ganz empört, daß Elinor daran zweifelte.

»Wie kommst du darauf, Elinor, daß wir nicht dorthin gefahren sind oder das Haus nicht besichtigt haben? Hast du nicht selbst oft den Wunsch danach geäußert?«

»Ja, Marianne, aber ich würde nicht in Mrs. Smiths Anwesenheit dorthingehen und auch nicht nur in Mr. Willoughbys Begleitung.«

»Aber Mr. Willoughby ist doch die einzige Person, die ein Recht hat, das Haus zu zeigen, und da wir im offenen Wagen gefahren sind, war doch für mehr Leute kein Platz. Ich habe noch nie im Leben einen so vergnüglichen Vormittag verbracht.«

»Ich fürchte«, erwiderte Elinor, »daß das Vergnügliche einer Beschäftigung nicht unbedingt ihre Schicklichkeit garantiert.«

»Im Gegenteil, nichts könnte ein überzeugenderer Beweis

dafür sein, Elinor, denn wenn in dem, was ich getan habe, wirklich Unschicklichkeit gelegen hätte, dann hätte ich es gleichzeitig empfunden, denn wir wissen genau, wann wir etwas Unrechtes tun, und diese Überzeugung hätte mir jedes Vergnügen geraubt.«

»Aber meine liebe Marianne, lassen dich auch die taktlosen Bemerkungen, denen du dich bereits ausgesetzt hast, nicht allmählich an der Klugheit deines eigenen Verhaltens zweifeln?«

»Wenn die taktlosen Bemerkungen von Mrs. Jennings der Beweis für unschickliches Verhalten sind, dann lassen wir uns alle auf Schritt und Tritt etwas zuschulden kommen. Ich nehme ihre Verweise ebensowenig ernst wie ihre Empfehlungen. Ich bin mir nicht bewußt, etwas Unrechtes getan zu haben, indem ich über Mrs. Smiths Grundstück gewandert bin oder ihr Haus besichtigt habe. Sie werden eines Tages Mr. Willoughby und ...«

»Selbst wenn sie eines Tages dir gehören sollten, Marianne, wäre dein Verhalten noch längst nicht gerechtfertigt.«

Marianne errötete bei dieser Anspielung, hörte sie aber offensichtlich nicht ungern, und nach zehnminütigem ernsthaftem Nachdenken kam sie zu Elinor zurück und sagte in bester Laune:

»Vielleicht, Elinor, war es tatsächlich unklug von mir, nach Allenham zu fahren, aber Mr. Willoughby wollte mir unbedingt den Besitz zeigen, und du kannst mir glauben, das Haus ist bezaubernd. Oben ist ein besonders hübsches Wohnzimmer, genau die richtige Größe für den täglichen Gebrauch, und modern möbliert wäre es entzückend. Es ist ein Eckzimmer und hat Fenster nach beiden Seiten. Nach einer Seite sieht man über den Rasen hinter dem Haus auf ein wunderschönes Wäldchen am Hang, nach der anderen hat man den Blick auf die Kirche und das Dorf und darüber hinaus auf die schönen steilen Hänge, die wir so oft bewundert haben. Dabei sah das Zimmer nicht einmal vorteilhaft aus, denn die Möbel hätten keinen trostloseren Eindruck machen können. Aber wenn es neu eingerichtet würde ... Ein paar hundert Pfund, sagte Wil-

loughby, würden daraus im Sommer das schönste Zimmer in ganz England machen.«
Hätte Elinor ihr zuhören können, ohne von den anderen unterbrochen zu werden, hätte sie ihr jedes einzelne Zimmer in dem Haus mit dem gleichen Entzücken beschrieben.

Kapitel 14

Das plötzliche Ende von Oberst Brandons Besuch im Herrenhaus und die Beharrlichkeit, mit der er den Grund geheimhielt, ließen Mrs. Jennings zwei oder drei Tage lang unentwegt nachdenken und endlos spekulieren. Sie war groß im Spekulieren, wie alle, die ein sehr lebhaftes Interesse am Kommen und Gehen ihrer Bekannten haben. Sie spekulierte ohne Unterlaß, was der Grund sein mochte, war sicher, daß eine schlechte Nachricht dahintersteckte, und erwog jedes mögliche Unglück, das ihm zugestoßen sein mochte, fest entschlossen, daß er keinem entgehen sollte.
»Es handelt sich bestimmt um etwas furchtbar Trauriges«, sagte sie. »Ich konnte es ihm ansehen. Der arme Mann! Ich fürchte, seine Verhältnisse sind nicht die besten. Der Besitz in Delaford war angeblich nie mehr wert als zweitausend im Jahr, und sein Bruder hat alles in trostloser Verwirrung zurückgelassen. Ich glaube bestimmt, daß es Geldgeschichten sind, die ihn abberufen haben. Ob es das wohl ist? Ich weiß nicht recht. Ich täte alles, um die Wahrheit zu erfahren. Womöglich handelt es sich um Miss Williams … und übrigens, das wird es sein, denn er hat ein so betroffenes Gesicht gemacht, als ich sie erwähnte. Vielleicht ist sie krank in London; nichts liegt näher, denn mir kommt es so vor, als ob sie immer kränkelte. Ich lege meine Hand dafür ins Feuer, daß es sich um Miss Williams handelt. Die Wahrscheinlichkeit ist doch gering, daß er

sich gerade jetzt in bedrängten Verhältnissen befindet, denn er ist ein sehr umsichtiger Mann und hat den Besitz inzwischen doch bestimmt von allen Schulden befreit. Worum es sich wohl handelt? Vielleicht geht es seiner Schwester in Avignon schlechter, und sie hat nach ihm geschickt. Dieser überstürzte Aufbruch sieht ganz danach aus. Nun gut, ich wünsche ihm von ganzem Herzen ein Ende all seiner Schwierigkeiten und eine gute Frau dazu.«
So spekulierte, so redete Mrs. Jennings, wechselte ihre Meinung mit jeder neuen Vermutung und hielt sie allesamt für gleichermaßen wahrscheinlich, sobald sie darauf kam.
Obwohl Elinor Oberst Brandons Wohlbefinden ehrlich am Herzen lag, konnte sie doch nicht solche Verwunderung für seine plötzliche Abreise aufbringen, wie Mrs. Jennings sich gewünscht hätte, denn abgesehen davon, daß der Umstand ihrer Meinung nach kein solch anhaltendes Erstaunen oder eine solche Vielfalt von Spekulationen rechtfertigte, war ihre Verwunderung anderweitig in Anspruch genommen. Sie war voll und ganz mit dem außergewöhnlichen Schweigen ihrer Schwester und Willoughbys über *das* Thema beschäftigt, das sie alle, wie die beiden wissen mußten, so brennend interessierte. Dieses Schweigen hielt an und erschien von Tag zu Tag befremdlicher und weniger mit dem Naturell der beiden zu vereinbaren. Warum sie ihrer Mutter und ihr selbst gegenüber nicht offen bekannten, was nach ihrem ständigen Verhalten zueinander offensichtlich stattgefunden hatte, war Elinor ein Rätsel.
Sie konnte sich leicht vorstellen, daß eine Heirat nicht unmittelbar in ihrer Macht stand, denn obwohl Willoughby unabhängig war, bestand kein Anlaß, ihn für reich zu halten. Sein Besitz war von Sir John auf ungefähr sechs- oder siebenhundert Pfund pro Jahr veranschlagt worden, aber er lebte in einem Stil, der kaum im Verhältnis zu seinem Einkommen stehen konnte, und er hatte sich selbst oft über seine Armut beklagt. Aber diese merkwürdige Verschwiegenheit, die sie im Hinblick auf ihre Verlobung

wahrten und die in Wirklichkeit gar nichts geheimhielt, konnte sie sich nicht erklären, und sie widersprach dem Denken und Handeln der beiden im allgemeinen so völlig, daß ihr manchmal Zweifel kamen, ob sie wirklich verlobt waren, und dieser Zweifel hielt sie davon ab, sich bei Marianne zu erkundigen.

Willoughbys Anhänglichkeit ging aus seinem Verhalten ihnen allen gegenüber eindeutig hervor. Marianne gegenüber lag darin all die Verehrung und Zärtlichkeit, deren ein Liebhaber fähig ist; dem Rest der Familie gegenüber war es die liebevolle Aufmerksamkeit eines Sohns und Schwagers. Ihre Cottage war ihm anscheinend lieb geworden wie sein eigenes Zuhause. Er verbrachte dort viel mehr Zeit als in Allenham, und wenn sie sich nicht zu einer allgemeinen Verabredung im Herrenhaus trafen, endete der Ritt, der ihn morgens hinauslockte, fast unweigerlich hier, wo er den Rest des Tages, mit seinem Lieblingshund zu ihren Füßen, an Mariannes Seite verbrachte.

Besonders eines Abends, ungefähr eine Woche nach Oberst Brandons Aufbruch, war sein Herz den ihn umgebenden Gegenständen anscheinend noch liebevoller verbunden als sonst, und als Mrs. Dashwood zufällig ihren Plan erwähnte, ihr Haus im Frühjahr umzubauen, widersetzte er sich mit Nachdruck jeder Veränderung eines Ortes, den Anhänglichkeit ihm als vollkommen erscheinen ließ.

»Was!« rief er, »diese liebe Cottage umbauen! Nein, das werde ich nie zulassen. Nicht ein Stein darf seinen Mauern hinzugefügt werden, nicht ein Zentimeter seiner Größe, wenn es nach meinen Gefühlen geht.«

»Seien Sie unbesorgt«, sagte Miss Dashwood, »nichts dergleichen wird geschehen, denn meine Mutter wird nie Geld genug haben, ihre Pläne auszuführen.«

»Darüber bin ich von Herzen froh«, rief er. »Soll sie ihr Leben lang arm bleiben, wenn sie mit ihrem Geld nichts Besseres anzufangen weiß.«

»Vielen Dank, Willoughby, aber Sie können versichert sein, daß ich für alle Umbauten der Welt auch nicht ein

Quentchen Anhänglichkeit von Ihnen oder irgendeinem anderen guten Freund an dieses Haus opfern würde. Verlassen Sie sich darauf, wieviel Geld auch übrig sein mag, wenn ich im Frühjahr meine Jahresabrechnung mache, ich würde es eher ungenutzt beiseite legen, als es auf eine Weise zu verwenden, die Ihnen weh tut. Aber hängen Sie wirklich so an diesem Haus, daß Sie keinen Fehler daran sehen?«

»Ja«, sagte er, »mir erscheint es makellos. Nein, mehr noch, ich betrachte es als die einzige Art von Gebäude, in der wahres Glück zu finden ist, und wäre ich reich genug, ich würde Combe Magna auf der Stelle abreißen und nach dem genauen Plan dieser Cottage wieder aufbauen lassen.«

»Mit dunklem, engem Treppenhaus und einer Küche, die raucht, nehme ich an«, sagte Elinor.

»Ja«, rief er in dem gleichen lebhaften Ton, »mit allem Drum und Dran – in keiner einzigen Annehmlichkeit oder Unannehmlichkeit darf die kleinste Abweichung zu sehen sein. Dann und nur dann, unter einem solchen Dach, könnte ich in Combe vielleicht so glücklich werden, wie ich in Barton gewesen bin.«

»Ich kann nicht umhin zu vermuten«, erwiderte Elinor, »daß Ihnen Ihr eigenes Haus trotz des Nachteils von schöneren Zimmern und einem breiteren Treppenhaus nachher ebenso makellos vorkommt wie jetzt dies.«

»Es gibt natürlich Gesichtspunkte«, sagte Willoughby, »die es mir lieb und wert machen könnten, aber an diesem Häuschen wird mich etwas immer besonders anziehen, was kein anderes Haus besitzen kann.«

Mrs. Dashwood sah mit Wohlgefallen auf Marianne, deren schöne Augen mit einem so sprechenden Blick auf Willoughby gerichtet waren, daß es keinen Zweifel gab, wie gut sie ihn verstand.

»Wie oft habe ich gewünscht«, fügte er hinzu, »als ich vor einem Jahr in Allenham war, daß Barton Cottage bewohnt sein möchte. Ich bin nie daran vorbeigekommen, ohne seine Lage zu bewundern und zu bedauern, daß niemand darin wohnte. Wie wenig ahnte ich damals, daß ich als allererstes bei meinem nächsten Besuch im Lande von Mrs. Smith hören würde, Barton Cottage sei wieder vermietet, und ich empfand sofort ein Gefühl der Genugtuung und ein Interesse an dem Ereignis, das sich nur aus einer Art von Vorahnung von dem Glück, das ich hier erleben sollte, erklären läßt. So muß es doch gewesen sein, nicht wahr, Marianne?« wandte er sich mit gesenkter Stimme an sie. Dann fuhr er in seinem früheren Tonfall fort: »Und dieses Haus wollen Sie ruinieren, Mrs. Dashwood? Sie wollen es seiner Schlichtheit durch fantasievolle Umbauten berauben? Und dieses geliebte Zimmer, in dem unsere Bekanntschaft begann und in dem wir seitdem viele glückliche Stunden zusammen verbracht haben, wollen Sie zu einem gewöhnlichen Flur erniedrigen, und alle Welt würde ungeduldig das Zimmer durchqueren, in dessen vier Wänden größeres Wohlbehagen und größere Bequemlichkeit geherrscht haben, als das stattlichste Zimmer der Welt bieten könnte.«

Mrs. Dashwood versicherte ihm noch einmal, daß sie keine derartige Veränderung im Sinn habe.

»Sie sind eine gute Frau«, erwiderte er herzlich. »Ihr Versprechen macht mich froh. Dehnen Sie es ein wenig aus und es macht mich glücklich. Sagen Sie mir, daß nicht nur Ihr Haus gleich bleiben wird, sondern daß ich auch Sie und die Ihren immer so unverändert vorfinden werde wie Ihre Wohnung, und daß Sie immer mit der Freundlichkeit an mich denken werden, die mir alles, was Ihnen gehört, so lieb gemacht hat.«

Das Versprechen wurde bereitwillig gegeben, und Willoughbys Verhalten während des ganzen Abends verriet seine Zuneigung und sein Glück zugleich.

»Sehen wir Sie morgen zum Dinner?« fragte Mrs. Dashwood, als er sie verließ. »Ich bitte Sie nicht, schon vormittags zu kommen, denn wir müssen zum Herrenhaus hinüber, um Lady Middleton einen Besuch zu machen.«

Er versprach, gegen vier Uhr bei ihnen zu sein.

Kapitel 15

Mrs. Dashwoods Besuch bei Lady Middleton fand am nächsten Tag statt, und zwei ihrer Töchter begleiteten sie. Aber Marianne entschuldigte sich unter dem fadenscheinigen Vorwand, beschäftigt zu sein, und ihre Mutter schloß daraus, daß Willoughby ihr am Abend vorher versprochen hatte, sie in ihrer Abwesenheit zu besuchen, und war ganz damit einverstanden, daß sie zu Hause blieb.

Bei ihrer Rückkehr aus dem Herrenhaus fanden sie Willoughbys Wagen und Diener vor dem Haus wartend, und Mrs. Dashwood war überzeugt, daß ihre Vermutung richtig gewesen war. Soweit war alles wie vorausgesehen. Aber bei ihrem Eintritt ins Haus bot sich ihr ein Anblick, den keine Voraussicht hätte ahnen können. Sie hatten kaum den Flur betreten, als Marianne offensichtlich in heftiger innerer Bewegung mit dem Taschentuch vor Augen überstürzt aus dem Wohnzimmer kam und, ohne auf sie zu achten, die Treppe hinauflief. Überrascht und bestürzt betraten sie auf der Stelle das Zimmer, das sie gerade verlassen hatte, wo sie nur Willoughby vorfanden, der mit dem Rücken zu ihnen am Kaminsims lehnte. Er drehte sich bei ihrem Eintritt um, und sein Gesichtsausdruck verriet, daß er mit der gleichen Bewegung kämpfte, die Marianne überwältigt hatte.

»Ist etwas mit ihr?« rief Mrs. Dashwood, als sie eintrat. »Ist sie krank?«

»Ich hoffe nicht«, antwortete er, versuchte ein unbekümmertes Gesicht zu machen und fuhr mit gezwungenem Lächeln fort: »*Ich* hätte eher allen Grund, krank zu sein, denn ich habe gerade eine sehr schwere Enttäuschung erlebt.«

»Enttäuschung!«

»Ja, denn ich kann meine Verabredung mit Ihnen nicht einhalten. Mrs. Smith hat heute morgen die Macht des Geldes gegenüber ihrem armen abhängigen Neffen ausgespielt, indem sie mich in Geschäften nach London schickt.

Ich habe gerade meine Aufträge erhalten und mich von Allenham verabschiedet; und um mich aufzuheitern, bin ich gekommen, um von Ihnen Abschied zu nehmen.«
»Nach London! Und Sie reisen heute vormittag?«
»Diese Minute.«
»Das ist sehr bedauerlich. Aber Mrs. Smiths Wünsche gehen vor; und Ihre Geschäfte werden Sie hoffentlich nicht lange von uns fernhalten.«
Er errötete, als er erwiderte: »Sie sind sehr liebenswürdig, aber ich habe nicht die Absicht, umgehend nach Devonshire zurückzukehren. Meine Besuche bei Mrs. Smith finden nur einmal im Jahr statt.«
»Und ist Mrs. Smith Ihre einzige Freundin? Ist Allenham das einzige Haus in der Gegend, in dem Sie willkommen sind? Schämen Sie sich, Willoughby. Sind Sie denn erst auf eine Einladung hierher angewiesen?«
Er errötete noch tiefer und, die Augen zu Boden gesenkt, antwortete er nur: »Sie sind zu gütig.«
Mrs. Dashwood warf Elinor einen überraschten Blick zu. Elinor war ebenso verblüfft. Ein paar Augenblicke schwiegen alle. Mrs. Dashwood nahm zuerst das Wort:
»Ich möchte nur hinzufügen, mein lieber Willoughby, daß Sie in Barton Cottage immer willkommen sind, aber ich will nicht in Sie dringen, umgehend hierher zurückzukehren, weil nur Sie beurteilen können, inwieweit es Mrs. Smith gelegen kommt. Und in dieser Hinsicht bin ich ebenso weit davon entfernt, Ihr Urteil in Frage zu stellen, wie Ihre Absicht zu bezweifeln.«
»Meine momentanen Verpflichtungen«, entgegnete Willoughby verwirrt, »sind so, daß ... ich wage nicht zu hoffen ...«
Er brach ab. Mrs. Dashwood war sprachlos vor Staunen, und eine weitere Pause entstand. Sie wurde von Willoughby beendet, der mit schwachem Lächeln sagte: »Es hat keinen Sinn, sich noch länger hier aufzuhalten. Ich will mich nicht weiter der Qual aussetzen, unter Freunden zu bleiben, deren Gesellschaft zu schätzen mir jetzt unmöglich ist.«

Dann verabschiedete er sich hastig und verließ das Zimmer. Sie sahen ihn in seinen Wagen steigen, und wenig später war er außer Sicht.
Mrs. Dashwood war sprachlos vor Erschütterung und verließ das Zimmer auf der Stelle, um ungestört über die besorgniserregenden und alarmierenden Folgen nachzudenken, die dieser plötzliche Aufbruch nach sich zog.
Elinors Unbehagen war mindestens so groß wie das ihrer Mutter. Was sich gerade abgespielt hatte, erfüllte sie mit Beklommenheit und Skepsis. Willoughbys Benehmen bei seinem Abschied, seine Verlegenheit und gekünstelte Heiterkeit und vor allem sein Zögern, die Einladung ihrer Mutter anzunehmen, eine Zurückhaltung, die einem Liebhaber so wenig ähnlich sah, gaben ihr sehr zu denken. Sie schwankte zwischen der Befürchtung, daß er niemals ernsthafte Absichten gehabt oder daß ein unglückseliger Streit zwischen ihm und ihrer Schwester stattgefunden hatte. Die Verzweiflung, in der Marianne das Zimmer verlassen hatte, schien auf eine ernsthafte Auseinandersetzung hinzudeuten, obwohl ein Streit nahezu ausgeschlossen war, wenn sie Mariannes große Liebe zu ihm bedachte.
Aber worauf ihre Entzweiung im einzelnen auch beruhen mochte, der Kummer ihrer Schwester war offensichtlich, und sie dachte mit dem zärtlichsten Mitgefühl an den leidenschaftlichen Schmerz, dem sich Marianne aller Wahrscheinlichkeit nach nicht nur zur Erleichterung hingab, sondern den sie aus Pflichtgefühl hegte und pflegte.
Ungefähr eine halbe Stunde später kam ihre Mutter ins Zimmer zurück, und obwohl ihre Augen gerötet waren, machte sie keinen niedergeschlagenen Eindruck.
»Unser lieber Willoughby ist nun schon etliche Meilen von Barton entfernt«, sagte sie, als sie ihre Handarbeit aufnahm, »und mit wie schwerem Herzen wird er reisen!«
»Es ist alles sehr merkwürdig. So plötzlich abzureisen! Es sieht fast wie ein Augenblicksentschluß aus. Wo er gestern abend noch so glücklich, so heiter, so anhänglich in unserer Gesellschaft war! Und nun innerhalb von zehn Minu-

ten … abzureisen, und noch dazu ohne die Absicht, zurückzukommen! Es muß mehr dahinterstecken, als er uns gegenüber zugegeben hat. Er redete, er benahm sich nicht wie sonst. *Dir* muß der Unterschied ebenso aufgefallen sein wie mir. Was kann es sein? Ob sie sich gezankt haben? Warum hätte er sonst zögern sollen, deine Einladung hierher anzunehmen?«

»Es lag nicht an mangelndem Interesse, Elinor, das war ganz offensichtlich. Es stand nicht in seiner Macht, anzunehmen, glaube mir. Ich habe mir alles durch den Kopf gehen lassen, und ich kann dir einleuchtend erklären, was dir zuerst ebenso merkwürdig vorkam wie mir.«

»Tatsächlich?«

»Ja, ich habe es mir selbst auf die einleuchtendste Weise erklärt, aber dir, Elinor, die du gern Vorbehalte hast, wo immer du kannst, dir wird es nicht einleuchten, das weiß ich. Aber *mir* wirst du den Glauben daran nicht ausreden können. Ich bin überzeugt, daß Mrs. Smith seine Neigung zu Marianne argwöhnt, sie mißbilligt (vielleicht, weil sie andere Pläne mit ihm hat) und deshalb daran interessiert ist, ihn wegzuschicken, und daß die Geschäfte, die er für sie erledigen soll, nur als Vorwand dienen, um ihn loszuwerden. So ist es, glaube ich, gewesen. Darüber hinaus weiß er, daß sie die Verbindung mißbilligt, wagt deshalb gegenwärtig nicht, ihr seine Verlobung mit Marianne zu gestehen, und sieht sich seiner abhängigen Lage wegen gezwungen, sich in ihre Pläne zu fügen und Devonshire für eine Weile zu verlassen. Du wirst mir natürlich erwidern, daß es so gewesen sein kann oder auch nicht, aber ich werde keine Einwände gelten lassen, es sei denn, du hast eine Erklärung zum Verständnis der Angelegenheit, die mindestens so überzeugend ist wie meine. Und nun, Elinor, was hast du zu sagen?«

»Nichts, denn du hast meine Antwort bereits vorweggenommen.«

»Dann hättest du also gesagt, daß es so gewesen sein kann oder auch nicht. O Elinor, wie unbegreiflich sind deine Empfindungen! Du würdest jemandem eher Böses als

Gutes zutrauen. Du würdest eher nach Unglück für Marianne und Schuld für Willoughby als nach einer Entschuldigung für den Ärmsten suchen. Du bist entschlossen, ihn für verantwortlich zu halten, weil er sich von uns weniger liebenswürdig verabschiedet hat, als sonst seine Art war. Und muß man nicht auch einmal Zugeständnisse machen an den Zufall oder an Verstimmung aufgrund von kürzlich erlittener Enttäuschung? Dürfen Wahrscheinlichkeiten nicht gelten, bloß weil sie keine Gewißheiten sind? Müssen wir nicht dem Mann, den zu lieben wir allen und dem zu mißtrauen wir keinen Grund haben, etwas zugute halten? Oder der Glaubwürdigkeit von Motiven, die an sich unwiderleglich sind, wenn es auch eine Weile unvermeidlich ist, daß sie geheim bleiben? Und was für einen Verdacht hegst du denn nun eigentlich gegen ihn?«

»Ich kann es dir selbst nicht genau sagen. Aber etwas Unangenehmes zu argwöhnen, ist die unweigerliche Folge einer solchen Veränderung, wie wir sie gerade an ihm beobachtet haben. Du hast allerdings nur zu recht, wenn du darauf bestehst, daß wir ihm etwas zugute halten müssen, und ich habe den ehrlichen Wunsch, in meinem Urteil über andere gerecht zu sein. Willoughby hat möglicherweise ganz plausible Gründe für sein Verhalten, und ich hoffe, das ist der Fall, aber es hätte ihm ähnlicher gesehen, sie sofort einzugestehen. Verschwiegenheit ist vielleicht angebracht, aber es macht mich trotzdem stutzig, wenn *er* dazu Zuflucht nimmt.«

»Du kannst ihm doch nicht vorwerfen, seinem Charakter untreu zu werden, wenn ein solcher Schritt notwendig ist. Aber du gibst immerhin zu, daß ich recht habe mit dem, was ich zu seiner Verteidigung gesagt habe? Ich bin froh darüber – und er ist freigesprochen.«

»Nicht ganz. Es mag angebracht sein, ihre Verlobung (wenn sie überhaupt verlobt sind) vor Mrs. Smith geheimzuhalten. Und wenn das der Fall ist, muß Willoughby sehr daran gelegen sein, gegenwärtig so wenig wie möglich in Devonshire zu sein. Aber das ist keine Entschuldigung, sie vor uns geheimzuhalten.«

»Vor uns geheimzuhalten! Mein liebes Kind, wirfst du Willoughby und Marianne Geheimniskrämerei vor? Das ist höchst merkwürdig, wo deine Blicke ihnen doch täglich Unbesonnenheit vorgeworfen haben.«
»Ich möchte keine Beweise für ihre Zuneigung«, sagte Elinor, »sondern für ihre Verlobung.«
»Von beidem bin ich fest überzeugt.«
»Und trotzdem hat keiner von beiden dir gegenüber ein Wort darüber verloren.«
»Es bedurfte keiner Worte, wo die Tatsachen so eindeutig für sich sprachen. War nicht sein Verhalten Marianne und uns allen gegenüber seit mindestens vierzehn Tagen ein Beweis dafür, daß er sie liebt und als seine zukünftige Frau betrachtet und daß er für uns die Anhänglichkeit eines Familienmitglieds empfand? Haben wir uns nicht wortlos verstanden? Haben seine Blicke, sein Benehmen, seine aufmerksame und liebevolle Achtung nicht täglich um meine Zustimmung gebeten? Meine liebe Elinor, ist es möglich, an ihrer Verlobung zu zweifeln? Wie konnte dir ein solcher Gedanke nur kommen? Wie kann man nur annehmen, daß Willoughby, der doch von der Liebe deiner Schwester überzeugt sein muß, sie verlassen sollte, sie vielleicht monatelang verlassen sollte, ohne ihr seine Neigung zu gestehen; daß sie sich ohne eine vertrauensvolle Aussprache trennen würden?«
»Ich gebe zu«, sagte Elinor, »daß alle Umstände außer einem für ihre Verlobung sprechen, aber dieser eine ist das völlige Schweigen beider darüber. Und was mich betrifft, so wiegt er alle anderen beinahe auf.«
»Wie merkwürdig! Du mußt eine sehr schlechte Meinung von Willoughby haben, wenn du nach allem, was sich in aller Offenheit zwischen ihnen abgespielt hat, an der Basis ihres Verhältnisses zweifeln kannst. War sein Verhalten deiner Schwester gegenüber die ganze Zeit nur Spiel? Meinst du, daß sie ihm im Grunde gleichgültig ist?«
»Nein, das kann ich nicht glauben. Er muß sie lieben, und er liebt sie auch, davon bin ich überzeugt.«
»Aber mit einer merkwürdigen Zärtlichkeit, wenn er sie

mit solcher Gleichgültigkeit, mit solcher Unbekümmertheit um die Zukunft zurücklassen kann, wie du sie ihm unterstellst.«

»Du darfst nicht vergessen, liebe Mutter, daß ich die Angelegenheit niemals als gewiß betrachtet habe. Ich hatte meine Zweifel, das gebe ich zu, aber sie sind nicht mehr so stark wie früher, und vielleicht legen sie sich bald ganz. Wenn sich herausstellt, daß sie miteinander korrespondieren, sind alle meine Bedenken behoben.«

»Ein gewaltiges Zugeständnis! Wenn du sie vor dem Traualtar sähest, würdest du annehmen, daß sie heiraten. Herzloses Mädchen! Aber *ich* verlange keinen solchen Beweis. Meiner Meinung nach ist nichts vorgefallen, was einen Zweifel rechtfertigte, von Geheimniskrämerei konnte keine Rede sein, alles hat sich durchweg offen und freimütig abgespielt. An den Wünschen deiner Schwester kannst du nicht zweifeln. Es muß also Willoughby sein, den du verdächtigst. Aber warum? Ist er nicht ein Mann von Ehre und Zartgefühl? Haben irgendwelche Widersprüche in seinem Verhalten Anlaß zu Befürchtungen gegeben? Kann er falsch sein?«

»Ich hoffe nicht, ich glaube nicht«, sagte Elinor. »Ich liebe Willoughby, liebe ihn von ganzem Herzen, und seine Lauterkeit in Zweifel zu ziehen, ist für dich sicher nicht schmerzlicher als für mich. Ich habe es unabsichtlich getan und will es nicht schlimmer machen. Ich gebe zu, sein verändertes Verhalten heute morgen hat mich stutzig gemacht. Er redete nicht wie sonst und hat deine Freundlichkeit nicht mit Herzlichkeit erwidert. Aber das alles läßt sich vielleicht durch die Umstände erklären, die du angedeutet hast. Er hatte sich gerade von meiner Schwester getrennt, hatte gesehen, wie sie ihn in heftigem Schmerz verließ, und wenn er sich gezwungen sah, aus Angst, Mrs. Smith zu verletzen, der Versuchung einer baldigen Rückkehr hierher zu widerstehen, sich aber gleichzeitig bewußt war, daß eine Ablehnung deiner Einladung, angeblich aufgrund seiner längeren Abwesenheit von hier, bei unserer Familie einen undankbaren, ja verdächtigen

Eindruck hinterlassen mußte, dann hatte er allen Grund, verlegen und verwirrt zu sein. In dem Fall hätte ein einfaches offenes Geständnis seiner Schwierigkeiten ihm größere Ehre gemacht, finde ich, und seinem Charakter im allgemeinen auch mehr entsprochen. Aber ich will nicht so engstirnig sein, jemandes Verhalten nur deshalb zu beanstanden, weil ich eine andere Einstellung habe oder weil es von dem abweicht, was ich für richtig und konsequent halte.«

»Das ist sehr vernünftig von dir. Willoughby verdient es wirklich nicht, daß man ihn verdächtigt. Obwohl *wir* ihn noch nicht lange kennen, ist er in dieser Gegend doch kein Fremder. Und wer hat je etwas Nachteiliges über ihn gesagt? Wäre er in der Lage gewesen, unabhängig zu handeln und auf der Stelle zu heiraten, dann wäre es vielleicht merkwürdig gewesen, daß er uns verläßt, ohne sofort ein offenes Wort mit mir zu sprechen. Aber das ist nicht der Fall. In mancher Hinsicht steht die Verlobung unter einem nicht ganz günstigen Stern, denn ihre Heirat muß in sehr ungewisser Ferne liegen. Vielleicht ist jetzt sogar Verschwiegenheit angebracht, soweit sie gewahrt werden kann.«

Sie wurden durch Margarets Eintritt unterbrochen, und Elinor hatte nun Muße, über die Argumente ihrer Mutter nachzudenken, die Wahrscheinlichkeit vieler zuzugeben und auf die Berechtigung aller zu hoffen.

Von Marianne sahen sie nichts, bis sie zum Dinner das Zimmer betrat und, ohne ein Wort zu sagen, ihren Platz am Tisch einnahm. Ihre Augen waren rot und geschwollen, und anscheinend konnte sie selbst jetzt die Tränen nur mit Mühe zurückhalten. Sie mied die Blicke aller, konnte weder essen noch sprechen, und als ihre Mutter ihr nach einiger Zeit schweigend und in zärtlichem Mitgefühl die Hand drückte, war ihr geringer Widerstand gänzlich dahin, sie brach in Tränen aus und verließ das Zimmer.

Diese tiefe Niedergeschlagenheit hielt den ganzen Abend an. Sie war völlig widerstandslos, weil sie nicht den geringsten Wunsch hatte, sich zu beherrschen. Die leiseste

Anspielung auf irgend etwas, das mit Willoughby zu tun hatte, überwältigte sie im Nu, und obwohl die ganze Familie sich ängstlich um ihr Wohlergehen sorgte, war es ihnen, wenn sie überhaupt ein Wort sagen wollten, unmöglich, alle Themen zu vermeiden, die sie in ihrer Liebe auf ihn bezog.

Kapitel 16

Marianne hätte es sich selbst nicht verziehen, wenn sie in der ersten Nacht nach ihrer Trennung von Willoughby überhaupt Schlaf gefunden hätte. Sie hätte sich geschämt, ihrer Familie am nächsten Morgen ins Gesicht zu sehen, wenn ihr Bedürfnis nach Ruhe beim Aufstehen nicht größer gewesen wäre als beim Zubettgehen. Aber die Einstellung, die ihr soviel Gefaßtheit als Schande erscheinen ließ, hinderte sie daran, sich dieser Gefahr überhaupt auszusetzen. Sie war die ganze Nacht wach, und sie weinte die meiste Zeit. Sie stand mit Kopfschmerzen auf, war unfähig zu sprechen, unwillig, irgendwelche Nahrung zu sich zu nehmen; und dadurch, daß sie sich gegen jeden Versuch, sich trösten zu lassen, wehrte, gab sie ihrer Mutter und Schwester ständig Anlaß zur Sorge. Ihre Empfindlichkeit nahm beängstigende Ausmaße an.
Als das Frühstück vorüber war, ging sie allein spazieren, wanderte in Allenham herum, überließ sich der Erinnerung vergangener Freuden und weinte den größten Teil des Vormittags über den gegenwärtigen Schicksalsschlag.
Den ganzen Abend gab sie sich ihren Gefühlen mit gleicher Hemmungslosigkeit hin. Sie spielte alle Lieblingslieder, die sie sonst Willoughby vorgespielt hatte, alle Melodien, in denen sonst ihre Stimmen zusammengeklungen hatten, und saß vor dem Instrument und starrte auf jede Notenzeile, die er für sie geschrieben hatte, bis ihr das Herz

so schwer war, daß ihre Traurigkeit die äußerste Grenze erreicht hatte. Und diese Dosis an Trauer führte sie sich täglich zu; sie verbrachte ganze Stunden am Klavier und sang und weinte abwechselnd. Ihre Stimme war oft völlig von Tränen erstickt. Wie in der Musik suchte sie auch in Büchern geradezu den Kummer, den der Gegensatz zwischen Vergangenheit und Gegenwart unweigerlich hervorrief. Sie las nichts als das, was sie sonst gemeinsam miteinander gelesen hatten.

Ein solch hemmungsloser Kummer konnte natürlich nicht unbegrenzt durchgehalten werden; nach ein paar Tagen verwandelte er sich in eine gedämpfte Melancholie. Aber diese Beschäftigungen, zu denen sie täglich Zuflucht nahm, ihre einsamen Spaziergänge und schweigenden Grübeleien führten immer wieder zu den früheren heftigen Ausbrüchen von Schmerz.

Ein Brief von Willoughby kam nicht, und Marianne schien auch keinen zu erwarten. Ihre Mutter war überrascht, und Elinor machte sich wieder Gedanken. Aber Mrs. Dashwood fand Erklärungen, wann immer sie ihrer bedurfte, die mindestens sie selbst beruhigten.

»Denk doch nur, Elinor«, sagte sie, »wie häufig Sir John unsere Briefe selbst von der Post abholt und dorthin bringt. Wir waren uns bereits einig, daß Verschwiegenheit vielleicht nötig ist, und wir müssen zugeben, daß sie nicht gewährleistet wäre, wenn ihre Korrespondenz durch Sir Johns Hände ginge.«

Elinor konnte das nicht leugnen, und sie versuchte, darin einen hinreichenden Grund für das Schweigen von Marianne und Willoughby zu finden. Dabei gab es eine so direkte, so einfache und ihrer Meinung nach so naheliegende Möglichkeit, die wahren Hintergründe zu erfahren und auf der Stelle alle Heimlichtuerei aus dem Weg zu räumen, daß sie nicht anders konnte, als ihrer Mutter diesen Weg nahezulegen.

»Warum fragst du Marianne nicht einfach«, sagte sie, »ob sie mit Willoughby verlobt ist oder nicht. Von dir, ihrer Mutter, und noch dazu einer so verständnisvollen, so nachsichtigen Mutter, kann die Frage doch nicht kränkend für sie sein. Sie wäre doch nur die ganz natürliche Folge deiner Liebe zu ihr. Marianne war immer so offen, und dir gegenüber ganz besonders.«

»Eine solche Frage würde ich auf gar keinen Fall stellen. Gesetzt den Fall, sie wären nicht verlobt, wie würde eine solche Frage sie treffen! Auf jeden Fall wäre es sehr selbstsüchtig. Ich hätte ihr Vertrauen ein für allemal verscherzt, wenn ich sie zu einem Bekenntnis dessen zwingen würde, was im Moment vorläufig geheim bleiben soll. Ich kenne Mariannes Herz, ich weiß, daß sie mich aufrichtig liebt und daß ich nicht die letzte sein werde, der sie ihr Geheimnis anvertraut, wenn die Umstände seine Enthüllung angebracht erscheinen lassen. Ich würde das Vertrauen von niemandem zu erzwingen suchen, schon gar nicht das eines Kindes, das sich aus Pflichtgefühl veranlaßt sähe, mir gegen seinen Willen etwas anzuvertrauen.«

Elinor fand diese Rücksichtnahme in Anbetracht der Jugend ihrer Schwester übertrieben und drang weiter in ihre Mutter, aber vergeblich. Gesunder Menschenverstand, gesunde Sorge, gesunde Vorsicht fielen gegenüber Mrs. Dashwoods romantischem Zartgefühl nicht ins Gewicht.

Es dauerte mehrere Tage, ehe Willoughbys Name von irgendeinem Familienmitglied in Mariannes Gegenwart erwähnt wurde. Sir John und Mrs. Jennings erlegten sich allerdings nicht so viel Zwang auf; ihre Anzüglichkeiten machten manche schmerzliche Stunde noch schmerzlicher. Aber eines Abends rief Mrs. Dashwood, als sie zufällig einen Band Shakespeare in die Hand nahm:

»Wir haben *Hamlet* noch gar nicht zu Ende gelesen, Marianne. Unser lieber Willoughby hat uns verlassen, ehe wir damit fertig waren. Wir wollen ihn beiseite legen, damit er nach seiner Rückkehr … Aber vielleicht dauert es Monate, bis das geschieht.«

»Monate!« rief Marianne in höchstem Erstaunen. »Nein, nicht einmal Wochen.«

Mrs. Dashwood bedauerte, was sie gesagt hatte, aber Eli-

nor war froh darüber, da es eine Antwort von Marianne hervorrief, die ein so deutlicher Beweis für ihr Vertrauen in Willoughby und ihre Kenntnis seiner Absichten war.
Eines Vormittags, ungefähr eine Woche nach seiner Abreise, drangen die Schwestern in sie, sie auf ihrem täglichen Spaziergang zu begleiten, anstatt sich allein auf den Weg zu machen. Bisher hatte sie bei ihren Streifzügen sorgfältig jede Gesellschaft gemieden. Wenn ihre Schwestern beschlossen, die Wiesenhänge hinaufzugehen, stahl sie sich gleich auf den Wegen davon. Wenn die Rede vom Tal war, kletterte sie schnell die Hügel hinauf und war nie zu finden, wenn die anderen aufbrachen. Aber schließlich waren die Anstrengungen Elinors, die diese ständige Absonderung ganz und gar mißbilligte, erfolgreich. Sie wanderten die Straße entlang durch das Tal, meist schweigend, denn Mariannes Gedanken schweiften immer wieder ab, und Elinor, froh, einen Schritt weitergekommen zu sein, ließ es dabei bewenden. Jenseits des Taleingangs, wo das Land zwar immer noch bewaldet, aber sanfter und offener war, lag ein langes Stück der Straße, auf der sie zuerst nach Barton gekommen waren, vor ihnen; und als sie an die Stelle kamen, hielten sie an, um sich umzusehen und von einem Punkt aus, bis zu dem sie zufällig noch auf keinem ihrer Spaziergänge gedrungen waren, die Landschaft genauer zu betrachten, die von ihrer Cottage aus den Horizont begrenzte.
Unter den Details der Szenerie entdeckten sie bald ein bewegliches Objekt. Es war ein Reiter, der auf sie zukam. Nach ein paar Minuten konnten sie ausmachen, daß es ein Gentleman war, und wenig später rief Marianne entzückt:
»Er ist es, er ist es wirklich, ich weiß es.«
Und sie wollte auf ihn zueilen, als Elinor rief:
»Aber Marianne, ich glaube, du irrst dich. Das ist nicht Willoughby. Der Reiter ist nicht groß genug für ihn und hat nicht seine Haltung.«
»Doch, doch«, rief Marianne, »ich bin ganz sicher – seine Haltung, sein Mantel, sein Pferd. Ich wußte, er würde so bald wiederkommen!«

Sie lief entschlossen weiter, während sie sprach, und Elinor, die Marianne eine Verlegenheit ersparen wollte, da es ihrer Meinung nach gar nicht Willoughby war, ging ebenfalls schneller und hielt mit ihr Schritt. Bald hatten sie den Gentleman in ungefähr dreißig Meter Entfernung vor sich. Marianne sah genauer hin, ihre Enttäuschung war groß, sie machte abrupt kehrt und lief zurück, als beide Schwestern sie mit erhobener Stimme baten, stehenzubleiben, und eine dritte, fast so vertraut wie die Willoughbys, in diese Bitte einstimmte; sie wandte sich überrascht um und erkannte und begrüßte Edward Ferrars.

Er war der einzige Mensch auf der Welt, dem sie in dem Moment verzeihen konnte, nicht Willoughby zu sein, der einzige, der ihr ein Lächeln abgewinnen konnte, und sie wischte sich die Tränen ab, um ihm zuzulächeln, und vergaß über dem Glück ihrer Schwester eine Zeitlang ihre eigene Enttäuschung.

Er stieg ab, und, sein Pferd seinem Diener überlassend, ging er zu Fuß mit ihnen nach Barton zurück, wohin er ohnehin gerade kommen wollte, um sie zu besuchen.

Er wurde von allen mit großer Freundlichkeit willkommen geheißen, aber besonders von Marianne, deren Begrüßung sogar herzlicher ausfiel als Elinors; und tatsächlich kam es Marianne bei der Begegnung zwischen Edward und ihrer Schwester vor, als herrsche in ihrem Verhalten zueinander immer noch jene unerklärliche Kälte, die sie so oft in Norland bemerkt hatte. Edward besonders ließ völlig vermissen, wie ein Liebhaber bei einer solchen Gelegenheit aussehen und was er sagen sollte. Er war verwirrt, empfand anscheinend keine Freude bei dem Wiedersehen mit ihnen, sah weder begeistert noch vergnügt aus, sagte kaum etwas, was sie nicht ausdrücklich durch Fragen aus ihm herauslocken mußten, und zeichnete Elinor durch keinen Beweis seiner Zuneigung aus. Marianne sah und hörte mit wachsendem Staunen zu. Sie begann beinahe, eine Abneigung gegen Edward zu empfinden; und wie bei allen ihren Gefühlen endete es auch diesmal damit, daß ihre Gedanken zu Willoughby zu-

rückkehrten, dessen Benehmen einen so auffälligen Gegensatz zu dem seines zukünftigen Schwagers bildete. Nach einem kurzen Schweigen, das der ersten Überraschung und den ersten Fragen über ihr Zusammentreffen folgte, fragte Marianne Edward, ob er direkt aus London komme. Nein, er sei seit vierzehn Tagen in Devonshire.
»Seit vierzehn Tagen!« wiederholte sie erstaunt, daß er solange mit Elinor in derselben Gegend gewesen war, ohne sie früher zu besuchen.
Er machte einen etwas verstörten Eindruck, als er hinzufügte, daß er bei Freunden in der Nähe von Plymouth gewesen sei.
»Waren Sie kürzlich in Sussex?« fragte Elinor.
»Ich war vor ungefähr einem Monat in Norland.«
»Und wie sieht das liebe, liebe Norland aus?« rief Marianne.
»Das liebe, liebe Norland«, sagte Elinor, »sieht vermutlich nicht viel anders aus als sonst um diese Jahreszeit. Wälder und Wege dicht mit totem Laub bedeckt.«
»Oh!« rief Marianne, »mit welchem Entzücken habe ich sie früher fallen sehen! Wie hat es mich beim Spazierengehen hingerissen, wenn der Wind sie um mich herumwirbelte! Zu welchen Empfindungen haben mich die Blätter, die Jahreszeit, die ganze Atmosphäre begeistert! Jetzt ist niemand mehr da, der darauf achtet. Sie werden nur als Ärgernis betrachtet, hastig zusammengefegt und, so schnell es geht, aus dem Weg geschafft.«
»Nicht jeder«, sagte Elinor, »teilt deine Leidenschaft für totes Laub.«
»Nein, meine Empfindungen werden nicht oft geteilt, nicht oft verstanden. Aber manchmal doch.« Während sie dies sagte, verfiel sie einen Moment lang ins Träumen, besann sich aber und sagte: »Also, Edward«, indem sie seine Aufmerksamkeit auf die Aussicht lenkte, »dies ist Barton Valley. Schauen Sie es sich an und versuchen Sie, gelassen zu bleiben. Schauen Sie diese Hügel an! Haben Sie je dergleichen gesehen? Links liegt Barton Park, zwischen den Wäldern und Feldern. Sie können vielleicht das Ende

des Hauses sehen. Und dort, hinter dem entferntesten Hügel, der sich mit solcher Großartigkeit erhebt, liegt unser Haus.«

»Es ist eine schöne Landschaft«, erwiderte er, »aber in der Talsohle ist es im Winter doch bestimmt schmutzig.«

»Wie können Sie an Schmutz denken, wenn Sie solche Landschaft vor sich haben?«

»Weil ich«, entgegnete er lächelnd, »in der Landschaft vor mir einen sehr schmutzigen Weg sehe.«

»Wie merkwürdig!« sagte Marianne zu sich selbst, als sie weiterging.

»Haben Sie hier angenehme Nachbarn? Sind die Middletons umgängliche Leute?«

»Nein, ganz und gar nicht«, antwortete Marianne, »wir hätten es nicht unglücklicher treffen können.«

»Marianne«, rief ihre Schwester, »wie kannst du so etwas sagen! Wie kannst du nur so ungerecht sein? Sie sind eine sehr angesehene Familie, Mr. Ferrars, und haben sich uns gegenüber außerordentlich freundlich gezeigt. Hast du vergessen, Marianne, wie viele vergnügliche Tage wir ihnen verdanken?«

»Nein«, sagte Marianne mit gesenkter Stimme, »und auch nicht, wie viele schmerzliche Augenblicke.«

Elinor überhörte diese Bemerkung, sie wandte ihre Aufmerksamkeit ihrem Besucher zu und gab sich Mühe, so etwas wie eine Unterhaltung mit ihm in Gang zu bringen, indem sie von ihrem augenblicklichen Zuhause, seinen Annehmlichkeiten usw. sprach und gelegentliche Fragen und Bemerkungen aus ihm herauslockte. Seine Kälte und Zurückhaltung verletzte sie tief; sie war verstimmt und beinahe ärgerlich. Aber da sie entschlossen war, ihr Verhalten ihm gegenüber von der Vergangenheit statt von der Gegenwart bestimmen zu lassen, vermied sie jeden Anschein von Verstimmung oder Mißfallen und behandelte ihn so, wie es ihr aufgrund ihrer verwandtschaftlichen Beziehungen angebracht erschien.

Kapitel 17

Mrs. Dashwood war nur einen Augenblick lang überrascht, ihn zu sehen, denn ihrer Meinung nach war sein Besuch in Barton die natürlichste Angelegenheit der Welt. Ihre Freude und ihre Willkommenswünsche überwogen ihr Erstaunen bei weitem. Er wurde aufs herzlichste von ihr begrüßt, und Schüchternheit, Kälte und Zurückhaltung hielten einem solchen Empfang nicht stand. Sie waren schon bei seinem Eintritt ins Haus ins Wanken geraten und wurden von Mrs. Dashwoods gewinnender Art völlig besiegt. Tatsächlich konnte sich ein Mann schlecht in eine ihrer Töchter verlieben, ohne seine Leidenschaft auf sie auszudehnen, und Elinor sah mit Genugtuung, wie er bald wieder beinahe der alte war. Seine frühere Anhänglichkeit kam wieder zum Vorschein, und er zeigte wieder Interesse an ihrem Wohlergehen. Er war allerdings nicht in bester Stimmung. Er lobte das Haus, bewunderte die Aussicht, war aufmerksam, war freundlich, war aber trotzdem nicht in bester Stimmung. Die ganze Familie merkte es, und Mrs. Dashwood, die es auf die mangelnde Großzügigkeit seiner Mutter zurückführte, setzte sich voller Unmut gegen alle selbstsüchtigen Eltern zu Tisch.

»Was für Pläne hat Mrs. Ferrars augenblicklich mit Ihnen, Edward?« fragte sie, als das Dinner vorbei war und sie um das offene Kaminfeuer herumsaßen. »Sollen Sie noch immer gegen Ihren Willen ein großer Redner werden?«

»Nein, ich hoffe, meine Mutter ist nun überzeugt, daß ich für ein öffentliches Amt weder Talent noch Neigung besitze.«

»Aber wie wollen Sie es zu Ruhm und Ansehen bringen? Denn berühmt müssen Sie werden, wenn Sie Ihre Familie zufriedenstellen wollen. Und ohne Interesse an großem Aufwand, ohne Vorliebe für Fremde, ohne Beruf und ohne Selbstbewußtsein dürften Sie es schwierig finden.«

»Ich werde es gar nicht erst versuchen. Ich habe nicht den

Wunsch, mich auszuzeichnen, und ich habe allen Anlaß zu hoffen, daß es nie dazu kommt. Dem Himmel sei Dank! Man kann mich nicht zu Genialität und Beredsamkeit zwingen.«

»Sie sind nicht ehrgeizig, das weiß ich. Ihre Wünsche sind bescheiden.«

»So bescheiden wie die aller Durchschnittsmenschen, glaube ich. Wie alle möchte ich von Herzen glücklich sein, aber wie alle kann ich es nur auf meine Art. Berühmtheit trägt nicht dazu bei.«

»Wie sollte sie auch!« rief Marianne. »Was haben Reichtum und Größe mit Glück zu tun?«

»Größe nur wenig«, sagte Elinor, »aber Reichtum hat viel damit zu tun.«

»Schäm dich, Elinor!« sagte Marianne. »Geld macht nur glücklich, wo das Glück an nichts anderem hängt. Man braucht es zum Lebensunterhalt, aber darüber hinaus schafft es keine wirkliche innere Befriedigung.«

»Vielleicht«, sagte Elinor lächelnd, »läuft es auf dasselbe hinaus. Was *du* Lebensunterhalt nennst und *ich* Reichtum, ist vermutlich mehr oder minder dasselbe. Und wie die Dinge heutzutage liegen, sind wir uns sicher einig, daß ohne sie jede äußere Bequemlichkeit fehlt. Deine Gedanken sind nur etwas nobler als meine. Also bitte, was meinst du mit Lebensunterhalt?«

»Ungefähr achtzehnhundert bis zweitausend pro Jahr, das genügt.«

Elinor lachte. »Zweitausend pro Jahr! Tausend sind für mich Reichtum. Ich wußte, daß es darauf hinauslaufen würde.«

»Und doch sind zweitausend pro Jahr ein bescheidenes Einkommen«, sagte Marianne. »Mit geringeren Einkünften kann eine Familie nicht gut auskommen. Ich bin doch nicht unbescheiden in meinen Ansprüchen. Mit weniger kann man einen angemessenen Haushalt mit Dienern, einer Kutsche, vielleicht zwei, und Jagdpferden kaum unterhalten.«

Elinor mußte wieder lächeln, als sie ihre Schwester so

genau ihre zukünftigen Ausgaben in Combe Magna beschreiben hörte.

»Jagdpferde!« wiederholte Edward. »Aber wozu brauchen Sie Jagdpferde? Es jagen doch nicht alle Leute.«

Marianne wurde rot, als sie erwiderte: »Aber die meisten.«

»Ich wollte«, sagte Margaret und brachte einen neuen Gedanken auf, »jemand würde uns allen ein größeres Vermögen schenken!«

»Nicht auszudenken!« rief Marianne, und ihre Augen leuchteten vor Begeisterung, und ihre Wangen glühten vor Entzücken über das erträumte Glück.

»In *dem* Wunsch sind wir uns alle einig«, sagte Elinor, »trotz der Unzulänglichkeit von Reichtum.«

»Du liebe Güte!« rief Margaret. »Wie glücklich ich wäre! Ich frage mich, was ich damit tun würde.«

Marianne sah aus, als gäbe es für sie in dieser Frage keinen Zweifel.

»Ich wüßte gar nicht, wie ich allein ein großes Vermögen ausgeben sollte«, sagte Mrs. Dashwood, »wenn meine Kinder alle ohne meine Hilfe reich würden.«

»Du fängst mit dem Umbau des Hauses an«, warf Elinor ein, »dann sind deine Schwierigkeiten im Nu verschwunden.«

»Was für fantastische Aufträge in einem solchen Fall von hier nach London gehen würden«, sagte Edward. »Was für ein Glückstag für Buchhändler, Musikalienläden und Kunsthandlungen. Sie, Miss Dashwood, würden einen Dauerauftrag erteilen, daß Ihnen jedes anspruchsvolle Druckwerk zugeschickt wird, und Marianne, ich kenne ihr großes Herz, es gäbe nicht genug Musik in London, um sie zufriedenzustellen. Und Bücher! Thomson, Cowper, Scott – sie würde sie alle immer wieder kaufen, sie würde jedes einzelne Exemplar kaufen, glaube ich, damit sie nur nicht in unwürdige Hände fallen. Und sie würde jedes Buch kaufen, in dem steht, wie man einen alten knorrigen Baum bewundert, nicht wahr, Marianne? Verzeihen Sie, wenn ich frech werde, aber ich wollte Ihnen zeigen, daß ich unsere früheren Auseinandersetzungen nicht vergessen habe.«

»Ich lasse mich gern an die Vergangenheit erinnern, Edward. Ob sie traurig oder fröhlich ist, ich denke gern daran, und Sie können mich gar nicht verletzen, wenn Sie von alten Zeiten sprechen. Sie haben ganz recht mit der Vermutung, wofür ich mein Geld ausgeben würde, einen Teil wenigstens, das Kleingeld würde bestimmt darauf verwendet, meine Sammlung von Noten und Büchern zu vervollständigen.«

»Und der Großteil Ihres Vermögens würde als Rente ausgesetzt für die Autoren oder ihre Erben.«

»Nein, Edward, ich hätte etwas anderes damit vor.«

»Vielleicht wollen Sie es der Person als Belohnung vermachen, die den gekonntesten Aufsatz zur Verteidigung ihrer Lieblingsmaxime schreibt, daß sich niemand öfter als einmal im Leben verlieben kann, denn Ihre Ansichten in dieser Hinsicht sind unverändert, nehme ich an.«

»Natürlich. In meinem Alter sind die Ansichten so ziemlich gefestigt. Es ist unwahrscheinlich, daß ich noch viel sehen oder hören werde, was mich umstimmen könnte.«

»Sehen Sie, Marianne ist beständig wie eh und je«, sagte Elinor, »sie hat sich ganz und gar nicht verändert.«

»Sie ist nur ein wenig ernster geworden als früher.«

»Also, Edward«, sagte Marianne, »Sie brauchen mir keine Vorwürfe zu machen. Sie sind selbst nicht besonders ausgelassen.«

»Wie kommen Sie darauf?« entgegnete er mit einem Seufzer. »Ausgelassenheit gehörte nie zu meinen Charakterzügen.«

»Zu Mariannes auch nicht«, sagte Elinor. »Ich würde sie nicht gerade ein lebhaftes Mädchen nennen. Sie ist sehr konzentriert, sehr eifrig bei allem, was sie tut, redet manchmal sehr viel und immer mit großer Begeisterung, aber sie ist nicht oft wirklich vergnügt.«

»Ich glaube, Sie haben recht«, erwiderte er, »und trotzdem habe ich sie immer für ein lebhaftes Mädchen gehalten.«

»Ich habe mich häufig selbst bei diesem Fehler ertappt«, sagte Elinor, »bei der völligen Fehleinschätzung eines Charakters in irgendeinem Punkt. Man bildet sich ein, Leute seien soviel ausgelassener oder ernster oder genialer oder dümmer, als sie in Wirklichkeit sind, und ich kann kaum sagen, warum der Irrtum entstand oder worauf er beruhte. Manchmal läßt man sich von dem beeinflussen, was Leute von sich selbst sagen, und häufig von dem, was andere über sie sagen, ohne daß man sich die Mühe macht, nachzudenken und sich eine Meinung zu bilden.«

»Und ich dachte, es sei richtig, Elinor«, sagte Marianne, »sich völlig von der Meinung anderer Leute leiten zu lassen. Ich dachte, unsere eigenen Meinungen seien nur dazu da, sich denen unserer Nachbarn anzupassen. Jedenfalls gehörte das immer zu deinen Grundsätzen.«

»Nein, Marianne, nie. Meine Grundsätze wollten nie auf die Unterwerfung des Verstandes hinaus. Ich habe immer nur das Benehmen zu beeinflussen versucht. Du darfst meine Ansichten nicht entstellen. Ich bekenne mich schuldig, öfter gewünscht zu haben, daß du unsere Bekannten im allgemeinen mit größerer Zuvorkommenheit behandelst. Aber wann habe ich dir geraten, ihre Einstellungen zu übernehmen oder in ernsten Angelegenheiten dich ihrem Urteil anzupassen?«

»Es ist Ihnen also nicht gelungen, Ihre Schwester von Ihren Ansichten über allgemeine Höflichkeit zu überzeugen«, sagte Edward zu Elinor. »Machen Sie gar keine Fortschritte?«

»Ganz im Gegenteil«, erwiderte Elinor und sah Marianne vielsagend an.

»Theoretisch«, entgegnete er, »bin ich ganz auf Ihrer Seite, aber praktisch, fürchte ich, viel mehr auf der Seite Ihrer Schwester. Ich habe nie die Absicht, Anstoß zu erregen, aber ich bin so kindisch schüchtern, daß ich oft nachlässig erscheine, wo mich in Wirklichkeit nur meine angeborene Unbeholfenheit zurückhält. Ich habe schon oft gedacht, daß die Natur mich für den Umgang mit einfachen Leuten

bestimmt haben muß, so wenig fühle ich mich unter Fremden aus besseren Kreisen wohl.«
»Marianne kann sich bei ihrer Unaufmerksamkeit nicht auf Schüchternheit hinausreden«, sagte Elinor.
»Für falsche Scham kennt sie ihren Wert zu gut«, erwiderte Edward. »Schüchternheit ist nur die Folge von irgendwelchen Minderwertigkeitsgefühlen. Wenn ich mich selbst überzeugen könnte, daß mein Benehmen vollkommen gelassen und gewandt wäre, dann wäre ich nicht schüchtern.«
»Aber Sie wären immer noch verschlossen«, sagte Marianne, »und das ist schlimmer.«
Edward starrte sie an. »Verschlossen! Bin ich verschlossen, Marianne?«
»Ja, sehr.«
»Ich verstehe Sie nicht«, sagte er und wurde rot. »Verschlossen! Wieso, inwiefern? Was soll ich Ihnen denn offenbaren? Was meinen Sie?«
Elinor beobachtete seine Bewegung mit Erstaunen, aber sie versuchte, das Thema lachend zu überspielen und sagte zu ihm:
»Sie sollten meine Schwester gut genug kennen, um zu verstehen, was sie meint. Sie sollten wissen, daß sie jeden verschlossen nennt, der nicht so schnell redet wie sie und alles, was sie bewundert, nicht mit derselben Begeisterung bewundert.«
Edward gab keine Antwort. Er verfiel ganz in seine alte Ernsthaftigkeit und Nachdenklichkeit und saß eine Zeitlang wortlos und in sich gekehrt da.

Kapitel 18

Elinor beobachtete mit Besorgnis die niedergeschlagene Stimmung ihres Freundes. Sein Besuch bereitete ihr keine ungeteilte Freude, solange er selbst anscheinend so wenig

Vergnügen daran hatte. Es war offensichtlich, daß er unglücklich war. Wenn es nur ebenso offensichtlich gewesen wäre, daß er immer noch dieselbe Zuneigung zu ihr hegte, die sie zweifellos früher in ihm hervorgerufen hatte. Aber bisher schien es sehr ungewiß, ob seine Vorliebe für sie noch anhielt; und seine Verschlossenheit ihr gegenüber widerrief, was ein vielsagender Blick ihr einen Augenblick vorher zu verstehen gegeben hatte.

Er gesellte sich am nächsten Morgen im Frühstückszimmer zu ihr und Marianne, bevor die anderen heruntergekommen waren, und Marianne, der immer daran lag, das Glück der beiden zu fördern, überließ sie bald sich selbst. Aber bevor sie auch nur halb die Treppe hinauf war, hörte sie die Wohnzimmertür aufgehen, und als sie sich umdrehte, sah sie zu ihrer Überraschung Edward herauskommen.

»Ich gehe ins Dorf, um nach meinen Pferden zu sehen«, sagte er, »da Sie noch nicht zum Frühstück fertig sind. Ich bin bald wieder da.«

Edward kehrte voll neuer Bewunderung für die umliegende Landschaft zu ihnen zurück. Auf seinem Spaziergang ins Dorf hatten ihn die Ausblicke ins Tal sehr beeindruckt, und auch vom Dorf aus, das viel höher lag als ihr Haus, bot sich ihm ein Rundblick über das Ganze, der ihm außerordentlich gefallen hatte. Dies war ein Thema, mit dem er bei Marianne auf Interesse stieß, und sie war im Begriff, ihre eigene Bewunderung für die Szenen zu beschreiben und ihn eingehender über die Gegenstände auszufragen, die ihm besonders aufgefallen waren, als Edward sie mit den Worten unterbrach:

»Sie dürfen nicht zu weit gehen mit Ihren Fragen, Marianne, bedenken Sie, ich verstehe nichts vom Pittoresken, und Sie werden sich über meine Unwissenheit und meinen Mangel an Geschmack ärgern, wenn wir in Einzelheiten gehen. Ich nenne Hügel steil, wenn ich kühn sagen, Landschaftsblicke sonderbar und unkultiviert, wenn ich unregelmäßig und zerklüftet sagen sollte, und entfernte Gegenstände undeutlich, wenn ich sagen sollte, daß sie in dem sanften Medium einer diesigen Atmosphäre verschwimmen. Sie müssen sich mit der Bewunderung begnügen, die ich ehrlich vertreten kann. Ich nenne es eine sehr hübsche Gegend: Die Hügel sind steil, die Wälder anscheinend voll von gutem Holz, und das Tal sieht gemütlich und einladend aus, mit üppigen Weiden und mehreren adretten Bauernhäusern hier und da verstreut. Es entspricht genau meiner Vorstellung von einer hübschen Gegend, weil es Schönheit mit Nützlichkeit vereint, und ich bin sicher, daß sie auch pittoresk ist, weil Sie sie bewundern. Ich glaube gern, daß sie voller Felsen und Klippen, grauem Moos und Dickicht ist, aber das ist alles an mich verschwendet. Ich verstehe nichts vom Pittoresken.«

»Ich fürchte, Sie haben nur zu recht«, sagte Marianne, »aber wie können Sie auch noch stolz darauf sein?«

»Ich vermute«, sagte Elinor, »daß Edward, um *einer* Art von Affektiertheit zu entgehen, in eine andere verfällt. Weil er glaubt, daß viele Leute mehr Bewunderung für die Schönheiten der Natur vorgeben, als sie tatsächlich empfinden, und sich über solche Anmaßung empört, täuscht er weniger Unterscheidungsvermögen bei ihrem Anblick vor, als er besitzt. Er ist wählerisch und möchte eben seine eigene Affektiertheit haben.«

»Wie wahr«, sagte Marianne, »daß die Bewunderung von Landschaftsszenen zum bloßen Jargon geworden ist. Alle täuschen Empfindungen vor und versuchen, den Geschmack und die Gewähltheit desjenigen nachzuahmen, der zuerst definiert hat, was pittoreske Schönheit ist.[10] Ich verabscheue jede Art Jargon, und manchmal habe ich meine Empfindungen für mich behalten, weil ich keine Worte dafür finden konnte, die nicht abgedroschen und völlig sinn- und bedeutungsleer waren.«

»Ich bin überzeugt«, sagte Edward, »daß Sie das Entzücken, das Sie beim Anblick einer hübschen Aussicht zu empfinden behaupten, auch wirklich empfinden, aber dafür muß Ihre Schwester mir auch zugestehen, daß ich nicht mehr empfinde, als ich behaupte. Mir gefallen hübsche Aussichten, aber nicht nach pittoresken Gesichtspunkten. Krumme, verwachsene, windschiefe Bäume gefallen mir nicht. Ich mag sie viel lieber, wenn sie groß, gerade und gesund sind. Verfallene, wackelige Häuser gefallen mir nicht. Ich kann Brennesseln oder Disteln oder Heidekraut nicht leiden. Ich habe viel mehr Vergnügen an einem gemütlichen Bauernhaus als einem Wachturm; und eine Gruppe sauberer, glücklicher Bauern gefällt mir besser als die malerischsten Banditen der Welt.«

Marianne sah Edward voller Staunen, ihre Schwester voller Mitleid an. Elinor lachte nur.

Das Thema wurde nicht weiter verfolgt, und Marianne schwieg in Gedanken versunken, bis ein neuer Gegenstand plötzlich ihre Aufmerksamkeit erregte. Sie saß neben Edward, und als er seine Teetasse von Mrs. Dashwood entgegennahm, hatte sie seine Hand so unmittelbar vor sich, daß ihr an seinem Finger ein Ring mit einer Haarlocke in der Mitte sofort ins Auge fiel.

»Ich habe Sie noch nie einen Ring tragen sehen, Edward«, rief sie. »Ist das Fannys Haar? Ich erinnere mich, daß sie es Ihnen versprochen hatte, aber ich hätte ihr Haar für dunkler gehalten.«

Marianne hatte gedankenlos ausgesprochen, was sie empfand, aber als sie sah, wie sehr sie Edward damit weh getan hatte, stand ihre eigene Betroffenheit über ihre Gedankenlosigkeit der seinen in nichts nach. Er wurde über und über rot und erwiderte mit einem kurzen Blick auf Elinor: »Ja, es ist das Haar meiner Schwester. Die Fassung verändert den Ton ja immer.«

Elinor hatte seinen Blick aufgefangen und sah ebenfalls betroffen aus. Daß es sich um ihr eigenes Haar handelte, davon war sie ebenso überzeugt wie Marianne. Der einzige Unterschied in ihren Schlußfolgerungen bestand darin, daß Marianne es als freiwilliges Geschenk ihrer Schwester betrachtete, während Elinor genau wußte, daß er es ihr heimlich entwendet oder es sich sonstwie auf eine ihr unbekannte Weise angeeignet hatte. Sie war allerdings weit davon entfernt, es als Affront zu betrachten, und indem sie so tat, als habe sie den Vorfall nicht bemerkt, und unmittelbar von etwas anderem sprach, beschloß sie im stillen, die nächstmögliche Gelegenheit wahrzunehmen, das Haar genauer zu betrachten und sich endgültige Gewißheit zu verschaffen, daß es auch genau dem Farbton ihres Haars entsprach.

Edwards Verlegenheit hielt eine Weile an und verlor sich dann in völliger Geistesabwesenheit. Er war den ganzen Vormittag außerordentlich ernst. Marianne machte sich ernsthafte Vorwürfe wegen ihrer Bemerkung, aber sie hätte sich vermutlich schneller verziehen, hätte sie gewußt, wie wenig sie ihre Schwester damit verstimmt hatte.

Im Laufe des Vormittags machten ihnen Sir John und Mrs. Jennings einen Besuch, die von der Ankunft eines Gentleman in der Cottage gehört hatten und den neuen Gast begrüßen wollten. Mit Unterstützung seiner Schwiegermutter brauchte Sir John nicht lange zu der Entdeckung, daß der Name Ferrars mit F begann, und damit bot sich eine unerschöpfliche Quelle des Spotts gegen die ergebene Elinor, und nur die Kürze ihrer Bekanntschaft mit Edward konnte sie davon abhalten, die Quelle unmittelbar anzuzapfen. So entnahm diese nur einigen sehr vielsagenden Blicken, wie weit sie die Sache dank Margarets Hinweisen durchschauten.

Sir John besuchte die Dashwoods nie, ohne sie entweder am nächsten Tag zum Dinner im Herrenhaus zu bitten oder am selben Abend zum Tee. Diesmal beabsichtigte er ihrem Gast zuliebe, zu dessen Unterhaltung beizutragen er sich verpflichtet fühlte, sie zu beidem einzuladen.

»Sie müssen heute abend Tee mit uns trinken«, sagte er, »denn wir sind ganz allein, und morgen müssen Sie unbedingt mit uns speisen, denn wir haben eine große Gesellschaft.«

Mrs. Jennings unterstrich die Notwendigkeit: »Und wer weiß, vielleicht kommt es sogar zu einem Tanz. Und das wird *Sie* reizen, Miss Marianne.«

»Tanzen!« rief Marianne. »Unmöglich! Wer soll denn tanzen?«

»Wer? Natürlich Sie selbst und die Careys und die Whitakers. Was! Sie dachten, keiner dürfe tanzen, nur weil eine bestimmte Person, die ungenannt bleiben soll, abwesend ist?«

»Ich wünschte von ganzem Herzen«, rief Sir John, »daß Willoughby wieder unter uns wäre.«

Dies und Mariannes Erröten erregte Edwards Argwohn von neuem. »Und wer ist Willoughby?« fragte er mit gesenkter Stimme Miss Dashwood, neben der er saß.

Sie erklärte es ihm kurz. Mariannes Gesichtsausdruck gab eine ausführlichere Antwort. Edward sah genug, um nicht nur die Anspielungen der anderen zu verstehen, sondern auch die Blicke Mariannes, deren Bedeutung ihm vorher unklar gewesen war. Und als die Besucher sie verlassen hatten, ging er unverzüglich zu ihr hin und sagte flüsternd:

»Ich habe eine Vermutung. Soll ich Ihnen verraten, was ich vermute?«

»Was meinen Sie?«

»Soll ich es sagen?«

»Natürlich.«

»Also gut. Ich vermute, daß Mr. Willoughby jagt.«

Marianne war überrascht und verwirrt, aber sie mußte doch lachen über seine stille Schalkhaftigkeit, und nach kurzem Schweigen sagte sie:

»Oh, Edward, wie können Sie nur! Aber eines Tages hoffe ich ... ich bin sicher, Sie werden ihn mögen.«

»Daran zweifle ich nicht«, antwortete er eher erstaunt über ihre Ernsthaftigkeit und Bewegung. Denn hätte er es nicht für einen Scherz zur allgemeinen Belustigung ihrer Bekannten gehalten, der nur auf einem Geplankel oder noch weniger zwischen Mr. Willoughby und ihr beruhte, dann hätte er es nicht zu erwähnen gewagt.

Kapitel 19

Edward blieb eine Woche bei ihnen. Mrs. Dashwood drang ernsthaft in ihn, doch länger zu bleiben; aber als habe er es darauf abgesehen, sich selbst zu kasteien, war er anscheinend entschlossen abzureisen, als er sich unter seinen Freunden am wohlsten fühlte. Seine Stimmung, obwohl immer noch sehr unausgeglichen, hatte sich während der letzten zwei oder drei Tage wesentlich gebessert. Er gewann Haus und Umgebung immer lieber, erklärte, daß er völlig über seine Zeit verfüge, schwankte sogar, wohin er von ihnen aus reisen solle, aber dennoch – abreisen müsse er. Nie sei ihm eine Woche so schnell vergangen, er könne kaum glauben, daß sie schon vorüber sei. Das sagte er wiederholt, und er sagte noch mehr, was ein Beweis für seinen Sinneswandel war und seine Handlungen Lügen strafte. Er fühle sich in Norland nicht wohl, er verabscheue das Leben in London, aber entweder nach Norland oder nach London müsse er reisen. Er schätze ihre Freundlichkeit über alles, und sein größtes Glück bestehe in ihrer Gesellschaft. Trotzdem mußte er sie, entgegen ihren und seinen eigenen Wünschen und ohne irgendwelche Verpflichtungen zu haben, am Ende der Woche verlassen.

Elinor schob alles, was an seinen Handlungen unerklärlich war, auf seine Mutter; und es war ein Glück für sie, daß er eine Mutter hatte, deren Wesen ihr so wenig vertraut war, daß es als Entschuldigung für alles Merkwürdige im Benehmen ihres Sohnes herhalten konnte. Aber enttäuscht und verstimmt, wie sie war, und manchmal sogar verärgert über sein unberechenbares Verhalten ihr gegenüber, war sie alles in allem doch geneigt, seine Handlungen mit all den wohlwollenden Zugeständnissen und großzügigen Konzessionen zu betrachten, die ihre Mutter ihr in Willoughbys Fall auf viel schmerzlichere Weise abgerungen hatte. Seinen Mangel an Lebhaftigkeit, an Offenheit und Beständigkeit schrieb sie vor allem seinem Mangel an Unabhängigkeit und seiner besseren Kenntnis von

Mrs. Ferrars' Temperament und ihren Plänen zu. Die Kürze seines Besuchs, die Hartnäckigkeit, mit der er auf seiner Abreise bestand, entsprang demselben notgedrungenen Wunsch, der gleichen unausweichlichen Notwendigkeit, sich seiner Mutter vorläufig zu fügen. Der alte wohlbekannte Streit zwischen Pflicht und Neigung, Mutter und Kind war schuld an allem. Sie hätte nur zu gern gewußt, wann diese Schwierigkeiten endlich ein Ende nehmen, dieser Widerstand endlich aufhören würde, wann Mrs. Ferrars ein Einsehen und ihr Sohn die Freiheit haben würde, glücklich zu sein. Aber von solchen vergeblichen Hoffnungen war sie gezwungen, Trost in ihrem wiedergefundenen Vertrauen auf Edwards Zuneigung zu suchen, in der Erinnerung an jedes Zeichen seiner Verehrung in Blick oder Wort, das ihr während seines Besuchs in Barton zugefallen war, und vor allem in dem schmeichelhaften Beweis, den er ständig am Finger trug.

»Ich glaube, Edward«, sagte Mrs. Dashwood, als sie am letzten Morgen beim Frühstück saßen, »Sie wären ein glücklicherer Mensch, wenn Sie einen Beruf hätten, der Ihre Zeit in Anspruch nähme und Ihren Plänen und Handlungen einen Sinn gäbe. Ihre Freunde hätten sicherlich darunter zu leiden; Sie würden ihnen nicht so viel Zeit widmen können. Aber« (mit einem Lächeln), *»einen* erheblichen Vorteil hätte die Sache für Sie ganz gewiß: Sie wüßten, wohin Sie nach Ihrem Aufbruch reisen sollten.«

»Ich kann Ihnen versichern«, entgegnete er, »daß ich, wie Sie jetzt, lange über diesen Punkt nachgedacht habe. Es war und ist und wird vermutlich auch in Zukunft immer ein großes Unglück für mich sein, daß ich nie eine notwendige Tätigkeit hatte, die mich in Anspruch nahm, keinen Beruf, der mir Beschäftigung gab oder mir auch nur die geringste Unabhängigkeit erlaubte. Aber leider haben mich meine eigenen Ansprüche und die Ansprüche meiner Freunde zu dem gemacht, was ich bin: ein nutzloses, hilfloses Wesen. Wir konnten uns nie auf einen Beruf einigen. Ich habe immer der Kirche den Vorzug gegeben und tue es immer noch, aber das war meiner Familie nicht fein genug. Sie schlugen die Armee vor; das war mir viel zu fein. Jura genügte ihren Ansprüchen. Viele junge Männer, die eine Rechtsanwaltspraxis hatten, machten in den besten Kreisen eine glänzende Figur und fuhren in eleganten Einspännern in London herum. Aber ich hatte nichts für die Rechtswissenschaft übrig, nicht einmal für diese weniger arbeitsaufwendigen Seiten des Berufs, die die Billigung meiner Familie fanden. Was die Marine angeht, so galt sie zwar als schick, aber ich war bereits zu alt dafür, als zum erstenmal die Rede davon war. Und schließlich, da ja keinerlei Notwendigkeit für mich bestand, einen Beruf zu ergreifen, da ich ohne einen roten Rock am Leibe ebenso schneidig und aufwendig auftreten konnte wie mit, bot sich für mich alles in allem Müßiggang als das Vorteilhafteste und Ehrenvollste an, und ein junger Mann von achtzehn ist im allgemeinen nicht so ernsthaft entschlossen, sich nützlich zu machen, daß er dem Zureden seiner Freunde, nichts zu tun, widersteht. Ich wurde deshalb auf der Universität in Oxford eingeschrieben und habe mich seitdem, wie es sich gehört, dem Müßiggang ergeben.«

»Da Müßiggang nicht zu Ihrem eigenen Glück beigetragen hat«, sagte Mrs. Dashwood, »wird die Folge davon vermutlich sein, daß Ihre Söhne zu so vielen Interessen, Beschäftigungen, Berufen und Geschäften erzogen werden wie Columellas[11].«

»Sie werden dazu erzogen«, sagte er ernster werdend, »mir so wenig wie irgend möglich zu ähneln. Im Empfinden, im Handeln, in ihren Lebensumständen, in allem.«

»Na na! Das ist alles nur die übertriebene Folge einer momentanen Niedergeschlagenheit, Edward. Sie sind in melancholischer Stimmung und bilden sich ein, alle Leute, die anders sind als Sie, müßten glücklicher sein. Aber bedenken Sie, daß der Trennungsschmerz beim Abschied von ihren Freunden von Zeit zu Zeit alle ergreift, unabhängig von Erziehung oder Stand. Erkennen Sie nur Ihr eigenes Glück. Ihnen fehlt nur Geduld; oder geben Sie dem einen attraktiveren Namen, nennen Sie es Hoffnung. Ihre Mutter wird Ihnen schon rechtzeitig die Unabhängigkeit zugestehen, an der Ihnen so viel liegt. Es ist ihre Pflicht, und über kurz oder lang wird und muß auch ihr Glück davon abhängen zu verhindern, daß Sie Ihre ganze Jugend in Unzufriedenheit vergeuden. Was kann in ein paar Monaten nicht alles geschehen!«

»Ich glaube«, sagte Edward, »ich habe auch in vielen Monaten nichts Erfreuliches zu erwarten.«

Obwohl sich diese trübselige Stimmung nicht auf Mrs. Dashwood übertrug, machte sie allen den kurz darauf stattfindenden Abschied noch schwerer und hinterließ besonders bei Elinor ein Gefühl des Unbehagens, das zu bekämpfen sie Zeit und Mühe kostete. Aber da sie entschlossen war, es zu bekämpfen, und auf jeden Fall den Anschein vermeiden wollte, sie litte unter seiner Abreise mehr als der Rest der Familie, verzichtete sie auf die von Marianne bei ähnlicher Gelegenheit so geschickt angewandte Methode, ihren Kummer dadurch zu steigern und zu verewigen, daß sie sich in Schweigen, Einsamkeit und Untätigkeit zurückzog. Ihre Mittel unterschieden sich so grundlegend voneinander wie ihre Ziele und erfüllten ihren Zweck bei beiden.

Elinor setzte sich an ihren Zeichentisch, sobald er das Haus verlassen hatte, beschäftigte sich eifrig den ganzen Tag, versuchte die Erwähnung seines Namens weder heraufzubeschwören noch zu vermeiden, interessierte sich anscheinend für die allgemeinen Familienangelegenheiten ebenso wie sonst, und wenn dieses Verhalten ihren eigenen Schmerz auch nicht verminderte, so sorgte es doch wenigstens dafür, daß er sich nicht unnötig verschlimmerte und daß ihrer Mutter und ihren Schwestern eine Menge Sorge um ihretwillen erspart blieb.

Ein solches, ihrem eigenen so völlig entgegengesetztes Benehmen erschien Marianne ebenso wenig löblich, wie ihr das eigene verwerflich erschienen war. Die Frage der Selbstbeherrschung entschied sie ohne Zögern: Leidenschaftliche Naturen waren dazu außerstande, nüchterne verdienten dafür keine Anerkennung. Der Einsicht, daß ihre Schwester kühler veranlagt sei, wagte sie sich nicht zu verschließen, obwohl sie bei diesem Eingeständnis errötete. Und von der Leidenschaftlichkeit ihrer eigenen Gefühle gab sie dadurch einen schlagenden Beweis, daß sie ihre Schwester trotz dieser beschämenden Überzeugung immer noch liebte und schätzte.

Ohne sich von ihrer Familie abzusondern oder das Haus absichtlich allein zu verlassen, um ihr aus dem Wege zu gehen, oder die ganze Nacht wachzuliegen, um sich ihren Grübeleien hinzugeben, fand Elinor täglich genug Muße, über Edward und über Edwards Benehmen mit Zärtlichkeit, Mitleid, Zustimmung, Kritik und Zweifel nachzudenken, je nachdem, in welcher Stimmung sie sich zu welcher Zeit befand. Es gab genug Augenblicke, in denen Unterhaltung sich zwar nicht durch die Abwesenheit ihrer Mutter und Schwestern, aber wenigstens durch die Art ihrer Beschäftigung verbat, und so etwas wie Einsamkeit sich ergab. Dann war sie ungestört sich selbst überlassen, ihre Gedanken konnten durch nichts anderes gefesselt werden, und bei einem so interessanten Thema mußten Vergangenheit und Zukunft ihr vor Augen stehen, mußten sich ihr aufdrängen und ihr Gedächtnis, ihren Verstand und ihre Fantasie beschäftigen.

Aus einer solchen Träumerei wurde sie eines Vormittags kurz nach Edwards Abreise, als sie an ihrem Zeichentisch saß, durch die Ankunft von Besuchern geweckt. Sie war zufällig ganz allein. Das Schließen der kleinen Eingangspforte zum Vorgarten ließ sie aus dem Fenster blicken, und sie sah eine Gruppe von Menschen auf das Haus zukommen. Unter ihnen waren Sir John, Lady Middleton und Mrs. Jennings, aber außer ihnen noch zwei andere, ein Herr und eine Dame, die ihr gänzlich unbekannt waren. Sie saß nahe am Fenster, und sobald Sir John sie wahrnahm, überließ er es dem Rest der Gesellschaft, feierlich an die Tür zu klopfen, ging über den Rasen und zwang sie, das Fenster zu öffnen und mit ihm zu sprechen, obwohl der Abstand zwischen Tür und Fenster so gering war, daß sie kaum mit ihm sprechen konnte, ohne von den anderen gehört zu werden.

»Nun«, sagte er, »wir haben Ihnen unbekannten Besuch mitgebracht. Wie gefällt er Ihnen?«

»Pst, sie können Sie hören.«

»Das schadet nichts. Es sind nur die Palmers. Charlotte ist sehr hübsch, keine Frage. Sie können sie sehen, wenn Sie hinausblicken.«

Da Elinor gewiß war, sie in ein paar Minuten zu sehen, ohne taktlos zu sein, lehnte sie höflich ab.

»Wo ist Marianne? Ist sie weggelaufen, weil wir gekommen sind? Wie ich sehe, ist ihr Instrument offen.«

»Sie geht spazieren, glaube ich.«

Nun gesellte sich auch Mrs. Jennings zu ihnen, die es nicht abwarten konnte, bis die Tür geöffnet wurde, ehe auch sie ihre Geschichte erzählt hatte. Sie kam mit Hallo ans Fenster. »Wie geht es Ihnen, mein Kind? Wie geht es Mrs. Dashwood? Und wo sind Ihre Schwestern? Was! Ganz allein! Sie werden sich über ein bißchen Gesellschaft freuen. Ich habe meinen anderen Schwiegersohn und meine Tochter mitgebracht. Stellen Sie sich vor, ein so völlig unerwarteter Besuch! Ich glaubte gestern abend, eine Kutsche zu hören, während wir unseren Tee tranken, aber ich wäre nie darauf gekommen, daß sie es sein könnten. Ich dachte schon, ob Oberst Brandon vielleicht zurückgekommen ist. Also habe ich zu Sir John gesagt, ich glaube, ich höre eine Kutsche, vielleicht ist Oberst Brandon zurückgekommen.«

Elinor sah sich gezwungen, sich mitten in ihrer Geschichte von ihr abzuwenden, um den Rest der Gesellschaft zu begrüßen. Lady Middleton stellte die beiden Fremden vor. Mrs. Dashwood und Margaret kamen gleichzeitig die Treppe herunter, und sie nahmen alle Platz, um sich gegenseitig anzusehen, während Mrs. Jennings, in ihrer Erzählung fortfahrend, in Begleitung von Sir John durch den Flur ins Wohnzimmer kam.

Mrs. Palmer war mehrere Jahre jünger als Lady Middleton und ihr in jeder Beziehung unähnlich. Sie war klein und

mollig, hatte ein hübsches Gesicht, das die denkbar beste Laune ausstrahlte. Ihre Umgangsformen waren bei weitem nicht so vornehm wie die ihrer Schwester, dafür aber viel gewinnender. Sie kam mit einem Lächeln herein, lächelte während des ganzen Besuchs, außer wenn sie lachte, und lächelte, als sie ging. Ihr Mann war ein ernst aussehender junger Mann von fünf- oder sechsundzwanzig, der mehr Eleganz und Verstand besaß als seine Frau, aber auch weniger Bereitwilligkeit, zu beeindrucken oder sich beeindrucken zu lassen. Er betrat das Zimmer mit einem Ausdruck von Selbstgefälligkeit, verbeugte sich leicht vor den Damen, ohne ein Wort zu sagen, und nachdem er sie und ihre Wohnung kurz gemustert hatte, nahm er eine Zeitung vom Tisch und hörte während der ganzen Dauer seines Besuchs nicht auf, darin zu lesen.
Mrs. Palmer dagegen, die von der Natur mit der Gabe gesegnet war, gleichmäßig höflich und gutgelaunt zu sein, saß noch gar nicht, als sie schon in Bewunderung über das Wohnzimmer und seine gesamte Einrichtung ausbrach.
»Nein, was für ein entzückendes Zimmer! Ich habe noch nie etwas so Bezauberndes gesehen. Denk nur, Mama, wie es sich verändert hat, seit ich zum letztenmal hier war. Ich habe das Haus immer so reizend gefunden, Madam« (sie wandte sich an Mrs. Dashwood), »aber Sie haben etwas ganz Bezauberndes daraus gemacht. Sieh doch nur, Schwester, wie reizend alles aussieht! Wie gerne würde ich in einem solchen Haus wohnen! Du nicht auch, Mr. Palmer?«
Mr. Palmer gab ihr keine Antwort und hob nicht einmal die Augen von der Zeitung.
»Mr. Palmer hört mich nicht«, sagte sie lachend, »das kommt manchmal vor. Es ist wirklich zum Lachen.«
Dieser Gedanke war Mrs. Dashwood völlig neu; sie war es nicht gewohnt, die Unaufmerksamkeit anderer witzig zu finden, und konnte nicht umhin, die beiden erstaunt anzusehen.
Mrs. Jennings redete unterdessen in voller Lautstärke weiter und berichtete, ohne aufzuhören, bis alles erzählt war,

mit welcher Überraschung sie am Abend vorher ihre Verwandten begrüßt hatten. Mrs. Palmer lachte herzlich bei der Erinnerung an ihr Erstaunen, und alle versicherten sich zwei- oder dreimal, daß es eine sehr angenehme Überraschung gewesen sei.

»Sie können sich vorstellen, wie froh wir alle waren, sie zu sehen«, fügte Mrs. Jennings hinzu, beugte sich zu Elinor hinüber und sprach, obwohl sie auf verschiedenen Seiten des Zimmers saßen, mit so leiser Stimme, als wollte sie von niemand anderem gehört werden, »aber trotzdem, mir wäre es lieber gewesen, sie wären nicht ganz so schnell gefahren oder hätten die Reise nicht so ausgedehnt, denn sie sind wegen irgendwelcher Geschäfte extra über London gekommen. Sie müssen nämlich wissen« (sie nickte vielsagend und zeigte auf ihre Tochter), »in ihren Umständen war das falsch. Ich wollte, daß sie heute vormittag zu Hause blieb und sich ausruhte, aber sie wollte mitkommen; sie brannte darauf, Sie alle kennenzulernen.«

Mrs. Palmer lachte und sagte, es werde ihr schon nicht schaden.

»Sie erwartet das Kind im Februar«, fuhr Mrs. Jennings fort.

Lady Middleton konnte eine solche Unterhaltung nicht länger mit anhören und machte sich deshalb die Mühe, Mr. Palmer zu fragen, ob es etwas Neues in der Zeitung gebe.

»Nein, gar nichts«, entgegnete er und las weiter.

»Hier kommt Marianne«, rief Sir John. »Jetzt, Palmer, werden Sie ein enorm hübsches Mädchen zu sehen bekommen.«

Er trat unverzüglich in den Flur, öffnete die Vordertür und begleitete sie selbst ins Zimmer. Mrs. Jennings fragte sie, sobald sie eintrat, ob sie nicht in Allenham gewesen sei, und Mrs. Palmer lachte bei der Frage so herzlich, daß man merkte, sie wußte, worum es ging. Mr. Palmer sah bei ihrem Eintritt ins Zimmer auf, starrte sie ein paar Minuten an und wandte sich dann wieder seiner Zeitung zu. Mrs. Palmers Aufmerksamkeit wurde nun durch die Zeichnungen, die rundum an den Wänden hingen, in Anspruch genommen. Sie stand auf, um sie zu betrachten.

»Du liebe Güte, wie hübsch sie sind! Nein, wie entzückend! Sieh doch nur, Mama, wie reizend! Wirklich, sie sind bezaubernd, ich könnte sie immerzu ansehen.« Dann nahm sie wieder Platz und vergaß bald, daß die Bilder überhaupt existierten.

Als Lady Middleton sich erhob, um zu gehen, stand Mr. Palmer ebenfalls auf, legte die Zeitung nieder, streckte sich und sah alle nacheinander an.

»Mein Schatz, hast du geschlafen?« fragte seine Frau lachend.

Er gab ihr keine Antwort und bemerkte, nachdem er das Zimmer noch einmal gemustert hatte, lediglich, daß es sehr niedrig und daß die Decke schief sei. Dann machte er seine Verbeugung und verschwand mit den anderen.

Sir John drang darauf, daß sie alle den nächsten Tag im Herrenhaus verbringen sollten. Mrs. Dashwood, die darauf hielt, nicht öfter bei den Middletons zu speisen als sie bei ihr, lehnte die Einladung für sich selbst entschieden ab; ihre Töchter seien ihr eigener Herr. Aber sie waren gar nicht neugierig darauf, wie Mr. und Mrs. Palmer ihr Dinner verspeisten, und versprachen sich auch sonst wenig von ihrer Unterhaltung. Sie machten deshalb ebenfalls den Versuch, sich zu entschuldigen. Das Wetter sei unbeständig und werde sich wohl kaum bessern. Aber Sir John wollte davon nichts wissen: Er werde ihnen die Kutsche schicken, und sie müßten kommen. Lady Middleton drang ebenfalls in sie, allerdings nicht in ihre Mutter. Mrs. Jennings und Mrs. Palmer stimmten in ihre Bitten ein, und alle schienen gleichermaßen daran interessiert, ein Familiendinner um jeden Preis zu vermeiden. So sahen sich die jungen Damen gezwungen, nachzugeben.[12]

»Warum müssen sie ausgerechnet uns bitten?« fragte Marianne, sobald sie gegangen waren. »Zugegeben, die Miete für die Cottage ist niedrig, aber wir müssen sie uns sehr sauer verdienen, wenn wir im Herrenhaus essen müssen, wann immer jemand bei ihnen oder bei uns zu Besuch ist.«

»Diese häufigen Einladungen«, sagte Elinor, »sind nicht weniger höflich und freundlich gemeint als vor ein paar Wochen. Wenn ihre Parties langweilig und fade geworden sind, dann liegt es nicht an ihnen. Wir müssen den Grund woanders suchen.«

Kapitel 20

Als die Miss Dashwood den Salon im Herrenhaus am nächsten Tag durch die eine Tür betraten, kam Mrs. Palmer durch die andere Tür hereingelaufen und sah so gutgelaunt und fröhlich aus wie am Tag vorher. Sie nahm sie alle liebevoll bei der Hand und war außer sich vor Freude, sie wiederzusehen.

»Ich bin so froh, Sie zu sehen«, sagte sie und setzte sich zwischen Elinor und Marianne, »denn es ist so schlechtes Wetter, daß ich schon Angst hatte, Sie würden nicht kommen, und das wäre ganz schrecklich gewesen, da wir schon morgen wieder abreisen. Wir müssen aufbrechen, denn die Westons kommen ja nächste Woche zu uns. Unsere Reise hierher kam völlig überraschend, und ich wußte nichts davon, bis die Kutsche vor der Tür stand. Dann erst fragte Mr. Palmer mich, ob ich ihn nach Barton begleiten wolle. Er ist so drollig. Er erzählt mir nie etwas. Es tut mir so leid, daß wir nicht länger bleiben können, aber ich hoffe, daß wir uns sehr bald in London wiedersehen.«

Sie sahen sich gezwungen, solche Erwartungen zu enttäuschen.

»Nicht nach London!« rief Mrs. Palmer lachend. »Ich werde sehr enttäuscht sein, wenn Sie mir das antun. Ich könnte Ihnen das hübscheste Häuschen weit und breit besorgen, gleich neben uns, am Hanover Square. Sie müssen unbedingt kommen. Ich begleite Sie bis zu meiner Niederkunft jederzeit mit dem größten Vergnügen überallhin, wenn Mrs. Dashwood nicht gern in die Öffentlichkeit geht.«

Sie bedankten sich bei ihr, sahen sich aber gezwungen, alle ihre Bitten abzuschlagen.

»Oh, mein Schatz«, rief Mrs. Palmer ihrem Mann zu, der gerade das Zimmer betrat, »du mußt mir helfen, die Miss Dashwood zu überreden, diesen Winter nach London zu kommen.«

Ihr Schatz gab keine Antwort, und als er den Damen gegenüber eine leichte Verbeugung gemacht hatte, begann er, über das Wetter zu klagen.

»Wie gräßlich das alles ist«, sagte er. »Solches Wetter macht alles und jeden unausstehlich. Drinnen wie draußen bringt Regen nichts als Langeweile mit sich. Man fängt an, alle seine Bekannten zu hassen. Was, zum Teufel, will Sir John damit sagen, daß er kein Billardzimmer in seinem Haus hat? Wie wenig Leute wissen, was Bequemlichkeit ist! Sir John ist so stumpfsinnig wie das Wetter.«

Die anderen fanden sich auch bald ein.

»Ich fürchte, Miss Marianne«, sagte Sir John, »Sie konnten heute gar nicht ihren gewohnten Spaziergang nach Allenham machen.«

Marianne machte ein sehr ernstes Gesicht und sagte nichts.

»Nun zieren Sie sich doch nicht so vor uns«, sagte Mrs. Palmer, »denn wir wissen sowieso, worum es geht, und ich bewundere Ihren Geschmack sehr, denn ich finde, er sieht ausgesprochen gut aus. Wir wohnen ja nicht weit von ihm entfernt. Sicher nicht mehr als zehn Meilen.«

»Eher dreißig«, sagte ihr Mann.

»Nun gut, der Unterschied ist nicht groß. Ich bin nie in seinem Haus gewesen, aber es soll ein reizendes, hübsches Plätzchen sein.«

»Einen so heruntergekommenen Ort habe ich mein Lebtag noch nicht gesehen«, sagte Mr. Palmer.

Marianne schwieg beharrlich, obwohl ihr Gesicht Interesse an allem verriet, was gesagt wurde.

»Ist es wirklich so häßlich?« fuhr Mrs. Palmer fort. »Dann muß es wohl ein anderes Haus sein, das so hübsch ist.«
Als sie im Eßzimmer Platz genommen hatten, stellte Sir John mit Bedauern fest, daß sie alles in allem nur acht Personen waren.
»Meine Liebe«, sagte er zu seiner Gemahlin, »es ist sehr ärgerlich, daß wir nur so wenige sind. Warum hast du die Gilberts nicht eingeladen, auch zu kommen?«
»Aber Sir John, ich habe dir doch gestern schon gesagt, daß das nicht geht. Sie haben zuletzt bei uns gespeist.«
»Sie und ich, Sir John«, sagte Mrs. Jennings, »brauchten uns an solche Förmlichkeiten nicht zu halten.«
»Das wäre sehr ungezogen von Ihnen«, rief Mr. Palmer.
»Mein Schatz, du widersprichst allen«, sagte seine Frau mit ihrem üblichen Lachen. »Weißt du, daß du recht unhöflich bist?«
»Ich wüßte nicht, daß ich irgend jemandem widerspreche, wenn ich deine Mutter ungezogen nenne.«
»Aber ja, Sie können mich nach Herzenslust beschimpfen«, sagte die gutmütige alte Dame. »Sie haben mir Charlotte abgenommen und können sie nicht wieder zurückgeben. Damit habe ich Sie in der Hand.«
Charlotte lachte herzlich bei dem Gedanken, daß ihr Mann sie nicht wieder loswerden konnte, und sagte aufgeräumt, daß es ihr ganz gleich sei, wie unfreundlich er sie behandle, da sie doch zusammenleben müßten. Es war unmöglich, sich jemanden vorzustellen, der von Natur so durch und durch gutgelaunt oder so entschlossen war, glücklich zu sein, wie Mrs. Palmer. Die vorsätzliche Gleichgültigkeit, Unverschämtheit und Unzufriedenheit ihres Mannes berührte sie gar nicht, und wenn er sie beschimpfte oder beleidigte, amüsierte sie sich köstlich.
»Mr. Palmer ist so drollig«, sagte sie flüsternd zu Elinor. »Er ist immer schlecht gelaunt.«
Elinor war nach genauerer Beobachtung nicht geneigt, ihn für so ehrlich und ungekünstelt griesgrämig und schlecht erzogen zu halten, wie er zu erscheinen wünschte. Vielleicht hatte es ihm wie vielen anderen seines

Geschlechts ein bißchen die Laune verdorben, als er merkte, daß er aufgrund einer unerklärlichen Vorcingenommenheit für äußere Schönheit der Ehemann einer sehr einfältigen Frau war; aber sie wußte, daß diese Art Mißgriff zu häufig vorkam, als daß ein vernünftiger Mann auf Dauer darunter leiden konnte. Es war ihrer Meinung nach eher der Wunsch, etwas Besonderes zu sein, der für seine verächtliche Behandlung aller und für sein Geschimpfe über alles, was ihm in den Weg kam, verantwortlich war. Es war das Bedürfnis, anderen überlegen zu erscheinen. Der Wunsch war zu verbreitet, um Erstaunen zu erregen, aber die Mittel, so erfolgreich sie auch seine Überlegenheit an ungezogenem Benehmen zur Geltung brachten, waren wenig dazu angetan, ihn bei irgend jemandem außer seiner eigenen Frau beliebt zu machen.

»Oh, meine liebe Miss Dashwood«, sagte Mrs. Palmer bald danach, »ich muß Sie und Ihre Schwester um einen Gefallen bitten. Wollen Sie diese Weihnachten nicht einige Zeit zu uns nach Cleveland kommen? Ich bitte Sie herzlich – und kommen Sie, wenn die Westons bei uns sind. Sie können sich gar nicht vorstellen, wie glücklich ich wäre. Es wird ganz reizend werden. – Mein Schatz«, wandte sie sich an ihren Mann, »brennst du nicht auch darauf, daß die Miss Dashwood nach Cleveland kommen?«

»Natürlich«, antwortete er verächtlich, »ich bin nur deshalb nach Devonshire gekommen.«

»Sehen Sie«, sagte seine Gemahlin, »Mr. Palmer erwartet Sie auch, Sie können die Einladung also nicht abschlagen.«

Beide Schwestern lehnten die Einladung entschieden und mit Nachdruck ab.

»Aber Sie müssen und werden unbedingt kommen. Ich bin sicher, es wird Ihnen großartig gefallen. Die Westons sind bei uns zu Besuch, und es wird ganz reizend werden. Sie ahnen ja nicht, was für ein bezaubernder Besitz Cleveland ist. Und wir haben soviel Spaß im Moment, denn Mr. Palmer ist immer unterwegs, Wahlpropaganda zu machen, und so viele Leute, die ich nie vorher gesehen habe, sind jetzt bei uns zum Dinner, es ist wirklich ganz entzückend. Aber der Ärmste! Es ist so ermüdend für ihn, denn er ist darauf angewiesen, sich bei allen beliebt zu machen.«

Elinor mußte sich das Lachen verbeißen, als sie zustimmte, wie anstrengend eine solche Verpflichtung sein müsse.

»Wie reizend es sein wird«, sagte Charlotte, »wenn er erst im Parlament ist, nicht wahr? Ich werde mich köstlich amüsieren. Es ist zum Lachen, wenn alle seine Briefe erst an ihn als ›Abgeordneter‹ adressiert sind. Aber stellen Sie sich vor, er sagt, er wird meine Briefe nicht umsonst befördern.[13] Das behauptet er steif und fest. Stimmt's, Mr. Palmer?«

Mr. Palmer nahm keine Notiz von ihr.

»Er kann das Schreiben nämlich nicht ausstehen«, fuhr sie fort. »Er sagt, es ist ganz widerwärtig.«

»Nein«, sagte er, »so etwas Unvernünftiges habe ich nie gesagt. Schieb mir nicht deine sprachliche Nachlässigkeit in die Schuhe.«

»Na bitte, da sehen Sie, wie drollig er ist. So ist er immer. Manchmal spricht er einen halben Tag lang nicht mit mir, und dann kommt etwas so Drolliges heraus, über irgend etwas völlig Abwegiges.«

Als sie ins Wohnzimmer zurückgingen, verblüffte sie Elinor mit der Frage, ob ihr Mr. Palmer nicht ausnehmend gut gefalle.

»O doch«, sagte Elinor, »er ist anscheinend sehr umgänglich.«

»Nun, das freut mich. Das hatte ich mir schon gedacht, denn er ist so unterhaltsam. Und glauben Sie mir, Mr. Palmer ist geradezu vernarrt in Sie und Ihre Schwestern, und Sie können sich gar nicht vorstellen, wie enttäuscht er ist, wenn Sie nicht nach Cleveland kommen. Ich weiß gar nicht, warum Sie etwas dagegen haben.«

Elinor sah sich noch einmal genötigt, die Einladung abzulehnen, und machte ihren Bitten ein Ende, indem sie das Thema wechselte. Da sie in derselben Gegend wohnten, hielt sie es für möglich, daß Mrs. Palmer ihr einen eingehenderen Bericht über Willoughbys Charakter geben konnte, als man es von der oberflächlichen Bekanntschaft der Middletons mit ihm erwarten durfte; und ihr lag daran, eine Bestätigung seiner guten Eigenschaften zu hören, die für Marianne jeden Grund zu Befürchtungen beseitigte. Sie fragte deshalb zu Beginn, ob Willoughby häufiger in Cleveland zu Gast sei und ob sie besser mit ihm bekannt seien.[14]

»Du liebe Güte, ja, ich kenne ihn ausgezeichnet«, erwiderte Mrs. Palmer. »Nicht, daß ich je mit ihm gesprochen hätte, aber ich bin ihm in London unentwegt begegnet. Irgendwie war ich zufällig nie in Barton, wenn er in Allenham war. Mama hat ihn hier schon einmal getroffen, aber da war ich bei meinem Onkel in Weymouth. Allerdings wären wir bestimmt dauernd in Somersetshire mit ihm zusammengekommen, wenn es sich nicht unglücklicherweise so getroffen hätte, daß wir niemals zur gleichen Zeit dort waren. Er ist, soviel ich weiß, nur selten in Combe, aber auch wenn er sich noch so häufig da aufhielte, glaube ich, würde Mr. Palmer ihm keinen Besuch machen, denn er ist ja bei der Opposition, und außerdem ist es viel zu weit entfernt. Ich weiß genau, warum Sie sich nach ihm erkundigen: Ihre Schwester wird ihn heiraten. Ich bin enorm froh darüber, denn dann wird sie meine Nachbarin.«

»Ich bitte Sie«, erwiderte Elinor, »wenn Sie Anlaß haben, diese Verbindung zu erwarten, wissen Sie von der Sache mehr als ich.«

»Geben Sie sich keine Mühe, es zu leugnen, denn Sie wissen doch, daß alle Welt davon redet. Glauben Sie mir, ich habe davon auf meinem Abstecher durch London gehört.«

»Meine liebe Mrs. Palmer!«

»Ich bitte Sie, es stimmt. Ich habe Oberst Brandon Montagmorgen in der Bond Street getroffen, kurz bevor wir London verließen, und er hat mir gleich davon erzählt.«

»Das überrascht mich wirklich. Oberst Brandon Ihnen davon erzählt! Irren Sie sich da nicht? Jemandem, den die

Sache nichts angeht, selbst wenn sie wahr wäre, so etwas zu erzählen, sieht in meinen Augen Oberst Brandon gar nicht ähnlich.«

»Aber glauben Sie mir doch, genau so war es, und ich will Ihnen erzählen, wie es kam. Als wir ihn trafen, kehrte er um und begleitete uns, und so fingen wir an, von meinem Schwager und meiner Schwester zu reden, und eins führte zum anderen, und ich sagte zu ihm: ›Wie ich höre, ist also eine neue Familie in Barton Cottage eingezogen, Oberst, und Mama schreibt mir, sie seien sehr hübsch und eine von ihnen wird demnächst Mr. Willoughby von Combe Magna heiraten. Sagen Sie, stimmt das? Denn Sie müssen es doch wissen, wo Sie erst kürzlich in Devonshire waren.‹«

»Und was hat er gesagt?«

»Oh, viel hat er nicht gesagt, aber er sah aus, als wüßte er, daß es wahr ist, und deshalb stand es für mich von dem Augenblick an fest. Es wird bestimmt ganz zauberhaft. Wann soll das Ereignis stattfinden?«

»Mr. Brandon geht es hoffentlich gut?«

»O ja, ausgezeichnet – und voller Lob für Sie, er hat nur Gutes über Sie gesagt.«

»Seine Komplimente sind sehr schmeichelhaft. Er scheint ein ausgezeichneter Mann zu sein, und ich finde ihn außerordentlich angenehm.«

»Ich auch. Er ist ein so reizender Mann, es ist ein wahrer Jammer, daß er so ernst und langweilig ist. Mama sagt, *er* ist auch in Ihre Schwester verliebt. Glauben Sie mir, das wäre ein großes Kompliment, denn er verliebt sich eigentlich nie.«

»Ist Mr. Willoughby in Ihrem Teil von Somersetshire gut bekannt?« fragte Elinor.

»O ja, außerordentlich gut, das heißt, ich glaube nicht, daß viele Leute ihn persönlich kennen, weil Combe Magna so abseits liegt. Aber alle finden ihn außerordentlich umgänglich, glauben Sie mir. Niemand ist überall so gern gesehen wie Mr. Willoughby, das können Sie Ihrer Schwester sagen. Sie hat enormes Glück, daß sie ihn bekommt, ich bitte Sie. Nicht, daß er nicht noch mehr Glück hat, sie zu bekommen, denn sie ist ein so hübsches und umgängliches Mädchen, daß das Beste gerade gut genug für sie ist. Allerdings finde ich sie durchaus nicht hübscher als Sie, glauben Sie mir, denn ich finde Sie beide ausgesprochen hübsch, und Mr. Palmer auch, das weiß ich, obwohl er es gestern abend nicht zugeben wollte.«

Mrs. Palmers Mitteilungen über Willoughby waren nicht sehr ergiebig. Aber jede Aussage zu seinen Gunsten, wie unbedeutend auch immer, war ihr angenehm.

»Ich bin so froh, daß wir uns endlich kennengelernt haben«, fuhr Charlotte fort, »und ich hoffe, daß wir die besten Freunde bleiben. Sie können sich ja gar nicht vorstellen, wie ich mich auf die Begegnung mit Ihnen gefreut habe. Es ist so zauberhaft, daß Sie jetzt in der Cottage wohnen. Es ist doch bestimmt ein einziges Vergnügen. Und ich bin so froh, daß Ihre Schwester eine gute Partie macht. Ich hoffe, Sie werden oft in Combe Magna sein. Es ist ein entzückendes Plätzchen nach allem, was man hört.«

»Sie kennen Oberst Brandon schon lange, nicht wahr?«

»Ja, sehr lange, seit meine Schwester verheiratet ist. Er ist ein sehr guter Freund von Sir John. Ich glaube«, fügte sie mit gesenkter Stimme hinzu, »er hätte mich gerne genommen, wenn er gekonnt hätte. Sir John und Lady Middleton waren sehr dafür. Aber Mama fand die Partie nicht gut genug für mich, sonst hätte Sir John es dem Obersten vorgeschlagen, und wir hätten auf der Stelle geheiratet.«

»Wußte Oberst Brandon denn vorher nichts von dem Antrag, den Sir John Ihrer Mutter übermittelt hat? Hat er Ihnen seine Zuneigung nie gestanden?«

»O nein, aber wenn Mama nicht dagegen gewesen wäre, hätte es ihm bestimmt ausgezeichnet gefallen. Er hatte mich damals höchstens zweimal gesehen, denn ich ging noch zur Schule. Allerdings bin ich *so* viel glücklicher. Mr. Palmer ist genau der richtige Mann für mich.«

Kapitel 21

Die Palmers kehrten am nächsten Tag nach Cleveland zurück, und die beiden Familien in Barton waren wieder auf ihre eigene Unterhaltung angewiesen. Aber das dauerte nicht lange. Elinor beschäftigte sich in Gedanken noch mit dem letzten Besuch, staunte noch darüber, daß Charlotte so völlig grundlos glücklich war, daß Mr. Palmer trotz guter Anlagen so einfältig handelte und daß zwischen Mann und Frau so oft eine merkwürdige Diskrepanz bestand, als Sir Johns und Mrs. Jennings' unverdrossene Bemühungen um das gesellschaftliche Leben schon dafür sorgten, daß es neue Bekannte zu sehen und zu beobachten gab.

Auf einem morgendlichen Ausflug nach Exeter hatten sie zwei junge Damen getroffen, in denen Mrs. Jennings zu ihrer Genugtuung Verwandte erkannte, was ein hinreichender Grund für Sir John war, sie umgehend ins Herrenhaus einzuladen, sobald ihre augenblicklichen Verpflichtungen in Exeter es erlaubten. Vor einer solchen Einladung verblaßten die Verpflichtungen in Exeter kurzerhand, und Lady Middleton geriet in nicht geringe Panik bei der Rückkehr ihres Mannes, als sie hörte, daß sie sehr bald den Besuch zweier Mädchen empfangen würde, die sie in ihrem Leben nie gesehen und für deren Eleganz, ja auch nur annehmbares Maß an Vornehmheit sie nicht die geringste Garantie hatte, denn in dem Punkt gab sie auf die Beteuerungen ihres Mannes und ihrer Mutter nichts. Daß sie Verwandte waren, machte die Sache nur um so schlimmer, und Mrs. Jennings' Versuche, sie zu trösten, indem sie ihr riet, sich doch über ihre Eleganz nicht den Kopf zu zerbrechen, da sie alle miteinander verwandt seien und sich miteinander abfinden müßten, hatten deshalb eine unglückselige Wirkung. Da sich ihr Kommen nun aber nicht mehr vermeiden ließ, fand sich Lady Middleton in der ganzen Lebensweisheit einer wohlerzogenen Frau mit dem Gedanken ab und begnügte sich damit, ihrem

Mann lediglich fünf- oder sechsmal pro Tag einen leichten Vorwurf daraus zu machen.
Die jungen Damen trafen ein, und ihre äußere Erscheinung verriet keineswegs einen Mangel an Vornehmheit oder Eleganz. Ihre Kleidung war sehr schick, ihr Benehmen sehr gepflegt, sie waren entzückt vom Haus, hingerissen vom Mobiliar und zufällig so in Kinder vernarrt, daß sie Lady Middletons gute Meinung bereits vor Ablauf einer Stunde für sich gewonnen hatten. Sie erklärte sie als sehr umgängliche Mädchen, was für die gnädige Frau ein enthusiastisches Kompliment war. Sir Johns Vertrauen in sein eigenes Urteil wuchs mit diesem stürmischen Lob, und er machte sich auf der Stelle zur Cottage auf, um den Miss Dashwood von der Ankunft der Miss Steele zu berichten und ihnen zu versichern, daß sie die reizendsten Mädchen der Welt seien. Solcher Empfehlung ließ sich allerdings nicht viel entnehmen. Elinor wußte nur zu gut, daß die reizendsten Mädchen der Welt überall in England zu finden waren, in allen denkbaren Variationen von Gestalt, Aussehen, Temperament und Intelligenz. Sir John wollte, daß die ganze Familie auf der Stelle zum Herrenhaus wanderte, um seine Gäste anzusehen. Der gutmütige, menschenfreundliche Mann! Es tat ihm weh, selbst eine Cousine dritten Grades für sich zu behalten.
»Kommen Sie gleich«, sagte er, »bitte, kommen Sie, Sie müssen kommen. Ich bestehe darauf, daß Sie kommen. Sie glauben ja nicht, wie sehr sie Ihnen gefallen werden. Lucy ist enorm hübsch, und so gutgelaunt und umgänglich. Die Kinder hängen förmlich an ihr, als wäre sie eine alte Bekannte. Und alle beide brennen darauf, Sie zu sehen, da sie in Exeter gehört haben, daß Sie die hübschesten Mädchen weit und breit sind. Und ich habe ihnen erzählt, daß das alles haargenau stimmt, und noch einiges mehr. Sie werden bestimmt entzückt von ihnen sein. Sie haben eine ganze Kutsche voll Spielzeug für die Kinder mitgebracht. Wie können Sie so grausam sein, nicht zu kommen? Sind sie doch gewissermaßen Ihre Cousinen. *Sie* sind meine Cousinen, und die beiden sind die Cou-

sinen meiner Frau, also sind Sie auch miteinander verwandt.«

Aber Sir John hatte keinen Erfolg. Er konnte ihnen lediglich die Zusage abringen, daß sie am nächsten oder übernächsten Tag im Herrenhaus vorsprechen würden, und verließ sie, erstaunt über ihre Gleichgültigkeit, um nach Hause zu gehen und den Miss Steele gegenüber erneut mit ihren Vorzügen zu prahlen, so wie er vor ihnen mit den Miss Steele geprahlt hatte.

Als der versprochene Besuch im Herrenhaus und die erste Begegnung mit diesen jungen Damen schließlich stattfand, stellte sich heraus, daß es an der Erscheinung der älteren, die beinahe dreißig war und ein sehr biederes und nicht sehr empfindsames Gesicht hatte, nichts zu bewundern gab. Aber der anderen, die nicht älter als zwei- oder dreiundzwanzig war, gestanden sie beachtliche Schönheit zu. Ihre Züge waren hübsch, und sie besaß einen wachen, lebhaften Blick und ein selbstbewußtes Auftreten, das ihr zwar nicht eigentlich Eleganz und Grazie verlieh, aber doch ein gewisses Etwas. Beider Benehmen war ausgesprochen zuvorkommend, und Elinor konnte nicht umhin, ihnen ein gewisses Maß an Verstand einzuräumen, als sie sah, mit welch beständigen und wohlüberlegten Aufmerksamkeiten sie sich bei Lady Middleton einzuschmeicheln wußten. Über ihre Kinder konnten sie sich vor Begeisterung kaum lassen, priesen ihre Schönheit, warben um ihre Gunst und gingen auf alle ihre Späße ein; und das bißchen Zeit, das sie bei diesem maßlosen Aufwand an Höflichkeiten erübrigen konnten, verbrachten sie damit, alles, was die gnädige Frau tat, wenn sie überhaupt etwas tat, zu bewundern oder das Muster irgendeines eleganten neuen Kleides anzufertigen, in dem sie am Tag vorher zu ihrem grenzenlosen Entzücken erschienen war. Es ist ein Glück für alle, die solche Schwächen ausnutzen, um sich einzuschmeicheln, daß eine liebevolle Mutter in ihrer Gier nach Lob für ihre Kinder zwar das unersättlichste menschliche Wesen ist, gleichzeitig aber auch das leichtgläubigste. Ihre Ansprüche sind maßlos, aber sie schluckt auch alles; und die übertriebene Anhänglichkeit und Geduld der Miss Steele ihren Sprößlingen gegenüber wurde von Lady Middleton deshalb ohne das geringste Erstaunen oder Mißtrauen zur Kenntnis genommen. Mit mütterlicher Selbstgefälligkeit beobachtete sie all die unverschämten Zudringlichkeiten und mutwilligen Streiche, denen ihre Cousinen ausgesetzt waren. Sie beobachtete, wie man ihre Schleifen aufzog, ihnen das Haar zerzauste, ihre Handarbeitsbeutel durchwühlte, ihre Messer und Scheren wegnahm, und zweifelte nicht im geringsten daran, daß das Vergnügen wechselseitig war. Sie war lediglich überrascht, daß Elinor und Marianne so ungerührt dabeisitzen konnten, ohne bei dem Spaß mitzumachen.

»John ist so ausgelassen heute«, sagte sie, als er Miss Steeles Taschentuch nahm und aus dem Fenster warf, »er steckt voller Streiche.«

Und als kurz darauf der zweite Junge dieselbe Dame heftig in den Finger kniff, bemerkte sie liebevoll: »Wie übermütig William ist!«

»Und hier ist meine süße kleine Annamaria«, fuhr sie fort und liebkoste zärtlich ein kleines dreijähriges Mädchen, das während der letzten zwei Minuten keinen Laut von sich gegeben hatte. »Sie ist immer so sanft und still, so ein stilles kleines Ding hat es noch nie gegeben.«

Aber bei diesen Liebkosungen kratzte eine Haarnadel in der Frisur der gnädigen Frau das Kind unglücklicherweise leicht am Hals und veranlaßte diesen Ausbund von Sanftheit zu solch markerschütternden Schreien, wie sie auch ein erklärtermaßen lautes Kind kaum hätte überbieten können. Die Bestürzung der Mutter war übergroß, wurde aber vom Entsetzen der Miss Steele noch übertroffen, und alle drei taten in einem so kritischen Fall alles, was ihnen ihre Zärtlichkeit eingab, um die Qualen der kleinen Leidenden zu lindern. Sie wurde auf den Schoß ihrer Mutter gehoben, mit Küssen bedeckt, die Wunde von der einen, vor ihr auf den Knien liegenden Miss Steele mit Lavendelwasser gewaschen und ihr Mund von der anderen mit

Zuckerplätzchen vollgestopft. Bei solcher Belohnung für ihre Tränen war die Kleine viel zu klug, mit dem Weinen aufzuhören. Sie schrie und schluchzte nach Herzenslust weiter, stieß mit dem Fuß nach ihren beiden Brüdern, die sie liebevoll streicheln wollten, und ihre vereinten Trostversuche waren wirkungslos, bis Lady Middleton, die sich zum Glück erinnerte, daß eine Woche vorher bei einer ähnlichen Unglückszene eine Schramme an der Schläfe erfolgreich mit Aprikosenkonfitüre behandelt worden war, das gleiche Mittel auf der Stelle für diesen unglückseligen Kratzer empfahl und eine leichte Unterbrechung in den Schreien der jungen Dame bei dieser Nachricht ihnen Anlaß zu der Hoffnung gab, daß es nicht auf Ablehnung stoßen würde.

Das Kind wurde deshalb auf der Suche nach dieser Medizin in den Armen seiner Mutter aus dem Zimmer getragen, und da die beiden Jungen trotz der ernsthaften Bitten ihrer Mutter, im Zimmer zu bleiben, es vorzogen zu folgen, blieben die vier jungen Damen in einer Stille zurück, wie sie das Zimmer seit Stunden nicht erlebt hatte.

»Armes kleines Ding!« sagte Miss Steele, sobald sie draußen waren. »Das hätte ein sehr trauriges Unglück geben können.«

»Ich wüßte nicht, wie«, rief Marianne, »außer wenn sich alles ganz anders abgespielt hätte. Aber so wird oft Alarm geschlagen, wenn es in Wirklichkeit gar keinen Grund gibt, alarmiert zu sein.«

»Was für eine reizende Frau Lady Middleton ist!« sagte Lucy Steele[15].

Marianne schwieg. Sie war unfähig zu sagen, was sie nicht wirklich empfand, so nichtig auch der Anlaß sein mochte, und es blieb deshalb Elinor überlassen, die Unwahrheit zu sagen, wenn Höflichkeit es erforderte. Sie entledigte sich dieser Aufgabe mit Geschick und sprach von Lady Middleton mit mehr Anteilnahme, als sie empfand, obwohl mit weitaus weniger als Miss Lucy.

»Und auch Sir John«, rief ihre ältere Schwester, »was für ein charmanter Mann er ist!«

Auch hier entbehrte Miss Dashwoods Kompliment in seiner Schlichtheit und Angemessenheit jeder Dramatik. Sie bemerkte lediglich, daß er außerordentlich gutgelaunt und freundlich sei.
»Und was für eine entzückende kleine Familie sie sind! Ich habe in meinem ganzen Leben noch nicht so prächtige Kinder gesehen. Ich muß sagen, ich bin ganz vernarrt in sie und hänge überhaupt wahnsinnig an Kindern.«
»Das muß man fast vermuten«, sagte Elinor lächelnd, »nach dem, was ich heute vormittag beobachtet habe.«
»Ich habe den Eindruck«, sagte Lucy, »daß Sie die kleinen Middletons für zu verwöhnt halten, und vielleicht hat man bei ihnen auch des Guten zuviel getan, aber bei Lady Middleton erscheint es so natürlich. Und was mich betrifft, so hab ich Kinder voller Leben und Ausgelassenheit gern. Ich kann sie nicht ausstehen, wenn sie zahm und still sind.«
»Ich muß gestehen«, sagte Elinor, »wenn ich in Barton Park bin, denke ich nie mit Entsetzen an zahme und stille Kinder.«
Auf diese Worte folgte ein kurzes Schweigen, das zuerst von Miss Steele gebrochen wurde, die sehr zum Reden aufgelegt schien und ziemlich unvermutet sagte: »Und wie gefällt Ihnen Devonshire, Miss Dashwood? Ich nehme an, Sie haben Sussex sehr ungern verlassen?«
Einigermaßen erstaunt über die Vertraulichkeit dieser Frage oder jedenfalls über die Art, mit der sie gestellt wurde, erwiderte Elinor, daß es so sei.
»Norland ist ein unheimlich schöner Besitz, oder?« fügte Miss Steele hinzu.
»Wir haben gehört, mit welcher Begeisterung Sir John davon gesprochen hat«, sagte Lucy, die es anscheinend für angebracht hielt, sich für die Freiheiten ihrer Schwester zu entschuldigen.
»Ich glaube, wer den Besitz gesehen hat«, erwiderte Elinor, »*muß* davon begeistert sein, obwohl sicher niemand seine Schönheiten so zu schätzen weiß wie wir.«
»Und hatten Sie dort viele flotte Verehrer? In dieser

Gegend haben Sie wohl nicht so viele, wie? Ich muß sagen, ich finde sie richtig unentbehrlich.«

»Aber wie kommst du bloß darauf«, sagte Lucy und schämte sich anscheinend für ihre Schwester, »daß es in Devonshire nicht so viele vornehme junge Männer gibt wie in Sussex?«

»Wieso, liebe Lucy, ich sag doch gar nicht, daß es nicht so viele gibt. Es gibt doch in Exeter bestimmt einen Haufen flotte Verehrer, aber woher soll ich denn wissen, was für flotte Verehrer es da in Norland gibt. Ich hatte ja bloß Angst, daß sich die Miss Dashwood in Barton vielleicht langweilen, wenn sie nicht so viele haben wie früher. Aber vielleicht liegt den jungen Damen gar nichts an Verehrern, und sie kommen genausogut ohne aus. Ich muß sagen, ich finde sie richtig wohltuend, wenn sie sich flott anziehen und anständig benehmen, aber schmutzig und frech kann ich sie nicht ausstehen. Da ist doch dieser Mr. Rose in Exeter, ein unheimlich flotter junger Mann, der ideale Verehrer, Angestellter bei Mr. Simpson, aber wenn er einem morgens über den Weg läuft, möchte man am liebsten weggucken. Ihr Bruder war vor seiner Heirat doch bestimmt der ideale Verehrer, Miss Dashwood, so reich, wie er war.«[16]

»Ich bitte Sie«, erwiderte Elinor, »wie soll ich das wissen, da ich die Bedeutung des Wortes nicht ganz verstehe. Aber soviel kann ich sagen: Wenn er vor seiner Heirat der ideale Verehrer gewesen ist, dann ist er es immer noch, denn er hat sich nicht im geringsten verändert.«

»Ach, du liebe Güte! Verheiratete Männer sind doch keine Verehrer, die haben doch was Besseres zu tun.«

»Mein Gott, Anne«, rief ihre Schwester, »du redest von nichts anderem wie Verehrern. Miss Dashwood wird glauben, du hast nichts anderes im Kopf.« Und um das Thema zu wechseln, fing sie an, das Haus und die Möbel zu bewundern.

Diese Kostprobe von den Miss Steele reichte aus. Die ordinäre, plumpe Vertraulichkeit und Dummheit der Älteren brachte ihr keine Sympathie ein, und da Elinor sich durch die Schönheit und das gescheite Aussehen der Jüngeren nicht über ihren Mangel an wirklicher Eleganz und Natürlichkeit täuschen ließ, verließ sie das Haus ohne den Wunsch, sie besser kennenzulernen.

Nicht so die Miss Steele. Sie kamen von Exeter mit einem gehörigen Maß an Bewunderung für Sir John, seine Familie und alle seine Verwandten, und ein nicht zu knapp bemessener Teil fiel nun auf seine hübschen Cousinen ab, die sie als die schönsten, elegantesten, tüchtigsten und angenehmsten Mädchen bezeichneten, die sie je gesehen hatten und mit denen besser bekannt zu werden ihnen besonders am Herzen lag. Und besser bekannt zu werden, fand Elinor bald heraus, war ihr unausweichliches Schicksal, denn da Sir John ganz auf seiten der Miss Steele war, erlaubte die Übermacht ihrer Partei keinen Widerstand, und sie mußten die Art von Intimität über sich ergehen lassen, die darin besteht, daß man beinahe jeden Tag ein oder zwei Stunden im gleichen Zimmer zusammensitzt. Mehr konnte Sir John nicht tun, aber er kam auch nicht darauf, daß mehr nötig war. Zusammensein hieß für ihn schon vertraut miteinander sein, und während seine unentwegten Pläne für ein Zusammentreffen verwirklicht wurden, zweifelte er nicht, daß sie gute alte Freunde waren.

Man mußte ihm lassen, daß er alles Erdenkliche tat, um eine zwanglose Atmosphäre zu schaffen, indem er die Miss Steele mit allem, was er von den Lebensumständen seiner Cousinen wußte oder vermutete, bis in die intimsten Einzelheiten vertraut machte, und Elinor hatte sie noch nicht öfter als zweimal getroffen, als die ältere sie bereits zu dem großen Erfolg ihrer Schwester beglückwünschte, seit ihrer Ankunft in Barton die Eroberung eines besonders flotten Verehrers gemacht zu haben.

»Ein wahres Glück, sie so jung verheiratet zu sehen«, sagte sie, »und angeblich ist er der ideale Verehrer und sieht unheimlich gut aus. Ich hoffe, Sie haben bald genausoviel Glück. Aber vielleicht haben Sie ja schon irgendwo einen Freund auf Lager.«

Elinor hatte wenig Anlaß zu glauben, daß Sir John beim Verkünden seiner Vermutungen über ihre Zuneigung zu Edward zurückhaltender sein würde als in Mariannes Fall. Ja, er machte sogar lieber Witze über sie, da ihr Verhältnis jünger und ungewisser war; und seit Edwards Besuch hatten sie nicht ein einziges Mal miteinander gespeist, ohne daß er vielsagend und unter so viel Nicken und Zwinkern auf ihre liebsten Wünsche trank, daß er die allgemeine Aufmerksamkeit erregte. Der Buchstabe F war ebenfalls mit schöner Regelmäßigkeit gefallen und hatte Anlaß zu so unzähligen Späßen gegeben, daß Elinor nicht länger zweifeln konnte, daß es sich dabei um den witzigsten Buchstaben des Alphabets handelte.

Wie zu erwarten, kamen den Miss Steele diese Scherze gerade recht und weckten in der älteren eine Neugier, den Namen des fraglichen Herrn zu erfahren, die bei aller darin zum Ausdruck kommenden Taktlosigkeit doch ganz ihrem unbändigen Interesse an den Angelegenheiten der Familie entsprach. Aber Sir John spannte die Neugier, die er mit soviel Vergnügen weckte, nicht lange auf die Folter, denn es machte ihm mindestens soviel Spaß, den Namen zu verraten, wie den Miss Steele, ihn zu hören.

»Sein Name ist Ferrars«, sagte er in deutlich verständlichem Flüstern, »aber bitte, verraten Sie es nicht, denn es ist ein großes Geheimnis.«

»Ferrars!« wiederholte Miss Steele. »Mr. Ferrars ist der Glückliche, wie? So! Der Bruder Ihrer Schwägerin, Miss Dashwood? Ein sehr liebenswürdiger junger Mann, ich kenne ihn sehr gut.«

»Wie kannst du so was sagen, Anne?« rief Lucy, die die Behauptungen ihrer Schwester häufig zurechtrückte. »Obwohl wir ihm ein- oder zweimal bei unserem Onkel begegnet sind, geht es wohl zu weit, wenn du behauptest, daß wir ihn sehr gut kennen.«

Elinor nahm all das mit Interesse und Überraschung zur Kenntnis. Und wer war dieser Onkel? Wo wohnte er? Wie hatten sie sich kennengelernt? Ihr lag an der Fortsetzung des Themas sehr, obwohl sie es vorzog, sich selbst nicht daran zu beteiligen. Aber es wurde nichts mehr darüber gesagt, und zum erstenmal in ihrem Leben fand sie, daß Mrs. Jennings an Neugier auf Belanglosigkeiten oder an dem Bedürfnis, sie mitzuteilen, zu wünschen übrig ließ. Die Art, in der Miss Steele von Edward gesprochen hatte, erhöhte ihre Neugier, denn sie kam ihr eher gehässig vor und legte den Verdacht nahe, daß die Dame etwas Nachteiliges über ihn wußte oder es sich jedenfalls einbildete. Aber ihre Neugier blieb unbefriedigt, denn Miss Steele nahm keinerlei Notiz davon, wenn auf Mr. Ferrars' Namen angespielt oder er von Sir John sogar offen ausgesprochen wurde.

Kapitel 22

Marianne, die nie viel Nachsicht mit irgendwelcher Art von Impertinenz, Gewöhnlichkeit, Dummheit oder auch nur anderem Geschmack hatte, war ihrer augenblicklichen Stimmung wegen besonders wenig geneigt, die Miss Steele sympathisch zu finden oder auf ihre Annäherungsversuche einzugehen, und deshalb führte Elinor es hauptsächlich auf ihr gleichmäßig kühles Benehmen, das jeden Wunsch der Miss Steele nach Vertraulichkeit gleich im Keim erstickte, zurück, daß ihr von beiden so auffällig der Vorzug gegeben wurde, besonders aber von Lucy, die keine Gelegenheit ausließ, sie in ein Gespräch zu verwickeln oder durch die offene und ehrliche Mitteilung ihrer Empfindungen besser mit ihr bekannt zu werden.
Lucy war von Natur nicht dumm, ihre Bemerkungen waren häufig treffend und witzig, und eine halbe Stunde lang fand Elinor ihre Gesellschaft oft unterhaltsam. Aber ihre Intelligenz war nicht durch Erziehung verfeinert worden, sie war unwissend und ungebildet, und ihr Mangel an geistiger Schulung, ihre Unkenntnis der einfachsten Dinge ließen sich trotz ihrer ständigen Anstrengungen,

sich ins rechte Licht zu setzen, nicht vor Miss Dashwood verbergen. Elinor erkannte und bedauerte die Vernachlässigung von Anlagen, aus denen eine gute Erziehung etwas durchaus Anerkennenswertes hätte machen können. Aber mit weniger Nachsicht erkannte sie auch den gänzlichen Mangel an Zartgefühl, an Redlichkeit und Aufrichtigkeit, der aus all ihren Aufmerksamkeiten, ihren Aufdringlichkeiten, ihren Schmeicheleien im Herrenhaus sprach, und sie konnte sich nicht wirklich wohlfühlen in der Gesellschaft eines Menschen, der Unaufrichtigkeit mit Unwissenheit verband, dessen Mangel an Bildung ein Gespräch auf gleicher Ebene verhinderte und dessen Benehmen anderen gegenüber jeden Beweis von Aufmerksamkeit oder Verehrung ihr selbst gegenüber von vornherein entwertete.

»Sie halten meine Frage bestimmt für merkwürdig«, sagte Lucy eines Tages zu ihr, als sie gemeinsam vom Herrenhaus zur Cottage wanderten, »aber sagen Sie, kennen Sie die Mutter von Ihrer Schwägerin, Mrs. Ferrars, persönlich?«

Elinor hielt die Frage wirklich für merkwürdig, und ihr Gesichtsausdruck bestätigte es, als sie antwortete, sie habe Mrs. Ferrars nie gesehen.

»Wirklich nicht!« erwiderte Lucy. »Das wundert mich, denn ich dachte, Sie wären ihr gelegentlich in Norland begegnet. Dann können Sie mir wohl gar nicht sagen, was für eine Frau sie ist.«

»Nein«, entgegnete Elinor, die sich hütete, ihre wahre Meinung über Edwards Mutter abzugeben, und nicht das geringste Bedürfnis hatte, offensichtliche Unverschämtheit zu befriedigen, »ich weiß nichts von ihr.«

»Weiß Gott, es muß Ihnen komisch vorkommen, daß ich mich auf diese Weise nach ihr erkundige«, sagte Lucy und musterte Elinor aufmerksam beim Sprechen, »aber vielleicht hab ich Gründe … wenn ich mich bloß trauen könnte … trotzdem hoffe ich, Sie tun mir den Gefallen, zu glauben, daß ich nicht unverschämt sein will.«

Elinor gab ihr eine höfliche Antwort, und ein paar Minuten lang gingen sie schweigend weiter. Lucy nahm das Gespräch wieder auf, indem sie mit einigem Zögern sagte: »Der Gedanke, daß Sie mich für unverschämt und neugierig halten könnten, ist mir unerträglich. Weiß Gott, ich würde alles geben, um auf einen Menschen, an dessen guter Meinung mir soviel liegt wie an Ihrer, nicht so einen Eindruck zu machen, und weiß Gott, ich hätte nicht die geringste Angst, mich Ihnen anzuvertrauen, ja ich wär sogar über Ihren Rat sehr froh, was ich in der unangenehmen Lage machen soll, in der ich bin. Aber trotzdem, es gibt keinen Grund, Sie zu bemühen. Es tut mir leid, daß Sie Mrs. Ferrars nicht zufällig kennen.«

»Es tut mir auch leid«, sagte Elinor mit großem Erstaunen, »wenn meine Meinung von ihr *Ihnen* irgendwie nützlich sein könnte. Aber ich wußte ja gar nicht, daß Sie irgendwelche Beziehungen zu dieser Familie haben, und bin deshalb ein wenig überrascht, muß ich gestehen, daß Sie sich so ernsthaft nach ihr erkundigen.«

»Kein Wunder, und weiß Gott, ich verstehe auch, warum. Aber wenn ich mich traute, Ihnen alles zu erzählen, wären Sie nicht so überrascht. Augenblicklich bedeutet mir Mrs. Ferrars natürlich nichts, aber vielleicht kommt der Zeitpunkt – und wie schnell er kommt, hängt nur von ihr selbst ab –, wo wir vielleicht sehr eng miteinander verbunden sind.«

Sie blickte bei diesen Worten in sympathischer Verlegenheit zu Boden und warf nur einen einzigen Seitenblick auf ihre Gefährtin, um zu sehen, welche Wirkung ihre Worte auf sie hatten.

»Du lieber Himmel«, rief Elinor, »was wollen Sie damit sagen? Sind Sie mit Mr. Robert Ferrars bekannt? Sind Sie womöglich mit ihm …?« Und sie war bei dem Gedanken an eine solche Schwägerin nicht besonders entzückt.

»Nein«, erwiderte Lucy, »nicht mit Mr. *Robert* Ferrars, ich habe ihn in meinem ganzen Leben noch nicht gesehen, aber«, und sie blickte Elinor dabei unverwandt an, »mit seinem älteren Bruder.«

Was empfand Elinor in diesem Augenblick? Erstaunen,

das ebenso schmerzlich wie heftig gewesen wäre, wenn ihr nicht gleichzeitig Zweifel an dieser Behauptung gekommen wären. Sie sah Lucy in sprachloser Verblüffung an, unfähig, den Grund oder den Zweck einer solchen Behauptung zu erraten, und obwohl sie abwechselnd rot und blaß wurde, wankte sie nicht in ihrer Ungläubigkeit und fühlte sich weder einem hysterischen Anfall noch einer Ohnmacht nahe.

»Sie haben allen Grund, überrascht zu sein«, fuhr Lucy fort, »denn Sie konnten natürlich nichts davon ahnen. Ihnen und Ihrer Familie gegenüber hat er doch bestimmt nicht die leiseste Anspielung gemacht. Es sollte nämlich ein großes Geheimnis bleiben, und weiß Gott, ich hab es bis zu dieser Stunde treu gehalten. Kein Mensch in meiner Familie weiß davon außer Anne, und ich hätte es Ihnen nie erzählt, wenn ich nicht das allergrößte Vertrauen in Ihre Verschwiegenheit hätte. Und alle diese Fragen über Mrs. Ferrars müssen Ihnen so merkwürdig vorgekommen sein, daß ich fand, ich bin Ihnen eine Erklärung schuldig, und ich glaube nicht, daß Mr. Ferrars[17] ärgerlich ist, wenn er hört, ich habe mich Ihnen anvertraut, weil ich weiß, daß er die allerhöchste Meinung von Ihrer ganzen Familie hat und Sie und die andern Miss Dashwood als seine eigenen Schwestern betrachtet.«

Sie machte eine Pause.

Elinor schwieg eine Weile. Ihr Erstaunen über das, was sie hörte, verschlug ihr zunächst die Sprache. Aber als sie sich schließlich zum Sprechen zwang, und zwar in aller Vorsicht, sagte sie mit einer Ruhe, die ihre Überraschung und Besorgnis einigermaßen verbarg:

»Darf ich fragen, ob Sie schon lange verlobt sind?«

»Wir sind seit vier Jahren verlobt.«

»Seit vier Jahren!«

»Ja.«

Obwohl Elinor außerordentlich bestürzt war, fühlte sie sich immer noch außerstande, es zu glauben.

»Ich wußte bis vor wenigen Tagen nicht einmal«, sagte sie, »daß Sie miteinander bekannt waren.«

»Aber unsre Bekanntschaft reicht schon viele Jahre zurück. Er war doch eine ganze Weile in der Obhut meines Onkels.«

»Ihres Onkels!«

»Ja, Mr. Pratt. Hat er nie von Mr. Pratt gesprochen?«

»Ich glaube doch«, erwiderte Elinor mit einer äußeren Beherrschung, die mit ihrer inneren Erregung Schritt hielt.

»Er war vier Jahre bei meinem Onkel, der wohnt in Longstaple, in der Nähe von Plymouth. Da haben wir uns kennengelernt, denn ich und meine Schwester waren oft bei meinem Onkel, und da haben wir uns auch verlobt, wenn auch erst ein Jahr später, wie er da schon nicht mehr zur Schule ging. Aber er war anschließend fast immer bei uns. Ich hab mich bloß mit großem Zögern darauf eingelassen, das können Sie sich ja vorstellen, ohne Wissen und Zustimmung seiner Mutter. Aber ich war zu jung und liebte ihn zu sehr, um die nötige Vernunft zu besitzen. Trotzdem Sie ihn nicht so gut kennen wie ich, Miss Dashwood, müssen Sie doch oft genug mit ihm zusammen gewesen sein, um sich denken zu können, er versteht es gut, eine Frau ernsthaft an sich zu binden.«

»Natürlich«, antwortete Elinor, ohne zu wissen, was sie sagte. Aber nach kurzem Nachdenken fügte sie, von neuem von Edwards Ehre und Liebe und der Falschheit ihrer Gefährtin überzeugt, hinzu: »Mit Mr. Edward Ferrars verlobt! Ich gestehe, ich bin so völlig überrascht von dem, was Sie sagen, daß wirklich ... verzeihen Sie, aber es muß sich doch wohl um eine Personen- oder Namensverwechslung handeln. Wir können nicht denselben Mr. Ferrars meinen.«

»Wir meinen durchaus denselben«, rief Lucy lächelnd. »Mr. Edward Ferrars, der ältere Sohn von Mrs. Ferrars in der Park Street und Bruder von Ihrer Schwägerin Mrs. John Dashwood ist der, den ich meine. Sie müssen zugeben, daß ich mich nicht so leicht über den Namen von dem täusche, von dem mein ganzes Glück abhängt.«

»Es ist eigenartig«, erwiderte Elinor in quälender Verwirrung, »daß er mir gegenüber Ihren Namen nie erwähnt hat.«

»Nein, wenn man unsere Lage bedenkt, war es nicht eigenartig. Unsre größte Sorge ist es immer gewesen, die Sache geheimzuhalten. Sie wußten nichts von mir oder meiner Familie, und deshalb ergab sich auch gar keine Gelegenheit, Ihnen gegenüber meinen Namen je zu erwähnen, und da er immer ganz besonders fürchtete, seine Schwester könnte Verdacht schöpfen, war das schon Grund genug, nichts zu sagen.«

Sie schwieg. Elinors Zuversicht schwand, aber ihre Selbstbeherrschung schwand dabei nicht.

»Seit vier Jahren sind Sie verlobt«, sagte sie mit fester Stimme.

»Ja, und wie lange wir vielleicht noch warten müssen, weiß Gott allein. Der arme Edward! Es macht ihn ganz mutlos.« Dann nahm sie eine kleine Miniatur aus der Tasche und fügte hinzu: »Um jede Verwechslung auszuschließen, seien Sie so gut, und sehen Sie sich dieses Porträt an. Es wird ihm zwar nicht gerecht, aber trotzdem können Sie über wen es darstellt nicht länger im Zweifel sein. Ich hab es schon gut drei Jahre.«

Sie gab es Elinor beim Sprechen in die Hand, und wenn diese aus Scheu vor einer vorschnellen Entscheidung oder in dem Wunsch, eine Unwahrheit aufzudecken, bisher auch noch Zweifel gehegt haben mochte, so stand beim Anblick des Bildes fest, daß es sich um Edwards Porträt handelte. Sie gab es fast umgehend zurück und bestätigte die Ähnlichkeit.

»Ich hab ihm nie«, fuhr Lucy fort, »ein Bild dafür wiedergeben können, und das ärgert mich richtig, denn ihm lag immer soviel daran. Aber ich bin entschlossen, bei der ersten Gelegenheit eins machen zu lassen.«

»Sie haben ganz recht«, erwiderte Elinor gefaßt. Sie gingen ein paar Schritte schweigend nebeneinander her. Lucy nahm als erste das Wort:

»Weiß Gott«, sagte sie, »ich habe nicht den geringsten Zweifel, daß Sie unser Geheimnis sicher bewahren, denn

Sie wissen ja, wie wichtig es für uns ist, daß seine Mutter nichts davon erfährt. Sie würde bestimmt nie ihre Einwilligung geben. Ich habe kein Vermögen, und ich stelle mir vor, sie ist eine unerhört stolze Frau.«
»Ich habe nicht ausdrücklich um Ihr Vertrauen gebeten«, sagte Elinor, »aber Sie täuschen sich nicht, wenn Sie sich auf meine Verschwiegenheit verlassen. Ihr Geheimnis ist bei mir sicher, aber verzeihen Sie, wenn ich über eine so unnötige Enthüllung einigermaßen überrascht bin. Sie müssen doch gewußt haben, daß meine Mitwisserschaft nicht gerade zu Ihrer Sicherheit beiträgt.«
Während sie dies sagte, sah sie Lucy ernsthaft an in der Hoffnung, etwas in ihrem Gesicht zu entdecken – vielleicht die Unwahrheit von fast allem, was diese gesagt hatte. Aber Lucy verzog keine Miene.
»Ich hatte Angst, Sie würden denken, ich nehme mir zu viel heraus«, sagte sie, »wenn ich Ihnen das alles erzähle. Ich kenne Sie natürlich noch nicht lange, jedenfalls nicht persönlich, aber ich kenne Sie und Ihre ganze Familie schon eine ganze Zeit aus Erzählungen, und gleich als ich Sie sah, hatte ich fast das Gefühl, als wenn wir alte Bekannte sind, und außerdem schien mir in diesem Fall eine Erklärung wirklich angebracht, nachdem ich so eingehende Erkundigungen über Edwards Mutter eingezogen hatte, und mein Pech ist es, daß ich keine Menschenseele hab, die ich um Rat fragen kann. Anne ist der einzige Mensch, der davon weiß, aber ihr fehlt jedes Urteilsvermögen. Ja, sie schadet mir mehr, als daß sie mir nützt, denn ich lebe in der ständigen Furcht, daß sie mich verrät. Sie kann, wie Sie gemerkt haben, nicht den Mund halten, und weiß Gott, neulich hab ich so gezittert wie noch nie, daß sie damit herausplatzt, als Edwards Name von Sir John erwähnt wurde. Sie können sich gar nicht vorstellen, was ich deswegen durchmache. Ich wundere mich, daß ich noch am Leben bin nach allem, was ich wegen Edward in den letzten vier Jahren gelitten habe. Alles ist so in der Schwebe und so ungewiß, und dann sehe ich ihn auch so selten. Wir können uns nicht öfter wie zweimal im Jahr treffen.

Weiß Gott, ich frage mich, warum mir nicht schon längst das Herz gebrochen ist.«

Hier zog sie ein Taschentuch heraus, aber Elinor empfand nicht viel Mitleid.

»Manchmal«, fuhr Lucy fort, nachdem sie sich die Augen gewischt hatte, »denke ich, ob es nicht besser für uns beide wäre, die Sache ganz abzubrechen.«

Als sie dies sagte, sah sie ihre Gefährtin aufmerksam an.

»Aber dann kommen auch wieder Zeiten, wo ich mich nicht dazu entschließen kann. Ich kann den Gedanken, ihn so unglücklich zu machen, nicht ertragen, denn ich weiß, die bloße Erwähnung würde schon genügen. Und auch wegen mir ... so lieb er ... ich glaube, ich wäre nicht imstande dazu. Was würden Sie mir in diesem Fall raten, Miss Dashwood? Was würden Sie selber tun?«

»Verzeihen Sie«, erwiderte Elinor, unangenehm überrascht von der Frage, »aber ich kann Ihnen unter diesen Umständen keinen Rat erteilen. Sie müssen sich auf Ihr eigenes Urteil verlassen.«

»Natürlich«, fuhr Lucy nach ein paar Minuten Schweigen zwischen beiden fort, »seine Mutter muß ihn früher oder später finanziell unabhängig machen, aber der arme Edward ist deswegen so niedergeschlagen. Fanden Sie ihn nicht schrecklich bedrückt, wie er in Barton war? Er war so trübsinnig, wie er uns in Longstaple verließ, um zu Ihnen zu reisen, daß ich schon Angst hatte, Sie würden ihn für krank halten.«

»Er kam also von Ihrem Onkel, als er uns besuchte?«

»O ja, er war vierzehn Tage bei uns. Dachten Sie, er käme direkt aus London?«

»Nein«, entgegnete Elinor und empfand schmerzlich, wie alle ihre Erinnerungen Lucys Aufrichtigkeit bestätigten, »ich erinnere mich, daß er erwähnte, er habe zwei Wochen bei Freunden in der Nähe von Plymouth verbracht.« Sie erinnerte sich ebenfalls, wie überrascht sie damals gewesen war, daß er kein weiteres Wort über diese Freunde verloren, daß er sich sogar über ihre Namen ausgeschwiegen hatte.

»Fanden Sie ihn nicht schrecklich deprimiert?« wiederholte Lucy.
»Doch, besonders bei seiner Ankunft.«
»Ich habe ihn gebeten, sich zusammenzunehmen, aus Angst, Sie könnten ahnen, was los ist, aber es machte ihn so melancholisch, daß er nicht länger wie zwei Wochen bei uns bleiben konnte und daß die Sache mich so mitnahm. Der Ärmste! Ich fürchte, es ist immer noch nicht besser, denn er schreibt so trübselige Briefe. Ich hab, kurz bevor ich Exeter verließ, Nachricht von ihm gekriegt.« Sie nahm den Brief aus der Tasche und zeigte Elinor flüchtig die Anschrift. »Sie kennen doch bestimmt seine Handschrift, und wie gepflegt sie ist. Aber dies ist nicht so gut geschrieben wie sonst. Er war bestimmt müde, denn er hat die Seite an mich gerade bis zur letzten Zeile vollgeschrieben.«
Elinor erkannte, daß es tatsächlich seine Handschrift war, und konnte nicht länger zweifeln. Das Bild, damit hatte sie sich beruhigt, hätte auch durch Zufall in Lucys Besitz geraten können, es hätte nicht unbedingt ein Geschenk von Edward zu sein brauchen, aber ein Briefwechsel zwischen ihnen ließ sich nur bei einer formellen Verlobung unterhalten, ließ sich anders nicht erklären. Ein paar Minuten lang verließen sie fast die Kräfte, das Herz wurde ihr schwer, und sie konnte sich kaum aufrecht halten. Aber auf ihre Beherrschung kam jetzt alles an, und sie kämpfte so entschlossen gegen den Ansturm ihrer Gefühle, daß sie für diesmal schnell und vollständig Herr der Lage war.
»Daß wir uns schreiben«, sagte Lucy und steckte den Brief wieder in ihre Tasche, »ist der einzige Trost, den wir bei unsren langen Trennungen haben. *Ich* besitze wenigstens noch einen Trost in diesem Bild, aber der arme Edward hat nicht einmal das. Wenn er nur mein Bild besäße, sagt er, wär er beruhigt. Ich habe ihm eine Haarlocke von mir in einen Ring fassen lassen, wie er das letztemal in Longstaple war, und das war ein kleiner Trost, sagt er, aber mit einem Bild nicht zu vergleichen. Vielleicht haben Sie den Ring gesehen, wie er bei Ihnen war.«

»Ja«, sagte Elinor mit einer Fassung, hinter der sich Erregung und Schmerz verbargen, wie sie sie noch nie empfunden hatte. Sie war gedemütigt, fassungslos und vernichtet.
Zu ihrem Glück hatten sie die Cottage nun erreicht, und das Gespräch konnte nicht fortgesetzt werden. Nachdem sie ein paar Minuten zusammengesessen hatten, kehrten die Miss Steele ins Herrenhaus zurück, und Elinor konnte sich in Ruhe ihren Gedanken und ihrer Verzweiflung überlassen.

Kapitel 23

So wenig Elinor sonst auch auf Lucys Aufrichtigkeit gab, in diesem Fall, wo keine Versuchung zu der Torheit bestand, Unwahrheiten von solchem Ausmaß zu erfinden, konnte sie nach ernsthafter Überlegung nicht daran zweifeln. Was Lucy behauptet hatte, konnte Elinor, wagte Elinor deshalb nicht länger in Frage zu stellen, da es von allen Seiten durch Wahrscheinlichkeiten und Beweise bestätigt und durch nichts als ihr eigenes Wunschdenken widerlegt wurde. Die Gelegenheit, sich im Haus von Mr. Pratt kennenzulernen, war die Voraussetzung für alles übrige, unwiderleglich und beunruhigend zugleich; und Edwards Besuch in der Nähe von Plymouth, seine melancholische Verfassung, seine Unzufriedenheit über seine eigenen Zukunftsaussichten, sein unentschlossenes Verhalten ihr selbst gegenüber, die eingehende Kenntnis der Miss Steele von Norland und ihren Familienverhältnissen, die sie so oft überrascht hatte, das Bild, der Brief, der Ring ergaben zusammen ein Beweismaterial, das jede Befürchtung, ihn ungerecht zu verurteilen, ausschloß und sein niederträchtiges Verhalten ihr gegenüber, das keinerlei Voreingenommenheit ausräumen konnte, zur Gewißheit machte. Entrüstung über ein solches Verhalten, ihre

Empörung, darauf hereingefallen zu sein, ließen sie zunächst nur Selbstmitleid empfinden. Aber sie machten bald anderen Gedanken, anderen Überlegungen Platz. Hatte Edward sie absichtlich getäuscht? Hatte er eine Neigung zu ihr vorgespielt, die er nicht wirklich empfand? War sein Verlöbnis mit Lucy ein Verlöbnis aus Liebe? Nein, was es auch einmal gewesen sein mochte, sie glaubte nicht, daß es das noch heute war. Seine Zuneigung gehörte nur ihr. Darin täuschte sie sich nicht. Ihre Mutter, ihre Schwester, Fanny, alle hatten seine Neigung zu ihr in Norland wahrgenommen. Es war keine Einbildung ihrer eigenen Eitelkeit. Natürlich liebte er sie. Was für ein Herzenstrost diese Überzeugung war! Zu wieviel Vergebung dieser Gedanke sie nicht veranlassen konnte! Man konnte ihm vorwerfen, zu Recht vorwerfen, in Norland geblieben zu sein, als er merkte, daß der Eindruck, den sie auf ihn machte, stärker war, als er sein durfte. Davon konnte man ihn nicht freisprechen; aber wenn er ihr weh getan hatte, wieviel mehr hatte er sich selbst weh getan. Wenn ihre Lage bemitleidenswert war, so war seine hoffnungslos. Seine Unklugheit hatte sie eine Zeitlang unglücklich gemacht, aber ihm hatte sie ein für allemal die Möglichkeit genommen, jemals wieder glücklich zu werden. Konnte er sich, wenn man seine Neigung zu ihr selbst außer acht ließ, bei seiner Integrität, seinem Zartgefühl und seiner Bildung mit einer Frau wie Lucy begnügen: ungebildet, berechnend und selbstsüchtig?
Die jugendliche Verliebtheit eines Neunzehnjährigen hatte ihn natürlich für alles außer ihrer Schönheit und ihrer Umgänglichkeit blind gemacht. Aber die folgenden vier Jahre – Jahre, die, sinnvoll verbracht, so entscheidend für die Entwicklung einer Persönlichkeit sind, mußten ihm die Augen über die Mängel ihrer Erziehung geöffnet haben, während sie unterdessen ihre Zeit in anspruchsloser Gesellschaft und mit belanglosen Beschäftigungen verbracht und sich dabei vielleicht noch um den naiven Charme gebracht hatte, der ihrer Schönheit einmal eine interessante Note gegeben haben mochte.

Wenn die bloße Vermutung, daß er sich um *sie* bewarb, bei seiner Mutter schon auf solchen Widerstand gestoßen war, wieviel größer mußte dieser dann sein, wenn seine Verlobte zweifellos geringeres gesellschaftliches Ansehen und vermutlich auch ein geringeres Vermögen hatte als sie selbst. Angesichts seiner Entfremdung von Lucy freilich war dieser Widerstand kaum dazu angetan, seine Geduld auf die Probe zu stellen. Aber wie trostlos war die Lage eines Menschen, der die Aussicht auf familiären Einspruch und Unverstand als Erleichterung empfinden mußte!

Während ihr diese schmerzlichen Überzeugungen nacheinander durch den Kopf gingen, weinte sie um seinetwillen mehr als um ihretwillen. Beruhigt durch die Gewißheit, daß sie nichts getan hatte, um ihr gegenwärtiges Unglück zu verdienen, und getröstet durch die Überzeugung, daß Edward nichts getan hatte, um ihre Achtung zu verscherzen, glaubte sie selbst jetzt, unter dem unmittelbaren Einfluß des schweren Schlages, sich soweit beherrschen zu können, daß ihre Mutter und ihre Schwestern keinerlei Verdacht bezüglich der Wahrheit schöpfen würden. Und tatsächlich wurde sie ihren eigenen Ansprüchen gerecht, als sie sich nur zwei Stunden, nachdem sie die Zerstörung ihrer schönsten Hoffnungen erlitten hatte, mit den anderen an den Tisch setzte, so daß niemand beim Anblick der Schwestern auf den Gedanken gekommen wäre, Elinor gräme sich heimlich über Hindernisse, die sie vom Gegenstand ihrer Liebe für immer trennten, und Marianne sei in Gedanken bei den Vorzügen eines Mannes, dessen Herz sie zu besitzen glaubte und den sie in jeder Kutsche erwartete, die an ihrem Haus vorbeifuhr.

Die Notwendigkeit, ihrer Mutter und Marianne vorzuenthalten, was ihr selbst in aller Verschwiegenheit anvertraut worden war, zwang sie zu unablässiger Vorsicht, trug aber nicht zur Verschlimmerung ihres Leidens bei. Sie empfand es im Gegenteil als Erleichterung, daß es ihr erspart blieb, ihnen etwas erzählen zu müssen, was ihnen soviel Kummer machen würde, und sich obendrein Vorwürfe über Edward anhören zu müssen, die aus blinder Liebe ihrer Familie zu ihr herrühren würden und denen zuzustimmen über ihre Kräfte gegangen wäre.

Sie wußte, daß sie von ihren Ratschlägen und der Unterhaltung mit ihnen keinen Beistand zu erwarten hatte, daß ihre Anteilnahme und Besorgnis ihren Kummer nur vergrößern würde und weder ihr Beispiel noch ihr Lob sie in ihrer Selbstbeherrschung bestärken würden. Sie hatte allein mehr Kraft, und ihr gesunder Menschenverstand erwies sich als so stark, ihre Entschlossenheit so unerschütterlich, ihre scheinbare Heiterkeit so unverändert, wie ein so heftiger und frischer Schmerz es zuließ.

Obwohl ihr die erste Unterhaltung mit Lucy über das Thema weh getan hatte, hatte sie doch bald den ernsthaften Wunsch, es wiederaufzunehmen, und das aus mehr als einem Grund. Sie wollte sich viele Einzelheiten ihrer Verlobung noch einmal anhören; sie wollte eine bessere Vorstellung davon bekommen, was Lucy wirklich für Edward empfand, ob sie es ernst meinte mit ihrer Behauptung, ihn zärtlich zu lieben; und sie wollte Lucy vor allem durch die Bereitwilligkeit, mit der sie auf das Thema wieder zurückkam, und die Gelassenheit, mit der sie darüber redete, davon überzeugen, daß sie daran lediglich das Interesse einer Freundin hatte, woran Lucy, wie sie aufgrund ihrer unfreiwilligen Erregung im Laufe ihrer vormittäglichen Unterhaltung fürchtete, zumindest zweifeln mußte. Daß Lucy vermutlich auf sie eifersüchtig war, lag sehr nahe. Daß Edward immer sehr lobend von ihr gesprochen hatte, ging nicht nur aus Lucys Versicherung, sondern auch aus der Kühnheit hervor, mit der sie ihr nach so kurzer persönlicher Bekanntschaft ein Geheimnis von so eingestandener und offensichtlicher Wichtigkeit anvertraute. Und selbst Sir Johns schmerzliche Anspielungen mußten ins Gewicht gefallen sein. Und doch, solange Elinor innerlich fest davon überzeugt blieb, daß Edward nur sie liebte, brauchte sie andere Möglichkeiten nicht in Betracht zu ziehen, um es natürlich zu finden, daß Lucy eifersüchtig war – dafür genügte schon ihr eigenes Selbstvertrauen als Beweis. Aus welchem anderen Grund, als um Elinor über ihre eigenen vorrangigen Ansprüche auf Edward zu informieren und ihr zu raten, ihn in Zukunft zu meiden, hätte sie die ganze Affäre enthüllen sollen? Es fiel ihr nicht schwer, die Absichten ihrer Rivalin soweit zu durchschauen; und während sie fest entschlossen war, sich ihr gegenüber so zu verhalten, wie die Grundsätze von Ehre und Ehrlichkeit es geboten, ihre eigene Liebe zu Edward zu unterdrücken und ihn so selten wie möglich zu sehen, konnte sie sich doch die Genugtuung nicht versagen, Lucy wenn möglich davon zu überzeugen, daß ihr Herz unversehrt war; und da die ihr nun bevorstehenden Enthüllungen nicht schmerzlicher sein konnten als das, was sie über das Thema bereits erfahren hatte, zweifelte sie nicht an ihrer Kraft, eine Wiederholung der Einzelheiten mit Fassung zu überstehen.

Aber eine Gelegenheit bot sich nicht unmittelbar, obwohl auch Lucy nicht wenig geneigt war, davon unverzüglich Gebrauch zu machen; denn das Wetter war häufig nicht gut genug, um gemeinsame Spaziergänge zu unternehmen, wo sie sich leichter von den anderen hätten absondern können; und obwohl sie sich mindestens jeden zweiten Abend entweder dort im Herrenhaus oder hier in der Cottage, meist aber dort, trafen, war ein Zusammenkommen nur um der Unterhaltung willen ausgeschlossen. Dieser Gedanke wäre weder Sir John noch Lady Middleton je gekommen, und deshalb blieb immer nur sehr wenig Zeit für allgemeines Geplauder und gar keine für ein eingehendes Gespräch. Man traf sich zum Essen, zum Trinken und zum gemeinsamen Lachen, zum Karten- oder Würfelspielen oder zu irgendeinem anderen Spiel, bei dem es einigermaßen laut zuging.

Ein oder zwei solcher Abende hatten stattgefunden, ohne daß Elinor Lucy unter vier Augen sprechen konnte, als Sir John eines Vormittags in der Cottage vorsprach, um sie im Namen der Barmherzigkeit zu bitten, am selben Abend bei Lady Middleton zu speisen, da er gezwungen sei, an

dem Club-Abend in Exeter teilzunehmen, und sie sonst abgesehen von ihrer Mutter und den beiden Miss Steele ganz allein sein würde. Elinor, die sich von dem voraussichtlichen Verlauf dieses Abends, wo man unter der ruhigen und kultivierten Leitung von Lady Middleton mehr sich selbst überlassen war, eine bessere Gelegenheit im Hinblick auf ihre Absichten versprach, nahm die Einladung auf der Stelle an. Margaret stimmte mit Erlaubnis ihrer Mutter ebenfalls zu, und Marianne, die immer versuchte, sich diesen Gesellschaften zu entziehen, wurde von ihrer Mutter, der es leid tat, wenn sie sich von jeder Gelegenheit zu Unterhaltung ausschloß, ebenfalls überredet, mitzugehen.
Die jungen Damen gingen also hin, und Lady Middleton wurde zu ihrem Glück vor der entsetzlichen Einsamkeit bewahrt, die sie bedroht hatte. Die Belanglosigkeit der Gesellschaft entsprach genau Elinors Erwartungen. Nicht ein einziger origineller Gedanke oder Ausdruck wurde geäußert, und nichts konnte uninteressanter sein als das allgemeine Gespräch im Eßzimmer und dann im Salon. Dorthin folgten ihnen die Kinder, und solange diese da blieben, war Elinor zu sehr von der Aussichtslosigkeit überzeugt, Lucy in ein Gespräch zu verwickeln, um es zu versuchen. Die Kinder verließen sie erst, als das Teegeschirr abgeräumt wurde. Daraufhin wurde der Kartentisch aufgestellt, und Elinor begann sich zu fragen, wie sie je die Hoffnung gehegt haben konnte, im Herrenhaus Zeit für ein Gespräch zu finden. Sie standen alle auf, um am Kartentisch Platz zu nehmen.
»Ich bin froh«, sagte Lady Middleton zu Lucy, »daß Sie das Körbchen für die arme kleine Annamaria heute abend nicht fertig machen wollen. Die Klebearbeit bei Kerzenlicht schadet doch bestimmt Ihren Augen. Wir geben unserem kleinen Liebling morgen früh für die Enttäuschung eine Belohnung, und dann macht es ihr hoffentlich nicht so viel aus.«
Diese Anspielung genügte, Lucy besann sich auf der Stelle und erwiderte: »Aber Sie irren sich, Lady Middleton. Ich

warte nur ab, ob Sie mich am Kartentisch entbehren können, sonst säße ich schon an dem Körbchen. Ich möchte den kleinen Engel um nichts in der Welt enttäuschen, und wenn Sie mich jetzt am Kartentisch brauchen, dann mache ich das Körbchen bestimmt nach dem späten Imbiß fertig.«

»Das ist aber nett von Ihnen. Ich hoffe, es schadet Ihren Augen nicht. Ob Sie klingeln und um ein paar zusätzliche Kerzen bitten? Mein armer kleiner Liebling wäre doch bitter enttäuscht, wenn das Körbchen morgen nicht fertig wäre, denn obwohl ich ihr gesagt habe, daß bestimmt nichts daraus wird, glaube ich doch, daß sie ganz fest damit rechnet.«

Lucy zog auf der Stelle ihr Arbeitstischchen zu sich heran und setzte sich mit einer Bereitwilligkeit und Munterkeit zurecht, daß man glauben konnte, es gäbe kein größeres Vergnügen für sie, als ein Holzkörbchen für ein verwöhntes Kind mit Papiermustern zu bekleben.

Lady Middleton schlug den anderen ein Spiel Casino vor. Niemand machte Einwände außer Marianne, die mit der üblichen Verachtung für die Formen allgemeiner Höflichkeit ausrief: »Gnädige Frau, haben Sie die Güte, mich zu entschuldigen. Sie wissen, ich hasse Karten. Ich setze mich ans Klavier. Ich habe es nicht angerührt, seit es gestimmt worden ist.« Und ohne weitere Umstände wandte sie sich ab und ging ans Instrument.

Lady Middleton machte ein Gesicht, als wolle sie dem Himmel danken, daß sie selbst nie so etwas Ungezogenes geäußert hatte.

»Marianne kann dem Instrument einfach nicht widerstehen, Madam«, sagte Elinor und versuchte, die Beleidigung zu mildern, »und es wundert mich gar nicht, denn es ist das Klavier mit dem schönsten Klang weit und breit.«

Die übrigen fünf mußten nun ihre Karten ziehen.

»Vielleicht«, fuhr Elinor fort, »könnte ich Miss Lucy Steele behilflich sein, wenn ich auch aussetzte und die Papierrollen für sie drehte. Denn es gibt an dem Körbchen noch so viel zu tun, daß sie allein heute abend unmöglich damit

fertig werden kann. Ich würde ihr liebend gerne helfen, wenn sie mir gestattet, daran mitzuarbeiten.«
»Ich wäre Ihnen für Ihre Hilfe sogar sehr dankbar«, rief Lucy, »denn ich habe schon festgestellt, daß es daran noch mehr zu tun gibt, als ich gedacht hatte, und es wäre ganz unverzeihlich, wenn wir die liebe Annamaria schließlich doch enttäuschten.«
»Oh, das wäre ganz schrecklich«, sagte Miss Steele. »Die liebe kleine Seele, ich bin ganz vernarrt in sie.«
»Das ist sehr liebenswürdig von Ihnen«, sagte Lady Middleton zu Elinor, »und da Ihnen die Arbeit soviel Freude bereitet, macht es Ihnen vielleicht auch nichts aus, bis zum nächsten Spiel auszusetzen. Oder wollen Sie Ihr Glück erst versuchen?«
Elinor akzeptierte mit Freuden den ersten Vorschlag, und so gelang es ihr mit ein bißchen Geschicklichkeit, zu der Marianne sich nie herablassen konnte, ihr Ziel zu erreichen und gleichzeitig Lady Middleton einen Gefallen zu tun. Lucy machte ihr bereitwillig Platz, und so saßen die beiden hübschen Rivalinnen nebeneinander am selben Tisch und waren in schönster Harmonie damit beschäftigt, die Arbeit gemeinsam zu beenden. Das Klavier, an dem Marianne in ihre eigene Musik und ihre eigenen Gedanken versunken saß, so daß sie ganz vergessen hatte, daß es außer ihr noch andere im Zimmer gab, stand zum Glück so nah bei ihnen, daß Miss Dashwood es im Schutz dieser Geräuschkulisse für ungefährlich hielt, das interessante Thema anzuschneiden.

Kapitel 24

Mit fester, wenn auch gedämpfter Stimme eröffnete Elinor das Gespräch:
»Ich hätte das Vertrauen, das Sie mir erwiesen haben, nicht verdient, wenn mir an weiteren Beweisen oder an einer

Fortsetzung des Themas nicht gelegen wäre. Es bedarf deshalb keiner Entschuldigung, wenn ich darauf zurückkomme.«

»Vielen Dank«, sagte Lucy mit Nachdruck, »daß Sie das Eis gebrochen haben. Sie nehmen mir damit eine Last vom Herzen, denn ich hatte irgendwie Angst, ich hätte Sie durch das, was ich Ihnen am Montag erzählt habe, beleidigt.«

»Mich beleidigt! Wie kommen Sie darauf? Glauben Sie mir«, und Elinor sagte das in aller Aufrichtigkeit, »nichts lag mir ferner, als Ihnen einen solchen Eindruck zu geben. Wie hätte ich Ihr Vertrauen denn anders als ehrenvoll und schmeichelhaft auffassen sollen?«

»Und dabei muß ich Ihnen gestehen«, erwiderte Lucy, und ihre kleinen durchdringenden Augen sahen Elinor vielsagend an, »daß mir Ihr Benehmen so kalt und ablehnend vorkam, daß ich ganz unsicher wurde. Ich war überzeugt, Sie waren mir böse, und hab mir seitdem dauernd Vorwürfe gemacht, daß ich es mir herausgenommen hab, Sie mit meinen Angelegenheiten zu belästigen. Aber ich bin so froh, daß das alles nur Einbildung war und Sie mir keine Vorwürfe machen. Wenn Sie wüßten, wie erleichtert ich war, mich einmal über das aussprechen zu können, was mir in jeder Minute meines Lebens auf dem Herzen liegt, dann würde Ihr Mitleid Sie weiß Gott über alles andere hinwegsehen lassen.«

»Ich verstehe nur zu gut, was für eine Erleichterung es für Sie gewesen sein muß, mich in Ihre Lage einzuweihen, und Sie können mir glauben, daß Sie Ihre Offenheit nie zu bereuen brauchen. Sie sind in einer sehr unglücklichen Situation. Sie stecken anscheinend tief in Schwierigkeiten, und es wird all Ihrer Zuneigung zueinander bedürfen, um sie zu überwinden. Mr. Ferrars ist, soweit ich weiß, völlig von seiner Mutter abhängig.«

»Er selbst besitzt nur zweitausend Pfund. Es wäre Wahnsinn, damit zu heiraten, trotzdem ich persönlich, ohne mit der Wimper zu zucken, jede Aussicht auf mehr aufgeben könnte. Ich hab nie viel Geld zur Verfügung gehabt und könnte für ihn auch mit großer Armut fertig werden. Aber ich liebe ihn zu sehr, um ihn aus eigennützigen Motiven um das zu bringen, was seine Mutter ihm ja vielleicht gibt, wenn er ihr zu Gefallen heiratet. Wir müssen warten, vielleicht noch viele Jahre. Mit fast jedem anderen Mann wär das eine beunruhigende Aussicht, aber ich weiß, nichts kann mir Edwards Liebe und Ausdauer rauben.«

»Diese Gewißheit muß Ihnen alles bedeuten, und er kann zweifellos das gleiche Vertrauen in Sie setzen. Wenn die Beständigkeit Ihrer gegenseitigen Zuneigung nachgelassen hätte, wie es bei vielen Leuten und unter verschiedenen Umständen bei einer vierjährigen Verlobungszeit nur natürlich wäre, dann wäre Ihre Lage wirklich trostlos gewesen.«

Hier sah Lucy auf, aber Elinor hütete sich vor jedem Gesichtsausdruck, der ihren Worten eine verdächtige Absicht unterlegen konnte.

»Edwards Liebe zu mir«, sagte Lucy, »ist durch unsre lange, sehr lange Trennung seit unsrer Verlobung auf eine harte Probe gestellt worden, und sie hat diese Prüfung so gut bestanden, daß es unverzeihlich von mir wär', daran zu zweifeln. Ich kann mit gutem Gewissen behaupten, daß er mir von Anfang an deswegen überhaupt keinen Anlaß zu Besorgnis gegeben hat.«

Elinor wußte nicht, ob sie bei dieser Behauptung lächeln oder seufzen sollte.

Lucy fuhr fort: »Außerdem bin ich von Natur auch noch ziemlich eifersüchtig, und die Tatsache, daß wir in unterschiedlichen gesellschaftlichen Kreisen verkehrten, daß er viel mehr in der großen Welt herumkam wie ich und wir dauernd getrennt lebten, erregte schon so viel Mißtrauen in mir, daß ich die Wahrheit sofort rausgekriegt hätte, wenn ich bei unsren Begegnungen die geringste Veränderung oder Niedergeschlagenheit in seinem Benehmen zu mir entdeckt hätte, die ich nicht erklären konnte, oder wenn er von einer Dame mehr gesprochen hätte wie von einer andern oder sich in Longstaple irgendwie weniger wohl gefühlt hätte wie sonst. Ich will nicht behaupten, daß ich im allgemeinen besonders aufmerksam oder scharfblickend bin, aber in dem Fall hätt' ich mich weiß Gott nicht täuschen lassen.«

›Das ist ja alles gut und schön, dachte Elinor, ›aber was hat das mit mir zu tun?‹

»Aber was«, sagte sie nach kurzem Schweigen, »haben Sie nun vor? Oder wollen Sie lediglich warten, bis Mrs. Ferrars stirbt? Eine äußerst traurige und schreckliche Lösung! Ist ihr Sohn entschlossen, sich damit abzufinden und lieber das Einerlei vieler ungewisser Jahre, das Ihnen vielleicht bevorsteht, in Kauf zu nehmen, als vorübergehend das Risiko ihrer Ungnade einzugehen und die Wahrheit zu gestehen?«

»Wenn wir bloß wüßten, daß es bloß vorübergehend wär'! Aber Mrs. Ferrars ist eine sehr unnachgiebige, stolze Frau und würde in ihrer ersten Empörung bei dieser Nachricht ihren ganzen Besitz vermutlich Robert vermachen, und der Gedanke raubt mir wegen Edward allen Mut zu überstürzten Maßnahmen.«

»Und um Ihretwillen doch wohl auch, sonst treiben Sie Ihre Selbstlosigkeit zu weit.«

Wieder sah Lucy Elinor an und schwieg.

»Kennen Sie Mr. Robert Ferrars?« fragte Elinor.

»Nein, gar nicht, ich hab ihn nie gesehen, aber ich glaube fast, er ist ganz anders als sein Bruder, albern und ein großer Geck.«

»Ein großer Geck!« wiederholte ihre Schwester, die diese Worte während einer plötzlichen Pause in Mariannes Musik aufgeschnappt hatte. »Oh, die reden doch bestimmt von ihren liebsten Verehrern.«

»Nein, Schwester, du irrst dich. Unsre liebsten Verehrer sind keine großen Gecken.«

»Ich garantiere dafür, daß Miss Dashwoods keiner ist«, sagte Mrs. Jennings und lachte herzlich, »denn er ist einer der bescheidensten und besterzogenen jungen Männer, die ich kenne. Aber Lucy – die ist so ein schlaues kleines Persönchen, daß man einfach nicht herausbekommt, wen *sie* gern hat.«

»Oh«, rief Miss Steele und blickte vielsagend in die Runde,

»Lucys Verehrer ist bestimmt genauso bescheiden und wohlerzogen wie Miss Dashwood ihrer.«
Elinor errötete gegen ihren Willen. Lucy biß sich auf die Lippen und warf ihrer Schwester einen wütenden Blick zu. Zwischen beiden herrschte eine Zeitlang Schweigen. Lucy ergriff zuerst das Wort und sagte mit leiserer Stimme, obwohl Mariannes großartige Darbietung sie gerade mit einem mächtigen Schutzwall umgab:
»Ich will Ihnen offen gestehen, was für ein Plan mir in letzter Zeit durch den Kopf gegangen ist, um die Sache voranzutreiben. Ja, ich bin darauf angewiesen, Sie in das Geheimnis einzuweihen, weil ich mit Ihrer Hilfe rechne. Sie kennen Edward bestimmt gut genug, um zu wissen, daß er die Kirche jedem anderen Beruf vorziehen würde. Mein Plan ist nun, daß er so schnell wie möglich Pastor wird und Ihr Bruder sich dann durch Ihren Einfluß, den Sie aus Freundlichkeit für Edward und, wie ich hoffe, auch aus Sympathie für mich sicherlich so freundlich wären auszuüben, dazu überreden läßt, ihm die Pfarre in Norland zu geben, die, soweit ich weiß, recht einträglich ist und deren augenblicklicher Inhaber wahrscheinlich nicht mehr lange lebt. Das würde ausreichen, damit wir heiraten könnten; das weitere müßte man Zeit und Gelegenheit überlassen.«
»Es wird mir immer eine Freude sein«, erwiderte Elinor, »einen Beweis meiner Verehrung und Freundschaft für Mr. Ferrars zu geben, aber meinen Sie nicht, daß mein Einfluß bei dieser Gelegenheit völlig überflüssig ist? Er ist doch Mrs. John Dashwoods Bruder – das muß doch Empfehlung genug für ihren Mann sein.«
»Aber Mrs. John Dashwood hält nichts davon, daß Edward Pfarrer wird.«
»Dann, fürchte ich, kann mein Einfluß sehr wenig bewirken.«
Sie verfielen wieder eine ganze Zeit in Schweigen. Schließlich sagte Lucy mit einem tiefen Seufzer:
»Ich glaube, es wär' das klügste, der ganzen Geschichte ein für allemal ein Ende zu machen und die Verlobung aufzu-

lösen. Wir sind anscheinend auf allen Seiten von solchen Schwierigkeiten umgeben, daß wir, auch wenn wir eine Zeitlang untröstlich wären, letzten Endes glücklicher dabei wegkämen. Sie wollen mir nicht vielleicht einen Rat geben, Miss Dashwood?«

»Nein«, erwiderte Elinor mit einem Lächeln, hinter dem sich ihre seelische Erregung verbarg, »das werde ich in dieser Sache auf keinen Fall. Sie wissen genau, daß meine Meinung keinen Einfluß auf Sie hätte, es sei denn, sie entspräche Ihren eigenen Wünschen.«

»Da tun Sie mir unrecht«, entgegnete Lucy mit großem Ernst, »ich kenne keinen, dem sein Urteil ich so schätze wie Ihrs. Und ich bin überzeugt, wenn Sie zu mir sagen: ›Ich rate Ihnen unter allen Umständen, Ihre Verlobung mit Edward Ferrars aufzulösen, es wird Sie beide glücklicher machen‹, dann wär' ich auf der Stelle dazu bereit.«

Elinor errötete für die Unaufrichtigkeit von Edwards zukünftiger Frau und erwiderte: »Dieses Kompliment ließe mich ganz und gar davor zurückschrecken, meine Meinung über das Thema abzugeben, wenn ich eine hätte. Es gibt meinem Einfluß zu viel Gewicht. Die Verantwortung, zwei zärtlich aneinander hängende Menschen zu trennen, ist zu groß für einen unparteiischen Zuschauer.«

»Gerade weil Sie ein unparteiischer Zuschauer sind«, sagte Lucy leicht pikiert und legte besonderen Nachdruck auf ihre Worte, »würde Ihr Urteil eine solche Rolle für mich spielen. Wenn ich den Eindruck hätte, Sie wären gefühlsmäßig voreingenommen, dann wäre mir an Ihrer Meinung nichts gelegen.«

Elinor hielt es für geraten, darauf keine Antwort zu geben, damit sie sich nicht in eine unangebrachte größere Zwanglosigkeit und Vertraulichkeit hineinsteigerten, und war so gut wie entschlossen, das Thema nie wieder zu berühren. Es trat deshalb nach diesen Worten eine neue Pause von mehreren Minuten ein, und wieder war es Lucy, die das Schweigen brach:

»Werden Sie diesen Winter in London sein, Miss Dashwood?« fragte sie mit all ihrer gewohnten Selbstgefälligkeit.

»Bestimmt nicht.«

»Das tut mir leid«, erwiderte die andere, während ihre Augen bei dieser Mitteilung strahlten, »ich hätte mich so drauf gefreut, Sie dort zu treffen. Aber ich wette, Sie fahren trotzdem. Ihr Bruder und Ihre Schwägerin laden Sie doch bestimmt ein, zu ihnen zu kommen.«

»Ich wäre nicht in der Lage, ihre Einladung anzunehmen.«

»So ein Pech! Ich hatte so damit gerechnet, Sie dort zu treffen. Ich und Anne besuchen gegen Ende Januar dort einige Verwandte, die schon seit Jahren davon reden, daß wir kommen sollen. Aber ich geh nur wegen Edward. Er ist im Februar dort, sonst würde mich London wenig reizen. Ich mach mir nichts draus.«

Elinor wurde bald darauf durch das Ende des ersten Spiels an den Kartentisch gerufen, und das vertrauliche Gespräch der beiden Damen war nun zu Ende, womit sich beide ohne jedes Bedauern abfanden, denn auf keiner Seite war etwas gesagt worden, was ihre bisherige wechselseitige Antipathie verringert hätte, und Elinor nahm mit der traurigen Überzeugung am Kartentisch Platz, daß Edward für die Person, die seine Frau werden sollte, nicht nur keinerlei Liebe empfand, sondern daß er nicht einmal Aussicht hatte, in der Ehe einigermaßen glücklich zu werden, wofür echte Zuneigung auf *ihrer* Seite gesorgt hätte, denn nur Selbstsucht konnte eine Frau veranlassen, die Verlobung mit einem Mann aufrechtzuerhalten, dem an ihr, wie ihr anscheinend völlig klar war, nicht mehr das geringste lag.

Von diesem Moment an kam Elinor nie wieder auf das Thema zurück, und wenn Lucy, die selten eine Gelegenheit versäumte, davon anzufangen, und es sich nicht nehmen ließ, ihre Vertraute von ihrem Glück zu informieren, wann immer sie einen Brief von Edward bekam, sie darauf ansprach, reagierte Elinor gelassen und zurückhaltend und ließ das Thema fallen, sobald die Höflichkeit es erlaubte, denn sie fand, sie tat Lucy mit diesen Gesprächen einen Gefallen, den sie nicht verdiente und der für sie selbst gefährlich war.

Der Besuch der Miss Steele in Barton Park ging weit über die erste Einladung hinaus. Ihre Beliebtheit wuchs, sie waren unentbehrlich. Sir John wollte von ihrer Abreise nichts wissen, und trotz der zahlreichen und vor langer Zeit eingegangenen Verpflichtungen in Exeter, trotz der unumgänglichen Notwendigkeit, deswegen auf der Stelle abzureisen, was am Ende jeder Woche unbedingt erforderlich war, ließen sie sich dazu überreden, beinahe zwei Monate im Herrenhaus zu bleiben und in angemessener Form jenes Fest zu begehen, das um seiner Bedeutung willen eine noch größere Zahl von Bällen und üppigen Dinners erfordert.

Kapitel 25

Obwohl Mrs. Jennings es sich zur Gewohnheit gemacht hatte, einen Großteil des Jahres in den Häusern ihrer Kinder und Freunde zu verbringen, war sie durchaus nicht ohne eigenen festen Wohnsitz. Seit dem Tod ihres Mannes, der in einem der weniger vornehmen Stadtteile ein erfolgreicher Kaufmann gewesen war, verbrachte sie den Winter in einem Haus in einer der Straßen dicht beim Portman Square. Diesem Haus begann sie mit Herannahen des Januar ihre Gedanken zuzuwenden, und dorthin bat sie eines Tages spontan und ganz unerwartet die beiden älteren Miss Dashwood, sie zu begleiten. Ohne die Röte, die die Wangen ihrer Schwester überzog, und das lebhafte Blitzen in ihren Augen zu bemerken, das nicht gerade Gleichgültigkeit gegenüber dem Plan verriet, gab Elinor unverzüglich eine dankbare, aber endgültige Absage für beide, wobei sie im gemeinsamen Interesse beider zu handeln glaubte. Der angebliche Grund lag in ihrer festen Entschlossenheit, ihre Mutter zu dieser Jahreszeit nicht allein zu lassen. Mrs. Jennings nahm die Absage mit einiger Überraschung entgegen und wiederholte ihre Einladung unverzüglich.

»Du lieber Himmel, Ihre Mutter kann Sie doch weiß Gott entbehren, tun Sie mir den Gefallen, ich bitte Sie, ich habe mich so darauf gefreut. Glauben Sie nicht, daß Sie mir irgendwie zur Last fallen. Ich werde Ihretwegen überhaupt keine Umstände machen. Ich muß nur Betty mit der Postkutsche vorausschicken, und das werde ich mir hoffentlich noch leisten können. Wir drei passen ganz bequem in meine Kutsche, und wenn Sie keine Lust haben, mir in London überallhin zu folgen, schön und gut, dann können Sie immer noch mit einer meiner Töchter gehen. Ihre Mutter kann doch weiß Gott nichts dagegen haben, denn ich habe solches Glück gehabt, meine Kinder unter die Haube zu bringen, daß sie mich für sehr geeignet halten wird, Sie unter meine Fittiche zu nehmen. Und wenn nicht wenigstens eine von Ihnen eine gute Partie gemacht hat, bevor ich Sie wieder weglasse, dann soll es nicht meine Schuld sein. Ich werde bei allen jungen Männern ein gutes Wort für Sie einlegen, darauf können Sie sich verlassen.«

»Ich habe den Verdacht«, sagte Sir John, »daß Miss Marianne einem solchen Plan nicht abgeneigt wäre, wenn ihre ältere Schwester mitmachte. Es ist nicht einzusehen, daß sie sich nicht ein bißchen amüsieren soll, weil Miss Dashwood es nicht wünscht. Deshalb rate ich Ihnen beiden, nach London aufzubrechen, sobald Sie Barton leid sind, ohne Miss Dashwood ein Wort davon zu sagen.«

»Na ja«, rief Mrs. Jennings, »ich würde mich über Miss Mariannes Gesellschaft weiß Gott enorm freuen, ob Miss Dashwood nun mitkommt oder nicht, je mehr, desto besser, sage ich immer, und ich dachte auch, sie würden sich zusammen wohler fühlen, denn wenn sie von mir genug haben, können sie sich miteinander unterhalten und hinter meinem Rücken über meine Marotten lachen. Aber die eine oder die andere, wenn nicht beide, muß ich haben. Gott bewahre, soll ich denn etwa allein zu Hause herumwursteln? Ich, die ich bis letzten Winter daran gewöhnt war, Charlotte um mich zu haben. Kommen Sie, Miss Marianne, wir wollen den Handel mit einem Handschlag besiegeln, und wenn Miss Dashwood mit der Zeit ihre Meinung ändert, na, dann um so besser.«

»Ich danke Ihnen, Madam, ich danke Ihnen von Herzen«, sagte Marianne voller Empfindung, »ich bin Ihnen durch die Einladung zu ewiger Dankbarkeit verpflichtet, und sie annehmen zu können, wäre mir eine große Freude, ja, fast die größte Freude, die ich mir vorstellen kann. Aber meine Mutter, meine liebste, beste Mutter! Ich sehe die Berechtigung von Elinors Einwänden, und wenn unsere Abwesenheit dazu führte, daß sie sich weniger glücklich, weniger wohl fühlt ... Oh, nein, nichts soll mich dazu bringen, sie zu verlassen. Ich kann nicht, ich darf nicht schwanken.«

Mrs. Jennings wiederholte ihre Versicherung, daß Mrs. Dashwood sie ohne weiteres entbehren könne, und Elinor, die ihre Schwester nun begriff und erkannte, zu welcher Gleichgültigkeit beinahe allem gegenüber ihre Ungeduld, Willoughby wiederzusehen, sie hinriß, machte weiter keine direkten Einwände gegen den Plan und wollte die Entscheidung statt dessen ihrer Mutter überlassen, von der sie sich allerdings kaum Unterstützung bei ihrem Bemühen erhoffte, einen Besuch zu verhindern, den sie in Mariannes Fall nicht für angebracht hielt und den sie selbst allen Grund hatte zu vermeiden. Was immer Marianne sich wünschte, würde ihre Mutter begeistert unterstützen. Elinor hatte wenig Hoffnung, sie zur Vorsicht in einer Angelegenheit zu bewegen, in der sie ihr noch nie Mißtrauen hatte einflößen können; und ihre eigenen Gründe für ihre Abneigung, nach London zu fahren, wagte sie nicht zu erklären. Daß die überempfindliche Marianne, bei ihrer Vertrautheit mit Mrs. Jennings' Benehmen und ihrem unüberwindlichen Widerwillen dagegen, in der Verfolgung eines einzigen Ziels alle diese Unannehmlichkeiten übersah und völlig außer acht ließ, was ihre reizbaren Gefühle besonders irritieren mußte, war ein so starker, ein so schlagender Beweis für die Bedeutung, die dieses Ziel für sie hatte, wie Elinor ihn trotz allem, was vorgefallen war, nicht erwartet hatte. Da Mrs. Dashwood, als sie von der Einladung erfuhr, überzeugt war, daß ein solcher Ausflug ihren Töchtern allerlei Abwechslung bieten würde, und merkte, wieviel Marianne bei aller liebevollen Rücksichtnahme auf sie selbst daran lag, wollte sie von einer Ablehnung der Einladung ihretwegen nichts hören, bestand darauf, daß beide sie unverzüglich annahmen, und begann dann, mit gewohnt guter Laune eine ganze Reihe von Vorteilen aufzuzählen, die sich aus der Trennung für sie alle ergeben würden.

»Ich bin begeistert von dem Plan«, rief sie, »er entspricht genau meinen Wünschen. Margaret und ich werden ebenso davon profitieren wie ihr. Wenn ihr und die Middletons fort seid, werden wir uns friedlich und fröhlich mit unseren Büchern und unserer Musik beschäftigen. Ihr werdet sehen, wie Margaret sich herausgemacht hat, wenn ihr zurückkommt, und ich habe sowieso eine kleine Veränderung in euren Schlafzimmern vor, die ich nun ausführen kann, ohne jemanden zu belästigen. Ich finde es gut, daß ihr nach London fahrt. Ich bin dafür, daß Mädchen in Verhältnissen wie ihr Sitten und Geselligkeiten Londons kennenlernen. Ihr werdet in der Obhut einer verläßlichen, mütterlichen Frau sein, an deren Güte euch gegenüber ich nicht zweifeln kann. Aller Wahrscheinlichkeit nach werdet ihr eurem Bruder begegnen, und worin seine Fehler oder die Fehler seiner Frau auch bestehen mögen, wenn ich bedenke, wessen Sohn er ist, dann kann ich den Gedanken nicht ertragen, daß ihr euch so völlig fremd geworden seid.«

»Obwohl du in deiner gewohnten Besorgtheit um unser Glück«, sagte Elinor, »alle Hindernisse, die dir zu unserem Vorhaben einfielen, aus dem Weg geräumt hast, bleibt immer noch der Einwand, der sich meiner Meinung nach nicht so leicht beseitigen läßt.«

Marianne machte ein enttäuschtes Gesicht.

»Und was«, sagte Mrs. Dashwood, »hat meine liebe umsichtige Elinor einzuwenden? Welche unüberwindliche Hürde baut sie vor uns auf? Von den Kosten möchte ich nicht ein Wort hören.«

»Mein Einwand ist folgender: Obwohl ich Mrs. Jennings für eine gute Seele halte, ist sie nicht die Frau, in deren Gesellschaft wir uns wohl fühlen werden oder deren Protektion uns größeres Ansehen gibt.«

»Das ist wahr«, entgegnete ihre Mutter, »aber ihr werdet doch ohne die Gesellschaft anderer kaum mit ihr allein sein, und in Gesellschaft werdet ihr fast immer mit Lady Middleton erscheinen.«

»Wenn Elinor durch ihre Abneigung gegen Mrs. Jennings abgeschreckt wird«, sagte Marianne, »braucht mich das doch nicht davon abzuhalten, die Einladung anzunehmen. Ich habe keine solchen Skrupel, und ich bin sicher, ich könnte ohne weiteres mit derartigen Unannehmlichkeiten fertig werden.«

Elinor konnte sich ein Lächeln angesichts dieser gespielten Gleichgültigkeit gegenüber dem Benehmen von Mrs. Jennings nicht verkneifen, wo es schon Mühe gekostet hatte, Marianne zu einigermaßen erträglicher Höflichkeit ihr gegenüber zu überreden, und sie beschloß bei sich, ebenfalls zu fahren, wenn ihre Schwester auf der Reise bestand, da sie es nicht für angebracht hielt, Marianne lediglich der Führung durch ihr eigenes Urteil zu überlassen oder Mrs. Jennings in ihrer häuslichen Behaglichkeit Mariannes Gnade auszuliefern. Dieser Entschluß fiel ihr um so leichter, als sie sich daran erinnerte, daß Edward Ferrars nach Lucys Worten vor Februar nicht in London sein würde und daß ihr Besuch ohne unvernünftige Abkürzung vorher beendet werden konnte.

»Ich möchte, daß ihr beide fahrt«, sagte Mrs. Dashwood, »diese Einwände sind unsinnig. Der Aufenthalt in London wird euch viel Freude bereiten, besonders wenn ihr zusammen seid; und wenn Elinor sich je zu ein bißchen Vorfreude durchringen könnte, dann böte sich ihr dazu eine Unzahl von Anlässen, zum Beispiel dadurch, daß sie ihre Bekanntschaft mit der Familie ihrer Schwägerin vertieft.«

Elinor hatte oft eine Gelegenheit herbeigewünscht, die Selbstverständlichkeit, mit der ihre Mutter die Beziehung zwischen Edward und ihr betrachtete, zu erschüttern und den Schock zu lindern, wenn die Wahrheit an den Tag kam; und obwohl sie sich wenig Erfolg davon versprach, zwang sie sich bei diesem erneuten Vorstoß, ihren Entschluß wahr zu machen, und sagte, so gelassen sie konnte: »Ich mag Edward Ferrars sehr gern und werde mich immer freuen, ihn zu sehen, aber was den Rest seiner Familie betrifft, so ist es mir völlig gleichgültig, ob ich sie jemals kennenlerne oder nicht.«

Mrs. Dashwood lächelte und sagte nichts. Marianne sah erstaunt auf, und Elinor schloß daraus, daß sie ebensogut den Mund hätte halten können.

Ohne noch viel Worte darüber zu verlieren, kam man schließlich überein, die Einladung anzunehmen. Mrs. Jennings nahm die Nachricht hocherfreut und mit vielen Versicherungen ihrer Liebe und Fürsorge zur Kenntnis; und nicht nur ihr war dies ein Anlaß zur Freude. Sir John war entzückt. Für einen Mann, dessen ständige Sorge die Angst vor dem Alleinsein war, bedeutete die Vermehrung der Einwohnerzahl von London um zwei nicht wenig. Selbst Lady Middleton machte die Anstrengung, entzückt zu sein, was für sie durchaus etwas bedeuten wollte, und was die Miss Steele anging, so waren sie, besonders Lucy, in ihrem ganzen Leben noch nicht so glücklich gewesen wie bei dieser Nachricht.

Elinor fand sich mit diesem Plan, der ihren Wünschen zuwiderlief, leichter ab, als sie erwartet hatte. Sie selbst berührte es nicht mehr, ob sie nach London fuhr oder nicht, und als sie sah, wie sehr ihrer Mutter der Plan gefiel und wie er Aussehen, Stimme und Benehmen ihrer Schwester belebte, all ihre frühere Heiterkeit wiederherstellte und sie zu größerer Ausgelassenheit als sonst bewegte, bedauerte sie die Ursache nicht einmal und erlaubte sich kaum, den Folgen zu mißtrauen.

Mariannes Freude überstieg beinahe jedes erträgliche Maß, so groß war ihre innere Erregung und ihre Ungeduld, aufzubrechen. Lediglich ihr Bedauern, ihre Mutter allein zu lassen, dämpfte ihren Eifer, und als sie voneinander Abschied nahmen, war sie von Schmerz überwältigt. Ihre Mutter nahm es sich nicht weniger zu Herzen, und Elinor war die einzige von den dreien, die die Trennung anscheinend nicht als ewig betrachtete.

Ihre Abreise fand in der ersten Januarwoche statt. Die Middletons sollten eine Woche später folgen. Die Miss Steele hielten ihre Stellung im Herrenhaus und würden sie erst mit dem Rest der Familie räumen.

Kapitel 26

Elinor konnte nicht in derselben Kutsche mit Mrs. Jennings sitzen und in ihrer Obhut und als ihr Gast auf eine Reise nach London gehen, ohne über ihre eigene Lage zu staunen, so kurz war ihre Bekanntschaft mit dieser Dame, so wenig paßten sie in Alter und Naturell zusammen und so zahlreich waren ihre Einwände gegen ein solches Unternehmen noch vor wenigen Tagen gewesen. Aber alle diese Einwände waren bei der unbekümmerten Begeisterung, die Marianne und ihre Mutter teilten, überwunden oder übersehen worden. Und Elinor konnte trotz gelegentlicher Zweifel an Willoughbys Beständigkeit beim Anblick der stürmischen und schwärmerischen Erwartung, die Mariannes ganze Seele erfüllte und aus ihren Augen strahlte, nicht umhin, die Hoffnungslosigkeit ihrer eigenen Aussichten, die Freudlosigkeit ihrer Stimmung im Vergleich zu Mariannes und die Bereitwilligkeit zu empfinden, mit der sie die Sorgen ihrer Schwester auf sich neh-

men würde, wenn sie damit das gleiche anregende Ziel vor Augen, den gleichen Anlaß zu Hoffnung haben konnte.
Bald, sehr bald würde sich nun allerdings herausstellen, was Willoughbys Absichten waren. Aller Wahrscheinlichkeit nach war er bereits in London. Mariannes Ungeduld abzureisen verriet, daß sie damit rechnete, ihn dort anzutreffen; und Elinor war entschlossen, durch eigene Beobachtung oder die Informationen anderer soviel wie möglich über seinen Charakter zu erfahren, aber auch sein Verhalten ihrer Schwester gegenüber mit peinlicher Genauigkeit zu beobachten, um festzustellen, wer er war und was er vorhatte, bevor viele Begegnungen stattgefunden hatten. Sollten ihre Beobachtungen zu nachteiligen Ergebnissen führen, dann war sie entschlossen, ihrer Schwester um jeden Preis die Augen zu öffnen; wenn nicht, standen ihr neue Anstrengungen bevor: Dann mußte sie lernen, alle selbstsüchtigen Vergleiche zu vermeiden und alles Bedauern, das ihre Freude über Mariannes Glück schmälern konnte, zu unterdrücken.
Sie waren drei Tage unterwegs, und Mariannes Benehmen während der Reise gab einen hübschen Vorgeschmack davon, was man in Zukunft von ihrer Gefälligkeit und Umgänglichkeit Mrs. Jennings gegenüber zu erwarten hatte. Sie saß fast den ganzen Weg schweigend in ihre eigenen Gedanken versunken da und ergriff höchstens dann freiwillig das Wort, wenn ein Naturbild von pittoresker Schönheit im Blickfeld ihr einen Ausruf des Entzückens entlockte, der ausschließlich an ihre Schwester gerichtet war. Um dieses Benehmen auszugleichen, machte es sich Elinor gleich zur Aufgabe, alle Regeln der Höflichkeit genau zu beachten, was sie sich ohnehin vorgenommen hatte, behandelte Mrs. Jennings mit der größten Zuvorkommenheit, unterhielt sich mit ihr, lachte mit ihr und hörte ihr zu, wann immer sie konnte. Und Mrs. Jennings ihrerseits behandelte sie mit aller erdenklichen Freundlichkeit, sorgte bei jeder Gelegenheit für ihre Bequemlichkeit und Unterhaltung und war lediglich

beunruhigt, daß sie sie weder dazu bewegen konnte, im Gasthaus ihr Menü selbst zu bestellen, noch ihnen das Bekenntnis abzulocken vermochte, ob sie lieber Lachs als Dorsch aßen oder gebratenes Wild lieber als Kalbskoteletts. Sie erreichten London gegen drei Uhr nachmittags am dritten Tag, froh, nach einer solchen Reise der Enge der Kutsche zu entkommen, und bereit, die Annehmlichkeiten eines wärmenden Feuers zu genießen.

Das Haus war stattlich und stattlich eingerichtet, und die jungen Damen wurden unverzüglich in einem sehr bequemen Zimmer untergebracht. Es hatte früher Charlotte gehört, und über dem Kamin hing noch immer eine Landschaft in bunter Seidenstickerei von ihrer Hand als Beweis, daß sie nicht ganz umsonst sieben Jahre lang eine angesehene Schule in London besucht hatte.

Da das Dinner frühestens in zwei Stunden fertig sein würde, beschloß Elinor, in der Zwischenzeit an ihre Mutter zu schreiben, und setzte sich zu diesem Zweck an den Tisch. Wenig später tat Marianne dasselbe. »*Ich* schreibe schon nach Hause, Marianne«, sagte Elinor, »solltest du deinen Brief nicht lieber einen oder zwei Tage aufschieben?«

»Ich schreibe gar nicht an unsere Mutter«, entgegnete Marianne hastig und als wolle sie allen weiteren Fragen aus dem Weg gehen. Elinor schwieg. Es ging ihr auf, daß Marianne an Willoughby schrieb, und sie kam fast gleichzeitig zu dem Schluß, daß die beiden bei aller Heimlichkeit, mit der sie die Angelegenheit anscheinend behandeln wollten, doch verlobt sein mußten. Diese Gewißheit, auch wenn sie das Verhalten nicht ganz billigte, freute sie, und sie schrieb ihren Brief mit größerem Eifer zu Ende. Marianne war mit dem ihren in wenigen Minuten fertig. Der Länge nach konnte es nicht mehr als eine Nachricht sein. Sie faltete, versiegelte und adressierte ihn in großer Hast. Elinor glaubte ein großes W in der Anschrift erkennen zu können, und kaum war der Brief fertig, da klingelte Marianne und bat den eintretenden Diener, den Brief für sie mit der Stadtpost zu schicken. Damit war alles erklärt.

Marianne war weiterhin bester Laune, aber es steckte eine Unruhe in ihr, die ihrer Schwester zu denken gab, und diese innere Erregung steigerte sich, als der Abend fortschritt. Sie konnte beim Dinner kaum etwas essen, und als sie anschließend ins Wohnzimmer zurückkehrte, schien sie angespannt auf das Geräusch jeder Kutsche zu lauschen.

Elinor war außerordentlich erleichtert, daß Mrs. Jennings, die in ihrem eigenen Zimmer beschäftigt war, wenig von dem miterlebte, was vorging. Das Teegeschirr wurde hereingebracht, und Marianne war bereits mehr als einmal durch ein Klopfen an einem der Nachbarhäuser enttäuscht worden, als plötzlich ein lautes Pochen zu hören war, das nur an ihrer eigenen Haustür sein konnte. Elinor war überzeugt, daß es Willoughbys Kommen ankündigte, und Marianne sprang auf und ging auf die Tür zu. Es herrschte völlige Stille; die Spannung wurde unerträglich, und sie öffnete die Tür, bewegte sich ein paar Schritte auf die Treppe zu, und nachdem sie einen Augenblick gelauscht hatte, kam sie in einer Erregung ins Zimmer zurück, die die Überzeugung, seine Stimme gehört zu haben, in ihr weckte. Im Überschwang der Gefühle konnte sie nicht umhin, auszurufen: »O Elinor, es ist Willoughby, er ist es wirklich!«, und schien im Begriff, sich in seine Arme zu werfen – als Oberst Brandon eintrat.

Der Schock war zu groß, um mit Fassung ertragen zu werden, und sie verließ auf der Stelle das Zimmer. Auch Elinor war enttäuscht, aber ihre Sympathie für Oberst Brandon sicherte ihm ein freundliches Willkommen, und es tat ihr besonders weh, daß ein Mann, der soviel für ihre Schwester übrig hatte, mit ansehen mußte, wie sie bei seinem Anblick nichts als Kummer und Enttäuschung empfand. Sie sah sofort, daß es ihm nicht entgangen war; daß er Marianne beim Verlassen des Zimmers sogar mit solcher Verwunderung und Besorgnis beobachtete, daß er beinahe vergaß, Elinor die schuldige Höflichkeit zu erweisen.

»Ist Ihre Schwester krank?« fragte er.

Es kostete Elinor einige Mühe, seine Frage zu bejahen, und dann sprach sie über Kopfschmerzen, Niedergeschlagenheit, Übermüdung und alles mögliche, womit sie das Benehmen ihrer Schwester halbwegs erklären konnte.
Er hörte ihr mit größter Aufmerksamkeit zu, besann sich dann aber anscheinend, sagte nichts weiter zu dem Thema, äußerte unvermittelt seine Freude, sie in London zu sehen, und stellte die üblichen Fragen nach ihrer Reise und nach den Freunden, die sie zurückgelassen hatten.
Ohne großes Interesse auf beiden Seiten setzten sie ihr Gespräch auf diese ruhige Weise fort, beide in gedrückter Stimmung. Elinor hätte liebend gern gefragt, ob Willoughby in London sei, aber sie fürchtete, ihn durch eine Frage nach seinem Rivalen zu verletzen, und schließlich fragte sie ihn, um überhaupt etwas zu sagen, ob er die ganze Zeit, seit sie ihn zuletzt gesehen hatten, in London gewesen sei. »Ja«, sagte er in einiger Verlegenheit, »fast die ganze Zeit. Ich war ein- oder zweimal für ein paar Tage in Delaford, aber ich war außerstande, nach Barton zurückzukehren.«
Diese Worte und die Art, wie sie gesagt wurden, erinnerten sie sogleich daran, unter welchen Umständen er Barton verlassen hatte, wieviel Unbehagen und Mißtrauen diese in Mrs. Jennings hervorgerufen hatten, und sie fürchtete, daß ihre Frage viel mehr Neugier verriet, als sie je dafür empfunden hatte.
Schließlich trat Mrs. Jennings ein. »Oberst!« rief sie mit ihrer gewohnten lauten Aufgeräumtheit. »Ich bin enorm froh, Sie zu sehen. Tut mir leid, daß ich nicht früher kommen konnte, bitte um Entschuldigung, aber ich mußte mich erst um alles mögliche kümmern und meine Angelegenheiten in Ordnung bringen. Denn ich bin eine Ewigkeit nicht zu Hause gewesen, und Sie wissen, es gibt immer einen Berg von Kleinigkeiten zu erledigen, wenn man eine Zeitlang unterwegs war. Und dann mußte ich erst alles mit Cartwright besprechen. Du lieber Gott, ich bin seit dem Essen nicht zur Ruhe gekommen! Aber, sagen Sie, Oberst,

wie konnten Sie ahnen, daß ich heute wieder in London bin?«

»Ich hatte das Vergnügen, es bei Mrs. Palmer zu erfahren, wo ich gegessen habe.«

»O wirklich! Und was machen sie alle dort drüben? Was macht Charlotte? Ich wette, sie ist ganz schön rundlich inzwischen.«

»Mrs. Palmer ging es anscheinend recht gut, und ich habe den Auftrag, Ihnen zu bestellen, daß Sie sie morgen sicher sehen werden.«

»Ah, natürlich, das habe ich mir gedacht. Also, Oberst, ich habe, wie Sie sehen, zwei junge Damen mitgebracht, das heißt, Sie sehen im Moment nur eine, aber irgendwo ist noch eine, und zwar Ihre Freundin Miss Marianne, was Sie nicht bedauern werden. Ich weiß ja nicht, wie Sie und Mr. Willoughby sich über alles einigen wollen. Ach, es ist schön, jung und hübsch zu sein! Na ja, jung war ich auch mal, aber ich war nie sehr hübsch – um so schlimmer für mich. Allerdings habe ich einen sehr guten Mann bekommen, und ich wüßte nicht, was die größte Schönheit sonst noch erreichen kann. Ach, der Ärmste! Er ist nun schon seit gut acht Jahren tot. Aber Oberst, wo haben Sie seit unserer Trennung gesteckt? Und was machen Ihre Geschäfte? Kommen Sie, ich bin nicht für Geheimnisse unter Freunden.«

Er beantwortete alle ihre Fragen mit seiner gewohnten Zuvorkommenheit, aber ohne sie damit zufriedenzustellen. Elinor begann nun, den Tee zu machen, und Marianne war gezwungen, wieder zu erscheinen.

Nach ihrem Eintritt wurde Oberst Brandon noch nachdenklicher und schweigsamer als vorher, und Mrs. Jennings konnte ihn nicht dazu bewegen, lange zu bleiben. Sonst meldete sich an dem Abend kein weiterer Besucher, und die Damen einigten sich bald, früh zu Bett zu gehen.

Marianne stand am nächsten Morgen mit frischem Mut und heiterem Gesicht auf. Die Enttäuschung des Abends vorher hatte sie in Erwartung dessen, was dieser Tag ihr bringen würde, vergessen. Sie waren kaum mit dem Frühstück fertig, als Mrs. Palmers Kutsche vor der Tür hielt, und ein paar Minuten später trat sie lachend ins Zimmer, so entzückt, sie alle zu treffen, daß sie nicht recht wußte, ob sie sich mehr freute, ihre Mutter oder die Miss Dashwood wiederzusehen, so überrascht, daß sie alle in London waren, obwohl sie es eigentlich die ganze Zeit erwartet hatte, so entrüstet, daß sie die Einladung ihrer Mutter nach der Absage an sie selbst angenommen hatten, obwohl sie ihnen gleichzeitig nie verziehen hätte, wenn sie nicht gekommen wären.

»Mr. Palmer wird so froh sein, Sie zu sehen«, sagte sie. »Was glauben Sie, was er gesagt hat, als er hörte, daß Sie mit Mama kommen? Es ist mir im Moment entfallen, aber es war etwas so Drolliges.«

Nachdem sie eine Stunde oder zwei bei dem verbracht hatten, was ihre Mutter eine gemütliche Plauderei nannte, oder besser gesagt, nachdem Mrs. Jennings alle möglichen Erkundigungen über ihre sämtlichen Bekannten eingezogen und ihre Tochter unaufhörlich grundlos gelacht hatte, schlug diese vor, gemeinsam einige Läden aufzusuchen, wo sie etwas zu erledigen hatte, was Mrs. Jennings' und Elinors bereitwillige Zustimmung fand, da sie ebenfalls einige Einkäufe zu machen hatten, und obwohl Marianne zuerst ablehnte, wurde sie ebenfalls überredet, mitzukommen.

Wohin sie auch gingen, Marianne war offensichtlich immer auf der Lauer. Besonders in der Bond Street, wo sie die meisten Einkäufe zu erledigen hatten, waren ihre Augen ständig auf der Suche; und gleichgültig, in welchem Laden die vier zu tun hatten, in Gedanken war sie weit entfernt von allem, was sie umgab, von allem, was die anderen interessierte und beschäftigte. Unruhig und unzufrieden, wie sie war, konnte Elinor sie nicht dazu bringen, ihre Meinung über irgendeinen Einkauf, auch wenn er sie beide betraf, zu äußern. Sie hatte an nichts Freude, konnte es nicht erwarten, wieder nach Hause zu kommen, und hatte Mühe, ihren Ärger über Mrs. Palmers Bummelei zu beherrschen, deren Auge auf alles fiel, was hübsch, teuer oder neu war; die versessen darauf war, alles zu kaufen, sich zu nichts entschließen konnte und ihre Zeit hingerissen und unentschlossen vertrödelte.

Es war früher Nachmittag, als sie nach Hause zurückkehrten; und kaum hatten sie das Haus betreten, als Marianne die Treppe hinaufflog; und als Elinor folgte, sah sie wie sie sich mit traurigem, enttäuschtem Gesicht vom Tisch abwandte, was bedeutete, daß kein Willoughby dagewesen war.

»Ist in der Zwischenzeit kein Brief für mich abgegeben worden?« fragte sie den Diener, der gerade mit den Paketen hereinkam. Ihre Frage wurde verneint. »Sind Sie ganz sicher?« erwiderte sie. »Sind Sie sicher, daß kein Diener, kein Bote einen Brief oder eine Nachricht abgegeben hat?«

Der Mann verneinte erneut.

»Wie merkwürdig!« sagte sie mit leiser und enttäuschter Stimme, während sie sich zum Fenster wandte.

›Wirklich sehr merkwürdig!‹ wiederholte Elinor bei sich und betrachtete ihre Schwester mit Besorgnis. ›Wenn sie nicht gewußt hätte, daß er in London ist, hätte sie ihm nicht geschrieben. Sie hätte nach Combe Magna geschrieben; und wenn er in London ist, wie merkwürdig, daß er weder kommt noch schreibt! Oh, meine liebe Mutter, es war ein Fehler, eine Verlobung zwischen einer so jungen Tochter und einem so unbekannten Mann unter so zweifelhaften, geheimnisvollen Umständen zu erlauben. *Ich* möchte mehr wissen, aber wie wird meine Einmischung aufgefaßt werden?‹

Sie beschloß nach einiger Überlegung, wenn die Angelegenheit in den nächsten Tagen nicht eine erfreulichere Wendung nehmen sollte, ihrer Mutter in aller Deutlichkeit die Notwendigkeit darzulegen, der Sache ernsthaft auf den Grund zu gehen.

Mrs. Palmer und zwei ältere Damen aus Mrs. Jennings' engerem Bekanntenkreis, die sie vormittags getroffen und eingeladen hatten, aßen mit ihnen. Die eine verließ sie

kurz nach dem Tee, da sie für den Abend andere Verpflichtungen hatte, und Elinor war gezwungen, sich mit den anderen an den Whisttisch zu setzen.
Marianne war bei solchen Gelegenheiten nicht zu gebrauchen, da sie sich weigerte, das Spiel zu lernen. Doch obwohl sie sich selbst überlassen war, verlief der Abend für sie keineswegs erfreulicher als für Elinor, denn das ganze Fieber der Erwartung und der Schmerz der Enttäuschung quälten sie. Manchmal versuchte sie, ein paar Minuten lang zu lesen, aber das Buch wurde bald beiseite geworfen, und sie nahm die interessantere Beschäftigung wieder auf, im Zimmer auf und ab zu wandern und einen Moment stehenzubleiben, wenn sie am Fenster vorbeikam, in der Hoffnung, das langerwartete Klopfen zu vernehmen.

Kapitel 27

»Wenn dies milde Wetter anhält«, sagte Mrs. Jennings, als sie sich am folgenden Morgen zum Frühstück trafen, »wird Sir John nächste Woche Barton gar nicht gern verlassen. Ein Jäger verzichtet nur schweren Herzens auf sein Jagdvergnügen. Die Ärmsten, sie tun mir immer leid, es geht ihnen anscheinend schrecklich nahe.«
»Das stimmt«, rief Marianne ausgelassen und ging beim Sprechen ans Fenster, um nach dem Wetter zu sehen. »Daran hatte ich gar nicht gedacht. Das Wetter wird manchen Jäger auf dem Land festhalten.«
Es war ein glücklicher Einfall, und ihre ganze gute Laune war dadurch wiederhergestellt. »Was für herrliches Wetter für sie«, fuhr sie fort, als sie sich mit fröhlichem Gesicht an den Frühstückstisch setzte. »Wie sie es genießen müssen! Aber«, und ihre Stimme nahm wieder einen besorgten Ton an, »lange wird man wohl nicht damit rechnen können. Zu dieser Jahreszeit und nach solch einer Regenperiode wird es wohl nicht mehr lange dauern. Bald wird

Frost einsetzen, und höchstwahrscheinlich ziemlich strenger. Vielleicht schon in ein oder zwei Tagen. Dies ungewöhnlich milde Wetter kann nicht viel länger anhalten. Wer weiß, vielleicht friert es schon heute nacht.«

»Auf jeden Fall«, sagte Elinor, die verhindern wollte, daß Mrs. Jennings die Gedanken ihrer Schwester ebenso durchschaute wie sie, »können wir gegen Ende nächster Woche sicher mit Sir John und Lady Middleton hier in London rechnen.«

»Aber ja, mein Kind, dafür garantiere ich Ihnen. Mary setzt immer ihren Willen durch.«

›Und nun‹, vermutete Elinor insgeheim, ›wird sie noch mit der heutigen Post nach Combe Magna schreiben.‹

Aber wenn das der Fall war, wurde der Brief mit solcher Heimlichkeit geschrieben und abgeschickt, daß er all ihrer Wachsamkeit, Genaueres zu erfahren, entging. Was immer die Nachricht auch sein mochte und so beunruhigt Elinor darüber auch war, solange sie ihre Schwester gutgelaunt sah, brauchte sie sich selbst keine Gedanken zu machen. Und Marianne *war* gutgelaunt, glücklich über das milde Wetter und noch glücklicher über die Aussicht auf Frost.

Sie verbrachten den größeren Teil des Vormittags damit, Visitenkarten in den Häusern von Mrs. Jennings' Bekannten abzugeben, um sie wissen zu lassen, daß sie wieder in London war, und Marianne war die ganze Zeit eifrig damit beschäftigt, die Windrichtung festzustellen, Veränderungen am Himmel zu beobachten und sich einzubilden, die Temperatur sei gefallen.

»Findest du nicht, daß es kälter ist als heute morgen, Elinor? Ich spüre einen ganz deutlichen Unterschied. Sogar im Muff kann ich meine Hände nicht warm halten. Ich glaube nicht, daß es gestern so war. Die Wolkendecke reißt anscheinend auch auf, gleich kommt die Sonne heraus, und wir bekommen einen klaren Nachmittag.«

Elinor war abwechselnd belustigt und betroffen. Aber Marianne war nicht zu entmutigen und sah jeden Abend in der Helligkeit des Kaminfeuers und jeden Morgen in

dem Aussehen des Himmels verläßliche Anzeichen des herannahenden Frosts.
Die Miss Dashwood hatten nicht mehr Grund, mit Mrs. Jennings' Lebensstil und dem Kreis ihrer Bekannten unzufrieden zu sein, als mit ihrem Verhalten ihnen selbst gegenüber, das unverändert freundlich war. Ihr ganzer Haushalt wurde in sehr großzügigem Stil geführt, und außer ein paar alten Londoner Freunden, die sie zu Lady Middletons Bedauern nie fallengelassen hatte, besuchte sie niemanden, dessen Bekanntschaft ihren jungen Begleiterinnen hätte peinlich sein müssen. Erleichtert, es in dem Punkt besser getroffen zu haben als erwartet, war Elinor gern bereit, den Mangel an wirklicher Unterhaltung bei ihren abendlichen Geselligkeiten in Kauf zu nehmen, die, ob zu Hause oder anderswo, immer nur aus Kartenrunden bestanden und ihr wenig Vergnügen boten.
Oberst Brandon, der ständigen Zugang zu ihrem Haus hatte, war fast täglich bei ihnen. Er kam, um Marianne anzusehen und mit Elinor zu sprechen, die oft mehr Freude an der Unterhaltung mit ihm hatte als an den sonstigen täglichen Begebenheiten, aber gleichzeitig mit großer Besorgnis seine unveränderte Verehrung für ihre Schwester beobachtete. Sie fürchtete, daß die Verehrung eher zunahm. Es schmerzte sie, die Ernsthaftigkeit mit anzusehen, mit der er Marianne oft betrachtete, und seine Stimmung war zweifellos niedergeschlagener als in Barton.
Ungefähr eine Woche nach ihrer Ankunft wurde Willoughbys Anwesenheit in London zur Gewißheit. Seine Karte lag auf dem Tisch, als sie von ihrer vormittäglichen Ausfahrt zurückkamen.
»Guter Gott«, rief Marianne, »er war hier, während wir nicht zu Hause waren.« Froh über die Gewißheit, daß er in London war, wagte Elinor jetzt zu sagen: »Verlaß dich darauf, er wird morgen wiederkommen.« Aber Marianne hörte sie anscheinend gar nicht und entschwand bei Mrs. Jennings' Eintritt mit der kostbaren Visitenkarte.
Während dieses Ereignis Elinor erleichterte, stürzte es ihre Schwester in ihre ganze frühere, ja mehr als ihre frühere

Erregung. Von diesem Augenblick an hatte Marianne keine ruhige Minute mehr. Bei der Aussicht, ihn stündlich zu sehen, war sie sonst zu nichts zu gebrauchen. Sie bestand darauf, am nächsten Vormittag zu Hause zu bleiben, als die anderen ausfuhren.

Elinors Gedanken waren ständig bei dem, was während ihrer Abwesenheit in der Berkeley Street vorgehen mochte. Aber bei ihrer Rückkehr genügte ein kurzer Blick auf ihre Schwester, ihr klarzumachen, daß Willoughby keinen zweiten Besuch gemacht hatte. In dem Augenblick wurde ein Brief hereingebracht und auf den Tisch gelegt.

»Für mich?« rief Marianne und stürzte hastig darauf zu.

»Nein, Madam, für meine Herrin.«

Aber in ihrer Ungläubigkeit nahm Marianne ihn trotzdem auf.

»Er ist tatsächlich für Mrs. Jennings, wie ärgerlich.«

»Du erwartest also einen Brief?« fragte Elinor, die nicht länger schweigen konnte.

»Ja, vielleicht – vielleicht auch nicht.«

Elinor fuhr nach kurzer Pause fort: »Du hast kein Vertrauen zu mir, Marianne.«

»Also, Elinor, dieser Vorwurf von *dir*, die Vertrauen zu niemandem hat.«

»Ich?« erwiderte Elinor einigermaßen verwirrt. »Wirklich, Marianne, ich habe doch nichts zu erzählen.«

»Ich auch nicht«, antwortete Marianne mit Nachdruck. »Wir sind also in der gleichen Lage. Wir haben beide nichts zu erzählen, du, weil du nichts enthüllst, und ich, weil ich nichts verberge.«

Elinor fühlte sich durch diesen Vorwurf, verschlossen zu sein, gegen den sie wegen ihres Versprechens machtlos war, getroffen, und wußte nicht, wie sie unter solchen Umständen von Marianne größere Offenheit fordern konnte.

Bald trat Mrs. Jennings ein, und als man ihr den Brief reichte, las sie ihn vor. Er war von Lady Middleton, die ihre Ankunft in der Conduit Street am Abend vorher mitteilte und um den Besuch ihrer Mutter und ihrer Cousinen am folgenden Abend bat. Sir Johns Geschäfte und eine heftige Erkältung hielten sie davon ab, selbst in der Berkeley Street vorzusprechen. Die Einladung wurde angenommen, aber als die Stunde des Aufbruchs sich näherte, hatte Elinor, die es aus Höflichkeit Mrs. Jennings gegenüber für angebracht hielt, daß beide sie bei einem solchen Besuch begleiteten, einige Mühe, ihre Schwester zum Mitkommen zu überreden, denn sie hatte noch immer nichts von Willoughby gesehen und war deshalb nicht geneigt, sich außer Haus zu amüsieren, und auch nicht gewillt, noch einmal das Risiko einzugehen, ihn bei einem zweiten Besuch zu verpassen.

Als der Abend vorbei war, war Elinor klar, daß Anlagen sich durch Ortswechsel nicht wesentlich ändern, denn obwohl kaum in London angekommen, war es Sir John gelungen, ungefähr zwanzig junge Leute um sich zu versammeln und sie mit einem Ball zu unterhalten. Diese Geselligkeit billigte Lady Middleton ganz und gar nicht. Auf dem Lande mochte eine improvisierte Tanzerei durchgehen, aber in London, wo der Ruf der Vornehmheit wichtiger und weniger leicht zu erlangen war, setzte man um des bloßen Vergnügens von ein paar jungen Leuten willen denn doch zuviel aufs Spiel, wenn alle Welt erfuhr, daß Lady Middleton einen kleinen Ball für acht oder neun Paare gegeben hatte, mit zwei Violinen und lediglich einem kalten Imbiß.

Mr. und Mrs. Palmer waren auch dabei. Er, den sie seit seiner Ankunft in London noch nicht gesehen hatten, da er sorgfältig jeden Anschein vermied, seiner Schwiegermutter irgendwelche Beachtung zu schenken, und deshalb nie in ihre Nähe kam, verriet bei ihrem Eintritt durch nichts, daß er sie wiedererkannte. Er warf einen kurzen Blick auf sie scheinbar ohne zu wissen, wer sie waren, und nickte Mrs. Jennings nur vom anderen Ende des Zimmers zu. Marianne sah sich beim Eintritt mit einem einzigen Blick im Raum um, das genügte: Er war nicht da – und sie setzte sich in einer Laune, in der sie weder sich selbst noch andere amüsieren mochte. Als die Gesellschaft ungefähr eine Stunde zusammen gewesen war, schlenderte Mr. Palmer auf die beiden Miss Dashwood zu, um seine Verwunderung über ihren Aufenthalt in London auszudrücken, obwohl Oberst Brandon von ihrer Ankunft in *seinem* Haus erfahren hatte und er selbst bei der Nachricht von ihrem Kommen etwas sehr Drolliges gesagt hatte.

»Ich dachte, Sie wären beide in Devonshire«, sagte er.

»So?« erwiderte Elinor.

»Und wann fahren Sie wieder nach Hause?«

»Ich weiß es nicht.« Und damit endete ihr Gespräch.

Noch nie in ihrem Leben hatte Marianne so wenig Lust gehabt zu tanzen wie an diesem Abend, nie hatte die Anstrengung sie so ermüdet. Sie klagte darüber, als sie in die Berkeley Street zurückkehrten.

»Ja, ja«, sagte Mrs. Jennings, »und wir wissen auch ganz genau, warum. Wenn eine gewisse Person, deren Namen ich nicht nennen will, dagewesen wäre, dann wären Sie kein bißchen müde gewesen, und um ehrlich zu sein, es war nicht sehr nett von ihm, daß er nicht gekommen ist, wo er doch eingeladen war.«

»Eingeladen war!« rief Marianne.

»Das hat mir jedenfalls meine Tochter Middleton erzählt, denn angeblich hat Sir John ihn heute vormittag irgendwo auf der Straße getroffen.« Marianne schwieg, machte aber ein äußerst betroffenes Gesicht. In ihrer Ungeduld, etwas zur Erleichterung ihrer Schwester zu tun, beschloß Elinor, am nächsten Vormittag an ihre Mutter zu schreiben, und hoffte, indem sie ihre Besorgnis um Mariannes Gesundheit weckte, sie zu der lange hinausgezögerten Frage bewegen zu können; und sie wurde in ihrem Entschluß noch bestärkt, als sie am nächsten Tag nach dem Frühstück bemerkte, daß Marianne noch einmal an Willoughby schrieb, denn sie konnte sich nicht vorstellen, an wen sie sonst schreiben konnte.

Gegen Mittag verließ Mrs. Jennings allein das Haus, um etwas zu erledigen, und Elinor fing sofort ihren Brief an, während Marianne, der die Ruhe zu jeder Beschäftigung, die Gelassenheit zu jeder Unterhaltung fehlte, von einem Fenster zum anderen wanderte oder in melancholischem Nachdenken am Feuer saß. Elinor machte ihrer Mutter ernsthafte Vorstellungen, berichtete ihr genau, was vorgefallen war, ihren Verdacht auf Willoughbys Unzuverlässigkeit, und drängte sie unter Berufung auf Pflicht und Neigung, von Marianne ein Geständnis über ihr wahres Verhältnis zu Willoughby zu fordern.

Der Brief war kaum beendet, als ein Klopfen an der Tür einen Besucher ankündigte und Oberst Brandon gemeldet wurde. Marianne, die ihn vom Fenster aus gesehen hatte und Gesellschaft jeder Art haßte, verließ das Zimmer, bevor er eintrat. Er sah noch ernster aus als sonst, und obwohl er seine Freude darüber ausdrückte, Miss Dashwood allein zu finden, als hätte er ihr etwas Besonderes mitzuteilen, saß er eine Zeitlang da, ohne ein Wort zu sagen. In der Überzeugung, daß er ihr etwas zu sagen hatte, das ihre Schwester betraf, wartete Elinor ungeduldig, daß er anfing. Es war nicht das erstemal, daß sie diesen Eindruck hatte, denn schon mehrmals war er mit der Bemerkung »Ihre Schwester sieht nicht wohl aus heute« oder »Ihre Schwester scheint niedergeschlagen« offensichtlich im Begriff gewesen, etwas Bestimmtes über sie mitteilen oder erfragen zu wollen. Nach einer Pause von einigen Minuten brach er das Schweigen und fragte sie mit ziemlicher Erregung in der Stimme, wann er ihr zur Erwerbung eines Schwagers gratulieren dürfe. Elinor war auf eine solche Frage nicht vorbereitet und mußte, da sie keine Antwort bereit hatte, zu dem einfachen und üblichen Mittel Zuflucht nehmen, ihn zu fragen, was er meine. Er versuchte zu lächeln, als er antwortete: »Die Verlobung Ihrer Schwester mit Mr. Willoughby ist allgemein bekannt.«

»Sie kann nicht allgemein bekannt sein«, entgegnete Elinor, »denn sie ist ihrer eigenen Familie nicht bekannt.«

Er sah überrascht aus und sagte: »Entschuldigen Sie, ich fürchte, meine Frage war ungehörig. Aber ich ahnte nicht, daß die Sache geheim bleiben sollte, da sie öffentlich miteinander korrespondieren und man überall von ihrer Heirat spricht.«

»Wie ist das möglich? Wer kann Ihnen gegenüber davon gesprochen haben?«

»Viele – manche, die Sie nicht kennen, andere, mit denen Sie vertrauten Umgang haben: Mrs. Jennings, Mrs. Palmer und die Middletons. Aber vielleicht hätte ich es immer noch nicht geglaubt – denn wo der Verstand sich nicht überzeugen lassen will, findet er immer etwas, was seine Zweifel nährt –, wenn ich heute, als der Diener mich einließ, nicht zufällig einen Brief an Mr. Willoughby in der Handschrift Ihrer Schwester in seiner Hand gesehen hätte. Ich kam, um mich zu erkundigen, aber ich war überzeugt, bevor ich die Frage stellen konnte. Ist alles endgültig entschieden? Ist es nicht mehr möglich … Aber ich habe kein Recht dazu, und ich hätte auch keine Aussicht auf Erfolg. Entschuldigen Sie, Miss Dashwood, ich glaube, ich habe schon zuviel gesagt, aber ich weiß kaum, was ich tun soll, und in Ihre Klugheit habe ich das größte Vertrauen. Sagen Sie mir, daß alles endgültig entschieden ist, daß jeder Versuch … kurz und gut, daß die öffentliche Ankündigung, wenn die öffentliche Ankündigung denn überhaupt noch nötig ist, das einzige ist, was noch aussteht.«

Diese Worte, die Elinor als ein offenes Eingeständnis seiner Liebe zu ihrer Schwester nahm, machten sie sehr betroffen. Sie war außerstande, irgend etwas zu sagen, und selbst als sie sich wieder in der Gewalt hatte, kämpfte sie eine Weile mit sich, was für eine Antwort angebracht war. Der wirkliche Stand der Dinge zwischen Willoughby und ihrer Schwester war ihr so wenig bekannt, daß sie bei dem Versuch, ihn zu erklären, gleichzeitig Gefahr lief, zu wenig oder zu viel zu sagen. Aber da sie überzeugt war, daß Mariannes Liebe zu Willoughby, wozu sie auch führen mochte, Oberst Brandon keine Hoffnung ließ, und sie ihr Verhalten gleichzeitig keiner Kritik aussetzen wollte, hielt sie es nach einiger Überlegung für am ratsamsten und rücksichtsvollsten, mehr zu sagen, als sie wirklich wußte oder glaubte. Sie gab deshalb zu, sie zweifle nicht an ihrer

gegenseitigen Liebe, obwohl sie von den beiden selbst nie erfahren habe, wie sie zueinander ständen, und sei deshalb auch nicht erstaunt, von ihrem Briefwechsel zu hören.
Er hörte ihr in schweigender Aufmerksamkeit zu, erhob sich, als sie abbrach, sofort von seinem Stuhl; und nachdem er mit bewegter Stimme gesagt hatte, »Ihrer Schwester wünsche ich alles erdenkliche Glück und Willoughby das Bemühen, sie zu verdienen«, verabschiedete er sich und ging.
Elinor blieb nach dieser Unterhaltung keineswegs so erleichtert zurück, daß ihre sonstigen Befürchtungen abgenommen hätten. Im Gegenteil, sie hatte das traurige Bild von Oberst Brandons Unglück vor Augen, und der Wunsch, ihn davon erlöst zu sehen, wurde von dem Interesse an genau dem Ereignis vereitelt, das sein Unglück besiegeln mußte.

Kapitel 28

Nichts ereignete sich während der nächsten drei oder vier Tage, was Elinor ihren Appell an ihre Mutter hätte bereuen lassen, denn Willoughby kam nicht und schrieb auch nicht. Gegen Ende dieser Zeit waren sie mit Lady Middleton verabredet, um sie auf einen Ball zu begleiten, bei dem Mrs. Jennings durch das Unwohlsein ihrer jüngeren Tochter verhindert war; und für diesen Ball machte sich Marianne völlig teilnahmslos zurecht, ohne Interesse für ihr Aussehen, anscheinend voller Gleichgültigkeit, ob sie hinging oder wegblieb, ohne einen einzigen hoffnungsvollen Blick oder ein erwartungsvolles Lächeln. Sie saß nach dem Tee bis zu Lady Middletons Ankunft im Wohnzimmer am Feuer, ohne sich einmal von ihrem Stuhl zu rühren oder ihre Haltung zu verändern, in ihre eigenen Gedanken versunken und ohne auf ihre Schwester zu achten; und als man ihnen schließlich meldete, daß Lady Middleton da sei, um sie abzuholen, schreckte sie auf, als habe sie vergessen, daß sie jemanden erwarteten.

Sie erreichten das Haus der Gastgeber rechtzeitig, und sobald die Reihe der Kutschen vor ihnen es erlaubte, stiegen sie aus, schritten die Stufen hinauf, hörten, wie man ihre Namen auf den beiden Treppenabsätzen mit deutlicher Stimme ankündigte, betraten einen prächtig erleuchteten Saal, voller Gäste und unerträglich heiß. Als sie ihre Höflichkeitspflicht erledigt und vor der Dame des Hauses geknickst hatten, durften sie sich unter die Menge mischen und ihr Quantum an Hitze und Unbequemlichkeit, die durch ihre Ankunft unweigerlich noch verschlimmert wurden, in Kauf nehmen. Nach einer Weile, in der sie wenig gesagt und noch weniger getan hatten, nahm Lady Middleton am Kartentisch Platz, und da Marianne keine Lust verspürte, umherzuwandern, setzten sie und Elinor sich unweit vom Kartentisch auf zwei Stühle, die glücklicherweise frei geworden waren.

Sie saßen noch nicht lange, als Elinor Willoughby bemerkte, der einige Meter von ihnen entfernt in ernsthaftem Gespräch mit einer sehr elegant gekleideten jungen Dame stand. Sie fing bald seinen Blick auf, und er verneigte sich auf der Stelle, ohne aber Anstalten zu machen, mit ihr zu sprechen oder auf Marianne zuzukommen, obwohl er sie nicht übersehen konnte, und setzte dann sein Gespräch mit derselben Dame fort. Elinor wandte sich instinktiv Marianne zu, um zu sehen, ob ihr der Vorgang etwa entgangen war. In diesem Augenblick bemerkte sie ihn, und während ihr ganzes Antlitz in plötzlichem Entzücken aufleuchtete, wäre sie unverzüglich auf ihn zugeeilt, hätte ihre Schwester sie nicht festgehalten.

»Großer Gott!« rief sie. »Er ist hier, er ist hier. Oh, warum sieht er mich nicht an? Warum kann ich nicht mit ihm sprechen?«

»Ich bitte dich, nimm dich zusammen«, rief Elinor, »es braucht doch nicht die ganze Welt zu wissen, was in dir vorgeht. Vielleicht hat er dich noch nicht gesehen.«

Daran glaubte sie allerdings selbst nicht; und in diesem Augenblick sich zusammenzunehmen, war Marianne nicht nur unfähig, sondern auch unwillig. Sie saß wie auf der Folter, und die Ungeduld stand ihr im Gesicht geschrieben.

Schließlich wandte er sich nach ihnen um und sah sie beide an. Sie sprang auf, rief in liebevollem Ton seinen Namen und streckte ihm die Hand entgegen. Er trat auf sie zu, und während er sich eher Elinor als Marianne zuwandte, als wolle er gerne ihren Blick vermeiden und sei entschlossen, ihre Geste zu übersehen, erkundigte er sich hastig nach Mrs. Dashwood und fragte, wie lange sie schon in London seien. Dieses Benehmen raubte Elinor völlig ihre Geistesgegenwart, und sie war unfähig, ein Wort zu sagen. Aber ihre Schwester war um Worte nicht verlegen. Ihr Gesicht war glühend rot, und sie rief in höchster Erregung:

»Lieber Gott, Willoughby, was soll das heißen? Haben Sie meine Briefe nicht bekommen? Wollen Sie mir nicht die Hand geben?«

Er konnte es nun nicht mehr umgehen, aber die Berührung war ihm anscheinend schmerzlich, und er hielt ihre Hand nur einen kurzen Moment. Während all der Zeit rang er offensichtlich um Fassung. Elinor beobachtete sein Gesicht und sah, wie seine Züge sich beruhigten. Nach kurzer Pause sagte er mit größerer Gelassenheit:

»Ich habe mir erlaubt, am letzten Dienstag in der Berkeley Street vorzusprechen, und sehr bedauert, daß ich nicht das Glück hatte, Sie und Mrs. Jennings zu Hause anzutreffen. Meine Karte ist doch hoffentlich nicht verlorengegangen?«

»Aber haben Sie meine Briefe nicht bekommen?« rief Marianne in höchster Erregung. »Hier muß doch ein Irrtum vorliegen, ein schrecklicher Irrtum. Was soll das nur heißen? Sagen Sie um Gottes willen, Willoughby, sagen Sie mir, was los ist.«

Er gab keine Antwort. Er errötete, und seine ganze anfängliche Verlegenheit kehrte zurück. Doch als ob er sich nach einem kurzen Blickwechsel mit der jungen Dame verpflichtet fühlte, sich unverzüglich zu beherrschen, hatte er sich gleich wieder in der Gewalt und wandte sich nach den Worten »Doch ich hatte das Vergnügen, die Nachricht von Ihrer Ankunft in London zu erhalten, die Sie so freundlich waren, mir zu schicken«, mit einer leichten Verbeugung ab und gesellte sich wieder zu seiner Bekannten.

Marianne, weiß im Gesicht und unfähig, sich auf den Beinen zu halten, sank auf ihren Stuhl zurück, und Elinor, die jeden Moment eine Ohnmacht erwartete, versuchte, sie vor den Augen der anderen abzuschirmen, während sie sie mit Lavendelwasser belebte.

»Geh zu ihm, Elinor!« rief sie, sobald sie wieder sprechen konnte, »und zwinge ihn, zu mir zu kommen. Sag ihm, ich muß ihn sehen, muß sofort mit ihm sprechen. Ich habe keine Ruhe, ich habe keine ruhige Minute, bis dies aufgeklärt ist, irgendein schreckliches Mißverständnis. Oh, geh auf der Stelle zu ihm.«

»Wie könnte ich! Nein, meine liebste Marianne, du mußt warten. Dies ist nicht der Ort für Erklärungen. Warte wenigstens bis morgen.«

Aber nur mit Mühe konnte Elinor sie daran hindern, ihm selbst zu folgen; und sie zu überreden, ihre Erregung zu zügeln, unter dem Anschein von Gelassenheit wenigstens so lange zu warten, bis sie ihn mit größerer Vertraulichkeit und größerer Hoffnung auf Erfolg sprechen konnte, war unmöglich, denn mit unterdrückter Stimme gab Marianne weiterhin in Klagelauten ihrer Verzweiflung Ausdruck. Nach einer Weile sah Elinor, wie Willoughby den Saal durch die Tür zur Treppe verließ, und mit der Nachricht, daß er fort sei und deshalb keine Möglichkeit bestehe, noch am selben Abend mit ihm zu sprechen, drang sie erneut in Marianne, sich zu beruhigen. Diese beschwor ihre Schwester, Lady Middleton zu bitten, sie nach Hause zu fahren, da sie sich zu elend fühle, noch eine Minute länger zu bleiben.

Obwohl Lady Middleton mitten in einem Spiel war, war sie bei der Nachricht, daß Marianne sich nicht wohl fühle, zu höflich, ihren Wunsch, nach Hause zu fahren, auch nur einen Moment hinauszuzögern; und nachdem sie ihre Karten einer Freundin übergeben hatte, brachen sie auf, sobald die Kutsche gefunden war. Kaum ein Wort wurde auf der Fahrt in die Berkeley Street gesprochen. Marianne litt stumme Qualen, sie war selbst zum Weinen zu verzweifelt, und da Mrs. Jennings zum Glück noch nicht wieder zu Hause war, konnten sie direkt in ihr Zimmer hinaufgehen, wo Riechsalz sie wieder ein wenig zu sich brachte. Sie war bald ausgezogen und im Bett, und da sie offensichtlich allein zu sein wünschte, verließ ihre Schwester sie und hatte Muße, über die Vergangenheit nachzudenken, während sie auf die Rückkehr von Mrs. Jennings wartete.

Daß so etwas wie ein Verlöbnis zwischen Willoughby und Marianne bestanden hatte, daran zweifelte sie nicht, und daß es Willoughby jetzt lästig war, schien ebenso klar. Auch wenn Marianne sich noch in Illusionen wiegte, *sie* konnte dieses Benehmen nicht auf irgendeinen Irrtum oder irgendein Mißverständnis zurückführen. Nur ein vollständiger Sinneswandel konnte es erklären. Ihre Empörung wäre noch größer gewesen, hätte sie nicht seine Verlegenheit mit angesehen, die dafür sprach, daß er sich seines unverzeihlichen Benehmens bewußt war, und die sie davon abhielt, ihm die Gewissenlosigkeit zuzutrauen, daß er von Anfang an ohne ehrenwerte Absicht mit der Zuneigung ihrer Schwester gespielt hatte. Die Trennung mochte seine Liebe abgekühlt, Umstände mochten ihn veranlaßt haben, sie zu verdrängen, aber daß diese Liebe einmal bestanden hatte, daran konnte sie nicht zweifeln.

Was Marianne betraf, so konnte sie nur mit tiefster Besorgnis an den Schlag, den ihr dieses unglückselige Treffen bereits versetzt haben mußte, und an die noch viel bittereren Schläge denken, die sich vermutlich daraus ergeben würden. Im Vergleich damit hatte *ihre* Lage sich gebessert, denn sie konnte wenigstens Trost daraus schöpfen, daß sie Edward nach wie vor achten konnte, wie endgültig die Trennung in Zukunft auch sein mochte. Aber alle Umstände, die eine so schreckliche Aussicht noch verschlimmern konnten, hatten sich anscheinend verschworen, um Mariannes trostlose Lage durch die endgültige Trennung von Willoughby, den sofortigen und unversöhnlichen Bruch mit ihm ganz hoffnungslos zu machen.

Kapitel 29

Bevor das Mädchen am nächsten Morgen das Feuer angezündet oder die Sonne über einen kalten, düsteren Januartag gesiegt hatte, kniete Marianne, nur halb bekleidet, bereits in einer der Fensternischen, um das wenige Licht auszunutzen, das hereinschien, und schrieb, so schnell ein ununterbrochener Tränenstrom es ihr erlaubte. In dieser Lage fand sie Elinor, die durch ihre Erregung und ihr Schluchzen geweckt worden war. Nachdem sie sie einige Minuten lang in stummer Besorgnis beobachtet hatte, sagte sie mit größtmöglicher Rücksicht und Zärtlichkeit:
»Marianne, darf ich fragen ...«
»Nein, Elinor«, erwiderte sie, »frag nichts, du wirst bald alles erfahren.«
Die verzweifelte Gefaßtheit, mit der sie dies sagte, währte nur so lange, wie sie sprach, und machte sofort wieder demselben überschwenglichen Jammer Platz. Es dauerte einige Minuten, bevor sie ihren Brief fortsetzen konnte, und die häufigen Schmerzensausbrüche, die sie von Zeit zu Zeit zwangen, im Schreiben innezuhalten, waren Beweis genug, wie sehr sie sich im klaren darüber war, daß sie vermutlich zum letztenmal an Willoughby schrieb.
Elinor behandelte sie mit soviel leiser und unaufdringlicher Schonung wie möglich und hätte versucht, sie noch mehr zu trösten und zu beruhigen, hätte Marianne sie nicht mit der Ungeduld ihrer ganzen nervösen Reizbarkeit gebeten, sie um alles in der Welt in Ruhe zu lassen. Unter solchen Umständen war es für beide besser, nicht länger

zusammenzubleiben; und ihre innere Ruhelosigkeit hinderte Marianne nicht nur, sich nach dem Ankleiden noch einen Moment länger im Zimmer aufzuhalten, sondern erforderte sofortige Einsamkeit und ständigen Ortswechsel, so daß sie bis zum Frühstück durch das Haus wanderte und allen aus dem Weg ging.

Beim Frühstück aß sie nicht, machte auch nicht einmal den Versuch dazu; und Elinor war nicht etwa damit beschäftigt, in sie zu dringen, sie zu bemitleiden oder sie nicht aus den Augen zu lassen, sondern Mrs. Jennings' Aufmerksamkeit möglichst auf sich zu lenken.

Da das Frühstück Mrs. Jennings' Lieblingsmahlzeit war, dauerte es eine geraume Zeit, und sie wollten sich anschließend gerade um den gemeinsamen Arbeitstisch setzen, als ein Brief für Marianne abgegeben wurde, den sie dem Diener hastig entriß und mit dem sie, leichenblaß im Gesicht, sofort aus dem Zimmer lief. Elinor entnahm dem so deutlich, als hätte sie die Anschrift gelesen, daß der Brief von Willoughby sein mußte, und sie fühlte sich mit einemmal so elend, daß sie kaum den Kopf aufrecht halten konnte, und wurde von einem solchen Zittern ergriffen, daß sie fürchtete, es könne Mrs. Jennings' Aufmerksamkeit unmöglich entgehen. Die gute Dame sah allerdings nur, daß Marianne einen Brief von Willoughby erhalten hatte, was ihr als ein köstlicher Witz erschien und worauf sie dementsprechend reagierte, indem sie lachend ihrer Hoffnung Ausdruck gab, daß er nach ihrem Geschmack sein möge. Ansonsten war sie zu sehr damit beschäftigt, die Wollfäden für ihren Teppich abzumessen, als daß sie die Bestürzung überhaupt zur Kenntnis genommen hätte, und so redete sie in aller Ruhe weiter, sobald Marianne verschwunden war, und sagte:

»Weiß Gott, in meinem ganzen Leben habe ich noch kein junges Mädchen so hoffnungslos verliebt gesehen! *Meine* Mädchen waren nichts dagegen, und dabei stellten sie sich schon albern genug an. Aber Miss Marianne – sie ist ja wie ausgewechselt. Ich hoffe von ganzem Herzen, daß er sie nicht mehr lange warten läßt, denn es tut einem in der

Seele weh, sie so krank und bekümmert zu sehen. Sagen Sie, wann heiraten sie denn nun endlich?«
Obwohl Elinor nie weniger Neigung verspürt hatte, zu antworten, als in diesem Augenblick, zwang sie sich dazu, eine so direkte Frage zu beantworten, und erwiderte deshalb mit einem vagen Versuch zu lächeln: »Und haben Sie sich allen Ernstes eingeredet, Madam, daß meine Schwester mit Mr. Willoughby verlobt ist? Ich dachte, es sei nur ein Scherz, aber hinter einer so ernsthaften Frage scheint mehr zu stecken, und ich muß Sie deshalb bitten, sich nicht länger irgendwelchen Täuschungen hinzugeben. Glauben Sie mir, nichts würde mich mehr überraschen als die Nachricht, daß sie heiraten werden.«
»Schämen Sie sich, Miss Dashwood, schämen Sie sich! Wie können Sie so etwas sagen! Wissen wir nicht alle, daß daraus etwas werden muß, daß sie vom ersten Moment an über beide Ohren ineinander verliebt waren? Habe ich sie nicht jeden Tag in Devonshire zusammen gesehen, von morgens bis abends? Und habe ich nicht genau gewußt, daß Ihre Schwester nur mit mir nach London gekommen ist, um das Hochzeitskleid zu kaufen? Nein, nein, mich täuschen Sie nicht! Weil Sie so raffiniert sind, glauben Sie, daß alle anderen nichts merken, aber davon kann weiß Gott keine Rede sein, denn die ganze Stadt weiß längst davon. Ich erzähle es allen, und Charlotte auch.«
»Wirklich, Madam«, sagte Elinor sehr ernst, »Sie irren sich. Wirklich, es ist gar nicht nett von Ihnen, das Gerücht zu verbreiten, und das wird sich bald herausstellen, auch wenn Sie mir jetzt nicht glauben.«
Mrs. Jennings lachte wieder, aber Elinor war nicht in der Stimmung, mehr zu sagen, und da sie unbedingt wissen wollte, was Willoughby geschrieben hatte, lief sie auf ihr Zimmer, wo sie beim Öffnen der Tür Marianne auf dem Bett liegen sah, beinahe überwältigt von Schmerz, einen Brief in der Hand und zwei oder drei andere neben sich. Elinor trat näher, aber ohne ein Wort zu sagen. Sie setzte sich neben sie aufs Bett, nahm ihre Hand, küßte sie einigemal zärtlich und brach dann in so hemmungsloses Wei-

nen aus, daß es Mariannes Tränenfluß zunächst in nichts nachstand. Obwohl unfähig zu sprechen, empfand Marianne durchaus die darin liegende Herzlichkeit, und nachdem sie eine Zeitlang in gemeinsamem Kummer verbracht hatten, legte sie alle Briefe in Elinors Hand. Dann bedeckte sie ihr Gesicht mit ihrem Taschentuch und schrie beinahe vor Qual. Elinor begriff, daß man solchem Leid, so bestürzend es auch anzusehen war, seinen Lauf lassen mußte, und saß ruhig neben ihr, bis das Übermaß an Leiden sich erschöpft hatte. Dann wandte sie sich ungeduldig Willoughbys Brief zu und las folgendes:

Bond Street, Januar

Meine liebe Madam[18],
ich hatte soeben die Ehre, Ihren Brief zu empfangen, für den ich Sie bitte, meinen Dank entgegenzunehmen. Mit Besorgnis habe ich zur Kenntnis genommen, daß mein Benehmen gestern abend zum Teil nicht Ihre Zustimmung gefunden hat, und obwohl ich außerstande bin zu begreifen, wodurch ich das Unglück haben konnte, Sie zu verletzen, bitte ich Sie um Verzeihung für ein Vergehen, das, wie ich Ihnen versichern darf, keineswegs beabsichtigt war. Meine frühere Bekanntschaft mit Ihrer Familie in Devonshire wird mir immer ein Anlaß zu dankbarer Freude sein, und ich schmeichle mir, daß diese nicht durch irgendeine falsche Auslegung oder irgendein Mißverstehen meiner Handlungen beeinträchtigt wird. Ich empfinde die größte Achtung für Ihre ganze Familie. Sollte ich allerdings so ungeschickt gewesen sein, Anlaß zu größeren Erwartungen gegeben zu haben, als in meinem Vermögen und in meiner Absicht stand, so muß ich mir den Vorwurf gefallen lassen, diese Achtung nicht auf zurückhaltendere Weise ausgedrückt zu haben. Daß ich jemals mehr beabsichtigt haben könnte, werden Sie selbst für ausgeschlossen halten, wenn Sie bedenken, daß ich seit langem anderweitig gebunden bin und daß meine diesbezüglichen Wünsche, wie ich hoffe, vor Ablauf weniger Wochen in Erfüllung gehen. Mit außerordentlichem

Bedauern komme ich Ihrer Aufforderung nach, die Briefe, mit denen Sie mich beehrt haben, und die Haarlocke, die Sie die Güte hatten, mir zu schenken, an Sie zurückgehen zu lassen.

Ich bin, liebe Madam,

Ihr gehorsamster und untertänigster Diener

John Willoughby

Mit welcher Empörung Miss Dashwood einen solchen Brief lesen mußte, kann man sich vorstellen. Obwohl sie vor dem Lesen des Briefes darauf gefaßt war, daß er ein Bekenntnis seiner Unzuverlässigkeit enthalten und ihre Trennung endgültig besiegeln mußte, war sie nicht darauf gefaßt, daß jemand es über sich bringen konnte, eine solche Sprache zu sprechen. Auch hätte sie Willoughby nicht zugetraut, daß er jeden Anschein von Ehrgefühl und Takt, den mindesten Anstand eines Gentleman so außer acht lassen und einen so unverschämt grausamen Brief schicken könnte – einen Brief, der mit dem Wunsch nach Freigabe nicht etwa das Eingeständnis eines Bedauerns brachte, sondern jeden Vertrauensbruch leugnete und jede besondere Neigung abstritt; einen Brief, in dem jede Zeile eine Beleidigung war und der seinen Schreiber als ausgekochten Schurken bloßstellte.

Empört und ungläubig sann sie eine Weile darüber nach; dann las sie ihn immer wieder. Aber bei jeder Lektüre steigerte sich ihre Abscheu vor diesem Mann, und so bitter waren ihre Gefühle ihm gegenüber, daß sie sich nicht zu sprechen traute, um nicht Marianne dadurch noch tiefer zu verletzen, daß sie die Entlobung nicht als den Verlust von etwas Gutem, sondern als Rettung vor dem schlimmsten und unabänderlichsten aller Übel, einer lebenslangen Verbindung mit einem haltlosen Mann, als eine wirkliche Befreiung, einen regelrechten Segen darstellte.

Bei ihren ernsten Betrachtungen über den Inhalt des Briefes, über die verworfene Gesinnung, die ihn diktieren konnte, und wahrscheinlich auch über die völlig andere Gesinnung eines völlig anderen Menschen, der mit der

Angelegenheit nur insofern zu tun hatte, als ihr Herz ihn in alles einbezog, hatte Elinor den unmittelbaren Kummer ihrer Schwester ganz vergessen – vergessen, daß drei noch ungelesene Briefe auf ihrem Schoß lagen, und so völlig vergessen, wie lange sie schon in dem Zimmer war, daß sie beim Geräusch einer vorfahrenden Kutsche ans Fenster trat, um zu sehen, wer zu so ungebührlich früher Stunde kam, und zu ihrem Erstaunen Mrs. Jennings' Wagen erkannte, von dem sie wußte, daß er erst für ein Uhr bestellt war.

Entschlossen, Marianne nicht allein zu lassen, obwohl sie im Augenblick wenig Hoffnung hatte, etwas zu ihrer Erleichterung tun zu können, eilte sie aus dem Zimmer, um sich bei Mrs. Jennings dafür zu entschuldigen, daß sie sie wegen der Unpäßlichkeit ihrer Schwester nicht begleiten könne. Mrs. Jennings ließ die Entschuldigung mit dem vollsten Verständnis für die Ursache gerne gelten, und Elinor kehrte, nachdem sie ihr in die Kutsche geholfen hatte, zu Marianne zurück, die sie bei dem Versuch, aufzustehen, überraschte und die sie gerade noch davor bewahren konnte, hinzufallen, so geschwächt und schwindelig war sie von langer Schlaflosigkeit und langem Fasten, denn sie hatte seit vielen Tagen keinen richtigen Appetit und nächtelang nicht richtig geschlafen. Und jetzt, wo eine fiebernde Erwartung sie nicht länger aufrecht hielt, machten sich die Folgen in Form von Kopfschmerzen, schwachem Magen und allgemeiner Nervosität bemerkbar. Ein Glas Wein, das Elinor ihr auf der Stelle holte, ließ sie wieder zu sich kommen, und schließlich war sie imstande, ihrer Dankbarkeit Ausdruck zu geben, indem sie sagte:

»Arme Elinor! Wieviel Sorgen ich dir mache!«

»Wenn es nur etwas gäbe«, antwortete ihre Schwester, »womit ich dich trösten könnte.«

Gleichgültig, was Elinor sagte, es war zuviel für Marianne, die in ihrer Herzensbedrängnis nur ausrufen konnte: »O Elinor, ich bin so unglücklich!«, bevor ihre Stimme von Schluchzen erstickt wurde.

Elinor konnte diesen hemmungslosen Schmerzensausbruch nicht länger schweigend mit ansehen.
»Beherrsche dich, liebe Marianne«, rief sie, »wenn du dich und alle, die dich lieben, nicht umbringen willst. Denk an deine Mutter, denk an ihr Unglück, während du leidest. Um ihretwillen mußt du dich beherrschen.«
»Ich kann nicht, ich kann nicht«, rief Marianne, »laß mich, laß mich, wenn ich dich quäle. Laß mich, hasse mich, vergiß mich, aber martere mich nicht so! Oh, wie leicht es Leuten fällt, die unter keinem eigenen Kummer leiden, von Beherrschung zu sprechen! Glückliche, glückliche Elinor, du kannst keine Vorstellung davon haben, was ich durchmache.«
»Nennst du *mich* glücklich, Marianne? Ach, wenn du wüßtest! Und kannst du mich für glücklich halten, wenn ich dich so verzweifelt sehe?«
»Verzeih mir, verzeih mir«, rief sie und warf die Arme um den Hals ihrer Schwester. »Ich weiß, du hast Mitleid mit mir. Ich weiß, was für ein Herz du hast. Aber trotzdem bist du, mußt du glücklich sein. Edward liebt dich, was, oh, was kann solches Glück beeinträchtigen?«
»Viele, viele Umstände«, sagte Elinor ernst.
»Nein, nein, nein«, rief Marianne ungestüm, »er liebt dich und nur dich. Wie könntest du leiden!«
»Wie könnte ich mich freuen, wenn ich dich in einem solchen Zustand sehe.«
»Und du wirst mich nie mehr anders sehen. Mein Unglück kann durch nichts beseitigt werden.«
»So mußt du nicht reden, Marianne. Gibt es keine Lichtblicke, keine Freunde? Ist dein Verlust so groß, daß keine Aussicht auf Trost besteht? So sehr du jetzt auch leiden magst, denk doch nur, wie du gelitten hättest, wenn sein Charakter sich erst zu einem späteren Zeitpunkt enthüllt hätte; wenn eure Verlobung noch Monat um Monat weitergegangen wäre – was ja hätte sein können –, bevor er sich entschlossen hätte, ihr ein Ende zu machen. Jeder zusätzliche Tag, den du in unglücklicher Vertrauensselig-

keit verbracht hättest, hätte den Schlag noch fürchterlicher gemacht.«

»Verlobung!« rief Marianne. »Es gab keine Verlobung.«

»Keine Verlobung?«

»Nein, er ist nicht so ehrlos, wie du glaubst. Er hat mir gegenüber kein Versprechen gebrochen.«

»Aber er hat dir gesagt, daß er dich liebt?«

»Ja – nein – nie eindeutig. Er ließ es täglich durchblicken, hat es aber nie offen bekannt. Manchmal habe ich es so verstanden, aber es kam nie soweit.«

»Und trotzdem hast du an ihn geschrieben?«

»Ja, konnte das denn unrecht sein nach allem, was vorgefallen war? Aber ich kann darüber nicht sprechen.«

Elinor sagte nichts weiter, wandte sich wieder den drei Briefen zu, die nun mehr als vorher ihre Neugier weckten, und las sie einen nach dem anderen durch. Der erste, den ihre Schwester unmittelbar nach ihrer Ankunft in London geschrieben hatte, lautete folgendermaßen:

Berkeley Street, Januar

Wie überrascht Sie sein werden, Willoughby, wenn Sie diesen Brief erhalten; und ich bin sicher, Sie werden mehr als Überraschung empfinden, wenn Sie erfahren, daß ich in London bin. Die Gelegenheit, hierherzukommen, wenn auch mit Mrs. Jennings, war so verführerisch, daß wir ihr nicht widerstehen konnten. Ich hoffe, Sie erhalten diesen Brief rechtzeitig, um heute abend hierherzukommen, aber ich verlasse mich nicht darauf. Auf jeden Fall erwarte ich Sie morgen.

Bis dahin adieu

Marianne Dashwood

Ihr zweiter Brief, der am Morgen nach dem Tanz bei den Middletons geschrieben war, lautete so:

Ich kann Ihnen meine Enttäuschung, Sie vorgestern verpaßt zu haben, und mein Erstaunen gar nicht ausdrücken noch keine Antwort auf meinen Brief erhalten zu haben, den ich Ihnen vor mehr als einer Woche geschickt habe. Ich erwarte stündlich, von Ihnen zu hören, und mehr noch, Sie zu sehen. Ich bitte Sie, besuchen Sie uns so bald wie möglich, und erklären Sie, warum ich so lange umsonst gewartet habe. Es wäre besser, Sie kämen das nächste Mal früher, da wir gegen eins meist unterwegs sind. Gestern abend waren wir bei Lady Middleton, wo getanzt wurde. Ich habe gehört, daß Sie auch eingeladen waren. Aber kann das sein? Sie müßten sich seit unserer Trennung sehr verändert haben, wenn Sie trotz der Einladung nicht gekommen wären. Ich will lieber nicht daran glauben und hoffe, sehr bald Ihre persönliche Versicherung zu erhalten, daß es anders war.

Marianne Dashwood

Der Inhalt des letzten Briefes an ihn war folgender:

Wie soll ich Ihr Benehmen gestern abend verstehen, Willoughby? Ich verlange nochmals eine Erklärung dafür. Ich hatte erwartet, Sie mit all der Freude wiederzusehen, die sich von selbst aus unserer Trennung ergab, mit all der Herzlichkeit, die unser vertrautes Verhältnis in Barton mir zu rechtfertigen schien. Ich bin bitter enttäuscht! Ich habe eine schlaflose Nacht über dem Versuch verbracht, ein Benehmen zu entschuldigen, das man kaum anders als beleidigend nennen kann. Aber obwohl es mir bisher noch nicht gelungen ist, eine vernünftige Entschuldigung für Ihr Verhalten zu finden, bin ich gerne bereit, Ihre Rechtfertigung anzuhören. Vielleicht sind Sie über etwas, das mich betrifft, falsch unterrichtet oder absichtlich getäuscht worden, was mir in Ihren Augen geschadet hat. Sagen Sie mir, was es ist, erklären Sie mir die Gründe für Ihr Handeln. Sie zu erleichtern, wird auch mich erleichtern. Es täte mir weh, wenn ich gezwungen wäre, schlecht von Ihnen zu denken, aber wenn es nicht anders sein kann, wenn ich erfahren muß, daß Sie nicht der sind, für den wir Sie bisher gehalten haben, daß Ihre Freundschaft für uns falsch war, daß Ihr Benehmen mir gegenüber nur darauf abzielte, mich zu täuschen, dann lassen Sie es mich so schnell wie möglich wissen. Ich befinde mich im Augenblick in einem Zustand schrecklicher Gefühlsverwirrung; ich möchte Sie freisprechen, aber jede Gewißheit ist gegenüber meinem jetzigen Leiden eine Wohltat. Wenn Ihre Gefühle nicht mehr das sind, was sie einmal waren, senden Sie bitte meine Briefe und die Haarlocke, die in Ihrem Besitz ist, an mich zurück.

Marianne Dashwood

Daß Briefe so voller Liebe und Vertrauen so beantwortet werden konnten, hätte Elinor um Willoughbys willen nicht für möglich gehalten. Aber ihr strenges Urteil über ihn machte sie nicht blind für die Ungehörigkeit, daß die Briefe überhaupt geschrieben worden waren, und insgeheim beklagte sie die Unklugheit, mit der Marianne sich unaufgefordert zu solchen Zärtlichkeitsbeweisen hatte hinreißen lassen, die ihre frühere Beziehung nicht rechtfertigte und die jüngsten Ereignisse ein für allemal verdammten, als Marianne bemerkte, daß sie die Briefe durchgelesen hatte, und zu ihr sagte, daß sie nichts enthielten, was nicht jede andere in derselben Situation auch geschrieben hätte.

»Ich habe mich«, fügte sie hinzu, »so feierlich mit ihm verlobt empfunden, als wenn das stärkste gesetzliche Versprechen uns aneinander gebunden hätte.«

»Das glaube ich«, sagte Elinor, »aber leider empfand er nicht dasselbe.«

»Er hat dasselbe empfunden, Elinor, Woche um Woche hat er dasselbe empfunden. Ich weiß es. Was immer seinen Wandel verursacht haben mag (und nur die finstersten Machenschaften können ihn gegen mich eingenommen haben), ich war ihm einmal so lieb, wie ich es selbst nur wünschen konnte. Diese Haarlocke, die er nun so bereitwillig hergibt, wurde mir unter flehentlichen Bitten abgerungen. Hättest du in dem Moment seinen Blick, seine Haltung gesehen, hättest du seine Stimme gehört! Hast du den letzten Abend vergessen, an dem wir in Barton zusammen waren? Und erst den Morgen, an dem wir uns trennten! Als er mir sagte, daß wir uns vielleicht viele Wochen nicht sehen würden … seine Verzweiflung … kann ich seine Verzweiflung je vergessen?«

Eine Zeitlang konnte sie nicht weitersprechen, aber als ihre Bewegung sich gelegt hatte, fuhr sie mit festerer Stimme fort:

»Elinor, ich bin grausam mißbraucht worden, aber nicht von Willoughby.«

»Liebste Marianne, von wem denn sonst? Von wem soll er denn angestiftet worden sein?«

»Von aller Welt eher als von seinem eigenen Herzen. Ich glaube eher, daß meine gesamte Bekanntschaft sich verschworen hat, mich in seinen Augen zu ruinieren, als daß er selbst zu solcher Grausamkeit fähig wäre. Diese Frau, von der er schreibt … wer immer sie sein mag … kurz und gut, alle außer dir, Mama und Edward könnten so grausam gewesen sein, mich zu verleumden. Gibt es außer euch dreien einen Menschen auf der Welt, den ich nicht eher der Bosheit verdächtigen würde als Willoughby, dessen Herz ich so gut kenne?«

Elinor wollte ihr nicht widersprechen und antwortete nur:

»Wenn irgend jemand so abscheulich und boshaft dir gegenüber war, meine liebe Schwester, dann solltest du sie um ihren häßlichen Triumph bringen und ihnen zeigen, wie bewundernswert dich die Gewißheit deiner eigenen Unschuld und deiner guten Absichten aufrechterhält. Ein vernünftiger und lobenswerter Stolz versteht es, solcher Böswilligkeit zu trotzen.«

»Nein, nein«, rief Marianne, »ein Elend wie meins kennt keinen Stolz. Mir ist es gleich, wer alles weiß, daß ich unglücklich bin. Soll doch die ganze Welt den Triumph genießen, mich so zu sehen. Elinor, Elinor, wer wenig leidet, kann so stolz und unabhängig sein, wie er will, kann Beleidigungen trotzen oder Demütigungen zurückzahlen, aber ich kann es nicht. Ich muß mich meinen Gefühlen überlassen, ich muß unglücklich sein, und wer sich an dem Anblick weiden will, mag es tun.«

»Aber um unserer armen Mutter und um meinetwillen …«

»… würde ich mehr tun als für mich selbst. Aber glücklich erscheinen, wenn ich so elend bin … Oh, wer kann das verlangen?«

Sie schwiegen beide. Elinor ging in Gedanken versunken vom Kamin zum Fenster, vom Fenster zum Kamin, ohne die Wärme des einen zu spüren oder irgendwelche Gegenstände durch das andere wahrzunehmen. Und Marianne, die am Fuß des Bettes, den Kopf gegen einen Pfosten gelehnt, saß, nahm noch einmal Willoughbys Brief in die Hand und rief, nachdem jeder Satz sie hatte erschauern lassen:

»Das ist zuviel! O Willoughby, Willoughby, kann dies von dir kommen? Grausam, grausam, nichts kann ihn freisprechen, Elinor, nichts. Was immer er Nachteiliges über mich gehört haben mag, hätten ihm nicht Zweifel kommen müssen? Hätte er mir nicht davon erzählen müssen, damit ich die Möglichkeit hatte, mich gegen den Vorwurf zu verteidigen? Die Haarlocke«, sie zitierte seinen Brief, »die Sie so freundlich waren, mir zu überlassen. Das ist unverzeihlich. Willoughby, wo war dein Herz, als du diese Worte geschrieben hast? Oh! Grausame Unverschämtheit! Elinor, gibt es eine Entschuldigung für ihn?«

»Nein, Marianne, ausgeschlossen!«

»Aber diese Frau, wer weiß, wie schlau sie es angestellt hat, wie lange es schon geplant und wie klug es womöglich von ihr eingefädelt war? Wer ist sie? Wer kann sie sein? Von wem unter seinen weiblichen Bekannten habe ich ihn je als jung und attraktiv sprechen hören? Oh, von niemandem, niemandem, er sprach immer nur von mir.«

Wieder entstand eine Pause. Marianne war äußerst erregt, und das Schweigen endete folgendermaßen:

»Elinor, ich muß nach Hause. Ich muß nach Hause und Mama trösten. Können wir nicht morgen abreisen?«

»Morgen, Marianne!«
»Ja, warum sollte ich hierbleiben? Ich bin nur Willoughbys wegen gekommen, und wem liegt nun an mir? Wem bedeute ich irgend etwas?«
»Wir können unmöglich morgen abreisen. Wir sind Mrs. Jennings mehr als bloße Höflichkeit schuldig, und schon die alltäglichste Höflichkeit schließt eine solche überstürzte Abreise aus.«
»Also gut, dann vielleicht in zwei oder drei Tagen. Aber ich kann nicht mehr lange hierbleiben, ich kann nicht bleiben und die Fragen und Bemerkungen all dieser Leute über mich ergehen lassen. Die Middletons und Palmers – wie soll ich ihr Mitleid ertragen? Das Mitleid einer Frau wie Lady Middleton! Oh! Was würde *er* dazu sagen?«
Elinor riet ihr, sich hinzulegen, und einen Augenblick lang tat sie es auch. Aber in keiner Lage konnte sie Entspannung finden, und von körperlicher und seelischer Unrast gepeinigt, warf sie sich unruhig hin und her, bis sie zunehmend hysterisch wurde und ihre Schwester, die sie nur mit Mühe im Bett halten konnte, eine Zeitlang fürchtete, Hilfe herbeiholen zu müssen. Einige Tropfen Lavendel, die zu nehmen sie sich schließlich bewegen ließ, taten allerdings ihre Wirkung, und von da an bis zu Mrs. Jennings' Rückkehr blieb sie ruhig und bewegungslos auf dem Bett liegen.

Kapitel 30

Mrs. Jennings kam bei ihrer Rückkehr gleich zu ihnen herauf, öffnete, ohne darauf zu warten, daß ihre Bitte um Einlaß beantwortet wurde, die Tür und trat mit einem Blick echter Besorgnis ein.
»Wie geht es Ihnen, mein Kind?« sagte sie mit großem Mitleid in der Stimme zu Marianne, die das Gesicht abwandte, ohne sich um eine Antwort zu bemühen.

»Wie geht es ihr, Miss Dashwood? Armes Ding! Sie sieht sehr schlecht aus. Kein Wunder. Ja, ja, es ist nur zu wahr. Er wird sie sehr bald heiraten. Ein richtiger Tunichtgut! Ich bin sehr ungehalten über ihn. Mrs. Taylor hat es mir vor einer halben Stunde erzählt, und ihr hat es eine enge Freundin von Miss Grey selbst erzählt, sonst hätte ich es gar nicht geglaubt. Ich wäre bei der Nachricht beinahe in Ohnmacht gefallen. Also, habe ich gesagt, wenn es wahr ist, kann ich dazu nur sagen, daß er eine junge Dame meiner Bekanntschaft schändlich ausgenutzt hat, und ich wünsche ihm von ganzem Herzen, daß seine Frau ihm das Leben zur Hölle macht; und dabei bleibe ich auch, mein Kind, darauf können Sie sich verlassen. Ich habe gar nichts dafür übrig, wenn Männer sich so benehmen, und wenn ich ihn jemals wieder treffe, dann werde ich ihm so den Kopf zurechtsetzen, wie er es seit Jahr und Tag nicht mehr erlebt hat. Aber es gibt einen Trost, meine liebe Miss Marianne, er ist nicht der einzige begehrenswerte junge Mann auf dieser Welt, und mit Ihrem hübschen Gesicht wird es Ihnen nie an Bewunderern fehlen. Gott ja, armes Ding! Ich will Sie nicht länger stören, denn sie weint sich am besten gründlich aus, und dann ist es ausgestanden. Zum Glück kommen die Parrys und die Sandersons heute abend, das wird sie ablenken.«

Dann ging sie, indem sie das Zimmer auf Zehenspitzen verließ, als ob sie annahm, der Kummer ihrer jungen Freundin würde durch Krach verschlimmert.

Marianne beschloß zur Überraschung ihrer Schwester, mit ihnen zu essen. Elinor riet ihr sogar davon ab. Aber nein, sie würde nach unten gehen, sie könne es sehr gut ertragen, und dann würde wenigstens nicht soviel Theater um sie gemacht. Elinor war froh, daß sie sich vorübergehend von solchen Motiven leiten ließ, obwohl sie es für unwahrscheinlich hielt, daß sie das Dinner überstehen könne, und sagte nichts weiter. Sie glättete ihr, so gut es ging, das Kleid, während Marianne noch auf dem Bett liegenblieb, und war bereit, sie ins Eßzimmer hinunterzubegleiten, sobald man sie rief.

Obwohl Marianne beim Essen erbärmlich aussah, aß sie mehr und war gefaßter, als ihre Schwester erwartet hatte. Hätte sie zu sprechen versucht oder hätte sie auch nur die Hälfte von Mrs. Jennings' gutgemeinten, aber unangebrachten Aufmerksamkeiten zur Kenntnis genommen, dann hätte sie ihre Fassung nur schwer bewahren können. Aber keine Silbe kam über ihre Lippen, und ihre Geistesabwesenheit sorgte dafür, daß sie nichts von dem wahrnahm, was um sie herum vorging.

Elinor, die Mrs. Jennings' Freundlichkeit zu würdigen wußte, obwohl ihre Überschwenglichkeit dabei oft unerträglich und manchmal beinahe lächerlich war, erwies ihr die Aufmerksamkeiten und erwiderte die Höflichkeiten, die ihre Schwester selbst nicht erweisen oder erwidern konnte. Ihre gute Freundin sah, daß Marianne unglücklich war, und fand, daß man alles tun müsse, sie aufzuheitern. Sie behandelte sie deshalb mit all der nachsichtigen Güte, mit der eine Mutter ihr Lieblingskind am letzten Ferientag behandelt. Marianne mußte den besten Platz am Feuer haben, alle Leckerbissen im Haus mußten ihr schmackhaft gemacht, alle Neuigkeiten des Tages ihr zur Unterhaltung erzählt werden. Hätte das traurige Gesicht ihrer Schwester nicht alle Heiterkeit unangebracht erscheinen lassen, dann hätte Elinor sich darüber amüsieren können, wie Mrs. Jennings Liebeskummer mit einer Auswahl von Konfekt und Oliven und einem guten Feuer zu kurieren versuchte. Sobald Marianne sich durch die ständige Wiederholung all dessen bewußt wurde, hielt sie es nicht mehr länger aus. Mit einem plötzlichen schmerzlichen Ausruf und einem Wink zu ihrer Schwester, ihr nicht zu folgen, sprang sie auf und eilte aus dem Zimmer.

»Die Ärmste!« rief Mrs. Jennings, sobald sie draußen war. »Ihr Anblick tut mir in der Seele weh! Und nun ist sie auch noch hinausgegangen und hat den Wein stehenlassen! Und die kandierten Kirschen auch! Großer Gott, anscheinend hilft ihr gar nichts. Wenn ich nur wüßte, worauf sie Appetit hat, ich würde in der ganzen Stadt danach suchen lassen. Wirklich, es ist mir völlig unverständlich, wie ein

Mann ein so hübsches Mädchen so schlecht behandeln kann. Aber wenn auf der einen Seite viel Geld ist und auf der anderen beinahe keins, Gott bewahre, dann ist ihnen alles egal.«

»Dann ist die Dame also – ich glaube, Sie haben sie Miss Grey genannt – sehr reich?«

»Fünfzigtausend Pfund, mein Kind. Haben Sie sie je gesehen? Angeblich ein schickes, elegantes Mädchen, aber nicht hübsch. Ich erinnere mich gut an ihre Tante, Biddy Henshawe, sie hat einen sehr wohlhabenden Mann geheiratet. Aber die ganze Familie ist reich. Fünfzigtausend Pfund! Und nach allem, was man hört, kommt es keine Minute zu früh, denn angeblich steht er vor dem Ruin. Kein Wunder! So wie er mit seinen Zweispännern und Jagdpferden angibt. Na ja, es lohnt sich nicht, darüber zu reden, aber wenn ein junger Mann, egal, wer er ist, daherkommt und einem jungen Mädchen den Kopf verdreht und ihr die Ehe verspricht, dann soll er gefälligst sein Wort nicht brechen, bloß weil er plötzlich arm und ein reicheres Mädchen bereit ist, ihn zu nehmen. Warum kann er in solchem Fall nicht seine Pferde verkaufen, sein Haus vermieten, seine Diener entlassen und auf der Stelle ein neues Leben anfangen? Ich wette, Miss Marianne wäre bereit gewesen zu warten, bis es ihm wieder besser geht. Aber damit ist es heutzutage nicht getan. Die jungen Männer von heute können ja auf kein Vergnügen verzichten.«

»Wissen Sie, was für ein Mädchen Miss Grey ist? Soll sie liebenswürdig sein?«

»Ich habe nichts Nachteiliges über sie gehört. Ehrlich gesagt, ich habe so gut wie nie etwas über sie gehört, außer daß Mrs. Taylor heute morgen gesagt hat, daß Miss Walker ihr einmal angedeutet hat, daß ihrer Meinung nach Mr. und Mrs. Ellison nicht böse sein würden, wenn Miss Grey heiratet, denn sie hätte sich mit Mrs. Ellison nie gut verstanden.«

»Und wer sind die Ellisons?«

»Ihre Vormünder, mein Kind. Aber nun ist sie volljährig und kann selbst entscheiden, und eine hübsche Entscheidung hat sie da getroffen! Was nun?« – nach einer kurzen Pause – »Ihre arme Schwester ist vermutlich auf ihr Zimmer gegangen, um mit ihrem Kummer allein zu sein. Gibt es denn nichts, womit man sie trösten kann? Das arme Kind, es kommt mir so grausam vor, sie so allein zu lassen. Na ja, bald haben wir ein paar Freunde im Haus, und das wird sie auf andere Gedanken bringen. Was wollen wir spielen? Sie kann Whist nicht ausstehen, ich weiß. Aber gibt es kein Kartenspiel, an dem ihr liegt?«

»Liebe Madam, diese Freundlichkeit ist ganz unnötig. Ich glaube nicht, daß Marianne ihr Zimmer heute abend noch einmal verläßt. Wenn ich kann, werde ich sie dazu überreden, früh ins Bett zu gehen, denn sie braucht bestimmt Ruhe.«

»Ja, ja, das wird wohl das Beste für sie sein. Sie soll sich etwas zu essen wünschen und dann ins Bett gehen. Großer Gott! Kein Wunder, daß sie die letzte Zeit so schlecht und so niedergeschlagen ausgesehen hat, denn diese Geschichte liegt ihr doch vermutlich schon eine oder zwei Wochen auf der Seele. Dann hat also der Brief, der heute kam, der Sache endgültig ein Ende gemacht! Die Ärmste! Wenn ich das nur geahnt hätte, dann hätte ich sie doch um keinen Preis damit aufgezogen. Aber schließlich, wie sollte ich denn darauf kommen? Ich war ganz sicher, daß es sich nur um einen gewöhnlichen Liebesbrief handelt, und schließlich haben junge Leute es ganz gern, wenn man sich über sie lustig macht. Großer Gott! Wie besorgt Sir John und meine Tochter sein werden, wenn sie davon hören! Wenn ich meine Gedanken beieinander gehabt hätte, dann hätte ich auf dem Nachhauseweg in der Conduit Street anhalten und ihnen davon erzählen können. Aber ich sehe sie ja morgen.«

»Es ist doch wohl nicht nötig, daß Sie Mrs. Palmer und Sir John davor warnen, in Gegenwart meiner Schwester den Namen Mr. Willoughbys zu erwähnen oder je auf das, was vorgefallen ist, anzuspielen. Sie sind verständnisvoll genug zu merken, wie grausam es wäre, sich in ihrer Gegenwart anmerken zu lassen, daß sie davon wissen; und je weniger über das Thema mir gegenüber gesprochen wird, desto mehr werden auch meine Gefühle geschont, wie Sie sich, liebe Madam, leicht vorstellen können.«

»Oh! Großer Gott, ja, das kann ich durchaus. Es muß entsetzlich für Sie sein, wenn darüber geredet wird. Und Ihre Schwester, ich würde doch um nichts in der Welt zu ihr ein Wort darüber verlieren. Das haben Sie doch beim Essen selbst gesehen. Und Sir John und meine Tochter kämen auch gar nicht auf den Gedanken, denn sie sind alle so aufmerksam und rücksichtsvoll, besonders wenn ich ihnen einen Wink gebe, und das werde ich natürlich tun. Ich finde nämlich, je weniger über solche Dinge geredet wird, um so schneller ist es vergeben und vergessen. Und was kommt schon bei dem vielen Reden heraus?«

»In diesem Fall kann es nur schaden. Mehr vielleicht noch als in vielen ähnlichen Fällen, denn Dinge haben dabei eine Rolle gespielt, die es im Interesse aller Beteiligten ratsam erscheinen lassen, nicht in der Öffentlichkeit darüber zu reden. Soviel Gerechtigkeit muß ich Mr. Willoughby widerfahren lassen: Er hat kein offizielles Verlöbnis mit meiner Schwester gebrochen.«

»Gott, mein Kind! Sie wollen ihn doch wohl nicht in Schutz nehmen. Was heißt hier kein offizielles Verlöbnis, nachdem er Allenham Court von oben bis unten mit ihr besichtigt und sogar die Zimmer bestimmt hat, in denen sie später wohnen wollten.«

Elinor konnte ihrer Schwester zuliebe das Thema nicht weiterverfolgen, und sie hoffte, daß es um Willoughbys willen nicht nötig sein würde, da er, obwohl Marianne viel zu verlieren hatte, durch die Enthüllung der eigentlichen Wahrheit sehr wenig gewinnen konnte. Nach kurzem Schweigen auf beiden Seiten fuhr Mrs. Jennings mit dem ihr eigenen unverdrossenen Frohsinn fort:

»Na ja, mein Kind, das Sprichwort hat schon recht: Was dem einen sein Uhl, ist dem andern sein Nachtigall, denn Oberst Brandon kann dabei nur gewinnen. Er bekommt sie zu guter Letzt doch. Ja, ja, das wird er. Verlassen Sie sich darauf, daß sie verheiratet sind, bevor der Sommer vorbei ist. Großer Gott, wie *er* sich bei dieser Nachricht die Hände reiben wird! Ich hoffe, er kommt heute abend. Alles in allem eine viel bessere Partie für Ihre Schwester. Zweitausend pro Jahr ohne Schulden oder Nachteile – außer diesem kleinen Liebespfand – ach ja, das hätte ich fast ganz vergessen. Aber sie kann ja irgendwo billig untergebracht werden, und überhaupt, was macht das schon. Delaford ist ein hübsches Plätzchen, das kann ich Ihnen sagen, genau das, was ich ein hübsches, altmodisches Plätzchen nenne, mit allem Luxus und Komfort, und ganz von hohen Gartenmauern umgeben, mit dem besten Spalierobst in ganz England und diesem großen Maulbeerbaum in einer Ecke. Großer Gott! Wie Charlotte und ich uns vollgestopft haben das einzigemal, wo wir da waren! Dann gibt es einen Taubenschlag, ein paar herrliche Fischteiche und einen sehr schönen künstlichen Bach, kurz und gut, alles, was man sich wünschen kann. Und außerdem ist es in der Nähe der Kirche, nur eine Viertelstunde von der Hauptstraße, so daß man sich nie langweilt, denn man braucht bloß nach draußen zu gehen und sich in eine alte Eibe hinter dem Haus zu setzen, dann sieht man alle Kutschen, die vorbeifahren. Oh! So ein hübsches Plätzchen! Der Fleischer direkt im Dorf und nur ein Katzensprung zum Pfarrhaus. Nach meinem Geschmack tausendmal schöner als Barton Park, wo man das Fleisch drei Meilen kommen lassen muß, und weit und breit keine Nachbarn außer Ihrer Mutter. Also, ich werde Oberst Brandon dazu ermuntern, sobald ich kann. Der Appetit kommt beim Essen. Wenn wir ihr nur Willoughby aus dem Kopf treiben könnten.«

»Ja, wenn wir das nur könnten, Madam«, sagte Elinor, »dann wären wir, mit oder ohne Oberst Brandon, schon ein ganzes Stück weiter.«

Und dann stand sie auf, um nach Marianne zu sehen, die sie, wie erwartet, in ihrem eigenen Zimmer fand, wo sie sich in stummer Verzweiflung über die kümmerlichen Reste eines Feuers beugte, das bis zu Elinors Eintritt ihre einzige Lichtquelle gewesen war.

»Du solltest mich lieber allein lassen«, war alles, was ihre Schwester von ihr zu hören bekam.
»Ich werde dich allein lassen«, sagte Elinor, »wenn du zu Bett gehst.« Aber dies lehnte sie mit dem spontanen Eigensinn unbeherrschter Leidenschaft zuerst ab. Doch die beharrliche, wenn auch sanfte Überzeugungskraft ihrer Schwester bewegte sie bald dazu, nachzugeben, und Elinor sah, wie sie ihren schmerzenden Kopf aufs Kissen legte, und sah dann, wie sie in den ersehnten Schlummer sank, bevor sie sie verließ.
Sie ging ins Wohnzimmer hinunter, wo sich bald auch Mrs. Jennings mit einem gefüllten Weinglas in der Hand einfand.
»Mein Kind«, sagte sie beim Eintreten, »mir ist gerade eingefallen, daß ich einen der besten alten Kapweine im Haus habe, der je getrunken worden ist; deshalb habe ich ein Glas davon für Ihre Schwester geholt. Mein armer Mann! Wie gern er ihn getrunken hat! Immer wenn ihn seine hartnäckige Gicht wieder überfiel, fand er, der Wein täte ihm besser als alle Heilmittel der Welt. Bringen Sie ihn doch Ihrer Schwester!«
»Liebe Madam«, antwortete Elinor und mußte bei dem Gedanken an die unterschiedlichen Beschwerden, für die er empfohlen wurde, lächeln, »wie nett von Ihnen! Aber ich habe Marianne gerade zu Bett gebracht, und ich hoffe, sie schläft schon. Und da ich glaube, daß ihr nichts so gut tun wird wie Ruhe, werde ich, wenn Sie erlauben, den Wein selbst trinken.«
Obwohl es Mrs. Jennings leid tat, nicht fünf Minuten früher gekommen zu sein, war sie mit dem Kompromiß einverstanden, und während Elinor das Glas beinahe in einem Zug leerte, dachte sie bei sich, daß seine heilende Kraft bei hartnäckiger Gicht im Moment zwar an sie verschwendet war, daß seine lindernde Wirkung bei Liebeskummer an ihr aber ebensogut wie an ihrer Schwester ausprobiert werden konnte.
Oberst Brandon kam herein, während die Gesellschaft beim Tee saß, und an der Art, wie er sich im Zimmer nach

Marianne umsah, merkte Elinor sofort, daß er sie weder zu sehen erwartete noch wünschte, ja, kurz und gut, daß er bereits wußte, warum sie abwesend war. Mrs. Jennings blieb diese Einsicht versagt, denn kurz nach seinem Eintritt ging sie quer durchs Zimmer zum Teetisch, wo Elinor einschenkte, und flüsterte:

»Der Oberst sieht so ernst aus wie eh und je. Er weiß noch nichts. Klären Sie ihn auf, mein Kind.«

Kurz darauf zog er einen Stuhl zu Elinor heran und erkundigte sich mit einem Blick, der sie völlig davon überzeugte, daß er Bescheid wußte, nach ihrer Schwester.

»Marianne geht es nicht gut«, sagte sie. »Sie hat sich den ganzen Tag nicht wohl gefühlt, und wir haben sie überredet, ins Bett zu gehen.«

»Dann ist also«, erwiderte er zögernd, »an dem, was ich heute vormittag gehört habe ... dann ist also vielleicht mehr daran, als ich zuerst für möglich gehalten habe.«

»Was haben Sie gehört?«

»Daß ein Herr, von dem ich allen Grund hatte, anzunehmen ... kurz und gut, daß ein Mann, von dem ich wußte, daß er verlobt war ... aber wie soll ich es Ihnen sagen? Wenn Sie es bereits wissen, was doch sicher der Fall ist, dann kann ich es mir ersparen.«

»Sie meinen«, antwortete Elinor mit erzwungener Ruhe, »Mr. Willoughbys Heirat mit Miss Grey? Ja, wir wissen tatsächlich alles. Dies scheint ein Tag der Offenbarungen zu sein, denn erst heute morgen haben wir davon erfahren. Mr. Willoughby ist unergründlich. Wo haben Sie es gehört?«

»In einem Papiergeschäft in der Pall Mall, wo ich zu tun hatte. Zwei Damen warteten auf ihre Kutsche, und die eine gab der anderen einen Bericht der bevorstehenden Verbindung in einem Ton, der so wenig auf Geheimhaltung bedacht war, daß ich es unmöglich überhören konnte. Der Name Willoughby, John Willoughby, mehrmals wiederholt, ließ mich zuerst aufhorchen, und was dann folgte, war die Bestätigung, daß seine Heirat mit Miss Grey nun endgültig geregelt sei, sie brauche nicht länger ein

Geheimnis zu bleiben, sie werde sogar in wenigen Wochen stattfinden – und alles dies mit vielen Einzelheiten über die Vorbereitungen und andere Dinge. An eins erinnere ich mich besonders, weil es dazu beitrug, den Mann noch genauer zu identifizieren. Sobald die Zeremonie vorbei sei, würden sie nach Combe Magna gehen, seinem Sitz in Somersetshire. Mein Erstaunen … aber es wäre unmöglich zu beschreiben, was ich empfand. Die redselige Dame war, wie ich bei näherer Erkundigung erfuhr – denn ich blieb in dem Laden, bis die beiden gegangen waren –, eine Mrs. Ellison, und das ist, wie ich inzwischen erfahren habe, der Name von Miss Greys Vormund.«

»Das stimmt. Aber haben Sie auch gehört, daß Miss Grey fünfzigtausend Pfund hat? Darin, wenn überhaupt, finden wir vielleicht eine Erklärung.«

»Das kann sein. Aber Willoughby ist imstande … jedenfalls glaube ich …« Er hielt einen Augenblick inne; dann fuhr er fort in einem Ton, der seiner selbst nicht sicher schien: »Und Ihre Schwester – wie hat sie …«

»Sie leidet entsetzlich darunter. Ich kann nur hoffen, daß es vorübergeht. Es war, ja, es ist ein grausamer Schlag für sie. Bis gestern, glaube ich, hat sie nie an seiner Zuneigung gezweifelt, und vielleicht hat sie selbst jetzt … aber *ich* bin beinahe überzeugt, daß ihm nie wirklich an ihr gelegen hat. Er hat sie regelrecht hintergangen, und in gewisser Weise scheint er gefühllos zu sein.«

»O ja«, sagte Oberst Brandon, »das ist er. Aber Ihre Schwester betrachtet es … das sagten Sie, glaube ich … sie betrachtet es nicht ganz wie Sie?«

»Sie kennen sie ja und können sich vorstellen, wie leidenschaftlich sie ihn immer noch verteidigen würde, wenn sie könnte.«

Er gab keine Antwort; bald danach wurde das Teegeschirr abgeräumt, und die Kartentische aufgestellt, und sie mußten das Thema notgedrungen fallenlassen. Mrs. Jennings, die ihre Unterhaltung mit Vergnügen beobachtet hatte und erwartete, daß die Wirkung von Miss Dashwoods Mitteilungen auf Oberst Brandon sich in einer unmittelbaren

Fröhlichkeit äußern würde, wie sie vielleicht einem Mann in der Blüte von Jugend, Hoffnung und Glück anstand, sah mit Erstaunen, daß er den ganzen Abend noch ernsthafter und nachdenklicher war als sonst.

Kapitel 31

Nach einer Nacht mit mehr Schlaf, als sie erwartet hatte, wachte Marianne am nächsten Morgen mit dem gleichen Gefühl der Verzweiflung auf, mit dem sie eingeschlafen war.

Elinor ermunterte sie, soviel wie möglich von ihren Empfindungen zu sprechen, und bevor das Frühstück fertig war, hatten sie das Thema mehrmals, und zwar von seiten Elinors mit der gleichen unerschütterlichen Überzeugung und liebevollen Fürsorge und von seiten Mariannes mit den gleichen ungestümen Gefühlsausbrüchen und schwankenden Urteilen, durchgesprochen. Manchmal hielt sie Willoughby für ebenso unglücklich und unschuldig wie sich selbst, dann wieder raubte ihr die Unmöglichkeit, ihn freisprechen zu können, jeden Trost. Mal war ihr die Neugier der ganzen Welt völlig gleichgültig, mal wollte sie sich völlig zurückziehen, und dann wieder war sie bereit, ihr energischen Widerstand zu leisten. In einem Punkt allerdings war sie unerschütterlich, wenn es nämlich darum ging, die Gegenwart von Mrs. Jennings, wo immer möglich, zu meiden oder sie, wenn es nicht anders ging, in entschlossenem Stillschweigen zu ertragen. Sie hatte sich hartnäckig darauf versteift, daß Mrs. Jennings ohne jedes Mitleid an ihrem Schmerz teilnahm.

»Nein, nein, nein, es kann nicht sein«, rief sie, »sie hat kein Gefühl. Ihre Freundlichkeit ist nicht Anteilnahme, ihre Gutmütigkeit ist nicht Zärtlichkeit. Sie ist nur auf Klatsch aus, und sie mag mich, weil ich sie damit versorge.«

Elinor brauchte keinen weiteren Beweis für die Ungerechtigkeit, zu der ihre Schwester oft aufgrund ihrer eigenen reizbaren Sensibilität und der übergroßen Wichtigkeit, die sie dem Zartgefühl einer starken Empfindsamkeit und dem Reiz gepflegter Manieren beimaß, in ihrem Urteil über andere neigte. Wie die meisten Menschen – wenn überhaupt die Mehrzahl der Menschen klug und gut ist – war Marianne bei all ihren ausgezeichneten Fähigkeiten und ausgezeichneten Anlagen weder vernünftig noch ehrlich. Sie erwartete, daß andere Leute die gleichen Meinungen und Gefühle hatten wie sie selbst, und sie urteilte über deren Beweggründe nach der unmittelbaren Wirkung ihrer Handlungen auf sich selbst. So ereignete sich ein Umstand, als die Schwestern nach dem Frühstück in ihrem eigenen Zimmer zusammen waren, der Mrs. Jennings' Gesinnung in ihrer Achtung nur noch tiefer sinken ließ, denn aufgrund von Mariannes Schwäche ergab es sich, daß ihr frischer Kummer zugefügt wurde, obwohl Mrs. Jennings dabei die allerbesten Absichten hatte.

Einen Brief in der ausgestreckten Hand und ein fröhliches Lächeln auf dem Gesicht, das der Überzeugung entsprang, Trost zu bringen, betrat sie ihr Zimmer mit den Worten:

»Also, mein Kind, ich bringe Ihnen etwas, was Ihnen bestimmt guttun wird.«

Das genügte Marianne. Im Nu stellte sie sich in ihrer Fantasie einen Brief von Willoughby voller Zärtlichkeit und Zerknirschung vor, der alles Vorgefallene erklärte, zufriedenstellend, überzeugend, und schon sah sie Willoughby selbst folgen, wie er ungestüm ins Zimmer stürzte, um mit der Beredsamkeit seiner Augen zu ihren Füßen die Schwüre seines Briefes zu bekräftigen. Das Werk eines Augenblicks wurde im nächsten zerstört. Sie hatte die Handschrift ihrer Mutter, bisher niemals unwillkommen, vor sich, und in der unmittelbaren Enttäuschung, die diesem Ausbruch übergroßer Hoffnung folgte, kam es ihr vor, als ob sie bis zu diesem Augenblick noch gar nicht richtig gelitten hatte.

Mrs. Jennings' Grausamkeit ließ sich selbst in Worten, die

Marianne in Augenblicken schönster Beredsamkeit zur Verfügung standen, nicht ausdrücken, und so konnte sie ihr den Vorwurf nur durch die Tränen zu verstehen geben, die mit ungehemmter Leidenschaft aus ihr hervorbrachen – ein Vorwurf, der seinen Gegenstand allerdings so wenig traf, daß Mrs. Jennings sich nach vielen Mitleidsbezeugungen zurückzog und ihr den Brief immer noch als Trost empfahl. Aber der Brief brachte, als sie ruhig genug war, ihn zu lesen, wenig Trost. Auf jeder Seite war nur von Willoughby die Rede. Immer noch von der Verlobung überzeugt und in unerschütterlichem Vertrauen auf seine Treue, war ihre Mutter durch Elinors Bitten lediglich dazu bewegt worden, Marianne ernstlich um größere Offenheit ihnen gegenüber zu bitten; und sie tat das mit solcher Zärtlichkeit für sie, mit soviel Liebe für Willoughby und solchem Vertrauen auf ihr zukünftiges Glück miteinander, daß Marianne während der ganzen Lektüre bitterlich weinte.

All ihre Ungeduld, wieder nach Hause zu kommen, kehrte nun zurück. Sie hing mehr an ihrer Mutter als je, hing an ihr gerade wegen der Maßlosigkeit ihres irrtümlichen Vertrauens in Willoughby, und sie brannte darauf, aufzubrechen. Elinor war außerstande, allein zu beurteilen, ob es besser für Marianne war, in London oder in Barton zu sein, enthielt sich deshalb aller Ratschläge und riet nur zu Geduld, bis sie Näheres von ihrer Mutter hörten; und schließlich gab ihr ihre Schwester das Versprechen, sich bis dahin zu gedulden.

Mrs. Jennings verließ sie früher als sonst, denn sie hatte keine Ruhe, bis die Middletons und die Palmers sich demselben Kummer hingeben konnten wie sie selbst. Sie lehnte Elinors Begleitung strikt ab und ging den Rest des Vormittags allein aus. Elinor, die wohl wußte, welchen Schmerz sie ihrer Mutter bereiten mußte, und Mariannes Brief entnahm, wie wenig es ihr gelungen war, sie darauf vorzubereiten, setzte sich dann schweren Herzens hin, um ihrer Mutter einen Bericht von allem, was vorgefallen war, zu geben und ihre Anweisungen für die Zukunft einzuholen, während Marianne, die ins Zimmer kam, sobald Mrs. Jennings gegangen war, unbeweglich am Tisch saß, wo Elinor schrieb, die Bewegung ihrer Feder verfolgte und Elinors Mühe bei dieser Aufgabe und mehr noch die Wirkung auf ihre Mutter zärtlich beklagte.

Auf diese Weise hatten sie ungefähr eine Viertelstunde verbracht, als Marianne, deren Nerven keine plötzlichen Geräusche ertragen konnten, durch ein Klopfen an der Tür aufgeschreckt wurde.

»Wer kann das sein?« rief Elinor. »Und dann so früh! Ich dachte, wir seien sicher.«

Marianne trat ans Fenster.

»Es ist Oberst Brandon«, sagte sie. »Vor ihm sind wir nie sicher.«

»Er wird nicht hereinkommen, da Mrs. Jennings nicht zu Hause ist.«

»Darauf würde ich mich nicht verlassen.« Sie zog sich in ihr eigenes Zimmer zurück. »Ein Mann, der nichts mit seiner eigenen Zeit anzufangen weiß, scheut nicht davor zurück, die anderer Leute in Anspruch zu nehmen.«

Ihre Prophezeiung erwies sich als richtig, obwohl sie auf ungerechten und falschen Voraussetzungen beruhte; denn Oberst Brandon kam tatsächlich herein, und Elinor, die überzeugt war, daß Sorge um Marianne ihn herführte, und die genau diese Sorge in seinem verstörten und melancholischen Blick und seiner fürsorglichen, wenn auch kurzen Erkundigung nach ihr entdeckte, konnte ihrer Schwester nicht verzeihen, daß sie ihn so oberflächlich beurteilte.

»Ich habe Mrs. Jennings in der Bond Street getroffen«, sagte er nach der ersten Begrüßung, »und sie hat mir zugeredet, herzukommen; und ich war um so leichter zu überzeugen, als ich es für möglich hielt, Sie allein zu finden, woran mir sehr viel lag. Mein Ziel … mein Wunsch … mein einziger Wunsch, weshalb mir daran liegt, ist, daß ich hoffe … das glaube ich jedenfalls … Trost geben zu können. Nein, Trost darf ich nicht sagen, keinen unmittelbaren Trost, aber Gewißheit, dauernde Gewißheit für Ihre

Schwester. Meine Sympathie für Ihre Schwester, für Sie selbst, für Ihre Mutter … darf ich sie Ihnen beweisen, indem ich Ihnen Umstände mitteile, die nichts als die aufrichtigste Verehrung, nichts als das ehrliche Bedürfnis zu helfen … ich glaube, ich habe das Recht dazu – und doch, nachdem ich so viele Stunden gebraucht habe, mich zu überzeugen, daß ich das Richtige tue, habe ich nicht doch Grund zu der Befürchtung, daß es das Falsche ist?« Er hielt inne.

»Ich verstehe Sie«, sagte Elinor. »Sie haben mir etwas über Mr. Willoughby mitzuteilen, was weiteres Licht auf seinen Charakter wirft. Ihre Mitteilung ist die größte Geste der Freundschaft, die Sie Marianne erweisen können. Jede Information sichert Ihnen meine unmittelbare Dankbarkeit, und Mariannes werden Sie mit der Zeit gewinnen. Ich bitte Sie, sprechen Sie.«

»Das werde ich. Um es kurz zu machen: Als ich Barton im letzten Jahr verließ … Aber so verstehen Sie nicht, worum es geht, ich muß weiter vorher anfangen. Sie werden mich für einen sehr umständlichen Erzähler halten, Miss Dashwood. Ich weiß kaum, wo ich anfangen soll. Ein kurzer Bericht über mich selbst ist, glaube ich, nötig, und er *wird* kurz sein. Die Versuchung ist nicht groß für mich« – er seufzte schwer –, »bei einem solchen Thema ausführlich zu werden.«

Er hielt einen Moment inne, um sich zu besinnen, und fuhr dann mit einem weiteren Seufzer fort:

»Ihnen ist vermutlich eine Unterhaltung gänzlich entfallen (es ist nicht anzunehmen, daß sie irgendwie Eindruck auf Sie gemacht hat) – eine Unterhaltung zwischen uns eines Abends in Barton Park – es wurde an dem Abend getanzt –, bei der ich auf eine Dame anspielte, die ich einmal gekannt habe und die in gewisser Weise Ihrer Schwester Marianne ähnelte.«

»Keineswegs, ich habe sie nicht vergessen«, sagte Elinor.

Er war anscheinend froh, daß sie sich erinnerte, und fuhr fort:

»Wenn ich mich nicht täuschen lasse durch die Unzulänglichkeit, die Voreingenommenheit zärtlicher Erinnerungen, dann besteht innerlich wie auch äußerlich eine starke Ähnlichkeit zwischen ihnen. Die gleiche Intensität des Gefühls, die gleiche Lebhaftigkeit der Fantasie und Gedanken. Diese Dame war sehr nah mit mir verwandt, eine Waise von Kind an und unter der Vormundschaft meines Vaters. Wir waren beinahe gleich alt und von frühester Kindheit an Spielgefährten und Freunde. Ich kann mich nicht an Zeiten erinnern, wo ich Eliza nicht geliebt hätte, und meine Zuneigung zu ihr, während wir aufwuchsen, war so groß, wie Sie sie mir bei meiner augenblicklichen trostlosen und unfrohen Ernsthaftigkeit wohl kaum zutrauen würden. Ihre Neigung zu mir war, glaube ich, so leidenschaftlich wie die Ihrer Schwester zu Mr. Willoughby und, wenn auch aus anderem Grund, nicht weniger unglücklich. Mit siebzehn verlor ich sie für immer. Sie wurde verheiratet, gegen ihren Willen mit meinem Bruder verheiratet. Ihr Vermögen war groß und unser Familienbesitz stark belastet, und das ist, fürchte ich, alles, womit das Verhalten eines Mannes, der zugleich ihr Onkel und Vormund war, entschuldigt werden kann. Mein Bruder verdiente sie nicht, er liebte sie nicht einmal. Ich hatte gehofft, daß ihre Zuneigung zu mir ihr in allen Schwierigkeiten eine Stütze sein würde, und eine Zeitlang war es auch so. Aber schließlich machte ihre unglückliche Lage – denn sie wurde sehr lieblos behandelt – ihre Entschlossenheit zunichte, und obwohl sie mir versprochen hatte, daß nichts … aber wie blindlings ich drauflos erzähle! Ich habe Ihnen ja gar nicht erzählt, wie es dazu kam. Unsere Flucht nach Schottland stand unmittelbar bevor. Der Verrat oder der Leichtsinn der Zofe meiner Cousine wurde uns zum Verhängnis. Ich wurde weit weg in das Haus von Verwandten verbannt, und ihr wurde jede Freiheit, jede Gesellschaft, jede Unterhaltung vorenthalten, bis mein Vater seinen Willen durchgesetzt hatte. Ich hatte mich zu sehr auf ihre Stärke verlassen, und der Schlag war hart. Wäre ihre Ehe aber glücklich gewesen, dann hätte ich mich, so jung wie ich damals war, in ein paar Monaten

damit abgefunden oder brauchte sie wenigstens jetzt nicht mehr zu beklagen. Das war allerdings nicht der Fall. Meinem Bruder lag nichts an ihr; er fand sein Vergnügen, wo er es nicht hätte finden sollen, und behandelte sie von Anfang an sehr lieblos. Die Wirkung auf ein so junges, so lebhaftes, so unerfahrenes Gemüt wie Mrs. Brandon war nur zu verständlich. Zuerst ergab sie sich einfach in ihre verzweifelte Lage, und es wäre besser gewesen, sie hätte den Zeitpunkt nie erlebt, wo sie das Bedauern, das die Erinnerung an mich mit sich bringen mußte, überwand. Aber darf man sich wundern, daß sie bei einem Mann, der Leichtsinn geradezu heraufbeschwor, und ohne einen Freund, der sie hätte beraten oder zurückhalten können – denn mein Vater überlebte ihre Heirat nur um ein paar Monate und ich war mit meinem Regiment in Indien – allen Halt verlor? Wäre ich in England geblieben … aber ich hatte die Absicht, dem Glück beider zu dienen, als ich mich auf Jahre entfernte und zu diesem Zweck meine Versetzung beantragte.
Der Schock, den ihre Heirat mir versetzt hatte«, fuhr er mit großer Bewegung in der Stimme fort, »war nicht der Rede wert, war nichts, verglichen mit dem, was ich empfand, als ich ungefähr zwei Jahre später von ihrer Scheidung hörte. *Das* war es, was mich so schwermütig … die Erinnerung an das, was ich durchmachte … noch jetzt …«
Er konnte nicht weitersprechen, erhob sich hastig und wanderte ein paar Minuten im Zimmer auf und ab. Bewegt von seiner Erzählung und mehr noch von seinem Kummer, konnte Elinor nicht sprechen. Er sah ihre Besorgnis und kam zu ihr, nahm ihre Hand, drückte sie und küßte sie voll dankbarer Hochachtung. Es kostete ihn ein paar Minuten schweigende Überwindung, bis er gefaßt fortfahren konnte:
»Es vergingen fast drei Jahre nach diesen unglücklichen Ereignissen, bevor ich nach England zurückkehrte. Meine erste Sorge, als ich schließlich ankam, war natürlich die Suche nach ihr, aber das Unternehmen war so vergeblich

wie bedrückend. Ich konnte über ihren ersten Verführer hinaus keine Spur von ihr finden, und ich hatte allen Grund zu fürchten, daß sie anschließend nur noch tiefer in ein lasterhaftes Leben gesunken war. Ihre monatliche Zuwendung entsprach weder der Größe ihres Vermögens noch erlaubte sie ihr ein bequemes Auskommen, und ich erfuhr von meinem Bruder, daß die Verfügungsgewalt darüber ein paar Monate vorher jemand anderem übertragen worden war. Er bildete sich ein, er bildete sich mit dem besten Gewissen ein, daß ihre Verschwendungssucht und die daraus folgende Notlage sie gezwungen hatten, sie zur Linderung unmittelbarer Not an jemanden abzutreten. Schließlich aber und nachdem ich sechs Monate in England war, fand ich sie doch. Fürsorge für einen früheren Diener, der ins Unglück geraten war, veranlaßte mich, ihn in einem Schuldhaus zu besuchen, wo er wegen Schulden einsaß, und dort, in demselben Haus, unter ähnlichen Umständen, fand ich meine unglückliche Schwägerin. So verändert, verfallen, durch alle möglichen Entbehrungen heruntergekommen, ich hatte Mühe, in der trostlosen und kränklichen Gestalt vor mir das liebliche, blühende, gesunde Mädchen wiederzuerkennen, das ich einmal abgöttisch geliebt hatte. Was ich durchmachte, als ich sie so sah ... aber ich habe kein Recht, Ihnen zu nahe zu treten, indem ich den Versuch mache, es zu beschreiben. Ich habe Ihnen schon zuviel zugemutet. Daß sie sich allem Anschein nach im letzten Stadium der Schwindsucht befand, war ... ja, in einer solchen Lage war es mein größter Trost. Das Leben konnte nichts mehr für sie tun, außer ihr Zeit zu lassen, sich besser auf den Tod vorzubereiten – und die wurde ihr gewährt. Ich sorgte dafür, daß sie bequem untergebracht und ordentlich gepflegt wurde. Ich besuchte sie jeden Tag für den Rest ihres kurzen Lebens. Ich war bei ihr in ihren letzten Augenblicken.«

Wieder mußte er abbrechen, um sich zu fassen, und Elinor verriet all ihr Mitgefühl am Schicksal seiner unglückseligen Freundin in einem Ausruf zärtlichen Mitleids.

»Ihre Schwester kann sich, hoffe ich, nicht verletzt fühlen

durch die Ähnlichkeit, die ich zwischen ihr und meiner armen entehrten Verwandten gesehen habe. Ihr Schicksal, ihre Bestimmung kann nicht gleich sein, und wäre die natürliche Liebenswürdigkeit der einen von einem festeren Willen oder einer glücklicheren Ehe beschützt worden, vielleicht wäre all das aus ihr geworden, was Sie an der anderen noch erleben werden. Aber wozu soll das alles führen? Ich habe Sie scheinbar ganz umsonst mit meinen Geschichten belastet. Ach! Miss Dashwood, ein solches Thema, unberührt seit vierzehn Jahren – es ist gefährlich, überhaupt daran zu rühren. Ich werde mich zusammennehmen, mich kürzer fassen. Sie hinterließ mir ihr einziges Kind, ein kleines Mädchen, die Frucht ihrer ersten unerlaubten Beziehung, das damals ungefähr drei Jahre alt war. Sie liebte das Kind und hatte es immer bei sich behalten. Es war mir ein teures, kostbares Pfand, und von Herzen gern hätte ich mich ihrer wie ein Vater angenommen und ihre Erziehung selbst überwacht, wenn unsere Lebensumstände es erlaubt hätten. Aber ich hatte keine Familie, kein Zuhause, und so wurde meine kleine Eliza in einer Privatschule untergebracht. Ich habe sie dort, sooft ich konnte, besucht, und nach dem Tod meines Bruders – er starb vor etwa fünf Jahren und hinterließ mir den Familienbesitz – war sie häufig bei mir in Delaford. Ich habe sie für eine entfernte Verwandte ausgegeben, aber ich bin mir darüber im klaren, daß ich allgemein einer sehr viel näheren Beziehung zu ihr verdächtigt worden bin. Es ist nun drei Jahre her (sie war gerade vierzehn geworden), daß ich sie aus der Schule nahm und in die Obhut einer sehr angesehenen Frau in Dorsetshire gab, die sich um die Erziehung von vier oder fünf ungefähr gleichaltrigen Mädchen kümmerte. Und zwei Jahre lang hatte ich allen Grund, mit ihrer Unterbringung zufrieden zu sein. Aber im letzten Februar, vor ungefähr einem Jahr, verschwand sie plötzlich. Ich hatte ihr (unvorsichtigerweise, wie sich inzwischen herausgestellt hat) auf ihren ernsthaften Wunsch hin erlaubt, eine ihrer jungen Freundinnen, deren Vater sich wegen seiner Gesundheit in Bath aufhielt, dorthin zu begleiten. Ich kannte ihn als einen sehr verläßlichen Mann, und ich hielt viel von seiner Tochter – mehr als sie verdiente, denn mit hartnäckiger und unkluger Verschwiegenheit wollte sie nichts verraten, keinen Hinweis geben, obwohl sie zweifellos alles wußte. Er, ihr Vater, ein gutmütiger, aber nicht sehr scharfsinniger Mann, konnte, wie ich glaube, wirklich keine Auskunft geben, denn er war die meiste Zeit ans Haus gefesselt gewesen, während die Mädchen durch die Stadt streiften und alle möglichen Bekanntschaften machten. Und er versuchte, mich davon zu überzeugen, so gründlich wie er selbst davon überzeugt war, daß seine Tochter absolut nichts mit der Sache zu tun hatte. Kurz und gut, ich erfuhr nichts, als daß sie fort war. Bei allem übrigen blieb ich acht Monate lang auf Vermutungen angewiesen. Was ich dachte, was ich fürchtete, kann man sich vorstellen, und auch, was ich gelitten habe.«

»Du lieber Himmel!« rief Elinor. »Könnte es sein … Könnte Willoughby …?«

»Die erste Nachricht, die ich über sie erhielt«, fuhr er fort, »kam in einem Brief von ihr selbst, im letzten Oktober. Er wurde mir von Delaford nachgeschickt, und ich erhielt ihn genau am Morgen unseres beabsichtigten Ausflugs nach Whitwell. Das war der Grund, warum ich Barton so plötzlich verließ, was allen zu dem Zeitpunkt als sehr merkwürdig erschienen sein muß und einige, glaube ich, gekränkt hat. Wenig konnte Mr. Willoughby ahnen, vermute ich, als sein Blick mich für die Rücksichtslosigkeit, den Ausflug zu verhindern, zurechtwies, daß ich abberufen wurde, um jemandem zu helfen, den er arm und unglücklich gemacht hatte. Aber auch wenn er es gewußt hätte, was hätte es genützt? Wäre er, solange Ihre Schwester ihm zulächelte, weniger ausgelassen und weniger glücklich gewesen? Nein, er hatte schon das getan, was kein Mensch, der Mitgefühl mit einem anderen Menschen hat, tun würde. Er hatte das Mädchen, dessen Jugend und Unschuld er verführt hatte, in äußerster Notlage, ohne richtiges Zuhause, ohne Hilfe, ohne Freunde, ohne Kenntnis seiner Adresse allein gelassen. Er hatte sie mit dem Versprechen, zurückzukommen, allein gelassen. Er kam nicht, er schrieb nicht, er brachte keine Hilfe.«

»Das ist unerhört!« rief Elinor.

»Jetzt kennen Sie seinen Charakter: verschwenderisch, vergnügungssüchtig, ja, schlimmer als das. All dies weiß ich nun seit vielen Wochen. Stellen Sie sich vor, was ich empfand, als ich sah, daß Ihre Schwester nach wie vor an ihm hing, und man mir versicherte, daß ihre Heirat bevorstand. Stellen Sie sich vor, was ich um Ihrer aller willen empfand. Als ich letzte Woche zu Ihnen kam und Sie allein fand, kam ich mit dem festen Entschluß, die Wahrheit zu erfahren, obwohl unentschlossen, was ich tun würde, wenn ich sie erfahren hätte. Mein Benehmen muß Ihnen merkwürdig vorgekommen sein, aber jetzt werden Sie es verstehen. Mit ansehen zu müssen, wie Sie alle hintergangen wurden, zu sehen, wie Ihre Schwester ... aber was konnte ich tun? Ich hatte keine Hoffnung, mit Erfolg einzugreifen, und manchmal dachte ich auch, der Einfluß Ihrer Schwester könne ihn retten. Aber jetzt, nach dieser schamlosen Behandlung, wer weiß, was für Absichten er mit ihr hatte? Wie diese aber auch ausgesehen haben mögen, sie kann jetzt und wird zweifellos später mit Dankbarkeit ihre eigene Lage betrachten, wenn sie sie mit der meiner armen Eliza vergleicht, wenn sie die verzweifelte und hoffnungslose Lage dieses armen Mädchens bedenkt und sie sich vorstellt mit ihrer Liebe zu ihm, die so stark, noch genauso stark ist wie ihre eigene, und mit einem von Selbstvorwürfen gequälten Gewissen, das sie für den Rest ihres Lebens nicht los wird. Ein solcher Vergleich muß sie beeindrucken. Ihre eigenen Leiden werden dagegen verblassen. Sie beruhen auf keinem Fehltritt und können keine Schande mit sich bringen. Im Gegenteil, all ihre Freunde sind deswegen erst recht ihre Freunde. Sorge um ihr Unglück und Hochachtung für ihre Tapferkeit dabei muß jede menschliche Beziehung stärken. Entscheiden Sie aber selbst, was von meinem Bericht Sie ihr erzählen wollen. Sie müssen am besten wissen, wie er auf sie wirkt. Aber hätte ich nicht ernsthaft und von ganzem Herzen geglaubt, daß er vielleicht von Nutzen sein, vielleicht ihren Schmerz mindern könnte, dann hätte ich mich nicht dazu hinreißen lassen, Sie mit einer Darstellung meiner Familienprobleme zu belästigen, mit einem Vortrag, der womöglich den Eindruck erweckt, ich wolle mich auf Kosten anderer hervortun.«

Elinor dankte ihm ernsthaft und aufrichtig und versicherte ihm, daß sie sich von seinem Bericht eine durch und durch vorteilhafte Wirkung auf Marianne versprach.

»Mehr als alles andere«, sagte sie, »haben mich die Versuche meiner Schwester betroffen gemacht, ihn freizusprechen, denn das beunruhigt sie mehr als der vollständigste Beweis seiner Unwürdigkeit. Zuerst wird es zwar ein furchtbarer Schlag für sie sein, aber jetzt wird es sie sicher bald erleichtern. – Haben Sie Mr. Willoughby wiedergesehen«, fuhr sie nach kurzem Schweigen fort, »seit Sie ihm in Barton begegnet sind?«

»Ja«, antwortete er ernst, »einmal. *Ein* Treffen war unvermeidlich.«

Elinor erschrak bei seinen Worten, blickte ihn bestürzt an und sagte: »Was? Haben Sie sich mit ihm …?«

»Es ließ sich nicht umgehen. Eliza hat mir, wenn auch sehr zögernd, den Namen ihres Liebhabers gestanden, und als er knapp zwei Wochen nach mir nach London zurückkehrte, trafen wir uns zu einem Duell – er, um sein Vorgehen zu verteidigen, ich, um es zu bestrafen. Wir blieben unverletzt, und das Treffen wurde deshalb nie öffentlich bekannt.«

Elinor seufzte über die angebliche Notwendigkeit eines solchen Schrittes, aber einem Mann und Soldaten gegenüber enthielt sie sich jeder Kritik.

»So«, sagte Oberst Brandon nach einer Pause, »ähnelte sich das Schicksal von Mutter und Tochter auf unglückselige Weise, und so unzulänglich habe ich mein Pfand eingelöst.«

»Ist sie noch in London?«

»Nein, sobald sie sich vom Wochenbett erholt hatte – denn

als ich sie fand, stand die Geburt unmittelbar bevor – habe ich sie und das Kind aufs Land gebracht, und dort bleibt sie auch.«
Kurz darauf besann er sich, daß er Elinor vermutlich von ihrer Schwester fernhielt, und während Elinor ihm noch einmal ihre Dankbarkeit bestätigte, verabschiedete er sich von ihr und ließ sie voller Mitleid und Hochachtung für ihn zurück.

Kapitel 32

Als Miss Dashwood die Einzelheiten dieses Gesprächs ihrer Schwester erzählte – und das geschah unmittelbar darauf –, entsprach die Wirkung, die dies auf sie hatte, nicht ganz ihren Erwartungen. Nicht daß Marianne den Eindruck erweckte, als bezweifle sie die Wahrheit auch nur im geringsten, denn sie hörte sich alles mit der größten und geduldigsten Aufmerksamkeit an, machte weder Einwände noch Bemerkungen, versuchte gar keine Rechtfertigung Willoughbys und schien durch ihre Tränen auszudrücken, daß sie sie auch für unmöglich hielt. Aber obwohl dieses Verhalten Elinor bewies, daß sie von seiner Schuld endgültig überzeugt war, obwohl sie mit Genugtuung die Wirkung darin sah, daß Marianne Oberst Brandon bei seinen Besuchen nicht länger aus dem Weg ging, mit ihm sprach, ja, ihn sogar von sich aus mit einer Art mitleidiger Hochachtung ansprach, und obwohl sie sah, daß sie in viel weniger reizbarer Stimmung war als vorher, erschien sie ihr doch nicht weniger unglücklich. Ihr Gemüt wurde ruhiger, aber es war die Ruhe einer düsteren Schwermut. Sie litt unter der Enttäuschung über Willoughbys Charakter viel mehr als unter der Enttäuschung über sein Herz. Der Gedanke, daß er Miss Williams verführt und verlassen hatte, das Unglück dieses armen Mädchens und die Ungewißheit, was er wohl einmal mit *ihr* vorgehabt haben mochte, lasteten so sehr auf ihr, daß sie sich nicht einmal Elinor gegenüber dazu überwinden konnte, von ihren Empfindungen zu sprechen; und durch ihr stummes Brüten über ihren Schmerz machte sie ihrer Schwester mehr Kummer, als ein noch so freimütiges und häufig wiederholtes Geständnis ihr hätten bereiten können.

Mrs. Dashwoods Empfindungen oder Worte beim Empfang und bei der Beantwortung von Elinors Briefen wiederzugeben wäre nichts als eine Wiederholung dessen, was ihre Töchter bereits empfunden oder gesagt hatten, einer Enttäuschung, die nicht weniger schmerzhaft war als Mariannes, und einer Empörung, die noch größer war als die Elinors. Lange Briefe von ihr, die verrieten, wie sie litt und was sie dachte, in denen ihre ganze Sorge um Marianne lag und in denen sie sie inständig bat, dieses Mißgeschick mit Fassung zu tragen, trafen in schneller Folge ein. Schwer mußte Mariannes Leiden sein, wenn ihre Mutter von Fassung reden konnte! Demütigend und beschämend mußten die Enttäuschungen sein, denen sich hinzugeben *sie* ihr abriet! Gegen das Interesse ihres eigenen Seelenfriedens hatte Mrs. Dashwood entschieden, daß Marianne im Augenblick überall besser aufgehoben war als in Barton, wo die ganze Umgebung die Vergangenheit aufs lebhafteste und schmerzlichste zurückbringen mußte, indem sie ihr Willoughby ständig so ins Gedächtnis zurückrief, wie sie ihn dort immer erlebt hatte.

Sie riet ihren Töchtern deshalb, ihren Besuch bei Mrs. Jennings, dessen Länge zwar nie genau festgelegt, auf beiden Seiten aber auf mindestens fünf oder sechs Wochen veranschlagt worden war, auf keinen Fall zu verkürzen. Abwechslung durch Beschäftigungen, Unternehmungen und Bekanntschaften, die Barton nicht bieten konnte, waren in London unvermeidlich und würden Marianne, hoffte sie, vielleicht dazu bewegen, ihre Selbstbezogenheit aufzugeben und sich sogar zu amüsieren, sosehr ihr der Gedanke an beides im Moment auch zuwider sein mochte.

Vor der Gefahr, Willoughby wiederzubegegnen, hielt ihre

Mutter sie in London für mindestens ebenso sicher wie auf dem Land, da alle, die sich ihre Freunde nannten, die Bekanntschaft mit ihm abbrechen mußten. Absicht würde nie eine Begegnung herbeiführen, Fahrlässigkeit würde sie nie einer Überraschung aussetzen, und Zufall war im Gedränge Londons noch unwahrscheinlicher als in der Abgeschiedenheit Bartons, wo sie sein Besuch in Allenham anläßlich seiner Hochzeit, mit der Mrs. Dashwood, nachdem sie sie erst als wahrscheinlich vorausgesehen hatte, mittlerweile fest rechnete, zusammenbringen konnte.

Sie hatte noch einen Grund, warum ihre Kinder bleiben sollten, wo sie waren. Einem Brief ihres Stiefsohns hatte sie entnommen, daß er und seine Frau noch vor Mitte Februar in London sein würden, und sie hielt es für richtig, daß sie ihren Bruder manchmal trafen.

Marianne hatte versprochen, sich vom Urteil ihrer Mutter leiten zu lassen, und sie unterwarf sich ihm deshalb ohne Widerstand, obwohl es allem, was sie gewünscht und erwartet hatte, gänzlich widersprach, obwohl sie es für völlig falsch hielt, von falschen Voraussetzungen ausgehend, und der verlängerte Aufenthalt in London sie um den einzig möglichen Trost in ihrem Elend brachte, das unmittelbare Mitgefühl, und sie zum Umgang mit Leuten und zu Situationen verdammte, die ihr keine ruhige Minute gönnen würden.

Aber es war ihr ein großer Trost, daß ihr eigenes Mißgeschick wenigstens seine guten Seiten für ihre Schwester hatte. Elinor andererseits befürchtete, daß es nicht in ihrer Macht stehen würde, Edward völlig aus dem Weg zu gehen, und tröstete sich mit dem Gedanken, daß der längere Aufenthalt ihr eigenes Glück zwar gefährden, für Marianne aber besser sein würde als eine unmittelbare Rückkehr nach Devonshire.

Die Umsicht, mit der sie ihre Schwester davor bewahrte, den Namen Willoughbys je hören zu müssen, war nicht umsonst. Sie kam Marianne, ohne daß sie sich dessen selbst bewußt war, nur zugute, denn weder Mrs. Jennings noch

Sir John oder auch Mrs. Palmer erwähnten ihn je in ihrer Gegenwart. Elinor wäre es lieb gewesen, wenn man die gleiche Rücksicht ihr gegenüber hätte walten lassen, aber das war unmöglich, und sie war gezwungen, Tag für Tag der Empörung aller zuzuhören.

Sir John konnte es gar nicht fassen. Ein Mann, auf den er zu Recht immer so große Stücke gehalten hatte! Ein solch prächtiger Bursche! Er glaubte nicht, daß es einen tollkühneren Reiter in ganz England gab. Die Sache war völlig unerklärlich. Er wünschte ihn von ganzem Herzen zum Teufel. Nichts konnte ihn dazu bringen, noch ein einziges Mal mit ihm zu sprechen, gleichgültig, wo er ihn traf, nicht um alles in der Welt! Nein, nicht einmal auf der Jagd in Barton, wenn sie stundenlang im Anschlag liegen mußten. So ein Schuft! So ein falscher Hund! Dabei hatte er ihm erst neulich ein Junges aus Follys Wurf angeboten! Aber damit war es nun vorbei!

Mrs. Palmer war auf ihre Art ebenso empört. Sie war entschlossen, die Bekanntschaft mit ihm sofort abzubrechen, und sie war außerordentlich dankbar, daß sie ihn gar nicht erst kennengelernt hatte. Sie hätte etwas darum gegeben, wenn Combe Magna nicht so nahe bei Cleveland läge, aber es spielte keine Rolle, denn es war sowieso zu weit für Besuche. Er war ihr so verhaßt, daß sie entschlossen war, seinen Namen nicht wieder über die Lippen zu bringen, und sie würde jedem erzählen, was für ein Tunichtgut er war.

Im übrigen zeigte sich Mrs. Palmers Mitgefühl darin, daß sie alle verfügbaren Einzelheiten über die bevorstehende Hochzeit in Erfahrung brachte und an Elinor weitergab. Sie wußte bald, welcher Stellmacher die neue Kutsche baute, welcher Maler Mr. Willoughbys Porträt malte und in welchem Geschäft Miss Greys Hochzeitskleid ausgestellt war.

Das gelassene und höfliche Desinteresse Lady Middletons bei diesem Anlaß empfand Elinor, deren Gemüt die geräuschvolle Freundlichkeit der anderen oft bedrückte, als willkommene Erleichterung. Es war ihr ein großer

Trost, daß sie wenigstens bei *einer* Person in ihrem Freundeskreis kein Interesse erregte, ein großer Trost zu wissen, daß es *eine* gab, die ihr ohne Neugier auf Einzelheiten und ohne Besorgnis um die Gesundheit ihrer Schwester gegenübertrat.

Durch die Umstände bedingt, wird der Wert einer Eigenschaft manchmal höher veranschlagt, als er ist, und Elinor ging das übertriebene Beileid gelegentlich so auf die Nerven, daß sie Wohlerzogenheit für einen unentbehrlicheren Trost hielt als Gutmütigkeit.

Lady Middleton gab ihrer Meinung über die Angelegenheit ungefähr einmal oder, wenn das Thema sehr häufig zur Sprache kam, zweimal täglich Ausdruck, indem sie sagte »Wie schockierend!«, und war dadurch, daß sie ihren Gefühlen regelmäßig, wenn auch mäßig Luft machte, in der Lage, die Miss Dashwood von Anfang an nicht nur ohne die geringste Gemütsbewegung, sondern sehr bald auch ohne die geringste Erinnerung an die ganze Affäre zu betrachten. Und wenn sie auf diese Weise die Würde ihres eigenen Geschlechts gewahrt und ihrer Kritik an den Schwächen des anderen Geschlechts Ausdruck gegeben hatte, glaubte sie sich berechtigt, ihr Interesse ihren eigenen Gesellschaften zuwenden zu dürfen, und beschloß deshalb (wenn auch gegen den Rat von Sir John), da Mrs. Willoughby gleichzeitig eine Frau von Eleganz und Vermögen sein würde, ihre Visitenkarte unmittelbar nach der Hochzeit bei ihr abzugeben.

Oberst Brandons zartfühlende, unaufdringliche Nachfragen waren Miss Dashwood nie unwillkommen. Er hatte das Privileg, unter vier Augen mit ihr über die Enttäuschung ihrer Schwester zu sprechen, längst durch den freundschaftlichen Eifer verdient, mit dem er versucht hatte, sie zu lindern, und sie vertrauten einander in ihren Gesprächen immer vorbehaltlos. Seine größte Belohnung für die schmerzliche Pflicht, vergangene Leiden und gegenwärtige Kränkungen ans Licht zu bringen, bestand in dem mitleidigen Blick, mit dem Marianne ihn manchmal betrachtete, und der Sanftheit ihrer Stimme, wann immer sie (obwohl es nicht oft geschah) sich verpflichtet sah oder sich selbst dazu verpflichtet fühlte, mit ihm zu sprechen. *Darin* sah er den Beweis, daß sie seine Bemühungen mit größerem Wohlwollen ihm gegenüber belohnte, und *daraus* schöpfte Elinor die Hoffnung, daß es mit der Zeit noch zunehmen würde. Aber Mrs. Jennings, die von alledem nichts wußte, die nur wußte, daß der Oberst so ernst war wie eh und je und daß sie ihn weder dazu bringen konnte, den Heiratsantrag selbst zu machen, noch es ihr zu überlassen, ihn in seinem Namen zu machen, begann nach Ablauf von zwei Tagen zu glauben, daß die Hochzeit statt im Hochsommer nicht vor Ende September stattfinden, und nach Ablauf einer Woche, daß die Verbindung überhaupt nicht zustande kommen würde. Das gute Einvernehmen zwischen dem Oberst und Miss Dashwood schien eher darauf hinzudeuten, daß die Vorzüge des Maulbeerbaums, des künstlichen Bachs und der Eibe *ihr* zukommen würden, und so hatte Mrs. Jennings vorübergehend ganz aufgehört, Mr. Ferrars in Erwägung zu ziehen.

Anfang Februar, ungefähr vierzehn Tage nach dem Eintreffen von Willoughbys Brief, hatte Elinor die schmerzliche Pflicht, ihrer Schwester mitzuteilen, daß er verheiratet war. Sie hatte dafür gesorgt, daß sie von dem Ereignis erfuhr, sobald bekannt war, daß es stattgefunden hatte, da ihr daran lag, daß Marianne die Nachricht nicht aus den Heiratsanzeigen der Zeitung empfing, die sie sie jeden Morgen eifrig überfliegen sah.

Sie empfing die Nachricht mit großer Fassung, bemerkte nichts dazu und vergoß zuerst keine Träne. Aber nach kurzer Zeit brach sie in Weinen aus und befand sich für den Rest des Tages in einem kaum weniger jämmerlichen Zustand als an dem Tag, an dem sie zum erstenmal mit dem Ereignis hatte rechnen müssen.

Die Willoughbys verließen London unmittelbar nach der Hochzeit, und da nun keine Gefahr mehr bestand, daß sie ihr oder ihm begegnen würde, hoffte Elinor, ihre Schwester, die seit dem unglückseligen Abend das Haus nicht ein einziges Mal verlassen hatte, dazu bewegen zu können, nach und nach wieder auszugehen, wie sie es vorher getan hatte.

Ungefähr zu dieser Zeit trafen die beiden Miss Steele im Haus ihrer Tante in Bartlett's Buildings im Stadtteil Holbourne ein, machten ihren vornehmeren Verwandten in der Conduit und Berkeley Street einen Besuch und wurden von allen mit großer Herzlichkeit aufgenommen. Nur Elinor bedauerte, sie wiederzusehen. Ihre Gesellschaft belastete sie nur, und sie wußte kaum, wie sie auf Lucys überschwengliche Freude, sie *immer* noch in London zu finden, angemessen höflich reagieren sollte.

»Ich wäre so enttäuscht gewesen, wenn Sie nicht *immer* noch hier gewesen wären«, sagte sie wiederholt und betonte das Wort nachdrücklich. »Aber ich wußte, ich würde Sie treffen. Ich war so gut wie sicher, Sie würden London so schnell nicht verlassen, trotzdem Sie mir, wie Sie ja wissen, in Barton erzählt haben, Sie würden nicht länger als *einen* Monat bleiben. Aber ich dachte mir damals gleich, wenn es soweit wär', würden Sie bestimmt Ihre Meinung ändern. Es wär' ein solcher Jammer gewesen, abzufahren, bevor Ihr Bruder und Ihre Schwägerin kommen, und jetzt haben Sie es doch weiß Gott nicht eilig, abzufahren. Ich bin ungeheuer froh, daß Sie Ihr *Wort* nicht gehalten haben.«

Elinor begriff, worauf sie hinauswollte, und es kostete sie große Selbstbeherrschung, den gegenteiligen Eindruck zu erwecken.

»Nun erzählen Sie, mein Kind«, sagte Mrs. Jennings, »wie sind Sie hergekommen?«

»Nicht mit der gewöhnlichen Postkutsche, versteht sich«, erwiderte Miss Steele in stolzer Selbstgefälligkeit, »wir sind den ganzen Weg mit Extrapost gekommen und hatten einen sehr flotten Verehrer als Begleitung. Dr. Davies wollte in die Stadt, und da dachten wir, wir nehmen mit ihm zusammen eine Extrapost, und er hat sich sehr nobel benommen und zehn oder zwölf Schilling mehr bezahlt wie wir.«

»Oh, oh«, rief Mrs. Jennings, »schön, schön, und ich wette, der Doktor ist Junggeselle.«
»Nein, so was!« sagte Miss Steele und lächelte geziert. »Alle lachen mich wegen dem Doktor aus, und ich weiß gar nicht, warum. Meine Cousinen sagen, ich hätte bestimmt eine Eroberung gemacht, und dabei denke ich nicht mal im Traum an ihn. ›Lieber Gott, hier kommt dein Verehrer, Nancy‹, sagt meine Tante neulich, wie sie ihn über die Straße aufs Haus zukommen sah. ›Mein Verehrer, weiß Gott‹, sage ich, ›ich weiß gar nicht, was du damit sagen willst. Der Doktor ist kein Verehrer von mir.‹«
»Ja, ja, das ist mir eine schöne Ausrede, aber damit kommen Sie nicht durch. Ich sehe schon, der Doktor ist der Auserwählte.«
»Nein, bestimmt nicht«, erwiderte ihre Nichte mit geziertem Ernst, »und ich hoffe, Sie streiten es ab, wenn Sie jemand davon reden hören.«
Zu ihrer Beruhigung versicherte ihr Mrs. Jennings, daß sie das *bestimmt* nicht tun werde, und sie machte damit Miss Steele wunschlos glücklich.
»Ich nehme an, Sie wohnen bei Ihrem Bruder und Ihrer Schwägerin, Miss Dashwood, wenn die nach London kommen«, sagte Lucy und nahm, nachdem sie ihre bissigen Anspielungen eine Weile eingestellt hatte, ihre Angriffe wieder auf.
»Nein, das glaube ich nicht.«
»O ja, das glaube ich doch.«
Elinor tat ihr nicht den Gefallen, noch weiter zu widersprechen.
»Wie reizend, daß Mrs. Dashwood Sie beide gleichzeitig so lange entbehren kann.«
»Was heißt hier lange«, warf Mrs. Jennings ein. »Der Besuch hat doch gerade erst angefangen!«
Damit war Lucy zum Schweigen gebracht.
»Es tut mir leid, daß wir Ihre Schwester nicht treffen, Miss Dashwood«, sagte Miss Steele. »Es tut mir leid, daß es ihr nicht gut geht«; denn Marianne hatte bei ihrer Ankunft das Zimmer verlassen.

»Sie sind sehr liebenswürdig. Meiner Schwester wird es ebenso leid tun, daß sie auf das Vergnügen verzichten muß, Sie zu treffen, aber sie leidet in letzter Zeit so häufig unter nervösen Kopfschmerzen, die ihr Gesellschaft und Unterhaltung ganz verleiden.«
»Du liebe Güte, wie schade! Aber solch alte Freunde wie Lucy und ich – uns wird sie doch wohl treffen wollen, und wir würden auch weiß Gott kein Wort sagen.«
Elinor lehnte den Vorschlag mit großer Höflichkeit ab. Ihre Schwester habe sich hingelegt oder sei im Morgenrock und deshalb nicht in der Lage herunterzukommen.
»Oh, wenn das alles ist«, rief Miss Steele, »dann können wir ebensogut zu ihr raufgehen.«
Elinor fiel es schwer, bei soviel Impertinenz höflich zu bleiben, aber Lucys scharfer Verweis, der zwar das Benehmen der einen Schwester nicht gewinnender machte, aber jetzt wie schon so oft den Vorzug hatte, das Benehmen der anderen zu zügeln, ersparte es ihr, darauf zu reagieren.

Kapitel 33

Nach anfänglichem Widerstand gab Marianne dem Zureden ihrer Schwester nach und erklärte sich bereit, vormittags mit ihr und Mrs. Jennings eine halbe Stunde auszugehen. Sie stellte allerdings ausdrücklich die Bedingung, keine Besuche zu machen, und wollte sie höchstens in die Sackville Street zu Gray begleiten, mit denen Elinor über den Tausch einiger altmodischer Schmuckstücke ihrer Mutter verhandelte.
Als sie vor der Tür standen, fiel Mrs. Jennings ein, daß am anderen Ende der Straße eine Dame wohnte, bei der sie vorsprechen mußte, und da sie bei Gray nichts zu tun hatte, wurde verabredet, sie solle, während ihre jungen Freundinnen ihre Besorgung erledigten, ihren Besuch machen und sie dann abholen.

Als sie die Treppe hinaufkamen, fanden die Miss Dashwood so viele Leute vor sich im Laden, daß niemand Zeit hatte, sie zu bedienen. Sie mußten warten. Es blieb ihnen nichts anderes übrig, als an *dem* Ende des Ladentisches Platz zu nehmen, wo mit der schnellsten Abfertigung zu rechnen war. Es stand dort nur ein Herr, und vermutlich hegte Elinor die leise Hoffnung, daß er sich aus Höflichkeit beeilen würde. Aber sein kritisches Auge und sein erlesener Geschmack trugen den Sieg über seine Höflichkeit davon. Er gab eine Zahnstocherdose für sich selbst in Auftrag, und bis ihre Größe, Form und Verzierungen entschieden waren, die schließlich, nachdem er eine Viertelstunde lang jede Zahnstocherdose im Laden untersucht und diskutiert hatte, alle nach seinen eigenen ausgefallenen Vorstellungen ausgesucht wurden, hatte er keine Zeit, den beiden Damen mehr Aufmerksamkeit zu schenken, als sie drei- oder viermal ungeniert anzustarren, eine Teilnahme, die es Elinor erlaubte, sich eine Erscheinung und ein Gesicht von solider, natürlicher, überwältigender Bedeutungslosigkeit, aber nach der letzten Mode herausgeputzt, einzuprägen.
Marianne blieben die unangenehmen Empfindungen von Verachtung und Ärger über diese ungezogene Musterung ihrer Person und über die Geziertheit seines Benehmens erspart, mit der er die zahlreichen Scheußlichkeiten der zahlreichen ihm vorgelegten Zahnstocherdosen kommentierte, da sie die Szene gar nicht zur Kenntnis nahm, denn es gelang ihr in Mr. Grays Laden ebensogut, sich in sich zurückzuziehen oder gar nicht wahrzunehmen, was um sie herum vorging, wie in ihrem eigenen Schlafzimmer.
Schließlich war die Sache erledigt. Das Elfenbein, das Gold und die Perlen hatten alle ihren Platz gefunden, und nachdem der Herr den allerletzten Tag genannt hatte, an dem er dem Leben ohne den Besitz einer Zahnstocherdose noch gewachsen war, zog er sich in aller Sorgfalt und Muße die Handschuhe an und verließ mit einem letzten Blick auf die Miss Dashwood, einem Blick, der allerdings eher Bewunderung zu erheischen als auszudrücken schien, mit

der glücklichen Miene wahrer Eitelkeit und gespielter Gleichgültigkeit den Laden.
Elinor beeilte sich, ihr Anliegen vorzubringen, und war schon im Begriff, den Handel abzuschließen, als ein anderer Herr sich neben sie stellte. Sie wandte sich zu ihm um und fand sich zu ihrer Überraschung ihrem Bruder gegenüber.
Die Herzlichkeit und Freude bei ihrer Begegnung war gerade groß genug, um in Mr. Grays Laden einen ganz glaubwürdigen Eindruck zu hinterlassen. John Dashwood war durchaus nicht traurig über das Wiedersehen mit seinen Schwestern, *sie* waren durchaus erfreut darüber, und seine Erkundigungen nach ihrer Mutter waren ehrerbietig und aufmerksam.
Elinor erfuhr, daß er und Fanny seit zwei Tagen in London waren.
»Ich hätte gerne schon gestern bei euch vorgesprochen«, sagte er, »aber es war unmöglich, denn wir mußten Harry unbedingt die wilden Tiere in der Menagerie zeigen, und den Rest des Tages haben wir bei Mrs. Ferrars verbracht. Harry war ganz begeistert. *Heute* vormittag hatte ich bestimmt vor, euch aufzusuchen, falls sich eine freie halbe Stunde finden würde, aber es gibt am ersten Tag in London immer so viel zu tun. Ich bin hier, um ein Petschaft für Fanny zu bestellen, aber morgen, glaube ich, kann ich ganz bestimmt in der Berkeley Street vorbeikommen und mich eurer Freundin Mrs. Jennings vorstellen lassen. Wie ich höre, ist sie eine recht wohlhabende Frau. Und auch den Middletons – denen müßt ihr mich auch vorstellen. Als den Verwandten meiner Stiefmutter ist es mir ein Vergnügen, ihnen meine Aufwartung zu machen. Wie ich höre, sind sie ausgezeichnete Nachbarn für euch auf dem Land.«
»Ganz ausgezeichnet. Ihre Sorge um unser Wohlergehen, ihre Liebenswürdigkeit in jeder Hinsicht ist größer, als ich sagen kann.«
»Das freut mich aber, weiß Gott, freut mich aber wirklich. Aber so gehört es sich auch. Sie sind Leute mit großem

Vermögen, sie sind mit euch verwandt, und man kann mit Fug und Recht von ihnen erwarten, daß sie euch alle Aufmerksamkeit, alles Entgegenkommen erweisen, um euch das Leben angenehm zu machen. Und so habt ihr euch also in eurer kleinen Cottage ausgezeichnet eingerichtet, und es fehlt euch an nichts! Edward hat uns ein ganz reizendes Bild von eurem Heim gemalt. Das bei weitem gemütlichste Häuschen, sagte er, und ihr alle fühltet euch anscheinend über die Maßen wohl darin. Es war uns eine große Freude, das zu hören, das könnt ihr mir glauben.«

Elinor schämte sich ein bißchen für ihren Bruder, und sie bedauerte nicht, daß ihr die Notwendigkeit einer Antwort durch die Ankunft von Mrs. Jennings' Diener erspart blieb, der ihr meldete, daß seine Herrin vor der Tür auf sie warte.

Mr. Dashwood begleitete sie nach draußen, wurde Mrs. Jennings an der Tür ihrer Kutsche vorgestellt und verabschiedete sich, indem er noch einmal seine Hoffnung äußerte, sie am nächsten Tag besuchen zu können.

Der Besuch wurde pflichtgemäß abgestattet. Mr. Dashwood kam und tat, als lasse ihre Schwägerin sich entschuldigen, nicht mitgekommen zu sein, aber sie habe so viel mit ihrer Mutter zu tun, daß sie wirklich keine Zeit habe, irgendwohin zu gehen. Mrs. Jennings versicherte ihm allerdings sofort, daß sie auf Förmlichkeiten keinen Wert lege, denn sie seien schließlich alle Cousins und Cousinen oder so etwas Ähnliches, und sie würde natürlich Mrs. Dashwood sehr bald einen Besuch machen und ihre Schwägerinnen mitbringen. Sein Verhalten diesen gegenüber war unverändert freundlich, aber reserviert, Mrs. Jennings gegenüber äußerst beflissen und höflich, und als Oberst Brandon kurz nach ihm eintrat, musterte er ihn mit einer Neugier, die zu besagen schien, er brauche von ihm nur zu wissen, daß er reich sei, um *ihn* ebenso höflich zu behandeln.

Nachdem er sich eine halbe Stunde bei ihnen aufgehalten hatte, bat er Elinor, ihn in die Conduit Street zu begleiten und ihn Sir John und Lady Middleton vorzustellen. Das

Wetter war bemerkenswert schön, und sie erklärte sich gern dazu bereit. Sobald sie aus dem Haus waren, begannen seine Erkundigungen:

»Wer ist Oberst Brandon? Ist er reich?«

»Ja, er hat einen sehr schönen Besitz in Dorsetshire.«

»Das freut mich. Er scheint ein wirklicher Gentleman zu sein, und ich glaube, Elinor, ich darf dir zu der Aussicht auf eine sehr ehrenwerte Partie gratulieren.«

»Mir, Bruder! Was soll das heißen?«

»Er mag dich. Ich habe ihn sorgfältig beobachtet und bin davon überzeugt. Wie groß ist sein Vermögen?«

»Ich glaube, zweitausend pro Jahr.«

»Zweitausend pro Jahr!« Er schwang sich zu wahrhaft enthusiastischer Großzügigkeit auf und fügte hinzu: »Elinor, um deinetwillen wünschte ich von ganzem Herzen, es wäre doppelt soviel.«

»Das glaube ich dir gerne«, erwiderte Elinor, »aber ich bin ganz sicher, daß Oberst Brandon nicht die leiseste Absicht hat, *mich* zu heiraten.«

»Da irrst du dich, Elinor, da irrst du dich gründlich. Ein bißchen Anstrengung deinerseits, und er ist dir sicher. Vielleicht ist er im Moment noch unentschlossen, die Geringfügigkeit deines Vermögens läßt ihn vielleicht noch schwanken; vielleicht raten ihm alle seine Freunde davon ab. Aber ein paar von diesen kleinen Aufmerksamkeiten und Ermunterungen, die den Damen so leicht von der Hand gehen, werden ihn auch gegen seinen Willen festnageln. Und es gibt keinen Grund, warum *du* nicht den Versuch machen solltest. Es besteht wenig Aussicht, daß eine frühere Neigung deinerseits ... kurz und gut, du weißt selbst: Was diese Neigung anbetrifft, so kommt sie nicht in Frage; die Hindernisse sind unüberwindlich. Du bist zu vernünftig, um das alles nicht selbst zu sehen. Oberst Brandon muß es also sein. Und ich meinerseits werde es nicht an Entgegenkommen fehlen lassen, damit er an dir und deiner Familie Gefallen findet. Eine solche Partie muß allgemeinen Anklang finden. Kurz und gut, es handelt sich um etwas«, er senkte seine Stimme zu einem vielsagenden Flüstern, »was *allen Parteien* überaus willkommen sein wird.« Dann besann er sich allerdings und fügte hinzu: »Das heißt, ich will damit sagen, deine Freunde sind alle ehrlich darum bemüht, dich gut unterzubringen. Besonders Fanny, denn dein Wohlergehen liegt ihr weiß Gott am Herzen; und ihrer Mutter, Mrs. Ferrars, einer sehr gutherzigen Frau, würde es bestimmt auch große Freude machen. Genau das hat sie neulich gesagt.«

Elinor würdigte ihn keiner Antwort.

»Es wäre wirklich bemerkenswert«, fuhr er fort, »wirklich drollig, wenn ein Bruder von Fanny und eine Schwester von mir gleichzeitig heiraten würden. Und doch ist es nicht unwahrscheinlich.«

»Hat Mr. Ferrars vor«, sagte Elinor beherzt, »zu heiraten?«

»Es steht noch nicht ganz fest, aber es ist ernsthaft die Rede davon. Er hat eine ganz ausgezeichnete Mutter. Mrs. Ferrars wird sich überaus großzügig erweisen und ihm tausend Pfund pro Jahr vermachen, wenn die Hochzeit stattfindet. Die Dame ist die ehrenwerte Miss Morton, einzige Tochter des verstorbenen Lord Morton, mit dreißigtausend Pfund. Beiderseits eine sehr wünschenswerte Verbindung, und ich hege keinen Zweifel, daß sie zu gegebener Zeit stattfinden wird. Tausend pro Jahr ist eine große Summe für eine Mutter, um sie zu verschenken, um sich für immer davon zu trennen, aber Mrs. Ferrars hat eine edle Gesinnung. Um dir ein weiteres Beispiel ihrer Großzügigkeit zu geben: Neulich – wir waren gerade in London angekommen – steckte sie, wohl wissend, daß wir das Geld im Moment nicht zum Hinauswerfen haben, Fanny Geldscheine im Wert von zweihundert Pfund zu. Und das kommt uns sehr gelegen, denn wir sind zu großen Ausgaben gezwungen, solange wir hier sind.«

Er machte eine Pause, um ihre Zustimmung und ihr Mitleid zu erheischen, und sie überwand sich zu den Worten:

»Deine Ausgaben in der Stadt und auf dem Land sind sicher erheblich, aber dein Einkommen ist auch groß.«

»Freilich nicht so groß, wie viele Leute glauben. Ich will mich zwar nicht beklagen, es reicht zweifellos zum Leben und wird sich hoffentlich mit der Zeit vergrößern, aber der Zukauf von Gemeindeland, der gerade abgeschlossen wird, ist eine starke Belastung. Und dann habe ich im Laufe des letzten halben Jahres einen kleinen Kauf getätigt, East Kingham Farm, du erinnerst dich sicher daran, wo der alte Gibson früher wohnte. Das Land war in jeder Beziehung günstig für mich, grenzte so unmittelbar an meinen eigenen Besitz, daß ich es für meine Pflicht hielt, es zu kaufen. Ich hätte es nicht mit meinem Gewissen vereinbaren können, wenn es in fremde Hände gefallen wäre. Ein Mann muß für sein Vergnügen bezahlen, und es hat mich weiß Gott eine Menge Geld gekostet.«
»Über seinen eigentlichen und wahren Wert hinaus?«
»Das will ich denn doch nicht hoffen. Ich hätte es am nächsten Tag für eine größere Summe wieder verkaufen können, aber im Hinblick auf den Kaufpreis hätte ich großes Pech haben können, denn die Aktien standen damals so niedrig, daß ich erhebliche Verluste eingegangen wäre, wenn ich das Geld nicht zufällig auf der Bank gehabt hätte.«
Elinor konnte nur lächeln.
»Außerdem haben wir große und unumgängliche Ausgaben bei unserem Einzug in Norland gehabt. Unser verehrter Vater hat, wie du ja weißt, die ganze Hinterlassenschaft von Stanhill, die in Norland verblieben war (und sie war weiß Gott wertvoll), deiner Mutter vermacht. Ich bin weit davon entfernt, mich darüber beklagen zu wollen. Zweifellos hatte er das Recht, nach Belieben über sein Eigentum zu verfügen, aber infolgedessen sahen wir uns gezwungen, große Summen für Wäsche, Geschirr usw. auszugeben, um die Verluste zu ersetzen. Du kannst dir vorstellen, wie weit wir nach diesen Ausgaben davon entfernt sein müssen, reich zu sein, und wie gelegen uns Mrs. Ferrars' Freundlichkeit kommt.«
»Natürlich«, sagte Elinor, »und ich hoffe, daß ihr es mit

ihrer großzügigen Unterstützung noch zu einem auskömmlichen Leben bringen werdet.«
»Noch ein oder zwei Jahre, und wir sind hoffentlich aus dem Gröbsten heraus«, sagte er ernsthaft. »Aber trotzdem, es bleibt noch eine Menge zu tun. Von Fannys Gewächshaus steht noch kein Stein, und der Blumengarten besteht erst auf dem Papier.«
»Wo soll das Gewächshaus hin?«
»Auf den Hügel hinter dem Haus. Die alten Walnußbäume sind alle weggekommen, um Platz dafür zu machen. Es wird von verschiedenen Stellen des Parks aus ein großartiger Blickfang sein, und direkt davor wird der Blumengarten sich den Abhang hinunterziehen und sich unerhört hübsch ausnehmen. Wir haben all die alten Büsche beseitigt, die oben am Hang verstreut wuchsen.«
Elinor behielt ihre Bestürzung und ihre Kritik für sich und war außerordentlich dankbar, daß Marianne nicht da war und diese provozierenden Bemerkungen nicht mit anhören mußte. Da er seine Armut nun hinreichend klargemacht und sich der Notwendigkeit entledigt hatte, jeder seiner Schwestern bei seinem nächsten Besuch bei Gray ein Paar Ohrringe kaufen zu müssen, wandte er sich erfreulicheren Dingen zu und begann, Elinor zu einer Freundin wie Mrs. Jennings zu gratulieren.
»Sie scheint wirklich eine unschätzbare Frau zu sein. Ihr Haus, ihr Lebensstil, alles verrät ein unerhört großzügiges Einkommen, und es handelt sich um eine Bekanntschaft, die für euch nicht nur bisher von großem Nutzen gewesen ist, sondern sich eines Tages auch noch finanziell als vorteilhaft erweisen kann. Diese Einladung nach London kommt euch wahrlich zugute, und sie beweist wirklich eine solche Zuneigung zu euch, daß Mrs. Jennings euch bei ihrem Tod höchstwahrscheinlich nicht vergessen wird. Sie muß allerlei zu vererben haben.«
»Gar nichts, würde ich eher vermuten, denn sie hat nur ihre Rente, und die geht auf ihre Kinder über.«
»Aber man kann sich doch nicht vorstellen, daß sie ihr Einkommen verbraucht. Kein umsichtiger Mensch würde

so etwas tun. Und was sie spart, wird sie vererben können.«

»Und hältst du es nicht für wahrscheinlicher, daß sie das ihren Töchtern hinterläßt statt uns?«

»Ihre Töchter sind beide unerhört gut verheiratet, und deshalb sehe ich gar keine Notwendigkeit, daß sie sie noch weiter berücksichtigt. Hingegen hat sie euch in meinen Augen durch die Aufmerksamkeit und die Behandlung, die sie euch zukommen läßt, geradezu einen Anspruch auf ihre spätere Berücksichtigung gegeben, den eine gewissenhafte Frau nicht außer acht lassen würde. Ihr Verhalten könnte gar nicht liebenswürdiger sein; und sie kann all dies kaum tun, ohne sich der Erwartungen bewußt zu sein, die sie dadurch weckt.«

»Aber sie weckt doch bei den Betroffenen gar keine. Überhaupt finde ich, Bruder, daß du in deiner Sorge um unser Wohlbefinden und unseren Wohlstand zu weit gehst.«

»Na ja«, sagte er und schien sich zu besinnen, man kann doch so wenig, man kann so sehr wenig tun. Aber meine liebe Elinor, was ist mit Marianne los? Sie sieht schlecht aus, hat ihre Farbe verloren und ist ganz dünn geworden. Ist sie krank?«

»Sie fühlt sich nicht wohl, sie leidet schon seit mehreren Wochen an nervösen Zuständen.«

»Das tut mir leid. In ihrem Alter zerstört jede kleinste Krankheit die Blüte für immer. Ihre war nur von kurzer Dauer. Im letzten September war sie das hübscheste Mädchen weit und breit und hatte alle Chancen, die Männer anzuziehen. Ihre Schönheit hatte etwas Gewisses, das ihnen besonders gefiel. Ich erinnere mich, daß Fanny damals immer sagte, *sie* würde sich eher und besser verheiraten als du – nicht daß sie nicht unerhört viel für dich übrig hat, aber es kam ihr so vor. Sie wird sich allerdings irren. Ich bezweifle, ob Marianne jetzt noch einen Mann mit mehr als fünf- oder sechshundert pro Jahr heiratet, und ich müßte mich schon sehr täuschen, wenn du nicht besser abschneidest. Dorsetshire! Ich kenne Dorsetshire kaum, aber meine liebe Elinor, ich wäre unerhört froh, es besser kennenzulernen, und ich glaube, du kannst dich darauf verlassen, daß Fanny und ich unter den ersten und begeistertsten Besuchern sein werden.«

Elinor gab sich ernstlich Mühe, ihn zu überzeugen, daß auf ihre Heirat mit Oberst Brandon keinerlei Aussicht bestand. Ihm war der Gedanke zu angenehm, als daß er ihn leicht aufgegeben hätte, und er war tatsächlich entschlossen, die nähere Bekanntschaft dieses Herrn zu machen und die Heirat mit allen Mitteln voranzutreiben. Er empfand gerade genug Gewissensbisse darüber, nichts für seine Schwestern getan zu haben, daß er unerhört daran interessiert war, daß andere möglichst viel für sie taten; und ein Antrag von Oberst Brandon oder eine Erbschaft von Mrs. Jennings waren der einfachste Weg, für sein eigenes Versäumnis aufzukommen.

Sie hatten das Glück, Lady Middleton zu Hause anzutreffen, und Sir John kam dazu, bevor der Besuch zu Ende war. Man überbot sich gegenseitig an Höflichkeiten. Sir John war bereit, jeden leiden zu mögen, und obwohl Mr. Dashwood anscheinend nicht viel von Pferden verstand, betrachtete er ihn bald als einen sehr umgänglichen Burschen, während Lady Middleton seine Erscheinung ausreichend modisch vorkam, um seine Bekanntschaft für interessant zu halten; und Mr. Dashwood ging entzückt von beiden davon.

»Ich werde Fanny einen reizenden Bericht erstatten können«, sagte er, während er mit seiner Schwester zurückging. »Lady Middleton ist wirklich eine äußerst elegante Frau, eine Frau, deren Bekanntschaft Fanny sicher gern machen wird; und auch Mrs. Jennings, eine unerhört taktvolle Frau, wenngleich nicht so elegant wie ihre Tochter. Deine Schwägerin braucht gar keine Skrupel zu haben, auch *ihr* einen Besuch zu machen, was, um ehrlich zu sein, ein bißchen der Fall gewesen ist – und nur zu verständlich, denn wir wußten lediglich, daß Mrs. Jennings die Witwe eines Mannes war, der all sein Geld auf recht gewöhnliche Weise gemacht hat, und Fanny und Mrs. Ferrars waren beide stark gegen sie und ihre Töchter voreingenommen und konnten sich nicht vorstellen, daß sie zu den Frauen gehören würden, an deren Umgang ihnen lag. Aber nun kann ich ihnen einen höchst zufriedenstellenden Bericht über beide abstatten.«

Kapitel 34

Mrs. John Dashwood hatte soviel Vertrauen in das Urteil ihres Mannes, daß sie schon am nächsten Tag sowohl Mrs. Jennings als auch ihrer Tochter einen Besuch machte, und ihr Vertrauen wurde dadurch belohnt, daß sich sogar die erstere, sogar die Frau, bei der ihre Schwägerinnen wohnten, ihrer Aufmerksamkeit keineswegs als unwürdig erwies; und was Lady Middleton anging, so hielt sie sie für eine der charmantesten Frauen der Welt!

Lady Middleton war ebenso angetan von Mrs. Dashwood. Beide hatten genau die kaltblütige Selbstsucht, durch die sie anziehend aufeinander wirkten, und sie waren sich in ihrer oberflächlichen Vorliebe für Etikette und ihrem allgemeinen Mangel an Intelligenz gegenseitig sympathisch.

Das gleiche Benehmen allerdings, durch das Mrs. John Dashwood in den Augen von Lady Middleton so gewann, paßte Mrs. Jennings überhaupt nicht, und für sie war sie nichts als eine kleine hochnäsige Frau mit unliebenswürdigen Umgangsformen, die den Schwestern ihres Mannes ohne jede Herzlichkeit begegnete und sich beinahe nichts mit ihnen zu sagen hatte, denn während der Viertelstunde, die sie sich in der Berkeley Street aufhielt, hüllte sie sich mindestens siebeneinhalb Minuten lang in Schweigen.

Elinor hätte, obwohl sie es vorzog, nicht danach zu fragen, zu gern gewußt, ob Edward auch in London war. Aber nichts hätte Fanny dazu bringen können, seinen Namen in ihrer Gegenwart von sich aus zu erwähnen, ehe sie berichten konnte, daß seine Heirat mit Miss Morton beschlossene Sache sei, oder ehe die Erwartungen ihres Mannes in bezug auf Oberst Brandon sich erfüllt hatten, denn sie war überzeugt, sie hatten immer noch so viel füreinander übrig, daß man sie gar nicht sorgfältig genug voneinander fernhalten konnte, in Wort und Tat und bei jeder Gelegenheit. Die Nachricht, die *sie* ihr vorenthielt, erreichte Elinor allerdings bald aus einer anderen Quelle. Lucy kam kurz darauf, um Elinors Mitgefühl zu erheischen, weil sie Edward nicht sehen konnte, obwohl er mit Mr. und Mrs. Dashwood in London eingetroffen war. Aus Angst, entdeckt zu werden, traute er sich nicht nach Bartlett's Buildings zu kommen, und obwohl ihre Ungeduld, sich zu sehen, unaussprechlich groß war, mußten sie sich vorläufig mit Schreiben begnügen.

Edward unterrichtete sie sehr bald darauf selbst davon, daß er in London war, indem er zweimal in der Berkeley Street vorsprach. Zweimal fanden sie seine Karte auf dem Tisch, als sie von vormittäglichen Verpflichtungen zurückkehrten. Elinor freute sich, daß er vorgesprochen hatte, und freute sich noch mehr, daß sie ihn verpaßt hatte.

Die Dashwoods waren so über alle Maßen entzückt von den Middletons, daß sie, obwohl es gar nicht ihre Art war, etwas wegzugeben, beschlossen, ihnen etwas zu geben, und zwar – ein Dinner. Und kurz nach Beginn ihrer Bekanntschaft luden sie sie in die Harley Street ein, wo sie für drei Monate ein recht anspruchsvolles Haus gemietet hatten. Ihre Schwägerinnen und Mrs. Jennings wurden ebenfalls eingeladen, und ihr Mann sorgte dafür, daß Oberst Brandon mit von der Partie war, der, immer froh, dort zu sein, wo die Miss Dashwood waren, Mr. Dashwoods beflissene Zuvorkommenheit mit einiger Überraschung, aber noch mehr Vergnügen entgegennahm. Sie sollten auch Mrs. Ferrars kennenlernen, aber Elinor konnte nicht herausbekommen, ob ihre Söhne dabeisein würden. Die Aussicht, *ihr* zu begegnen, genügte allerdings, um Elinors Interesse an der Einladung zu wecken, denn obwohl sie Edwards Mutter jetzt ohne jenes starke Gefühl der Beklemmung gegenübertreten konnte, das eine Vorstellung früher unweigerlich hervorgerufen hätte, obwohl es ihr jetzt völlig gleichgültig war, was diese von ihr hielt, war ihr Wunsch, Mrs. Ferrars in Gesellschaft zu begegnen, ihre Neugier, sie näher kennenzulernen, so lebhaft wie eh und je.

Das Interesse, mit dem sie dem Abend entgegensah, wurde bald darauf noch nachdrücklich, wenn auch nicht angenehm verstärkt, als sie hörte, daß die Miss Steele ebenfalls dabeisein würden.

So sehr hatten sie Lady Middletons Gunst zu gewinnen gewußt, so unentbehrlich hatten ihre beharrlichen Aufmerksamkeiten sie ihr gemacht, daß sie sie, obwohl Lucy zweifellos nicht vornehm und ihre Schwester nicht einmal gesellschaftlich akzeptabel war, mit der gleichen Bereitwilligkeit wie Sir John einlud, ein oder zwei Wochen in der Conduit Street zu verbringen, und es kam den Miss Steele, sobald die Einladung der Dashwoods bekannt wurde, besonders gelegen, daß ihr Besuch ein paar Tage vor dem Dinner beginnen sollte.

Ihr Anspruch auf Mrs. John Dashwoods Interesse als die Nichten jenes Herrn, dem jahrelang die Obhut ihres Bruders Edward anvertraut war, hätte allerdings kaum dazu beigetragen, ihnen einen Platz an ihrer Tafel zu sichern, aber als Lady Middletons Gäste mußten sie ihr willkommen sein; und Lucy, die schon lange den Wunsch hatte, persönlich mit der Familie bekannt zu werden, einen genaueren Eindruck von deren Charakter und ihren eigenen Schwierigkeiten zu bekommen wie auch Gelegenheit, sich bei ihnen beliebt zu machen, war selten in ihrem Leben glücklicher gewesen als beim Empfang von Mrs. John Dashwoods Karte.

Auf Elinor hatte sie eine ganz andere Wirkung. Es war keine Frage für sie, daß Edward, der bei seiner Mutter wohnte, genau wie seine Mutter zu einer Gesellschaft, die seine Schwester gab, eingeladen sein mußte; und ihn zum erstenmal nach allem, was vorgefallen war, zusammen

mit Lucy zu sehen – sie wußte kaum, wie sie das ertragen sollte.
Diese Befürchtungen beruhten nur zum Teil auf rationalen Überlegungen und ganz und gar nicht auf Wahrheit. Sie wurde davon auch nicht durch ihre eigene Gefaßtheit erlöst, sondern durch Lucys Gefälligkeit, die ihr eine bittere Enttäuschung zu bereiten glaubte, als sie ihr erzählte, daß Edward am Dienstag keineswegs in der Harley Street sein würde, und die sie sogar noch tiefer treffen zu können hoffte, indem sie ihr einredete, daß ihn nur diese grenzenlose Zuneigung zu ihr selbst fernhielt, die er bei ihrer Begegnung nicht verbergen könnte.
Der bedeutende Dienstag kam, an dem die beiden jungen Damen dieser überwältigenden Schwiegermutter vorgestellt werden sollten.
»Haben Sie Mitleid mit mir, meine liebe Miss Dashwood!« sagte Lucy, als sie gemeinsam die Treppe hinaufstiegen – denn die Middletons waren so unmittelbar nach Mrs. Jennings eingetroffen, daß sie dem Diener alle gleichzeitig folgten –, »niemand hier außer Ihnen weiß, was ich durchmache. Glauben Sie mir, ich kann mich kaum aufrecht halten. Du lieber Himmel! Gleich werde ich vor der Person stehen, von der mein ganzes Glück abhängt, die meine Schwiegermutter sein wird!«
Es wäre Elinor ein leichtes gewesen, sie von ihrer Angst zu befreien und ihr zu erzählen, daß es wohl eher Miss Mortons Schwiegermutter als ihre eigene war, die gleich vor ihnen stehen würde, aber statt dessen versicherte sie ihr, und noch dazu in aller Ehrlichkeit, daß sie sie tatsächlich bemitleide – zum äußersten Erstaunen von Lucy, die trotz ihres wirklichen Unbehagens doch wenigstens glaubte, fur Elinor ein Gegenstand unüberwindlichen Neides zu sein.
Mrs. Ferrars war eine kleine, dünne Frau von aufrechter, ja steifer Haltung und ernstem, ja säuerlichem Aussehen. Ihr Teint war gelblich blaß und ihre Züge unscheinbar, ohne Schönheit und von Natur ohne Ausdruckskraft. Aber zu ihrem Glück hatte eine Stirnfalte ihr Gesicht vor

der Schmach der Bedeutungslosigkeit gerettet und ihm einen starken Ausdruck von Stolz und Mißgunst gegeben. Sie war keine Frau, die viele Worte machte, denn im Gegensatz zu den meisten Leuten paßte sie ihre Worte der Zahl ihrer Einfälle an, und von den wenigen Silben, die ihr entschlüpften, war keine einzige an Miss Dashwood gerichtet, die sie mit der unerschütterlichen Entschlossenheit, sie auf keinen Fall leiden zu mögen, musterte.

Elinor konnte dieses Benehmen jetzt nichts mehr anhaben. Noch vor ein paar Monaten hätte es sie außerordentlich verletzt, aber jetzt stand es nicht mehr in Mrs. Ferrars' Macht, ihr damit weh zu tun, und der Unterschied in ihrem Benehmen zu den Miss Steele, ein Unterschied, den sie anscheinend absichtlich machte, um sie noch mehr zu kränken, amüsierte sie nur. Sie konnte nur lächeln über die Zuvorkommenheit von Mutter und Tochter ausgerechnet der Person gegenüber – denn Lucy wurde besonders ausgezeichnet –, an deren Demütigung sie vor allem interessiert gewesen wären, hätten sie gewußt, was *sie* wußte, während sie selbst, die ihnen doch kaum etwas anhaben konnte, von beiden betont geschnitten wurde. Aber während sie über eine so unangebrachte Zuvorkommenheit lächelte, konnte sie bei dem Gedanken an den gehässigen Dünkel, dem sie entsprang, oder an die affektierten Höflichkeiten, mit denen die Miss Steele darum buhlten, nicht umhin, sie alle vier gründlich zu verachten.

Lucy frohlockte über diese ehrenvolle Auszeichnung, und Miss Steele brauchte zum vollkommenen Glücklichsein nichts als Anspielungen auf Dr. Davies.

Das Dinner war in großem Stil; die Diener waren zahlreich, und alles verriet die Absicht der Gastgeberin, Eindruck zu machen, und die Fähigkeit des Gastgebers, es sich leisten zu können. Trotz der Verbesserungen und Erweiterungen, die in Norland vorgenommen wurden, und trotz der Versicherungen des Besitzers, daß es einmal an gut tausend Pfund gehangen hatte, ob er mit Verlust verkaufen mußte, verriet nichts jene Bedürftigkeit, die er daraus abzuleiten versucht hatte. Armut in keiner Form war zu bemerken, außer im Gespräch – aber da war der Mangel erheblich. John Dashwood selbst hatte nicht viel zu sagen, was das Zuhören lohnte, und seine Frau noch weniger. Aber es lag darin keine besondere Schande, denn es traf auf den größeren Teil ihrer Gäste zu, die beinahe alle an der einen oder anderen dieser gesellschaftlichen Unzulänglichkeiten litten: Mangel an natürlicher oder anerzogener Einsicht, Mangel an Lebensart, Mangel an Geist oder Mangel an Temperament.

Als die Damen sich nach dem Dinner ins Wohnzimmer zurückzogen, wurde diese Armut besonders offensichtlich, denn die Herren hatten das Gespräch wenigstens durch ein paar Themen bereichert, nämlich die Themen Politik, Landzukäufe und das Zureiten von Pferden, aber danach war alles vorbei; und bis der Kaffee serviert wurde, beschäftigte die Damen nur ein einziges Thema, nämlich die Körpergröße von Harry Dashwood und Lady Middletons zweitem Sohn William, die beinahe gleichaltrig waren.

Wären beide Kinder dagewesen, dann wäre das Problem auf der Stelle durch das Messen beider gelöst worden, aber da nur Harry anwesend war, wurden auf beiden Seiten nur Vermutungen angestellt, und alle hatten das Recht, auf ihrer Meinung zu bestehen und sie nach Herzenslust zu wiederholen, sooft es ihnen gefiel.

Die Parteien sahen so aus:

Die beiden Mütter, obwohl jede im stillen überzeugt, daß ihr eigener Sohn der größere war, stimmten jede höflich zugunsten des anderen.

Die beiden Großmütter stimmten, nicht weniger parteiisch, dafür aber aufrichtiger, mit gleichem Eifer für den eigenen Nachkommen.

Lucy, der alles daran lag, es beiden Müttern recht zu machen, fand die Jungen beide bemerkenswert groß für ihr Alter und konnte sich nicht vorstellen, daß es auch nur den geringsten Größenunterschied zwischen ihnen gab.

Und Miss Steele entschied die Frage mit noch größerer Eilfertigkeit zugunsten beider.
Elinor sah, nachdem sie einmal für William gestimmt und damit Mrs. Ferrars und Fanny noch mehr beleidigt hatte, keinerlei Notwendigkeit, ihre Meinung durch weitere Beteuerungen zu bekräftigen, und Marianne, um ihre Meinung gefragt, beleidigte alle, indem sie erklärte, sie habe keine Meinung dazu und habe auch nie einen Gedanken daran verschwendet.
Bevor sie Norland verließ, hatte Elinor zwei sehr hübsche Kaminschirme für ihre Schwägerin bemalt, die gerade aufgezogen und abgeholt worden waren und deren gegenwärtiges Wohnzimmer schmückten. Diese Schirme fielen John Dashwood ins Auge, als er den anderen Herren ins Zimmer folgte, und er reichte sie beflissen Oberst Brandon zum Bewundern.
»Das hier hat meine älteste Schwester gemalt«, sagte er, »und Sie als ein Mann von Geschmack werden sicherlich Gefallen daran finden. Ich weiß nicht, ob Sie zufällig jemals Arbeiten von ihr gesehen haben, aber man sagt allgemein, daß sie außerordentlich gut zeichnet.«
Obwohl der Oberst jeden Anspruch auf Kennerschaft ablehnte, bewunderte er die Schirme so ehrlich, wie er alles bewundert hätte, was von Miss Dashwood kam. Natürlich erweckte das die Neugier der anderen, und die Schirme wurden zur allgemeinen Besichtigung herumgereicht. Mrs. Ferrars, nicht ahnend, daß sie von Elinor stammten, bat ausdrücklich darum, sie betrachten zu dürfen; und nachdem Lady Middleton den gnädigen Beweis ihrer Anerkennung abgegeben hatte, reichte Fanny sie ihrer Mutter und informierte sie dabei ausdrücklich, daß Miss Dashwood sie gemacht habe.
»Hm«, sagte Mrs. Ferrars, »sehr hübsch«, und ohne überhaupt einen Blick darauf zu werfen, gab sie sie ihrer Tochter zurück.
Vielleicht fand selbst Fanny, daß ihre Mutter in ihrer Unhöflichkeit zu weit gegangen war, denn sie errötete leicht und sagte schnell: »Sie sind sehr hübsch, Mutter,

nicht wahr?« Aber dann überkam sie anscheinend doch die Befürchtung, zu freundlich, zu entgegenkommend gewesen zu sein, denn sie fuhr gleich fort:
»Findest du nicht, sie sind ein bißchen im Stil von Miss Morton gemalt, Mutter? *Sie* malt wirklich ganz entzückend. Wie herrlich ihre letzte Landschaft aussieht!«
»Wirklich herrlich! Aber *sie* kann ja auch alles.«
Marianne konnte sich nicht länger beherrschen. Sie war ohnehin empört über Mrs. Ferrars, und obwohl sie nicht ahnen konnte, was solch unangebrachtes Lob einer anderen auf Kosten Elinors zu bedeuten hatte, veranlaßte es sie, spontan und mit Nachdruck zu sagen:
»Was für eine höchst merkwürdige Art von Bewunderung! Was geht uns Miss Morton an? Wer kennt sie, oder was kümmert sie uns? Wir meinen Elinor und reden von *ihr*!«
Und mit diesen Worten nahm sie ihrer Schwägerin die Kaminschirme aus der Hand, um sie so zu bewundern, wie sie bewundert werden sollten.
Mrs. Ferrars machte ein ausgesprochen böses Gesicht, und indem sie sich noch gerader aufrichtete als sonst, schleuderte sie ihr die bittere Philippika entgegen:
»Miss Morton ist Lord Mortons Tochter!«
Fanny sah ebenfalls sehr böse aus, und ihrem Mann hatte die Kühnheit seiner Schwester einen richtigen Schreck eingejagt. Elinor fühlte sich viel mehr durch Mariannes Empörung als durch das, was sie hervorgerufen hatte, verletzt. Aber Oberst Brandons Augen, die auf Marianne gerichtet waren, verrieten, daß er nur das Liebenswerte an ihr sah, das zärtliche Herz, das nicht ertragen konnte, ihre Schwester auch nur irgendwie geringschätzig behandelt zu sehen.
Mariannes Erregung hatte sich damit noch nicht gelegt. Die kaltherzige Unverschämtheit von Mrs. Ferrars' allgemeinem Benehmen ihrer Schwester gegenüber schien ihr auf Schwierigkeiten und Unannehmlichkeiten für Elinor hinzudeuten, an die ihr eigenes getroffenes Herz nur mit Schrecken denken konnte; und überwältigt von einem

starken Ausbruch zärtlichen Gefühls lief sie einen Augenblick später zum Stuhl ihrer Schwester, legte den Arm um ihren Hals und die Wange an ihr Gesicht und sagte mit leiser, aber eindringlicher Stimme:
»Liebe, liebe Elinor, kümmere dich nicht um sie. Laß dich von ihnen nicht unglücklich machen.«
Sie konnte nicht weitersprechen; von Mitgefühl überwältigt, verbarg sie ihr Gesicht an Elinors Schulter und brach in Tränen aus. Alle waren aufmerksam geworden, und fast alle waren betroffen. Oberst Brandon ging zu ihnen, ohne zu wissen, was er tat. Mrs. Jennings stieß ein sehr intelligentes »Ach, die Ärmste!« aus und reichte ihr sofort ihr Riechsalz, und Sir John empfand eine so verzweifelte Wut auf den Urheber dieses nervösen Anfalls, daß er sofort den Stuhl wechselte und sich dicht neben Lucy Steele setzte, um ihr im Flüsterton einen kurzen Bericht der ganzen schockierenden Affäre zu geben.
Nach ein paar Minuten hatte sich Marianne allerdings weit genug erholt, um der Aufregung ein Ende zu machen und unter den anderen Platz zu nehmen, obwohl ihrer Stimmung den ganzen Abend lang die Wirkung des Vorgefallenen anzumerken war.
»Arme Marianne!« sagte ihr Bruder leise zu Oberst Brandon, sobald er ihn beiseite nehmen konnte. »Sie hat nicht die Gesundheit ihrer Schwester, sie ist sehr nervös, sie hat nicht Elinors Konstitution, und man muß zugeben, daß es sehr bitter für eine junge Frau ist, die eine Schönheit war, ihre Anziehungskraft zu verlieren. Sie glauben es vielleicht nicht, aber noch vor ein paar Monaten war Marianne bemerkenswert hübsch, ebenso hübsch wie Elinor. Aber sehen Sie, das ist nun alles vorbei.«

Kapitel 35

Elinors Neugier, Mrs. Ferrars zu sehen, war befriedigt. Sie hatte in ihr in jeder Hinsicht eine Frau erlebt, die jede weitere Verbindung zwischen ihren Familien als unerwünscht erscheinen ließ. Sie hatte genug von ihrem Stolz, ihrer Bosheit und ihrer unbeirrbaren Voreingenommenheit gegen sie selbst erlebt, um all die Schwierigkeiten zu begreifen, die die Verlobung kompliziert und die Heirat zwischen Edward und ihr verzögert hätten, wenn er sonst ungebunden gewesen wäre, und sie hatte beinahe genug erlebt, um in ihrem eigenen Interesse dankbar zu sein, daß ein unüberwindliches Hindernis sie davor bewahrte, unter weiteren von Mrs. Ferrars ersonnenen Hindernissen zu leiden, sie davor bewahrte, von ihren Launen abhängig zu sein oder sich um ihre gute Meinung bemühen zu müssen; und wenn sie sich auch nicht ganz dazu durchringen konnte, sich darüber zu freuen, daß Edward an Lucy gefesselt war, so stellte sie doch wenigstens fest, daß sie sich hätte freuen müssen, wenn Lucy liebenswürdiger gewesen wäre.

Sie fragte sich, wie Mrs. Ferrars' Höflichkeit Lucy in so gehobene Stimmung versetzen, wie ihre Selbstsucht und ihre Eitelkeit sie so blind machen konnten, daß ihr die Bevorzugung, die ihr doch nur geschenkt wurde, weil sie *nicht* Elinor war, als Kompliment für sie selbst erschien, oder wie sie Auftrieb aus einer Bevorzugung gewinnen konnte, die ihr doch nur zuteil wurde, weil ihre wirkliche Lage unbekannt war. Aber daß es tatsächlich so war, hatten nicht nur Lucys Augen dabei offen ausgedrückt, sondern sie drückte es selbst noch offener am nächsten Vormittag aus, als sie auf ihren besonderen Wunsch und in der Hoffnung, Elinor allein anzutreffen und ihr zu erzählen, wie glücklich sie sei, von Lady Middleton in der Berkeley Street abgesetzt wurde.

Ihre Hoffnung trog sie nicht, denn eine Nachricht von

Mrs. Palmer kurz nach ihrer Ankunft zwang Mrs. Jennings, auszugehen.
»Meine liebe Freundin«, rief Lucy, sobald sie allein waren, »ich komme, um Ihnen zu sagen, wie glücklich ich bin. Kann man sich etwas Schmeichelhafteres vorstellen als Mrs. Ferrars' Benehmen gestern mir gegenüber? So unerhört liebenswürdig, wie sie war! Sie wissen, wie mir vor dem Gedanken, ihr zu begegnen, graute. Aber sobald ich ihr vorgestellt wurde, hatte ihr Benehmen etwas so Liebenswürdiges, daß man wirklich meinen konnte, sie hätte mich richtig in ihr Herz geschlossen. Stimmt das nicht? Sie waren doch dabei, und waren Sie nicht ganz beeindruckt?«
»Sie war zweifellos sehr höflich zu Ihnen.«
»Höflich! Haben Sie nichts als Höflichkeit gesehen? Ich habe eine Menge mehr gesehen. Eine Freundlichkeit, wie sie niemand außer mir zuteil wurde! Kein Stolz, keine Herablassung, und Ihre Schwägerin auch – ganz Zuvorkommenheit und Liebenswürdigkeit.«
Elinor hätte gern von etwas anderem gesprochen, aber Lucy drang weiter in sie, zuzugeben, daß sie allen Grund hatte, glücklich zu sein, und Elinor war gezwungen, fortzufahren:
»Zweifellos, wenn sie von Ihrer Verlobung gewußt hätten«, sagte sie, »hätte nichts schmeichelhafter sein können als ihr Benehmen Ihnen gegenüber, aber da das nicht der Fall war ...«
»Ich dachte mir gleich, daß Sie das sagen würden«, entgegnete Lucy schnell, »aber es gibt doch überhaupt keinen Grund, warum Mrs. Ferrars so tun sollte, als ob sie mich leiden mag, wenn es nicht stimmt; und daß sie mich leiden mag, ist ausschlaggebend. Ich lasse mir meine Freude nicht verderben. Es wird bestimmt alles ein gutes Ende nehmen, und die Schwierigkeiten, mit denen ich immer gerechnet habe, gibt es sicher gar nicht. Mrs. Ferrars ist eine charmante Frau, und Ihre Schwägerin auch. Sie sind beide richtig reizende Frauen. Komisch, daß Sie nie erzählt haben, wie nett Mrs. Dashwood ist!«

Dazu hatte Elinor nichts zu sagen und machte auch gar nicht den Versuch.
»Sind Sie krank, Miss Dashwood? Sie sehen so niedergeschlagen aus, Sie sagen nichts – Sie fühlen sich doch wohl, oder?«
»Mir ging es nie besser.«
»Das freut mich von ganzem Herzen, aber Sie sahen wirklich nicht so aus. Es täte mir so leid, wenn *Sie* krank würden – Sie, die Sie mein größter Trost auf der Welt gewesen sind! Weiß der Himmel, was ich ohne Ihre Freundschaft getan hätte!«
Elinor versuchte, eine höfliche Antwort zu geben, obwohl sie an ihrem eigenen Erfolg zweifelte. Aber Lucy war anscheinend damit zufriedengestellt, denn sie antwortete unmittelbar:
»Ich weiß genau, wie viel Sie für mich übrig haben, und neben Edwards Liebe ist mir das der größte Trost. Der arme Edward! Aber einen Vorteil hat die Sache doch. Wir können uns jetzt treffen, und zwar ziemlich oft treffen, denn Lady Middleton ist entzückt von Mrs. Dashwood; deshalb werden wir bestimmt ziemlich oft in der Harley Street sein, und Edward verbringt die halbe Zeit bei seiner Schwester. Außerdem werden sich Lady Middleton und Mrs. Ferrars gegenseitig besuchen, und Mrs. Ferrars und Ihre Schwägerin hatten beide die Freundlichkeit, mir mehr wie einmal zu versichern, wie gern sie mich bei sich sehen würden. Solch reizende Frauen! Sollten Sie Ihrer Schwägerin jemals sagen, was ich von ihr halte, dann können Sie gar nicht genug übertreiben.«
Aber Elinor gab ihr keinerlei Anlaß zu der Hoffnung. Lucy fuhr fort.
»Ich bin sicher, ich hätte es sofort bemerkt, wenn Mrs. Ferrars mich nicht leiden könnte. Wenn sie nur ganz förmlich mit dem Kopf genickt hätte zum Beispiel, ohne ein Wort zu sagen, und mich hinterher gar nicht mehr beachtet hätte und mich gar nicht mehr freundlich angeguckt hätte, dann hätt' ich voll Verzweiflung aufgegeben. Ich hätt' es nicht ausgehalten, denn wenn sie einen

nicht leiden kann, dann ist da nichts zu machen, das weiß ich.«

Elinor blieb es erspart, auf diesen Triumph eine Antwort geben zu müssen, denn die Tür wurde aufgerissen, ein Diener meldete Mr. Ferrars, und Edward trat unmittelbar darauf ins Zimmer.

Es war ein äußerst peinlicher Augenblick, was sich auf allen drei Gesichtern spiegelte. Sie machten alle ein außerordentlich dummes Gesicht, und Edward war anscheinend eher geneigt, kehrtzumachen, als näherzutreten. Nun waren sie, und zwar auf die denkbar unangenehmste Weise, ausgerechnet in die Situation geraten, die sie alle um jeden Preis vermeiden wollten. Sie waren nicht nur alle drei zusammen, sondern sie waren zusammen, ohne daß die Anwesenheit anderer die Lage entspannt hätte. Die Damen erholten sich zuerst. Es kam nicht Lucy zu, sich vorzudrängen; der Anschein der Heimlichkeit mußte weiterhin gewahrt bleiben. Sie konnte deshalb nur zärtliche Blicke sprechen lassen, und nachdem sie ihn flüchtig begrüßt hatte, sagte sie nichts weiter.

Aber Elinor hatte mehr zu tun, und so sehr lag ihr um seinet- und ihrer selbst willen daran, es gut zu machen, daß sie sich nach kurzer Besinnung zwang, ihn mit einem Blick und in einer Art zu begrüßen, die beinahe gelassen, beinahe offen war; noch ein bißchen Anstrengung, noch ein bißchen Beherrschung, und sie war Herr der Lage. Sie wollte auf keinen Fall, daß Lucys Gegenwart oder das Bewußtsein, ungerecht behandelt worden zu sein, sie davon abhielten, ihm zu sagen, wie glücklich sie war, ihn wiederzusehen, und wie leid es ihr getan hatte, nicht zu Hause gewesen zu sein, als er in der Berkeley Street vorgesprochen hatte. Sie wollte sich durch Lucys beobachtenden Blick nicht einschüchtern lassen, ihn mit der Aufmerksamkeit zu behandeln, die ihm als Freund und entferntem Verwandten zukam, obwohl sie bald merkte, daß beide sie nicht aus den Augen ließen.

Ihr Verhalten gab Edward etwas Selbstvertrauen wieder, und er hatte den Mut, sich zu setzen. Aber seine Verlegenheit übertraf die der Damen immer noch in einem Maße, das der Anlaß zwar rechtfertigte, das bei einem Mann aber überraschte, denn weder hatte sein Herz Lucys Gleichgültigkeit, noch konnte sein Gewissen Elinors Gelassenheit haben.

Lucy, reserviert und ungerührt, war anscheinend entschlossen, nichts zur Entspannung der anderen beizutragen, und sagte kein einziges Wort, so daß fast alles, was überhaupt gesagt wurde, von Elinor kam, die sich gezwungen sah, ungefragt all die Einzelheiten über die Gesundheit ihrer Mutter, ihren Besuch in London usw. zu berichten, nach denen Edward sich hätte erkundigen sollen, was er aber nicht tat.

Ihre Anstrengungen waren damit nicht zu Ende, denn wenig später fühlte sie sich so heldenmütig, daß sie beschloß, die anderen unter dem Vorwand, Marianne zu holen, sich selbst zu überlassen, und das tat sie auch wirklich, und zwar auf die charmanteste Weise, denn sie hielt sich einige Minuten mit hochherziger Selbstüberwindung auf dem Treppenabsatz auf, bevor sie zu ihrer Schwester ging. Sobald sie das aber getan hatte, war es mit Edwards Schäferstündchen vorbei, denn Marianne eilte in ihrer Freude unverzüglich ins Wohnzimmer. Ihr Vergnügen, ihn wiederzusehen, löste bei ihr wie so häufig eine leidenschaftliche Gemütsbewegung aus, der sie leidenschaftlichen Ausdruck gab. Sie begrüßte ihn mit ausgestreckter Hand und einer Stimme, in der die Zuneigung einer Schwester lag.

»Lieber Edward«, rief sie »was für ein Augenblick des Glücks! Dies macht beinahe alles wieder gut.«

Edward versuchte ihre Freundlichkeit zu erwidern, wie sie es verdiente, aber vor solchen Augenzeugen traute er sich nicht die Hälfte von alledem zu sagen, was er empfand. Wieder nahmen sie Platz, und eine Weile schwiegen alle, während Mariannes Augen mit beredter Zärtlichkeit mal auf Edward, mal auf Elinor ruhten und sie lediglich bedauerte, daß ihre Freude aneinander durch Lucys unerwünschte Gegenwart beeinträchtigt wurde. Edward sprach als erster, und zwar fiel ihm Mariannes verändertes Aussehen auf, und er äußerte die Befürchtung, daß London ihr nicht bekommen sei.

»Ach! Denken Sie nicht an *mich*!« erwiderte sie lebhaft und bestimmt, obwohl ihre Augen sich beim Sprechen mit Tränen füllten, »denken Sie nicht an *meine* Gesundheit. Elinor geht es doch gut. Das muß für uns beide genügen!«

Diese Bemerkung war nicht dazu angetan, die Atmosphäre zwischen Edward und Elinor zu entspannen oder Lucys Entgegenkommen zu gewinnen, die Marianne nicht gerade mit gnädigen Blicken ansah.

»Gefällt Ihnen London?« fragte Edward in dem Bedürfnis, irgend etwas zu sagen, nur um das Thema zu wechseln.

»Ganz und gar nicht. Ich hatte mir viel Vergnügen davon versprochen, aber keins gefunden. Ihr Anblick, Edward, ist der einzige Trost, den London mir zu bieten hat. Und Gott sei Dank, Sie sind unverändert.«

Sie machte eine Pause – niemand sagte etwas.

»Ich glaube, Elinor«, fuhr sie gleich darauf fort, »wir müssen dafür sorgen, daß Edward sich bei unserer Rückkehr nach Barton um uns kümmert. In ein oder zwei Wochen werden wir wohl aufbrechen, und Edward hat doch sicher nichts dagegen, diese Aufgabe zu übernehmen.«

Der arme Edward murmelte etwas, aber was, wußte niemand, nicht einmal er selbst. Aber Marianne, die seine Verwirrung bemerkte und keine Mühe hatte, sie sich auf einleuchtende Weise zu erklären, gab sich damit voll und ganz zufrieden und sprach bald von etwas anderem.

»Was für einen Tag wir gestern in der Harley Street verbracht haben, Edward! Ich habe Ihnen alles mögliche darüber zu erzählen, aber das kann ich jetzt nicht sagen.«

Und mit solch bewundernswerter Diskretion verschob sie die Versicherung, daß sie ihre gemeinsamen Verwandten unerträglicher denn je und besonders seine Mutter unausstehlich fand, bis sie unter sich waren.

»Aber warum waren Sie nicht da, Edward? Warum sind Sie nicht gekommen?«

»Ich hatte etwas anderes vor.«
»Etwas anderes! Aber was denn, wo Sie solche Freunde treffen konnten?«
»Sie glauben wohl, Miss Marianne«, rief Lucy und ergriff die Gelegenheit, sich an ihr zu rächen, »junge Männer halten nie Verpflichtungen ein, wenn sie dazu keine Lust haben, egal ob wichtig oder unwichtig.«
Elinor war wütend, aber Marianne spürte den Hieb anscheinend gar nicht, denn sie erwiderte ruhig:
»Durchaus nicht, denn ich bin, ehrlich gesagt, davon überzeugt, daß nur sein Gewissen Edward von der Harley Street ferngehalten hat. Und ich finde wirklich, daß er ein außerordentlich empfindliches Gewissen hat und jede noch so kleine Verabredung einhält, auch wenn sie sein eigenes Interesse oder Vergnügen beeinträchtigt. Niemand hat solche Skrupel, andere zu kränken, ihre Erwartungen zu enttäuschen, niemandem fällt es so schwer, egoistisch zu sein. So ist es, Edward, und ich werde es auch sagen. Was! Können Sie es immer noch nicht ertragen, Ihr eigenes Lob zu hören? Dann können Sie mein Freund nicht sein; denn wer sich meiner Liebe und Wertschätzung erfreuen will, muß sich auch mein offenes Lob gefallen lassen.«
Allerdings entsprach die Art ihres Lobs im vorliegenden Fall dem seelischen Zustand von zwei Dritteln ihrer Zuhörer so wenig und trug so wenig zu Edwards Erheiterung bei, daß er sich bald erhob, um zu gehen.
»Sie wollen schon gehen!« sagte Marianne. »Mein lieber Edward, das dürfen Sie nicht.«
Und indem sie ihn ein wenig beiseite zog, flüsterte sie ihm zu, daß Lucy bestimmt nicht mehr lange bleiben würde. Aber selbst dieser Zuspruch verfehlte seinen Zweck, denn er bestand darauf zu gehen. Und Lucy, die auch dann ausgehalten hätte, wenn sein Besuch zwei Stunden gedauert hätte, brach kurz danach ebenfalls auf.
»Warum kommt sie bloß so oft!« sagte Marianne, als sie gegangen war. »Sie mußte doch merken, daß sie überflüssig war! Wie ärgerlich für Edward.«
»Warum denn? Wir waren doch alle mit ihm befreundet,

und Lucy kennt ihn von allen am längsten. Es ist nur natürlich, daß er sie ebenso gern sieht wie uns.«
Marianne sah sie unverwandt an und sagte: »Elinor, das ist genau die Art zu reden, die ich nicht ertragen kann. Wenn du es nur darauf anlegst, daß ich deiner Behauptung widerspreche, und so kommt es mir fast vor, dann solltest du wissen, daß ich die letzte bin, die so etwas täte. Ich erniedrige mich nicht dazu, mir Beteuerungen entlocken zu lassen, die gar nicht erwünscht sind.«
Dann verließ sie das Zimmer, und Elinor wagte nicht, ihr zu folgen und mehr zu sagen, denn da ihr Versprechen Lucy gegenüber sie zum Schweigen zwang, konnte sie Marianne keinerlei Erklärungen geben, die sie überzeugt hätten, und so schmerzlich die Folgen ihrer anhaltenden Unwissenheit auch sein mochten, Elinor war gezwungen, sich damit abzufinden. Sie konnte nur hoffen, daß Edward sie oder sich der Unannehmlichkeit von Mariannes deplazierter Herzlichkeit oder der Wiederholung irgendwelcher anderer Peinlichkeiten, die ihre Begegnung begleitet hatten, nicht noch einmal aussetzen würde – und das konnte sie mit Fug und Recht erwarten.

Kapitel 36

Wenige Tage nach dieser Begegnung verkündeten die Zeitungen der Welt, daß die Gemahlin Thomas Palmers von einem Sohn und Erben genesen war, eine höchst aufschlußreiche und befriedigende Anzeige, mindestens für all die engen Freunde, die es schon vorher gewußt hatten.
Dieses für Mrs. Jennings so überaus beglückende Ereignis brachte eine vorübergehende Änderung ihrer täglichen Routine mit sich und beeinflußte ebenfalls die Verabredungen ihrer jungen Freundinnen, denn da sie soviel wie möglich bei Charlotte sein wollte, ging sie jeden Vormittag

gleich nach dem Ankleiden dorthin und kam erst spät am Abend zurück. Und die Miss Dashwood verbrachten auf ausdrücklichen Wunsch der Middletons jeden Tag in der Conduit Street. Ihrer eigenen Bequemlichkeit zuliebe wären sie wenigstens den Vormittag über viel lieber in Mrs. Jennings' Haus geblieben. Aber es gehörte sich nicht, gegen den Wunsch aller darauf zu bestehen. Sie mußten ihre Zeit deshalb ganz Lady Middleton und den beiden Miss Steele widmen, die in Wirklichkeit auf ihre Gesellschaft ebensowenig Wert legten, wie sie ausdrücklich darum baten.

Die Dashwood-Mädchen waren zu vernünftig, um der ersteren als Gesellschaft erwünscht zu sein, und von den letzteren wurden sie eifersüchtig als Eindringlinge in *ihr* Territorium und als Nutznießer der Freundlichkeit betrachtet, auf die sie ganz allein Anspruch erhoben. Obwohl Lady Middletons Benehmen Elinor und Marianne gegenüber nicht höflicher hätte sein können, mochte sie sie im Grunde ganz und gar nicht. Weil sie weder ihr noch ihren Kindern je schmeichelten, hielt sie sie nicht für gutherzig; und weil sie gerne lasen, glaubte sie, sie seien zynisch, vielleicht ohne genau zu wissen, was Zynismus eigentlich bedeutete. Aber das machte nichts. Solche Kritik war gängig und wohlfeil.

Sowohl Lady Middleton als auch Lucy empfanden ihre Gegenwart als lästig. Die eine fühlte sich bei ihrem Müßiggang, die andere bei ihren Beschäftigungen beobachtet. Lady Middleton schämte sich, in ihrer Gegenwart nichts zu tun, und Lucy fürchtete, daß sie sie für die Schmeicheleien, die sie sich voller Stolz ausdachte und gelegentlich verabreichte, verachteten. Miss Steele fühlte sich durch ihre Gegenwart von allen dreien am wenigsten gestört, und es gelang ihnen, sie gänzlich mit ihrer Anwesenheit zu versöhnen. Hätte eine von beiden ihr nur einen ausführlichen und detaillierten Bericht der ganzen Affäre zwischen Marianne und Mr. Willoughby gegeben, es hätte sie reichlich für das Opfer entschädigt, den beiden zuliebe nach dem Dinner auf den besten Platz am Feuer verzichten zu müssen. Aber diesen Gefallen taten sie ihr nicht. Denn obwohl sie Elinor oft durch Mitleidsbekundungen für ihre Schwester zu ködern versuchte und in Mariannes Gegenwart mehr als einmal eine Bemerkung über die Treulosigkeit von Verehrern fallenließ, wurde sie durch nichts belohnt als durch einen gleichgültigen Blick von der einen oder einen verächtlichen von der anderen. Dabei hätte ein noch viel geringerer Aufwand sie zu ihrer Freundin gemacht. Sie hätten sie nur mit dem Doktor auszulachen brauchen! Aber wie die anderen waren sie so wenig geneigt, ihr diesen Gefallen zu tun, daß sie gelegentlich, wenn Sir John auswärts aß, einen ganzen Tag ohne weitere Anspielungen auf das Thema verbringen mußte – außer denen, die sie sich freundlicherweise selbst gönnte.

Von all dieser Eifersucht und Mißgunst ahnte Mrs. Jennings allerdings gar nichts, so daß sie dachte, die Mädchen amüsierten sich glänzend miteinander, und ihre jungen Freundinnen abends meist beglückwünschte, der Gesellschaft einer einfältigen alten Frau so lange entgangen zu sein. Sie traf manchmal bei Sir John, manchmal in ihrem eigenen Haus mit ihnen zusammen. Aber gleichgültig wo, immer war sie glänzender Laune, voller Entzücken und erfüllt von ihrer Wichtigkeit, schrieb Charlottes schnelle Genesung ihrer eigenen Pflege zu und war bereit, ihren Zustand so ausführlich, so detailliert zu beschreiben, wie nur Miss Steele in ihrer Neugier es wünschte. Eins allerdings beunruhigte sie; und darüber beklagte sie sich täglich. Mr. Palmer bestand auf der bei seinem Geschlecht so verbreiteten, aber eines Vaters unwürdigen Meinung, daß alle Säuglinge gleich aussähen. Und obwohl sie bei verschiedenen Gelegenheiten eindeutig die verblüffendste Ähnlichkeit zwischen diesem Kind und jedem einzelnen seiner Verwandten auf beiden Seiten feststellen konnte, war der Vater nicht davon zu überzeugen, nicht dazu zu überreden, einzusehen, daß es nicht genauso aussah wie jeder andere gleichaltrige Säugling; ja er konnte nicht einmal dazu gebracht werden, die schlichte Tatsache zuzuge-

ben, daß es sich um den prächtigsten Säugling der Welt handelte.
Ich muß nun von einem Mißgeschick berichten, das ungefähr zu dieser Zeit Mrs. John Dashwood zustieß. Als ihre beiden Schwägerinnen ihren ersten Besuch mit Mrs. Jennings in der Harley Street machten, war zufällig auch eine andere Bekannte dazugekommen – ein Umstand, der an sich keine unangenehmen Folgen zu haben brauchte. Aber während die Einbildungskraft manche Leute dazu hinreißt, falsche Eindrücke von unserem Verhalten zu gewinnen und es lediglich aufgrund von oberflächlichen Beobachtungen zu beurteilen, ist das eigene Glück immer bis zu einem gewissen Grad der Gnade des Zufalls ausgeliefert. Im vorliegenden Fall überflügelte die zuletzt eingetroffene Dame Wahrheit und Wahrscheinlichkeit so weit, daß sie beim bloßen Hören des Namens Dashwood und bei der Erwähnung, daß die beiden Mädchen die Schwestern von Mr. Dashwood seien, unverzüglich folgerte, daß sie in der Harley Street wohnten. Und dieses Mißverständnis führte ein oder zwei Tage später dazu, daß die Mädchen eine Einladung mit ihrem Bruder und ihrer Schwägerin zusammen zu einer kleinen musikalischen Soiree im Haus der Dame erhielten. Die Folge davon war, daß Mrs. John Dashwood sich nicht nur der unerhört lästigen Verpflichtung ausgesetzt sah, den Miss Dashwood ihre Kutsche zu schicken, sondern daß sie, was noch schlimmer war, außerdem den Verdruß in Kauf nehmen mußte, so zu tun, als behandle sie ihre Schwägerinnen mit Aufmerksamkeit! Und wer weiß, womöglich rechneten sie damit, ein zweites Mal mit ihr auszugehen! Die Macht, sie zu enttäuschen, blieb zwar immer ihr vorbehalten, aber das genügte ihr nicht. Denn wenn Leute zu einem Verhalten entschlossen sind, von dem sie wissen, daß es falsch ist, dann fühlen sie sich verletzt, wenn man etwas Besseres von ihnen erwartet.
Marianne hatte sich nach und nach so daran gewöhnt, jeden Tag auszugehen, daß es ihr gleichgültig geworden war, ob sie es tat oder nicht. Und teilnahmslos und mechanisch machte sie sich für die abendlichen Unternehmun-

gen zurecht, obwohl sie sich nicht die geringste Unterhaltung davon versprach und oft bis zum allerletzten Moment nicht einmal wußte, wohin es ging.
Ihre Aufmachung und ihre Erscheinung waren ihr so völlig gleichgültig geworden, daß sie ihnen während ihrer ganzen Toilette nicht halb soviel Aufmerksamkeit schenkte wie Miss Steele in den ersten fünf Minuten ihres Zusammenseins. *Ihrer* eingehenden Beobachtung und allgemeinen Neugier entging nichts; sie sah alles und fragte nach allem; gab keine Ruhe, ehe sie nicht den Preis von Mariannes Kleid bis in alle Einzelheiten kannte; hätte die Anzahl ihrer Kleider besser schätzen können als Marianne selbst und gab die Hoffnung nicht auf, noch vor ihrem Aufbruch herauszubekommen, wieviel sie pro Woche fürs Waschen ausgab und wieviel Geld sie jährlich zu ihrer eigenen Verfügung hatte. Die Impertinenz dieser Ausfragerei wurde obendrein meist von einem Kompliment gekrönt, das zwar als Trostpflaster gedacht war, von Marianne aber als die größte Unverschämtheit betrachtet wurde. Denn nachdem der Wert und die Machart ihres Kleides, die Farbe ihrer Schuhe und die Aufmachung ihres Haars einer Prüfung unterzogen worden waren, konnte sie mit der Bemerkung rechnen, daß sie ›weiß Gott enorm schick aussah und bestimmt eine Menge Eroberungen machen würde‹.
Unter solchem Zuspruch wurde sie nun zur Kutsche ihres Bruders entlassen, die sie nur fünf Minuten nach ihrer Ankunft vor der Tür fertig angekleidet besteigen konnten, eine Pünktlichkeit, die ihre Schwägerin sehr verdroß, denn sie war zum Haus ihrer Bekannten vorausgefahren und saß nun da und hoffte, daß eine Verspätung der beiden Schwestern ihr selbst oder ihrem Kutscher Unannehmlichkeiten verursachen würde.
Die Ereignisse des Abends waren nicht weiter bemerkenswert. Wie bei vielen musikalischen Soirees gab es eine große Zahl von Leuten, die viel Verständnis für die Darbietungen, und noch viel mehr, die gar keins dafür hatten. Und wie üblich waren die Künstler nach ihrer eigenen

Einschätzung und der ihrer unmittelbaren Freunde die führenden Amateurmusiker in England.
Da Elinor weder musikalisch war noch vorgab, es zu sein, hatte sie keine Skrupel, die Augen nach Belieben vom Flügel abzuwenden und sie, unbeeindruckt selbst von der Gegenwart einer Harfe und eines Cellos, auf andere Gegenstände im Raum zu richten. Bei einer dieser Musterungen entdeckte sie in einer Gruppe von jungen Männern ebenden, der ihnen bei Gray eine Vorlesung über Zahnstocherdosen gehalten hatte. Wenig später entdeckte sie, daß er sie ansah und vertraulich mit ihrem Bruder sprach; und sie hatte gerade beschlossen, seinen Namen von diesem zu erfahren, als beide auf sie zukamen und Mr. Dashwood ihn ihr als Mr. Robert Ferrars vorstellte.
Er begrüßte sie mit lässiger Höflichkeit und verdrehte dabei seinen Kopf zu einer Verbeugung, die ihr überzeugender, als Worte es vermocht hätten, klarmachte, daß er genau der Geck war, als den Lucy ihn ihr beschrieben hatte. Was wäre es für ein Glück für sie gewesen, wenn ihre hohe Meinung von Edward weniger auf seinen eigenen Verdiensten als auf den Verdiensten seiner nächsten Verwandten beruht hätte! Denn dann hätte die Verbeugung seines Bruders das Werk vollendet, das die Bosheit seiner Mutter und seiner Schwester begonnen hatte. Aber während sie sich über den Unterschied zwischen den beiden jungen Männern wunderte, stellte sie fest, daß die Aufgeblasenheit und Selbstgefälligkeit des einen ihr die Bescheidenheit und den Wert des anderen durchaus nicht verleidete. Warum sie so verschieden waren, erklärte Robert selbst ihr im Laufe eines viertelstündigen Gesprächs; denn während er von seinem Bruder sprach und dessen unglaublich linkisches Benehmen beklagte, das seiner Meinung nach der eigentliche Grund dafür war, warum er nicht in der richtigen Gesellschaft verkehrte, führte er es unumwunden und generös nicht etwa auf ein natürliches Handicap, sondern allein auf seine unglückselige private Erziehung zurück; während er selbst, wenn auch vermutlich ohne irgendeine besondere, irgendeine wesentliche

angeborene Überlegenheit, lediglich durch den Vorteil eines Internatsbesuchs, die denkbar besten Voraussetzungen mitbrachte, sich in Gesellschaft zu bewegen.

»So wahr ich lebe«, fuhr er fort, »ich glaube, mehr steckt nicht dahinter. Und das erzähle ich meiner Mutter auch immer wieder, wenn sie darüber klagt. ›Meine liebe Mutter‹, sage ich jedesmal zu ihr, ›du mußt dich nicht grämen. Der Schaden ist nicht wiedergutzumachen, und du allein bist schuld daran. Warum hast du dich auch von meinem Onkel Sir Robert überreden lassen, Edward wider besseres Wissen in der entscheidenden Phase seines Lebens Privatunterricht geben zu lassen? Wenn du ihn nur wie mich nach Westminster statt zu Mr. Pratt geschickt hättest, wäre dies alles vermieden worden.‹ So stellt sich mir die Angelegenheit dar, und meine Mutter sieht ihren Fehler voll und ganz ein.«

Elinor widersprach seiner Meinung nicht, denn bei all ihrer Skepsis über die Vorzüge einer Internatserziehung konnte sie doch nicht mit Wohlwollen an Edwards Aufenthalt in Mr. Pratts Familie denken.

»Sie wohnen in Devonshire, glaube ich«, war seine nächste Bemerkung, »in einer Cottage in der Nähe von Dawlish.«

Elinor klärte ihn über deren Lage auf, und es erregte eher sein Erstaunen, daß jemand in Devonshire leben konnte, ohne in der Nähe von Dawlish zu wohnen. Die Art von Haus, in dem sie lebten, fand allerdings seine ausdrückliche Billigung.

»Was mich betrifft«, sagte er, »so habe ich eine ausgesprochene Vorliebe für Cottages. Sie haben immer so etwas Gemütliches, so etwas Elegantes. Und ich behaupte, wenn ich Geld übrig hätte, würde ich mir ein kleines Grundstück kaufen und selbst eine bauen, nicht weit von London, so daß ich jederzeit hinfahren und ein paar Freunde um mich versammeln und mich wohlfühlen könnte. Ich rate jedem, der bauen will, sich eine Cottage zu bauen. Mein Freund Lord Courtland kam neulich extra zu mir, um meinen Rat einzuholen, und legte mir drei verschiedene Pläne von

Bonomi[19] vor. Ich sollte entscheiden, welcher der beste war. ›Mein lieber Courtland‹, sagte ich und warf sie allesamt auf der Stelle ins Feuer, ›entscheiden Sie sich für keinen davon, sondern bauen Sie sich um Gottes willen eine Cottage.‹ Und damit ist der Fall, wie mir scheint, ein für allemal erledigt. Manche Leute sind der Ansicht, es gebe nicht Bequemlichkeit, nicht Platz genug in einer Cottage; aber das ist natürlich Unsinn. Letzten Monat war ich bei meinem Freund Elliot in der Nähe von Dartford. Lady Elliot wollte einen Ball geben. ›Aber was sollen wir machen?‹ sagte sie, ›mein lieber Ferrars, sagen Sie mir um Gottes willen, wie wir es anstellen sollen. Es gibt nicht ein einziges Zimmer in dieser Cottage, in das zehn Paare passen, und wo sollen wir den Imbiß servieren?‹ *Ich* sah sofort, daß es nicht weiter schwierig sein würde, und sagte deshalb, ›meine liebe Lady Elliot, grämen Sie sich nicht. Das Eßzimmer faßt spielend 18 Paare; die Kartentische können im Wohnzimmer aufgestellt werden; die Bibliothek wird für Tee und andere Erfrischungen geöffnet; und servieren Sie den Imbiß doch im Salon.‹ Lady Elliot war entzückt über den Einfall. Wir haben das Eßzimmer ausgemessen, festgestellt, daß genau achtzehn Paare hineinpassen, und die Angelegenheit wurde genau entsprechend meinem Plan ausgeführt. Nicht wahr, Sie sehen daraus, wenn die Leute nur wissen, wie man es anstellt, erfreut man sich in einer Cottage genau desselben Komforts wie in dem geräumigsten Herrenhaus.«

Elinor pflichtete ihm in allem bei, denn sie fand, daß er das Kompliment vernünftigen Widerspruchs nicht verdient hatte.

Da John Dashwood nicht mehr Gefallen an Musik fand als seine älteste Schwester, hatte auch er Muße, seine Gedanken schweifen zu lassen. Und es kam ihm im Laufe des Abends ein Einfall, den er seiner Frau nach der Heimfahrt mitteilte, um zu sehen, was sie davon hielt. Mrs. Dennisons irrtümliche Annahme, seine Schwestern seien zu Gast bei ihnen, hatte es ihm als opportun erscheinen lassen, sie tatsächlich zu sich einzuladen, solange Mrs. Jennings' Verpflichtungen sie von zu Hause fernhielten. Die Ausgaben wären nicht der Rede wert, die Unannehmlichkeiten auch nicht. Und wie ihm sein zartfühlendes Gewissen sagte, handelte es sich alles in allem um eine Geste, die erheblich dazu beitragen würde, das Versprechen seinem Vater gegenüber ein für allemal einzulösen. Seine Frau erschrak über diesen Vorschlag.

»Ich sehe nicht, wie sich das einrichten läßt«, sagte sie, »ohne Lady Middleton vor den Kopf zu stoßen, denn sie verbringen den ganzen Tag bei ihr; sonst wäre es mir natürlich ein ausgesprochenes Vergnügen. Du weißt, daß ich jederzeit bereit bin, ihnen soviel Aufmerksamkeit zu schenken, wie ich irgend kann; die heutige Einladung hat das doch gezeigt. Aber sie sind Lady Middletons Gäste. Wie kann ich sie ihr abspenstig machen.«

Ihr Mann wagte diesem Einwand, wenn auch in aller Demut, zu widersprechen. Sie hätten doch schon eine Woche in der Conduit Street zugebracht, und Lady Middleton könnte doch nichts dagegen haben, wenn sie die gleiche Anzahl von Tagen ihren nächsten Verwandten widmeten.

Fanny schwieg einen Augenblick und sagte dann mit frischer Kraft:

»Mein Schatz, ich würde sie von Herzen gern einladen, wenn es in meiner Macht stände. Aber ich hatte gerade beschlossen, die Miss Steele zu bitten, ein paar Tage bei uns zu verbringen. Sie sind sehr gut erzogene, nette Mädchen, und ich finde, sie haben die Aufmerksamkeit verdient, da ihr Onkel sich *so* um Edward gekümmert hat. Wir können deine Schwestern doch im nächsten Jahr einladen; aber die Miss Steele sind dann vielleicht nicht mehr in London. Ich bin ganz sicher, sie werden dir gefallen, ja, sie gefallen dir, wie du selber weißt, schon jetzt, und meiner Mutter auch. Und Harry ist ganz vernarrt in sie!«

Mr. Dashwood war überzeugt. Er sah die Notwendigkeit, die Miss Steele unverzüglich einzuladen, und beruhigte sein Gewissen mit dem Entschluß, seine Schwestern im nächsten Jahr einzuladen. Gleichzeitig allerdings mut-

maßte er insgeheim, daß die Einladung im nächsten Jahr sich erübrige, da Elinor als Oberst Brandons Frau nach London kommen und Marianne dann *ihr* Gast sein würde.
Fanny frohlockte über ihre Rettung und, stolz auf die Geistesgegenwart, mit der sie ihr gelungen war, schrieb sie am nächsten Morgen an Lucy, um sie und ihre Schwester, sobald Lady Middleton sie entbehren könne, für einige Tage um ihre Gesellschaft in der Harley Street zu bitten. Dies genügte, um Lucy ehrlich und mit gutem Grund glücklich zu machen. Mrs. Dashwood spielte ihr anscheinend tatsächlich in die Hand, begünstigte all ihre Hoffnungen und förderte all ihre Wünsche! Eine solche Gelegenheit, mit Edward und seiner Familie zusammenzusein, kam ihren Interessen ganz außerordentlich entgegen, und eine solche Einladung war für ihr Selbstgefühl außerordentlich schmeichelhaft. Es war ein vorteilhaftes Angebot, für das sie sich gar nicht erkenntlich genug zeigen, das gar nicht schnell genug akzeptiert werden konnte. Und so entdeckte man auf der Stelle, daß der Besuch bei Lady Middleton, der an sich gar nicht auf einen bestimmten Zeitraum begrenzt war, immer schon in zwei Tagen hatte enden sollen.
Als Elinor die Einladung zu sehen bekam, was innerhalb von zehn Minuten nach ihrem Eintreffen geschah, begriff sie zum erstenmal die Berechtigung von Lucys Erwartungen; denn eine so ungewöhnlich freundschaftliche Geste nach so kurzer Bekanntschaft deutete doch wohl darauf hin, daß das Entgegenkommen gegenüber Lucy auf mehr beruhte als bloßer Gehässigkeit ihr selbst gegenüber und mit Geduld und Geschick womöglich zur Erfüllung von Lucys Wünschen führte. Ihre Schmeicheleien hatten bereits Lady Middletons Stolz überwunden und sich das unzugängliche Herz von Mrs. John Dashwood erobert. Und das waren Erfolge, die zu größeren Hoffnungen Anlaß gaben.
Die Miss Steele zogen in die Harley Street, und alles, was Elinor über ihren Einfluß dort hörte, bestärkte sie in der Erwartung des Ereignisses. Sir John, der sie mehr als ein-

mal besuchte, brachte solche Berichte von der Beliebtheit, die sie dort genossen, daß alle Welt beeindruckt sein mußte. Noch nie in ihrem Leben hatte Mrs. Dashwood solchen Gefallen an zwei jungen Frauen gefunden; sie hatte jeder ein Nadelkissen geschenkt, das eine Emigrantin[20] gemacht hatte, nannte Lucy beim Vornamen und wußte gar nicht, wie sie sich je wieder von ihnen trennen sollte.

Kapitel 37

Mrs. Palmer war nach vierzehn Tagen soweit wiederhergestellt, daß ihre Mutter es nicht mehr für nötig hielt, ihr ihre ganze Zeit zu widmen, und so gab sie sich damit zufrieden, sie ein- oder zweimal pro Woche zu besuchen, und kehrte zu ihrem eigenen Haus und ihrem eigenen Tageslauf zurück, wobei sie die Miss Dashwood bereit fand, ihre bisherige Rolle wieder zu übernehmen.

Ungefähr am dritten oder vierten Vormittag, nachdem sie ihr gemeinsames Leben in der Berkeley Street wiederaufgenommen hatten, betrat Mrs. Jennings nach ihrem regelmäßigen Besuch bei Mrs. Palmer das Wohnzimmer, wo Elinor allein saß, mit einem solchen Gehabe von Eile und Wichtigkeit, daß diese darauf gefaßt war, etwas Erstaunliches zu vernehmen, und sie ließ ihr gerade noch Zeit, diesen Gedanken zu fassen, bevor sie ihn durch ihre Worte zu rechtfertigen begann:

»Großer Gott! Meine liebe Miss Dashwood, haben Sie schon die Neuigkeit gehört?«

»Nein, Madam, worum handelt es sich?«

»Etwas so Merkwürdiges! Aber Sie sollen alles hören. Als ich bei den Palmers ankam, fand ich Charlotte völlig aufgelöst wegen des Kindes. Sie war sicher, es war schwerkrank – es schrie und war unruhig und überall voller Pickel. Ich sah es mir also gleich an und sagte: ›Großer Gott! Mein Kind‹, sage ich, ›das kommt doch nur vom Zahnen‹, und das Kindermädchen sagte dasselbe. Aber Charlotte – sie wollte es nicht glauben; man schickte also nach Mr. Donavan, und es traf sich auch so, daß er gerade von der Harley Street zurückgekehrt war. Er kam also gleich vorbei, und kaum hatte er das Kind gesehen, da sagte er genau das, was wir auch gesagt hatten, nämlich daß es nur vom Zahnen kommt, und daraufhin war Charlotte beruhigt. Na ja, und als er gerade gehen wollte, kam es mir in den Kopf, ich weiß gar nicht, wie ich darauf kam, aber es kam mir in den Kopf, ihn zu fragen, ob es etwas Neues gibt. Darauf schmunzelte er und grinste und machte ein ernstes Gesicht und wußte anscheinend etwas und sagte schließlich flüsternd: ›Um zu verhindern, daß den jungen Damen in Ihrer Obhut unangenehme Nachrichten über das Unwohlsein ihrer Schwägerin zu Ohren kommen, ist es wohl ratsam, sie wissen zu lassen, daß es meiner Meinung nach keinen Anlaß zu Beunruhigung gibt. Ich hoffe, Mrs. Dashwood erholt sich bald wieder.‹«

»Was! Ist Fanny krank?«

»Genau das habe ich auch gefragt, mein Kind. ›Großer Gott‹, sage ich, ›ist Mrs. Dashwood krank?‹ Na ja, da kam alles heraus, und der langen Rede kurzer Sinn ist, soweit ich erfahren habe, folgender: Mr. Edward Ferrars, ebender junge Mann, mit dem ich Sie immer aufgezogen habe (aber nach dem, was sich nun herausstellt, bin ich enorm froh, daß daran nie etwas war), Mr. Edward Ferrars ist anscheinend seit über einem Jahr mit meiner Nichte Lucy verlobt! Was sagen Sie nun, mein Kind! Und keine Menschenseele weit und breit außer Nancy[21] weiß etwas davon. Hätten Sie so etwas für möglich gehalten? Daß sie sich mögen, ist ja weiter nicht verwunderlich, aber daß sie es so weit getrieben haben und keiner etwas geahnt hat, das ist merkwürdig. Ich habe sie niemals zusammen gesehen, sonst wäre ich bestimmt sofort darauf gekommen. Na ja, und so wurde also alles geheimgehalten aus Angst vor Mrs. Ferrars, und weder sie noch Ihr Bruder und Ihre Schwägerin haben irgend etwas von der Sache geahnt, bis die arme Nancy, die ja eine Seele von Mensch ist, aber das Pulver auch nicht gerade erfunden hat, heute vormittag damit herausgeplatzt ist. ›Großer Gott‹, denkt sie so bei sich, ›alle mögen Lucy so gern, sie machen ihr doch bestimmt keine Schwierigkeiten.‹ Und so ging sie also schnurstracks zu Ihrer Schwägerin, die allein über ihrem Knüpfteppich saß und keine Ahnung hatte, was da auf sie zukam, denn sie hatte gerade zu Ihrem Bruder gesagt, nur fünf Minuten vorher, daß sie Edward mit der Tochter von irgendeinem Lord, ich weiß nicht mehr, wie er hieß, verheiraten wollte. Na ja, Sie können sich vorstellen, was das für ein Schlag für all ihren Hochmut und Stolz war. Sie bekam sofort einen hysterischen Anfall und schrie dabei so, daß es Ihrem Bruder zu Ohren kam, der unten in seinem Ankleidezimmer saß und einen Brief an seinen Verwalter auf dem Land schrieb. Er stürzte also gleich zu ihr hinauf, und eine furchtbare Szene spielte sich ab, denn inzwischen war Lucy bei ihnen eingetroffen, die sich nicht träumen ließ, was da los war. Die Ärmste! Mir tut sie leid, und ich muß sagen, ich finde, man hat ihr böse mitgespielt, denn Ihre Schwägerin schimpfte wie ein Rohrspatz, bis Lucy in Ohnmacht fiel. Nancy – die fiel auf die Knie und weinte bitterlich, und Ihr Bruder – der lief im Zimmer herum und sagte, er wüßte auch nicht, was er tun sollte. Mrs. Dashwood erklärte, sie könnten nicht eine Minute länger im Haus bleiben, und Ihr Bruder war gezwungen, auch auf die Knie zu fallen und sie zu beschwören, sie wenigstens bleiben zu lassen, bis sie ihre Sachen gepackt hatten. Da bekam sie wieder einen hysterischen Anfall, und er bekam einen solchen Schreck, daß er Mr. Donavan holen ließ, und in diesem Aufruhr fand Mr. Donavan das Haus. Die Kutsche stand vor der Tür, bereit, meine armen Nichten wegzufahren, und sie stiegen gerade ein, als er anhielt. Die arme Lucy war in solchem Zustand, sagt er, sie konnte kaum gehen, und Nancy – der ging es auch nicht viel besser. Ich muß schon sagen, ich habe kein Verständnis für Ihre Schwägerin, und ich hoffe von ganzem Herzen, daß es trotz ihres Widerstandes zu der Heirat kommt. Großer Gott! Was der arme Mr. Edward durchmachen wird, wenn er davon hört!

Seine Verlobte so behandelt zu sehen! Denn er soll ganz vernarrt in sie sein, und das zu Recht. Ich würde mich nicht wundern, wenn es bei ihm eine große Leidenschaft wäre, und das meint Mr. Donavan auch. Er und ich haben alles lang und breit besprochen, und das Schönste von allem ist, daß er wieder zur Harley Street zurückgefahren ist, um in Reichweite zu sein, wenn Mrs. Ferrars davon erfährt, denn nach ihr wurde geschickt, kaum daß meine Nichten das Haus verlassen hatten, denn Ihre Schwägerin war sicher, *sie* würde auch einen hysterischen Anfall bekommen, und das kann sie meinetwegen auch gerne tun. Ich habe mit keiner von beiden Mitleid. Ich habe kein Verständnis dafür, wenn Leute soviel Theater machen um Geld und Ansehen. Es gibt beim besten Willen keinen Grund, warum Edward und Lucy nicht heiraten sollten, denn Mrs. Ferrars kann es sich bestimmt leisten, ihren Sohn gut zu versorgen, und obwohl Lucy selbst beinahe nichts hat, kann sie besser als alle anderen mit Geld umgehen, und selbst wenn Mrs. Ferrars ihm nur fünfhundert Pfund pro Jahr zugesteht, würde sie, weiß Gott, damit so gut auskommen wie andere mit achthundert. Großer Gott! Wie flott sie in einer Cottage wie Ihrer oder vielleicht ein bißchen größer, mit zwei Mädchen und zwei Dienern leben könnten, und ich glaube, zu einem Hausmädchen könnte ich ihnen verhelfen, denn meine Betty hat eine Schwester ohne Stellung, die gerade das Richtige für sie wäre.«

Hier brach Mrs. Jennings ab, und da Elinor Zeit gehabt hatte, ihre Gedanken zu sammeln, war sie imstande, eine Antwort zu geben und Beobachtungen anzustellen, wie man sie bei einem solchen Thema erwarten konnte. Glücklich darüber, daß sie keines ungewöhnlichen Interesses an der Sache verdächtigt wurde, daß Mrs. Jennings (wie sie es schon seit einiger Zeit hoffte) aufgehört hatte, sich einzubilden, ihr liege überhaupt etwas an Edward, und glücklich vor allem über Mariannes Abwesenheit, fühlte sie sich imstande, von der Sache ohne Verlegenheit zu sprechen und ihr, wie sie glaubte, unparteiisches Urteil über das Verhalten aller Betroffenen abzugeben.

Sie wußte selbst nicht recht, was sie von dem Ereignis eigentlich zu erwarten hatte, obwohl sie ernsthaft bemüht war, sich den Gedanken aus dem Kopf zu schlagen, daß alles schließlich doch noch anders enden könne als mit der Hochzeit von Edward und Lucy. Sie war neugierig zu hören, was Mrs. Ferrars sagen und tun würde, obwohl es daran keinen Zweifel geben konnte, und noch neugieriger zu erfahren, wie sich Edward verhalten würde. Mit ihm hatte sie großes Mitleid, mit Lucy wenig – und es kostete sie einige Mühe, sich das bißchen abzuringen –, mit dem Rest der Gesellschaft gar keins.
Da Mrs. Jennings unfähig war, von etwas anderem zu sprechen, sah Elinor bald die Notwendigkeit ein, Marianne auf die Diskussion der Angelegenheit vorzubereiten. Sie verlor keine Zeit, sie einzuweihen, sie mit der ganzen Wahrheit bekannt zu machen und sie möglichst dazu zu veranlassen, den Gesprächen anderer darüber zuzuhören, ohne ihr Unbehagen wegen ihrer Schwester oder ihre Empörung über Edward zu verraten.

Kapitel 38

Dies war eine schmerzliche Aufgabe für Elinor. Sie würde ihr genau das rauben, was sie für den großen Trost ihrer Schwester hielt, würde ihr Einzelheiten von Edward berichten, die, so fürchtete sie, ihre gute Meinung von ihm für immer zerstören mußten, und sie würde sie durch die Ähnlichkeit ihrer Situation, die ihr bei ihrer Fantasie groß erscheinen mußte, zwingen, ihre eigene Enttäuschung noch einmal zu durchleben. Aber so unlieb ihr eine solche Verpflichtung auch sein mußte, sie ließ sich nicht umgehen, und Elinor beeilte sich deshalb, sie hinter sich zu bringen.
Ihr lag ganz und gar nicht daran, sich über ihre eigenen Gefühle auszulassen oder sich als Leidende darzustellen,

oder doch höchstens so weit, daß die Selbstbeherrschung, zu der sie die Kenntnis von Edwards Verlobung gezwungen hatte, Marianne einen Hinweis geben konnte, wie sie sich verhalten sollte. Ihr Bericht war klar und einfach, und obwohl er sich nicht ohne persönliche Teilnahme geben ließ, wurde er weder von Gefühlsaufwallungen noch von Schmerzensausbrüchen begleitet. *Die* waren eher Sache der Zuhörerin, denn Marianne lauschte mit Entsetzen und weinte heftig. So mußte Elinor anderen Trost spenden, gleichgültig, ob es ihr eigener oder deren Kummer war, und soweit Trost durch die Versicherung ihrer eigenen Seelenruhe und durch die ganz ehrliche Freisprechung Edwards von jedem Vorwurf außer dem der Unklugheit zu geben war, wurde er bereitwillig gespendet.

Aber eine Zeitlang ließ sich Marianne durch beides nicht beeindrucken. Edward erschien ihr wie ein zweiter Willoughby, und da Elinor, wie sie zugab, ihn ehrlich geliebt hatte – konnte sie etwa weniger angegriffen sein als sie selbst? Was Lucy Steele betraf, so hielt sie sie für so durch und durch unliebenswürdig, so völlig unfähig, einen vernünftigen Mann zu fesseln, daß sie zuerst nicht an eine frühere Neigung Edwards zu ihr glauben und sie später nicht verzeihen konnte. Sie wollte nicht einmal zugeben, daß sie ganz natürlich gewesen war, und Elinor verließ sie in der Hoffnung, daß das einzige, was sie davon überzeugen konnte, nämlich eine größere Menschenkenntnis, diese Überzeugung auch herbeiführen würde.

Sie war in ihrem Bericht zuerst nur soweit gekommen, daß sie die Tatsache der Verlobung und ihre Dauer mitteilen konnte. Dann konnte Marianne ihre Gefühle nicht länger beherrschen und machte jeder geordneten Mitteilung ein Ende, und eine Zeitlang konnte sie nichts anderes tun, als ihren Kummer zu beschwichtigen, ihre Betroffenheit zu mindern und ihre Empörung zu bekämpfen. Die erste Frage ihrerseits, die zu weiteren Einzelheiten führte, war:

»Wie lange weißt du es schon, Elinor? Hat er dir geschrieben?«

»Ich weiß es schon seit vier Monaten. Als Lucy im letzten November nach Barton Park kam, hat sie mir im Vertrauen von ihrer Verlobung erzählt.«

Bei diesen Worten lag in Mariannes Augen ein Erstaunen, das ihr Mund nicht in Worte fassen konnte. Nach einer Pause der Sprachlosigkeit rief sie:

»Vier Monate! Du weißt es seit vier Monaten!«

Elinor bestätigte es.

»Was! Während du mir in meinem ganzen Elend Trost zugesprochen hast, lag dir dies alles auf der Seele? Und ich habe dir Vorwürfe gemacht, daß du glücklich bist!«

»Es war nicht sinnvoll, daß du damals erfuhrst, wie sehr genau das Gegenteil der Fall war.«

»Vier Monate!« rief Marianne noch einmal. »So ruhig, so heiter! Wie hast du das ausgehalten?«

»In dem Gefühl, meine Pflicht zu tun. Mein Versprechen Lucy gegenüber zwang mich zum Schweigen. Ich war es deshalb ihr schuldig, jeden Hinweis auf die Wahrheit zu vermeiden, und ich war es meiner Familie und meinen Freunden schuldig, sie nicht meinetwegen in Unruhe zu stürzen, wenn ich ihnen die Wahrheit nicht erklären konnte.«

Marianne war anscheinend sehr beeindruckt.

»Ich habe sehr oft gewünscht, dich und Mutter einzuweihen, fügte Elinor hinzu, »und ein- oder zweimal habe ich es versucht, aber ohne das in mich gesetzte Vertrauen zu enttäuschen, hätte ich euch unmöglich überzeugen können.«

»Vier Monate – und hast ihn doch geliebt!«

»Ja. Aber ich liebte nicht nur ihn, und solange die Seelenruhe anderer mir am Herzen lag, war ich froh, ihnen ersparen zu können, wie ich litt. Jetzt kann ich darüber ohne größere Bewegung nachdenken und sprechen. Ich möchte nicht, daß du um meinetwillen leidest, denn du kannst mir glauben, daß ich selbst nicht mehr sehr stark leide. Viele Dinge helfen mir, es auszuhalten. Ich bin mir nicht bewußt, die Enttäuschung durch irgendeine Unklugheit meinerseits heraufbeschworen zu haben, und ich habe sie, so gut es ging, ertragen, ohne sie weiter zu verbreiten. Ich spreche Edward von allen schwerwiegenden Verfehlungen frei. Ich wünsche ihm, daß er glücklich wird, und ich bin so sicher, er wird immer seine Pflicht tun, daß er es zu guter Letzt auch wird, obwohl er vielleicht jetzt einiges Bedauern spürt. Lucy fehlt es nicht an gesundem Menschenverstand, und auf dieses Fundament läßt sich alles Gute bauen. Und trotz allem, Marianne, trotz allem, was an dem Gedanken einer einzigen beständigen Verbindung so besticht, und allem, was man für die völlige Abhängigkeit seines Lebensglücks von einer einzigen Person sagen kann – es soll nicht, es darf nicht, es kann nicht sein. Edward wird Lucy heiraten, er wird eine Frau heiraten, die der einen Hälfte ihres Geschlechts an Erscheinung und Intelligenz überlegen ist, und Zeit und Gewohnheit werden ihn vergessen lassen, daß er je eine andere ihr überlegen fand.«

»Wenn du so denkst«, sagte Marianne, »wenn der Verlust dessen, woran dir am meisten liegt, so leicht durch etwas anderes wettgemacht werden kann, dann verdienen deine Entschlossenheit, deine Selbstbeherrschung vielleicht etwas weniger Erstaunen. Sie kommen mir dann etwas verständlicher vor.«

»Ich verstehe dich. Du glaubst nicht, daß ich je viel für ihn empfunden habe. Vier Monate lang, Marianne, hat mir all dies auf der Seele gelegen, ohne daß mir freistand, einem einzigen Menschen gegenüber davon zu sprechen; wohl wissend, daß es dich und meine Mutter höchst unglücklich machen würde, wenn ihr davon erführt, aber ich konnte euch nicht im geringsten darauf vorbereiten. Es wurde mir erzählt, es wurde mir in einer Art und Weise von genau der Person aufgedrängt, deren frühere Verlobung alle meine Aussichten zerstörte, erzählt obendrein, wie ich fand, mit einem Gefühl des Triumphs. Den Verdacht dieser Person mußte ich daher zerstreuen, indem ich mich bemühte, gleichgültig zu erscheinen, wo ich mit jeder Faser meines Herzens beteiligt war – und das nicht nur einmal. Ich habe mir ihre Hoffnungen und ihren Jubel immer wieder anhören müssen. Dabei war mir klar, daß ich für immer von Edward getrennt war, ohne irgend etwas zu hören, was mich die Verbindung weniger wünschen ließ. Nichts hat seine Unwürdigkeit bewiesen, und nichts weist darauf hin, daß ich ihm gleichgültig bin. Ich habe die Unfreundlichkeit seiner Schwester und die Anmaßung seiner Mutter hinnehmen müssen und bin für eine Zuneigung bestraft worden, ohne ihre Vorteile zu genießen. Und all das hat sich zu einer Zeit abgespielt, als ich, wie du nur zu gut weißt, nicht nur darüber unglücklich war. Wenn du mir überhaupt Gefühle zutraust, dann wirst du dir vorstellen können, was ich dabei gelitten habe. Die Gefaßtheit, zu der ich mich jetzt bei der Betrachtung der Ereignisse durchgerungen habe, der Trost, den ich bereit war zu spenden, waren das Ergebnis einer ständigen und schmerzlichen Anstrengung. Sie sind nicht von selbst entstanden; sie geschahen zu Anfang nicht, um mir meinen Seelenfrieden wiederzugeben – nein, Marianne, wenn ich damals nicht zum Schweigen verpflichtet gewesen wäre, dann hätte mich vielleicht nichts, nicht einmal Rücksicht auf meine liebsten Freunde, davon abhalten können, offen zu zeigen, wie todunglücklich ich war.«

Marianne war ganz beschämt.

»O Elinor«, rief sie aus, »um deinetwillen muß ich mich jetzt mein Leben lang hassen. Wie grausam bin ich zu dir gewesen! Zu dir, die du mein einziger Trost warst, die all mein Elend mit mir getragen hat, die nur um meinetwillen zu leiden schien! Sieht so meine Dankbarkeit aus? Sieht so meine ganze Gegenleistung aus? Weil dein Verdienst ein ständiger Vorwurf für mich war, habe ich versucht, es zu leugnen.«

Die zärtlichsten Umarmungen folgten diesem Bekenntnis. In der Verfassung, in der sie jetzt war, hatte Elinor keine Mühe, von ihr jedes Versprechen zu erhalten, das sie wünschte, und auf ihren Wunsch hin verpflichtete sich Marianne, von der Angelegenheit niemals irgend jemandem gegenüber mit dem geringsten Anschein von Bitterkeit zu sprechen, Lucy mit nicht mehr Antipathie als sonst zu begegnen und sogar Edward selbst, wenn der Zufall sie zusammenbringen sollte, mit nicht weniger Herzlichkeit als sonst zu behandeln. Das waren gewichtige Zugeständnisse, aber wenn Marianne einmal fand, daß sie jemanden verletzt hatte, war ihr kein Opfer zu groß.

Sie hielt ihr Versprechen, verschwiegen zu sein, auf bewundernswürdige Weise. Sie hörte allem zu, was Mrs. Jennings über das Thema zu sagen hatte, ohne eine Miene zu verziehen, widersprach ihr niemals und ließ sich sogar mit einem dreimaligen »Ja, Madam« vernehmen. Sie ließ Lucys Lob über sich ergehen und setzte sich lediglich auf einen anderen Stuhl; und als Mrs. Jennings von Edwards Zuneigung sprach, kostete es sie nur einen Hustenanfall. Bei solch heroischen Anstrengungen ihrer Schwester fühlte sich Elinor allem gewachsen.

Am nächsten Vormittag wurden sie auf eine weitere Probe gestellt durch den Besuch ihres Bruders, der mit äußerst gewichtiger Miene kam, um über die entsetzliche Angelegenheit zu sprechen und ihnen Neuigkeiten von seiner Frau zu bringen.

»Ihr habt, nehme ich an«, sagte er mit großer Feierlichkeit, sobald er sich gesetzt hatte, »von der empörenden Entdeckung gehört, die gestern unter unserem Dach stattgefunden hat.«

Ihre Blicke drückten Zustimmung aus; der Augenblick schien zu grauenhaft zum Sprechen.

»Eure Schwägerin«, fuhr er fort, »hat entsetzlich gelitten. Mrs. Ferrars auch – kurz und gut, es war eine Szene voller verzweifelter Verwicklungen, aber ich will hoffen, daß wir den Sturm überstehen, ohne daß einer von uns ganz überwältigt wird. Die arme Fanny! Sie hatte gestern den ganzen Tag hysterische Anfälle, aber ich möchte euch nicht zu sehr beunruhigen. Donavan sagt, man braucht nichts Ernsthaftes zu befürchten. Sie hat eine gute Konstitution und ist mit ihrer Entschlossenheit allem gewachsen. Sie hat alles mit der Tapferkeit eines Engels getragen. Sie sagt, sie würde nie wieder gut von jemandem denken, und es wundert einen nicht, nachdem sie so betrogen worden ist! Soviel Undankbarkeit zu begegnen, wo man soviel Freundlichkeit erwiesen, soviel Vertrauen gezeigt hat! Aus reiner Herzensgüte hat sie diese jungen Frauen in ihr Haus eingeladen, nur weil sie dachte, sie verdienten einige Aufmerksamkeit, wären harmlose, guterzogene Mädchen und würden angenehme Gesellschaft sein, denn eigentlich hätten wir viel lieber dich und Marianne bei uns gehabt, während eure gütige Freundin dort sich um ihre Tochter kümmerte. Und nun so belohnt zu werden! ›Ich wünschte von ganzem Herzen«, sagte die arme Fanny auf ihre liebevolle Art, ›wir hätten deine Schwestern statt ihrer eingeladen.‹«

Er hielt inne, damit sie ihm danken konnten, und als sie es getan hatten, fuhr er fort:

»Was die arme Mrs. Ferrars gelitten hat, als sie von Fanny davon erfuhr, läßt sich gar nicht beschreiben. Konnte man denn ahnen, daß er die ganze Zeit heimlich mit einer anderen Person verlobt war, während sie mit der aufrichtigsten Liebe eine glänzende Partie für ihn geplant hat. Der Verdacht wäre ihr gar nicht gekommen! Wenn sie ihn überhaupt einer Vorliebe verdächtigt hätte, dann nicht in *der* Richtung. ›Bei ihr jedenfalls‹, sagte sie, ›glaubte ich sicher zu sein.‹ Sie war ganz verzweifelt. Wir haben allerdings dann gemeinsam beraten, was zu tun ist, und schließlich beschloß sie, nach Edward zu schicken. Er kam auch, aber es tut mir leid, berichten zu müssen, was sich abspielte. Alles, was Mrs. Ferrars sagen konnte, um ihn zur Aufgabe der Verlobung zu bewegen, unterstützt natürlich, wie ihr euch denken könnt, von meinen Argumenten und Fannys flehentlichen Bitten, führte zu gar nichts. Pflicht, Liebe, alles wurde in den Wind geschlagen. Ich hätte Edward nie für so eigensinnig gehalten, so rücksichtslos. Seine Mutter erklärte ihm ihre großzügigen Absichten für den Fall, daß er Miss Morton heiratet, erzählte ihm, daß sie ihm Norfolk überlassen würde, das abzüglich der Grundstückssteuer gut seine tausend pro Jahr einbringt, bot ihm sogar an, als die Situation aussichtslos wurde, auf zwölfhundert raufzugehen, und machte ihm andererseits die unausweichliche Armut klar, zu der die unstandesgemäße Verbindung führen würde. Seine eigenen zweitausend, beteuerte sie feierlich, sollten ihm ganz allein gehören. Er brauche ihr nicht mehr unter die Augen zu kommen, sie denke gar nicht daran, ihm auch nur die geringste Unterstützung angedeihen zu lassen, und würde, falls er, um seinen Lebensunterhalt zu verdienen, einen Beruf ergreifen sollte, alles in ihrer Macht Stehende tun, um sein Fortkommen darin zu verhindern.«

Hier schlug Marianne in äußerster Entrüstung die Hände zusammen und rief: »Du lieber Gott! Ist so etwas möglich!«

»Du hast allen Grund, Marianne«, erwiderte ihr Bruder, »dich über den Eigensinn zu wundern, der Argumenten wie diesen widerstehen konnte. Dein Einwurf ist ganz verständlich.«

Marianne wollte widersprechen, aber sie erinnerte sich an ihre Versprechen und unterließ es.

»Alles dies allerdings«, fuhr er fort, »fruchtete gar nichts. Edward sagte sehr wenig, aber das Wenige in aller Entschiedenheit. Nichts würde ihn dazu bringen, seine Verlobung aufzugeben. Er halte an ihr fest, koste es, was es wolle.«

»Dann«, rief Mrs. Jennings unverblümt und unfähig, noch länger zu schweigen, »hat er wie ein Ehrenmann gehandelt. Entschuldigen Sie, Mr. Dashwood, aber hätte er anders reagiert, dann hätte ich ihn für einen Schuft gehalten. Ich habe ebenso wie Sie ein gewisses Interesse an der Sache, denn Lucy Steele ist meine Nichte, und ich glaube, ein besseres Mädchen gibt es gar nicht auf der Welt und auch keins, das einen guten Mann mehr verdient als sie.«

John Dashwood war außerordentlich erstaunt, aber er war von Natur so friedlich, so wenig zu Provokationen geneigt und beleidigte nie gern jemanden, schon gar nicht jemanden mit einem hübschen Vermögen. Er antwortete deshalb ohne jede Verstimmung:

»Ich möchte auf gar keinen Fall abfällig über eine Verwandte von Ihnen sprechen, Madam. Miss Lucy Steele ist vermutlich eine sehr ehrenwerte junge Frau, aber in diesem Fall ist die Verbindung natürlich ausgeschlossen. Und eine heimliche Verlobung mit einem jungen Mann unter der Obhut ihres Onkels einzugehen, besonders mit dem Sohn einer Frau mit einem so außerordentlich großen Vermögen wie Mrs. Ferrars, ist vielleicht doch ein bißchen übertrieben. Kurz und gut, ich habe nicht die Absicht, das Verhalten von Menschen zu kritisieren, die Sie schätzen, Mrs. Jennings. Wir alle wünschen ihr nur das Beste, und Mrs. Ferrars' Haltung während der ganzen Angelegenheit würde jeder gewissenhaften Mutter in ähnlichen Umständen zur Ehre gereichen. Es war würdig und großzügig. Edward hat sein Los selbst gezogen, und ich fürchte, es ist eine Niete.«

Mariannes ähnliche Befürchtungen äußerten sich in einem Seufzer, und Elinor zerriß es das Herz, wenn sie daran dachte, wie Edward für eine Frau, die es ihm nicht dankte, den Drohungen seiner Mutter widerstand.

»Also, Sir«, sagte Mrs. Jennings, »und wie ist es ausgegangen?«

»Ich bedaure, sagen zu müssen, Madam, mit einem höchst unglückseligen Bruch. Edward ist für immer aus den Augen seiner Mutter verbannt. Er hat ihr Haus gestern verlassen, aber wohin er gegangen ist und ob er sich noch in London aufhält, weiß ich nicht, denn *wir* können natürlich keine Erkundigungen einziehen.«

»Armer Junge! Und was soll nun aus ihm werden?«

»Ja, was wohl, Madam! Es ist ein trauriger Gedanke. Mit der Aussicht auf solchen Überfluß geboren! Ich kann mir keine beklagenswertere Situation vorstellen. Nichts als Zinsen von zweitausend Pfund Kapital – wie soll ein Mensch davon leben! Und wenn man dann hinzunimmt, daß er ohne sein eigenes törichtes Verhalten innerhalb von drei Monaten im Besitz von zweitausendfünfhundert pro Jahr hätte sein können (denn Miss Morton hat dreißigtausend Pfund), dann kann ich mir einfach keine trostlosere Lage vorstellen. Er muß allen leid tun, und zwar um so mehr, als es ganz und gar nicht in unserer Macht steht, ihm zu helfen.«

»Armer Junge!« rief Mrs. Jennings, »in meinem Haus wären immer ein Platz am Tisch und ein Bett für ihn frei, und das würde ich ihm auch sagen, wenn ich ihn träfe. Es schickt sich nicht, daß er jetzt auf eigene Kosten in Hotels und Gaststätten lebt.«

Elinor dankte ihr von Herzen für soviel Freundlichkeit Edward gegenüber, obwohl sie nicht umhin konnte, über das Angebot zu lächeln.

»Wenn er es nur so gut mit sich selbst gemeint hätte«, sagte John Dashwood, »wie alle seine Freunde mit ihm, dann wäre er jetzt in der ihm zukommenden Stellung, und es fehlte ihm an nichts. Aber so wie die Dinge liegen, steht es in niemandes Macht, ihm zu helfen. Und es kommt noch etwas auf ihn zu, schlimmer als alles andere. Seine Mutter hat in einer ganz natürlichen und verständlichen Reaktion beschlossen, den Besitz unmittelbar auf Robert zu überschreiben, der unter normalen Umständen Edwards gewesen wäre. Als ich heute vormittag ging, war ihr Rechtsanwalt bei ihr, um die Angelegenheit zu besprechen.«

»So!« sagte Mrs. Jennings. »Das ist also ihre Rache. Jeder rächt sich auf seine Art. Aber ich glaube nicht, daß meine darin bestehen würde, den einen Sohn unabhängig zu machen, weil der andere mich geärgert hat.«

Marianne stand auf und ging im Zimmer auf und ab.

»Gibt es etwas Kränkenderes für das Selbstbewußtsein eines Mannes«, fuhr John fort, »als zusehen zu müssen, wie sein jüngerer Bruder einen Besitz übernimmt, der einem selbst gehören könnte? Der arme Edward! Er tut mir ehrlich leid.«

Noch ein paar Minuten solcher Ergüsse beendeten seinen Besuch, und mit wiederholten Versicherungen seinen Schwestern gegenüber, daß Fannys Indisposition zu ernsthafter Sorge keinerlei Anlaß gebe und sie sich deshalb darüber nicht allzu sehr zu beunruhigen brauchten, ging er und ließ die drei Damen einig in ihrem Urteil über den Fall

zurück, jedenfalls im Hinblick auf Mrs. Ferrars' Benehmen und das der Dashwoods und Edwards.
Marianne machte ihrer Entrüstung Luft, sobald er das Zimmer verlassen hatte, und da ihre Heftigkeit es für Elinor unmöglich und für Mrs. Jennings unnötig machte, Zurückhaltung zu üben, stimmten sie gemeinsam eine lebhafte Kritik über sie alle an.

Kapitel 39

Mrs. Jennings war voller Lob für Edwards Verhalten, aber nur Elinor und Marianne wußten es wirklich zu würdigen. Nur sie wußten, wie wenig er dazu geschaffen war, sich zu Ungehorsam hinreißen zu lassen, und wie wenig Trost ihm über das Bewußtsein hinaus, richtig gehandelt zu haben, bei dem Verlust von Freunden und Vermögen blieb. Elinor frohlockte über seine Charakterstärke, und Marianne vergab ihm aus Mitleid für seine Bestrafung alle seine Vergehen. Aber obwohl das Vertrauen zwischen ihnen durch das Bekanntwerden seiner Verlobung vollständig wiederhergestellt war, lag keiner von beiden daran, unter vier Augen ausführlich darüber zu sprechen. Elinor vermied es grundsätzlich, da Mariannes übertrieben optimistische Versicherungen dazu beitrugen, ihren Glauben an Edwards fortdauernde Liebe zu ihr zu bekräftigen, den sie lieber aufgegeben hätte; und Marianne verließ auch bald der Mut bei dem Versuch, über ein Thema zu sprechen, in dessen Verlauf sie jedesmal durch den dabei zwangsläufig heraufbeschworenen Vergleich zwischen Elinors und ihrem eigenen Verhalten unzufriedener wurde mit sich selbst als je zuvor.
Dieser Vergleich traf sie mit aller Macht, hatte aber nicht, wie ihre Schwester gehofft hatte, die Wirkung, daß sie sich nun mehr Mühe gab. Er traf sie mit dem Schmerz ständiger Selbstvorwürfe, und sie bedauerte aufs bitterste, daß

sie selbst sich bisher nie solche Mühe gegeben hatte, aber er bewirkte nur die Qual der Reue ohne Hoffnung auf Besserung. Ihre Entschlußkraft war so angegriffen, daß sie sich auch jetzt noch Anstrengungen nicht gewachsen fühlte, und sie wurde dadurch immer mutloser.

Ein oder zwei Tage lang hörte man über die Angelegenheiten von Harley Street oder Bartlett's Buildings nichts Neues. Aber obwohl sie von der Sache schon soviel wußten daß Mrs. Jennings genug damit zu tun hatte, dieses Wissen weiterzuverbreiten, ohne neuem nachzujagen, war sie von Anfang an entschlossen, ihren Nichten so bald wie möglich einen Trost- und Erkundigungsbesuch zu machen, und nichts als überdurchschnittlich viele Besucher hatten sie bisher davon abgehalten.

Der dritte Tag, nachdem sie die Einzelheiten erfahren hatten, war ein so schöner, so strahlender Sonntag, daß viele Leute in die Kensington Gardens[22] hinausgelockt wurden, obwohl es erst die zweite Märzwoche war. Auch Mrs. Jennings und Elinor waren darunter; aber Marianne, die wußte, daß die Willoughbys wieder in London waren, und in der ständigen Furcht lebte, ihnen zu begegnen, zog es vor, zu Hause zu bleiben, als sich in einen so besuchten Park zu wagen.

Eine gute Bekannte von Mrs. Jennings gesellte sich, bald nachdem sie die Gärten betreten hatten, zu ihnen, und Elinor hatte nichts dagegen, daß sie Mrs. Jennings im Weitergehen in ein Gespräch verwickelte und sie selbst Muße zu ruhiger Überlegung hatte. Sie sah nichts von den Willoughbys, nichts von Edward und eine Zeitlang niemanden, der aus irgendeinem Anlaß, sei er traurig oder fröhlich, irgendwie von Interesse für sie gewesen wäre. Aber schließlich sah sie sich zu ihrer Überraschung von Miss Steele angesprochen, die sie mit großer Freude begrüßte, obwohl sie eher ängstlich aussah; und als sie sich von Mrs. Jennings' außerordentlicher Freundlichkeit ermutigt fühlte, verließ sie ihre eigene Gesellschaft eine kurze Zeit, um sich zu ihnen zu gesellen. Mrs. Jennings flüsterte Elinor gleich zu:

»Holen Sie alles aus ihr raus, mein Kind. Sie erzählt Ihnen, was Sie wollen, wenn Sie fragen. Ich kann ja Mrs. Clarke nicht allein lassen.«

Es war allerdings ein Glück für Mrs. Jennings' Neugier und für Elinors auch, daß sie auch ungefragt alles erzählte, denn sonst hätten sie gar nichts erfahren.

»Ich bin vielleicht froh, Sie zu treffen«, sagte Miss Steele und hakte sie vertraulich unter, »denn ich wollte Sie unbedingt sehen.« Und dann senkte sie ihre Stimme: »Ich nehme an, Mrs. Jennings hat alles gehört. Ist sie böse?«

»Ihnen, glaube ich, gar nicht.«

»Ein Glück. Und Lady Middleton, ist die böse?«

»Das kann ich mir nicht vorstellen.«

»Ich bin enorm froh darüber. Du liebe Güte! Ich hab vielleicht eine Zeit hinter mir! So wütend hab ich Lucy noch nie erlebt. Erst hat sie geschworen, sie macht mir nie im Leben wieder eine neue Haube zurecht oder tut sonst was für mich, aber jetzt ist sie wieder zu sich gekommen, und wir sind gute Freundinnen wie eh und je. Hier, sie hat mir gestern abend diese Schleifen an meinen Hut gemacht und die Feder angesteckt. Sehen Sie, jetzt lachen Sie mich auch aus. Aber wieso soll ich nicht rosa Schleifen tragen? Ist mir doch egal, wenn das dem Doktor seine Lieblingsfarbe ist. Ich hätt' ja schließlich nie gewußt, daß er Rosa lieber mag wie alle anderen Farben, wenn er es nicht selber gesagt hätte. Meine Cousinen haben mich vielleicht damit geärgert. Ich kann Ihnen sagen, manchmal weiß ich gar nicht, wo ich hingucken soll.«

Sie hatte sich in ein Thema verirrt, zu dem Elinor nichts zu sagen hatte, und hielt es deshalb für geraten, sich den Weg zum ersten zurückzubahnen:

»Also, wissen Sie, Miss Dashwood«, sagte sie triumphierend, »die Leute können sagen, was sie wollen, über Mr. Ferrars' Erklärung, daß er Lucy angeblich nicht haben will, denn das stimmt überhaupt nicht, und es ist unerhört, daß solche bösartigen Gerüchte verbreitet werden. Egal, was Lucy darüber denkt, andere Leute jedenfalls haben kein Recht, so was zu behaupten.«

»Ich habe nichts davon gehört, seien Sie unbesorgt«, sagte Elinor.

»Wirklich? Aber das *wurde* behauptet, und zwar von mehr wie einem, denn Miss Godby hat Miss Sparks erzählt, daß keiner, der bei Trost ist, von Mr. Ferrars erwarten kann, daß er eine Frau wie Miss Morton mit dreißigtausend Pfund Vermögen für Lucy Steele aufgibt, die gar nichts hat, und ich weiß es von Miss Sparks selbst. Und mein Vetter Richard hat auch gesagt, er glaubt, Mr. Ferrars wird sich aus dem Staub machen, wenn's drauf ankommt, und wie Edward sich drei Tage nicht bei uns blicken ließ, da wußte ich auch nicht mehr, was ich davon halten sollte, und ich glaube bestimmt, Lucy hatte die Sache auch schon aufgegeben, denn wir sind bei Ihrem Bruder am Mittwoch ausgezogen, und am Donnerstag, Freitag und Sonnabend haben wir nichts von ihm gesehen und wußten überhaupt nicht, was aus ihm geworden ist. Einmal überlegte Lucy schon, ob sie ihm schreiben soll, aber dann hat sie sich doch dagegen entschieden. Heute vormittag allerdings ist er dann gekommen, wie wir gerade von der Kirche nach Hause kamen, und da kam alles raus, wie er am Mittwoch in die Harley Street gerufen worden ist und wie seine Mutter und alle auf ihn eingeredet haben und wie er vor ihnen allen feierlich erklärt hat, daß er keine andere wie Lucy liebt und keine andere wie Lucy nehmen will. Und wie er sich über alles, was passiert ist, solche Sorgen gemacht hat, daß er sich, wie er kaum weg war von seiner Mutter, auf sein Pferd gesetzt hat und aufs Land geritten ist, irgendwohin, und wie er den ganzen Donnerstag und Freitag in einem Gasthaus geblieben ist, um mit der Sache fertig zu werden. Und wie er sich alles immer wieder durch den Kopf gehen ließ, sagt er, da fand er, jetzt, wo er kein Vermögen mehr hat und kein gar nichts, wär' es rücksichtslos, ihr die Verlobung weiter zuzumuten, weil sie den Kürzeren zieht, denn er hat nichts wie zweitausend Pfund und keine Aussicht auf sonst was, und wenn er Pfarrer würde, was er ernsthaft überlegt, dann würde er höchstens eine Stelle als Vikar kriegen, und wie sollten sie davon leben?

Er konnte den Gedanken nicht ertragen, daß sie keine bessere Partie machen würde, und deshalb flehte er sie an, wenn ihr danach ist, dann sollte sie sofort Schluß machen und ihn seinem Schicksal überlassen. Ich hab zugehört, wie er das klipp und klar gesagt hat, und er hat nur ihr zuliebe und wegen ihr etwas von Schlußmachen erwähnt und nicht wegen ihm. Ich schwöre, er hat nicht ein einziges Wort gesagt, daß er sie satt hat oder Miss Morton heiraten will oder irgend so was. Aber Lucy ließ sich natürlich von solchem Gerede nicht beeindrucken, und das sagte sie ihm auch sofort (mit lauter solchem Zeug über Treue und Liebe und so – Gott, man kann solche Sachen ja gar nicht wiederholen), sie sagte ihm also sofort, ihr liegt überhaupt nichts daran, ihn gehen zu lassen, denn mit ihm könnte sie genausogut von Luft und Liebe leben, und wenn er noch so wenig hat – sie würde gern damit vorlieb nehmen oder so was Ähnliches. Da war er enorm glücklich, und dann redeten sie noch eine ganze Weile darüber, was sie nun tun sollen, und sie waren sich einig, daß er sofort Pastor werden soll und sie warten müssen, bis er eine Pfarrstelle hat. Und genau da konnte ich nichts mehr verstehen, denn meine Tante rief von unten, daß Mrs. Richardson in ihrer Kutsche gekommen war und eine von uns mit zu den Kensington Gardens nehmen wollte. Deshalb mußte ich wohl oder übel ins Zimmer gehen und sie unterbrechen und Lucy fragen, ob sie mitgehen wollte, aber sie wollte Edward nicht allein lassen. Da lief ich schnell die Treppe rauf und zog mir Seidenstrümpfe an und bin nun mit den Richardsons hier.«
»Ich verstehe nicht ganz, was Sie mit ›unterbrechen‹ meinen«, sagte Elinor. »Sie waren doch alle im selben Zimmer, oder nicht?«
»Nein, natürlich nicht. Pah, Miss Dashwood, glauben Sie, Leute machen sich Liebeserklärungen, wenn jemand dabei ist? Schämen Sie sich, als ob sie das nicht selber wüßten.« (Sie lachte affektiert.) »Nein, nein, sie hatten sich im Wohnzimmer eingeschlossen, und ich hab alles nur gehört, weil ich an der Tür gelauscht hab.«

»Wie!« rief Elinor, »haben Sie wiedergegeben, was Sie selbst nur wissen weil Sie an der Tür gelauscht haben? Es tut mir leid, daß ich das nicht vorher gewußt habe, denn ich hätte Ihnen nicht gestattet, mir Einzelheiten eines Gesprächs zu erzählen, das nicht für Sie bestimmt war. Wie konnten Sie Ihrer Schwester gegenüber so unfair handeln?«

»Pah, da ist doch nichts dabei. Ich stand einfach an der Tür und hörte zu, so gut ich konnte. Und ich bin sicher, Lucy hätte bei mir dasselbe gemacht, denn vor ein oder zwei Jahren, wie Martha Sharpe und ich so viele Geheimnisse miteinander hatten, fand sie nie etwas dabei, daß sie sich im Kleiderschrank versteckte oder hinterm Kaminschirm, nur um zu hören, was wir sagen.«

Elinor versuchte, von etwas anderem zu sprechen, aber Miss Steele ließ sich nicht länger als zwei Minuten von dem ablenken, was sie am meisten beschäftigte.

»Edward redet davon, bald nach Oxford zu gehen«, sagte sie, »aber jetzt wohnt er Pall Mall Nummer –. Was für eine gemeine Frau seine Mutter ist, oder? Und Ihr Bruder und Ihre Schwägerin waren auch nicht gerade sehr nett! Trotzdem, Ihnen gegenüber werd ich nichts gegen sie sagen, schließlich haben sie uns ja in ihrer eigenen Kutsche nach Hause geschickt, und das war mehr, wie ich erwartet hatte. Und ich – ich hatte richtig Angst, daß Ihre Schwägerin uns die Nadelkissen wieder wegnehmen würde, die sie uns ein oder zwei Tage vorher geschenkt hatte. Aber trotzdem, davon wurde nichts gesagt, und ich hab meins absichtlich versteckt. Edward hat irgend was in Oxford zu erledigen, sagt er, daher muß er eine Zeit dorthin, und danach wird er zum Pfarrer gemacht, sobald er einem Bischof über den Weg läuft. Wo er wohl als Vikar hinkommt! Du liebe Güte« (sie kicherte beim Sprechen), »ich wette, ich weiß, was meine Cousinen sagen, wenn sie davon hören. Sie sagen bestimmt, ich soll an den Doktor schreiben, damit er ihn zum Vikar in seiner neuen Pfarre macht. Das weiß ich genau, aber so was würde ich auf keinen Fall tun. ›Pah‹, werde ich sofort sagen, ›wie kommt ihr bloß darauf. Ich und an den Doktor schreiben, das fehlte noch.‹«

»Na ja«, sagte Elinor, »es ist ein Trost, auf das Schlimmste gefaßt zu sein. Sie haben Ihre Antwort wenigstens parat.«

Miss Steele war im Begriff, darauf einzugehen, aber da ihre eigene Gesellschaft sich näherte, mußte sie von etwas anderem sprechen.

»Oje, da kommen die Richardsons. Ich hatte Ihnen noch soviel mehr zu erzählen, aber länger kann ich sie nicht allein lassen. Sie sind richtig vornehme Leute. Er verdient enorm viel Geld, und sie halten sich 'ne eigene Kutsche. Ich hab keine Zeit mehr, mit Mrs. Jennings darüber zu reden, aber sagen Sie ihr bitte, ich bin so glücklich darüber, daß sie nicht böse mit uns ist, und Lady Middleton genauso, und wenn Sie und Ihre Schwester wegen irgendwas zufällig abreisen müssen und Mrs. Jennings Gesellschaft braucht, dann würden wir bestimmt gerne kommen und bei ihr bleiben, solange sie will. Ich glaub, Lady Middleton wird uns in dieser Saison nicht mehr einladen. Auf Wiedersehen. Schade, daß Miss Marianne nicht hier ist. Grüßen Sie sie schön von mir. Oh, Sie haben ja Ihr bestes Gepunktetes an; komisch, daß Sie keine Angst hatten, es zu zerreißen.«

Das war zum Abschied ihre größte Sorge, denn danach hatte sie nur noch Zeit, sich von Mrs. Jennings zu verabschieden, bevor sie sich wieder Mrs. Richardson zuwenden mußte, und Elinor blieb im Besitz von Wissen zurück, das ihre Gedanken eine ganze Zeitlang beschäftigen würde, obwohl sie sehr wenig erfahren hatte, was sie selbst im Geiste nicht schon vorhergesehen oder vorhergeplant hatte. Edwards Heirat mit Lucy stand so unverändert fest und der Hochzeitstermin war so völlig unbestimmt, wie sie es vermutet hatte. Alles hing erwartungsgemäß davon ab, daß er eine Pfarrstelle bekommen würde, wozu gegenwärtig nicht die geringste Aussicht bestand.

Sobald sie zur Kutsche zurückgekehrt waren, wollte Mrs. Jennings alles von ihr wissen, aber da Elinor so wenig wie möglich von dem ohnehin so unfair erworbenen Wissen weitergeben wollte, beschränkte sie sich auf eine kurze Wiederholung solcher Einzelheiten, gegen deren allgemeine Verbreitung Lucy, um sich wichtig zu machen, bestimmt nichts haben würde. Sie erwähnte nur die Fortsetzung der Verlobung und die Schritte, die zur Heirat unternommen werden sollten, und das veranlaßte Mrs. Jennings zu folgenden durchaus naheliegenden Bemerkungen:

»Darauf warten, bis er versorgt ist! Ja, wir wissen alle, womit das enden wird. Sie werden ein ganzes Jahr warten, und wenn sie merken, daß das zu gar nichts führt, werden sie eine Vikarstelle mit fünfzig Pfund pro Jahr nehmen, mit den Zinsen von seinen zweitausend Pfund und dem bißchen, was Mrs. Steele und Mr. Pratt ihr geben können. Dann werden sie jedes Jahr ein Kind bekommen, und Gott sei's geklagt, wie arm sie sein werden. Ich muß sehen, was ich an Möbeln für ihr Haus entbehren kann. Zwei Hausmädchen und zwei Diener, wie ich neulich sagte! Schön wär's! Nein, nein, sie brauchen ein kräftiges Mädchen für alles. Bettys Schwester ist nun wohl nicht das Richtige für sie.«

Am nächsten Vormittag erhielt Elinor mit der Post einen Brief von Lucy selbst. Er lautete folgendermaßen:

Bartlett's Buildings, März

Ich hoffe, meine liebe Miss Dashwood wird entschuldigen, daß ich mir die Freiheit nehme, ihr zu schreiben, aber ich weiß, Sie werden sich aus Freundschaft zu mir darüber freuen, so gute Nachrichten von mir und meinem lieben Edward zu hören nach all dem Ärger, den wir durchgemacht haben – will daher keine weiteren Entschuldigungen mehr machen, sondern gleich mit der Bemerkung fortfahren, daß es uns, Gott sei Dank, obwohl wir fürchterlich gelitten haben, beiden jetzt recht gut geht und wir so glücklich sind, wie wir es bei unserer gegenseitigen Liebe immer bleiben werden. Wir haben schreckliche Prüfungen hinter uns und schreckliche Verfolgungen, aber trotzdem – gleichzeitig sind wir dankbar für die Hilfe unserer Freunde, unter ihnen nicht zuletzt auch Sie, an deren große Güte ich mich immer dankbar erinnern werde, wie auch Edward, dem ich davon erzählt habe. Sie werden sich bestimmt freuen zu hören, wie ebenfalls die liebe Mrs. Jennings, daß ich gestern nachmittag zwei glückliche Stunden mit ihm verbracht habe und er von einer Trennung nichts wissen wollte, obwohl ich ihm aus Klugheit ernsthaft zugeraten habe, wie ich es als meine Pflicht empfand, und hätte mich auf der Stelle von ihm getrennt, wenn er zugestimmt hätte, aber er sagte, das kommt nicht in Frage, der Zorn seiner Mutter macht ihm nichts aus, solange er meine Zuneigung hat. Unsere Aussichten sind zwar nicht sehr rosig, aber wir müssen warten und das Beste hoffen. Er wird bald Pfarrer sein, und sollte es je in Ihrer Macht stehen, ihn jemandem zu empfehlen, der eine Pfarrstelle zu vergeben hat, dann weiß ich, daß Sie uns nicht vergessen werden, und die liebe Mrs. Jennings auch – ich weiß, sie wird für uns immer ein gutes Wort einlegen bei Sir John oder Mr. Palmer oder anderen Freunden, die uns vielleicht helfen könnten. Die arme Anne hat wirklich einen großen Fehler gemacht, aber sie hatte die besten Absichten, deshalb sage ich nichts, hoffe aber, es macht Mrs. Jennings nicht zuviel aus, uns einen Besuch zu machen, wenn sie hier an irgendeinem Vormittag vorbeikommt. Es wäre zu liebenswürdig von ihr, und meine Cousinen wären stolz, sie kennenzulernen. Mein Blatt Papier ist voll, ich muß also schließen, und mit der Bitte, mich ihr und Sir John und Lady Middleton und den lieben Kindern dankbar und respektvoll zu empfehlen, wenn Sie sie zufällig sehen sollten, und mit den besten Grüßen an Miss Marianne

bin ich, usw. usw.

Sobald Elinor den Brief beendet hatte, tat sie das, was offenbar die wahre Absicht der Schreiberin war, nämlich ihn Mrs. Jennings zu reichen, die ihn laut und mit vielen Ausrufen der Befriedigung und des Lobes vorlas:

»Wirklich sehr nett! Wie sauber sie schreibt! Ja, das war ganz richtig. Ihn gehen zu lassen, falls er wollte! Das ist ganz Lucy! Armes Kind! Ich wünschte von ganzem Herzen, ich hätte eine Pfarrstelle für ihn. Sehen Sie, sie nennt mich ›liebe Mrs. Jennings‹! Sie ist wirklich eine gute Seele. Sehr nett, das muß ich sagen! Der Satz ist hübsch formuliert. Natürlich gehe ich sie besuchen, ganz bestimmt. Wie aufmerksam sie ist, an alle zu denken. Vielen Dank, mein Kind, daß Sie ihn mir gezeigt haben. Einen so hübschen Brief habe ich lange nicht gesehen, und er macht Lucys Herz und Verstand alle Ehre.«

Kapitel 40

Die Miss Dashwood waren nun schon mehr als zwei Monate in London, und Mariannes Ungeduld abzureisen stieg mit jedem Tag. Sie sehnte sich nach der Luft, der Freiheit, der Ruhe auf dem Land und bildete sich ein, daß, wenn überhaupt, dann nur Barton ihr Frieden geben könne. Elinor lag kaum weniger an ihrer Abreise, und sie war nur deshalb nicht so entschlossen, sofort aufzubrechen, weil sie sich der Schwierigkeiten einer so langen Reise bewußt war, die Marianne nicht zuzugeben bereit war. Sie begann allerdings ernsthaft, sich mit dem Plan zu beschäftigen, und hatte ihren Wunsch schon ihrer freundlichen Gastgeberin gegenüber erwähnt, die sich mit der ganzen Beredsamkeit guten Willens widersetzte, als ein Vorschlag gemacht wurde, den Elinor allen anderen vorzog, obwohl er sie noch ein paar Wochen länger von zu Hause fernhielt. Die Palmers wollten Ende März für die Osterfeiertage nach Cleveland übersiedeln, und Mrs. Jennings erhielt mit ihren beiden jungen Freundinnen eine herzliche Einladung von Charlotte, sie zu begleiten. Das wäre an sich für Miss Dashwoods Zartgefühl noch kein ausreichender Grund gewesen, aber das Angebot wurde von Mr. Palmer selbst mit soviel ehrlicher Höflichkeit unterstützt, daß sie geneigt war, mit Vergnügen anzunehmen, wenn sie obendrein berücksichtigte, wie sehr sich sein Verhalten ihnen gegenüber gebessert hatte, seit man wußte, wie unglücklich ihre Schwester war.

Als sie allerdings Marianne erzählte, was sie getan hatte, war deren erste Reaktion nicht sehr vielversprechend.

»Cleveland!« rief sie in großer Erregung. »Nein, ich kann nicht nach Cleveland gehen.«

»Du vergißt«, sagte Elinor ruhig, »daß seine Lage nicht ... daß es nicht in der Nähe von ...«

»Aber es ist in Somersetshire. Ich kann nicht nach Somersetshire gehen. Dahin, wo ich hinzugehen hoffte ... Nein, Elinor, das kannst du nicht von mir erwarten.«

Elinor wollte ihr die Schicklichkeit, solche Empfindungen zu bekämpfen, nicht vor Augen führen; sie versuchte nur, ihnen dadurch entgegenzuwirken, daß sie andere in ihr weckte, und stellte die Einladung deshalb als Maßnahme dar, durch die die Rückkehr zu ihrer lieben Mutter, die sie so gerne wiedersehen wollte, auf eine günstigere, bequemere Weise als bei jedem anderen Plan stattfinden konnte und vermutlich sogar ohne jede größere Verzögerung. Von Cleveland, das nur ein paar Meilen von Bristol entfernt liege, sei es nach Barton nicht weiter als eine Tagesreise, wenn auch eine lange, und der Diener ihrer Mutter könne leicht herüberkommen, um sie abzuholen; und da sie in Cleveland nicht länger als eine Woche zu bleiben brauchten, könnten sie in ungefähr drei Wochen zu Hause sein. Da Mariannes Anhänglichkeit an ihre Mutter groß war, siegte sie ohne alle Schwierigkeit über das eingebildete Übel, als das die Reise ihr zu Anfang erschienen war.

Mrs. Jennings war so weit davon entfernt, ihrer Gäste überdrüssig zu sein, daß sie ernsthaft in sie drang, von Cleveland aus wieder mit ihr zurückzukommen. Elinor dankte ihr für die gute Absicht, aber es beeinflußte ihre Pläne nicht, und da ihre Mutter ihre Zustimmung schon bereitwillig gegeben hatte, war alles, soweit möglich, für ihre Heimkehr vorbereitet, und Marianne fand Erleichterung darin, die Stunden zu zählen, die sie noch von Barton trennten.

»Ach, Oberst, ich weiß gar nicht, was Sie und ich ohne die Miss Dashwood anfangen sollen«, war Mrs. Jennings' erste Bemerkung, als er sie besuchte, nachdem ihre Heimkehr entschieden war, »denn sie sind fest entschlossen, von den Palmers aus nach Hause zu fahren; und wie verlassen werden wir uns vorkommen, wenn ich zurückkomme! Großer Gott, wir werden dasitzen und uns stumpfsinnig anstarren wie zwei Katzen.«

Vielleicht hatte Mrs. Jennings die Hoffnung, ihn durch das plastische Ausmalen ihrer zukünftigen Langeweile zu dem Antrag zu bewegen, durch den er dieser Aussicht entgehen konnte, und wenn ja, dann hatte sie hinterher guten Grund, ihr Ziel für erreicht zu halten, denn als Elinor ans Fenster trat, um die Größe eines Kunstdrucks zu messen, den sie für ihre Freundin kopieren wollte, folgte er ihr mit einem besonders vielsagenden Blick und unterhielt sich dort einige Minuten lang mit ihr. Auch die Wirkung des Gesprächs auf die Dame entging ihrer Aufmerksamkeit nicht, denn obwohl sie zu diskret war, zuzuhören, und sich sogar in der Absicht, nicht zu lauschen, einen anderen Stuhl dicht beim Klavier gesucht hatte, auf dem Marianne spielte, konnte sie nicht umhin zu bemerken, daß Elinor sich verfärbte, erregt zuhörte und zu gespannt war, was er sagte, um ihre Beschäftigung fortzusetzen. Als weitere Bestätigung ihrer Hoffnungen fing sie in der Pause, während der Marianne die Noten umblätterte, einige Worte von Oberst Brandon auf, in denen er sich anscheinend für den schlechten Zustand seines Hauses entschuldigte. Das beseitigte ein für allemal jeden Zweifel. Sie wunderte sich zwar, daß er das für nötig hielt, betrachtete es aber als eine Sache des guten Tons. Was Elinor antwortete, konnte sie nicht verstehen; aber ihren Lippenbewegungen entnahm sie, daß sie das nicht für einen ernsthaften Hinderungsgrund hielt; und Mrs. Jennings hielt ihr innerlich zugute, daß sie so ehrlich war. Dann sprachen sie noch einige Minuten weiter, ohne daß sie ein Wort mitbekam, bis eine

weitere günstige Pause in Mariannes Spiel die folgenden Worte in der ruhigen Stimme des Oberst zu ihr herübertrug:
»Ich fürchte, vorerst kann nichts daraus werden.«
Erstaunt und schockiert über eine für einen Liebhaber so unangebrachte Rede, war sie im Begriff, auszurufen: ›Großer Gott, was steht dem denn im Wege!‹, aber sie zügelte sich und begnügte sich mit folgendem innerlichen Ausruf: ›Das ist ja höchst merkwürdig! Er braucht doch nicht zu warten, bis er noch älter ist.‹ Dieser Aufschub von seiten Oberst Brandons beleidigte oder kränkte seine hübsche Gesprächspartnerin aber anscheinend nicht im geringsten, denn als sie kurz darauf ihr Gespräch abbrachen und auseinandertraten, hörte Mrs. Jennings unmißverständlich und mit einer Stimme, die ihre ganze Empfindung ausdrückte:
»Ich werde Ihnen immer dafür dankbar sein.«
Mrs. Jennings war über ihre Dankbarkeit entzückt und wunderte sich nur, daß der Oberst nach dem Anhören eines solchen Satzes imstande war, sie mit der äußersten Kaltblütigkeit zu verlassen, wie er es gleich darauf tat, und wegzugehen, ohne eine Antwort zu geben. Sie hätte es nicht für möglich gehalten, daß ihr langjähriger Freund ein so gleichgültiger Freier war.
Was sich in Wirklichkeit zwischen ihnen abgespielt hatte, war folgendes:
»Ich habe«, sagte er mit tiefem Mitgefühl, »von dem Unrecht gehört, das Ihrem Freund Mr. Ferrars von seiner Familie angetan worden ist, denn wenn ich die Sache richtig verstehe, hat man ihn regelrecht enterbt, weil er an der Verlobung mit einer sehr rechtschaffenen jungen Dame festhält. Bin ich richtig informiert? Ist es so?«
Elinor bestätigte es.
»Die Grausamkeit, die unkluge Grausamkeit«, antwortete er mit großer Anteilnahme, »zwei junge Menschen zu trennen oder zu trennen zu versuchen, die sich schon so lange lieben, ist schrecklich. Mrs. Ferrars weiß ja nicht, was sie damit vielleicht anrichtet, wozu sie ihren Sohn

vielleicht treibt. Ich habe Mr. Ferrars zwei- oder dreimal in der Harley Street getroffen und war sehr von ihm eingenommen. Er ist kein junger Mann, mit dem man auf Anhieb vertraut werden kann, aber aufgrund dieser flüchtigen Bekanntschaft wünsche ich ihm um seinetwillen alles Gute, und als einem Freund von Ihnen um so mehr. Wie ich höre, will er Pfarrer werden. Würden Sie so freundlich sein, ihm zu sagen, daß die Pfarrstelle in Delaford, die, wie ich durch die heutige Post erfahre, gerade freigeworden ist, ihm gehört, wenn er Interesse daran hat. Aber bei seiner unglücklichen finanziellen Lage gibt es wohl keinen Grund, daran zu zweifeln. Wenn sie nur etwas einträglicher wäre! Es ist eine selbständige Pfarre, wenn auch eine kleine. Das Einkommen des verstorbenen Inhabers überstieg, glaube ich, zweihundert Pfund pro Jahr nicht, und obwohl man sie zweifellos ertragreicher machen kann, fürchte ich, doch nicht so erheblich, daß sie ihm ein geradezu üppiges Einkommen sichert. Aber es ist mir eine große Freude, sie ihm jedenfalls so, wie sie ist, zu überlassen. Sagen Sie ihm das bitte.«

Elinors Erstaunen über diesen Auftrag hätte kaum größer sein können, wenn der Oberst ihr wirklich einen Heiratsantrag gemacht hätte. Eine Stelle für Edward, auf die noch vor zwei Tagen keinerlei Aussicht bestanden hatte, war nun schon vorhanden und erlaubte ihm zu heiraten – und ausgerechnet sie war damit beauftragt, ihn davon zu informieren! Daher rührte ihre Erregung, die Mrs. Jennings einer ganz anderen Ursache zugeschrieben hatte. Aber auch wenn weniger reine, weniger angenehme Empfindungen sich unter ihre Emotionen mischten – die Hochachtung vor dieser Großzügigkeit im allgemeinen und die Dankbarkeit für diesen Akt der Freundschaft im besonderen, die beide Oberst Brandon zu dieser Geste veranlaßt hatten, wurden von ihr ehrlich empfunden und herzlich geäußert. Sie dankte ihm von ganzem Herzen, sprach von Edwards Grundsätzen und guten Anlagen so lobend, wie er es ihrer Überzeugung nach verdiente, und versprach, den Auftrag mit Freude auszuführen, wenn es wirklich sein Wunsch war, eine so angenehme Aufgabe jemand anderem zu übertragen. Aber gleichzeitig konnte sie nicht umhin zu finden, daß keiner sie so gut ausführen würde wie er selbst. Kurz und gut, es war eine Aufgabe, von der sie gern verschont geblieben wäre, um Edward die Peinlichkeit zu ersparen, sich ihr dafür verpflichtet zu fühlen. Aber da Oberst Brandon, der sie ebenfalls aus Zartgefühl ablehnte, anscheinend trotzdem immer noch so daran lag, daß gerade sie den Auftrag übernahm, wollte sie sich keineswegs weiter dagegen sträuben. Edward, glaubte sie, war noch in London, und glücklicherweise hatte sie seine Anschrift von Miss Steele gehört. Sie konnte ihn deshalb im Laufe des Tages informieren. Als dies erledigt war, begann Oberst Brandon von dem Vorteil zu sprechen, den ein so angenehmer Nachbar für ihn bedeute, und in diesem Zusammenhang erwähnte er mit Bedauern, daß das Haus klein und unansehnlich sei, ein Übel, das Elinor, wie es Mrs. Jennings vorgekommen war, heruntergespielt hatte, jedenfalls, was die Größe betraf.

»Ich kann mir nicht vorstellen«, sagte sie, »daß das kleine Haus für sie ein Nachteil ist, denn es wird im Verhältnis zur Größe ihrer Familie und ihres Einkommens stehen.«

Daraufhin drückte der Oberst seine Überraschung aus, daß *sie* seine Heirat als eine sichere Folge dieses Angebots betrachtete, denn er hielt es nicht für denkbar, daß die Pfarre von Delaford ein Einkommen abwerfen könne, mit dem jemand von *seinem* Lebensstil die Heirat wagen würde; und das sagte er auch.

»Diese kleine Pfarre kann höchstens Mr. Ferrars als Junggesellen ein Auskommen bieten; sie kann ihm die Heirat nicht ermöglichen. Es tut mir leid, sagen zu müssen, daß mein Beistand hier endet und mein Einfluß nicht weiter reicht. Falls ich allerdings eines Tages durch irgendwelche unvorhergesehenen Umstände imstande sein sollte, ihm darüber hinaus behilflich zu sein, müßte ich meine Meinung über ihn schon sehr ändern, wenn ich ihn nicht weiterhin unverändert unterstützen würde. Was ich augenblicklich tue, fällt gar nicht ins Gewicht, da es ihn seinem wichtigsten, seinem einzigen Herzenswunsch nicht näher bringt. Seine Heirat muß leider immer noch ein Zukunftstraum bleiben, wenigstens, fürchte ich, kann sie so bald nicht stattfinden.«

Das war der Satz, der, mißverstanden, das große Zartgefühl von Mrs. Jennings zu Recht so beleidigte; aber nach dieser Erzählung der wirklichen Ereignisse zwischen Oberst Brandon und Elinor, während sie am Fenster standen, wird die Erregung nicht weniger berechtigt und die Formulierung nicht weniger angebracht erscheinen, mit denen die Dame beim Abschied ihren Dank ausdrückte, als wenn er ihr einen Heiratsantrag gemacht hätte.

Kapitel 41

»Also, Miss Dashwood«, sagte Mrs. Jennings mit vielsagendem Lächeln, sobald der Herr sich verabschiedet hatte, »ich brauche Sie gar nicht zu fragen, was der Oberst Ihnen gesagt hat, denn obwohl ich auf Ehre und Gewissen versucht habe, außer Hörweite zu bleiben, konnte ich nicht umhin, genug aufzuschnappen, um seine Absicht zu erraten. Und ich versichere Ihnen, in meinem ganzen Leben hat mir noch nichts soviel Freude gemacht, und ich wünsche Ihnen von ganzem Herzen alles Gute.«

»Vielen Dank, Madam«, sagte Elinor, »es ist wirklich ein Anlaß zu großer Freude für mich, und ich bin mir der Güte von Oberst Brandon durchaus bewußt. Es gibt nicht viele Männer, die so gehandelt hätten wie er, nicht viele Leute, die ein so mitleidiges Herz haben. Ich war noch nie in meinem Leben so überrascht.«

»Großer Gott, mein Kind, Sie sind sehr bescheiden. Ich bin keine Spur überrascht, denn ich denke schon seit einiger Zeit, daß eigentlich nichts näher liegt.«

»Ihr Urteil basiert auf Ihrer Kenntnis der großen Güte des

Oberst, aber wenigstens konnten Sie doch nicht voraussehen, daß die Gelegenheit sich so bald bieten würde.«

»Gelegenheit!« wiederholte Mrs. Jennings. »Oh, was das betrifft – wenn ein Mann sich in einer solchen Sache einmal entschlossen hat, dann findet er irgendwie bald auch die Gelegenheit. Also, mein Kind, ich wünsche Ihnen alles, alles Gute, und wenn es jemals ein glückliches Paar gegeben hat, dann weiß ich bald, wo ich es zu suchen habe.«

»Sie wollen sie also in Delaford besuchen«, sagte Elinor mit einem schwachen Lächeln.

»Ja, mein Kind, das mache ich bestimmt. Und ich weiß gar nicht, was der Oberst hat, daß das Haus schlecht sein soll. Es ist eins der besten Häuser, die ich je gesehen habe.«

»Er sprach davon, daß es vernachlässigt sei.«

»Na ja, und wessen Schuld ist das? Warum läßt er es nicht reparieren? Wer soll es denn sonst tun?«

Sie wurden von dem Diener unterbrochen, der ankündigte, daß die Kutsche vor der Tür halte, und Mrs. Jennings, die sofort aufstand, sagte im Gehen:

»Also, mein Kind, ich muß gehen, bevor ich auch nur halb zu Ende bin. Wir können aber ja am Abend alles noch einmal durchsprechen, denn wir sind ganz allein. Ich bitte Sie nicht, mich zu begleiten, denn für Gesellschaft ist Ihr Kopf viel zu voll von der Sache, und außerdem liegt Ihnen bestimmt daran, Ihrer Schwester davon zu erzählen.«

Marianne hatte das Zimmer verlassen, bevor das Gespräch begann.

»Natürlich, Madam, werde ich Marianne davon erzählen, aber ich werde es sonst vorläufig niemandem gegenüber erwähnen.«

»So! Na schön«, sagte Mrs. Jennings ziemlich enttäuscht. »Dann soll ich es wohl auch Lucy nicht sagen, denn ich wollte heute eigentlich nach Holborn fahren.«

»Nein, Madam, nicht einmal Lucy, wenn ich bitten darf. Ein Tag Aufschub spielt weiter keine Rolle, und bis ich Mr. Ferrars geschrieben habe, finde ich, sollte es niemandem gegenüber erwähnt werden. Ich setze mich sofort hin. Bei ihm ist es wichtig, keine Zeit zu verlieren, denn er wird natürlich für seine Ordination noch allerhand zu tun haben.«

Die Bemerkungen bereiteten Mrs. Jennings zunächst einiges Kopfzerbrechen. Warum Mr. Ferrars davon in solcher Eile Nachricht erhalten mußte, konnte sie nicht ohne weiteres verstehen. Ein kurzes Nachdenken allerdings brachte sie auf einen einleuchtenden Gedanken, und sie rief:

»Aha! Ich verstehe Sie. Mr. Ferrars ist also der Auserwählte. Na ja, um so besser für ihn. Ja, natürlich, er muß so schnell wie möglich ordiniert werden, und ich freue mich sehr, daß alles schon soweit gediehen ist. Aber, mein Kind, ist das nicht ein bißchen ungewöhnlich? Sollte nicht der Oberst selbst schreiben? Er ist doch der Richtige dazu.«

Elinor begriff den Anfang von Mrs. Jennings' Worten nicht ganz, aber sie fand es auch nicht der Mühe wert, nachzufragen, und so beantwortete sie nur den Schluß:

»Oberst Brandon ist ein so zartfühlender Mann, daß er es lieber sieht, wenn jemand anders als er Mr. Ferrars seine Absichten mitteilt.«

»Und daher sind Sie gezwungen, es zu tun! Na ja, das ist eine merkwürdige Art von Zartgefühl. Trotzdem, ich will Sie nicht abhalten« (da sie sah, daß sie sich zum Schreiben anschickte), »Sie müssen wissen, was für Sie am besten ist. Also, auf Wiedersehen, mein Kind. Seit Charlottes Wochenbett habe ich keine so erfreuliche Nachricht mehr gehört.«

Und damit ging sie. Aber sie kehrte noch einen Augenblick zurück:

»Ich habe gerade über Bettys Schwester nachgedacht, mein Kind. Ich wäre froh, wenn sie eine so gute Herrin bekäme. Aber ob sie als Zofe einer Dame gut geeignet ist, weiß ich natürlich nicht. Sie ist ein ausgezeichnetes Hausmädchen und handarbeitet sehr gut. Wie auch immer, denken Sie in Ruhe darüber nach.«

»Ja, gern, Madam«, erwiderte Elinor, die nicht viel davon hörte, was sie sagte, und der mehr daran lag, allein zu sein, als dem Gespräch zu folgen.

Wie sie anfangen, wie sie sich in ihrem Brief an Edward

ausdrücken sollte, war jetzt ihre einzige Sorge. Die besondere Beziehung zwischen ihnen machte das schwierig, was jedem anderen gegenüber die leichteste Sache der Welt gewesen wäre, aber sie fürchtete auch, entweder zuviel oder zu wenig zu sagen, und brütete über dem Blatt Papier mit der Feder in der Hand, bis sie durch den Eintritt von Edward selbst unterbrochen wurde.

Er war an der Tür Mrs. Jennings begegnet, die auf dem Weg zur Kutsche war, als er seine Abschiedskarte dalassen wollte; und nach einer Entschuldigung, daß sie selbst nicht mit hineinkäme, hatte sie ihn gebeten, einzutreten, und ihm gesagt, Miss Dashwood sei oben und wolle ihn in einer ganz besonderen Angelegenheit sprechen.

In ihrer Ratlosigkeit hatte sich Elinor gerade beglückwünscht, daß dies trotz der großen Schwierigkeit, schriftlich die richtigen Worte zu finden, immer noch besser sei, als die Nachricht mündlich zu übermitteln, als ihr Besucher eintrat und ihr gerade diese Anstrengung abverlangte. Ihr Erstaunen und ihre Verwirrung bei seinem plötzlichen Eintritt waren sehr groß. Sie hatte ihn nicht gesehen, seit seine Verlobung bekannt geworden war, und daher auch nicht, seit er wußte, daß sie davon gehört hatte; und das bereitete ihr im Bewußtsein dessen, was sie gerade gedacht und was sie ihm zu erzählen hatte, einige unbehagliche Minuten. Auch er war ganz niedergeschlagen, und sie nahmen in der schönsten und vielversprechendsten Verlegenheit Platz. Er konnte sich nicht erinnern, ob er sie beim Eintreten um Entschuldigung für sein Eindringen gebeten hatte, um aber ganz sicher zu sein, brachte er eine förmliche Entschuldigung vor, sobald er nach dem Hinsetzen etwas sagen konnte.

»Mrs. Jennings sagte mir«, begann er, »daß Sie mit mir sprechen wollten; so wenigstens habe ich sie verstanden, sonst wäre ich bestimmt nicht auf diese Weise bei Ihnen eingedrungen, obwohl ich andererseits sehr traurig gewesen wäre, London zu verlassen, ohne Sie und Ihre Schwester noch einmal gesehen zu haben, besonders da es einige Zeit dauern wird … es ist nicht wahrscheinlich, daß ich so bald das Vergnügen haben werde, Sie wiederzusehen. Ich reise morgen nach Oxford.«

»Sie wären doch wohl nicht gegangen«, sagte Elinor, sich zusammennehmend und entschlossen, das, wovor sie sich so fürchtete, so schnell wie möglich hinter sich zu bringen, »ohne unsere guten Wünsche mit auf den Weg zu nehmen, auch wenn wir sie Ihnen nicht hätten persönlich aussprechen können. Mrs. Jennings hatte mit ihrer Bemerkung ganz recht. Ich habe Ihnen etwas sehr Wichtiges mitzuteilen, das ich gerade schriftlich übermitteln wollte. Ich habe einen außerordentlich angenehmen Auftrag –« (sie atmete beim Sprechen schneller als sonst). »Oberst Brandon, der erst vor zehn Minuten hier war, hat mich gebeten, Ihnen folgendes zu sagen: Da er erfahren hat, daß Sie Pastor werden wollen, hat er das große Vergnügen, Ihnen die Pfarre von Delaford anzubieten, die gerade frei ist, und bedauert nur, daß sie nicht einträglicher ist. Darf ich Ihnen zu einem so angesehenen und verständnisvollen Freund gratulieren und meine Wünsche, daß das Einkommen – es sind ungefähr zweihundert Pfund im Jahr – bei weitem einträglicher wäre, den seinen hinzufügen, damit sie Ihnen erlaubte, eher zu ... damit sie mehr als eine vorübergehende Unterkunft für Sie ... damit sie, kurz und gut, die Verwirklichung Ihres Glücks ermöglichen könnte.«

Da Edward selbst nicht sagen konnte, was in ihm vorging, kann man auch nicht erwarten, daß jemand anders es ausdrückt. Man sah ihm allerdings das Erstaunen an, das eine so unerwartete, so unverhoffte Mitteilung unweigerlich hervorrufen mußte, aber er sagte nur die beiden Worte: »Oberst Brandon!«

»Ja«, fuhr Elinor fort und gewann an Selbstsicherheit, da das Schlimmste vorüber war. »Oberst Brandon betrachtet es als Zeichen seines Mitgefühls für das, was vor kurzem geschehen ist – für die trostlose Lage, in die Sie das ungerechtfertigte Verhalten Ihrer Familie gebracht – ein Mitgefühl, das natürlich Marianne und ich selbst und alle Freunde teilen –, und auch als Beweis seiner großen Wert-

schätzung Ihres Charakters und besonders seiner Billigung Ihres Verhaltens bei dieser Angelegenheit.«
»Oberst Brandon mir eine Pfarrstelle geben! Ist es möglich?«
»Die Lieblosigkeit Ihrer eigenen Verwandten läßt Sie erstaunen, woanders Freundschaft zu finden.«
»Nein«, erwiderte er in plötzlicher Erkenntnis, »nicht erstaunen, sie bei *Ihnen* zu finden, denn ich kann nicht verkennen, daß ich alles Ihnen, Ihrer Güte verdanke. Ich empfinde es tief. Ich würde es auch ausdrücken, wenn ich könnte, aber ich bin, wie Sie wissen, kein Redner.«
»Sie irren. Ich versichere Ihnen, daß Sie alles, wenigstens beinahe alles Ihrem eigenen Verdienst und Oberst Brandons Anerkennung verdanken. Ich habe nichts damit zu tun. Bis ich von seiner Absicht erfuhr, wußte ich nicht einmal, daß die Pfarrstelle frei war, und ich wußte auch nicht, daß er solch eine Pfarrstelle überhaupt zu vergeben hat. Daß er mein Freund, ein Freund meiner Familie ist, macht ihm vielleicht … ja, ich weiß, daß ihm deshalb dieser Gefallen größere Freude macht, aber, auf Ehre und Gewissen, meinem Zureden verdanken Sie nichts.«
Der Wahrheit zuliebe mußte sie allerdings eine gewisse Beteiligung an dem Plan zugeben; aber gleichzeitig war sie so wenig geneigt, als Edwards Wohltäterin zu erscheinen, daß sie mit dem Eingeständnis zögerte, was wiederum den Verdacht verstärkte, der ihm vor kurzem gekommen war. Eine Weile, nachdem Elinor aufgehört hatte zu sprechen, saß er tief in Gedanken versunken da. Schließlich – und es klang, als koste es ihn Mühe – sagte er:
»Oberst Brandon ist anscheinend ein ganz vortrefflicher und schätzenswerter Mann. So nennt man ihn auch allgemein, und ich weiß, Ihr Bruder hält viel von ihm. Er ist zweifellos ein verständiger Mensch und in seinem Verhalten ganz und gar ein Gentleman.«
»Das stimmt«, antwortete Elinor, »ich glaube, wenn Sie ihn näher kennenlernen, werden Sie alles bestätigt finden, was man über ihn sagt, und da Sie bald so unmittelbare Nachbarn sein werden (denn das Pfarrhaus ist offen-

bar ganz nah beim Herrenhaus), ist das auch besonders wichtig.«

Edward gab keine Antwort, aber als sie sich abgewandt hatte, blickte er sie so aufrichtig, so ernst, so trostlos an, als ob er sagen wollte, er wünschte, die Entfernung zwischen Pfarrhaus und Herrenhaus wäre wesentlich größer.

»Oberst Brandon wohnt, glaube ich, in St. James's Street«, sagte er und erhob sich von seinem Stuhl.

Elinor nannte ihm die Hausnummer.

»Dann muß ich aufbrechen, um ihm den Dank auszusprechen, den Sie nicht annehmen wollen, und ihm zu versichern, daß er mich zu einem sehr, einem außerordentlich glücklichen Menschen gemacht hat.«

Elinor bemühte sich nicht, ihn zurückzuhalten, und sie schieden, ihrerseits mit den aufrichtigsten Wünschen für alle ihm bevorstehenden Wechselfälle des Lebens und seinerseits mehr mit dem Versuch, denselben guten Willen zu zeigen, als mit dem Vermögen, ihn auch auszudrücken.

›Wenn ich ihn wiedersehe‹, sagte Elinor zu sich selbst, als die Tür sich hinter ihm schloß, ›wird er Lucys Mann sein.‹

Und mit dieser angenehmen Aussicht setzte sie sich nieder, um über die Vergangenheit nachzudenken, sich die Worte zu vergegenwärtigen, zu versuchen, Edwards Empfindungen zu verstehen und natürlich mit Bedauern über ihre eigenen nachzudenken.

Obwohl Mrs. Jennings von einem Besuch bei Leuten, bei denen sie noch nie gewesen war und von denen sie deshalb allerhand zu erzählen haben mußte, nach Hause zurückkehrte, war sie in Gedanken soviel mehr mit dem wichtigen Geheimnis beschäftigt, an dem sie teilhatte, daß sie sofort, als Elinor erschien, darauf zurückkam.

»Also, mein Kind«, rief sie, »ich habe Ihnen den jungen Mann heraufgeschickt. War das nicht richtig? Und ich nehme an, Sie hatten keine großen Schwierigkeiten ... Sie fanden ihn nicht abgeneigt, Ihren Vorschlag anzunehmen?«

»Nein, Madam, das war auch nicht sehr wahrscheinlich.«

»Also, und wie bald wird er dazu imstande sein? Denn davon hängt wohl alles ab.«

»Leider«, sagte Elinor, »weiß ich so wenig von diesen Formalitäten, daß ich über die Zeit oder die nötigen Vorbereitungen keine Vermutungen anstellen kann, aber ich nehme an, in zwei oder drei Monaten wird er seine Ordination hinter sich haben.«

»Zwei oder drei Monate!« rief Mrs. Jennings. »Großer Gott, mein Kind, wie ruhig Sie davon sprechen! Und kann der Oberst zwei oder drei Monate warten? Du liebe Güte! Ich würde dabei die Geduld verlieren. Und obwohl man dem armen Mr. Ferrars gerne einen Gefallen tun möchte, ist es meiner Meinung nach doch nicht der Mühe wert, zwei oder drei Monate auf ihn zu warten. Es wird sich doch wohl jemand finden lassen, der ebenso gut geeignet wäre, jemand, der schon Pfarrer ist.«

»Meine liebe Madam«, sagte Elinor, »was meinen Sie damit? Oberst Brandons einzige Absicht ist doch, Mr. Ferrars einen Gefallen zu tun.«

»Du liebe Güte, mein Kind! Sie wollen mir doch wohl nicht einreden, daß der Oberst Sie nur heiratet, damit er Mr. Ferrars zehn Guineen zukommen lassen kann!«

Daraufhin mußte das Mißverständnis zwangsläufig ausgeräumt werden, und es fand sofort eine Erklärung statt, die beiden zunächst viel Anlaß zur Heiterkeit gab, ohne die Freude beider zu beeinträchtigen, denn Mrs. Jennings tauschte nur eine reizende Aussicht gegen eine andere ein, ohne dabei die Aussicht auf die erste ein für allemal aufzugeben.

»Ja, ja, das Pfarrhaus ist nur klein«, sagte sie, als der erste Ausbruch von Überraschung und Genugtuung vorüber war, »und höchstwahrscheinlich vernachlässigt; aber zu hören, wie ein Mann sich für ein Haus, wie ich erst dachte, entschuldigt, das meiner Meinung nach fünf Wohnzimmer im Erdgeschoß hat und leicht, wie mir die Haushälterin einmal erzählte, fünfzehn Gäste unterbringen kann. Und dann noch Ihnen gegenüber, die Sie das Leben in Barton Cottage gewöhnt sind! Das erschien mir ausgesprochen komisch. Aber, mein Kind, wir müssen den Oberst daran erinnern, etwas für das Pfarrhaus zu tun und es für sie gemütlich einzurichten, bevor Lucy einzieht.«

»Aber Oberst Brandon glaubt anscheinend nicht, daß das Einkommen zum Heiraten reicht.«

»Der Oberst ist ein Einfaltspinsel, mein Kind. Weil er selbst zweitausend pro Jahr hat, glaubt er, daß niemand mit weniger heiraten kann. Verlassen Sie sich darauf, daß ich noch vor Ende September, wenn ich dann noch lebe, einen Besuch im Pfarrhaus von Delaford mache, und ich gehe ja nicht, wenn Lucy nicht da ist.«

Elinor stimmte mit ihr darin überein, daß sie vermutlich mit der Heirat nicht länger warten würden.

Kapitel 42

Nachdem Edward Oberst Brandon seinen Dank ausgesprochen hatte, machte er sich mit seinem Glück zu seiner Verlobten auf, und als er schließlich in Bartlett's Buildings ankam, war seine Freude so überwältigend, daß Lucy Mrs. Jennings, die sie am nächsten Tag noch einmal besuchte, um ihr zu gratulieren, versichern konnte, sie habe ihn noch nie in ihrem Leben so munter gesehen.

Ihr eigenes Glück und ihre eigene Munterkeit jedenfalls waren ganz unübersehbar, und sie stimmte von Herzen in Mrs. Jennings' Hoffnung ein, daß sie vor Ende September alle gemütlich im Pfarrhaus von Delaford zusammensitzen würden. Zugleich gab sie sich soviel Mühe, Elinor das Verdienst, das Edward ihr unbedingt zuschreiben wollte, zukommen zu lassen, daß sie von ihrer Freundschaft für sie beide mit überschwenglicher Dankbarkeit sprach, betonte, wie verbunden sie ihr seien, und offen erklärte, daß keinerlei Anstrengung ihnen zuliebe, weder jetzt noch in Zukunft, sie von Miss Dashwood überraschen würde, denn sie traue ihr zu, für Leute, die sie wirklich schätze, alles zu tun. Was Oberst Brandon betraf, so war sie nicht nur bereit, ihn als einen Heiligen zu verehren, sondern bestand obendrein darauf, er müsse als solcher auch in allen weltlichen Angelegenheiten behandelt werden, bestand darauf, man solle die ihm zukommenden Abgaben kräftig erhöhen, und schwor insgeheim, sich in Delaford, soweit irgend möglich, seiner Diener, seiner Kutsche, seiner Kühe und seines Geflügels zu bedienen.

Es war nun länger als eine Woche her, seit John Dashwood in der Berkeley Street vorgesprochen hatte, und da sie sich seitdem um die Unpäßlichkeit seiner Frau außer durch eine schriftliche Anfrage nicht gekümmert hatten, erschien es Elinor nun langsam unumgänglich, ihr einen Besuch zu machen. Es handelte sich dabei allerdings um eine Verpflichtung, die nicht nur ihr selbst widerstrebte, sondern auch bei ihren Gefährtinnen keinerlei Anklang fand. Marianne ließ es nicht bei der strikten Weigerung bewenden, selbst mitzugehen, sondern tat alles, um auch ihre Schwester davon abzuhalten; und obwohl Mrs. Jennings Elinor jederzeit ihre Kutsche zur Verfügung stellte, hatte sie eine solche Abneigung gegen Mrs. John Dashwood, daß nicht einmal ihre Neugier, wie sie nach der jüngsten Offenbarung aussähe, oder ihr dringendes Bedürfnis, sie zu beleidigen, indem sie Edwards Partei ergriff, ihren Widerwillen überwinden konnte, ihr noch einmal zu begegnen. Die Folge davon war, daß Elinor sich allein zu einem Besuch aufmachte, an dem niemandem weniger liegen konnte als ihr, und sich dabei auch noch dem Risiko eines Tête-à-têtes mit einer Frau aussetzte, die zu verachten keine der beiden anderen soviel Grund hatte wie sie selbst.

Mrs. Dashwood ließ sich verleugnen, aber ehe die Kutsche vor dem Haus wenden konnte, kam ihr Mann zufällig heraus. Er drückte seine große Freude aus, Elinor zu sehen, erzählte ihr, daß er gerade auf dem Weg in die Berkeley

Street war, und bat sie mit der Versicherung, Fanny würde sich über ihren Besuch sehr freuen, ins Haus.
Sie gingen die Treppe hinauf ins Wohnzimmer – es war leer.
»Ich nehme an, Fanny ist in ihrem eigenen Zimmer«, sagte er. »Ich gehe gleich hin, denn sie wird bestimmt nichts dagegen haben, *dich* zu sehen. Ganz im Gegenteil! Jetzt gibt es ja keinen Grund mehr ... aber trotzdem, Marianne und dich hat sie immer besonders gern gemocht. Warum ist Marianne nicht mitgekommen?«
Elinor entschuldigte sie, so gut es ging.
»Mir ist es ebenso recht, daß ich mit dir allein sprechen kann«, erwiderte er, »denn ich muß dir alles mögliche erzählen. Diese Pfarrstelle von Oberst Brandon – stimmt das? Hat er sie Edward wirklich gegeben? Ich habe gestern zufällig davon gehört und wollte zu euch kommen, um Genaueres darüber zu erfahren.«
»Es stimmt durchaus. Oberst Brandon hat die Pfarrstelle in Delaford Edward gegeben.«
»Tatsächlich! Also, das ist höchst erstaunlich! Keinerlei Verwandtschaft, keinerlei sonstige Beziehung zwischen ihnen! Und das heutzutage, wo Pfarrstellen so gutes Geld bringen! Was war diese wert?«
»Ungefähr zweihundert pro Jahr.«
»Sieh mal an, und bei der Weitergabe einer Pfarrstelle von diesem Wert ... angenommen, der verstorbene Inhaber war alt und krank und hätte sie wahrscheinlich bald freigemacht ... er hätte doch gut und gerne tausendvierhundert Pfund dafür bekommen. Und wie kommt es, daß er die Sache nicht vor dem Tod dieses Mannes geregelt hat? Jetzt ist es natürlich zu spät, sie noch zu verkaufen, aber ein Mann mit dem Verstand Oberst Brandons! Wie kann er nur in einer so simplen, so selbstverständlichen Angelegenheit so leichtsinnig sein! Na ja, ich bin sowieso überzeugt, daß die meisten Menschen voller Widersprüche stecken. Ich vermute allerdings – wenn ich es recht bedenke –, daß die Sache sich folgendermaßen verhält: Edward soll die Pfarre nur so lange verwalten, bis derjenige, dem

der Oberst die Nachfolge in Wirklichkeit verkauft hat, alt genug ist, sie zu übernehmen. Ja, ja, verlaß dich darauf, so ist es.«

Elinor widersprach ihm allerdings entschieden und zwang ihn durch den Hinweis, sie selbst habe dabei mitgewirkt, das Angebot von Oberst Brandon an Edward zu übermitteln, und müsse daher wissen, unter welchen Bedingungen sie ihm überlassen worden sei, ihr zu glauben.

»Es ist wirklich erstaunlich!« rief er, nachdem er zugehört hatte. »Was beabsichtigt der Oberst nur damit?«

»Sehr einfach: Mr. Ferrars einen Gefallen zu tun.«

»Na ja, was immer Oberst Brandons Absicht sein mag, Edward hat großes Glück gehabt. Erwähne die Sache aber bitte nicht Fanny gegenüber, denn obwohl ich sie eingeweiht habe und sie es mit erstaunlicher Fassung trägt, ist sie gar nicht daran interessiert, daß immer davon geredet wird.«

Es fiel Elinor an dieser Stelle nicht leicht, sich die Bemerkung zu versagen, daß Fanny ihrer Meinung nach allen Grund hatte, einen Vermögenszuwachs ihres Bruders, durch den weder sie noch ihr Kind dem Hungertode ausgeliefert wurden, mit Fassung zu tragen.

»Mrs. Ferrars«, fügte er hinzu und senkte seine Stimme, wie es sich für ein so wichtiges Thema gehörte, »weiß noch nichts von der Sache, und ich glaube, es ist das beste, sie ihr so lange wie möglich vorzuenthalten. Wenn die Hochzeit stattfindet, fürchte ich, wird sie sowieso alles erfahren.«

»Aber wozu sind alle diese Vorsichtsmaßnahmen nötig? Obwohl natürlich nicht zu erwarten ist, daß Mrs. Ferrars irgendwelche Freude darüber empfindet, daß ihr Sohn Geld genug für seinen Lebensunterhalt hat … denn das ist nun einmal ausgeschlossen; aber wie kann man nach ihrem jüngsten Benehmen erwarten, daß sie überhaupt noch mit dem Herzen bei der Sache ist? Ihr Sohn ist für sie erledigt, sie hat ihn ein für allemal verstoßen und hat auch alle, auf die sie Einfluß hat, dazu gezwungen, ihn ebenfalls zu verstoßen. Danach kann man sich doch gar nicht vorstellen, daß sie um seinetwillen noch irgendwelche Freude oder Sorge empfindet; sie kann doch nicht an Dingen interessiert sein, die ihm zustoßen. Sie wird doch nicht so schwach sein, auf die Freude an einem Kind zu verzichten und die Ängste einer Mutter beizubehalten!«

»Ach, Elinor«, sagte John, »deine Argumente sind überzeugend, aber sie beruhen auf Unkenntnis der menschlichen Natur. Verlaß dich darauf, wenn Edwards unglückselige Hochzeit stattfindet, dann wird seine Mutter so mitempfinden, als hätte sie ihn nie fallengelassen, und deshalb muß alles, was dieses fürchterliche Ereignis beschleunigen könnte, ihr so lange wie möglich verheimlicht werden. Mrs. Ferrars wird nie vergessen, daß Edward ihr Sohn ist.«

»Das überrascht mich. Ich hätte eher angenommen, daß es ihrem Gedächtnis weitgehend schon jetzt entfallen ist.«

»Du tust ihr bitter unrecht. Mrs. Ferrars ist eine der liebevollsten Mütter der Welt.«

Elinor schwieg.

»Wir denken nun daran«, sagte Mr. Dashwood nach kurzer Pause, »Robert mit Miss Morton zu verheiraten.«

Elinor lächelte über die Gewichtigkeit und Entschiedenheit in der Stimme ihres Bruders und antwortete ruhig:

»Die Dame, nehme ich an, wird dabei nicht gefragt.«

»Gefragt! Wie meinst du das?«

»Ich meine nur, wenn man dich hört, ist es Miss Morton anscheinend ganz gleich, ob sie Edward oder Robert heiratet.«

»Natürlich, da gibt es doch keinen Unterschied, denn Robert muß nun rechtlich in jeder Hinsicht als der ältere Sohn betrachtet werden, und da beide obendrein sehr verträgliche junge Leute sind, verstehe ich nicht, wieso der eine dem anderen überlegen sein sollte.«

Elinor sagte nichts weiter, und auch John schwieg eine Weile. Seine Überlegungen endeten folgendermaßen:

»Eins, meine liebe Schwester«, er nahm herzlich ihre Hand

und sprach in furchterregendem Flüstern, »kann ich dir versichern, und ich werde es tun, denn ich weiß, du wirst mir dafür dankbar sein. Ich habe allen Grund zu der Annahme ... ja, ich habe es aus zuverlässiger Quelle, sonst würde ich es nicht wiederholen, denn dann wäre es völlig unangebracht, darüber überhaupt zu sprechen ... aber ich habe es aus absolut zuverlässiger Quelle ... nicht etwa, daß Mrs. Ferrars selbst es je deutlich ausgesprochen hätte, aber ihre Tochter hat es getan, und ich habe es von ihr ... kurz und gut, was immer die Einwände gegen eine gewisse ... eine gewisse Verbindung gewesen sein mögen ... du verstehst mich schon ... ihr wäre sie wesentlich lieber gewesen; sie hätte sich darüber bei weitem nicht so geärgert wie über diese. Ich bin unerhört froh, daß Mrs. Ferrars es so sieht ... schließlich ein großes Kompliment für uns alle! Es wäre zweifellos das geringere der beiden Übel gewesen, sagte sie, und unterdessen wäre sie froh, wenn sie sich mit nichts Schlimmerem abzufinden hätte. Wie auch immer, das kommt natürlich nicht mehr in Frage ... völlig ausgeschlossen ... ich meine, was die Verbindung anbetrifft. Es konnte nie davon die Rede sein, all das ist nun vorbei! Aber ich fand, ich sollte es dir nicht vorenthalten, weil ich wußte, es würde dich freuen. Nicht daß du Anlaß hast, etwas zu bedauern, meine liebe Elinor. Du hast es jetzt zweifellos auch unerhört gut getroffen ... mindestens ebenso gut, wenn nicht besser ... alles in allem. Hat Oberst Brandon dich kürzlich besucht?«

Elinor hatte genug gehört, wenn nicht, um ihre Eitelkeit zu befriedigen und ihr Selbstbewußtsein zu stärken, dann doch wenigstens, um sie in Spannung zu versetzen und ihre Gedanken zu beschäftigen, und sie war deshalb froh, daß sie durch den Eintritt Mr. Robert Ferrars' der Notwendigkeit, ausführlich zu antworten, und der Gefahr, noch mehr von ihrem Bruder anhören zu müssen, enthoben wurde. Nach einer kurzen, unverbindlichen Unterhaltung erinnerte sich John Dashwood, daß Fanny von dem Besuch seiner Schwester noch gar nichts wußte, und verließ das Zimmer, um sie zu suchen; und Elinor blieb zurück, um besser mit Robert bekannt zu werden, der durch seine fröhliche Unbekümmertheit und die sorglose Selbstgefälligkeit seines Benehmens bei einer so ungerechten Verteilung mütterlicher Liebe und Großzügigkeit zuungunsten seines verbannten Bruders, die er nur seinem verschwenderischen Lebenswandel und der Integrität dieses Bruders verdankte, ihren ungünstigen Eindruck von seinem Herz und Hirn bestätigte.

Sie hatten kaum zwei Minuten miteinander verbracht, da begann er schon von Edward zu sprechen, denn auch er hatte von der Pfarrstelle gehört und wollte alles mögliche darüber wissen. Elinor wiederholte die Einzelheiten, die sie auch John mitgeteilt hatte, und die Wirkung auf Robert, wiewohl ganz anders, war nicht weniger verblüffend. Er lachte unmäßig. Die Vorstellung von Edward als Pastor und in einem kleinen Pfarrhaus fand er köstlich; und als er sich dann noch lebhaft ausmalte, wie Edward im Talar die Gebete vorlesen und das Aufgebot von John Smith und Mary Brown ankündigen würde, kannte seine Heiterkeit keine Grenzen.

Während Elinor schweigend und in steinerner Ungerührtheit das Ende dieses kindischen Betragens abwartete, konnte sie doch nicht verhindern, daß der Blick, den sie auf ihn richtete, all die Verachtung enthielt, die er in ihr erregte. Es war allerdings ein durchaus erfolgreicher Blick, denn er erleichterte sie und verriet ihm nichts. Er wurde nicht durch ihre Vorwürfe, sondern durch seine eigene Einsicht von Scherz zu Ernst zurückgerufen.

»Wir können es als einen Witz betrachten«, sagte er schließlich, indem er sich von dem affektierten Lachen erholte, das seine ehrliche Erheiterung über Gebühr verlängert hatte, »aber, so wahr ich lebe, es ist blutiger Ernst. Armer Edward! Er ist für immer ruiniert. Er tut mir herzlich leid, denn ich weiß, er ist ein herzensguter Bursche – einen so gutmütigen Menschen gibt es nur einmal. Sie müssen ihn nicht aufgrund Ihrer flüchtigen Bekanntschaft beurteilen, Miss Dashwood. Armer Edward! Seine Umgangsformen sind nicht gerade die gewandtesten, aber wir werden eben nicht alle mit denselben Gaben, demselben gesellschaftlichen Schliff geboren. Armer Kerl! Ihn in einem Kreis von Fremden zu beobachten – weiß Gott, ein beklagenswerter Anblick! Aber, so wahr ich lebe, er hat ein Herz von Gold, und ich versichere und erkläre Ihnen feierlich, ich war noch nie in meinem Leben so erschüttert wie bei der Enthüllung dieser Geschichte. Ich konnte es einfach nicht fassen. Meine Mutter war die erste, die mir davon erzählte, und da ich mich aufgerufen fühlte, mit Entschiedenheit zu handeln, sagte ich sofort zu ihr: ›Liebe Mutter, ich weiß zwar nicht, was du zu tun gedenkst, aber was mich betrifft, so erkläre ich hiermit: Wenn Edward diese junge Frau tatsächlich heiratet, dann sieht er mich nie wieder.‹ Das habe ich sofort gesagt. Ich war ganz unerhört erschüttert. Armer Edward! Er hat sich selbst ruiniert, hat sich für immer aus jeder anständigen Gesellschaft verbannt. Aber, wie ich meiner Mutter gleich gesagt habe, es wundert mich nicht. Bei seiner Art Erziehung konnte man nichts anderes erwarten. Meine arme Mutter war völlig außer sich.«

»Haben Sie die Dame je gesehen?«

»Ja, einmal, als sie noch hier bei den Dashwoods wohnte, kam ich zufällig auf zehn Minuten vorbei, und das hat mir gelangt. Nichts als ein unbeholfenes Mädchen vom Land, ohne Lebensart oder Eleganz und fast ganz ohne Schönheit. Ich erinnere mich gut an sie. Genau die Art von Mädchen, auf die der arme Edward hereinfallen würde. Sobald meine Mutter mir von der Affäre erzählte, bot ich mich an, selbst mit ihm zu sprechen und ihm die Verbindung auszureden, aber da stellte sich heraus, es war schon zu spät, irgend etwas zu unternehmen, denn unglücklicherweise war ich zuerst nicht erreichbar und wußte nichts davon, bevor der Bruch stattgefunden hatte, und dann kam es mir natürlich nicht mehr zu, mich einzumischen. Aber wenn ich es ein paar Stunden früher erfahren hätte … ich halte es für möglich, daß mir irgend etwas eingefallen wäre. Ich jedenfalls hätte Edward deutlich meine Meinung gesagt. Mein lieber Freund, hätte ich gesagt, überleg

dir, was du da tust. Du läßt dich da auf eine völlig unwürdige Verbindung ein, eine Verbindung, die die ganze Familie einstimmig mißbilligt. Kurz und gut, ich kann mir nicht helfen, irgendeinen Ausweg hätte man gefunden. Aber jetzt ist es zu spät dazu. Er muß halb verhungert sein, das ist so gut wie sicher, mindestens halb verhungert.«
Das hatte er gerade in aller Gelassenheit verkündet, als Mrs. John Dashwood hereinkam und dem Thema ein Ende machte. Aber obwohl sie außerhalb ihrer eigenen Familie nie über die Angelegenheit sprach, konnte Elinor die Spuren davon in der leichten Verstörtheit, die auf ihrem Gesicht lag, als sie eintrat, und in dem Bemühen um Herzlichkeit ihr gegenüber erkennen. Sie ging sogar soweit zu bedauern, daß Elinor und ihre Schwester London so bald verlassen würden, da sie so gehofft hatte, sie öfter zu sehen – eine Anstrengung, in der ihr Mann, der sie ins Zimmer begleitete und in liebender Hingebung an ihrem Munde hing, anscheinend nur die deutlichsten Zeichen von Zuneigung und Charme fand.

Kapitel 43

Ein weiterer kurzer Besuch in der Harley Street, bei dem Elinors Bruder sie dazu beglückwünschte, daß sie kostenlos beinahe bis Barton reisten und Oberst Brandon ihnen in ein oder zwei Tagen nach Cleveland folgen sollte, beendete den Umgang von Bruder und Schwestern in London; und eine vage Einladung von Fanny, nach Norland zu kommen, wann immer sie zufällig in der Nähe sein sollten, was ganz und gar unwahrscheinlich war, und eine herzlichere, wenn auch unter vier Augen ausgesprochene Versicherung von John an Elinor, sie baldmöglichst in Delaford zu besuchen, war alles, was auf eine Begegnung auf dem Land hindeutete.
Elinor amüsierte sich darüber, daß alle ihre Freunde

anscheinend entschlossen waren, sie nach Delaford zu schicken – an einen Ort, an dem sie gerade jetzt keinerlei Bedürfnis, einen Besuch zu machen, und keinerlei Wunsch zu leben hatte, denn nicht nur ihr Bruder und Mrs. Jennings hielten ihn offenbar für ihr zukünftiges Zuhause, sondern sogar Lucy lud sie beim Abschied ausdrücklich ein, sie dort zu besuchen.
Sehr früh im April und einigermaßen früh am Morgen machten sich die beiden Gesellschaften von Hanover Square und Berkeley Street auf, um sich verabredungsgemäß auf der Landstraße zu treffen. Aus Rücksicht auf Charlotte und ihr Kind wollten sie länger als zwei Tage unterwegs sein, und Mr. Palmer, der mit Oberst Brandon zügiger vorankam, sollte bald nach ihrer Ankunft in Cleveland eintreffen.
Obwohl Marianne in London so wenige unbeschwerte Tage erlebt hatte und obwohl ihr seit langem so sehr daran lag, die Stadt zu verlassen, konnte sie sich, als es soweit war, von dem Haus, in dem sie zum letztenmal all die Hoffnungen und all das Vertrauen in Willoughby gehegt hatte, die nun ein für allemal zerstört waren, nur schweren Herzens trennen; und sie konnte auch den Ort, an dem Willoughby sich neuen Zerstreuungen und neuen Plänen zuwandte, an denen sie nicht beteiligt war, nicht verlassen, ohne viele Tränen zu vergießen.
Elinors Empfindungen bei der Abfahrt waren erfreulicher. Ihre Gedanken brauchten niemandem nachzuhängen; sie ließ keinen zurück, den nie wiederzusehen sie auch im geringsten bedauern würde; sie war froh, den Nachstellungen von Lucys Freundschaft zu entgehen; sie war dankbar, daß es ihr gelang, London mit Marianne zu verlassen, ohne daß Willoughby ihr nach seiner Hochzeit noch einmal begegnet war, und sie vertraute darauf, daß ein paar Monate Ruhe in Barton wesentlich dazu beitragen würden, Mariannes Seelenfrieden wiederherzustellen und ihren eigenen zu festigen.
Ihre Reise ging ohne Zwischenfälle vonstatten. Am zweiten Tag erreichten sie das geliebte oder gefürchtete Somer-

set – denn so stellte es sich Marianne in ihrer Fantasie abwechselnd dar –, und am Vormittag des dritten Tages fuhren sie in Cleveland vor.

Cleveland war ein geräumiges, modernes Haus, das auf einem leicht ansteigenden Rasen stand. Es lag nicht in einem richtigen Park, aber die Gartenanlagen waren ziemlich ausgedehnt, und wie jeder Wohnsitz dieser Größe und dieses Anspruchs hatte er seine sonnigen Wege durchs Gebüsch und seine schattigen durchs Gehölz. Ein gepflegter Kiesweg führte um eine Grünfläche zum Haupteingang; der Hang war mit Bäumen bestanden; das Gebäude selbst war von Fichten, Ebereschen und Akazien umgeben, und eine aus ihnen gebildete dichte Mauer, die mit lombardischen Pappeln durchsetzt war, entzog die Wirtschaftsgebäude dem Blick.

Marianne betrat in dem Bewußtsein, daß Barton nur achtzig Meilen entfernt war und Combe Magna nicht einmal dreißig, das Gebäude mit wehmütigem Herzen; und ehe fünf Minuten vergangen waren, verließ sie es wieder – während die anderen Mrs. Palmer dabei unterstützten, das Kind der Haushälterin vorzuführen –, stahl sich auf dem Weg, der sich am Hang durchs Gebüsch schlängelte, das gerade zu blühen anfing, davon, um zu einer entfernten Erhebung zu gelangen, wo ihr Blick, von einem griechischen Tempel aus weit über die Landschaft nach Südosten hingleitend, zärtlich auf der fernsten Hügelkette am Horizont verweilte und sie sich einbilden konnte, daß man von ihren Höhen Combe Magna liegen sah.

In solchen Augenblicken köstlicher, unschätzbarer Wehmut genoß sie es unter Tränen des Jammers, in Cleveland zu sein, und als sie auf einem anderen Rundgang zum Haus zurückkehrte und ganz den beglückenden Vorteil der ländlichen Freiheit empfand, in wohltuender Einsamkeit von Ort zu Ort zu wandern, beschloß sie, sich, solange sie bei den Palmers blieb, möglichst jeden Tag und zu jeder Stunde solche einsamen Streifzüge zu gönnen.

Sie kehrte gerade rechtzeitig zurück, um sich den anderen anzuschließen, die das Haus verließen und sich den

Gebäudekomplex ansehen wollten; und der Rest des Vormittags verging zwanglos und angenehm beim Schlendern im Küchengarten, beim Betrachten der Blüten an seinen Mauern und beim Zuhören, als der Gärtner über Schädlinge klagte, beim Bummeln im Gewächshaus, wo Charlotte über den Verlust ihrer Lieblingspflanzen, die unvorsichtigerweise dem späten Frost ausgesetzt worden waren und Schaden gelitten hatten, in Lachen ausbrach, und beim Besuch auf dem Geflügelhof, wo sie durch die enttäuschten Hoffnungen des Milchmädchens neuen Anlaß zur Heiterkeit fand, weil die Hennen ihr Nest verlassen hatten oder vom Fuchs gestohlen worden waren, oder weil die vielversprechende junge Brut schnell dahingerafft worden war.

Der Vormittag war schön und trocken, und Marianne hatte bei ihren Plänen, sich draußen aufzuhalten, mit einem Wetterumschwung während ihres Aufenthalts in Cleveland nicht gerechnet. Zu ihrer großen Überraschung sah sie sich daher durch einen richtigen Dauerregen daran gehindert, nach dem Dinner nach draußen zu gehen. Sie hatte sich auf einen Spaziergang zum griechischen Tempel im Dämmerlicht und vielleicht sogar durch die ganze Gartenanlage gefreut, und ein nur kalter oder feuchter Abend hätte sie nicht davon abgehalten; aber einen heftigen Dauerregen hielt nicht einmal sie für trockenes oder angenehmes Wetter zum Spazierengehen.

Sie waren nur eine kleine Gesellschaft, und die Stunden vergingen ungestört. Mrs. Palmer hatte ihr Kind und Mrs. Jennings ihren Knüpfteppich; sie sprachen von den Freunden, die sie zurückgelassen hatten, verplanten Lady Middletons Zeit und überlegten, ob Mr. Palmer und Oberst Brandon heute nacht weiterkommen würden als bis Reading. Wie wenig das auch Elinor interessierte, sie beteiligte sich an ihrem Gespräch; und Marianne, die eine Begabung hatte, in jedem Haus die Bibliothek zu finden, wie sehr sie auch von der Familie im allgemeinen gemieden wurde, besorgte sich bald ein Buch.

Von seiten Mrs. Palmers wurde nichts, was ständige und

herzliche gute Laune tun konnte, versäumt, damit sich ihre Gäste zu Hause fühlten. Ihre entgegenkommende und herzliche Art machten den Mangel an Geist und Stil wieder wett, der ihre Umgangsformen so häufig beeinträchtigte; ihre Liebenswürdigkeit gewann noch mehr durch ihr hübsches Gesicht. Ihre Unbedarftheit war zwar offensichtlich, aber nicht unangenehm, weil nicht blasiert, und Elinor hätte ihr alles vergeben können außer ihrem Lachen.

Die beiden Herren kamen am nächsten Tag zu einem sehr späten Dinner gerade zurecht und bildeten eine angenehme Vergrößerung ihres Kreises und eine sehr willkommene Abwechslung ihres Gesprächsstoffes, der ihnen bei dem unablässigen Dauerregen des langen Vormittags auszugehen drohte.

Elinor war Mr. Palmer bisher so selten begegnet, und wenn, dann hatte er sich ihrer Schwester und ihr gegenüber so unterschiedlich benommen, daß sie nicht recht wußte, als was er sich in seiner eigenen Familie erweisen würde. Er erwies sich seinen Besuchern gegenüber allerdings als vollkommener Gentleman und nur gelegentlich seiner Frau und ihrer Mutter gegenüber als ungezogen; er erwies sich im allgemeinen als ein sehr angenehmer Gesellschafter, und nur seine Neigung, sich den meisten Menschen, wie Mrs. Jennings und Charlotte, weit überlegen zu fühlen, hinderte ihn daran, es ständig zu sein. In seinem sonstigen Charakter und seinen sonstigen Gewohnheiten zeichnete er sich, soweit Elinor es beurteilen konnte, durch gar nichts aus, was bei seinem Geschlecht und seinem Lebensalter irgendwie ungewöhnlich gewesen wäre. Er war wählerisch im Essen und nachlässig in seinem Tageslauf; er hing an seinem Kind, obwohl er so tat, als ob ihm nichts an ihm liege, und verbummelte die Vormittage, die er den Geschäften hätte widmen sollen, beim Billard. Alles in allem gefiel er ihr allerdings wesentlich besser, als sie erwartet hatte; und trotzdem tat es ihr nicht leid, daß das ständige Miterleben seines Epikureertums, seines Egoismus und seiner Arroganz sie dazu veranlaßte, ihrer Erinnerung an Edwards Hochherzigkeit, Anspruchslosigkeit und Zurückhaltung mit Freude nachzuhängen.

Von Edward oder mindestens von seinen Angelegenheiten hörte sie nun Neues von Oberst Brandon, der vor kurzem in Dorsetshire gewesen war; und weil er sie als uneigennützige Freundin von Mr. Ferrars und liebenswürdige Vertraute von sich selbst behandelte, erzählte er ihr viel von dem Pfarrhaus in Delaford, beschrieb seine Nachteile und berichtete ihr, was er unternehmen wollte, um sie zu beseitigen. Hierin ebenso wie in allem anderen ließen sein Verhalten ihr gegenüber, seine offen ausgesprochene Freude, sie nach nur zehntägiger Trennung wiederzusehen, seine Bereitschaft, sich mit ihr zu unterhalten, sein Vertrauen in ihr Urteil Mrs. Jennings' Verdacht auf seine Zuneigung durchaus gerechtfertigt erscheinen und hätten vielleicht auch Elinor stutzig gemacht, wenn sie nicht immer noch wie von Anfang an geglaubt hätte, daß seine eigentliche Liebe Marianne galt. Aber wie die Dinge lagen, wäre sie ohne Mrs. Jennings' Vermutung nie darauf gekommen, und sie konnte nicht umhin, sich selbst für die aufmerksamere Beobachterin zu halten. Sie achtete auf seine Augen, während Mrs. Jennings nur an sein Benehmen dachte, und während seine außerordentlich besorgten Blicke, als Marianne in Kopf und Hals die Anzeichen einer starken Erkältung spürte, der Aufmerksamkeit der letzteren gänzlich entgingen, weil sie unausgesprochen blieben, entdeckte *sie* darin die seelische Erregung und die überflüssige Besorgnis des Liebhabers.

Bei zwei wunderschönen Spaziergängen in der Dämmerung am dritten und vierten Tag ihres Aufenthalts, nicht einfach auf den trockenen Spazierwegen durchs Gebüsch, sondern durch die ganze Anlage und besonders den abgelegenen Teil, wo alles wilder als im übrigen Garten war, wo die Bäume am ältesten und das Gras am längsten und feuchtesten war, hatte Marianne sich, da sie obendrein die noch größere Unklugheit begangen hatte, ihre nassen Schuhe und Strümpfe anzubehalten, eine so heftige Erkältung zugezogen, daß sie allen wegen ihres zunehmenden Unwohlseins Sorgen machte, das sie sich auch selbst nicht länger verheimlichen konnte, obwohl sie es zunächst ein oder zwei Tage lang heruntergespielt hatte. Sie wurde von allen Seiten mit medizinischen Ratschlägen überschüttet, aber alle wurden wie üblich abgelehnt. Obwohl sie sich schlapp und fiebrig fühlte, mit Gliederschmerzen, Husten und Halsschmerzen, würde eine gute Nachtruhe sie vollständig wiederherstellen, und nur mit Mühe konnte Elinor sie dazu überreden, als sie ins Bett ging, ein oder zwei der einfachsten Hausmittel zu probieren.

Kapitel 44

Marianne stand am nächsten Morgen zur üblichen Zeit auf, antwortete auf alle Fragen, sie fühle sich besser, und versuchte es durch die Wiederaufnahme ihrer gewohnten Beschäftigungen zu beweisen. Aber daß sie den ganzen Tag lang mit einem Buch in der Hand dasaß, ohne es zu lesen, zitternd am Feuer saß oder lustlos und matt auf dem Sofa lag, sprach nicht gerade für ihre Besserung, und als sie zuletzt wegen zunehmender Schwäche früh ins Bett ging, wunderte sich Oberst Brandon über die Gelassenheit ihrer Schwester, die Marianne zwar gegen deren Willen den ganzen Tag gehegt und gepflegt und ihr nachts die richtige Medizin aufgedrängt hatte, aber genau wie Marianne auf den Schlaf und seine Wirkung vertraute und nicht wirklich beunruhigt war.
Eine sehr ruhelose und fiebrige Nacht enttäuschte allerdings die Erwartungen beider, und als Marianne, nachdem sie darauf bestanden hatte, aufzustehen, sich außerstande erklärte, aufzubleiben, und freiwillig in ihr Bett zurückkehrte, war Elinor sogleich bereit, Mrs. Jennings' Rat anzunehmen und nach dem Apotheker der Palmers zu schicken.

Er kam, untersuchte seine Patientin, und obwohl er Miss Dashwood die Wiederherstellung ihrer Schwester in ein paar Tagen in Aussicht stellte, erklärte er doch, ihre Unpäßlichkeit könne zu einer Entzündung führen, und versetzte Mrs. Palmer durch das Wort »Ansteckung«, das er seinen Lippen entschlüpfen ließ, in äußerste Unruhe wegen ihres Säuglings. Mrs. Jennings, die Mariannes Beschwerden von Anfang an für bedenklicher gehalten hatte als Elinor, machte bei Mr. Harris' Diagnose ein ernstes Gesicht, bestätigte Charlottes Befürchtungen und Vorsichtsmaßnahmen und bestand darauf, daß sie umgehend mit dem Kind das Haus verließ; und obwohl Mr. Palmer ihre Ängste als unbegründet abtat, brachte er es nicht über sich, der Besorgnis und dem Drängen seiner Frau zu widerstehen. Ihre Abreise wurde deshalb beschlossen, und innerhalb einer Stunde nach Mr. Harris' Besuch brach sie mit ihrem kleinen Jungen und seiner Amme zu dem Haus einer nahen Verwandten von Mr. Palmer auf, die wenige Meilen jenseits von Bath wohnte, wohin ihr Mann auf ihr ernstes Drängen in ein oder zwei Tagen nachzukommen versprach und wohin sie auch ihre Mutter dringend bat, sie zu begleiten. Mrs. Jennings aber erklärte mit einer Herzensgüte, die ihr Elinors ganze Sympathie gewann, ihre Entschlossenheit, Cleveland nicht zu verlassen, solange Marianne krank war, und sich zu bemühen, ihr durch unermüdliche Pflege die Mutter zu ersetzen, der sie sie weggenommen hatte; und Elinor hatte an ihr bei allen Gelegenheiten eine äußerst hilfsbereite und rührige Gefährtin, die das Bedürfnis hatte, alle Mühe mit ihr zu teilen, und wegen ihrer größeren Erfahrung in der Krankenpflege oft wirklich nützlich war.
Die arme Marianne, die sich durch ihre Krankheit matt und schwach und durch und durch angegriffen fühlte, konnte nicht mehr hoffen, am nächsten Tag gesund zu sein, und der Gedanke, was dieser nächste Tag ohne diese unglückselige Krankheit gebracht hätte, verschlimmerte ihren Zustand noch, denn an diesem Tag hatten sie in Begleitung eines Dieners von Mrs. Jennings ihre Reise

nach Hause antreten und ihre Mutter am folgenden Vormittag überraschen wollen. Wenn Marianne überhaupt etwas sagte, dann waren es nur Klagen über den unvermeidlichen Aufschub, obwohl Elinor sie zu trösten und zu überzeugen versuchte, wovon sie damals selbst noch überzeugt war, nämlich daß es nur ein ganz kurzer Aufschub sein würde.

Der nächste Tag brachte im Befinden der Patientin wenig oder keine Veränderung; es ging ihr jedenfalls nicht besser, aber wenn ihr Befinden sich schon nicht zum Guten verändert hatte, so hatte es sich auch nicht verschlechtert. Ihr Kreis wurde nun noch kleiner, denn obwohl Mr. Palmer aus echter Menschlichkeit und Gefälligkeit wie auch aus der Abneigung gegen den Eindruck, seine Frau habe ihm Angst eingejagt, gar keine Lust verspürte, abzureisen, wurde er zu guter Letzt von Oberst Brandon überredet, sein Versprechen, ihr zu folgen, einzuhalten; und während er seine Abreise vorbereitete, begann auch Oberst Brandon selbst mit sehr viel mehr Entschiedenheit von seinem eigenen Aufbruch zu sprechen. Hier aber hatte Mrs. Jennings die Freundlichkeit, einzugreifen, denn den Oberst wegzuschicken, während seine geliebte Elinor um ihrer Schwester willen soviel durchmachte, hieß ihrer Meinung nach, beiden allen Trost zu rauben, und deshalb machte sie ihm auf der Stelle klar, daß sie ihn in Cleveland nicht entbehren könne, daß sie ihn abends zum Piquetspielen brauche, während Miss Dashwood oben bei ihrer Schwester sei, usw.; sie drängte ihn so, dazubleiben, daß er, der der ersten Regung seines Herzens gefolgt war, als er nachgab, nun nicht mehr so tun konnte, als hatte er Einwände, besonders da Mrs. Jennings' Bitte eindringlich von Mr. Palmer unterstützt wurde, der sich anscheinend erleichtert fühlte, wenn er jemanden zurückließ, der so geeignet war, Miss Dashwood in jeder Gefahr zu helfen und zu beraten.

Marianne erfuhr natürlich von all diesen Veränderungen nichts. Sie wußte nicht, daß sie der Anlaß gewesen war, weshalb die Besitzer von Cleveland ungefähr sieben Tage nach ihrer Ankunft abgereist waren. Es überraschte sie nicht, daß sie von Mrs. Palmer nichts sah, und da es sie nicht beunruhigte, erwähnte sie ihren Namen auch nie.

Zwei Tage waren seit Mr. Palmers Abreise vergangen, und ihr Befinden blieb mit geringen Veränderungen immer gleich. Mr. Harris, der sie täglich besuchte, sprach immer noch kühn von baldiger Genesung, und Miss Dashwood war ebenso optimistisch; aber die Erwartungen der anderen waren keineswegs so zuversichtlich. Mrs. Jennings hatte schon zu Beginn von Mariannes Erkrankung entschieden, daß sie sie nie überstehen würde, und Oberst Brandon, der sich vor allem dadurch nützlich machte, daß er Mrs. Jennings' Befürchtungen anhörte, war nicht in der Verfassung, ihrem Einfluß zu widerstehen. Er versuchte, sich seine Furcht, die bei dem entgegengesetzten Urteil des Apothekers absurd erschien, auf rationale Weise auszureden, aber die vielen Stunden des Tages, in denen er sich selbst überlassen war, waren nur zu sehr dazu angetan, melancholische Gedanken zu fördern, und er konnte die Überzeugung nicht loswerden, daß er Marianne nie wiedersehen würde.

Am Morgen des dritten Tages aber wurden die düsteren Vorhersagen der beiden beinahe zerstreut, denn als Mr. Harris kam, erklärte er, es gehe seiner Patientin wesentlich besser. Ihr Puls war viel kräftiger und ihr allgemeiner Zustand vielversprechender als beim vorigen Besuch. Elinor, die ihre schönsten Hoffnungen bestätigt sah, war voller Zuversicht und freute sich, daß sie in den Briefen an ihre Mutter mehr ihrem eigenen Urteil als dem ihres Freundes vertraut hatte, indem sie Mariannes Indisposition, die sie in Cleveland festhielt, herunterspielte und beinahe schon den Zeitpunkt festlegte, an dem Marianne imstande sein würde zu reisen.

Aber der Tag ging nicht so hoffnungsvoll zu Ende, wie er begonnen hatte. Gegen Abend verschlechterte sich Mariannes Zustand wieder, und sie fühlte sich erschöpfter, ruheloser und unwohler als vorher. Ihre immer noch optimistische Schwester allerdings war geneigt, den

Umschwung auf nichts anderes zurückzuführen als darauf, daß sie aufgestanden war, damit ihr Bett gemacht werden konnte. Sie verabreichte ihr die vorgeschriebenen Tropfen und sah sie zu guter Letzt mit Erleichterung in einen Schlummer sinken, von dem sie die denkbar beste Wirkung erwartete. Obwohl ihr Schlaf nicht so ruhig war, wie Elinor gehofft hatte, dauerte er doch ziemlich lange, und da ihr daran lag, die Wirkung selbst zu beobachten, beschloß sie, während der ganzen Zeit bei ihr am Bett zu sitzen. Mrs. Jennings, die nichts von der Verschlechterung im Befinden der Patientin wußte, ging ungewöhnlich früh zu Bett; ihre Zofe, die eine der Hauptpflegerinnen war, erholte sich im Zimmer der Haushälterin, und Elinor blieb mit Marianne allein.

Deren Schlummer wurde immer unruhiger, und ihre Schwester, die mit unablässiger Aufmerksamkeit verfolgte, wie sie sich rastlos im Bett hin und her warf, und die häufigen unartikulierten Schmerzenslaute hörte, die sie von sich gab, hätte sie gern aus einem so qualvollen Schlaf geweckt, als Marianne plötzlich durch ein zufälliges Geräusch im Haus erwachte, aufschreckte und fiebernd fantasierte:

»Kommt Mama?«

»Noch nicht«, sagte ihre Schwester, indem sie ihre Bestürzung verbarg und Marianne beim Hinlegen half, »aber sie wird, hoffe ich, bald hier sein. Es ist ja ein weiter Weg von hier nach Barton.«

»Aber sie darf nicht über London fahren«, rief Marianne auf dieselbe hektische Weise. »Ich werde sie nie wiedersehen, wenn sie über London fährt.«

Elinor begriff mit Schrecken, daß sie nicht ganz bei sich war, und fühlte ihren Puls, während sie sich bemühte, sie zu beruhigen. Er war schwächer und schneller als je! Und da Marianne immer noch unzusammenhängend von Mama sprach, wurde ihre Panik so groß, daß sie auf der Stelle Mr. Harris rufen lassen und einen Boten nach Barton absenden wollte, um ihre Mutter zu holen. Oberst Brandon in dieser Angelegenheit um Rat zu bitten drängte sich ihr sofort auf, als sie den Entschluß dazu gefaßt hatte; und sobald sie geklingelt hatte, damit die Zofe ihren Platz bei ihrer Schwester einnehmen konnte, eilte sie hinunter ins Wohnzimmer, wo er, wie sie wußte, normalerweise zu noch späterer Stunde zu finden war.

Es war keine Zeit zu verlieren. Ihre Ängste und Schwierigkeiten waren ihm sofort klar. Ihre Ängste versuchte er gar nicht erst zu zerstreuen, weil es ihm an Zuversicht fehlte – er hörte sie sich schweigend und niedergeschlagen an –; aber ihre Schwierigkeiten wurden umgehend aus dem Weg geräumt, denn mit einer Bereitwilligkeit, die der Situation entsprach, und als hätte er ihre Bitte schon geahnt, stellte er sich selbst als Bote zur Verfügung, um Mrs. Dashwood zu holen. Elinors Einwände waren schnell zerstreut. Sie beschränkte ihren Dank auf ein paar kurze, aber tief empfundene Worte; und während er ging, um seinen Diener eiligst mit einer Nachricht zu Mr. Harris und einem Auftrag für Postpferde wegzuschicken, schrieb sie ein paar Zeilen an ihre Mutter.

Die Wohltat, in diesem Augenblick einen Freund wie Oberst Brandon zu haben, einen solchen Reisebegleiter für ihre Mutter – wie dankbar war sie dafür! Einen Reisebegleiter, dessen Freundschaft sie trösten könnte! Soweit der Schock einer solchen Nachricht überhaupt gelindert werden konnte, würden seine Gesellschaft, sein Takt und seine Hilfe ihn lindern.

Was immer auch in ihm vorgehen mochte, er handelte unterdessen mit voller Geistesgegenwart, traf alle notwendigen Anstalten mit großer Promptheit und berechnete genau den Zeitpunkt, zu dem sie ihn zurückerwarten konnte. Nicht ein Augenblick wurde durch irgendwelche Verzögerungen verloren. Die Pferde trafen ein, noch bevor sie erwartet wurden, und Oberst Brandon drückte ihr nur mit einem ernsten Blick die Hand, sagte ein paar Worte so leise, daß sie sie nicht verstand, und stieg schnell in die Kutsche. Es war ungefähr elf Uhr, und sie kehrte in das Zimmer ihrer Schwester zurück, um die Ankunft des Apothekers zu erwarten und den Rest der Nacht bei ihr zu wachen. Es war eine für beide fast gleich unerträgliche Nacht. Stunde um Stunde verging für Marianne in quälender Schlaflosigkeit und in Fieberfantasien und für Elinor in beklemmenden Angstzuständen, bevor Mr. Harris eintraf. Nun, da ihre Befürchtungen, einmal geweckt, ein Übermaß erreichten, bezahlte sie damit für all ihre frühere Unbesorgtheit, und die Dienerin, die bei ihr saß – denn sie wollte nicht zulassen, daß Mrs. Jennings gerufen wurde –, quälte sie durch ihre Anspielungen auf das, was ihre Herrin gefürchtet hatte.

Mariannes Gedanken waren, mit Unterbrechungen, immer noch auf unzusammenhängende Weise mit ihrer Mutter beschäftigt, und jedesmal, wenn sie ihren Namen nannte, gab es der armen Elinor, die sich Vorwürfe machte, daß sie die Krankheit tagelang nicht ernst genommen hatte, und verzweifelt nach einer unmittelbaren Erleichterung suchte, einen Stich ins Herz, und sie bildete sich deshalb ein, daß alle Hilfe vielleicht bald umsonst sein würde, daß alles zu lange verschleppt worden war, und malte sich aus, wie ihre arme Mutter zu spät kommen würde, um ihr geliebtes Kind noch zu sehen oder jedenfalls, um sie noch bei Bewußtsein zu sehen.

Sie war schon im Begriff, noch einmal nach Mr. Harris zu schicken oder, wenn er nicht kommen konnte, nach jemand anderem, als er eintraf, wenn auch erst nach fünf Uhr. Seine Diagnose allerdings machte seine Verspätung zum Teil wieder gut, denn obwohl er eine ganz unerwartete und unangenehme Verschlechterung der Patientin feststellte, sah er sie nicht in ernsthafter Gefahr und sprach von der Erleichterung, die eine neue Behandlungsart verschaffen mußte, mit einer Zuversicht, die sich in geringerem Maße auch auf Elinor übertrug. Er versprach, nach drei oder vier Stunden noch einmal wiederzukommen, und ließ sowohl die Patientin als auch ihre besorgte Pflegerin gefaßter zurück, als er sie vorgefunden hatte.

In großer Sorge und mit vielen Vorwürfen, daß man sie nicht gerufen hatte, hörte Mrs. Jennings am Morgen von den Ereignissen der Nacht. Ihre früheren Befürchtungen, die nun mit größerer Berechtigung wieder erwachten, ließen keinen Zweifel über den Ernst der Lage zu, und obwohl sie Elinor Trost zuzusprechen versuchte, erlaubte ihre Überzeugung von der Gefahr, in der ihre Schwester schwebte, ihr nicht, Elinor Hoffnung zu machen. Ihr Schmerz war wirklich echt. Der schnelle Verfall, der frühe Tod eines so jungen, so anmutigen Mädchens wie Marianne hätte auch einen weniger beteiligten Menschen bekümmert. Auf Mrs. Jennings' Mitgefühl aber hatte sie andere Ansprüche. Sie war drei Monate lang ihr täglicher Umgang gewesen, war immer noch unter ihrer Obhut, war, wie man wußte, tief gekränkt worden und seit langem unglücklich. Auch am Kummer ihrer Schwester, ihres besonderen Lieblings, nahm sie Anteil; und was ihre Mutter betraf: Wenn Mrs. Jennings überlegte, daß Marianne ihr wahrscheinlich das bedeutete, was Charlotte für sie selbst war, dann hatte sie in ihrem Leid ihr tiefes Mitgefühl.

Mr. Harris war bei seinem *zweiten* Besuch pünktlich, aber er wurde in seinen Hoffnungen auf den Erfolg des *ersten* enttäuscht. Seine Medizin hatte versagt; das Fieber hielt unvermindert an, und Marianne, ruhiger, aber nicht gefaßter, lag immer noch in tiefer Betäubung. Elinor, die all seine Befürchtungen und mehr als das im Nu erkannte, schlug vor, weiteren medizinischen Rat hinzuzuziehen. Aber das hielt er nicht für nötig; er wollte noch etwas Neues versuchen, ein neues Mittel, auf dessen Erfolg er ebenso sicher rechnete wie auf den des vorigen; und schließlich endete sein Besuch mit aufmunternden Worten, die zwar Miss Dashwoods Ohr, aber nicht ihr Herz erreichten. Sie war außer bei dem Gedanken an ihre Mutter ruhig, aber beinahe ohne Hoffnung, und in dieser Verfassung blieb sie bis mittags, wobei sie sich kaum vom Bett ihrer Schwester rührte, ihre Gedanken von einem schmerzlichen Bild, von einem leidenden Freund zum anderen wanderten und ihre Niedergeschlagenheit dadurch noch zunahm, daß Mrs. Jennings sich nicht scheute, die Heftigkeit und Gefahr dieses Anfalls auf die wochenlange vor-

herige Kränklichkeit zurückzuführen, die Mariannes Enttäuschung hervorgerufen hatte. Elinor konnte sich diesem Gedanken nicht verschließen, und er vermehrte noch ihre Trostlosigkeit.
Gegen Mittag aber begann sie – auch wenn sie aus Vorsicht, aus Furcht vor Enttäuschung sogar ihrer mütterlichen Freundin gegenüber eine Zeitlang Schweigen bewahrte – sich einzubilden, zu hoffen, im Puls ihrer Schwester eine leichte Besserung zu entdecken. Sie wartete, beobachtete, fühlte ihn immer wieder und wagte schließlich mit einer inneren Spannung, die sich schwerer unter äußerer Ruhe verbergen ließ als all ihre vorhergehende Verzweiflung, Mrs. Jennings von ihrer Hoffnung zu berichten. Obwohl Mrs. Jennings nach eigenem Messen des Pulses eine vorübergehende Belebung zugeben mußte, bemühte sie sich, ihre Freundin davor zu warnen, auf eine anhaltende Besserung zu vertrauen, und Elinor, die jede Aufforderung zur Vorsicht ernst nahm, hütete sich auch selbst vor übereilter Hoffnung. Aber es war zu spät; schon hatte Hoffnung sie erfaßt, und in der dadurch ausgelösten Erregung beugte sie sich über das Bett ihrer Schwester und wartete – sie wußte kaum worauf. Eine halbe Stunde verging, und immer noch hielten die glückverheißenden Zeichen an. Neue kamen sogar hinzu. Ihr Atem, ihre Haut, ihre Lippen verhießen Elinor Besserung, und Marianne richtete ihre Augen mit einem gefaßten, wenn auch müden Blick auf sie. Furcht und Hoffnung hielten sich nun die Waage und ließen ihr bis zur Ankunft von Mr. Harris um vier Uhr keinen ruhigen Augenblick. Dann brachten seine Zusicherungen, seine Glückwünsche zur einsetzenden Gesundung ihrer Schwester, die seine Erwartungen noch übertraf, ihr Zuversicht, Mut und Tränen der Erleichterung.
Marianne ging es in jeder Hinsicht spürbar besser, und er erklärte, sie sei völlig außer Gefahr. Mrs. Jennings, vielleicht zufrieden damit, daß die Panik der anderen ihre bösen Vorahnungen wenigstens teilweise bestätigt hatte, versagte dem Arzt ihr Vertrauen in sein Urteil nicht und

gab mit ungeheuchelter Freude und bald auch mit ungetrübter Heiterkeit die Wahrscheinlichkeit einer völligen Genesung zu.

Elinor gelang es nicht, heiter zu sein. Ihre Freude war anders und drückte sich ganz anders aus als in Fröhlichkeit. Daß Marianne dem Leben, der Gesundheit, den Freunden und ihrer an ihr hängenden Mutter wiedergegeben war, war ein Gedanke, der sie mit köstlichen Empfindungen der Erleichterung erfüllte, und ihr Herz schwoll vor tief empfundener Dankbarkeit, aber er verleitete sie nicht zu offenen Äußerungen ihrer Freude, zu Gesprächigkeit, zum Lächeln. Elinor empfand eine tiefe Genugtuung, verschwiegen und stark.

Mit kurzen Unterbrechungen blieb sie den ganzen Nachmittag am Bett ihrer Schwester, zerstreute jede Unruhe, sprach ihr in ihrer Mutlosigkeit mit ihren Antworten Trost zu, gab ihr jeden Beistand und wachte über fast jeden Blick und jeden Atemzug. Ab und zu erinnerte sie die Möglichkeit eines Rückfalls daran, was Angst bedeutete, aber als sie bei ihren häufigen und genauen Beobachtungen sah, daß alle Symptome der Besserung anhielten, und als sie sah, wie Marianne um sechs Uhr in einen ruhigen, gleichmäßigen und anscheinend wohltuenden Schlaf sank, brachte sie ihre Zweifel zum Schweigen.

Die Zeit rückte nun näher, zu der man Oberst Brandon zurückerwarten konnte. Um zehn Uhr, so hoffte sie, oder jedenfalls nicht viel später würde ihre Mutter von der fürchterlichen Spannung erlöst werden, in der sie jetzt auf dem Weg zu ihnen war. Auch der Oberst! Vielleicht nicht weniger zu bedauern! Oh, wie langsam verging die Zeit, die sie noch in Unwissenheit schwebten!

Um sieben Uhr ließ sie Marianne in ungestörtem Schlummer allein und gesellte sich zum Tee zu Mrs. Jennings im Wohnzimmer. Beim Frühstück war sie durch ihre Angst und beim Dinner durch die plötzliche Erleichterung vom Essen abgehalten worden, und daher war ihr die gegenwärtige Stärkung in dem Gefühl innerer Freude, die sie mitbrachte, besonders willkommen. Mrs. Jennings hätte sie nach der Mahlzeit gern überredet, sich vor der Ankunft ihrer Mutter etwas auszuruhen und *ihr* den Platz an Mariannes Bett zu überlassen, aber Elinor spürte keine Müdigkeit, hatte augenblicklich kein Schlafbedürfnis und ließ sich keinen Augenblick von ihrer Schwester fernhalten. Mrs. Jennings begleitete sie deshalb nach oben ins Krankenzimmer, um sich zu vergewissern, daß alles seine Richtigkeit hatte, überließ sie dort wieder ihrer Aufgabe und ihren Gedanken und zog sich in ihr eigenes Zimmer zurück, um Briefe zu schreiben und zu schlafen.

Die Nacht war kalt und stürmisch. Der Wind heulte ums Haus, und der Regen schlug gegen die Fenster, aber in ihrer inneren Freude achtete Elinor nicht darauf. Marianne wachte auch durch die Windstöße nicht auf, und die Reisenden – sie würden für all die augenblickliche Unbequemlichkeit reichlich belohnt werden.

Die Uhr schlug acht. Hätte sie zehn geschlagen, dann wäre Elinor überzeugt gewesen, daß in diesem Augenblick eine Kutsche vorfuhr, und sie war sich, obwohl eine solch frühe Ankunft beinahe ausgeschlossen war, dessen so sicher, daß sie in den anschließenden Ankleideraum hinüberging und einen Fensterladen öffnete, um sich zu vergewissern. Sie sah auf der Stelle, daß ihre Ohren sie nicht getrogen hatten. Die flackernden Lampen einer Kutsche waren unmittelbar in ihrem Blickfeld. In ihrem trüben Licht glaubte sie wahrzunehmen, daß es sich um einen Vierspänner handelte, und wenn dies einerseits deutlich für die Panik ihrer armen Mutter sprach, so erklärte es andererseits auch die so unerwartet frühe Ankunft.

Nie in ihrem Leben war es Elinor so schwergefallen, ihre Ruhe zu bewahren, wie in diesem Augenblick. Das Bewußtsein dessen, was ihre Mutter empfinden mußte, als die Kutsche vor der Tür hielt, ihrer Ungewißheit, ihrer Befürchtung, vielleicht gar ihrer völligen Verzweiflung! und dessen, was *sie* zu erzählen hatte – in diesem Bewußtsein war es unmöglich, ruhig zu bleiben. Jetzt kam es nur

noch darauf an, sich zu beeilen; und sie wartete deshalb nur, bis sie Mrs. Jennings' Zofe bei ihrer Schwester lassen konnte, und eilte die Treppe hinunter.
Die Unruhe in der Eingangshalle, während sie den Flur entlangging, verriet ihr, daß sie schon im Haus waren. Sie stürzte auf das Wohnzimmer zu, sie trat ein und sah niemanden als – Willoughby.

Kapitel 45

Elinor blieb bei seinem Anblick mit einem Ausdruck des Entsetzens wie angewurzelt stehen, gehorchte, als sie sich auf der Stelle umdrehte, um das Zimmer zu verlassen, dem ersten Impuls ihres Herzens und hatte die Hand schon auf dem Türgriff, als sie durch sein hastiges Näherkommen davon abgehalten wurde, wobei er mit einer eher befehlenden als bittenden Stimme sagte:
»Miss Dashwood, eine halbe Stunde, zehn Minuten – ich bitte Sie, bleiben Sie.«
»Nein, Sir«, erwiderte sie bestimmt, »ich werde nicht bleiben. Sie können mit *mir* nichts zu besprechen haben. Die Diener haben, nehme ich an, vergessen, Sie darauf aufmerksam zu machen, daß Mr. Palmer nicht zu Hause ist.«
»Hätten sie mir gesagt«, rief er ungestüm, »daß Mr. Palmer und seine gesamte Verwandtschaft in der Hölle sind, dann hätte mich das immer noch nicht abgeschreckt. Ich habe etwas mit Ihnen, und nur mit Ihnen allein zu besprechen.«
»Mit mir« – in äußerstem Erstaunen – »also, Sir, dann schnell, und wenn es geht, weniger heftig.«
»Setzen Sie sich, und ich erfülle beide Wünsche.«
Sie zögerte, sie wußte nicht, was sie tun sollte. Die Möglichkeit, daß Oberst Brandon eintreffen und ihn hier finden könnte, ging ihr durch den Kopf. Aber sie hatte ver-

sprochen, ihn anzuhören, und es war nun ebensosehr eine Sache ihrer Neugier wie ihrer Ehre. Nach kurzem Nachdenken beschloß sie deshalb, daß Eile geboten war und sie dieses Ziel durch stillschweigende Zustimmung am ehesten erreichen würde; sie ging also wortlos auf den Tisch zu und setzte sich. Er nahm den gegenüberstehenden Stuhl, und eine halbe Minute lang sagte keiner von beiden etwas.

»Beeilen Sie sich bitte, Sir«, sagte Elinor ungeduldig, »ich habe keine Zeit zu verlieren.«

Er saß in einer Haltung tiefen Nachdenkens da und hörte sie anscheinend gar nicht.

»Ihre Schwester«, sagte er einen Augenblick später unvermittelt, »ist außer Gefahr; ich habe es von dem Diener gehört, Gott sei Dank! Aber ist es auch wahr? Ist es wirklich wahr?«

Elinor wollte nicht sprechen. Er wiederholte seine Frage mit noch größerer Ungeduld.

»Um Himmels willen, sagen Sie mir – ist sie außer Gefahr oder nicht?«

»Wir hoffen es.«

Er stand auf und ging quer durch das Zimmer.

»Hätte ich das eine halbe Stunde früher gewußt … aber da ich nun einmal hier bin«, er sprach mit erzwungener Lebhaftigkeit, während er zu seinem Stuhl zurückkehrte, »was hat das schon zu bedeuten? Einmal, Miss Dashwood … es ist vielleicht das letztemal … wollen wir zusammen vergnügt sein. Ich bin so richtig zu Fröhlichkeit aufgelegt. Sagen Sie mir ehrlich« – eine tiefe Röte überzog sein Gesicht – »halten Sie mich eher für einen Schuft oder für einen Narren?«

Elinor sah ihn mit immer größerem Erstaunen an. Ihr kam der Verdacht, daß er getrunken hatte; sein eigenartiger Besuch und sein eigenartiges Benehmen waren anders kaum zu erklären, und unter diesem Eindruck erhob sie sich auf der Stelle und sagte:

»Mr. Willoughby, ich gebe Ihnen den Rat, augenblicklich nach Combe zurückzukehren. Ich habe nicht Zeit, länger bei Ihnen zu bleiben. Was immer Sie mit mir zu besprechen haben – es ist wohl besser, darüber noch einmal nachzudenken und es morgen zu erklären.«

»Ich verstehe Sie«, erwiderte er mit vielsagendem Lächeln und vollkommen ruhiger Stimme. »Ja, ich bin sehr betrunken. Eine Flasche Bier zu meinem kalten Braten in Marlborough war mehr, als ich vertragen konnte.«

»In Marlborough!« rief Elinor und konnte sich immer weniger erklären, worauf er hinauswollte.

»Ja, ich habe London heute morgen um acht verlassen, und in den einzigen zehn Minuten, die ich seitdem außerhalb meiner Kutsche verbracht habe, habe ich mir einen Imbiß in Marlborough gegönnt.«

Was für ein unverzeihlicher Aberwitz ihn auch hergetrieben haben mochte, die Sicherheit seines Benehmens und die Lebhaftigkeit seines Blicks beim Sprechen überzeugten Elinor, daß er nicht einfach im Rausch nach Cleveland gekommen war, und sie sagte nach kurzem Nachdenken:

»Mr. Willoughby, Sie sollten sich darüber im klaren sein – ich jedenfalls bin es –, daß Ihr Eindringen auf diese Art und Weise und Ihr Bestehen auf meiner Anwesenheit nach allem, was geschehen ist, eine außerordentlich zwingende Erklärung verlangen. Worauf wollen Sie hinaus?«

»Ich will darauf hinaus«, sagte er mit nachdrücklichem Ernst, »daß Sie mich, wenn möglich, etwas weniger hassen als jetzt. Ich will darauf hinaus, Ihnen für das Vergangene eine Art Erklärung, eine Art Entschuldigung anzubieten, Ihnen mein ganzes Herz zu öffnen, und indem ich Sie davon überzeuge, daß ich zwar immer ein Dummkopf, aber nicht immer ein Lump war, so etwas wie Vergebung von Ma … von Ihrer Schwester zu erhalten.«

»Ist das der eigentliche Grund Ihres Kommens?«

»So wahr ich lebe«, und seine Antwort hatte eine menschliche Wärme, die ihr den früheren Willoughby wieder in die Erinnerung zurückrief und sie zwang, ihn gegen ihren Willen ernst zu nehmen.

»Wenn das alles ist, können Sie schon beruhigt sein, denn Marianne vergibt ... sie hat Ihnen schon *lange* vergeben.«

»Wirklich!« rief er in demselben drängenden Tonfall. »Dann hat sie mir vergeben, bevor sie Grund dazu hatte. Aber sie soll mir noch einmal vergeben, und aus einleuchtenderen Gründen. Wollen Sie mich nun anhören?«

Elinor nickte zustimmend.

»Ich weiß nicht«, sagte er nach einer Pause der Erwartung ihrerseits und des Nachdenkens seinerseits, »wie Sie sich mein Verhalten Ihrer Schwester gegenüber erklärt haben oder was für diabolische Motive Sie mir unterstellt haben. Vielleicht werden Sie auch jetzt noch nicht besser von mir denken, aber es ist den Versuch wert, und Sie sollen alles hören. Als ich zuerst enger mit Ihrer Familie bekannt wurde, hatte ich dabei keine andere Absicht, kein anderes Ziel, als meine Zeit, solange ich in Devonshire bleiben mußte, angenehm zu verbringen, angenehmer als je. Die anmutige Erscheinung und die originelle Art Ihrer Schwester mußten einfach Eindruck auf mich machen, und ihr Benehmen mir gegenüber beinahe von Anfang an war so ... wenn ich darüber nachdenke, wie es war und wie sie war, ist es erstaunlich, daß mein Herz so unbeteiligt blieb! Aber ich muß gestehen, daß zu Anfang nur meine Eitelkeit befriedigt wurde. Unbesorgt um ihr Glück, nur auf meine eigene Unterhaltung bedacht und den Empfindungen nachgebend, denen ich nur zu sehr nachzugeben gewohnt war, versuchte ich mit allen in meiner Macht stehenden Mitteln, Eindruck auf sie zu machen, ohne die geringste Absicht, ihre Zuneigung zu erwidern.«

An diesem Punkt unterbrach ihn Miss Dashwood mit einem Blick voller Empörung und Verachtung, indem sie sagte:

»Es lohnt sich nicht, Mr. Willoughby, daß Sie fortfahren und ich weiter zuhöre. Ein solcher Anfang kann zu nichts führen. Quälen Sie mich nicht mit weiteren Ausführungen zu diesem Thema.«

»Ich bestehe darauf, daß Sie alles hören«, erwiderte er.

»Mein Vermögen war nie bedeutend, und ich war immer verschwenderisch, immer gewohnt, mit Leuten mit größerem Einkommen umzugehen. Seit ich volljährig bin, oder sogar schon vorher hatten sich, glaube ich, jedes Jahr meine Schulden vergrößert, und obwohl der Tod meiner alten Tante, Mrs. Smith, mir meine finanzielle Unabhängigkeit geben würde, war es, da dieses Ereignis so ungewiß und möglicherweise so weit entfernt war, seit einiger Zeit meine Absicht gewesen, meine Finanzen durch eine reiche Heirat zu sanieren. Mich in ihre Schwester zu verlieben, kam deshalb gar nicht in Frage, und so handelte ich mit einer Niedertracht, Selbstsucht, Grausamkeit, für die kein noch so entrüsteter, noch so verächtlicher Blick selbst von Ihnen, Miss Dashwood, vorwurfsvoll genug sein kann. Ich versuchte, ihre Zuneigung zu gewinnen, ohne die geringste Absicht, sie zu erwidern. Aber eins läßt sich zu meiner Entlastung sagen. Selbst bei meiner damaligen abscheulichen, selbstsüchtigen Eitelkeit wußte ich nicht, was ich damit anrichtete, weil ich noch nicht wußte, was es bedeutet zu lieben. Aber habe ich es je gewußt? Daran läßt sich wahrlich zweifeln, denn hätte ich wirklich geliebt, hätte ich dann meine Gefühle der Eitelkeit, der Habgier geopfert? Aber ich habe es getan. Um der relativen Armut zu entgehen, der ihre Liebe und ihre Gesellschaft doch allen Schrecken genommen hätte, habe ich durch den Reichtum, zu dem ich nun aufgestiegen bin, alles verloren, was ihn zur Wohltat gemacht hätte.«

»Dann haben Sie sie also«, sagte Elinor etwas besänftigt, »einmal gern gehabt!«

»Soviel Charme zu widerstehen, bei soviel Zärtlichkeit kalt zu bleiben – gibt es einen Mann auf der Welt, der das gekonnt hätte! Ja, unmerklich wurde sie mir immer lieber, und die glücklichsten Stunden meines Lebens waren die, die ich mit ihr verbrachte, als ich wußte, wie absolut ehrenwert meine Absichten und wie untadelig meine Empfindungen waren. Sogar damals aber, als ich entschlossen war, ihr einen Antrag zu machen, scheute ich

nicht davor zurück, den entscheidenden Schritt von Tag zu Tag aufzuschieben, aus Furcht, eine Bindung einzugehen, solange ich mich in so großer finanzieller Verlegenheit befand. Ich will darüber nicht argumentieren, und ich will Ihnen auch nicht Gelegenheit geben, sich über die Absurdität, die unglaubliche Absurdität auszulassen, wie ich Bedenken haben konnte, mein Versprechen zu geben, wo meine Ehre schon gebunden war.
Die Ereignisse haben gezeigt, daß ich ein überschlauer Dummkopf war, der mit größter Umsicht die beste Gelegenheit ergriffen hat, sich für immer verächtlich und unglücklich zu machen. Schließlich aber war meine Entscheidung getroffen, und ich war entschlossen, sobald ich sie allein sprechen konnte, die ständige Aufmerksamkeit, die ich ihr geschenkt hatte, durch einen Antrag zu rechtfertigen und offen zu ihr von der Zuneigung zu sprechen, die ich so demonstrativ für sie zur Schau getragen hatte. Aber in der Zwischenzeit, in der Zeit der wenigen Stunden, die vergingen, bevor ich eine Gelegenheit hatte, allein mit ihr zu sprechen, geschah etwas, etwas Unglückseliges, das meine ganze Entschlossenheit und damit auch meinen ganzen Seelenfrieden zunichte machte. Eine Entdeckung fand statt« – hier zögerte er und senkte den Blick –, »irgendwie war Mrs. Smith – ich nehme an, durch eine entfernte Verwandte, in deren Interesse es lag, mir ihre Gunst zu rauben – von einer Affäre, einer Beziehung unterrichtet worden ... aber ich brauche wohl nicht deutlicher zu werden«, fügte er hinzu und sah sie mit verlegenem Gesicht und forschendem Blick an. »Ihre enge Freundschaft ... Sie haben wahrscheinlich längst von der ganzen Geschichte erfahren.«
»Ja«, antwortete Elinor und errötete ebenfalls, während sie ihr Herz dem Mitleid mit ihm erneut verschloß, »ich habe alles erfahren. Und ich gestehe, wie Sie auch nur einen Teil Ihrer Schuld bei dieser schrecklichen Geschichte hinwegargumentieren wollen, ist mir völlig unerklärlich.«
»Bedenken Sie«, rief Willoughby, »von wem Sie die Sache

haben. Konnte der Bericht unparteiisch sein? Ich gebe zu, daß ihre Lage und ihr Charakter von mir hätten respektiert werden müssen. Ich beabsichtige nicht, mich zu rechtfertigen, aber andererseits kann ich Sie nicht in dem Glauben lassen, daß ich nichts zu meiner Verteidigung vorzubringen habe; daß *sie* unfehlbar war, weil sie die Geschädigte war, und daß *sie* eine Heilige sein muß, weil ich ein Wüstling war. Wenn die Heftigkeit ihrer Leidenschaft, ihr Mangel an Intelligenz ... aber ich will mich nicht verteidigen. Ihre Zuneigung zu mir hätte eine bessere Behandlung verdient, und oft erinnere ich mich mit großen Selbstvorwürfen an die Zärtlichkeit, die es eine sehr kurze Zeit lang vermochte, Gegenliebe hervorzurufen. Ich wünschte ... ich wünschte von Herzen, es wäre nie geschehen. Aber ich habe nicht nur sie geschädigt, ich habe auch eine andere geschädigt, deren Zuneigung zu mir (darf ich es sagen?) kaum weniger stark war und deren Verstand ... Oh, wie unendlich überlegen!«

»Ihre Gleichgültigkeit gegenüber dem unglücklichen Mädchen allerdings ... Ich muß es sagen, wie unangenehm mir die Unterhaltung über ein solches Thema auch sein mag ... Ihre Gleichgültigkeit ist keine Entschuldigung für Ihre grausame Vernachlässigung. Bilden Sie sich nicht ein, daß die offensichtliche, mutwillige Grausamkeit Ihrerseits durch irgendwelche Schwächen, irgendwelchen natürlichen Mangel an Intelligenz auf seiten des Mädchens entschuldigt werden kann. Sie müssen gewußt haben, während Sie sich in Devonshire amüsiert haben, auf neue Abenteuer aus, immer fröhlich, immer ausgelassen, daß sie in äußerste Armut hinabgesunken war.«

»Aber so wahr ich lebe, ich wußte es *nicht*!« erwiderte er nachdrücklich. »Ich erinnerte mich nicht, daß ich vergessen hatte, ihr meine Anschrift zu geben, und mit ein bißchen gesundem Menschenverstand hätte sie sie herausfinden müssen.«

»Nun gut, Sir, und was sagte Mrs. Smith?«

»Sie warf mir gleich das Vergehen vor, und meine Verwirrung läßt sich ermessen. Die Untadeligkeit ihres Lebenswandels, ihr Bestehen auf gesellschaftlichen Formen, ihre Unkenntnis der Welt – alles war gegen mich. Die Sache selbst konnte ich nicht leugnen, und jeder Versuch, sie herunterzuspielen, war vergeblich. Sie war, glaube ich, schon vorher geneigt gewesen, an der Sittlichkeit meines Handelns zu zweifeln, und war darüber hinaus mit der geringen Aufmerksamkeit, der geringen Zeit, die ich ihr bei meinem damaligen Besuch widmete, unzufrieden. Kurz und gut, es endete mit einem völligen Bruch. Durch *eine* Maßnahme hätte ich mich retten können. In ihrer unerschütterlichen Moralität – die gute Frau! – war sie bereit, mir das Vergangene zu vergeben, wenn ich Eliza heiraten würde. Das war ausgeschlossen, und sie entzog mir offiziell ihre Gunst und ihr Haus. Die darauf folgende Nacht – am nächsten Morgen sollte ich abreisen – verbrachte ich in Gedanken, wie ich mich in Zukunft verhalten sollte. Ich kämpfte heftig mit mir, aber nicht lange genug. Meine Zuneigung zu Marianne, meine völlige Gewißheit ihrer Gegenliebe – all das genügte nicht, das Grauen vor der Armut aufzuwiegen oder all die falschen Vorstellungen von der Unentbehrlichkeit von Reichtum, zu denen ich von Natur neigte und die verschwenderischer Umgang noch gefördert hatten, zu überwinden. Ich hatte Grund zu der Annahme, daß ich meiner jetzigen Frau sicher sein könne, wenn ich mich entschied, ihr einen Antrag zu machen, und ich redete mir ein, daß mir vernünftigerweise nichts anderes übrig blieb. Eine heikle Szene erwartete mich allerdings noch, bevor ich Devonshire verließ. Ich war am selben Tag bei Ihnen zum Dinner eingeladen; irgendeine Entschuldigung, um abzusagen, war nötig. Aber ob ich diese Entschuldigung schriftlich geben oder persönlich überbringen sollte, war schwer zu entscheiden. Marianne noch einmal zu sehen, würde schrecklich sein, und ich bezweifelte sogar, ob ich ihr begegnen und meinen Entschluß einhalten konnte. In dieser Hinsicht allerdings unterschätzte ich, wie sich bei der Begegnung herausstellte, meine eigene Großzügigkeit, denn ich ging hin, ich fand sie und fand sie unglücklich und ließ sie unglücklich zurück ... und verließ sie in der Hoffnung, sie nie wiederzusehen.«

»Warum kamen Sie denn, Mr. Willoughby?« fragte Elinor vorwurfsvoll. »Ein paar Zeilen hätten den Zweck auch erfüllt. Warum war es nötig zu kommen?«

»Es war nötig für meinen eigenen Stolz. Ich konnte den Gedanken nicht ertragen, Devonshire so zu verlassen, daß womöglich Sie oder die anderen Nachbarn Verdacht geschöpft hätten, was wirklich zwischen Mrs. Smith und mir vorgefallen war, und ich beschloß deshalb, auf dem Weg nach Honiton bei Ihnen vorzusprechen. Der Anblick Ihrer lieben Schwester allerdings war wirklich schrecklich, und um die Sache schlimmer zu machen, fand ich sie allein. Sie waren alle ausgegangen, ich weiß nicht, wohin. Ich hatte sie erst am Abend vorher verlassen, ganz fest, ganz unbeirrbar entschlossen, das Richtige zu tun. Ein paar Stunden später wollte ich sie für immer gewinnen, und ich erinnere mich, wie glücklich, wie vergnügt ich war, als ich zufrieden mit mir selbst, begeistert von allen anderen Menschen von der Cottage nach Allenham zurückging. Aber in diesem unserem letzten freundschaftlichen Gespräch trat ich ihr mit soviel Schuldbewußtsein gegenüber, daß es mir fast die Fähigkeit zur Verstellung geraubt hätte. Ihr Schmerz, ihre Enttäuschung, ihr tiefes Bedauern, als ich ihr erzählte, daß ich gezwungen sei, auf der Stelle Devonshire zu verlassen – ich werde sie nie vergessen – verbunden mit soviel Zuversicht, so viel Vertrauen in mich! O Gott, was für ein kaltblütiger Schuft ich war!«

Beide schwiegen einen Augenblick. Elinor sprach als erste:

»Haben Sie ihr erzählt, daß Sie bald wiederkommen würden?«

»Ich weiß nicht, was ich ihr erzählt habe«, antwortete er ungeduldig. »Zweifellos weniger, als die Vergangenheit erforderte, und höchstwahrscheinlich mehr, als die Zukunft rechtfertigte. Ich erinnere mich nicht mehr daran. Es nützt auch nichts. Dann kam Ihre liebe Mutter, um mich mit ihrer ganzen Güte und ihrem ganzen Vertrauen noch mehr zu quälen. Gott sei Dank, es war eine wirkliche Qual! Ich fühlte mich hundeelend, Miss Dashwood, Sie können sich nicht vorstellen, wie wohltuend es für mich ist, mir mein eigenes Elend wieder zu vergegenwärtigen. Ich nehme mir den dummen, schurkischen Leichtsinn meines Herzens so übel, daß ich alle Qualen, die ich dabei ausgestanden habe, heute als Triumph und Anlaß zum Jubel empfinde. Nun gut, ich ging, ließ alles, was ich liebte, zurück und ging zu denen, denen ich bestenfalls gleichgültig war. Meine Reise nach London ... mit meinen eigenen Pferden, und daher so langweilig ... kein Mensch, mit dem ich sprechen konnte ... meine eigenen Gedanken so zuversichtlich ... wenn ich vorausblickte, alles so einladend ... wenn ich zurückblickte nach Barton, ein so tröstliches Bild! Oh, es war eine glückverheißende Reise.«

Er hielt inne.

»Nun gut, Sir«, sagte Elinor, die ungeduldig auf seinen Aufbruch wartete, obwohl er ihr leid tat, »und ist das alles?«

»Alles! Nein, haben Sie vergessen, was in London geschah? Der berüchtigte Brief ... Hat Sie ihn Ihnen gezeigt?«

»Ja, ich habe jede Zeile gelesen, die zwischen Ihnen hin- und herging.«

»Was ich empfand, als ihr erster Brief mich erreichte (und das war ja sofort, denn ich war die ganze Zeit in London), läßt sich mit gängigen Klischees nicht ausdrücken; mit einfacheren Worten, vielleicht zu einfachen, um Mitgefühl hervorzurufen: Ich war schmerzlich, unendlich schmerzlich berührt. Jede Zeile, jedes Wort – war mit einem abgedroschenen Bild, das die liebe Schreiberin, wäre sie hier, verbieten würde – ein Dolch in meiner Brust. Zu wissen, daß Marianne in London war, war – um ein ähnliches Bild zu verwenden – ein Donnerschlag. Donnerschläge und Dolche! Was für einen Verweis sie mir erteilt hätte! Ihr Geschmack, ihre Urteilsfähigkeit! Ich glaube, ich kenne sie besser als meine, und ich bin sicher, sie bedeuten mir mehr.«

Elinors Gemüt, das im Laufe dieser außerordentlichen Unterhaltung viele Wandlungen durchgemacht hatte, war nun wieder besänftigt, doch sie hielt es für ihre Pflicht, bei ihrem Gesprächspartner solche Ansichten wie die letzte im Keim zu ersticken.

»Das gehört sich nicht, Mr. Willoughby. Denken Sie daran, daß Sie verheiratet sind. Berichten Sie nur, was Sie mir mit gutem Gewissen erzählen können.«

»Mariannes briefliche Versicherung, daß ich ihr immer noch soviel bedeutete wie früher, daß ihre Gefühle trotz der vielen, vielen Wochen, die wir getrennt waren, so beständig waren und so voller Vertrauen in meine Beständigkeit wie eh und je, weckte meine ganze Reue. Ich sage: weckte, weil die Zeit und die Großstadt, Geschäfte und Zerstreuungen sie bis zu einem gewissen Grad zum Schweigen gebracht hatten, und ich war ein richtig abgefeimter Schurke geworden, der sich einbildete, ihr gleichgültig zu sein, und der es vorzog, sich einzubilden, daß auch sie mir gleichgültig geworden war; der sich selbst unsere frühere Beziehung als eine durch und durch nichtige, bedeutungslose Angelegenheit darstellte, der zum Beweis die Schultern zuckte und alle Vorwürfe zum Schweigen brachte, alle Skrupel überwand, indem er sich ab und zu insgeheim sagte: ›Ich werde mich von Herzen freuen, wenn ich höre, daß sie gut verheiratet ist.‹ Aber dieser Brief belehrte mich eines Besseren. Ich merkte, daß sie mir unendlich viel mehr bedeutete als jede andere Frau auf der Welt und daß ich sie schändlich mißbrauchte. Aber damals war zwischen Miss Grey und mir gerade alles abgemacht. Einen Rückzieher zu machen war unmöglich. Alles, was ich zu tun hatte, war, Ihnen beiden aus dem Weg zu gehen. Ich schickte Marianne keine Antwort, in der Absicht, mich dadurch ihrer weiteren Aufmerksamkeit zu entziehen, und eine Zeitlang war ich sogar entschlossen, nicht in der Berkeley Street vorzusprechen, aber da ich es schließlich für geratener hielt zu tun, als handle es sich nur um eine flüchtige Alltagsbekanntschaft, beobachtete ich eines Vormittags, wie Sie alle das Haus verließen, und gab meine Karte ab.«

»Beobachteten, wie wir das Haus verließen!«

»Genau das. Sie wären überrascht, wenn Sie hörten, wie oft ich Sie beobachtete, wie oft ich im Begriff war, Ihnen über den Weg zu laufen. Ich habe manchen Laden betreten, um von Ihnen nicht gesehen zu werden, wenn die Kutsche vorbeifuhr. Da ich in der Bond Street wohnte, verging kaum ein Tag, an dem ich nicht die eine oder andere von Ihnen flüchtig sah, und nur ständige Vorsicht meinerseits, ein nie nachlassendes Bedürfnis, unsichtbar für Sie zu bleiben, konnte eine Begegnung so lange verhindern. Ich ging den Middletons so weit wie möglich aus dem Weg und auch allen anderen, die gemeinsame Bekannte sein konnten. Da ich allerdings nicht wußte, daß Sir John in London war, stieß ich, glaube ich, gleich am ersten Tag seines Aufenthalts und nur einen Tag nach meinem Besuch bei Mrs. Jennings auf ihn. Er lud mich zu einer Gesellschaft ein, einem Tanz in seinem Haus am selben Abend. Auch wenn er mir als Anreiz *nicht* erzählt hätte, daß Sie und Ihre Schwester kommen würden, hätte ich es für zu gewiß gehalten, um mich hinzutrauen. Am nächsten Vormittag erhielt ich einen zweiten kurzen Brief von Marianne – immer noch liebevoll, offen, arglos, vertrauend – lauter Dinge, die mein Verhalten abscheulich machten. Ich konnte ihn nicht beantworten. Ich versuchte es, konnte aber nicht einen Satz formulieren. Aber ich dachte, glaube ich, jede Minute des Tages an sie. Wenn Sie überhaupt Mitleid mit mir haben können, Miss Dashwood, dann bemitleiden Sie meine damalige Lage. In Gedanken und Gefühlen ständig mit Ihrer Schwester beschäftigt, war ich gezwungen, den glücklichen Liebhaber einer anderen Frau zu spielen! Diese drei bis vier Wochen waren schlimmer als alles andere. Na gut, schließlich, das brauche ich Ihnen nicht zu erzählen, ließ sich eine Begegnung nicht verhindern, und was für eine blendende Figur ich dabei machte! Was für ein qualvoller

Abend es war! Auf der einen Seite Marianne, schön wie ein Engel, die mich mit dieser Stimme Willoughby nannte, o Gott!, ihre Hand nach mir ausstreckte und mich um eine Erklärung bat, indem sie ihre verführerischen Augen ausdrucksvoll und fragend auf mich richtete! Und auf der anderen Seite Sophia, eifersüchtig wie der Teufel, die genauso aussah, als ob ... Na gut, es macht nichts, es ist jetzt vorbei. Was für ein Abend! Ich lief von Ihnen allen weg, so schnell ich konnte, aber vorher sah ich noch, wie Mariannes liebliches Gesicht totenblaß wurde. Das war der letzte, der allerletzte Blick, den ich je auf sie warf; das letzte Bild, das sich mir von ihr einprägte. Es war ein grauenhafter Anblick! Aber als ich mir heute vorstellte, sie könne wirklich sterben, da empfand ich es beinahe als Wohltat, genau zu wissen, wie sie denen erscheinen würde, die sie in dieser Welt zum letztenmal sahen. Ich hatte sie, während ich reiste, mit demselben Blick und derselben Totenblässe ständig vor Augen.«

Eine kurze, nachdenkliche Pause auf beiden Seiten folgte. Willoughby riß sich zuerst aus seinen Gedanken:

»Gut, ich will Sie nicht länger aufhalten. Ihrer Schwester geht es auch *bestimmt* besser, sie ist auch *bestimmt* außer Gefahr?«

»Wir zweifeln nicht daran.«

»Und auch Ihre arme Mutter! Sie hängt so an Marianne.«

»Aber der Brief, Mr. Willoughby, Ihr eigener Brief, haben Sie darüber nichts zu sagen?«

»Doch, doch, gerade darüber. Ihre Schwester schrieb mir, wie Sie wissen, am nächsten Vormittag noch einmal, Sie haben gelesen, was sie sagte. Ich frühstückte bei den Ellisons, und zusammen mit einigen anderen Briefen wurde mir auch ihrer aus meiner Wohnung gebracht. Zufällig fiel er Sophia vor mir ins Auge, und sein Format, die Feinheit des Papiers, auch die Handschrift weckten sofort ihren Verdacht. Irgendein vager Bericht über meine Beziehung zu einer jungen Dame in Devonshire war ihr vorher zu Ohren gekommen, und was sich am Abend vor ihren eigenen Augen abgespielt hatte, hatte ihr verraten, wer die junge Dame war, und sie noch eifersüchtiger als sonst gemacht. Mit gespielter Scherzhaftigkeit, die bei einer Frau, die man liebt, entzückend ist, öffnete sie den Brief auf der Stelle und las seinen Inhalt. Ihre Unverschämtheit wurde reichlich belohnt. Was sie las, machte sie unglücklich. Ihr Unglück hätte ich ertragen, aber ihre Gefühlsausbrüche, ihre Bosheit – sie mußten auf jeden Fall besänftigt werden. Kurz und gut, wie gefällt Ihnen der Briefstil meiner Frau? Zartfühlend, empfindsam, durch und durch weiblich, oder etwa nicht?«

»Ihrer Frau! Es war doch *Ihre* Handschrift!«

»Ja, aber mir kommt nur das Verdienst zu, sklavisch Sätze abzuschreiben, unter die ich mich schämte, meinen Namen zu setzen. Der Entwurf war ganz allein ihrer – ganz allein ihre glücklichen Einfälle und ihre einfühlsame Wortwahl. Aber was konnte ich tun? Wir waren verlobt, die Hochzeit wurde vorbereitet, der Tag war beinahe festgelegt. Aber ich rede wie ein Narr. Vorbereitung! Hochzeitstag! Ehrlich gesagt, ich brauchte ihr Geld, und ich mußte in meiner Lage einen Bruch auf jeden Fall vermeiden. Und schließlich, was machte es für das Urteil Mariannes und ihrer Freunde über meinen Charakter schon aus, in was für Worte meine Antwort gekleidet war? Es kam doch alles auf dasselbe hinaus. Ich hatte die Aufgabe, mich als Schurken darzustellen, und ob ich es mit einem Diener oder einem Donnerschlag tat, hatte wenig zu bedeuten. ›Ich bin ein für allemal für sie erledigt‹, sagte ich mir, ›ich bin ein für allemal aus ihrer Gesellschaft verbannt; für einen unzuverlässigen Burschen halten sie mich ohnehin, dieser Brief wird dafür sorgen, daß sie mich für niederträchtig halten.‹ So rechtfertigte ich mein Handeln, als ich in einer Art verzweifelter Sorglosigkeit die Worte meiner Frau abschrieb und mich von den letzten Freundschaftszeichen Mariannes trennte. Ihre drei Briefe – unglücklicherweise waren sie alle in meiner Brieftasche, sonst hätte ich ihre Existenz geleugnet und sie für immer gehütet – ich wurde gezwungen, sie auszuhändigen, und ich konnte sie nicht einmal dabei küssen. Und die Haarlocke … auch die trug ich in derselben Brieftasche bei mir, die nun von Madame mit ausgesprochen charmanter Gehässigkeit durchsucht wurde, die liebe Locke, alles, jedes Erinnerungszeichen wurde mir weggenommen.«

»Es ist ganz falsch von Ihnen, Mr. Willoughby, ganz unverantwortlich«, sagte Elinor, wobei ihre Stimme gegen ihren Willen ihre mitleidigen Empfindungen verriet. »Sie sollten so nicht sprechen, weder von Mrs. Willoughby noch von meiner Schwester. *Sie* haben die Wahl getroffen. Niemand hat Sie dazu gezwungen. Ihre Frau hat mindestens Anrecht auf Ihre Höflichkeit, Ihre Achtung. Sie muß an Ihnen hängen, sonst hätte sie Sie nicht geheiratet. Wenn Sie sie unfreundlich behandeln, geringschätzig von ihr sprechen, ist das keine Wiedergutmachung für Marianne, und ich vermute, Ihr Gewissen erleichtert es auch nicht.«

»Sprechen Sie mir nicht von meiner Frau«, sagte er mit einem tiefen Seufzer. »Sie verdient Ihr Mitleid nicht. Sie wußte schon, daß ich nichts für sie übrig hatte, als wir heirateten. Gut, geheiratet haben wir, sind nach Combe Magna gefahren, um glücklich, und später nach London zurückgekehrt, um vergnügt zu sein. Und haben Sie nun Mitleid mit mir, Miss Dashwood? Oder habe ich all das umsonst gesagt? Bin ich … und sei es auch nur ein bißchen … bin ich in Ihren Augen nun weniger schuldig als vorher? Meine Absichten waren nicht immer schlecht. Habe ich einen Teil meiner Schuld hinwegargumentiert?«

»Ja, Sie haben sicher etwas davon beseitigt – ein bißchen. Sie haben sich alles in allem als weniger verworfen erwiesen, als ich geglaubt hatte. Ihr Herz hat sich als weniger böse, viel weniger böse erwiesen. Aber ich weiß wirklich nicht … das Elend, das Sie verursacht haben … ich weiß wirklich nicht, Schlimmeres hätten Sie nicht anrichten können.«

»Werden Sie Ihrer Schwester, wenn sie wieder gesund ist, berichten, was ich Ihnen erzählt habe? Machen Sie meine Schuld auch in ihren Augen etwas leichter. Sie haben gesagt, daß sie mir schon vergeben hat. Sorgen Sie dafür, daß ich mir einbilden kann, eine bessere Kenntnis meines Herzens und meiner gegenwärtigen Empfindungen werden sie zu einer spontaneren, natürlicheren, herzlicheren, weniger förmlichen Vergebung veranlassen. Berichten Sie ihr mein Elend und meine Strafe, berichten Sie ihr, daß mein Herz ihr nie untreu war, und, wenn Sie wollen, daß sie mir in diesem Augenblick teurer ist als je.«

»Ich werde ihr alles berichten, was zu Ihrer Rechtfertigung – wenn man es denn so nennen kann – nötig ist. Aber Sie haben mir noch immer nicht den eigentlichen Grund Ihres heutigen Besuchs erklärt oder wie Sie von Mariannes Krankheit gehört haben.

»Gestern abend im Königlichen Schauspielhaus stieß ich auf Sir John Middleton, und als er mich erkannte, sprach er mit mir – zum erstenmal seit zwei Monaten. Daß er mich seit meiner Heirat schnitt, hatte ich ohne Erstaunen oder Verstimmung hingenommen. Jetzt aber konnte seine gute, ehrliche, einfältige Seele, voller Entrüstung gegen mich und voller Sorge um Ihre Schwester, der Versuchung nicht widerstehen, mir das zu erzählen, was mich seiner Meinung nach furchtbar hätte treffen müssen, obwohl er vermutlich nicht annahm, daß das auch der Fall war. So unverblümt er konnte, erzählte er mir deshalb, daß Marianne Dashwood in Cleveland an einem Nervenfieber im Sterben liege, daß ein heute morgen von Mrs. Jennings erhaltener Brief erkläre, sie schwebe in Lebensgefahr, die Palmers seien alle vor Angst ausgerissen usw. Ich war so erschüttert, daß ich nicht einmal dem unkritischen Sir John gegenüber den Gefühllosen spielen konnte. Es stimmte ihn versöhnlich, als er mich leiden sah, und seine Erbitterung war so weit verflogen, daß er mir beim Abschied fast die Hand gegeben hätte, während er sich an das alte Versprechen wegen eines jungen Jagdhundes erinnerte. Was ich empfand, als ich hörte, daß Ihre Schwester im Sterben lag – im Sterben lag und mich dabei für den größten Schuft der Welt hielt, mich in ihren letzten Augenblicken verachtete, haßte – denn wie sollte ich wissen, was man mir nicht für fürchterliche Absichten unterstellt hatte. Ich war sicher, es gab *einen* Menschen, der mich als jemanden darstellen würde, der zu allem fähig ist. Was ich durchmachte, war schrecklich! Mein Entschluß war bald gefaßt, und heute morgen um acht Uhr saß ich in meiner Kutsche. Nun wissen Sie alles.«

Elinor gab keine Antwort. Sie war in Gedanken mit dem nicht wiedergutzumachenden Schaden beschäftigt, den zu frühe Unabhängigkeit und der daraus entstehende Hang zu Müßiggang, Zerstreuung und Verschwendung in den Überlegungen, den Gesinnungen und den Glücksaussichten eines Mannes angerichtet hatten, der mit den glücklichsten äußeren und inneren Anlagen ein offenes und ehrliches Naturell und ein empfindsames, zärtliches Temperament verband. Die Welt hatte ihn verschwenderisch und eitel gemacht. Verschwendungssucht und Eitelkeit hatten ihn kaltherzig und selbstsüchtig gemacht. Während seine Eitelkeit ihre eigenen schuldbewußten Triumphe auf Kosten eines anderen Menschen gesucht hatte, hatte sie ihn zugleich in eine echte Neigung verwickelt, die die Verschwendungssucht oder wenigstens ihr Abkömmling, die Bedürftigkeit, zu opfern verlangt hatte. Jede verwerfliche Neigung hatte ihn auf Abwege geführt, denen die Strafe auf dem Fuß gefolgt war. Die Zuneigung, von der er sich äußerlich gegen alle Ehre, gegen alle Empfindungen, gegen jedes bessere Interesse losgerissen hatte, beherrschte nun, wo sie unerlaubt war, alle seine Gedanken, und die Verbindung, um deretwillen er skrupellos ihre Schwester ins Elend gestürzt hatte, sollte sich nun für ihn selbst als eine viel unheilbarere Quelle des Unglücks erweisen. Nach einigen Minuten wurde sie von Willoughby aus diesen Überlegungen gerissen, der selbst aus mindestens ebenso quälenden Grübeleien zu sich kam, sich erhob, um aufzubrechen, und sagte:

»Es hat keinen Zweck, länger zu bleiben. Ich muß fort.«

»Fahren Sie nach London zurück?«

»Nein, nach Combe Magna. Ich habe dort zu tun. Von dort

fahre ich in ein oder zwei Tagen nach London. Auf Wiedersehen.«

Er streckte ihr seine Hand hin, sie konnte ihm ihre nicht versagen; er drückte sie herzlich.

»Und Sie denken also jetzt etwas besser von mir als früher«, sagte er, indem er ihre Hand losließ und sich gegen den Kaminsims lehnte, als ob er vergessen hatte, daß er aufbrechen wollte.

Elinor versicherte ihm, daß sie ihm vergab, ihn bemitleidete, ihm alles Gute wünschte, war sogar um sein Glück besorgt und gab ihm ein paar freundliche Ratschläge, wodurch er es am besten fördern könne. Seine Antwort klang nicht sehr ermutigend.

»Was das betrifft«, sagte er, »so muß ich sehen, wie ich am besten durch die Welt komme. Häusliches Glück ist ausgeschlossen. Wenn ich aber glauben darf, daß Sie und Ihre Familie ein Interesse an meinem Leben und meinem Schicksal haben, dann hilft das vielleicht, dann ermahnt es mich vielleicht – jedenfalls ist es etwas, wofür es sich zu leben lohnt. Marianne ist allerdings auf immer für mich verloren. Selbst wenn ich durch irgendeinen glücklichen Zufall wieder frei wäre ...«

Elinor unterbrach ihn mit einem Verweis.

»Gut«, erwiderte er, »noch einmal auf Wiedersehen. Ich gehe nun und lebe in Furcht vor *einem* Ereignis.«

»Was meinen Sie?«

»Die Heirat Ihrer Schwester.«

»Da tun Sie unrecht. Noch mehr verlieren als jetzt können Sie sie nicht.«

»Aber ein anderer wird sie gewinnen. Und wenn dieser eine genau der sein sollte, dem ich sie von allen am wenigsten ... Aber ich will nicht noch länger bleiben und all Ihr mitleidiges Wohlwollen verspielen, indem ich zu erkennen gebe, daß ich am wenigsten verzeihen kann, wo ich am meisten Schaden angerichtet habe. Auf Wiedersehen. Gott segne Sie.«

Und mit diesen Worten lief er fast aus dem Zimmer.

Kapitel 46

Eine ganze Weile, nachdem er sie verlassen hatte, und sogar noch eine ganze Zeit, nachdem das Geräusch seiner Kutsche verklungen war, war Elinor von einer Unzahl von widerstrebenden Gedanken bedrängt, die aber alle nur Traurigkeit hervorriefen, so daß sie nicht einmal an ihre Schwester dachte.

Willoughby, er, den sie nur eine halbe Stunde vorher als den nichtswürdigsten Menschen der Welt verabscheut hatte, Willoughby erregte trotz all seiner Fehler, gerade weil sie ihm viel Kummer bereitet hatten, in ihr soviel Mitleid, daß sie an ihn, der nun endgültig aus ihrer Familie ausgeschlossen war, mit einer Zärtlichkeit, einem Bedauern dachte, von dem sie sich selbst eingestand, daß es eher seinen Wünschen als seinen Verdiensten entsprach. Sie fand, daß sein Einfluß auf ihr Urteil durch Umstände bestimmt wurde, die bei nüchterner Überlegung kein Gewicht haben durften, nämlich durch die ungewöhnliche Anziehungskraft seiner Person, die offene, herzliche und lebhafte Art, die zu besitzen kein Verdienst war, und durch die leidenschaftliche Liebe zu Marianne, der er mit gutem Gewissen nicht nachgeben durfte. All das war ihr schon lange, lange klar, bevor sein Einfluß auf sie nachließ.

Als sie schließlich zu der schlafenden Marianne zurückkehrte, schlug diese gerade die Augen auf und sah von dem langen und köstlichen Schlaf so erfrischt aus, wie sie gehofft hatte. Elinors Herz war übervoll. Die Vergangenheit, die Gegenwart, die Zukunft, Willoughbys Besuch, Mariannes Genesung und die bevorstehende Ankunft ihrer Mutter riefen eine innere Erregung in ihr hervor, die keinerlei Müdigkeit aufkommen und sie nur befürchten ließ, daß sie sich ihrer Schwester gegenüber verraten könne. Lange brauchte sie unter dieser Furcht allerdings nicht zu leiden, denn innerhalb der nächsten halben Stunde nach Willoughbys Aufbruch wurde sie wieder durch das

Geräusch einer Kutsche hinuntergerufen. In dem Bedürfnis, die grauenhafte Ungewißheit ihrer Mutter keine Minute zu verlängern, stürzte sie sofort in die Vorhalle und erreichte die Haustür gerade rechtzeitig, um sie in Empfang zu nehmen und sie beim Eintreten zu stützen.

Mrs. Dashwood, die sich in ihrer Panik, als sie sich dem Haus näherten, in die Überzeugung hineingesteigert hatte, daß Marianne nicht mehr unter den Lebenden sei, war vor Beklemmung zu sprachlos, um nach ihr zu fragen, zu sprachlos, um Elinor zu begrüßen; aber diese wartete weder auf Begrüßung noch Fragen, sondern teilte ihr sofort die erfreuliche Nachricht mit; und ihre Mutter nahm sie mit ihrer gewohnten Lebhaftigkeit auf und war im Augenblick von ihrer Freude so überwältigt wie vorher von ihren Befürchtungen. Von ihrer Tochter und ihrem Freund gestützt, wurde sie ins Wohnzimmer geleitet; und dort umarmte sie, wenn auch immer noch unfähig zu sprechen, Elinor unter Freudentränen immer wieder und wandte sich zwischendurch von ihr zu Oberst Brandon, um ihm die Hand mit einem Blick zu drücken, in dem ihre Dankbarkeit und zugleich ihre Überzeugung lag, daß er am Glück des Augenblicks teilnahm. Er nahm daran allerdings mit einer Schweigsamkeit teil, die ihre noch übertraf.

Sobald Mrs. Dashwood sich erholt hatte, war ihr erster Wunsch, Marianne zu sehen, und innerhalb von zwei Minuten war sie bei ihrem geliebten Kind, das ihr durch Abwesenheit, Unglück und Gefahr noch lieber geworden war. Elinors Freude darüber, was beide bei dem Wiedersehen empfanden, wurde nur durch die Furcht beeinträchtigt, daß es Marianne den Schlaf rauben könne, aber Mrs. Dashwood konnte ruhig, konnte vernünftig sein, wenn das Leben eines Kindes auf dem Spiel stand, und Marianne war beruhigt, ihre Mutter bei sich zu wissen, war sich bewußt, daß sie zu schwach für Unterhaltung war und unterwarf sich deshalb bereitwillig dem Schweigen und der Ruhe, die alle Pflegerinnen um sie herum ihr auferlegten. Mrs. Dashwood bestand darauf, die ganze

Nacht bei ihr zu wachen, und Elinor ging, den Bitten ihrer Mutter folgend, zu Bett. Aber die Ruhe, die eine völlig schlaflose Nacht und viele Stunden nervlicher Anspannung doch nötig gemacht hätten, wollte sich wegen der ständigen Ablenkung ihrer Gedanken nicht einstellen. Willoughby, der arme Willoughby, wie sie ihn nun schon bei sich nannte, ging ihr ständig durch den Kopf; sie hatte seine Rechtfertigung um keinen Preis hören wollen, und sie machte sich bald Vorwürfe, daß sie ihn vorher so streng beurteilt hatte, bald sprach sie sich davon wieder frei. Aber das Versprechen, ihrer Schwester davon zu erzählen, bedrückte sie die ganze Zeit. Ihr graute vor dem Bericht. Sie fürchtete seine Wirkung auf Marianne, bezweifelte, ob sie nach dieser Erklärung je mit einem anderen glücklich werden könne, und wünschte einen Augenblick lang, daß Willoughby Witwer wäre. Dann erinnerte sie sich an Oberst Brandon, machte sich Vorwürfe, fand, daß er bei *seinem* Leid und *seiner* Beständigkeit ihre Schwester eher als Belohnung verdiente als sein Rivale, und wünschte alles, nur nicht Mrs. Willoughbys Tod.
Der Schock, den Mrs. Dashwood durch Oberst Brandons Ankunft in Barton erhielt, war durch die Unruhe, in der sie sich ohnehin befand, wesentlich gemildert worden; denn ihr Unbehagen über Marianne war so groß, daß sie schon beschlossen hatte, an demselben Tag nach Cleveland zu reisen, ohne auf weitere Nachrichten zu warten, und ihre Reisevorbereitungen waren schon soweit gediehen, daß die Careys jeden Augenblick erwartet wurden, um Margaret abzuholen, da ihre Mutter sie nicht dahin mitnehmen wollte, wo Ansteckungsgefahr bestand.
Marianne ging es nun von Tag zu Tag besser, und die strahlende Heiterkeit von Mrs. Dashwoods Aussehen und Stimmung bewiesen, daß sie, wie sie selber wiederholt erklärte, die glücklichste Frau der Welt sei. Elinor konnte diese Erklärung nicht anhören und diese ständige Munterkeit nicht mit ansehen, ohne sich manchmal zu fragen, ob ihre Mutter eigentlich noch jemals an Edward dachte. Aber Mrs. Dashwood, die dem nüchternen Bericht ver-

traute, den Elinor ihr von ihren eigenen Enttäuschungen geschickt hatte, ließ sich durch ihre überschwengliche Freude dazu verleiten, nur an Dinge zu denken, die ihre gute Laune noch steigerten. Marianne war einer Gefahr entronnen, an der sie, wie sie jetzt zu begreifen begann, durch ihre unkluge Ermutigung von Mariannes unglückseliger Zuneigung zu Willoughby nicht ganz unschuldig war, und ihre Genesung bildete aus einem weiteren Grund, den Elinor aber nicht kannte, noch eine zusätzliche Quelle der Freude. Sie erfuhr davon, sobald sich Gelegenheit zu einem Gespräch unter vier Augen zwischen ihnen ergab.

»Endlich sind wir allein. Meine liebe Elinor, du kennst das Ausmaß meiner Freude noch gar nicht. Oberst Brandon liebt Marianne. Er hat es mir selbst erzählt.«

Ihre Tochter, die abwechselnd froh und schmerzlich berührt, überrascht und nicht überrascht war, hörte in schweigender Aufmerksamkeit zu.

»Du bist mir gar nicht ähnlich, liebe Elinor, sonst würde mich deine Gefaßtheit wundern. Hätte ich einen Wunsch für meine Familie äußern können, dann wäre es das Schönste gewesen, wenn Oberst Brandon eine von euch heiratet; und ich glaube, Marianne wird von euch beiden glücklicher mit ihm werden.«

Elinor hätte sie gern nach den Gründen für diese Behauptung gefragt, denn sie war überzeugt, daß es bei nüchterner Betrachtung ihres Alters, ihres Naturells oder ihrer Gefühle keine gab, aber ihre Mutter ließ sich bei jedem interessanten Thema immer von ihrer Einbildungskraft hinreißen, und statt zu fragen, ging sie deshalb mit einem Lächeln darüber hinweg.

»Er hat mir gestern auf der Reise sein Herz ausgeschüttet. Es geschah ganz unvermutet, ganz unabsichtlich. Ich konnte, wie du dir denken kannst, von nichts anderem als meinem Kind sprechen; er konnte seinen Kummer nicht verbergen. Ich sah, daß er meinem nicht nachstand, und da er vielleicht dachte, daß heutzutage bloße Freundschaft so herzliche Anteilnahme nicht rechtfertigen könne, oder vielmehr ohne weiter nachzudenken, gab er wohl seinen unbezwingbaren Gefühlen nach und vertraute mir seine ernsthafte, zärtliche, beständige Zuneigung zu Marianne an. Er liebt sie, Elinor, seit er sie zum erstenmal gesehen hat.«

Hier erkannte Elinor allerdings nicht die Sprache, nicht die Bekenntnisse Oberst Brandons, sondern die willkürlichen Ausschmückungen der blühenden Fantasie ihrer Mutter, die alles, was sie entzückte, beliebig ausmalte.

»Seine Zuneigung zu ihr, die in ihrer Innigkeit, Aufrichtigkeit und Beständigkeit, wie immer wir es nennen wollen, allem, was Willoughby je fühlte oder vorspiegelte, unendlich überlegen ist, hat trotz seiner Kenntnis von der unglückseligen Schwäche meiner lieben Marianne für diesen nichtswürdigen jungen Mann unvermindert angehalten; ohne Egoismus, ohne sich selbst Hoffnungen zu machen, hätte er mit angesehen, wie sie mit einem anderen glücklich wird – was für ein nobler Mann! Welche Offenheit, welche Aufrichtigkeit! In ihm kann man sich nicht täuschen.«

»Oberst Brandons Ruf«, sagte Elinor, »als ein hervorragender Charakter ist unbestritten.«

»Das weiß ich«, erwiderte ihre Mutter ernst, »sonst wäre ich nach einer solchen Warnung die letzte gewesen, die diese Zuneigung ermutigt oder sich auch nur über sie gefreut hätte. Aber daß er mich mit so tatkräftiger, so bereitwilliger Freundschaft abgeholt hat, genügt, um ihn als einen außerordentlich wertvollen Menschen auszuweisen.«

»Seine Integrität«, antwortete Elinor, »beruht allerdings nicht auf einer einzigen Freundschaftsgeste, zu der ihn seine Neigung zu Marianne veranlaßt hätte, auch wenn es gar nicht um Menschlichkeit ginge. Er ist ein alter und sehr guter Freund von Mrs. Jennings, den Middletons, und sie lieben und achten ihn gleichermaßen; und ich selbst kenne ihn, wenn auch erst seit kurzem, recht gut, und schätze und achte ihn so sehr, daß ich genau wie du unsere Verbindung mit ihm für einen außerordentlich großen Segen halte, wenn Marianne mit ihm glücklich werden kann. Was hast du ihm geantwortet? Hast du ihm Hoffnung gemacht?«

»Aber mein Kind, ich konnte weder ihm noch mir Hoffnungen machen. Vielleicht lag Marianne in dem Moment im Sterben. Aber es ging ihm gar nicht um Hoffnung oder Ermutigung. Es war eine unfreiwillige Vertrauenserklärung, das nicht unterdrückbare Bekenntnis einer verständnisvollen Freundin gegenüber, nicht der Antrag an eine Mutter. Und doch habe ich nach einiger Zeit gesagt – denn zuerst war ich ganz überwältigt –, daß mein größtes Glück, wenn sie am Leben bliebe, worauf ich vertraute, darin bestehen würde, ihre Hochzeit zustande zu bringen, und seit unserer Ankunft, seit diese Hoffnung zur köstlichen Gewißheit geworden ist, habe ich es ihm ausführlicher wiederholt und ihm jede nur denkbare Ermutigung gegeben. Zeit, nur ein bißchen Zeit, sage ich, wird alles zum Guten wenden. Mariannes Herz wird nicht für immer an einem Mann wie Willoughby hängen. Er wird bald durch seine eigenen Qualitäten gewinnen.«

»Wenn man allerdings nach der Stimmung des Oberst urteilt, hast du ihn noch nicht zu dem gleichen Optimismus bekehrt.«

»Nein. Er glaubt daß Mariannes Zuneigung zu tief sitzt und darum höchstens auf lange Sicht nachlassen wird, und selbst wenn ihr Herz wieder frei wäre, hat er zu wenig Selbstvertrauen, um zu glauben, daß er sie bei dem Unterschied an Alter und Naturell je gewinnen könnte. Da irrt er sich allerdings. Er ist nur gerade soviel älter als sie, daß es ein Vorteil ist und seinem Charakter und seinen Grundsätzen Beständigkeit gibt. Und sein Naturell, davon bin ich überzeugt, ist ganz und gar dazu angetan, deine Schwester glücklich zu machen. Und auch seine Erscheinung, auch seine Umgangsformen sprechen nur für ihn. Meine Voreingenommenheit macht mich nicht blind; er sieht natürlich nicht so gut aus wie Willoughby, aber andererseits hat er etwas so Gewinnendes in seinen Zügen. In

Willoughbys Blick – erinnerst du dich? – lag immer etwas, was ich nicht mochte.«

Elinor erinnerte sich *nicht* daran, aber ihre Mutter fuhr fort, ohne auf ihre Zustimmung zu warten:

»Und seine Umgangsformen, die Umgangsformen des Oberst sind nicht nur gewinnender als Willoughbys je waren, sondern sie sind auch so, daß ich sicher bin, sie gefallen Marianne auf Dauer viel besser. Sein Entgegenkommen, seine echte Aufmerksamkeit anderen Menschen gegenüber, seine ungekünstelte männliche Schlichtheit passen zu ihrem eigentlichen Naturell viel besser als die häufig übertriebene und häufig unangebrachte Lebhaftigkeit des anderen. Ich bin fest davon überzeugt; auch wenn Willoughby sich als wirklich liebenswert herausgestellt hätte, obwohl das Gegenteil der Fall war, hätte Marianne doch nie mit ihm so glücklich werden können, wie sie es jetzt mit dem Oberst sein wird.«

Sie machte eine Pause. Ihre Tochter konnte ihr nicht ganz zustimmen, aber da ihr Widerspruch unausgesprochen blieb, konnte er kein Ärgernis erregen.

»In Delaford wird sie gar nicht weit von mir entfernt sein«, fügte Mrs. Dashwood hinzu, »selbst wenn ich in Barton wohnen bleibe, und höchstwahrscheinlich – denn ich höre, daß es ein großes Dorf ist –, ja, ganz bestimmt muß es dort doch ein Häuschen oder eine Cottage in der Nähe geben, die für uns ebenso gut geeignet wäre wie unser jetziges Haus.«

Die arme Elinor! Hier tauchte ein neuer Plan auf, sie in Delaford anzusiedeln! Aber sie blieb innerlich standhaft.

»Und auch sein Vermögen! Denn in meinem Alter denkt man ja auch *daran*, und obwohl ich weder weiß noch wissen will, wie groß es wirklich ist, bin ich sicher, es ist nicht zu verachten.«

An dieser Stelle wurden sie durch den Eintritt einer dritten Person unterbrochen, und Elinor zog sich zurück, um über alles in Ruhe nachzudenken, ihrem Freund Erfolg zu wünschen, nicht ohne gleichzeitig Willoughby zu bedauern.

Kapitel 47

Obwohl Mariannes Krankheit zu einer allgemeinen Schwächung des Körpers führte, hatte sie doch nicht lange genug gedauert, um die Genesung zu verzögern; und diese ging bei ihrer Jugend, ihren natürlichen Kräften und der Anwesenheit ihrer Mutter so glatt voran, daß sie innerhalb von vier Tagen nach Mrs. Dashwoods Ankunft in Mrs. Palmers Ankleidezimmer übersiedeln konnte. Dorthin wurde auf ihren eigenen besonderen Wunsch – denn sie wartete ungeduldig darauf, ihm ihren Dank dafür auszusprechen, daß er ihre Mutter geholt hatte – Oberst Brandon zu einem Besuch gebeten.

Als er das Zimmer betrat, ihr verändertes Aussehen wahrnahm und die blasse Hand ergriff, die sie ihm sofort entgegenstreckte, war seine Bewegung so groß, daß Elinor die Vermutung kam, es drücke sich darin etwas anderes aus als seine Zuneigung zu Marianne oder Verlegenheit, weil die anderen davon wußten; und bald glaubte sie in seinem melancholischen Blick und in seiner veränderten Gesichtsfarbe beim Anblick ihrer Schwester zu bemerken, wie sich vor seinem inneren Auge vermutlich viele trostlose Szenen der Vergangenheit wiederholten, die durch die schon eingestandene Ähnlichkeit Mariannes mit Eliza hervorgerufen und jetzt durch den matten Blick, die kränkliche Hautfarbe, die kraftlose Haltung der Genesenden und die herzliche Anerkennung ihrer besonderen Verbundenheit noch verstärkt wurde.

Mrs. Dashwood, die die Szene nicht weniger aufmerksam als ihre Tochter, wenn auch mit ganz anderen Gedanken und daher mit ganz anderen Folgerungen betrachtete, sah im Verhalten des Oberst nichts, was nicht den einfachsten und selbstverständlichsten Regungen entsprang, während sich ihrer Überzeugung nach in Mariannes Reaktion schon mehr als bloße Dankbarkeit ankündigte.

Nach ein oder zwei weiteren Tagen, in denen Marianne alle zwölf Stunden sichtbar an Kräften zugenommen hatte, begann Mrs. Dashwood, von ihren eigenen Wünschen ebensosehr wie von denen ihrer Tochter geleitet, von der Heimreise nach Barton zu sprechen. Von *ihren* Entscheidungen hingen die ihrer beiden Freunde ab.

Mrs. Jennings konnte Cleveland während des Aufenthalts der Dashwoods nicht verlassen, und Oberst Brandon hatte aufgrund ihrer gemeinsamen Bitten bald die Überzeugung gewonnen, daß sein eigener Aufenthalt dort ebenso beschlossene Sache, wenn auch nicht ebenso unentbehrlich war. Umgekehrt wurde durch seine und Mrs. Jennings' vereinte Bitten Mrs. Dashwood überredet, auf dem Rückweg seine Kutsche wegen der größeren Bequemlichkeit für ihre kranke Tochter anzunehmen; und der Oberst stimmte mit Vergnügen einer gemeinsamen Einladung nach Barton von Mrs. Dashwood und Mrs. Jennings zu, die in ihrer unermüdlichen Hilfsbereitschaft im Namen anderer ebenso gastfreundlich war wie in ihrem eigenen, als Belohnung für seine Großzügigkeit in ein paar Wochen einen Besuch bei ihnen in der Cottage zu machen.

Der Tag der Trennung und des Aufbruchs kam heran, und nachdem Marianne so persönlich und ausführlich, so aufrichtig dankbar, mit soviel Achtung und so vielen guten Wünschen von Mrs. Jennings Abschied genommen, wie ihr eigenes Gewissen es ihr aufgrund des schweigenden Eingeständnisses früherer Versäumnisse nahelegte, und Oberst Brandon mit der Herzlichkeit alter Freundschaft auf Wiedersehen gesagt hatte, wurde sie von ihm behutsam in die Kutsche gesetzt, von der er in seiner Fürsorglichkeit mindestens die Hälfte für sie beschlagnahmte. Dann folgten Mrs. Dashwood und Elinor, und die anderen blieben zurück, sprachen über die Reisenden und wurden sich ihrer eigenen Langweiligkeit bewußt, bis Mrs. Jennings zu ihrer Kutsche gerufen wurde, um sich mit dem Klatsch ihrer Zofe über den Verlust ihrer beiden jungen Gefährtinnen hinwegzutrösten; und Oberst Brandon machte sich unmittelbar danach auf den einsamen Weg nach Delaford.

Die Dashwoods waren zwei Tage unterwegs, und an beiden ertrug Marianne die Reise ohne größere Erschöpfung. Um alles, was die umsichtigste Liebe, die fürsorglichste Pflege zu ihrem Wohlbefinden tun konnte, kümmerten sich ihre beiden aufmerksamen Begleiterinnen, und beide wurden durch Mariannes körperliches Wohlbehagen und ihre seelische Ausgeglichenheit belohnt. Elinor beobachtete vor allem die letztere mit besonderer Dankbarkeit. Sie, die Marianne Woche um Woche so beständig an ihrer Herzensnot hatte leiden sehen, die sie weder den Mut hatte auszusprechen noch die Kraft zu verbergen, beobachtete nun mit einer Freude, die sonst niemand mit ihr teilen konnte, Mariannes offensichtliche innere Gefaßtheit, die sie für das Ergebnis von ernstem Nachdenken hielt und die daher letzten Endes zu Zufriedenheit und Heiterkeit führen mußte. Als sie sich Barton und damit Landschaftsbildern näherten, wo jedes Feld und jeder Baum irgendeine persönliche, irgendeine schmerzliche Erinnerung wachrief, wurde sie allerdings schweigsam und nachdenklich, und das Gesicht von ihnen abwendend, saß sie sinnend da und sah aus dem Fenster. Aber darüber durfte sich Elinor weder wundern noch ihr Vorwürfe machen, und als sie Marianne aus der Kutsche half und merkte, daß sie geweint hatte, sah sie darin eine ganz natürliche Empfindung, die nichts anderes als zärtliches Mitgefühl hervorrufen konnte und in ihrer Zurückhaltung Lob verdiente. In der Folge spürte sie in ihrem ganzen Verhalten die Haltung eines Menschen, der sich zur Vernunft durchgerungen hat, denn kaum hatten sie das Wohnzimmer betreten, da sah sich Marianne mit einem Blick voll fester Standhaftigkeit um, als ob sie entschlossen sei, sich sofort an den Anblick all der Gegenstände zu gewöhnen, mit denen die Erinnerung an Willoughby verbunden war. Sie sagte wenig, aber mit jedem Satz bemühte sie sich um Heiterkeit, und obwohl ihr manchmal ein Seufzer entfuhr, geschah das nie ohne ein entschuldigendes Lächeln. Nach dem Dinner wollte sie ihr Klavier ausprobieren. Sie ging zu ihm hin, aber die Noten, auf die ihr Blick zuerst fiel, waren eine Oper, von Willoughby für sie besorgt, die einige ihrer Lieblingsduette enthielt und auf dem Umschlag ihren eigenen Namen in seiner Handschrift trug. Das kam nicht in Frage. Sie schüttelte den Kopf, legte die Noten beiseite, und nach ein paar kurzen Läufen über die Tasten klagte sie über Schwäche in den Fingern und schloß das Instrument wieder, erklärte dabei aber mit Entschiedenheit, sie wolle in Zukunft viel üben.

Der nächste Vormittag brachte kein Nachlassen dieser glückverheißenden Anzeichen, im Gegenteil. Da die Nachtruhe sie an Leib und Seele gestärkt hatte, blickte und sprach sie mit noch echterer Lebhaftigkeit, indem sie sich auf Margarets Rückkehr freute und von dem gemütlichen, dann wieder vollständigen Familienkreis und ihren gemeinsamen Beschäftigungen und fröhlicher Gesellschaft als dem einzigen wünschenswerten Glück sprach.

»Wenn das Wetter beständig ist und ich wieder bei Kräften bin«, sagte sie, »machen wir gemeinsam jeden Tag lange Spaziergänge. Wir gehen zu dem Bauernhof unterhalb der Wiesenhänge und sehen, was die Kinder machen; wir gehen zu Sir Johns neuen Pflanzungen in Barton Cross und nach Abbeyland, und wir gehen oft zu den alten Ruinen des Klosters und versuchen herauszufinden, wie weit die Fundamente früher gereicht haben. Ich weiß, wir werden glücklich sein. Ich weiß, der Sommer wird glücklich vergehen. Ich werde nie später als um sechs aufstehen, und von da an bis zum Dinner werde ich die Zeit zwischen Musik und Lesen teilen. Ich habe meine Pläne gemacht und bin entschlossen, mit einem ernsthaften Lernprogramm zu beginnen. Unsere eigene Bibliothek kenne ich zu gut, als daß sie mir mehr als bloße Unterhaltung bieten könnte, aber im Herrenhaus gibt es viele sehr lesenswerte Werke, und andere, modernere Bücher kann ich, wie ich weiß, von Oberst Brandon leihen. Wenn ich nur sechs Stunden pro Tag lese, habe ich im Laufe eines Jahres allerlei gelernt, was mir jetzt, wie ich deutlich spüre, fehlt.«

Elinor ehrte sie für einen Plan, der auf so edlen Motiven beruhte, obwohl sie lächeln mußte, daß dieselbe überschwengliche Einbildungskraft, die zu so viel schwermütiger Lustlosigkeit und so vielen egoistischen Klagen geführt hatte, jetzt für Übertreibung in einem Programm sorgte, das an sich auf vernünftiger Beschäftigung und beispielhafter Selbstbeherrschung beruhte. Elinors Lächeln verwandelte sich allerdings in einen Seufzer, als sie sich erinnerte, daß sie ihr Willoughby gegebenes Versprechen noch nicht erfüllt hatte, und sie fürchtete, sie mußte etwas berichten, das Marianne in neue Unruhe stürzen und wenigstens vorübergehend die angenehme Aussicht auf ausgefüllte Besinnlichkeit zerstören könnte. Gewillt, die böse Stunde hinauszuschieben, beschloß sie deshalb zu warten, bis die Gesundheit ihrer Schwester weniger anfällig war. Aber sie faßte den Entschluß nur, um ihn wieder aufzugeben.

Es vergingen zwei oder drei Tage seit Mariannes Rückkehr, bevor das Wetter für eine Rekonvaleszentin wie sie zum Ausgehen gut genug war. Aber schließlich brach ein milder, heiterer Tag an, wie er den Wünschen der Tochter und den Bedenken der Mutter entsprach, und Marianne erhielt die Erlaubnis, auf Elinors Arm gestützt, auf dem Weg vor dem Haus so lange auf und ab zu wandern, bis sie müde wurde.

Die Schwestern machten sich langsam auf den Weg, wie es Mariannes seit ihrer Krankheit nicht beanspruchten Körperkräften entsprach, und sie waren erst so weit vom Haus entfernt, daß sie einen freien Blick auf den Hügel, den wichtigen Hügel hinter der Cottage hatten, als Marianne, den Blick darauf gerichtet, stehenblieb und ruhig sagte:

»Dort, genau dort« – sie wies mit der Hand hin – »über den Buckel dort bin ich gestolpert, und dort habe ich Willoughby zum erstenmal gesehen.«

Ihre Stimme versagte bei der Erwähnung seines Namens, aber sie nahm sich augenblicklich zusammen und fügte hinzu:

»Ich bin dankbar, daß ich die Stelle mit so wenig Schmerz betrachten kann. Können wir je wieder davon sprechen, Elinor?« – sie sagte es zögernd – »oder ist es falsch? Ich kann *jetzt*, hoffe ich, darüber reden, wie es sich gehört.«

Elinor forderte sie zärtlich auf, sich auszusprechen.

»Bedauern«, sagte Marianne, »darüber bin ich hinaus, soweit es ihn betrifft. Ich will gar nicht mit dir darüber sprechen, was ich früher für ihn empfunden habe, sondern was ich *jetzt* für ihn empfinde. Wenn ich nur in einer Hinsicht sicher wäre, wenn ich glauben könnte, daß er nicht immer eine Rolle gespielt, mich nicht immer betrogen hat, aber vor allem, wenn ich wüßte, daß er nie ganz so verdorben war, wie ich es mir manchmal seit der Geschichte mit dem unglücklichen Mädchen in meiner Angst eingebildet habe.«

Sie hielt inne. Elinor hörte die Worte mit großer Freude und antwortete:

»Wenn du das wüßtest, meinst du, wärest du beruhigt?«

»Ja. Davon hängt mein Seelenfrieden auf doppelte Weise ab, denn es ist nicht nur schrecklich, einen Menschen, der einem das gewesen ist, was *er* mir war, solche Absichten zu unterstellen, sondern wie stehe ich dabei vor mir selber da? Nur eine ganz unverzeihlich leichtsinnige Zuneigung konnte mich in die Lage bringen, in der ich jetzt bin ...«

»Wie«, antwortete ihre Schwester, »erklärst du dir denn sein Verhalten?«

»Ich halte ihn ... Oh, wie gerne würde ich ihn nur für unbeständig halten, für sehr, sehr unbeständig.«

Elinor sagte nichts weiter. Sie überlegte, ob es ratsamer sei, ihrer Schwester ihre Geschichte gleich zu erzählen oder sie aufzuschieben, bis Marianne sich kräftiger fühlte, und sie bewegten sich ein paar Minuten schweigend im Schneckentempo vorwärts.

»Ich wünsche ihm ja nicht *zu*viel Gutes«, sagte Marianne mit einem Seufzer, »wenn ich ihm wünsche, daß seine geheimen Gedanken nicht unangenehmer sind als meine. Er leidet dabei trotzdem noch genug.«

»Vergleichst du dein Verhalten mit seinem?«

»Nein. Ich vergleiche es mit dem, was es hätte sein sollen; ich vergleiche es mit deinem.«

»Unsere Lage hatte so wenig Ähnlichkeit.«

»Sie hatte mehr Ähnlichkeit als unser Verhalten. Verteidige nicht aus Nachsicht, meine liebe Elinor, was dein Urteil verdammen muß. Während meiner Krankheit habe ich nachdenken können … habe ich Zeit und Ruhe zu ernsthaften Überlegungen gehabt. Lange bevor es mir so gut ging, daß ich wieder sprechen konnte, war ich meiner Gedanken völlig mächtig. Ich dachte über die Vergangenheit nach; ich sah in meinem eigenen Verhalten seit dem Beginn unserer Bekanntschaft mit ihm im vergangenen Herbst nichts als eine einzige Folge von unklugen Handlungen mir selbst und von Herzlosigkeit anderen gegenüber. Ich sah, daß meine eigenen Empfindungen mein Leiden verursacht hatten und daß mein Mangel an Widerstandskraft dabei mich fast ins Grab gebracht hätte. Meine Krankheit, das wußte ich genau, hatte ich nur mir selbst zuzuschreiben, und zwar durch eine solche Vernachlässigung meiner eigenen Gesundheit, daß ich sie schon damals als falsch empfand. Wäre ich gestorben – es wäre ein selbstzerstörerischer Akt gewesen. Ich kannte die Gefahr nicht, in der ich schwebte, ehe sie vorüber war, aber bei den Empfindungen, die diese Überlegungen hervorriefen, wundere ich mich über meine Genesung, wundere mich, daß gerade der unbändige Wille zu leben, Zeit für Reue meinem Gott und euch allen gegenüber zu haben, mich nicht auf der Stelle getötet hat. Wäre ich gestorben – wie unglücklich hätte ich besonders dich, meine Pflegerin, meine Freundin, meine Schwester zurückgelassen! Du, die in letzter Zeit meinen ganzen nörgelnden Egoismus, die Regungen meines Herzens miterlebt hat, wie hätte ich in deiner Erinnerung weitergelebt! Und auch meine Mutter! Wie hättest du sie trösten sollen! Ich kann für meine Abscheu vor mir selbst gar keine Worte finden. Immer wenn ich in die Vergangenheit zurückblickte, sah ich eine Pflicht, die ich vernachlässigt, oder eine Schwäche, der ich nachgegeben hatte. Alle haben unter mir gelitten. Die Güte, die unendliche Güte von Mrs. Jennings habe ich mit Undankbarkeit und Verachtung beantwortet. Den Middletons, den Palmers, den Steeles, sogar allen entfernten Bekannten gegenüber war ich unverschämt und ungerecht, ohne Verständnis für ihre Vorzüge und voller Gereiztheit gerade über ihre Aufmerksamkeiten. John, Fanny, ja sogar um sie, so wenig sie auch verdienen, habe ich mich weniger gekümmert, als es sich gehört. Aber dir, dir mehr als allen anderen, sogar mehr als meiner Mutter, habe ich Unrecht getan. Ich, und nur ich kannte dein Herz und deine Sorgen – und wozu hat mich das veranlaßt? Nicht einmal zu Mitgefühl, das dir oder mir zugute gekommen wäre. Ich hatte dein Beispiel vor Augen, aber wozu war es gut? Habe ich deshalb mehr Rücksicht auf dich und dein Wohlergehen genommen? Habe ich deine Geduld nachgeahmt oder dir irgendwelche Aufgaben abgenommen, indem ich mich beteiligt habe an den Pflichten, die die Höflichkeit im allgemeinen und die Dankbarkeit im besonderen erforderten, die du bisher ganz allein auf dich genommen hattest? Nein. Und ob ich dich für unglücklich oder für zufrieden hielt, weder Pflicht noch Freundschaft konnten mich zu Anstrengungen veranlassen; ich gestand niemandem außer mir Kummer zu, trauerte nur dem Herzen nach, das mich verlassen und mir Unrecht getan hatte, und überließ es dir, für die ich grenzenlose Liebe zu empfinden behauptete, um meinetwillen unglücklich zu sein.«

Hier brach der atemlose Redestrom ihrer Selbstvorwürfe ab, und Elinor, bemüht zu beschwichtigen, wenn auch zu ehrlich zu schmeicheln, spendete ihr unverzüglich Lob und Zuspruch, die ihre Offenheit und Reue so sehr verdienten. Marianne drückte ihr die Hand und erwiderte:

»Du bist so gut. Bei mir wird es erst die Zukunft beweisen. Ich habe meinen Plan gemacht, und wenn es mir gelingt, ihn auszuführen, dann werde ich meine Gefühle beherrschen und mein Temperament zügeln. Sie werden andere nicht mehr belästigen und mich nicht mehr quälen. Ich werde nun ganz für meine Familie dasein. Du, meine

Mutter und Margaret sollen mir künftig alles bedeuten; euch wird meine ganze Zuneigung gehören. Von euch, von meinem Zuhause soll mich in Zukunft nichts mehr weglocken, und wenn ich doch in Gesellschaft verkehre, dann nur um zu zeigen, daß ich meinen Hochmut aufgegeben, mein Herz geöffnet habe und daß ich all die Höflichkeiten, die kleinen Pflichten des Lebens mit Verständnis und Nachsicht ausüben kann. Und Willoughby – zu behaupten, daß ich ihn bald oder daß ich ihn jemals vergessen werde, wäre vergebens. Weder veränderte Umstände noch veränderte Einstellungen können die Erinnerung an ihn auslöschen. Aber sie soll nicht überhandnehmen, sie soll von Frömmigkeit, Vernunft und ständiger Beschäftigung beherrscht werden.«

Sie hielt inne und fügte mit gesenkter Stimme hinzu: »Wenn ich nur sein Herz kennte, würde alles leichter.«

Elinor, die schon seit einiger Zeit, ohne der Entscheidung nähergekommen zu sein, überlegte, ob es angebracht oder unangebracht sei, ihren Bericht unvermittelt zu riskieren, hörte dies, und da sie einsah, daß bloßes Nachdenken keine Probleme löste, ein Entschluß aber alle, fand sie sich bald mitten in ihrer Erzählung. Sie entledigte sich der Aufgabe, wie sie hoffte, mit Takt, indem sie ihre gespannte Zuhörerin behutsam vorbereitete, die wesentlichen Punkte, auf die Willoughby seine Entschuldigung stützte, einfach und ehrlich darstellte, seiner Reue Gerechtigkeit widerfahren ließ und lediglich die Versicherungen seiner anhaltenden Neigung abschwächte. Marianne sagte kein Wort. Sie zitterte, ihre Augen waren zu Boden gerichtet, und ihre Lippen wurden noch weißer, als sie von der Krankheit ohnehin schon waren. Tausend Fragen drängten sich ihr auf, aber sie wagte nicht, eine zu äußern. Sie lauschte jeder Silbe mit atemloser Spannung; unwissentlich drückte ihre Hand die ihrer Schwester, und Tränen liefen ihre Wangen hinunter.

Aus Angst, sie könne ermüden, führte Elinor sie zum Haus zurück, und da sie sich leicht vorstellen konnte, wie neugierig sie sein mußte, obwohl sie dies durch keine Frage auszudrücken wagte, sprach sie, bis sie die Tür des Hauses erreicht hatten, von nichts anderem als Willoughby und ihrer Unterhaltung mit ihm und gab sorgfältig jede Einzelheit seiner Erzählung und seines Aussehens dabei wieder, wo diese Einzelheiten ihr unverfänglich erschienen. Sobald sie das Haus betreten hatten, ließ Marianne ihre Schwester mit einem Kuß voller Dankbarkeit und den durch ihre Tränen kaum verständlichen Worten »Erzähl Mama davon« allein und ging langsam die Treppe hinauf. Elinor machte keinen Versuch, die sinnvolle Einsamkeit, die sie suchte, zu stören, und während sie in Gedanken ungeduldig das Ergebnis vorausnahm und sich entschloß, das Thema wieder anzuschneiden, falls es Marianne nicht tun sollte, betrat sie das Wohnzimmer, um ihre Abschiedsbitte zu erfüllen.

Kapitel 48

Mrs. Dashwood hörte die Rechtfertigung ihres früheren Günstlings nicht ohne Rührung. Sie freute sich von Herzen, daß er mindestens von einem Teil der ihm unterstellten Schuld freigesprochen werden konnte; sie bedauerte ihn, sie wünschte ihm alles Gute. Aber die früheren Empfindungen für ihn wollten sich nicht wieder einstellen. Nichts konnte seinen Treuebruch und seine Charakterschwäche rückgängig machen und ihn Marianne wiedergeben. Nichts konnte das Wissen auslöschen, was sie durch ihn gelitten hatte, oder sein unverantwortliches Verhalten Eliza gegenüber beseitigen. Nichts konnte ihm deshalb ihre frühere Sympathie wiedergewinnen oder Oberst Brandons Interessen beeinträchtigen.
Hätte Mrs. Dashwood wie ihre Tochter Willoughbys Geschichte von ihm selbst gehört, wäre sie Zeuge seiner Verzweiflung und unter dem unmittelbaren Eindruck seines Gesichtsausdrucks und seines Benehmens gewesen, dann

wäre ihr Mitgefühl mit ihm wahrscheinlich größer gewesen. Aber es stand weder in Elinors Macht, noch entsprach es ihrem Wunsch, Gefühle, wie sie sie bei seiner ausführlichen Erzählung zuerst empfunden hatte, in anderen zu wecken. Nachdenken hatte sie besonnener gemacht, und sie sah Willoughbys Verfehlungen mit nüchterneren Augen an. Ihr lag lediglich daran, die schlichte Wahrheit wiederzugeben und ohne gefühlvolle Ausschmückungen, die die Fantasie in die Irre führten, nur solche Tatsachen darzustellen, die seinem Charakter wirklich entsprachen.

Als sie abends alle drei wieder zusammen waren, fing Marianne freiwillig wieder von ihm zu sprechen an, aber daß es sie einige Mühe kostete, ging aus der unruhigen, gespannten Nachdenklichkeit, in der sie vorher eine ganze Zeitlang dagesessen hatte, der Röte, die ihr ins Gesicht stieg, und ihrer unsicheren Stimme deutlich hervor.

»Ich möchte euch beiden versichern«, sagte sie, »daß ich alles so sehe, wie ihr es von mir erwarten könnt.«

Mrs. Dashwood hätte sie auf der Stelle mit einer beschwichtigenden zärtlichen Geste unterbrochen, hätte Elinor, die gerne die unvoreingenommene Meinung ihrer Schwester hören wollte, sie nicht schnell mit einem Zeichen zum Schweigen gebracht. Marianne fuhr langsam fort:

»Es ist eine große Erleichterung für mich … was mir Elinor heute vormittag erzählt hat … ich habe nun genau das gehört, was ich hören wollte.« Die Stimme versagte ihr vorübergehend, aber sie faßte sich wieder und fügte mit größerer Ruhe als vorher hinzu: »Nun bin ich vollkommen zufrieden und wünsche mir nichts anderes. Ich wäre nie mit ihm glücklich geworden, wenn ich all dies erfahren hätte – und früher oder später wäre das der Fall gewesen. Ich hätte kein Vertrauen, keine Achtung gehabt. Ich wäre nie darüber hinweggekommen.«

»Ich weiß, ich weiß«, rief ihre Mutter, »glücklich mit einem Mann von so lockerem Lebenswandel! Mit jemandem, der den Frieden unseres liebsten Freundes und des anständigsten Charakters zerstört hat! Nein, meine Marianne hat kein Herz, das mit solch einem Mann glücklich werden könnte. Ihr Gewissen, ihr sensibles Gewissen hätte all das empfunden, was das Gewissen ihres Mannes hätte empfinden sollen.«

Marianne seufzte und wiederholte: »Ich wünsche mir nichts anderes.«

»Du siehst die Sache genau so«, sagte Elinor, »wie man sie mit nüchternem Verstand und klarer Einsicht sehen muß, und ich vermute, du siehst wie ich nicht nur hierin, sondern in vielen anderen Umständen Grund genug zu der Überzeugung, daß deine Heirat auf jeden Fall viele Sorgen und Enttäuschungen mit sich gebracht hätte, in denen du an seiner so viel weniger verläßlichen Neigung wohl kaum eine Stütze gehabt hättest. Hättest du ihn geheiratet, du wärest immer arm gewesen. Seine Verschwendungssucht gibt er sogar selber zu, und sein ganzes Verhalten macht klar, daß ihm das Wort ›Selbstverleugnung‹ kaum geläufig ist. Seine Ansprüche und deine Unerfahrenheit bei einem geringen, sehr geringen Einkommen hätten euch in eine Lage gebracht, die für dich dadurch nicht weniger drückend geworden wäre, daß du vorher nichts davon wußtest und nicht damit rechnetest. Dein Sinn für Ehre und Anstand hätten dich, sobald du dir über deine Situation im klaren gewesen wärest, doch dazu verleitet, so sparsam wie möglich zu wirtschaften, und vielleicht wärest du sogar damit durchgekommen, solange du durch diese Sparmaßnahmen deine eigenen Ansprüche eingeschränkt hättest, aber darüber hinaus ... und wie hätte auch die strikteste Haushaltsführung deinerseits den Ruin aufhalten können, der schon vor deiner Hochzeit begonnen hätte? Hättest du darüber hinaus, und sei es aus noch so triftigen Gründen, versucht, seine Vergnügungen zu beschneiden, muß man dann nicht befürchten, daß du, anstatt bei seinem Egoismus seine Zustimmung zu gewinnen, dir nur den Zugang zu seinem Herzen erschwert und ihn dazu veranlaßt hättest, die Verbindung zu bedauern, die ihn in so viele Schwierigkeiten stürzte?«

Mariannes Lippen bebten, und sie wiederholte das Wort ›Egoismus‹ in einem Ton, der besagte: ›Hältst du ihn wirklich für egoistisch?‹

»Sein gesamtes Verhalten«, antwortete Elinor, »von Anfang bis Ende der Geschichte basierte auf Egoismus. Was ihn zuerst mit deinen Gefühlen spielen ließ, war Egoismus, der ihn später, als er dich liebte, dazu veranlaßte, sein Liebesgeständnis zu verschieben, und der ihn schließlich dazu bewegte, Barton zu verlassen. Sein eigenes Vergnügen oder seine eigene Behaglichkeit waren in jedem Augenblick seine oberste Richtschnur.«

»Das stimmt. *Mein* Glück lag ihm nie am Herzen.«

»Jetzt«, fuhr Elinor fort, »bedauert er, was er getan hat. Und warum bedauert er es? Weil er merkt, es hat sich für ihn nicht ausgezahlt. Er ist nicht glücklich dabei geworden. Finanziell ist er nicht mehr in Verlegenheit, darin besteht das Übel nicht. Er findet nur, daß er eine Frau geheiratet hat, die weniger liebenswert ist als du. Aber folgt daraus denn, daß er glücklich geworden wäre, wenn er dich geheiratet hätte? Es wären andere Probleme aufgetaucht. Er hätte unter dem Geldmangel gelitten, der jetzt, wo er davon befreit ist, nicht zählt. Er hätte zwar eine Frau gehabt, über deren Launen zu klagen er keinen Grund gehabt hätte, aber er wäre immer mittellos, immer arm gewesen und hätte vermutlich bald angefangen, den zahllosen Annehmlichkeiten eines schuldenfreien Besitzes und eines guten Einkommens weit größere Bedeutung zuzumessen als den Launen einer Ehefrau.«

»Ich zweifle nicht daran«, sagte Marianne, »und ich bereue nichts – nichts als meine eigene Leichtgläubigkeit.«

»Sag lieber, die Unklugheit deiner Mutter, mein Kind«, sagte Mrs. Dashwood. »*Sie* ist verantwortlich.«

Marianne ließ sie nicht weitersprechen, und Elinor, die zufrieden war, daß beide sich ihre eigenen Fehler eingestanden, wollte unbedingt einen Rückblick auf die Vergangenheit vermeiden, der die seelische Ausgeglichenheit

ihrer Schwester beeinträchtigen konnte. Um auf das erste Thema zurückzukommen, fuhr sie deshalb unmittelbar fort:
»*Eine* Folgerung, kann man, glaube ich, ohne weiteres aus der ganzen Geschichte ziehen: Daß alle Schwierigkeiten Willoughbys sich aus seinem ersten Verstoß gegen die Moral ergeben haben, aus seinem Verhalten gegen Eliza Williams. Dieses Vergehen ist der Ursprung aller dann folgenden geringeren und seiner ganzen gegenwärtigen Unzufriedenheit.«
Marianne stimmte dieser Bemerkung von ganzem Herzen zu, und ihre Mutter wurde dadurch zu einer Aufzählung von Oberst Brandons Kränkungen und Verdiensten veranlaßt, wie nur Freundschaft und Berechnung sie gemeinsam eingeben konnten. Ihre Tochter sah allerdings nicht aus, als ob sie viel davon hörte.
Wie erwartet, beobachtete Elinor an den folgenden zwei oder drei Tagen, daß Marianne nicht wie bisher an Kräften zunahm, aber solange sie an ihrem Entschluß festhielt und einen heiteren und entspannten Eindruck zu machen versuchte, konnte sich ihre Schwester auf den heilenden Einfluß der Zeit bei ihrer Gesundung verlassen.
Margaret kehrte zurück, und die Familie war wieder vereinigt, wieder friedlich in ihrer Cottage zusammen, und wenn sie auch ihren üblichen Beschäftigungen nicht mit ganz soviel Eifer nachgingen wie bei ihrer Ankunft in Barton, so machten sie doch Pläne, in Zukunft eifriger bei der Sache zu sein.
Elinor wartete ungeduldig auf Nachrichten von Edward. Sie hatte seit ihrer Abreise von London nichts von ihm gehört, nichts Neues über seine Pläne und auch nichts Gewisses über seinen gegenwärtigen Aufenthalt. Infolge von Mariannes Krankheit hatte sie einige Briefe mit ihrem Bruder gewechselt, und in Johns erstem hatte folgender Satz gestanden: »Wir wissen nichts von unserem unglückseligen Edward und können über ein so unstatthaftes Thema auch keine Erkundigungen anstellen, vermuten aber, daß er noch in Oxford ist«, und das war alles,

was sie aus dem Briefwechsel über Edward erfuhr, denn in den folgenden Briefen wurde sein Name nicht einmal erwähnt. Sie blieb allerdings über seine Absichten nicht lange im dunkeln.

Ihr Diener war eines Vormittags in Geschäften nach Exeter geschickt worden, und als er beim Servieren am Tisch die Fragen seiner Herrin über seinen Auftrag zufriedenstellend beantwortet hatte, gab er freiwillig folgende Information:

»Ich nehme an, Sie wissen, Ma'am, Mr. Ferrars hat geheiratet?«

Marianne fuhr erschrocken auf, starrte Elinor an, sah sie blaß werden und fiel in einem hysterischen Anfall in ihren Stuhl zurück. Mrs. Dashwood, die sich ihr, als sie die Frage des Dieners beantwortete, unwillkürlich auch zugewandt hatte, erkannte an Elinors Gesicht mit Schrecken, wie sehr sie in Wirklichkeit unter der Nachricht litt, und wußte einen Augenblick später in ihrer gleichzeitigen Bestürzung über Mariannes Zustand nicht, welchem ihrer Kinder sie sich zuerst widmen sollte.

Der Diener, der nur sah, daß es Marianne nicht gut ging, hatte Geistesgegenwart genug, eins der Hausmädchen zu rufen, das sie mit Mrs. Dashwoods Hilfe ins Nebenzimmer führte. Inzwischen hatte Marianne sich wieder einigermaßen erholt, und ihre Mutter überließ es Margaret und dem Mädchen, sich um sie zu kümmern, und kehrte zu Elinor zurück, die, obwohl noch immer ziemlich verstört, ihre Fassung und ihre Stimme soweit wiedergewonnen hatte, daß sie gerade Thomas fragen wollte, woher er die Nachricht habe. Mrs. Dashwood nahm diese Mühe sofort selber auf sich, und Elinor kam in den Genuß der Auskunft ohne die Anstrengung, selbst zu fragen.

»Woher wissen Sie, daß Mr. Ferrars geheiratet hat, Thomas?«

»Ich hab Mr. Ferrars heut vormittag in Exeter selber gesehen, Ma'am, und seine Frau auch, die Miss Steele von früher. Sie hielten in 'ne Kutsche vorm Gasthof ›New London‹, wie ich dahin mit 'ner Nachricht von Sally vom

Herrenhaus an ihren Bruder kam, der is Botenjunge. Ich guck zufällig hoch wie ich an die Kutsche vorbeikomm, und da seh ich gleich, das is die junge Miss Steele, also nehm ich mein' Hut ab, und da erkennt sie mich und ruft mich und fragt nach Ihnen, Ma'am, und nach die jungen Damen, besonders Miss Marianne, und da sagt sie, ich soll ihre Empfehlungen ausrichten und Mr. Ferrars' seine auch, ihre besten Empfehlungen und ergebensten Diener, und es tut ihnen leid, sagt sie, daß sie keine Zeit haben, vorbeizukommen, denn sie wolln 'ne Weile da unten bleiben, aber trotzdem, wenn sie wiederkommen, sagt sie, kommen sie bestimmt vorbei und besuchen Sie.«

»Aber hat sie Ihnen gesagt, daß sie verheiratet ist, Thomas?«

»Ja, Ma'am, sie lächelt und sagt, wie sie ihren Namen geändert hat, seit sie in unsere Gegend is. Sie war immer so 'ne nette junge Dame, geradeheraus und sehr anständig. Da hab ich mir erlaubt, ihr alles Gute zu wünschen.«

»War Mr. Ferrars auch in der Kutsche?«

»Ja, Ma'am, ich konnt grade sehen, wie er sich zurücklehnt, aber er sah gar nicht hoch. Er war nie einer der redseligsten.«

Elinor begriff sehr gut, warum er sich so zurückgehalten hatte, und Mrs. Dashwood hatte offenbar dieselbe Erklärung gefunden.

»War sonst niemand in der Kutsche?«

»Nee, Ma'am, nur die beiden.«

»Wissen Sie, woher sie kamen?«

»Sie kamen direkt aus London, wie Miss Lucy … wie Mrs. Ferrars sagte.«

»Und fahren sie weiter nach Westen?«

»Ja, Ma'am, aber sie bleiben nicht lange. Sie kommen bald wieder, und dann würden sie bestimmt vorbeikommen und Sie besuchen.«

Mrs. Dashwood warf ihrer Tochter nun einen Blick zu, aber Elinor rechnete keineswegs mit den beiden. Die Nachricht klang ganz nach Lucy, und sie war so gut wie sicher, daß Edward nicht in ihre Nähe kommen würde.

Sie bemerkte mit leiser Stimme zu ihrer Mutter, daß sie wahrscheinlich auf dem Weg zu Mr. Pratt in der Nähe von Plymouth seien.
Thomas war anscheinend mit seinem Bericht zu Ende. Elinor sah aus, als hätte sie gern noch mehr gehört.
»Haben Sie sie abfahren sehen, bevor Sie weggegangen sind?«
»Nein, Ma'am, die Pferde kamen grade raus, aber ich konnt' nicht mehr bleiben; ich hatte Angst, ich würde zu spät kommen.«
»Ging es Mrs. Ferrars gut?«
»Ja, Ma'am, sie sagt, es geht ihr gut, und ich fand sie immer eine sehr hübsche junge Dame, und sie machte einen ganz zufriedenen Eindruck.«
Mrs. Dashwood fielen keine weiteren Fragen ein, und Thomas und das Eßgeschirr, beide nun gleichermaßen überflüssig, wurden bald hinausgeschickt. Marianne hatte schon Bescheid sagen lassen, daß sie nichts mehr essen wolle. Mrs. Dashwood und Elinor war der Appetit auch vergangen, und Margaret konnte sich glücklich schätzen, daß sie bei dem vielen Ärger, den ihre beiden Schwestern in letzter Zeit durchgemacht hatten, und bei den vielen Anlässen, die sie hatten, keinen Appetit zu haben, bisher nie gezwungen gewesen war, hungrig vom Tisch aufzustehen.
Als das Dessert und der Wein serviert waren und Mrs. Dashwood und Elinor allein zurückblieben, saßen sie lange in ähnliche Gedanken versunken und schweigend da. Mrs. Dashwood fürchtete, etwas zu dem Thema zu sagen, und wagte nicht, ihr Trost zuzusprechen. Sie merkte nun, daß es ein Fehler gewesen war, sich nur auf Elinors eigene Darstellung ihrer Erlebnisse zu verlassen, und schloß zu Recht, daß damals alles absichtlich heruntergespielt worden war, um ihr selbst noch größeren Kummer zu ersparen, da sie um Mariannes willen schon so gelitten hatte. Sie merkte, daß sie durch die rücksichtsvolle, wohlüberlegte Aufmerksamkeit ihrer Tochter dazu verleitet worden war, die Beziehung, die sie früher so gut verstanden hatte, für weniger ernst zu halten, als sie bisher angenom-

men hatte oder als sich jetzt herausstellte. Sie fürchtete, daß sie in dieser Überzeugung ungerecht, unaufmerksam, ja fast herzlos zu Elinor gewesen war, daß Mariannes Kummer, weil er für sie sichtbarer, eindringlicher gewesen war, ihre mütterliche Zärtlichkeit zu sehr beansprucht und sie dazu verführt hatte zu vergessen, daß sie in Elinor eine Tochter hatte, die beinahe ebensosehr litt, jedenfalls mit weniger Aufwand und größerer Tapferkeit.

Kapitel 49

Elinor begriff nun den Unterschied zwischen der Erwartung eines unangenehmen Ereignisses, wie sehr man sich auch darauf eingestellt hat, und dem Eintreten selbst. Sie begriff, daß sie, solange Edward unverheiratet war, unbewußt immer die Hoffnung gehegt hatte, daß irgend etwas seine Heirat mit Lucy verhindern würde, daß ein Entschluß seinerseits, die Vermittlung von Freunden oder eine bessere Heiratschance für die Dame sich ergeben würden, um dem Glück aller zu dienen. Aber nun war er verheiratet, und sie machte sich Vorwürfe, sich insgeheim Illusionen hingegeben zu haben, die die Nachricht so viel schmerzlicher machten.

Daß er so bald geheiratet haben sollte, bevor er (wie sie glaubte) seine Ordination haben und daher im Besitz der Pfarrstelle sein konnte, überraschte sie zu Anfang ein wenig. Aber sie sah bald ein, wie wahrscheinlich es war, daß Lucy in ihrer umsichtigen Selbstsucht und ihrer Eile, sich seiner zu versichern, alles, nur nicht das Risiko der Verzögerung eingegangen war. Sie hatten geheiratet, hatten in London geheiratet und waren nun auf dem Weg nach Süden zu ihrem Onkel. Was hatte Edward wohl empfunden, als er nur vier Meilen von Barton entfernt war, als er den Diener ihrer Mutter erblickte, als er Lucys Nachricht mit anhörte!

Sie würden bald, so nahm sie an, in Delaford wohnen – in Delaford, dem Ort, auf den alles wie auf geheime Verabredung ihr Interesse lenkte, den sie so gerne kennengelernt hätte und doch zu meiden wünschte. Sie sah sie augenblicklich in ihrem Pfarrhaus, sah Lucy als geschäftige, erfinderische Hausfrau, die den Wunsch nach elegantem Auftreten mit der äußersten Anspruchslosigkeit zu vereinigen wußte und sich geschämt hätte, wenn man ihren Sparmaßnahmen irgendwie auf die Schliche gekommen wäre, die bei allem immer nur ihr eigenes Interesse verfolgte und um die Gunst von Oberst Brandon, von Mrs. Jennings, von all ihren reichen Freunden buhlte. Elinor wußte nicht recht, als was sie Edward sah oder sehen wollte – glücklich oder unglücklich, nichts gefiel ihr; sie wandte sich von jedem Bild ab, das sie in Gedanken entwarf.
Elinor rechnete damit, daß irgendeiner ihrer Bekannten in London schreiben würde, um ihnen das Ereignis mitzuteilen und ihnen Einzelheiten zu berichten, aber Tag für Tag verging, ohne daß ein Brief, eine Nachricht eintraf. Obwohl sie nicht wußte, ob jemand Bestimmtes die Schuld hatte, machte sie alle abwesenden Freunde verantwortlich. Sie waren alle gedankenlos oder gleichgültig.
»Wann schreibst du an Oberst Brandon, Mutter?« war eine Frage, die der Ungeduld entsprang, überhaupt etwas zu unternehmen.
»Ich habe ihm letzte Woche geschrieben, mein Kind, und ich erwarte eigentlich, ihn zu sehen, statt von ihm zu hören. Ich habe ihn dringend eingeladen, zu uns zu kommen, und wäre gar nicht überrascht, wenn er heute oder morgen oder jede Minute zur Tür hereinkäme.«
Das war immerhin etwas – etwas, worauf man sich freuen konnte. Oberst Brandon mußte doch irgend etwas wissen.
Kaum hatte sie das bei sich beschlossen, als die Gestalt eines Reiters ihre Aufmerksamkeit zum Fenster lenkte. Er hielt am Tor. Es war ein Herr, es war tatsächlich Oberst Brandon. Nun würde sie mehr erfahren, und sie zitterte

vor Erwartung. Aber – es war nicht Oberst Brandon, weder der Erscheinung noch der Größe nach. Wäre es möglich, dann hätte sie ihn für Edward gehalten. Sie sah genauer hin. Er war gerade abgestiegen; ein Irrtum war ausgeschlossen – es *war* Edward. Sie ging vom Fenster weg und setzte sich. ›Er kommt extra von Mr. Pratt, um uns zu besuchen. Ich werde ganz ruhig sein. Ich werde mich beherrschen.‹

Einen Augenblick später wurde ihr klar, daß auch die anderen den Irrtum bemerkt hatten. Sie sah, wie ihre Mutter und Marianne die Farbe wechselten, sah, wie sie ihr einen Blick zuwarfen und sich ein paar Sätze zuflüsterten. Sie hätte etwas darum gegeben, sprechen zu können, um ihnen begreiflich zu machen, daß sie hoffte, sie würden ihn nicht kühl oder herablassend behandeln; aber es hatte ihr die Sprache verschlagen, und sie mußte es ihrem Taktgefühl überlassen.

Nicht ein Wort wurde gesprochen. Sie warteten schweigend auf das Erscheinen ihres Besuchers. Man hörte seine Fußtritte auf dem Kiesweg, einen Augenblick später war er im Flur, im nächsten Augenblick stand er vor ihnen.

Das Gesicht, das er beim Betreten des Zimmers machte, war nicht gerade glücklich, nicht einmal in Elinors Augen. Er war blaß vor Erregung und sah aus, als ob er nicht mit einem freundlichen Empfang rechnete und sich auch bewußt war, ihn nicht zu verdienen. Mrs. Dashwood aber sah ihn in der Gewißheit, damit den Wünschen *der* Tochter zu entsprechen, von der sie sich in ihrem Herzen ganz und gar leiten lassen wollte, mit einem Blick voll gezwungenem Wohlwollen an, reichte ihm die Hand und beglückwünschte ihn.

Er wurde rot und stammelte eine unverständliche Antwort. Elinors Lippen hatten sich zugleich mit denen ihrer Mutter bewegt, und als die Begrüßung vorüber war, wünschte sie, daß auch sie ihm die Hand gegeben hätte. Aber da war es zu spät, und mit einem Ausdruck, der Entgegenkommen zeigen sollte, setzte sie sich wieder und sprach vom Wetter.

Marianne war so weit wie möglich außer Sichtweite gerückt, um ihre Bestürzung zu verbergen; und Margaret, die einiges, aber nicht alles von der Sache verstand, hielt es für angebracht, sich würdig zu benehmen, nahm deshalb möglichst weit von ihm entfernt Platz und bewahrte striktes Schweigen.
Als Elinor aufgehört hatte, sich über die Trockenheit der Jahreszeit zu freuen, trat eine außerordentlich peinliche Pause ein. Sie wurde von Mrs. Dashwood beendet, die sich für verpflichtet hielt zu fragen, ob es Mrs. Ferrars gut gehe. Überstürzt bestätigte er es.
Wieder eine Pause.
Obwohl Elinor den Klang ihrer eigenen Stimme fürchtete, entschloß sie sich, einzuspringen, und sie sagte deshalb:
»Ist Mrs. Ferrars in Longstaple?«
»In Longstaple!« erwiderte er mit Überraschung. »Nein, meine Mutter ist in London.«
»Ich meine«, sagte Elinor und nahm eine Handarbeit vom Tisch auf, »Mrs. *Edward* Ferrars.«
Sie wagte nicht aufzusehen, aber ihre Mutter und Marianne richteten ihre Augen auf ihn. Er wurde rot, war anscheinend verblüfft, sah sie fragend an und sagte nach einigem Zögern:
»Vielleicht meinen Sie ... meinen Bruder ... Sie meinen Mrs. ... Mrs. *Robert* Ferrars.«
»Mrs. Robert Ferrars!« wiederholten ihre Mutter und Marianne in höchstem Erstaunen wie aus einem Mund, und obwohl Elinor unfähig war zu sprechen, starrte sogar sie ihn ebenso ungläubig und ungeduldig an. Er stand auf und ging ans Fenster, weil er offensichtlich nicht wußte, was er tun sollte, nahm eine Schere, die dort lag, und ohne sie und ihr Etui zu schonen, schnitt er es beim Sprechen in Stücke und sagte überstürzt:
»Vielleicht wissen Sie gar nicht ... Sie haben womöglich gar nicht gehört, daß mein Bruder vor kurzem geheiratet hat ... die jüngere ... Miss Lucy Steele.«
Seine Worte wurden mit unaussprechlichem Erstaunen von allen außer Elinor wiederholt, die über ihrer Arbeit in

solcher Erregung dasaß, daß sie kaum wußte, wo sie war.
»Ja«, sagte er, »sie haben letzte Woche geheiratet und sind nun in Dawlish.«
Elinor konnte es nicht länger aushalten. Sie lief fast aus dem Zimmer und brach, sobald die Tür sich hinter ihr geschlossen hatte, in Freudentränen aus, die, wie es ihr zuerst vorkam, gar nicht wieder aufhören wollten. Edward, der bis dahin überallhin, nur nicht auf sie geblickt hatte, sah sie hinauseilen und sah vielleicht oder hörte sogar ihren Gefühlsausbruch, denn er verfiel unmittelbar darauf ins Grübeln, das Mrs. Dashwood mit keinerlei Bemerkungen, keinerlei Fragen, keinerlei liebevoller Anrede durchdringen konnte, und verließ schließlich, ohne ein weiteres Wort zu sagen, das Zimmer und ging auf das Dorf zu, wobei er die anderen in der größten Überraschung und Betroffenheit über eine so wunderbare und so plötzliche Wendung der Dinge zurückließ – eine Betroffenheit, die sie nur durch ihre eigenen Vermutungen beenden konnten.

Kapitel 50

So unbegreiflich die Umstände seiner Erlösung der ganzen Familie auch erscheinen mochten, es stand fest, daß Edward frei war, und wozu diese Freiheit dienen würde, konnten sich alle leicht ausmalen; denn nachdem er die Segnungen *einer* unklugen Verlobung, die er ohne die Zustimmung seiner Mutter eingegangen war, schließlich über vier Jahre lang genossen hatte, konnte man von ihm nach ihrem Scheitern nichts anderes erwarten, als daß er sogleich eine neue eingehen würde.
Sein Anliegen in Barton war wirklich ganz einfach. Er wollte Elinor lediglich bitten, ihn zu heiraten; und wenn man bedenkt, daß er darin nicht gänzlich unerfahren war,

dann berührt es fast eigenartig, daß er sich in diesem Fall so schwer tat und so dringend Ermutigung und frische Luft brauchte.

Wie bald er sich allerdings die richtige Entschlußkraft angelaufen hatte, wie bald sich eine Gelegenheit bot, sie in die Tat umzusetzen, auf welche Weise er sich ausdrückte und welchen Erfolg er damit hatte, braucht nicht im einzelnen erzählt zu werden. Nur soviel muß gesagt werden: Als sie sich um vier Uhr, ungefähr drei Stunden nach seiner Ankunft, alle zu Tisch setzten, war er der Dame seines Herzens gewiß, hatte die Zustimmung ihrer Mutter eingeholt und war nicht nur seinen feurigen Liebesbekenntnissen nach, sondern auch in aller Nüchternheit und Wahrhaftigkeit einer der glücklichsten Männer der Welt. Er hatte wirklich Anlaß zu übergroßer Freude. Es war mehr als der übliche Triumph des erhörten Liebhabers, der sein Herz schwellte und seine Stimmung beflügelte. Er war, ohne sich selbst Vorwürfe machen zu müssen, aus einer Zwangslage, die schon lange sein ganzes Unglück ausmachte, von einer Frau, die er schon längst nicht mehr liebte, befreit worden und dabei gleichzeitig in den Besitz einer anderen gelangt, die zu erwerben ihm aussichtslos erschienen sein mußte, sobald sie ihm begehrenswert erschien. Er erhob sich nicht aus einer zweifelhaften oder unsicheren, sondern aus einer hoffnungslosen Lage zu seinem Glück, und der Wandel drückte sich in einer so echten, beredten, dankbaren Heiterkeit aus, wie seine Freunde sie an ihm zuvor nie erlebt hatten.

Sein Herz vertraute sich nun Elinor ganz an, und all seine Schwächen, all seine Fehler und seine naive jugendliche Zuneigung zu Lucy wurden mit der würdigen Gelassenheit eines Vierundzwanzigjährigen behandelt.

»Bei mir war es eine dumme, alberne Neigung«, sagte er, »die Folge von Unerfahrenheit und Mangel an Beschäftigung. Hätte meine Mutter mir eine ernsthaftere Tätigkeit gegeben, als ich mit achtzehn aus Mr. Pratts Vormundschaft entlassen wurde, dann wäre es vermutlich, nein, ganz bestimmt nicht geschehen, denn obwohl ich Longstaple, wie ich damals glaubte, mit einer unüberwindlichen Vorliebe für seine Nichte verließ – hätte ich irgendein Ziel, irgendeine Tätigkeit gehabt, die meine Zeit in Anspruch genommen und mich einige Monate lang von ihr ferngehalten hätte, dann hätte ich diese eingebildete Zuneigung sehr bald überwunden, vor allem dadurch, daß ich mich mehr in Gesellschaft bewegt hätte, was bestimmt der Fall gewesen wäre. Aber statt daß ich etwas tun, statt daß ich einen Beruf ausüben oder selbst aussuchen durfte, kehrte ich völlig untätig nach Hause zurück, und die ersten zwölf Monate war ich nicht einmal pro forma beschäftigt, indem ich einer Universität angehörte, denn ich wurde erst in Oxford immatrikuliert, als ich neunzehn war. Ich hatte daher auf der Welt nichts anderes zu tun, als mir einzubilden, daß ich verliebt sei; und da meine Mutter mein Zuhause nicht besonders behaglich machte, da ich an meinem Bruder keinen Freund, keinen Gefährten hatte und neue Bekanntschaften ungern einging, war es nur natürlich, daß ich so oft in Longstaple war, wo ich mich immer zu Hause fühlte und immer willkommen war; und dementsprechend verbrachte ich den größten Teil meiner Zeit zwischen achtzehn und neunzehn dort. Lucy erschien mir in jeder Hinsicht liebenswert und zuvorkommend. Sie war auch hübsch – jedenfalls fand ich das *damals*, und ich hatte so wenige Frauen kennengelernt, daß ich keine Vergleiche anstellen und keine Fehler wahrnehmen konnte. Wenn man deshalb alles bedenkt, dann hoffe ich, daß unsere Verlobung, so unklug sie war und als so unklug sie sich in jeder Beziehung erwiesen hat, damals doch nicht so verwunderlich oder eine so unverzeihlich törichte Handlung war.«

Die Veränderung, die innerhalb von wenigen Stunden im Bewußtsein und den Lebensumständen der Dashwoods stattgefunden hatte, war so groß, daß ihnen das Vergnügen einer schlaflosen Nacht bevorstand. Mrs. Dashwood, zu glücklich, um gleichmütig zu sein, wußte gar nicht, wie sie Elinor genug lieben und Edward genug loben, wie sie dankbar genug für seine Befreiung sein sollte, ohne seine

Gefühle zu verletzen, oder wie sie ihnen Gelegenheit zum Gespräch unter vier Augen geben und doch, was ihr am liebsten gewesen wäre, ihrer beider Anblick und ihre Gesellschaft genießen konnte.
Marianne konnte ihr Glück nur durch Tränen ausdrükken. Sie mußte Vergleiche anstellen, Bedauern empfinden, und trotz aller ehrlichen Liebe zu ihrer Schwester konnte sich ihre Freude nicht recht in Überschwenglichkeit und vielen Worten äußern.
Aber Elinor – wie kann man ihre Empfindungen beschreiben? Von dem Augenblick an, als sie erfuhr, daß Lucy mit einem anderen verheiratet, daß Edward frei war, bis zu dem Augenblick, wo er die Hoffnungen erfüllte, die so unmittelbar geweckt worden waren, wechselte ihre seelische Verfassung ständig; aber gelassen war sie nie. Als dieser zweite Augenblick jedoch vorüber, als in ihren Augen jeder Zweifel, jede Unruhe beseitigt war, als sie ihre Lage mit der verglich, in der sie sich eben noch befunden hatte, erlebte, wie er in allen Ehren aus seiner früheren Verlobung entlassen war, erlebte, wie er nach dieser Befreiung keine Zeit verlor, ihr einen Antrag zu machen und ihr eine zärtliche, beständige Liebe zu bekennen, an der sie nie gezweifelt hatte – da war sie bedrängt, war sie überwältigt von ihrem eigenen Glücksgefühl; und obwohl der Mensch sich leicht an jeden Wandel zum Besseren gewöhnt, vergingen einige Stunden, bis sie Seelenfrieden und Herzensruhe einigermaßen wiedergewonnen hatte.
Edward sollte sich diesmal mindestens eine Woche bei ihnen aufhalten, denn trotz aller anderen Verpflichtungen, die er womöglich hatte, mußte ihm das Vergnügen von Elinors Gesellschaft auf jeden Fall soviel Zeit wert sein und war auch nötig, um nur die Hälfte dessen zu sagen, was über Vergangenheit, Gegenwart und Zukunft zu sagen war; denn obwohl zwei vernünftige Menschen gar nicht soviel gemeinsame Interessen haben können, daß nicht ein paar Stunden, die mit der mühsamen Arbeit pausenlosen Redens verbracht werden, mehr als genug sind, diese Themen abzuhandeln – ist es bei Liebenden

ganz anders. Für sie ist kein Thema abgeschlossen, hat Verständigung nicht einmal stattgefunden, bevor es nicht mindestens zwanzigmal diskutiert worden ist.

Lucys Heirat, das immer noch anhaltende und verständliche Staunen aller bildeten natürlich eins der ersten Gesprächsthemen der Liebenden, und bei Elinors eingehender Kenntnis beider Partner erschien es ihr in jeder Hinsicht als eins der außerordentlichsten und unerklärlichsten Ereignisse, von denen sie je gehört hatte. Wie sie aufeinander verfallen konnten und durch welche Reize Robert dazu veranlaßt worden war, ein Mädchen zu heiraten, von dessen äußerer Erscheinung er ihr selbst gegenüber eher abfällig gesprochen hatte – ein Mädchen obendrein, das schon mit seinem Bruder verlobt war und deretwegen dieser Bruder von seiner Familie verstoßen worden war – all das war mehr, als sie begreifen konnte. Ihrem Herzen erschien die Geschichte köstlich, ihrer Fantasie geradezu komisch, aber ihrem Verstand, ihrem Begriffsvermögen erschien sie als ein völliges Rätsel.

Edward konnte es sich höchstens dadurch erklären, daß Lucy seine Eitelkeit bei ihren zu Anfang vielleicht zufälligen Begegnungen durch ihre Schmeicheleien so bearbeitet hatte, daß alles andere allmählich daraus folgte. Elinor erinnerte sich, wie Robert ihr in der Harley Street seine Ansicht darüber mitgeteilt hatte, was seine eigene Vermittlung, hätte man sich rechtzeitig an ihn gewandt, in Sachen seines Bruders erreicht hätte. Sie erzählte Edward davon.

»Das sieht Robert ähnlich«, war seine erste Reaktion. »Und vielleicht«, fügte er sofort hinzu, »wollte er darauf hinaus, als ihre Bekanntschaft begann. Und vielleicht kam es Lucy nur darauf an, seine guten Dienste zu meinen Gunsten einzuspannen. Andere Absichten haben sich daraus dann wohl ergeben.«

Wie lange es zwischen ihnen so gegangen war, ahnte er ebensowenig wie sie, denn in Oxford, wo er seit seiner Abreise aus London freiwillig geblieben war, hatte er außer von ihr selbst keinerlei Möglichkeit, etwas über sie zu erfahren, und bis ganz zuletzt waren ihre Briefe weder weniger regelmäßig noch weniger zärtlich gewesen als sonst. Nicht der leiseste Verdacht hatte ihn deshalb je auf das Kommende vorbereitet, und als Lucy selbst ihn schließlich mit der Nachricht überfallen hatte, war er eine Zeitlang vor Staunen, Erschrecken und Freude über die Befreiung wie betäubt gewesen. Er gab Elinor den Brief zu lesen:

Lieber Sir,
in der sicheren Gewißheit, daß ich Ihre Zuneigung längst verloren habe, habe ich mir die Freiheit genommen, meine einem anderen zu schenken, und zweifle nicht, daß ich mit ihm so glücklich werde, wie ich es einst mit Ihnen zu werden hoffte; ich habe es aber verschmäht, die Hand des einen anzunehmen, solange das Herz einem anderen gehörte. Wünsche Ihnen alles Gute bei Ihrer Wahl, und es soll nicht meine Schuld sein, wenn wir nicht immer so gute Freunde bleiben, wie es sich für unsere nahe Verwandtschaft gehört. Ich kann mit gutem Gewissen sagen, daß ich Ihnen nichts Übelnehme, und ich bin sicher, daß Sie zu großzügig sind, uns etwas nachzutragen. Ihr Bruder hat meine ganze Zuneigung gewonnen, und da wir nicht ohne einander leben konnten, sind wir gerade vom Traualtar zurückgekehrt und befinden uns nun auf dem Weg nach Dawlish, worauf Ihr Bruder sehr neugierig ist, für ein paar Wochen, fand aber, ich müßte Sie vorher mit diesen Zeilen belästigen, und verbleibe
mit den besten Wünschen
als Ihre Freundin und Schwägerin
Lucy Ferrars

P. S.:
Ich habe alle Ihre Briefe verbrannt und schicke Ihr Bild bei der erstbesten Gelegenheit zurück. Bitte mein Gekritzel zu vernichten, aber den Ring mit meiner Haarlocke dürfen Sie gern behalten.

Elinor las und gab den Brief ohne Kommentar zurück.
»Ich will dich lieber nicht um deine Meinung über ihren Stil bitten«, sagte Edward. »Um nichts in der Welt hätte ich dich früher einen Brief von ihr sehen lassen. Bei einer Schwägerin ist es schlimm genug, aber bei einer Ehefrau! Wie habe ich mich über ihre Briefe geschämt! Und ich darf wohl sagen, daß dies seit dem ersten halben Jahr unserer dummen Affäre der erste Brief ist, den ich je von ihr erhalten habe, in dem der Inhalt die stilistischen Mängel aufwiegt.«
»Wie es auch dazu gekommen sein mag«, sagte Elinor nach einer Pause, »sie sind jedenfalls verheiratet. Und deine Mutter hat sich ihre wohlverdiente Strafe selbst zuzuschreiben. Die finanzielle Unabhängigkeit, die sie Robert aus Entrüstung über dich zugestand, hat ihn in die Lage versetzt, seine eigene Wahl zu treffen, und sie hat nun sage und schreibe den einen Sohn mit tausend Pfund pro Jahr bestochen, genau die Tat zu begehen, deren bloße Absicht ihr dazu genügte, den anderen zu enterben. Daß Robert Lucy heiratet, kränkt sie vermutlich ebensosehr, als wenn *du* sie geheiratet hättest.«
»Es kränkt sie bestimmt mehr, denn Robert war immer ihr Liebling. Es kränkt sie mehr, und genau deshalb wird sie ihm leichter vergeben.«
Wie die Dinge derzeit zwischen ihnen lagen, wußte Edward nicht, denn von ihm war kein Versuch unternommen worden, mit irgendeinem Familienmitglied Kontakt aufzunehmen. Er hatte Oxford innerhalb von vierundzwanzig Stunden nach der Ankunft von Lucys Brief verlassen und bei dem einzigen Ziel, das vor ihm lag, nämlich der nächsten Straße nach Barton, keine Zeit gehabt, irgendwelche Pläne zu machen, wie er sich verhalten solle, die nicht mit dieser Straße in engster Verbindung standen. Er konnte nichts unternehmen, ehe seine gemeinsame Zukunft mit Miss Dashwood nicht geklärt war, und wegen der Geschwindigkeit, mit der er sich um diese Zukunft bemühte, erwartete er offenbar trotz der Eifersucht, die der Gedanke an Oberst Brandon ihm einst ver-

ursacht hatte, trotz der Bescheidenheit, mit der er seine eigenen Aussichten beurteilte, und der Höflichkeit, mit der er von Zweifeln sprach, alles in allem keinen sehr unfreundlichen Empfang. Es gehörte sich allerdings zu sagen, daß das der Fall war, und er sagte es auf sehr charmante Weise. Was er über das Thema zwölf Monate später womöglich zu sagen hatte, überlassen wir der Fantasie von Ehemännern und Ehefrauen.

Daß Lucy mit der Botschaft durch Thomas selbstverständlich beabsichtigt hatte, sie irrezuführen, sich mit einer boshaften Geste ihm gegenüber einen Abgang zu verschaffen, war Elinor völlig klar; und auch Edward, der sich nun über ihren Charakter keinerlei Illusionen mehr hingab, hatte keine Skrupel mehr, ihr das Äußerste an mutwilliger Niedertracht zuzutrauen. Obwohl ihm über ihre mangelnde Bildung und ihre gelegentliche Engstirnigkeit längst die Augen geöffnet worden waren, schon vor Beginn seiner Bekanntschaft mit Elinor, hatte er beides auf ihre fehlende Erziehung zurückgeführt; und bis zu ihrem letzten Brief hatte er sie immer für ein gutartiges, gutherziges Mädchen gehalten, das ehrlich an ihm hing. Nur diese Überzeugung hatte ihn daran gehindert, eine Verlobung zu lösen, die für ihn schon lange, schon bevor ihre Entdeckung den Zorn seiner Mutter auf ihn gelenkt hatte, eine ständige Quelle von Unbehagen und Bedauern geworden war.

»Ich hielt es für meine Pflicht«, sagte er, »unabhängig von meinen Empfindungen, ihr die Wahl zu lassen, ob sie die Verlobung aufrechterhalten wollte oder nicht, als ich von meiner Mutter verstoßen wurde und allem Anschein nach ohne einen einzigen Freund auf der Welt dastand. Wie sollte ich in einer solchen Lage, wo es anscheinend so gar nichts gab, was die Habgier oder die Eitelkeit irgendeiner Menschenseele hätte wecken können, ahnen, daß etwas anderes als die selbstloseste Liebe zu mir sie bewegte, als sie so ernsthaft, so nachdrücklich darauf bestand, mein Schicksal zu teilen? Und selbst jetzt begreife ich noch immer nicht, in welcher Absicht sie handelte oder welchen Vorteil sie im Auge hatte, an einen Mann gefesselt zu sein, für den sie überhaupt nichts übrig hatte und der nichts auf der Welt besaß als zweitausend Pfund. Sie konnte doch nicht ahnen, daß Oberst Brandon mir eine Pfarrstelle geben würde.«

»Nein, aber sie rechnete vielleicht damit, daß sich die Dinge zu deinen Gunsten wenden, daß deine eigene Familie mit der Zeit nachgeben würde. Und auf jeden Fall hat sie nichts dabei verloren, die Verlobung fortzusetzen, denn es hat sich gezeigt, daß die Verbindung weder ihre Interessen noch ihre Taten beeinträchtigte. Die Verbindung mit dir war auf jeden Fall sehr achtbar und stärkte wahrscheinlich ihr Ansehen in den Augen ihrer Freunde; und wenn keine bessere Partie sich bot, war es immer noch besser, dich zu heiraten, als alleinstehend zu sein.«

Edward war selbstverständlich auf der Stelle überzeugt, daß nichts natürlicher sein konnte als Lucys Vorgehen und auch nichts leichter durchschaubar als ihre Motive dabei.

Elinor schimpfte – heftig, wie Damen immer über Unklugheit schimpfen, die ein Kompliment für sie selbst ist, daß er soviel Zeit bei ihnen in Norland verbracht hatte, wenn er sich doch über seine Untreue im klaren gewesen sein mußte.

»Dein Verhalten war selbstverständlich völlig falsch«, sagte sie, »denn dadurch wurden unsere Verwandten, ganz zu schweigen von meiner eigenen Überzeugung, dazu verleitet, sich genau das einzubilden und zu erwarten, was in deiner damaligen Lage niemals sein konnte.«

Er konnte sich nur mit der Ahnungslosigkeit seines eigenen Herzens und dem irrtümlichen Vertrauen in die Dauerhaftigkeit seiner Verlobung entschuldigen.

»Ich war einfältig genug zu glauben, daß das Zusammensein mit dir keine Gefahr für mich bedeutete, weil ich an eine andere gebunden war, und daß das Bewußtsein meiner Verlobung mein Herz so heil und unversehrt erhalten würde wie meine Ehre. Ich merkte, wie du mir lieb wurdest, aber ich sagte mir, es ist nur Freundschaft; und ehe ich anfing, Vergleiche zwischen dir und Lucy anzustellen, ahnte ich gar nicht, wie weit es schon mit mir gekommen war. Danach war es vermutlich falsch, so oft nach Sussex zu kommen, und die Argumente, mit denen ich mich über die Unangemessenheit hinwegtröstete, waren nicht überzeugender als: alle Gefahr liegt nur bei mir; ich füge niemand anderem als mir Schaden zu.«

Elinor lächelte und schüttelte den Kopf.

Edward hörte mit Vergnügen, daß Oberst Brandon in der Cottage erwartet wurde, da er ihn nicht nur gerne besser kennenlernen wollte, sondern ihm auch an einer Gelegenheit lag, ihn zu überzeugen, daß er seinem Angebot der Pfarrstelle von Delaford nicht mehr ablehnend gegenüberstehe, denn »im Moment«, sagte er, »muß er bei meinem sehr dürftig ausgefallenen Dank den Eindruck haben, ich hätte ihm das Angebot nie verziehen«.

Jetzt war er selbst erstaunt, daß er nie dorthin gefahren war, aber ihm hatte so wenig an der Sache gelegen, daß er seine gesamte Kenntnis von dem Haus, dem Garten und Land, der Größe der Gemeinde, dem Zustand des Bodens und der Höhe der Abgaben ausschließlich Elinor verdankte, die darüber so viel von Oberst Brandon, und zwar mit dem größten Interesse, gehört hatte, daß ihr das Thema ganz und gar geläufig war.

Danach blieb zwischen ihnen nur *eine* Frage unentschieden, nur *eine* Schwierigkeit zu überwinden. Sie hatten sich in wechselseitiger Liebe mit der herzlichsten Zustimmung ihrer wirklichen Freunde gefunden, ihre eingehende gegenseitige Kenntnis ließ ihr Glück gewiß erscheinen – und es fehlte ihnen nur noch der Lebensunterhalt. Edward besaß zweitausend Pfund und Elinor eintausend, und darin bestand zusammen mit der Pfarrstelle von Delaford ihr gesamter Besitz, denn Mrs. Dashwood konnte unmöglich etwas beisteuern, und sie waren beide denn doch nicht verliebt genug zu glauben, daß ihnen dreihundertfünfzig Pfund pro Jahr alle Annehmlichkeiten des Lebens bieten würden.

Edward hatte die Erwartung nicht ganz aufgegeben, daß

sich die Einstellung seiner Mutter zu ihm zum Guten wenden würde; darauf setzte er seine Hoffnung auf zusätzliches Einkommen. Aber Elinor wollte sich darauf nicht verlassen, denn da Edward Miss Morton trotzdem nicht heiraten würde und seine jetzige Wahl nach Mrs. Ferrars' schmeichelhaften Worten nur als das kleinere Übel gegenüber der Wahl von Lucy Steele erschien, fürchtete sie, daß Roberts Vergehen keinem anderen Zweck dienen würde, als Fanny reicher zu machen.
Ungefähr vier Tage nach Edwards Ankunft traf Oberst Brandon ein, um Mrs. Dashwoods Glück vollkommen zu machen und ihr zum erstenmal seit ihrem Umzug nach Barton die Ehre anzutun, mehr Besuch zu haben, als ihr Haus fassen konnte. Edward blieb das Privileg des zuerst Angekommenen, und deshalb ging Oberst Brandon jeden Abend zu seinem alten Quartier im Herrenhaus hinüber, von wo er gewöhnlich morgens so früh zurückkehrte, daß er die Liebenden beim ersten Tête-à-tête vor dem Frühstück überraschte.
Ein dreiwöchiger Aufenthalt in Delaford, wo er, zumindest in seinen Abendstunden, kaum etwas anderes zu tun hatte, als über das Mißverhältnis zwischen sechsunddreißig und siebzehn nachzudenken, trieb ihn in einer Verfassung nach Barton, die der Aufmunterung durch Mariannes erholteres Aussehen, ihren überaus herzlichen Empfang und all die ermutigenden Worte ihrer Mutter dringend bedurfte. Unter solchen Freunden allerdings und bei einem so schmeichelhaften Empfang erholte er sich. Das Gerücht von Lucys Heirat hatte ihn noch nicht erreicht. Er wußte nicht, was vorgefallen war, und kam daher in den ersten Stunden seines Aufenthalts aus dem Zuhören und Staunen nicht heraus. Mrs. Dashwood erklärte ihm alles, und er hatte von neuem Grund, sich über das herzlich zu freuen, was er für Mr. Ferrars getan hatte, weil es letzten Endes Elinor zugute kam.
Es wäre überflüssig zu betonen, daß die Herren sich in dem Maße mehr schätzen lernten, in dem ihre Bekanntschaft enger wurde, denn anders konnte es gar nicht sein.

Daß sich ihre gesunden Grundsätze so ähnelten, hätte vermutlich genügt, um sie ohne weitere Gründe gute Freunde werden zu lassen; aber daß sie zwei Schwestern liebten, und noch dazu zwei Schwestern, die aneinander hingen, rief unweigerlich und spontan ihre gegenseitige Sympathie hervor, die sonst vielleicht erst Zeit und ruhige Überlegung herbeigeführt hätte.

Die Briefe aus London, die Elinor noch ein paar Tage vorher in äußerste Spannung versetzt hätten, wurden nun bei ihrer Ankunft eher mit Schmunzeln als mit gefühlsmäßiger Anteilnahme gelesen. Mrs. Jennings schrieb, um die unglaubliche Geschichte zu berichten, ihrer ehrlichen Empörung über das untreue Mädchen Luft zu machen und sich ihr ganzes Mitleid mit dem armen Mr. Edward von der Seele zu reden, der doch so an dem nichtswürdigen Flittchen gehangen hatte und nun nach allem, was man hörte, mit gebrochenem Herzen in Oxford war. »Ich glaube bestimmt«, fuhr sie fort, »daß nie etwas so schlau eingefädelt wurde, denn nur zwei Tage vorher hat Lucy mich besucht und ein paar Stunden bei mir verbracht. Keine Menschenseele hat etwas von der Sache geahnt, nicht einmal Nancy, die Ärmste, die am Tag danach aus Furcht vor Mrs. Ferrars zu Tode erschrocken und weinend zu mir kam, und auch, weil sie nicht wußte, wie sie nach Plymouth kommen sollte, denn anscheinend hatte Lucy all ihr Geld geborgt, bevor sie verschwand, um sich trauen zu lassen; wir nehmen an, um sich damit herauszuputzen, und die arme Nancy hatte keinen Pfennig mehr in der Tasche. Es war mir also eine Freude, ihr fünf Guineen zu geben, damit sie nach Exeter fahren kann, wo sie drei oder vier Wochen bei Mrs. Burgess zu bleiben beabsichtigt, in der Hoffnung, wie ich ihr gleich gesagt habe, wieder mit dem Doktor anzubändeln. Und ich muß sagen, Lucys Rücksichtslosigkeit, sie nicht in der Kutsche mitzunehmen, ist schlimmer, als alles andere. Der arme Mr. Edward! Er geht mir nicht aus dem Kopf, aber sie müssen ihn nach Barton einladen, und Miss Marianne muß versuchen, ihn zu trösten.«

Mr. Dashwood schlug feierliche Töne an. Mrs. Ferrars war die unglücklichste Frau der Welt – die arme Fanny hatte in ihrer Sensibilität Fürchterliches durchgemacht –, und er konnte für das Wunder, daß beide diesen Schlag überlebt hatten, nicht dankbar genug sein. Roberts Vergehen war unverzeihlich, aber Lucys war noch viel schlimmer. Mrs. Ferrars wollte von keinem von beiden je wieder etwas hören, und selbst wenn sie eines Tages dazu überredet werden konnte, ihrem Sohn zu vergeben, würde sie dessen Frau weder als Schwiegertochter akzeptieren noch je es zulassen, daß sie ihr unter die Augen träte. Die Heimlichkeit, mit der die beiden alles betrieben hatten, galt aus guten Gründen als unerhörte Erschwerung des Vergehens, weil man, hätte irgend jemand vorher Verdacht geschöpft, angemessene Schritte hätte unternehmen können, um die Heirat zu verhindern; und er forderte Elinor auf, in sein Bedauern einzustimmen, daß Lucy ihre Verlobung nicht gehalten, sondern dafür gesorgt hatte, noch größeres Unheil in der Familie anzurichten. Er fuhr folgendermaßen fort:
»Mrs. Ferrars hat Edwards Namen bisher nie wieder erwähnt, was uns nicht überrascht; aber zu unserem großen Erstaunen ist bei dieser Gelegenheit keine Zeile von ihm eingetroffen. Vielleicht schweigt er aber aus Furcht, Anstoß zu erregen, und ich werde ihm deshalb durch ein paar Zeilen nach Oxford einen Wink geben, daß seine Schwester und ich glauben, ein angemessen reumütiger Entschuldigungsbrief, der vielleicht an Fanny adressiert sein und den sie ihrer Mutter zeigen könnte, würde nicht schaden, denn wir kennen alle Mrs. Ferrars' zärtliches Herz und daß sie nichts so sehr wünscht wie ein gutes Verhältnis zu ihren Kindern.«
Dieser Abschnitt des Briefes war für die Aussichten und das Verhalten Edwards ziemlich wichtig. Er veranlaßte ihn zu dem Versuch, eine Versöhnung herbeizuführen, wenn auch nicht auf die von seinem Schwager und seiner Schwester vorgeschlagene Art und Weise.
»Ein angemessen reumütiger Entschuldigungsbrief!«

wiederholte er. »Wollen sie, daß ich für Roberts Undankbarkeit ihr gegenüber und seinen Vertrauensbruch mir gegenüber um Verzeihung bitte? Ich kann mich nicht reumütig entschuldigen, die Ereignisse der Vergangenheit haben mich weder demütig noch reuig gemacht. Ich habe dabei mein Glück gefunden, aber das interessiert nicht. Ich kenne keine angemessene Entschuldigung, die ich vorbringen könnte.«

»Du kannst selbstverständlich bitten, daß man dir vergibt«, sagte Elinor, »Anstoß erregt zu haben, und ich finde, du könntest jetzt soweit gehen, dein Bedauern auszudrücken, daß du je eine Verlobung eingegangen bist, die deiner Mutter mißfallen hat.«

Er stimmte zu.

»Und wenn sie dir vergeben hat, dann ist es vielleicht angebracht, ein bißchen Unterwürfigkeit zu zeigen, wenn du eine zweite Verlobung zugibst, die in ihren Augen fast ebenso unklug ist wie die erste.«

Er hatte nichts dagegen einzuwenden, lehnte aber trotzdem einen angemessen reumütigen Entschuldigungsbrief ab, und da er erklärte, er sei viel eher bereit, unwürdige Zugeständnisse mündlich als schriftlich zu machen, beschloß man, um ihm die Sache zu erleichtern, daß er, statt an Fanny zu schreiben, nach London fahren und sie persönlich um ihre Fürsprache zu seinen Gunsten bitten solle.

»Und wenn sie sich tatsächlich dafür einsetzen«, sagte Marianne mit ihrer neu gewonnenen Anteilnahme, »eine Versöhnung zustande zu bringen, dann will ich sogar John und Fanny gewisse Verdienste einräumen.«

Nach einem nur drei oder viertägigen Besuch von Oberst Brandon verließen die beiden Herren Barton zusammen. Sie wollten direkt nach Delaford, damit Edward sein künftiges Zuhause persönlich kennenlernen und seinem Freund und Gönner helfen konnte, die nötigen Renovierungen zu planen; und von da aus sollte er nach ein oder zwei Nächten seine Reise nach London fortsetzen.

Kapitel 51

Nach angemessenem Widerstand von Mrs. Ferrars, der gerade so heftig und so unbeugsam war, daß sie sich nicht dem Vorwurf aussetzte, den sie anscheinend immer am meisten fürchtete, nämlich zu liebenswürdig zu sein, durfte Edward sich ihr nahen und wurde wieder als Sohn anerkannt.

Ihre Familie war in letzter Zeit ständigen Wandlungen unterworfen gewesen. Viele Jahre lang hatte sie zwei Söhne gehabt, aber das Vergehen und die Eliminierung Edwards vor ein paar Wochen hatten sie des einen beraubt; nach der ähnlichen Eliminierung Roberts stand sie vierzehn Tage lang ganz ohne Söhne da, und jetzt hatte sie durch die Wiederbelebung Edwards wieder *einen*.

Obwohl Edward nun dem Leben wiedergegeben war, war er sich der Fortsetzung seines Daseins allerdings nicht sicher, bevor er nicht seine gegenwärtige Verlobung offenbart hatte, denn er fürchtete, ihre Bekanntmachung könne seiner Existenz eine plötzliche Wendung geben und ihm ebenso unvermittelt wie schon einmal den Garaus machen. Mit ängstlicher Vorsicht wurde sie deshalb enthüllt, und man hörte ihm mit unerwarteter Gelassenheit zu. Verständlicherweise versuchte Mrs. Ferrars zuerst, ihm mit allen ihr zur Verfügung stehenden Argumenten auszureden, Miss Dashwood zu heiraten, hielt ihm vor, daß er an Miss Morton eine Frau von höherem Rang und größerem Vermögen hatte, und unterstützte ihre Behauptung durch die Bemerkung, daß Miss Morton die Tochter eines Adligen mit dreißigtausend Pfund sei, Miss Dashwood aber nur die Tochter eines privatisierenden Gentleman mit nicht mehr als dreitausend; aber als sie merkte, daß er der Wahrheit ihrer Argumente voll und ganz zustimmte, jedoch keineswegs geneigt war, sich danach zu richten, hielt sie es nach ihren bisherigen Erfahrungen für am klügsten, nachzugeben; und nach einer ungnädigen Verzögerung, die sie ihrer eigenen Wür-

de schuldig war und die dazu diente, jeden Verdacht von Wohlwollen auszuschließen, gab sie offiziell ihre Zustimmung zur Hochzeit von Edward und Elinor.
Wieviel sie zur Verbesserung ihres Einkommens beitragen würde, mußte als nächstes überlegt werden, und hier wurde bald klar, daß Edward, obwohl jetzt ihr einziger Sohn, keineswegs der ältere war, denn während man Robert unwiderruflich tausend Pfund pro Jahr zugestanden hatte, wurden keinerlei Einwände dagegen erhoben, daß Edward wegen höchstens zweihundertundfünfzig Pfund Pfarrer wurde; und über die zehntausend Pfund hinaus, die auch Fanny bei ihrer Heirat erhalten hatte, wurde ihm auch für die Gegenwart oder die Zukunft nichts weiter versprochen.
Das war allerdings genau das, was Edward und Elinor sich gewünscht und mehr als sie erwartet hatten; und nach Mrs. Ferrars' gequälten Entschuldigungen zu urteilen, war sie selbst als einzige überrascht, daß es nicht mehr war.
Da sie nun mit einem Einkommen versorgt waren, das ihren Ansprüchen genügte, brauchten sie nach Edwards Ordination nur noch darauf zu warten, daß das Haus fertig wurde, an dem Oberst Brandon, ehrlich um Elinors häusliche Bequemlichkeit bemüht, erhebliche Verbesserungen vornahm; und als sie eine Zeitlang auf die Fertigstellung gewartet und die üblichen tausend Enttäuschungen und Verzögerungen durch die unverständliche Saumseligkeit der Handwerker erlebt hatten, brach Elinor den üblichen unwiderruflichen Vorsatz, nicht zu heiraten, bevor alles fertig war, und so fand die Trauung im Frühherbst in der Kirche von Barton statt.
Den ersten Monat nach der Hochzeit verbrachten sie bei ihrem Freund im Herrenhaus, von wo sie die baulichen Fortschritte des Pfarrhauses überwachen und alles entsprechend ihren Wünschen an Ort und Stelle anordnen konnten; wo sie Tapeten aussuchen, den Garten planen und eine schwungvolle Auffahrt entwerfen konnten. Mrs. Jennings' Prophezeiungen, obwohl ein wenig durch-

einandergeraten, trafen im großen und ganzen nun doch ein, denn sie konnte Edward und seine Frau vor Ende September in ihrem Pfarrhaus besuchen und war felsenfest überzeugt, daß sie in Elinor und ihrem Mann eins der glücklichsten Paare der Welt fand. Ihnen fehlte auch wirklich nichts zum Glücklichsein als die Heirat von Oberst Brandon und Marianne und eine etwas bessere Weide für ihre Kühe.

Kaum waren sie eingezogen, da wurden sie von fast all ihren Verwandten und Freunden besucht. Mrs. Ferrars kam, um sich einen Eindruck von ihrem Glück zu verschaffen, obwohl sie sich beinahe schämte, ihre Zustimmung dazu gegeben zu haben, und sogar die Dashwoods scheuten die Kosten einer Reise von Sussex nicht.

»Ich will nicht behaupten, daß ich enttäuscht bin, meine liebe Schwester«, sagte John, als sie eines Vormittags gemeinsam vor dem Tor zum Herrenhaus spazierengingen, »das ginge zu weit, denn wie die Dinge liegen, hast du unerhörtes Glück gehabt. Aber ich gestehe, es würde mir großes Vergnügen machen, Oberst Brandon Schwager zu nennen. Sein Eigentum hier, sein Herrensitz, sein Haus, alles in so anständiger und ausgezeichneter Verfassung! Und seine Wälder! Solch Holz, wie jetzt in Delaford Hanger steht, habe ich nirgendwo in Dorsetshire gesehen! Und auch wenn Marianne vielleicht nicht gerade die Person ist, die ihn reizen könnte, finde ich doch, daß es ratsam für euch wäre, die beiden häufig zu euch einzuladen, denn Oberst Brandon scheint viel zu Hause zu sein. Es sind schon ganz andere Dinge passiert, denn wenn Leute so aufeinander angewiesen sind und kaum jemanden sonst sehen … Es liegt ja an dir, etwas aus ihr zu machen, und so weiter … Kurz und gut, warum gibst du ihr nicht eine Chance? Du verstehst mich.«

Aber obwohl Mrs. Ferrars sie tatsächlich besuchte und sie dabei so behandelte, als ob sie ihnen herzlich verbunden sei, tat sie ihnen nie die Beleidigung an, ihnen ihre ehrliche Achtung und Gunst zu gewähren. Die behielt sie Roberts kindischem Benehmen und der Durchtriebenheit seiner Frau vor; und bevor allzu viele Monate vorüber waren, hatten sie ihr Ziel erreicht. Der berechnenden Umsicht Lucys, die Robert zuerst in die Klemme gebracht hatte, verdankte er gleichzeitig seine Befreiung daraus, denn ihre bei jeder Gelegenheit respektvolle Unterwürfigkeit, ihre unverdrossenen Aufmerksamkeiten und endlosen Schmeicheleien versöhnten Mrs. Ferrars mit seiner Wahl und gewannen ihm ihre Gunst vollständig wieder. Lucys gesamtes Verhalten in der Angelegenheit und der Erfolg, mit dem es gekrönt wurde, kann deshalb als höchst ermutigendes Beispiel dafür gelten, was ernsthafte und unablässige Konzentration auf den eigenen Vorteil, auch wenn sich der Erfolg zuerst scheinbar nicht recht einstellen will, zur Erlangung aller Annehmlichkeiten eines Vermögens ohne ein größeres Opfer als Zeit und Gewissen beitragen können. Als Robert zuerst ihre Bekanntschaft machen wollte und sie heimlich in Bartlett's Buildings aufsuchte, geschah es nur in der Absicht, die ihm sein Bruder unterstellt hatte. Er wollte sie lediglich überreden, die Verlobung aufzugeben, und da er dazu nichts als die Zuneigung der beiden zueinander zu überwinden hatte, rechnete er natürlich damit, daß ein oder zwei Gespräche die Sache ein für allemal erledigen würden. In dieser Hinsicht allerdings, und nur in dieser, irrte er sich, denn obwohl Lucy ihm bald Hoffnung machte, daß seine Beredsamkeit sie sicher mit der Zeit überzeugen würde, war jedesmal noch ein Besuch, noch eine Unterhaltung nötig, um sie endgültig zu überzeugen. Jedesmal, wenn sie sich trennten, hatte sie noch gewisse Zweifel, die nur durch ein weiteres halbstündiges Gespräch mit ihm zerstreut werden konnten. Auf diese Weise wurde er in Spannung gehalten, und alles weitere folgte von selbst. Anstatt von Edward zu sprechen, begannen sie allmählich, nur noch von Robert zu sprechen – ein Thema, über das er immer mehr zu sagen hatte als über jedes andere und an dem sie bald ein Interesse verriet, das seinem mindestens entsprach; kurz und gut, es wurde beiden sehr schnell klar, daß er voll und ganz an die Stelle seines Bru-

ders getreten war. Er war stolz auf seine Eroberung, stolz, Edward überlistet zu haben, und besonders stolz, heimlich und ohne die Zustimmung seiner Mutter zu heiraten. Alles weitere ist bekannt. Sie verbrachten einige Monate vollkommenen Glücks in Dawlish, denn dort konnte sie auf viele Verwandte und alte Bekannte herabsehen, und er entwarf mehrere Pläne für grandiose Cottages; und von dort kehrten sie nach London zurück und erhielten Mrs. Ferrars' Vergebung einfach dadurch, daß sie darum baten, was auf Lucys Anregung geschah. Die Vergebung bezog sich zuerst, was ja verständlich ist, nur auf Robert, und Lucy, die seiner Mutter gegenüber zu nichts verpflichtet war und daher auch keinerlei Pflichten vernachlässigt haben konnte, wurde noch mehrere Wochen lang nicht verziehen. Aber ausdauernde Unterwürfigkeit in Benehmen und Briefen, ausdauernde Selbstverdammung für Roberts Fehltritt und Dankbarkeit für die Unfreundlichkeit, mit der sie behandelt wurde, sicherten ihr über kurz oder lang herablassende Beachtung, die sie durch ihre Güte überwältigte und bald danach in schneller Folge auf den Gipfel von Vertrauen und Einfluß führte. Lucy wurde Mrs. Ferrars so unentbehrlich wie Robert oder Fanny; und während Edward nie wirklich vergeben wurde, daß er einst beabsichtigt hatte, sie zu heiraten, und man von Elinor, obwohl ihr an Vermögen und Rang überlegen, als Eindringling sprach, galt Lucy in jeder Hinsicht als Lieblingskind und wurde auch öffentlich so behandelt. Sie ließen sich in London nieder, erhielten sehr großzügige finanzielle Unterstützung von Mrs. Ferrars, standen auf denkbar bestem Fuß mit den Dashwoods, und wenn man über die Eifersüchteleien und die Mißgunst, die ständig zwischen Fanny und Lucy herrschten und an denen natürlich auch ihre Männer teilnahmen, und den ständigen häuslichen Streit zwischen Robert und Lucy hinwegsah, dann konnte die Harmonie gar nicht vollkommener sein, die zwischen ihnen allen herrschte.
Was Edward eigentlich getan hatte, um die Rechte des älteren Sohnes zu verlieren, ist vermutlich vielen Leuten

ein Rätsel; und was Robert getan hatte, um an seine Stelle zu treten, muß ihnen ein noch größeres Rätsel sein. Es war allerdings eine Regelung, die sich erst durch die Folgen, nicht durch die Ursache rechtfertigte, denn nie gab Robert in seinem Lebensstil oder seinen Worten etwas zu erkennen, was den Verdacht weckte, daß er das Ausmaß seines Einkommens bedauerte, weil es seinem Bruder zu wenig überließ oder ihm selbst zu viel einbrachte; und wenn man Edward nach der unermüdlichen Pflichterfüllung, nach der wachsenden Zuneigung zu seiner Frau und seinem Heim und nach seiner ständigen guten Laune beurteilte, konnte man ihn für ebenso zufrieden mit seinem Los halten und für ebensowenig geneigt zu tauschen.

Elinor wurde durch ihre Heirat nur soweit von ihrer Familie getrennt, daß die Cottage in Barton nicht gänzlich überflüssig erschien, denn ihre Mutter und ihre Schwestern verbrachten mehr Zeit bei ihr als dort. Mrs. Dashwood handelte bei ihren häufigen Besuchen in Delaford ebensosehr aus Diplomatie wie aus Vergnügen, denn ihr Wunsch, Marianne und Oberst Brandon zusammenzubringen, war kaum weniger ernsthaft als Johns, auch wenn es ihr dabei nicht so ausschließlich aufs Geld ankam. Es war nun ihr Lieblingsziel. So unentbehrlich ihr die Gesellschaft ihrer Tochter war, niemandem gönnte sie das dauernde Vergnügen daran so sehr wie ihrem geschätzten Freund; und Marianne ins Herrenhaus einziehen zu sehen, war ebensosehr der Wunsch von Edward und Elinor. Sie kannten seinen Kummer und ihre eigenen Verpflichtungen ihm gegenüber, und nach allgemeiner Übereinstimmung sollte Marianne die Belohnung für beides sein.

Bei einer solchen Verschwörung gegen sie, bei einer so intimen Kenntnis seiner Güte, bei der Überzeugung von seiner tiefen Zuneigung zu ihr, die ihr zu guter Letzt, wenn auch lange, nachdem sie für alle anderen offensichtlich war, aufging – was konnte sie tun?

Marianne Dashwood war zu einem außerordentlichen

Schicksal geboren. Sie war dazu geboren, den Irrtum ihrer eigenen Überzeugungen zu entdecken und ihren eigenen Lieblingsgrundsätzen zuwiderzuhandeln. Sie war dazu geboren, eine Liebe zu überwinden, die sie im reifen Alter von siebzehn gefaßt hatte, und ihre Hand ohne stärkere Gefühlsbeziehung als große Hochachtung und lebhafte Freundschaft freiwillig einem anderen zu reichen! Und noch dazu einem anderen, der nicht weniger als sie unter einer früheren Bindung gelitten, den sie zwei Jahre vorher für zu alt zum Heiraten gehalten hatte und der aus Rücksicht auf seine Gesundheit immer noch Zuflucht zu Wollwesten nahm.

Aber so war es. Anstatt Opfer einer unwiderstehlichen Leidenschaft zu werden, wie sie es sich in ihren schönsten Träumen ausgemalt hatte, anstatt für immer bei ihrer Mutter zu bleiben und das einzige Vergnügen in Zurückgezogenheit und geistiger Anstrengung zu finden, wie sie es später bei ruhigerer und nüchterner Überlegung beschlossen hatte, fand sie sich mit neunzehn in eine neue Neigung verstrickt, zu neuen Pflichten herausgefordert, in ein neues Heim versetzt, fand sich als Ehefrau, als Herrin eines Haushalts und eines Dorfes.

Oberst Brandon war nun so glücklich, wie es ihm alle, die ihn gern hatten, gönnten. Marianne war sein Trost für alles Leid der Vergangenheit; ihre Fürsorge und ihre Gesellschaft gaben ihm seine frühere geistige Lebhaftigkeit und seelische Heiterkeit wieder; und daß Marianne ihr Glück darin fand, seins zu fördern, davon waren alle aufmerksamen Freunde überzeugt und entzückt. Marianne gab ihre Liebe ganz oder gar nicht, und so war sie bald ihrem Mann mit Leib und Seele so zugetan wie früher Willoughby.

Ihre Hochzeit war für Willoughby doch ein Schlag, und seine Strafe wurde bald darauf dadurch noch schlimmer, daß Mrs. Smith ihm von sich aus vergab, da ihr seine Heirat mit einer Frau von Charakter ein Anlaß zu Nachsicht war, was ihm Grund zu der Annahme gab, daß er glücklich und reich zugleich geworden wäre, hätte er sich

Marianne gegenüber ehrenhaft benommen. Daß die Reue über sein unverantwortliches Betragen, das auf diese Weise seine Strafe nach sich zog, ehrlich war, braucht nicht bezweifelt zu werden, und auch nicht, daß er lange an Oberst Brandon mit Neid und an Marianne mit Bedauern dachte. Aber daß er für immer untröstlich war, daß er die Gesellschaft floh oder auf Dauer trübsinnig wurde oder an gebrochenem Herzen starb, braucht man nicht zu befürchten – denn er tat nichts dergleichen. Er lebte ein aktives, häufig auch amüsantes Leben. Seine Frau war nicht immer schlecht gelaunt und auch sein Haus nicht immer ungemütlich, und in der Hunde- und Pferdezucht und in jeder Art körperlicher Aktivität außer Haus fand er ein nicht unerhebliches Maß an häuslichem Glück.
Für Marianne bewahrte er – trotz der Ungezogenheit, ihren Verlust zu überleben – immer jene ausgesprochene Hochachtung, die sein Interesse an allem, was ihr zustieß, wachhielt und sie zum heimlichen Ideal weiblicher Vollkommenheit machte; und manche jugendliche Schönheit mußte sich später seine Mißachtung gefallen lassen, weil sie den Vergleich mit Mrs. Brandon nicht aushielt.
Mrs. Dashwood war so klug, die Cottage zu behalten und nicht zu versuchen, nach Delaford umzuziehen, und zum Glück für Sir John und Mrs. Jennings hatte Margaret, als ihnen Marianne genommen wurde, ein zum Tanzen hervorragend geeignetes Alter erreicht, in dem man mit Fug und Recht annehmen durfte, daß sie einen Verehrer hatte.
Zwischen Barton und Delaford herrschte der rege Umgang, den eine starke familiäre Bindung ganz von selbst mit sich bringt, und man sollte es für ein nicht unerhebliches Verdienst und Glück von Elinor und Marianne halten, daß sie ohne Mißklang miteinander lebten oder ohne eine Abkühlung zwischen ihren Männern hervorzurufen, obwohl sie Schwestern waren und fast in Sichtweite voneinander wohnten.

Anmerkungen

1 William Cowper (1731–1800), vorromantischer englischer Lyriker, den Jane Austen sehr schätzte. In seinem Blankversepos in sechs Büchern, *The Task* (1784), beschreibt er empfindsam und in stimmungsvoll-schlichter Sprache den Naturzauber des Landlebens.

2 Eine Cottage ist das typische, meist mit Ried gedeckte ländliche Häuschen aus dem 18. Jahrhundert, das zwischen dem Herrensitz und den dörflichen Hütten die Mitte hält. Häufig gehörte, wie hier, die Cottage zum Besitz des Grundherrn. Das übliche, oft idyllische Aussehen der Cottage wird zu Anfang von Kapitel 6 beschrieben.

3 Die Dashwoods ziehen von Sussex nach Devonshire, also von südlich London ganz nach Westen, in Richtung Cornwall, wo Exeter, vier Meilen von Barton, an der Südküste liegt.

4 Der Tag wurde unabhängig von den Tageszeiten wie Vormittag, Mittag, Nachmittag usw. in den »morning« und den »evening« aufgeteilt, die durch die zwischen 16 und 18 Uhr stattfindende Hauptmahlzeit, das Dinner, getrennt wurden. – So können etwa, wie Marianne später in London anmerkt, die »morning«-Einkäufe um 13 Uhr stattfinden.

5 Abendeinladungen fanden zu dieser Zeit, bevor es Gas- oder elektrisches Licht gab, möglichst in mondhellen Nächten statt, damit die Straßen bei der Heimfahrt nicht so dunkel waren.

6 Wenn eine Familie mehrere Töchter hat, werden die älteste ohne Vornamen und die anderen mit Vornamen angeredet. Daher ist Elinor hier »Miss Dashwood«, ihre jüngere Schwester aber »Miss Marianne«. – Entsprechend werden auch die Söhne bezeichnet.

7 Willoughbys Besitz in Somersetshire liegt im Nordosten von Barton (Devonshire); östlich davon ist Oberst Brandons Wohnsitz Delaford (Dorsetshire).

8 Cowper, vgl. Anm. 1. – Walter Scott (1771–1832), der schottische Begründer des historischen Romans (*Waverley*, 1814) trat mit seiner Sammlung *The Minstrelsy of the Scottish Border* (1802) zunächst als Balladensammler und -dichter hervor. Die Forschung hat darauf hingewiesen, daß sein Name wegen des Erscheinungstermins seiner Gedichte erst in der Umarbeitung der ursprünglichen Fassung von *Sense and Sensibility* eingefügt worden sein kann. – Alexander Pope (1688–1744), der berühmteste Epiker Englands im 18. Jahrhundert, dessen Ruhm und Einfluß die romantische

Generation um 1800 bekämpfte. Sein komisches Heldenepos *The Rape of the Lock* (1712) ist erfüllt von barockem Pathos, sein Lehrgedicht *Essay an Man* (1732–1734) bestimmte die populäre philosophische Anthropologie und Moral der Zeit.

9 Drei Ausdrücke, die den fabelhaften Ruf des reichen Indien im 18. Jahrhundert charakterisieren: Nabobs nannte man Engländer, die in Indien ein Vermögen gemacht hatten; ›Goldmohr‹ hieß eine wertvolle indische Goldmünze, und Palanquin war eine geschlossene Sänfte.

10 Vgl. zum Pittoresken und Jane Austen Anm. 9, S. 428 in: Jane Austen, *Stolz und Vorurteil*, Stuttgart 1977 (Reclams Universal-Bibliothek, Nr. 9871 [5]).

11 In Richard Graves' (1715–1804) »Colloqial Tale« *Columella, or, the Distressed Anchoret* (1779) gibt Columella einen seiner Söhne, damit er eine Ausbildung bekommt, zu einem Mann in die Lehre, »der in seiner eigenen Person die verschiedenen Berufe von Apotheker, Chirurg, Geburtshelfer, Knochenbrecher, Zahnzieher, Hopfen- und Alkoholhändler vereinigte«.

12 Wie immer in Jane Austens Romanen charakterisieren Umgangston, Sprachniveau und Gesprächsthemen angemessenes oder unangemessenes soziales Verhalten. Der Leser tut gut daran, solche bedeutungsvollen Details nicht zu überlesen, sondern einzubeziehen in sein Bild der Figuren. Bitten zu wiederholen zeigt z. B. Aufdringlichkeit. Daß Mrs. Jennings mehrmals von der Schwangerschaft ihrer Tochter oder gar von Oberst Brandons angeblich unehelicher Tochter spricht, zeigt nach den Konventionen der Zeit, daß ihr der gesellschaftliche Schliff fehlt. Der Leser erfährt denn auch, daß sie eine neureiche Kaufmannswitwe ist, die das Glück gehabt hat, ihre Töchter gut zu verheiraten. – Es ist sicher kein Zufall, daß Marianne in ihrer gesellschaftlichen Sorglosigkeit die einzige im ganzen Roman ist, die Oberst Brandon nicht mit seinem militärischen Titel anspricht.

13 Von 1763 bis 1840 hatten englische Parlamentsabgeordnete das Privileg, ihre Briefe umsonst mit der Post zu schicken. Sie brauchten dazu nur die Adresse in ihrer eigenen Handschrift zu schreiben.

14 Cleveland liegt also ebenfalls in Somersetshire, und zwar, wie später erwähnt wird, in der Nähe von Bristol.

15 Wieder wird die ältere Schwester als »Miss Steele«, die jüngere als »Lucy Steele« bezeichnet, vgl. Anm. 6.

16 Die Vulgarität der beiden Steele-Mädchen läßt sich schon an ihrem ungepflegten Englisch ablesen, das voller salopper Aus-

drücke und grammatischer Schnitzer ist, was die Übersetzer im deutschen Text zu berücksichtigen versucht haben. Immer wieder sind einzelne Gesten ein Signal für den Leser, wie er eine Person einzuschätzen hat.

17 Edward ist »Mr. Ferrars«, sein jüngerer Bruder »Mr. Robert Ferrars«, vgl. Anm. 6 und 14.

18 Auch unverheiratete und junge Damen wurden mit dem Titel »Madam« angeredet.

19 Joseph Bonomi der Ältere (1739–1808) war ein italienischer Architekt, der den größeren Teil seines Lebens in England verbrachte und dort zu seiner Zeit der prominenteste Vertreter der »klassischen« Bauweise war, die das Antik-Griechische wiederbelebte. Das *Dictionary of National Biography* (hrsg. von L. Stephen, Bd. 5, London: Smith, Elder & Co 1886, S. 364) schreibt: »Der Name Bonomi erscheint oft in den Romanen seiner Zeit als der eines Architekten, der in allen architektonischen Fragen konsultiert werden sollte.« Wenn Jane Austen gerade eine so groteske Gestalt wie Robert Ferrars Bonomi erwähnt, erweist sich das also als parodistisches Element ihrer Romankunst.

20 Offenbar eine Emigrantin der Französischen Revolution.

21 Nancy ist eine übliche Koseform von Anne.

22 Die Kensington Gardens, ein Park im englischen Stil, bilden die westliche Fortsetzung des Hyde Park. Alle Londoner Adressen des Romans existieren wirklich und befinden sich im damals eleganten Viertel um den Hanover Square (vgl. die zeitgenössische Karte von London auf S. 411): Berkeley Street: Mrs. Jennings; Hanover Square: die Palmers; Harley Street: die John Dashwoods; Conduit Street: die Middletons; Pall Mall: Edward Ferrars; St. James's Street: Oberst Brandon; Bond Street, eine der vornehmen Einkaufsstraßen: Willoughby. Nur die Miss Steele wohnen etwas weiter entfernt, und zwar in nordöstlicher Richtung davon in Bartlett's Buildings im Stadtteil Holborn.

Literaturhinweise

Die englische Standardausgabe von »Sense and Sensibility«

The Novels of Jane Austen. Ed. R. W. Chapman. Vol. 1: Sense and Sensibility. London: Oxford University Press, [3]1933. [Mehrfach nachgedruckt, zuletzt 1978.]

Literatur zu »Sense and Sensibility«

Babb, H. S.: Jane Austen's Novels. The Fabric of Dialogue. Ohio: State University Press, 1962. [Über *Sense and Sensibility*: S. 51–88.]

Bush, D.: Jane Austen. London/Basingstoke: MacMillan, 1975. [Über *Sense and Sensibility*: S. 77–88.]

Butler, M.: Jane Austen and the War of Ideas. Oxford: Clarendon Press, 1975. [Über *Sense and Sensibility*: S. 182–196.]

Liddell, R.: The Novels of Jane Austen. London: A. Lane Paperback, 1974. [Über *Sense and Sensibility*: S. 13–33.]

Mudrick, M.: Jane Austen. Irony as Defense and Discovery. Berkeley/Los Angeles/London: University of California Press, [2]1974. [Über *Sense and Sensibility*: S. 60–93.]

Southam, B. C. (ed.): *Sense and Sensibility, Pride and Prejudice* and *Mansfield Park*. A Casebook. London/ Basingstoke: MacMillan, 1976.

Zimmermann, E.: Admiring Pope no more than is proper: Sense and Sensibility. In: Jane Austen. Bicentenary Essays. Ed. by J. Halperin. Cambridge: University Press, 1975. S. 112–122.

Nachwort

> »She cannot be said to have created or invented; Jane Austen had an infinitely rarer gift – she saw.«
>
> *Julia Kavanagh (1824–1877) über Jane Austen*

1

Zusammen mit *Pride and Prejudice* und *Northanger Abbey* bildet *Sense and Sensibility* das Trio der frühen Romane Jane Austens. Sie wurden alle zwischen 1795 und 1798 von der gut Zwanzigjährigen geschrieben, aber vor ihrer Veröffentlichung etwa 15 bis 20 Jahre später umgearbeitet, *Sense and Sensibility* sogar zweimal. Wie bei allen Austen-Romanen sind allerdings die früheren Fassungen auch hier verloren. Das Buch hieß ursprünglich *Elinor and Marianne* und war ein Briefroman. Aus der Kenntnis der endgültigen Fassung klingt das recht unwahrscheinlich, denn die beiden Schwestern, die doch den Hauptteil der Briefe hätten schreiben müssen, weil nur sie ihre Empfindungen mitteilen können, sind dort niemals getrennt. Vermutlich schon 1797 wurde diese früheste Version in die jetzige Erzählform umgegossen, die dann aber etwa 1809 bis 1810 noch einmal revidiert wurde, bevor das Buch 1811 anonym – »by à lady« – und auf eigene Kosten der Autorin in London erschien. Als einziger Roman Jane Austens wurde *Sense and Sensibility* dann zu ihren Lebzeiten nach der Erstausgabe noch einmal bearbeitet. 1813 kam nach der Veröffentlichung von *Pride and Prejudice* eine zweite Auflage heraus, die einige, wenn auch nicht tiefgreifende Änderungen vornahm. Wie die meisten englischen Ausgaben – auch Chapmans autoritative – bietet die vorliegende Übersetzung, von geringfügigen Korrekturen abgesehen, den Text der zweiten Auflage, gewissermaßen der »Ausgabe letzter Hand«.

Mit den beiden anderen frühen Romanen verbindet *Sense and Sensibility* aber mehr als die äußere Entstehungsgeschichte.

Es ist wie *Northanger Abbey* aus der Parodie einer zeitgenössischen Mode hervorgegangen, in diesem Falle der Empfindsamkeit, einem in der Literatur und im Leben zur Schau getragenen Gefühlsüberschwang, der das eigene Lieben und Leiden zum Mittelpunkt der Welt macht. Der deutsche Leser braucht nur an Goethes *Die Leiden des jungen Werthers* erinnert zu werden, wo das Thema mit höchster geistiger Durchdringung behandelt wird. Während aber *Northanger Abbey* den Roman im wesentlichen um die parodistischen Elemente baut, vor allem um die Mode des »Gotischen«, und den humoristischen Ton weitgehend wahrt, entwickelt *Sense and Sensibility* nicht so sehr die komödiantischen Züge, sondern erfaßt in der an Marianne kritisierten Empfindsamkeit, die sie blind für alles außer ihrer von Illusionen genährten Liebe macht, Haltungen und Einstellungen zum Leben und setzt die Heldinnen einem intensiven Leiden aus, das sich in Mariannes Fall in einer beinahe tödlichen körperlichen Krankheit äußert.

Diese ernstere Entwicklung des Themas nun wieder verbindet diesen Roman mit *Pride and Prejudice*, mit dem es schon den alliterierenden Titel gemeinsam hat, dessen Begriffe auf menschliche Verhaltensweisen und damit auf Tugenden oder Verfehlungen der Romanfiguren hinweisen. Im Zentrum beider Romane steht im Gegensatz zu *Northanger Abbey* auch ein Schwesternpaar, dessen Liebeserwartung, -enttäuschung und -erfüllung die eigentliche Handlung bildet. In *Sense and Sensibility* läßt sich das schon aus dem Aufbau des Buches ablesen. Der Roman erschien, wie das damals üblich war, in mehreren Bänden, und zwar in diesem Fall in drei, deren Kapitel einzeln gezählt wurden (Kap. 1–22 – 1. Band, Kap. 1–22; Kap. 23–37 = 2. Band, Kap. 1–14; Kap. 38–51 = 3. Band, Kap. 1–14), und die oben angegebenen Stichwörter für die Entwicklung der Liebesgeschichte entsprechen den einzelnen Bänden: Im ersten Band lernen Elinor und Marianne ihre Verehrer kennen und erhoffen sich die Heirat. Um die Handlungsspannung zu erhalten, erscheint dabei Willoughby erst, als Edward vorübergehend von der Bildfläche verschwunden ist, so daß die so gegensätzlichen Liebeserlebnisse der Mädchen nacheinander berichtet werden. Als Willoughby dann abreist, taucht Edward wieder auf. Im zweiten Band, der vor allem in London spielt, verlieren beide Schwestern vorübergehend ihren Geliebten an andere Frauen und erleben ihre Krise. Im dritten Band gewinnt Elinor ihren Edward wieder, und Marianne heiratet ausgerechnet Brandon statt Willoughby – ein Zeichen, daß sie von ihren Gefühlsillusionen geheilt ist, denn wie er für sie, ist sie für ihn eine zweite Liebe, also etwas, was nach Mariannes ursprünglicher Einstellung gar nicht existieren kann. Sie verbindet sich nun mit dem Mann, von dem sie behauptet hat, er sei seines Alters wegen unfähig, tief zu empfinden, sei überhaupt zu alt zum Heiraten, habe Rheumatismus und trage Wollwesten – mit dem Mann also, der den Träumen einer Siebzehnjährigen so ganz und gar nicht entspricht.

Während aber in *Sense and Sensibility* die beiden Schwestern die in den Titelbegriffen angesprochenen Eigenschaften repräsentieren und sich damit beide gleichgewichtig als Protagonistinnen gegenüberstehen, hat *Pride and Prejudice* trotz der *zwei* liebenden Schwestern nur *eine* Heldin, Elizabeth Bennet, und die Titelbegriffe beziehen sich auf sie und die Spannungen mit ihrem Verehrer Darcy. Erst dieser zweite Roman entwickelt also die dann für alle weiteren Romane von Jane Austen typische Erzählperspektive, bei der der Leser die Welt durch die Augen und mit dem Herzen der Heldin erlebt und nur mit ihr empfindet. Wohl identifiziert sich die Autorin in *Sense and Sensibility* deutlich mit Elinor und nicht mit Marianne, die ja von ihren Irrtümern geheilt werden muß, aber die Erzählperspektive schwankt noch.

Man hat das als Mangel betrachtet, und überhaupt wird von der Literaturwissenschaft *Sense and Sensibility* öfter als das schwächste der Bücher Jane Austens angesehen: »Keiner würde dies als seinen Lieblingsroman von Jane Austen wählen, während jeder andere seine Fanatiker hat, die gerade ihn allen anderen vorziehen.« (F. Farren, 1917, in: B. C. Southam, vgl. Literaturhinweise, S. 393.) Zu diesen künstlerischen Schwächen kann man etwa die gelegentlich gouvernantenhaft moralisierende Art Elinors, die funktionslose Blässe der jüngsten Dashwood-Schwester Margaret oder den unerklärlichen Wandel zählen, den Mrs. Jennings im Laufe des Buches durchmacht, die zu Anfang der Handlung eine unausstehlich penetrante Klatschbase ist, sich später aber als mutige, kritische und gütige ältere Dame entpuppt.

2

Andererseits sollte man über den künstlerischen Mängeln aus heutiger sozialkritisch geschulter Sicht nicht übersehen, daß *Sense and Sensibility* das mutigste und enthüllendste Buch Jane Austens, ihre gnadenloseste Darstellung von gewissen sozialen Sünden ist. In keinem ihrer anderen Romane wird menschliches Fehlverhalten mit so distanzierter Kühle gezeichnet, in keinem wird so ununterbrochen von Geld geredet, in keinem erscheint Kleinlichkeit von Menschen so aufdringlich, gewährt die Autorin so viel niedriger Gesinnung Einlaß.

Frank Churchill in *Emma* ist gedankenlos, aber nicht böse; Wickham in *Pride and Prejudice* ein Blender, der ein Mädchen verführt, sie aber wenigstens heiratet; John Thorpe in *Northanger Abbey* ist dummdreist, aber nicht verworfen. Willoughby in *Sense and Sensibility* aber ist ein veritabler Schuft. Er hat ein Mädchen verführt und sie mit einem Kind sitzen gelassen, er heiratet nur um des Geldes willen, trinkt, um seine Reue über die fehlgeschlagene Ehe zu betäuben, und spricht von seiner Frau mit einer Verachtung, die Elinor bestürzt. Daß die Autorin gerade diesen Mann Mariannes überspannte Liebe gewinnen läßt, daß dem Mädchen mit den romantischen Ideen vom Leben gerade dieser Verschwender als männliches Ideal erscheint, ist bitter. Wie ist sie betrogen, und wie ist damit zugleich ihre Vorstellung, daß man seinen Empfindungen trauen könne, als Täuschung entlarvt! Und welch ein Gegensatz zwischen dem strahlenden Helden, der zu Anfang des Buches gewissermaßen als »Lebensretter«, als eine Art Märchenprinz eingeführt wird, wenn er Marianne nach ihrem Unfall auf dem Arm nach Hause trägt, und dem reuigen Sünder am Ende der Handlung, der Elinor seine Verfehlungen beichtet und um Vergebung nachsucht, dessen weiteres Leben aber nur trostlos sein kann.

Es kann, weil es immer noch zu viele Leser und Kritiker gibt, die diesen Aspekt an Jane Austens Werk übersehen oder verharmlosen, nicht oft genug gesagt werden, daß diese Autorin verkennt, wer in ihren Romanen nur reizende Genrebilder der Zeit um 1800 sieht, harmlose Schilderungen des alltäglichen Lebens der englischen Gentry in der napoleonischen Ära und sonst nichts. Denn bei genauerem Lesen, beim Durchdringen der charmanten Oberfläche, erweisen sich Jane Austens Romane als ein kritisches und satirisches Zeitbild, das in der kühlen und prägnanten Schilderung zeitgenössischer menschlicher Verfehlungen in der englischen Literatur ihrer Epoche nicht seinesgleichen hat. Aber ihre aphoristisch-distanzierte Formulierungskunst, ihre glänzende Gestaltungsgabe, ihre Ironie und die Liebe, in der sich am Ende der Handlung die Menschlichkeit erfüllt, lösen den bitteren Beigeschmack ihrer Romane auf und haben teilweise dazu geführt, daß deren soziale Implikationen übersehen wurden.

Man lese im Hinblick auf diese sarkastisch-kritische Dimension einmal das zweite Kapitel von *Sense and Sensibility*, dieses Paradestück eines Dialogs, in dem John Dashwood von seiner Frau überzeugt wird, daß er das seinem Vater gegebene Versprechen, seine Stiefmutter und seine Halbschwestern zu unterstützen, am besten dadurch erfüllt, daß er sie, anstatt ihnen dreitausend Pfund zu übereignen, gelegentlich mit einem Geschenk von Wild oder Fisch für ihren Essenstisch beglückt; worauf sich das Ehepaar damit beruhigt, daß das wahre Menschlichkeit und Großmut sei. Wie dieses Gespräch sich entwickelt, wie darin Schritt für Schritt die guten Absichten zerstört werden und Kleinlichkeit und Mißgunst siegen, zeugt von einer zwanglosen Beherrschung des Dialogs, die im deutschen Roman des neunzehnten Jahrhunderts erst mit Fontane erreicht wird. Es ist um so unbegreiflicher, daß Jane

Austen nicht mit diesem zweiten Kapitel das Buch begonnen hat. Es wäre ein Anfang gewesen, der an Brillanz mit dem berühmten ersten Kapitel von *Pride and Prejudice* hätte konkurrieren können.
Oder man lese einmal mit Bedacht im siebten Kapitel die Einführung der Familie Middleton, die für die Dashwood-Töchter eigentlich nicht den richtigen Umgang bildet. Sir John versucht seine innere Unausgefülltheit dadurch zu übertönen, daß er auf die Jagd geht oder ständig Menschen um sich versammelt, und Lady Middleton ist ohne jeden geistigen Anspruch und seelischen Fundus, eine stumpfsinnige Gastgeberin, deren Lebensinhalt in dem Verwöhnen ihrer Kinder und in Vornehmtuerei besteht. Wie vernichtend ist bei allem hintergründigen Lachen Jane Austens Darstellung des ersten Abends der Dashwoods bei den Middletons oder des ersten Dinners mit den Palmers, und wie grotesk ist das Ehepaar Palmer mit dem ewig schlecht gelaunten Mann und der ewig lachenden Frau.
Die Galerie der trostlosen, aber komischen Charaktere ist lang, die Reihe der Torheiten und Bösartigkeiten, die Folge der trübseligen Ereignisse reißt in *Sense and Sensibility* nicht ab. Da ist Mrs. Ferrars, die ihren älteren Sohn enterbt, weil er ein armes Mädchen zu heiraten beabsichtigt, und es ihrem jüngeren Sohn nachsieht, wenn er dieses Mädchen tatsächlich heiratet. Da ist ihre Tochter Fanny, die hysterische Schreikrämpfe bekommt, als sie von den Heiratsabsichten ihres Bruders erfährt, und die in ihrer Herzlosigkeit ihre Schwiegermutter und ihre Schwägerinnen verächtlich behandelt, aber gleichzeitig so tut, als ob ihr Herz an ihnen hänge. Da sind die vulgären Schwestern Steele, deren Niveau sich schon in ihrer grammatisch bedenklichen Sprache verrät – Lucy, die Intrigantin, und die törichte, geschwätzige Anne, die sich in ihrer Torschlußpanik ständig Verehrer – »beaux« – erfindet. Wie bestürzend ist auch das gute Einvernehmen zwischen Lady Middleton und Fanny Dashwood: »Beide hatten genau die kaltblütige Selbstsucht, durch die sie anziehend aufeinander wirkten, und sie waren sich in ihrer oberflächlichen Vorliebe für Etikette und ihrem allgemeinen Mangel an Intelli-

genz gegenseitig sympathisch.« Ein typisches Beispiel für die erwähnte kühl-distanzierende Formulierungskunst Jane Austens.
Die prekären menschlichen Beziehungen sind sogar in den untergründigen Spannungen zwischen Elinor und Marianne spürbar, die ein viel weniger vertrauensvolles und unvoreingenommenes Verhältnis zueinander haben als Jane und Elizabeth Bennet in *Pride and Prejudice*. Jane Austens Romane sind Komödien, aber nicht eskapistische.

3

Noch in anderer Hinsicht ist gerade *Sense and Sensibility* unter Austens Romanen aufschlußreich für den heutigen Leser. So bewußt werden ihm nur hier gewisse negative Seiten einer Gesellschaft, die für ihren Lebensunterhalt nicht auf tägliche Arbeit angewiesen war. Man hatte Zeit, denn man lebte von den Zinsen seines Kapitals oder von dem Ertrag seiner Güter, und auch wenn man wie Mrs. Dashwood haushalten mußte, konnte man sich einen Diener und zwei Dienstmädchen leisten. So groß die finanziellen Unterschiede und die des gesellschaftlichen Ansehens innerhalb der in Austens Büchern dargestellten ländlichen Gentry sind – Oberst Brandon oder Mrs. Ferrars und die Dashwood- oder die Steele-Schwestern leben durchaus nicht auf gleichem Fuß –, sie alle verbindet die Tatsache, daß sie ihre Zeit zur eigenen Verfügung haben. Man verbrachte seine Tage in einem festen Rhythmus von Häuslichkeit und gesellschaftlichen Ereignissen und – wenn man es sich leisten konnte – von winterlichem Stadt- und sommerlichem Landaufenthalt.
Wie nicht anders zu erwarten, spielte die Erscheinung von Menschen, ihr Auftreten, ihre gesellschaftliche Gewandtheit in solchem Milieu eine große Rolle, und man hatte auch Zeit, sich ausführlich mit den eigenen Gefühlen zu beschäftigen, die in den vertraulichen Gesprächen viel Raum einnehmen. Das Äußere eines Menschen bildet einen Maßstab für seine Einschätzung, wobei die Gefahr, sich durch eine glänzende Fassade blenden zu lassen, auftaucht. Jede Nuance wird an

einem Menschen beobachtet und diskutiert, seine Stimme, seine Art, sich zu bewegen, seine Anmut und Eleganz, seine Gesichtszüge, seine musikalischen Talente und – wofür man heute wohl ganz den Sinn verloren hat – das Feuer, die Ausdruckskraft seiner Augen.

Dabei darf allerdings nicht vergessen werden, daß damals in England – wie heute immer noch zum Teil in der angelsächsischen Tradition – religiöse oder politische Einstellungen nicht Gesprächsthema waren und es als unangebracht galt, sie zu diskutieren. Mancher moderne Leser, der in einer Welt lebt, in der man ideologische Positionen leidenschaftlich vertritt und in der es als Tugend gilt, Meinungen zu haben, wird es zunächst ungewohnt finden, sich in eine Welt hineinzudenken, in der es üblich war, Unterhaltungen im Privaten zu halten und sich zu bemühen, auf die Bedürfnisse der Gesprächspartner einzugehen, statt sich missionarisch zu gebärden. Die Charakterisierung der Menschen wird im unscheinbaren Detail ihres Auftretens oder ihrer Unterhaltung gegeben, nicht in der Darlegung ihrer Weltanschauung.

In *Sense and Sensibility* bildet das gesellschaftliche Verhalten einen Teil des Romanthemas, denn Elinors und Mariannes Verehrer etwa repräsentieren in dieser Hinsicht Gegentypen. Bei Edward werden – vor allem von Marianne – hinter dem ungeschickt-schüchternen Benehmen, das sein geckenhafter Bruder immer wieder süffisant bemängelt, die menschlichen Qualitäten übersehen, während umgekehrt bei Willoughby das glänzende gesellschaftliche Auftreten über menschliche Abgründe hinwegtäuscht. Es gehört zu Mariannes Erziehungsprozeß, daß sie im Laufe des Buches den unscheinbaren Brandon zu schätzen lernt, der ihr am Anfang nur langweilig erscheint.

Wer wie Edward Ferrars und viele jüngere Söhne, die vom Familienerbe ausgeschlossen waren, Pfarrer wurde, hatte trotzdem keinen ausgefüllten Arbeitstag. Die beruflichen Pflichten in den meist kleinen Gemeinden waren leicht, und so verfügte man auch hier weitgehend über seine Zeit. Die abendlichen Kartenpartien im Herrenhaus des Dorfes waren

mindestens ebenso wichtig wie die Ausübung der kirchlichen Funktionen.
So erfreulich dieses Leben für die einen war, so sehr wurde es für andere entweder zu einer Zwangsjacke oder zu einer Versuchung, eine endlose Reihe von Tagen lediglich mit Trivialitäten zu füllen. Etwa bei den Middletons und den Palmers läßt sich beobachten, wie das Leben zu einer immer neuen Anstrengung wird, der Langeweile zu entgehen. Zu den Möglichkeiten, sich Unterhaltung zu verschaffen, gehörten die Einladungen an junge weibliche Verwandte oder Bekannte, die dann Wochen oder auch Monate in den Gastfamilien verbrachten. Und damit kommen diejenigen ins Blickfeld, für die die soziale Ordnung eher eine Zwangsjacke war: die weniger bemittelten jungen Damen, deren Leben sich in häuslichen Tätigkeiten wie Handarbeiten, Malen oder Klavierspielen erschöpfte und die, bei allen Unannehmlichkeiten, die das auch haben mochte, auf Einladungen warteten, um das Gleichmaß ihrer Tage wenigstens an einem anderen, womöglich so aufregenden Ort wie London zu verbringen; dort gab es bessere Möglichkeiten, den jungen Mann kennenzulernen, den man heiraten konnte. Gerade bei den jungen Mädchen nimmt deshalb auch die Beschäftigung mit dem Gefühlsleben einen großen Raum ein. In ihren persönlichen Initiativen waren sie erheblich eingeschränkt; Warten war ihr frustrierendes Dasein, und immer wieder erlebt der Leser gerade in *Sense and Sensibility*, wie die Mädchen, über eine Handarbeit gebeugt, dem Eintritt des jungen Mannes entgegensehen, der ihr Schicksal in der Hand hat. Am intensivsten ist diese Atmosphäre bei Edwards Besuch bei den Dashwoods eingefangen, bevor er seinen Heiratsantrag macht. Das zentrale Ereignis im Leben der jungen Damen war es, einen Mann zu finden; denn die unverheiratete Frau hatte nur geringes Prestige und stand auch bei einem erheblichen Altersunterschied hinter der verheirateten Frau zurück. Jane Austens Romane kreisen um die richtige Wahl, und die zahlreichen Ehepartner, die falsch gewählt haben, entgehen dem Spott der Autorin und dem Lachen des Lesers nicht. Die Persönlichkeitsverformungen durch eine unkluge Partnerwahl

– Mr. Palmer! – sind eine Warnung. Die glückliche Ehe aber ist der Gipfel menschlicher Erfüllung.
Die Dashwood- und die Steele-Mädchen gehören der Gruppe von unverheirateten und unbemittelten Verwandten an. Sie sind geduldet und müssen die Launen ihrer reichen Verwandten oder Freunde geduldig ertragen. Die offene Rebellion ist unmöglich – wohin sollte man denn gehen? –, aber Mariannes gesellschaftliche Rücksichtslosigkeit ist unter anderem eine Form von innerem Protest gegen die ständige Verfügbarkeit, die von den jungen Mädchen gesellschaftlich erwartet wurde. Kein Wunder, daß der Kampf um die Ehemänner trotz der Fassade von Höflichkeit und Entgegenkommen raffiniert und skrupellos geführt wurde. Offene Rücksichtslosigkeit war nicht angebracht, denn wie so viele auf gemeinsam verbrachter Freizeit beruhende Gesellschaften der menschlichen Geschichte entwickelte auch die englische Gentry ein stark ritualisiertes Verhalten, bei dem man leicht das Gesicht verlieren konnte und der menschliche Umgang bis ins Detail festgelegt war. Wer zu welcher Zeit wen besuchte, wie ein Dinner oder eine Tanzerei verlief oder welche Tätigkeiten man in Begleitung von Damen oder Herren ausübte, all das war geregelt. Der einzelne konnte meist nur die vorgegebene Rolle ausfüllen. Tat er es aber nicht – wie Edward Ferrars –, dann erschien unter der Maske von Charme das wahre Gesicht der Menschen. Oberst Brandon und Mrs. Jennings enthüllen ihre Menschlichkeit, Mrs. Ferrars und Fanny Dashwood ihren Mangel an Verständnis und Mitgefühl, ihr ausgeprägtes Statusdenken.
So zeigt sich die Zweischneidigkeit dieses scheinbar geruhsamen Lebens, die auch in den vielen Geheimnissen spürbar ist, die man voreinander hat. Tatsächlich ist *Sense and Sensibility* voll von heimlichen Aktivitäten. Neugier ist eine der vorherrschenden Eigenschaften der Menschen, aber immer wieder werden Gesprächspartner um Verschwiegenheit gebeten, wie Elinor von Lucy Steele. Daß diese Geheimnisse zum Teil erst am Ende des Romans gelöst werden, ist Teil der beabsichtigten Handlungsspannung; daß das Unerwartete geschieht, Teil der Konzeption des Buches. So kommt in Kapitel 16

Edward, als Marianne auf ihrem Spaziergang mit Elinor Willoughby in dem sich nähernden Reiter zu erkennen glaubt; so kommt in Kapitel 26 Brandon, als Elinor und Marianne kurz nach ihrer Ankunft in London Willoughby erwarten; so kommt in Kapitel 45 Willoughby, als Elinor mit der Ankunft ihrer Mutter rechnet; und so kommt in Kapitel 49 Edward, als Oberst Brandons Ankunft bevorsteht.

Schon die beiden Verehrer Edward und Willoughby nähern sich Elinor und Marianne mit Hintergedanken, die sie nicht preisgeben, denn der eine ist verlobt und der andere entschlossen, eine reiche Erbin zu heiraten. Aber selbst zwischen den Schwestern Elinor und Marianne herrscht zeitweise kein Vertrauen, und so sind es gerade die jungen Mädchen, die häufig mit ihren Sorgen allein sind, was ihre Geduld noch weiter beansprucht. Wie Marianne flüchten sie sich dann auf einsame Spaziergänge oder ertragen wie Elinor die gesellschaftlichen Verpflichtungen auch innerhalb der eigenen Familie mit Tapferkeit und Selbstüberwindung.

Nein, es war sicher oft kein glückliches Leben, das die geringen Selbstverwirklichungsmöglichkeiten und der strikte gesellschaftliche Code den jungen Damen auferlegten, und es sollte nicht übersehen werden, daß die Autorin selbst die Lage der Dashwoods durchaus aus eigener Erfahrung kannte und daß überhaupt die dargestellte Wirklichkeit der Lebenswelt Jane Austens weitgehend entsprach, denn sie hat sich bewußt darauf beschränkt, ihren eigenen Erfahrungshorizont in ihren Romanen nicht zu überschreiten und sich nicht in das Reich der Fantasie zu verirren. Bei einer Schriftstellerin, zu deren Angriffszielen der fantastische Illusionscharakter des zeitgenössischen Romans gehörte, darf das nicht verwundern. Wie mag sie sich innerlich wirklich gefühlt haben, wenn sie, begabt mit einer so abgründigen und unbestechlichen Beobachtungsgabe und mit solcher literarischen Gestaltungskraft, umgänglich und in ihren Talenten häufig unerkannt unter den Menschen lebte, die sie zwar nicht als Individuen, aber als Typen in ihren Mußestunden mit spitzer Feder zu Karikaturen gestaltete. Im Gegensatz zu vielen anderen, weniger begabten Frauen fand sie in ihrem Werk eine Mög-

lichkeit, ihren beschränkten Lebenskreis zu erweitern und Initiativen außerhalb der Lebenswirklichkeit zu ergreifen. Ihr Talent siegte über ihre bescheidene Existenz, und die Nachwelt hat es ihr in ungeahnter Weise gedankt.
Sie lebte gut die letzten zehn Jahre ihres verhältnismäßig kurzen Lebens mit ihrer verwitweten Mutter und ihrer ebenfalls unverheirateten Schwester in einer »Cottage«, die der der Dashwoods sicher nicht unähnlich war, in der Nähe eines Herrenhauses, das ihrem Bruder Edward gehörte, der unerwartet durch Adoption ein reicher Mann geworden war, und hielt sich wie Elinor und Marianne öfter wochenlang als beliebte Tante zu Besuch in den Familien ihrer Brüder auf. Sie kannte das verhältnismäßig eingeschränkte Leben und die langweiligen Tees und Dinners in der Nachbarschaft, und auch sie hat gewartet auf den jungen Mann, der sie aus dieser monotonen Welt befreien würde. Kein anderer ihrer Romane enthält so viel von ihrem eigenen Leben wie *Sense and Sensibility.*

4

In den Schwestern Elinor und Marianne stehen sich »sense« (also Einsicht, gesunder Menschenverstand, nüchternes Abschätzen der Lage, Beherrschung der Gefühle) und »sensibility« (nach dem damaligen Wortgebrauch: Empfindsamkeit, emotionaler Überschwang) gegenüber und bilden damit einen Gegensatz, der zugleich philosophische Positionen in der zweiten Hälfte des 18. Jahrhunderts bezeichnet: »Die Bedeutung von *Sense and Sensibility* in der Geschichte des Romans und für uns liegt vor allem darin, daß Jane Austen darin zum erstenmal eine Erzählform entwickelt, die den Konflikt zwischen den entgegengesetzten Tendenzen ihrer Zeit vollständig artikuliert: den Konflikt zwischen Vernunft und Überschwang, zwischen dem beobachtenden Verstand und dem fühlenden Herzen, zwischen einsichtig und empfindsam sein.« (I. Watt, 1961, in: B. C. Southam, vgl. ›Literaturhinweise‹, S. 393)

Das Verhältnis von Kopf und Herz und die erstrebenswerte Harmonie zwischen beiden, die Gefahren der übertriebenen Empfindsamkeit, die dann zur Empfindelei wird, und die Folgen einer zu regen Einbildungskraft werden ebenso wie in England jahrzehntelang auch in Deutschland diskutiert (vgl. dazu: *Empfindsamkeit*. Theoretische und kritische Texte, hrsg. von W. Doktor und G. Sauder, Stuttgart 1976, Reclams Universal-Bibliothek, Nr. 9835 [3]). Während man in dieser Zeit der späteren Aufklärung die von Descartes ausgehende Vernachlässigung der nicht-verstandesmäßigen Seelenkräfte endgültig überwindet und die menschlichen Sinnes- und Gefühlskräfte wieder in ihr Recht einsetzt, sieht man sich bei der schnellen Popularisierung der neuen Psychologie zugleich der Entartung des neuentdeckten Seelenlebens zu exzessiver Gefühligkeit gegenüber und daher zum Warnen veranlaßt: »›Vernunft führt zum Skeptiszisme und Gefühl ist harmonisch und widerspricht sich nie!!! –‹ dieses, dem Genfer Roußeau, nachgelallte Paradox scheint Hauptaxiom geworden zu seyn unter den Enthusiasten und Schwärmern [...].« (J. J. Horringer und J. R. Sulzer, 1778, in: *Empfindsamkeit*, hrsg. von W. Doktor und G. Sander, Stuttgart 1976.)
Während sich die Auseinandersetzungen in Deutschland eher im Theoretischen abspielten und eine Fülle von Traktaten, Essays, Definitionsversuchen usw. hervorbrachten, der Roman aber, der auf keinerlei Tradition zurückblicken konnte, erst im Zusammenhang mit der Bewegung der Empfindsamkeit entstand, konnte Jane Austen, auf der englischen Romantradition des 18. Jahrhunderts fußend, die Thematik in einen realistischen Roman einarbeiten, damit zwangloser und lebensnäher gestalten und vor allem ihre sozialen Implikationen beleuchten. Die große Ausnahme in Deutschland ist Goethes *Werther*, und so ist es denn wohl erlaubt zu sagen, daß sein Roman von dem jungen Mann, der an seinem Subjektivismus zugrunde geht, und Jane Austens Roman von dem jungen Mädchen, das dem Tod trotz ihrer schweren psychosomatischen Krankheit entgeht, die bleibenden belletristischen Dokumente dieser geistigen Bewegung in der zweiten Hälfte des 18. Jahrhunderts sind. Während aber Goe-

thes Buch rasch auch nach England gedrungen ist, ist *Sense and Sensibility* in Deutschland gänzlich unbekannt geblieben. Übersetzt worden ist der Roman anscheinend in den gut 170 Jahren seit seiner Erstveröffentlichung nie.

Der erste Band von *Sense and Sensibility* entfaltet verschiedene Aspekte von Elinors und Mariannes Grundeinstellung, und dabei wird auch deutlich, daß die jüngere Schwester ihre Anlage von der Mutter geerbt hat, die sich ebenso leicht wie sie hinreißen läßt, ähnlich wie sie ihre Empfindungen zum Maßstab ihres Handelns nimmt und sie in der bedenklichen Neigung, den Schein für das Wesen zu halten, bestätigt. Es verwundert deshalb nicht, daß die einsichtige Elinor häufig gegen Mutter und Schwester argumentieren muß. Mariannes Fehler, sich kritiklos ihren Gefühlen zu überlassen und zu schwärmen, zeigt sich auf die verschiedenste Weise und entbehrt gelegentlich nicht der Effekthascherei. Daher ist bewußt auch ihre Sprache voll von gefühlvollen, häufig übertriebenen Ausdrücken, wofür etwa ihr Abschied von ihrem »lieben, lieben Norland« in Kapitel 5 und ihre Erinnerung an das »liebe, liebe Norland« in Kapitel 17, wo sie ihrer Einbildung nach die im Herbst treibenden Blätter immer so geliebt hat, typische Beispiele sind. Auf die letzte Bemerkung sagt Elinor, die romantische Stimmung bewußt zerstörend, kühl: »Nicht jeder teilt deine Leidenschaft für totes Laub.«

Mariannes Landschaftsschwärmerei wird in Kapitel 18 vor allem mit der Mode des »Pittoresken« in Verbindung gebracht, die in den achtziger Jahren des 18. Jahrhunderts England überschwemmte und von Edward lächerlich gemacht wird. Das Pittoreske entdeckte die »romantischen« Elemente der Landschaft und änderte damit auch die Landschaftsmalerei: Man begeisterte sich nun für verfallene Burgen, bewegte Szenerien mit steilen Klippen und tiefen Klüften und malerisch gewachsenen Bäumen, die den Bildvordergrund an beiden Seiten begrenzten. Daß Edward gerade gewachsene Bäume vorzieht, hört Marianne mit ungläubigem Staunen, und daß ihre Schwester sich in einen solchen Mann verlieben kann, entlockt ihr nur Mitleid. Was Edward aber in Wirklichkeit und von Marianne unerkannt enthüllt,

ist eine starke Individualität, die weder sprachlich noch emotional einer Modeströmung zum Opfer gefallen ist. Auch Mariannes Verhältnis zur Dichtung ist von schwärmerischen Zügen nicht frei, sie begeistert sich für die Repräsentanten der innig empfundenen Naturpoesie oder der historisierenden Volkslyrik und teilt diese Vorliebe mit Willoughby. Daß er wie sie Pope (vgl. Anm. 8), den Vertreter einer emotional weit gemäßigteren früheren Epoche, »nicht mehr bewundert, als sich schickt«, bestätigt ihren »modernen, romantischen« Geschmack, dem Edward, der Gegentyp zu Willoughby, mit seinem ausdruckslosen Vorlesen nicht gerecht wird.
Im Zentrum von Mariannes gefühlsbezogener Welt aber steht die Liebe, der sie sich rückhaltlos hingibt. Sie läßt sich in Rousseauscher Tradition, nach der der Mensch von Natur gut ist und seinem Herzen vertrauen kann, weil erst der Verstand und die Gesellschaft ihn korrumpieren, und nach der es Falschheit ist, seine Gefühle zu verbergen, ausschließlich von ihren Empfindungen leiten und verteidigt auch ihre Handlungen ganz in diesem Rousseauschen Sinn. Als Elinor ihr zum Vorwurf macht, daß sie mit Willoughby seinen Wohnsitz Allenham besichtigt hat, antwortet sie, wenn das falsch gewesen wäre, hätte sie es innerlich gespürt. In ihrer Hingabe an Willoughby erkennt sie auch die Konventionen nicht an und benimmt sich mit ihm in der Öffentlichkeit so, daß man sie als verlobt betrachtet. Während die umsichtige Elinor aber einen *Beweis* für diese Verlobung verlangt, nämlich Willoughbys offiziellen Heiratsantrag, vertraut Mrs. Dashwood, ganz Mutter ihrer mittleren Tochter, dem Verehrer Mariannes ebenso blind wie diese selbst und hält es für taktlos, von den Liebenden zu erwarten, daß sie den ernüchternden sozialen Gepflogenheiten Genüge tun. Es paßt ganz zu Mariannes gutgläubiger Naivität in der Welt, daß sie Geld zwar einerseits verachtet, sich aber andererseits genug davon wünscht.
Auch hier ist ihre Schwester wieder vernünftiger. Sie und Edward wissen sehr wohl, daß das gemeinsame Leben ohne eine gesicherte finanzielle Basis ständigen Verdruß bedeutet und die Zuneigung, die nach Mariannes Ansicht mit Geld nichts zu tun hat, gerade zerstört. Daher auch braucht Elinor

nicht wie ihre Schwester einen Reifungsprozeß durchzumachen und darf ihre erste Liebe heiraten. Es ist ironischerweise aber Marianne, die mit ihren siebzehn Jahren behauptet, in ihrem Alter seien Lebenseinstellungen verfestigt – eine weitere Illusion über sich selbst.

Was Jane Austen an dieser Welt der Empfindsamkeit vor allem kritisiert – und das ist typisch für den englischen Roman, in dem diese Dimension des menschlichen Lebens immer eine ungleich größere Rolle gespielt hat als im deutschen –, ist die soziale Verantwortungslosigkeit, die daraus erwächst, denn hier zeigt sich Mariannes Egoismus am krassesten. Da sie nur den Diktaten ihres leicht erregbaren Gemüts folgt, erkennt sie soziale Verpflichtungen nicht an, ja, sie betrachtet es geradezu als Heuchelei, Empfindungen vorzutäuschen, die man nicht hat. Sie zieht sich daher immer, wenn es ihr gefällt, aus der Gesellschaft zurück, überläßt es ihrer Schwester, die Gebote der Höflichkeit zu beachten, den anderen Menschen freundlich zu begegnen und ihnen zur Verfügung zu stehen, wenn Gesellschaft oder Hilfe gebraucht wird. Der subjektive Wahrheitsbegriff, der auf Empfindungen beruht, greift im menschlichen Zusammenleben zu kurz.

Da emotionaler Exzeß der hervorstechende Charakterzug Mariannes ist, kann es auch nicht überraschen, daß sie die durch Willoughbys Verrat ausgelöste Krise ihrer Lebenseinstellung mit voller Wucht trifft. Sie löst nach einem regelrechten Zusammenbruch eine Krankheit aus, die beinahe tödlich verläuft, in dem Roman mit für die damalige Zeit ungewöhnlicher Präzision geschildert wird und offensichtlich im Grunde eine seelische Erkrankung ist. (Es gibt eine Szene in *Sense and Sensibility*, die noch auffälliger modernere psychologische Erkenntnisse vorwegnimmt. Als Edward in Kapitel 50 zu den Dashwoods kommt, die annehmen müssen, daß er mit Lucy verheiratet ist, und er sie aufklärt, nimmt er in einer psychoanalytisch leicht durchschaubaren Geste der Selbstbefreiung eine Schere aus dem Futteral und zerschneidet dieses.) Das Ende der Krankheit signalisiert das Ende von Mariannes ausschließlicher Beherrschung durch die Empfindsamkeit. Zwar ist ihr alter Übereifer noch da, nur soll er nun nicht mehr dazu dienen, sich gefühlsmäßig zu begeistern, sondern den Verstand zu entwickeln und soziale Verpflichtungen zu übernehmen. So findet sie schließlich ihre seelische Balance und erkennt zugleich, daß ihr Eindruck, Elinor empfinde nicht tief, weil sie keine Emotionen verrate, und erfahre daher auch Liebe und Leid nicht wie sie, falsch war. Elinor hat sich nur beherrscht und ihre eigenen Sorgen nicht anderen aufgebürdet. So hat auch Elinor den Wert Edwards und Brandons schon erkannt, als Marianne sich noch über sie lustig machte, und gegen Willoughby immer ein gesundes Mißtrauen gehegt.

Jane Austen will auf ein doppeltes Gleichgewicht hinaus, das für sie die Voraussetzung des ausgewogenen Charakters ist. Er stellt *in sich* eine Balance her zwischen Emotion und Ratio, zwischen Vertrauen und Skepsis, zwischen Spontaneität und Vorbehalt und *im Umgang mit anderen Menschen* eine Balance zwischen Verwirklichung der eigenen Individualität und Anerkennung der sozialen Verpflichtungen – ein Harmonie-Ideal, das zu verwirklichen nur wenigen gegeben ist. Das zeigt nicht nur *Sense and Sensibility*, das zeigen auch ihre anderen fünf Romane, die zwar nicht im deutschen Sinn Bildungsromane sind, in denen aber alle Heldinnen doch Erziehungs- und Erfahrungsprozesse durchmachen müssen, bis sie die richtige Einstellung zu sich und der Gesellschaft gefunden haben. Daß dieses Harmonie-Ideal die fraglose Einordnung in die bestehende Ordnung bedeutet, die weder diskutiert wird noch als veränderbar erscheint, versetzt den heutigen Leser in eine Zeit, die die entscheidende Folge der Französischen Revolution, nämlich die Politisierung der Welt, noch nicht in ihr Weltbild integriert hat. So sehr Jane Austen künstlerisch den Beginn des englischen Romans des 19. Jahrhunderts markiert, in dieser Hinsicht spiegelt ihre Welt eher die des Ancien régime.

Christian Grawe

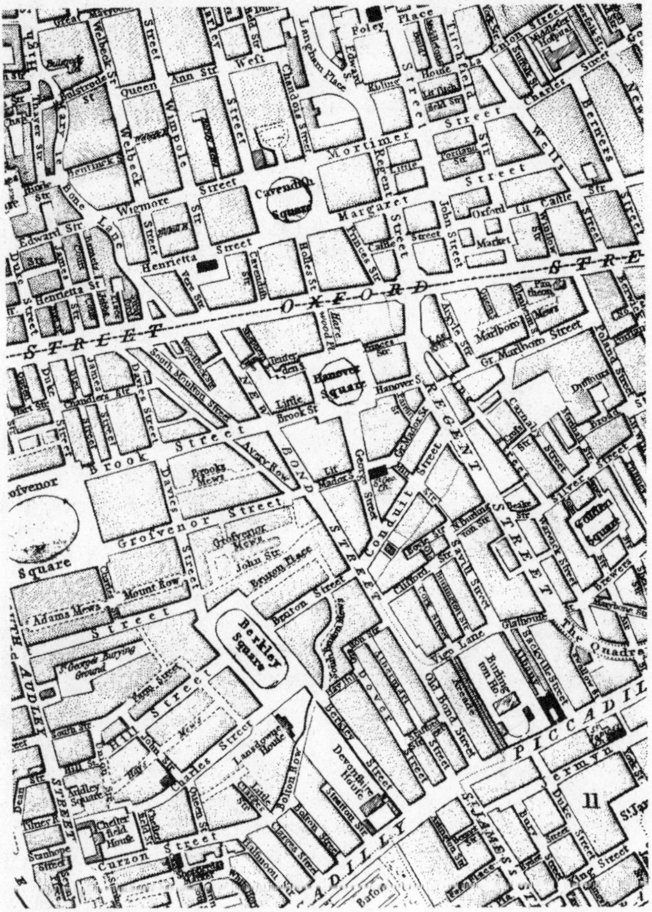

Ausschnitt aus einem Plan von London im Jahre 1822

RECLAM-BIBLIOTHEK

Jane Austen

Stolz und Vorurteil

Roman

Aus dem Englischen übersetzt von Ursula und Christian Grawe.
Mit einem Nachwort und Anmerkungen von Christian Grawe.
426 Seiten. RBL 1729. 17,90 DM
ISBN 3-379-01729-9

Die mit reichem Einfühlungsvermögen gezeichneten Figuren, die am brillanten Konversationsstil des Mittelstandes ihrer Zeit geschulte Erzählweise, die in ihrer geistigen Haltung bemerkenswert modernen Heldinnen und nicht zuletzt die heitere Atmosphäre zeichnen die Gesellschaftsromane der Jane Austen aus.

»Stolz und Vorurteil« erschien 1813 anonym (»by a lady«) und wurde sowohl vom Publikum als auch von der Kritik sofort positiv aufgenommen. Die erste Auflage von 1500 Exemplaren war innerhalb weniger Monate ausverkauft.

RECLAM-BIBLIOTHEK

Katherine Mansfield

Miss Brill

Erzählungen

384 Seiten. RBL 1727. 19,80 DM
ISBN 3-379-01727-2

Katherine Mansfield (1888–1923), mit bürgerlichem Namen Kathleen Mansfield Beauchamp, gehört zu den großen Erzählerinnen englischer Sprache in diesem Jahrhundert. Sie hat die Entwicklung der Kurzgeschichte entscheidend bestimmt, viele Autorinnen und Autoren der Folgezeit sind ihr verpflichtet. Ihr turbulentes, bald von schweren Krankheiten überschattetes Leben, das sie aus dem beschaulichen neuseeländischen Wellington in die brodelnde literarische Metropole London führte, fasziniert ihre Leser(innen) bis heute.
Die hier vorgelegte Auswahl aus sämtlichen von der Autorin herausgegebenen Erzählbänden dokumentiert die Vielfalt der thematischen, erzähltechnischen und stilistischen Möglichkeiten, die Katherine Mansfield zu Gebote standen. »Erzählungen von zarter Heiterkeit, treffen und von sparsamer Genauigkeit.« (Kindlers Neues Literaturlexikon)

RECLAM-BIBLIOTHEK

Arthur Conan Doyle
Die Abenteuer des Sherlock Holmes

358 Seiten. RBL 1726. 19,80 DM
ISBN 3-379-01726-4

Die spannenden Abenteuer des meisterhaften Detektivs Sherlock Holmes sind zweifellos der Klassiker der Abenteuer-, Kriminal-, Detektiv- und Unterhaltungsliteratur und haben unbestreitbar Kultstatus errungen.
Die zwölf Fälle in neuer Übersetzung *Skandal in Böhmen, Die Liga der Rothaarigen, Eine Frage der Identität, Das Geheimnis von Boscombe-Tal, Die fünf Orangenkerne, Der Mann mit der Fratze, Der Blaue Karfunkel, Das gefleckte Band, Der Daumen des Ingenieurs, Der adlige Junggeselle, Das Grüne Diadem* und *Blutbuchen* sind Pflichtlektüre für jeden Krimi-Freund. Nach Doyles eigener Einschätzung ist die literarische und kriminalistische Qualität dieser frühen Abenteuer später nur noch selten erreicht worden.